作者近照

中国文论研究丛稿

陶礼天 著

學苑出版社

图书在版编目（CIP）数据

中国文论研究丛稿／陶礼天著．—北京：学苑出版社，2011.12
ISBN 978-7-5077-3931-2

Ⅰ．①中…　Ⅱ．①陶…　Ⅲ．①中国文学－文学理论－文集　Ⅳ．①I206-53

中国版本图书馆 CIP 数据核字（2011）第 270239 号

责任编辑：洪文雄
封面设计：徐道会
出版发行：学苑出版社
社　　址：北京市丰台区南方庄 2 号院 1 号楼
邮政编码：100079
网　　址：www.book001.com
电子信箱：xueyuan@public.bta.net.cn
销售电话：010-67675512、67678944、67601101（邮购）
印 刷 厂：河北三河灵山红旗印刷厂
开　　本：710×1000　1/16
印　　张：18
字　　数：363 千字
版　　次：2011 年 12 月第 1 版
印　　次：2011 年 12 月第 1 次印刷
定　　价：45.00 元

目　录

编选说明

挥手之间，生命的步伐就已开始向中老年迈进。自1989年开始正式发表学术论文算起，我从事中国古代文论研究和教学工作，已经二十多年。五十之年，应该总结一下自己，所以拖延至今年九月，我终于决定编选这本属于我自己的第一本论文自选集，主要就是出于总结一下自己的冲动，而不纯粹是出于学科建设任务的压力和需要。

对我自己而言，立志以中国古代文论作为自己一生的专业研究是比较早的，大概是在1983年我大学三年级的时候就已做了决定；而真正对这一专业进行学习和研究，还是应该从1987年我成为中国古代文论研究方向的硕士研究生算起。坎坎坷坷，磕磕碰碰，一路探索着走来，我在这个专业园地里，也积累了一些成果，有了几本研究著作和几十篇论文。通过不断研究和教学，我认识到对中国文论的研究，可以重“史”，也可以重“论”，最好是把二者结合起来。在我看来，重“史”和重“论”，是现代中国古代文论研究已经形成传统的两条路线：侧重史，可以陈钟凡、郭绍虞等前辈开创的中国文学批评史研究领域和方法为代表，还可包括中国文学思想史、中国文艺思想史和中国美学史、艺术史等方面的研究成果；注重论，可以姚永朴、朱自清等前辈所确立的如《文学研究法》、《诗言志辨》等研究路数和成果为代表，包括中国古代文学理论与文学批评、艺术理论与艺术批评以及中西文论比较、传统文论的现代化建设等学术领域。也许天性缘故，我比较喜欢作文献考据研究，也更热爱运用传统文论作为理论资源去建构自己的“论”，选在这本自选集中的论文，就多有这样的特点。下面就扼要说明一下编选的情况。

由于篇幅的限制，使我不得不压缩原来计划的编选篇目，这里共选录17篇论文，30多万字。其编目的顺序，恰好大体符合我自己学术研究的时间意义上的过程。这17篇论文主要包括六个方面的内容：一是“感官诗学”研究，有四篇论文，即《虚静：艺术直觉的动态心理形式》、《严羽悖论：艺术直觉的运思特征》、《画意：视觉审美意象生成表现论》和《乐感：听觉审美意象生成表现论》。美首先是感性的，诗首先是感官的。尽管对“感官诗学”（这是我自己提出的概念）这个课题我很多年几乎放下没有专心致志地研究并刻意去完成它，但我一直在思考，一直在做各方面积累和准备，还写出《审美心官论》一篇长文，没有来得及修订发表，前几年在一些大学拿它作过学术报告，或以之作为学术会议论文而作过演讲。最终我把有关这方面的研究，汇总起来思考，以《感官诗学——中国古代审美感官论研究》为题，申报2009年教育部人文社科研究课题并获得通过，已经完成十多万字的书稿。二是文学地理学和中国文学地理学的研究。应该说我发心研究文学地理学理论比较早，1991年我以《中国文学地理学研究》为题申报安徽省教委人文社科类课题获得通过，后来完成约16万字的书稿，这里所选录的三篇论文，就是根据原书稿内容修改成单篇论文的，即《司马迁的地域文化观——读〈史记·货殖列传〉》、《从山水到美人的艺术变奏————略论佛学与南朝诗风的演进关系》和《文学与地理：中国文学地理学略说》。三是关于中国古代美感论的研究。我计划写的《感官诗学研究》这本书一直没有完成的一个重要原因，就是中国古代以“味”论“艺”的理论资源太丰富，所以必须作专门的研究，这就是拙著《艺味说》的由来。这里选录的两篇论文，即《〈乐记〉“遗音遗味”说及其审美观念之发展》和《司空图“味外之旨”说新论》，基本都是根据原来书稿中有关章节内容，经过修改作为单篇论文发表的。四是关于《文心雕龙》的研究。仅选录三篇，即《〈文心雕龙〉与经今古文学述略》、《〈文心雕龙〉与六朝思想文化及文学艺术发展的关系》和《〈文心雕龙〉与六朝审美心物观》。《〈文心雕龙〉与经今古文学述略》是我第一篇《文心雕龙》研究论文，原是我提交1995年在北京召开的“《文心雕龙》国际学术研讨会”的会议论文。《〈文心雕龙〉与六朝思想文化及文学艺术发展的关系》这篇论文是命题作业，是我攻读博士学位必须完成并要求通过答辩的中期考查论文。审美心物观的研究不仅是中国文论尤其是《文心雕龙》研究的重要问题，也是我长期从事研究的“感官诗学”课题中的核心内容，1995年我撰成一篇长文，其中上篇题为《〈文心雕龙〉审美心物观的理论渊源》，发表于《原学》第六辑，下篇就是《〈文心雕龙〉与六朝审美心物观》这篇论文，发表于《文艺研究》1997年第4期。因我的博士学位论文（《〈文心雕龙〉与中国文化传统》）已经拖延十余年没有作为专著刊出，现在决心按照原稿修订，将尽快予以出版；所以凡完全属于我博士学位论文中的内容加以修订发表的论文（近20篇），均不入选这本自选集。至于我为什么总是反复打磨锤炼自己的拙作，并不断修订予以发表，除了“敝帚自珍”外，主要是我对学术论文的“文本”有自己的理解，这点思考我将在本论文集的后记中略加说明。五是司空图及其诗学研究。选录三篇论文，即《司空图家世、信仰及著述诸问题综考》、《读司空图《书屏记》书后——表圣论诗受〈文心雕龙〉之影响及相关问题之推论》和《〈司空表圣诗集〉辑佚考述》。六是有关学术史的研究。作为一名专业研究者，就应当关注所从事专业的学术史，我以为中国文论学术史研究主要有两个方面内容，其一是专门问题的研究史，其二是重要的专人专书（篇）的学术史研究。这里选录的两篇论文，一篇是关于文学地理学研究的，即《试论文学地理学的过去、现在和未来》；另一篇就是《王国维“境界”说的传统曲论资源——兼论〈人间词话〉的方法论问题》。没有选录我关于《文心雕龙》研究史方面的论文。

最后简要说明一下所选录论文的修订原则。由于二十多年来，我国学术研究的规范尤其是学术论文的形式规范有很大变化，例如十多年前，一般单篇论文发表时，征引古籍常常被要求直接置于文中，而现在是不允许的，必须一一加注，清楚注明文献的出处。这就给我的修订工作带来极大的困难，再加上我有意识地增加了很多注释，以补充说明问题，所以使我这件本来看似容易的工作竟然花去近三个月的时间，由于有些当年参考的书籍一时无法找到，所以作了一些变通处理。修订的大体原则有如下几点：部分论文征引的文献，更换了新的版本；部分论文根据底稿重新修订收录；所选录的论文的注释体例尽量都作了统一；如果对原论文中的论述或考证加以重要修正或补充者，一律加注或加“编按”说明；对所选录的17篇论文都作了修订，但基本内容和观点原则上均不改动；征引同一种文献版本，不同论文中可能所使用的版本不同，今仍然依照原稿不作同一改动。这是一次长途跋涉，其实每改定一篇，几乎比我重新撰写一篇论文还要艰苦，新增注释就达数万字。因此可以说，这本自选集，并不完全是旧稿照录，重复自己，也是一次重新研究和写作。是为说明，并以之代序。

虚静：艺术直觉的动态心理形式*

一、小 引

中国古代艺术家主张在虚静中直觉顿悟，深入空寂，静以观物，捕捉那种“欲辨已忘言”的艺术“真意”。近代词家况周颐根据自己的体悟，在其《蕙风词话》中说过这样一段妙语：“人静帘垂，灯昏香直。窗外芙蓉残叶飒飒作秋声，与砌虫相和答。据梧冥坐，湛怀息机。每一念起，辄设理想排遣之。乃至万缘俱寂，吾心忽莹然开朗如满月，肌骨清凉，不知斯世何世也。斯时若有无端哀怨枨触于万不得已；即而察之，一切境象全失，唯有小窗虚幌、笔床砚匣，一一在吾目前。此词境也。”① 可见，艺术直觉从忘物丧我、“万缘俱寂”到“忽莹然开朗如满月”，词境一一呈现于心目，正是以虚静即所谓“据梧冥坐、湛怀息机”作为其动态心理形式的。虚静的心态不是单纯的静思默想，一味寂寞，而更表现为“动”，王夫之所谓“静也，动之静也。”② 静不是“不动”，而是一种“静动”。虚静是动态的，空灵的，自由的，积淀经验介入理性的；而不是纯粹静态的，质实的，排斥经验的，绝对非理性的。因此，虚静实质上就是艺术直觉在进行创作活动时，主体心灵静极而动、动极归静的辩证运动的心理历程。当然虚静心态并非无由而动，在它的背后正隐藏着三大主要动力因素，这就是生命之气的运行、想象力的作用和情感的鼓荡，三种主要因素交相作用，使之成为一个生命流动、运行不息的心理系统。

---

* 编按：本文原载《安徽师大学报》（今已改名为《安徽师范大学学报》）1989 年第 2 期，今对全文进行修订，并增加若干有关引文注释。

① （近）况周颐《蕙风词话》卷 1，引据《蕙风词话》与王国维《人间词话》合刊本，第 9 页，人民文学出版社，1960。

② （清）王夫之《思问录 · 内篇》云：“太极动而生阳，动之动也；静而生阴，动之静也。废然无动而静，阴恶从生哉！一动一静，阖辟之谓也。”又接着云：“时习而说（悦），朋来而乐，动也。人不知而不愠，静也，动之静也。嗒然丧其耦，静也，废然之静也。天地自生，而吾无所不生。动不能生阳，静不能生阴，委其身心如山林之畏佳、大木之穴窍，而心死矣。人莫悲于心死，庄生其自道矣乎！”按：在此王夫之不仅把儒道思想观念相互参证，而且把《周易》太极论、阴阳动静论，直接用之于其心性哲学关于“身心”问题的思考，对于理解文学艺术创作过程的虚静心态和神思活动过程，极富有启发意义。引据《船山遗书》本，下同，上海太平洋书店民国 22 年（1933）排印本。

二、虚静的动态心理结构

虚静，作为艺术直觉的动态心理形式，其结构由三个不断上升的阶段组成：即先通过忘物丧我，构筑出虚灵不昧的心理空间；再由此进入心物（主客）交融所谓“天地与我并存，万物与我为一”的物化过程，从至虚至静到极实极动；最后，动极归静，由物化而顿悟，达到“目击道存”、“意象欲出”的境界。

（一）虚中受外。老庄哲学是中国古代以直觉为核心的形而上之艺术精神的主导。道家所说的“虚静”，如王夫之所论，乃是“静即含动，动不舍静”①，是一种“虚中受外，外乃不窒”的心理状态②。虚，指心理空间而言，就是“坐忘”与“澡雪”的功夫。老庄认为体悟那如朝阳初启的玄远之道，不能通过理性推理，而应诉诸直觉的心灵体验。人的主体心灵是一个复杂的世界，先天赋有与后天染化，使之可以分为三个不同层次：一是运用概念思维以理智为规范的理性自我（“知”、“聪明”之我）；二是掺杂着本能欲念的实用自我（“形”、“肢体”之我），这二者都属于一种非我的范畴；三是能够透入“道”的本体，把握人生的艺术精神的直觉自我（“道”之我），它是人真正的生命世界，是与运动不止的大道共通无碍的心灵至境。

在庄子看来，要体悟道心，必须对理性自我、实用自我进行超越，“堕肢体，黜聪明”，经过“离形去知”、“听之以气”的心斋、坐忘的修养过程③，从而完善直觉自我。所谓心斋、坐忘的过程，即黑格尔分析印度哲学时提出的一种“心智实

---

① 宋理学家周敦颐《太极图说》云：“无极而太极。太极动而生阳，动极而静；静而生阴，静极复动。一动一静，互为其根；分阴分阳，两仪立焉。”引见周敦颐《周元公集》卷1，文渊阁《四库全书》本。王夫之《思问录·外篇》阐释周氏之说，云：“‘动极而静’，‘静极复动’。所谓‘动极’、‘静极’者，言动乎此太极也。……《周易》六十四卦，三十六体，或错或综，疾相往复，方动即静，方静旋动，静即含动，动不舍静，善体天地之化者，未有不如此者也。”《船山遗书》本，同上。

② 王夫之《庄子通·天运》云：“天下之用心用物者，不出两端：或师其成心，或随物而移意，交堕于大小、长短、修远之中，而莫之所脱。夫两者不可据，而舍是以他求，则愈迷。是以酌中外之安，以体微而用大者，以中裁外，外乃不淫；虚中受外，外乃不窒。治心治物者，虽欲不如是而奚可？”引据《船山遗书》本，同上。

③《庄子·人间世》曰：“（颜）回曰：‘敢问心斋。’仲尼曰：‘若一志，无听之以耳，而听之以心；无听之以心，而听之以气。听止于耳，心止于符。气也者，虚而待物者也。唯道集虚，虚者，心斋也。’”此为“心斋”说。又，《庄子·大宗师》曰：“（颜回）曰：‘回益矣。’曰：‘何谓也？’曰：‘回坐忘矣。’仲尼蹴然曰：‘何谓坐忘？’颜回曰：‘堕肢体，黜聪明，离形去知，同于大通，此谓坐忘。’仲尼曰：‘同则无好也，化则无常也。而果其贤乎！丘也请从而后也。’”此为“坐忘”说。按：心斋的工夫，似乎孔子比颜回高明；而坐忘的精进，好像颜回高出于孔子，其实庄子乃寓言之耳，《庄子》笔下的孔子形象极为有趣，或亦有合乎史实处，但其刻画、叙述的主要目的，乃是庄子等道家学者用来批判、讥讽儒家的言行，或借以阐发其自己的学说。引据（清）郭庆藩撰《庄子集释》第146-147页，第282-285页，中华书局，1961。

体化”，其效用“正在于把那种主观虚妄性和它的一切聪明计较反思消融在其中”①。经过这样一番精神冶炼后，心头尘埃澡雪殆尽，胸无一丝俗念，理性思维中止，非我已被扬弃，从而创造出一个心如止水、空明灵透、“不将不迎”的心理空间。这样才能凝神致用，心似“天府”，注之不满，酌之不竭，“空明纳万境”。刘勰《文心雕龙·神思》说：“陶钧文思，贵在虚静，疏瀹五藏，澡雪精神。”② 南朝刘宋时画家宗炳在《画山水序》中提出“澄怀味象”的观点③，澄怀是体味自然“大象”的前提和条件，其目的也就在于建筑起“凝气怡身”、“应目会心”的直觉的虚静心理空间。明代李日华《竹懒论画》认为：“若是营营世念，澡雪未尽，即日对丘壑，日摹妙迹，到头只与髹采圬墁之工争巧拙于毫厘也。”④ 艺术家的主体心灵只有经过澄怀净化，使之如赤子之心，忘“知”（智）而虚“中”（心），才能“叩寂寞而求音”，“笼天地于形内”⑤。陆机《文赋》开头便云：“伫中区以玄览”，这句话实质就是对游心太玄、天人合一的思维方式的描述，在艺术的创作中，“玄览”就是艺术直觉对审美对象的运思活动。这种心理活动的开端，必须要“收视反听，耽思傍讯”。所谓“收视反听”，本源于庄子说的“耳目内通而外于心智”的观点⑥，指凝神专意、收声敛气，“通感”充分发挥作用的心理状态。但陆机舍弃了“外于心智”的说法，指出虚静心理活动一开始，便介入理性的作用，强调了“耽思傍讯”的特点。此后，许多中国古代文艺理论家如刘勰、严羽、叶燮等也都指出了艺术创造过程中，理性与才学的辅助作用。最具代表意义的是严羽在《沧浪诗话》之《诗辨》篇中提出的“别材”、“别趣”说，认为既要读书穷理，又要“不涉理路，不落言筌”，说“禅道惟在妙悟，诗道亦在妙悟”⑦。“妙悟”，即是中国艺术家用来指艺术直觉的名称。

总之，由忘（丧）到静（虚），是艺术直觉心理运动的开端，迈出这关键性的第一步，才有可能叩开中国艺术宫殿的大门，把握形而上的艺术精神，领悟希声的大音，契合无形的大象。

（二）静以物化。儒家重视“感物”说，其积极意义在于用朴素的观点解释了外物对主体心灵的作用，《乐记》（《乐本篇》）开篇就明确说：“音之起，由人心生

① （德）黑格尔《哲学史讲演录》第一卷，中译本，第151页，生活·读书·新知三联书店，1956。

② 引见范文澜《文心雕龙注》本，第493页，人民文学出版社，1958。

③ 俞剑华《中国画论类编》（第2版），第583页，人民美术出版社，1986。

④ 俞剑华《中国画论类编》，第131页，同上。

⑤ 本文引（晋）陆机《文赋》语，均见（梁）萧统编，（唐）李善注《文选》卷17，第224-228页，上海书店据世界书局影印（清）胡克家刻本，1988。

⑥ 《庄子·人间世》，引见郭庆藩撰《庄子集释》第150页，同上。

⑦ 引见郭绍虞撰《沧浪诗话校释》第12-26页，人民文学出版社，1983。

也。人心之动，物使之然也。感于物而动，故形于声。”① 但未能说透文心，停留在类似西方行为主义心理学“刺激—反映”（S—R）论的基础上。道家主张“物化”说，超越了体察的基层，上升到物我交融的境界，心灵的接纳（Reception）与外射（Projection）在这里获得了有机统一。这不同于西方美学家偏重于主体的移情说，而是在物我同化的“天和”中，进行直觉体验。艺术的心灵与自然万物相互消融，如庄周梦蝶，不知何者为我、何者为物，纯“以自然之眼观物”②，主体此刻按照德国哲学家叔本华的说法，就是“自失于对象之中”，为“直观的景象所充满，所占据”，成了“对象的最鲜明的写照”③，从而进入“天和”之境，感受和捕获到“天乐”之美。但是这种“和”是以“忘”为基础的，首先必须对自然“否定”之，超化之，然后才能与自然相冥合，即宋人晁补之论画所谓“遗物而观物”④，先须“遗物”，方能“物化”，万物与我合一。这种“观物”心理，王国维在《人间词语》中把它分为“轻视”和“重视”两种：所谓“诗人必有轻视外物之意，故能以奴仆命风月；又必有重视外物之意，故能与花鸟共忧乐。”⑤ 然而在中国古代诗人的眼中，无论是“以奴仆命风月”，还是“与花鸟共忧乐”，大自然都是一个亲近的生命本体，一个阴阳交合、生生不息的生命世界，主体心灵游于万象之中，方能目击道存，兴会标举。宗炳《画山水序》以充满诗意的笔调，描述了自己对这种物化心理过程的体验：“于是闲居理气，拂觞鸣琴，披图幽对，坐究四荒，不违天励之丛，独应无人之野。峰岫峣嶷，云林森渺。圣贤映于绝代，万趣融其神思。”⑥ 这生动地说明了艺术家的“神思”与大自然的不违和独映的心境。主体的生命情调与客体的宇宙精神在最充分的意义上达到和谐合拍，心与物在空明灵透的心理空间形成一种交融，从而进入到“神与物游”的天地。

（三）动极归静。虚静心态第三个阶段即是动极归静，此时之静，已不再是开始的纯粹空灵之静，而是充满“实际”之静。道家认为由物化而精进，遂能“见独”悟道。庄子笔下的女偊说：“夫卜梁倚有圣人之才而无圣人之道，我有圣人之道而无圣人之才，吾欲以教之，庶几其果为圣人乎！不然，以圣人之道告圣人之才，

① 引据《礼记正义》卷37《乐记第十九》，见（清）阮元校刻《十三经注疏》（下册）第2527页，中华书局影印本，1980。

② 王国维《人间词话》曰：“纳兰容若以自然之眼观物，以自然之舌言情。此由初入中原，未染汉人风气，故能真切如此。北宋以来，一人而已。”引据况周颐《蕙风词话》与王国维《人间词话》合刊本，第217页，同上。

③ （德）叔本华《作为意志和表象的世界》中译本第251页，商务印书馆，1982。

④ （宋）晁补之《鸡肋集》卷33《跋李遵易画鱼图》云：“凡鱼亦不一状，则画之难工又非若狗马比然。尝试遗物以观物，物常不能廋（引按：隐之意）其状。”文渊阁《四库全书》本。

⑤ 引据况周颐《蕙风词话》与王国维《人间词话》合刊本，第220页，同上。

⑥ 引见俞剑华《中国画论类编》，第583页，同上。

亦易矣。吾犹守而告之，参日（引按：即三日）而后能外天下；已外天下矣，吾又守之，七日而后能外物；已外物矣，吾又守之，九日而后能外生；已外生矣，而后能朝彻；朝彻，而后能见独；见独，而后能无古今；无古今，而后能入于不死不生。杀生者不死，生生者不生。其为物，无不将也，无不迎也；无不毁也，无不成也。其名为撄宁。撄宁也者，撄而后成者也。"[①] 这种"朝彻"而"见独"，"撄宁"的境界，也是一种大美的体验，是人生艺术精神的全、纯、粹的真实呈露，所谓"纯素之道，惟神是守；守而未失，与神为一"[②]，达到"朴素而天下莫能与之争美"的境界[③]。虚静心理运动由"动"之极上升到新的"静"之极，达到意象营造的构思终结阶段。司空图谓之"是有真迹，如不可知。意象欲出，造化已奇。"[④] 禅宗有一相当出名的公案："老僧三十年前来参禅时，见山是山，见水是水；及后来亲见知识，有个入处，见山不是山，见水不是水；而今得个体歇处，依然见山只是山，见水只是水。大众，这三般见解，是同是别？有人淄素得出，许汝亲见老僧。"[⑤] 所谓初参禅时"见山是山，见水是水"，可比作虚静心理运动的开端，有的只是朴素之心；接着入于山水之中，"见山不是山，见水不是水"，入而与之同化，如东坡诗云："不识庐山真面目，只缘身在此山中。"最终，只有从中跳出来，以心应物，方能妙悟自然，即物即真。[⑥] 王国维《人间词话》说："诗人对宇宙人生，须入乎其内，又须出乎其外。入乎其内，故能写之，出乎其外，故能观之。入乎其内，故有

---

① 《庄子·大宗师》，郭庆藩撰《庄子集释》释"撄宁"云："家世父曰：赵岐《孟子注》：撄，迫也。物我生死之见迫于中，将、迎、成、毁之机迫于外，而一无所动其心，乃谓之撄宁。置身纷纭、蕃变、交争、互触之地，而心固宁焉，则几于成矣，故曰撄而后成。"第252-255页，同上。

② 《庄子·刻意》，引见郭庆藩撰《庄子集释》第546页，同上。

③ 《庄子·天道》，引见郭庆藩撰《庄子集释》第458页，同上。

④ （唐）司空图《诗品·缜密》，引见郭绍虞撰《诗品集解·续诗品注》本，第26页，人民文学出版社，1963。编选补按：自1994年以来，学术界掀起关于《二十四诗品》是否为后人"伪托"司空图所作的研究争论，笔者也参与讨论，以为迄今绝然否定为司空图所著，证据仍不够充分，所以一直持存疑态度，还须再作进一步研究。今所自编此论文选集，凡涉及征引《二十四诗品》处，仍按传统题署，直接标注司空图作，特此说明。

⑤ 临济宗吉州青原惟信禅师语录。引见（宋）普济《五灯会元》（下册）卷17《青原惟信禅师》，第1135页，苏源雷点校，中华书局，1984。

⑥ 参阅（美）叶维廉《中西诗歌山水美感意识的演变》一文，见温儒敏、李细尧编《寻求跨中西文化的共同文学规律——叶维廉比较文学论文选》第91-131页，北京大学出版社，1986。按：叶维廉认为这则禅宗公案，代表"感悟外物的三个阶段，第一个'见山是山，见水是水'，可比作用稚心，素朴之心或未进入认识论的哲学思维之前的无智的心去感应山水，……第二个阶段：'见山不是山，见水不是水'，由无智的素心进入认识的哲学思维去感应山水，这个活动就逐渐离开新鲜直抒的山水，而移入概念世界，去寻求意义和联系。第三个阶段'依然见山是山，见水是水'，可以说是对自然现象'即物即真'的感悟，对山水自然自主的原始存在作无条件的认可，这个信念同时要我们摈弃语言和心智活动而归回本样的物象。"（第92-93页）分析甚为精彩，此为笔者所参考，特此说明。

生气。出乎其外，故有高致。”[①] 对这种“出”方能观之、“入”才能写之的意象的直觉感悟，大概有两种情境：

其一，自然恰得。这就是王昌龄《诗格》论“诗有三格”的“生思”与“感思”。所谓“生思”，就是指诗人“久用精思，未契意象，力疲智竭，放安神思，心偶照境，率然而生。”[②] 中国古代艺术家一般不主张苦思，刘勰《文心雕龙》说“秉心养术，无务苦虑”[③]，而要“从容率情，优柔适会”[④]。皎然对诗歌创作要不要“苦思”的问题，论述比较辩证：“‘诗不要苦思，苦思则丧于天真。’此甚不然，固当绎虑于险中，采奇于象外，状飞动之趣，写真奥之思。”[⑤] 不要“苦思”，当然并不是不去求精工，不去努力于“险中”而“采奇”。不对诗艺下刻苦创作的工夫，无法写出“状飞动之趣，写真奥之思”的名篇佳句，但创作仍然不可强为，当神思不畅时，需要调神理气，纯任自然，无窘迫牵束，方能“率然而生”。刘勰与皎然所论是并不矛盾的。王夫之《姜斋诗话》说得好：“以神理相取，在远近之间，才著手便煞，一放手又飘忽去，如‘物在人亡无见期’，捉煞了也。如宋人云：‘春洲生荻芽，春岸飞扬花。’饶他有理，终是于河鲀没交涉。‘青青河边草’与‘绵绵思远道’，何以相因依，相含吐？神理凑合时，自然恰得。”[⑥] 从这里我们可以看到直觉与灵感不同，直觉由逻辑的开端直接达到逻辑的终结，没有推理过程，是一种具有意象性的思维能力。而灵感却是一种具有突发性、亢奋性的思维状态。“神理相取”是直觉；而似火光电发，“一放手又飘忽去”的情境则是灵感，它是伴随艺术直觉过程中时生时灭的精神现象。“生思”着重于偶然性，如谢灵运的“池塘生春草，园柳变鸣禽”的千古名句，就是一种率然偶得。所谓“感思”，王昌龄解释道：“寻味前言，吟讽古制，感而生思”。感思着重于联想所得，如陶渊明读《山海经》遂发诗情，写了十三首佳作，从中获得“俯仰终宇宙，不乐复如何”的人生悟境[⑦]。这绝不同于明代前后七子的拟古之作，“吟讽古制”仅是诗人自己独特意象生成的契机，而不是以抄录为己作，也不是象黄庭坚那样对古人的华章佳构去作“夺胎换骨”的化用。

① 引据况周颐《蕙风词话》与王国维《人间词话》合刊本，第220页，同上。

② （唐）王昌龄《诗格》，均据（清）顾龙振编辑《诗学指南》本，卷3，第86页，台湾广文书局，1960。按：这里将王昌龄《诗格》“诗有三格”分为两类，第三格为“取思”，见下文。

③ 《文心雕龙·神思》，引见范文澜《文心雕龙注》本，第494页，同上。

④ 《文心雕龙·养气》，引见范文澜《文心雕龙注》本，第647页，同上。

⑤ （唐）僧皎然《评论》，顾龙振编辑《诗学指南》卷3，同上。

⑥ 王夫之《夕堂永日绪论·内编》，见《姜斋诗话》卷2，第149页，（明）谢榛《四溟诗话》与《姜斋诗话》合刊本，人民文学出版社，1961。

⑦ 参见《陶渊明集》卷4《读山海经十三首》，第133页，逯钦立校注，中华书局，1979。

其二，神会于物。这即是王昌龄论“诗有三格”的第三格“取思”，所谓“搜求于象，心入于境，神会于物，因心而得。”清代贺裳《皱水轩词筌》亦说：“稗史称韩干画马，人入其斋，见干身作马形，凝思之极，理或然也。作诗文如此始工。”[①] 这就要求诗人创作构思时，“深入空寂，万虑洗然”，“淡然天和，晦于其中”[②]，于物我交融、主客同化境界中，完成胸中新鲜独特之意象。

苏轼《书晁补之所藏与可画竹三首》（其一）说：“与可画竹时，见竹不见人。岂独不见人，嗒然遗其身。其身与竹化，无穷出清新。庄周世无有，谁知此凝神。”[③] 可见无论是庄子笔下的南郭子綦悟道，还是宋人文与可画竹，都是“忘物丧我”，然后身与竹（物）化，艺术直觉积极活动，遂有勃勃生机的胸中之竹的意象。这正可以概括艺术直觉的虚静心理形式之动态的全过程。

三、虚静心理运动的三大动力

用辩证法的眼光看问题，我们不再停留在虚静心理之空、静、明的纯静态的探讨上，而是把它看作艺术创造过程中的心理运动形式。那么这种心理运动的动力是什么呢？只有对此作出科学的说明，才不至于陷入神秘主义的泥潭，从而把握虚静心理的功能，更好地理解直觉这种“多种心理功能的综合”能力。笔者认为，这种心理动力主要可以概括为生命之气（Vital Force）、想象力和情感三大因素的交相作用。

“气”是中国古代哲人对宇宙本体的解释，《周易·系辞上》说：“精气为物，游魂为变”[④]；《老子》云：“万物负阴而抱阳，冲气以为和”[⑤]。宇宙万物是由气组成的，事物的变化源于阴阳之气的推动，人的生命就在于体内周行着“气”，气非天生如此而须不断颐养。基于这种哲学思想的培育，“养气说”遂亦成为中国古代艺术哲学的基本构成之一。儒家将养气与伦理修养相统一，认为配义与道、集义而生的“浩然之气”一旦养成，能使人至大至刚，具有充实之美[⑥]。道家从全生养性

---

① 贺裳《皱水轩词筌》，引据唐圭璋编《词话丛编》本，第704页，中华书局，1986。

② （唐）权德舆《送灵澈上人庐山回归沃州序》，（宋）姚铉编选《唐文粹》卷98，文渊阁《四库全书》本。

③ 引据《东坡全集》卷16，文渊阁《四库全书》本。

④ （唐）孔颖达等《周易正义》卷7《系辞上》，（清）阮元校刻《十三经注疏》（上册），第77页，同上。

⑤ （晋）王弼注《老子道德经》第42章，引据《诸子集成》（第3册）本，第15页，上海书店，1986。

⑥ 《孟子·公孙丑上》记述公孙丑与孟子的对话，其中云：“（公孙丑问曰）‘敢问夫子恶乎长？’（孟子）曰：‘我知言，我善养吾浩然之气。’（公孙丑问曰）‘敢问何谓浩然之气？’（孟子）曰：‘难言也。其为气也，至大至刚，以直养而无害，则塞于天地之间。其为气也，配义与道；无是，馁也。是集义所生者，非义袭而取之也。行有不慊于心，则馁矣。’”引见（宋）朱熹撰《四书集注》之《孟子集注》，第231页，中华书局，1983。

的角度出发，认为通过“坐忘”、“心斋”的修炼，“无听之以耳而听之以心，无听之以心而听之以气”[①]，方能感悟大道。所谓“听之以气”实质是说生命的纤虚之气契合于宇宙这个生生不息的宏大生命之气（道），以气应气，使个体小宇宙与自然大宇宙之间贯通无碍，人的生命从而提高到艺术精神的境界。

虚静心理运动在“虚中受外”的初级阶段，想象力还没有发生主要作用，生命之气的运行，乃是直觉心理动静交替的原始动力。西方一些直觉主义者似乎不明白这一点，只能以神秘的“生命冲动”来解释；其实我国古代哲学家、艺术理论家对此都早已作出过精到的论说。庄子说：“气也者，虚而待物者也。唯道集虚，虚者，心斋也。”[②] 心斋的目的在于建筑一个虚而待物的心理空间，使功名利欲、营营世念全都消除，此时体内之气徐徐运行于经络，这就是庄子说的“缘督以为经”[③]。所谓“缘督以为经”，是说要遵循人体内的经络，让生命之气，循经而行，毋使其阻滞岔脉。从而能够阴阳调和，志定神凝，虚然物外，以明大道。印度佛教也讲究这种运气的功夫，是禅定的基础。属于婆罗门教义并影响佛教的《禅定点奥义书》云：“大梵名吸气，楼达罗吐气，维师鲁持气，引导之神明，由来有斯谓。”[④] 禅宗也就是在这种运气的修养中，达到虚灵的心态，不立文字，以心传心，让身心获得一种安定感，来接受公案，领悟禅理。这种养气的理论与方法，无论是从养生角度，还是由此上升到哲学高度，都对中国文学艺术创作产生了重大影响，成为形而上的中国艺术直觉论的重要内容。

刘勰《文心雕龙·养气》篇指出：诗人“清和其心，调畅其气”，防止心中浸入偏邪之气，避免“神疲而气衰”[⑤]，才能凝神致用，想象方能展翅翱翔。况周颐认为要使填词有“风度”，须由“养”出，而所谓“养”，乃须自“善葆吾本身之清气始。”（《蕙风词话》卷一）“养”包括文化熏染和自然陶冶两个方面，前者如姜夔《白石道人诗说》所谓“益以学”等方面[⑥]；后者如清石涛（释道济）《画语录》论画所说：“古之人寄兴于笔墨，假道于山川，不化而应化，无为而有为，身不炫而名立，因有蒙养之功、生活之操，载之寰宇，已受山川之质也。”[⑦] 中国古代文学

---

① 《庄子·人世间》，见前注。

② 《庄子·人世间》，见前注。

③ 《庄子·养生主》，引见郭庆藩撰《庄子集释》第115页，同上。

④ 徐凡澄编译《五十奥义书》第962页，中国社会科学出版社，1984。

⑤ 引见范文澜《文心雕龙注》本，第646页，第645页，同上。

⑥ （宋）姜夔《白石道人诗说》云：“思有窒碍，涵养未至也，当益以学。”据（清）何文焕辑《历代诗话》本，第682页，中华书局，1981。

⑦ （清）释道济《苦瓜和尚画语录》之《资任章第十八》，引据黄宾虹、邓实编《美术丛书》本，第1册第17页，江苏古籍出版社据神州国光社1936年第3版影印，1986。

艺术家认为虚静不仅是创作构思的心理基础，也是生活修养的重要原则，所谓“淡泊以明志，宁静以致远”，这就是由老庄哲学思想所成就的虚静的艺术化人生理想。

清方东树《昭昧詹言》特别引录明代谢榛论诗语云：“诗人养气，蕴乎内，著乎外。”① 庄子由生理意义上的养气到体悟自然之气，从养生上升到哲学，致力于道的追求；而艺术家把生命之气的养炼，作为直觉创造的心理动力，将其推向艺术表现，从而决定了艺术的不同风格。曹丕认为“文以气为主，气之清浊有体，不可力强而致”②。引气不同，文章风格就异趣，孔融高妙的“体气”绝不类于徐干的“齐气”。刘勰也指出了“才有庸俊，气有刚柔”③。司空图《诗品》认为气行之于诗文，使之充满勃勃生机，如所谓“生气远出，不著死灰”，所谓“行神如空，行气如虹”④ 等等。韩愈还进一步讨论了气与言的关系：“气盛则言之短长与声之高下者皆宜”⑤。但无论是风格刚柔，语言气势，都决定于主体之气的推动，而主体之气又决定于虚静的修养程度。

其次，艺术直觉的心理动力是虚静心理中的情感运动。读老庄之书，常使人感到他们的面孔，似乎永远是冷冰冰的，无生动的感情流露，其实“道是无情却有情”，在直觉悟道的心境中，自始至终伴随着情感的活动。庄子在《大宗师》中说“古真人”虚静凝神时，“若然者，其心志，其容寂，其颡頯，凄然似秋，暖然似春，喜怒通四时，与物有宜而莫知其极。”情感毫不外现，同自然相亲和，这样才能顿悟大道，冥合自然，“天人不相胜”，入于“寥天一”。庄子《齐物论》说：“形固可使如槁木，而心固可使如死灰乎？”⑥ 这是一种经过“心斋”、“坐忘”后净化了的情感，推动着、伴随着直觉创造活动。刘勰说“神用象通，情变所孕”⑦。没

---

① （清）方东树《昭昧詹言》（卷21《附录诸家诗话》第31则）引录明谢榛论诗语云：“‘诗人养气，蕴乎内，著乎外。初唐、盛唐诸家，有雄浑如大海奔涛，秀拔如孤峰峭壁，壮丽如层楼叠阁，古雅如瑶琴朱弦，老健如朔漠横雕，清逸如九皋鸣鹤，明净如泰山积雪，高远如长空片云，芳润如露蕙春兰，奇绝如鲸波蜃气，此见诸家所养之不同也。学者能集众长，合而为一，则为全味矣。’愚谓此不易言也，惟子美能之耳。”第479页，人民文学出版社，1961。方氏所引，与谢氏原文稍异，参谢榛《四溟诗话》卷3，见《四溟诗话》与《姜斋诗话》合刊本第69页，版本同前注。

② （魏）曹丕《典论·论文》，引据（梁）萧统编，（唐）李善注《文选》卷52，第719-720页，上海书店据世界书局影印（清）胡克家刻本，1988。参考郭绍虞主编《中国历代文论选》（四卷本）第1册第158-159页，上海古籍出版社，1979。

③ 《文心雕龙·体性》，引见范文澜《文心雕龙注》本，第505页，同上。

④ 司空图《诗品·精神》、《诗品·劲健》，引见郭绍虞撰《诗品集解·续诗品注》本，第24页，第16页，同上。

⑤ （唐）韩愈《答李翊书》，引见《五百家注昌黎文集》卷16，文渊阁《四库全书》本。

⑥ 引见郭庆藩撰《庄子集释》第43页，同上。

⑦ 《文心雕龙·神思》，引见范文澜《文心雕龙注》本，第495页，同上。

有情感的孕育，就不会有艺术的产生。“凄然似秋，暖然似春”的情感落差[①]，伴随着物化过程，主客交融，跌荡错落，忽然“心有灵犀一点通”，领悟到艺术妙境。故司空图说：“情性所至，妙不自寻。遇之自天，泠然希音。”[②] 这就说明了主体心灵顿悟艺术的天乐，离不开情感。

艺术直觉的虚静心理中的情感运动，开始可能只是一种幽眇恍惚的莫明冲动，随着作家对要表现的艺术境界的妙悟，情感逐渐明朗，“情曈昽而弥鲜，物昭晰而互进”[③]，情（心）物交融，最终“意象”活泼泼地生于心灵之中，达到把笔挥毫的“畅神”之境。魏晋以前，儒家强调诗言志，诗言志说占着统治地位，随着魏晋后“文”的进一步自觉，情感遂成为艺术家探讨的主要对象，陆机的“缘情”说，刘勰的“为情造文”说以及钟嵘特别突出《毛诗序》所谓诗要“吟咏情性”的观点，如此等等，都是对儒家“诗无邪”说、“发乎情，止乎礼义”说等文艺功利观的修正和补充。不过也应看到儒家以理节情的主张，使中国古代艺术直觉论没有走向如法国哲学家柏格森等主张的本能说。柏格森认为：“直觉是指那种已经成为无私的、自意识的，能够静思自己的对象并能将该对象无限制扩大的本能”[④]。这似乎就排斥了生活对艺术直觉的作用，否定了源于现实生活而生的情感的推动力。我国古代艺术家尤其强调自然对主体心灵的感召和激荡，如王微说：“望秋云，神飞扬；临春风，思浩荡”[⑤]。苏轼《送参寥师》云：“欲令诗语妙，无厌空且静；静故了群动，空故纳万境。”[⑥] 只有具备虚静的心理空间，才能“了群动”、“纳万境”，而所谓“群动”、“万境”就是“阅世走人间，观身卧云岭”的生活体验的结晶。美国苏珊·朗格也不同意柏格森“直觉就是本能”和克罗齐“直觉就是表现”的观点，认为直觉不能离开经验，它排斥推理与概念，但又包含着情感、想象和理解，它是“逻辑的开端和结尾”[⑦]。这说明直觉是一种省去了逻辑推理过程，但同样具有认识事物本质所谓“直透本心”的思维方式，而不是什么神秘的本能的最佳状态。清代叶燮说：“惟不可名言之理，不可施见之事，不可径达之情，则幽眇以为理，想象以为事，惝恍以为情，方可为理至、事至、情至之语，此岂俗儒耳目心思界分中所有哉?”他又举杜甫诗句“碧瓦初寒外”、“月傍九霄多”、“晨钟云外湿”及“高城秋自落”四句为例，反复予以说明，指出这就是“所谓‘言语道断’，‘思维路绝’

① 引见郭庆藩撰《庄子集释》第229页，同上。

② 司空图《诗品·实境》，引见郭绍虞撰《诗品集解·续诗品注》本，第33页，同上。

③ 陆机《文赋》，同上。

④ （英）罗素《西方哲学史》中译本（下卷）第394页，商务印书馆，1976。

⑤ （南朝宋）王微《叙画》，引见俞剑华《中国画论类编》，第585页，同上。

⑥ 引据《东坡全集》卷10，同上。

⑦ 《情感与形式》中译本第439页，中国社会科学出版社，1986。

（引按：禅宗语）。然其中之理，至虚而实，至缈而近，灼然心目之间，殆如鸢飞鱼跃之昭著也。理既昭矣，尚得无其事乎？古人妙于事理之句，如此极多，姑举此四语以例其余耳。”① 这就强调了艺术直觉的幽眇而不可径达的模糊性、意会性，也强调了艺术情感恍惚难以明言的特点以及想象的作用。

复次，想象力也是推动虚静心理运动的重要动力。庄子的最高理想是精神上达到极度自由逍遥的境界，所谓“独与天地精神往来，而不敖倪于万物”②，它必须借助一种心灵“意向”能力，才能使“精神四达并流，无所不及”，“淡然无极而众美从之”③，从而一切差别、是非、对立、矛盾、欲念全都消失、融化，惟有自由的虚静之心，才能享受到那直觉顿悟后的愉悦。当然，道家庄子的这种体验大道的直觉顿悟式的思维活动，是与诗人艺术家的直觉活动有所区别的，暂且不论。要之，庄子这种“独与天地精神往来”的心理意向性活动，与艺术家的想象活动也有类同性和贯通性，因为想象也是一种心灵意向性的活动与能力。庄子要在虚静的心态中，以直觉体验的方式找到从人生的忧患中获得解脱的途径，升华到艺术化的精神天地。而艺术家在审美过程和艺术创作中的直觉活动，也是要通过“用志不分，乃凝于神”的凝神定气的作用④，才能进入艺术想象的世界，从而超越一切时空的限制以及现实中的一切拘泥束缚，对艺术对象进行直入性、模糊性、整体性地把握，顿悟到一种极致的境界，神与物相交游，心与手相一致，遂有所谓纵心所欲不逾矩之妙。如果没有想象力的作用，艺术直觉不可能创造出形神合一的艺术作品来。庄子认为大鹏展翅振飞，不过九万里，列子御风而游，不过“五日而后返”，原因即是“有所待”——有所束缚限制，没有很深的心斋、坐忘的修养功夫，精神未能达到充分的自由，而圣人能够独与天地精神相往来，游心于渺渺太玄，是因为具有“县（悬）解”之心⑤。刘勰遂用“悬解”、“独照”来指作家创作中，虚静为怀、充满想象的无所系待的自由之心，指出“悬解之宰，寻声律而定墨，独照之匠，窥意象而运斤。”⑥ 借用王夫之所谓“想象空灵，故有实际”这句话⑦，可以简要概括想象力推动虚静心理运动的全过程，即使之由纯粹空灵之静，经过物化之动，而归结为

① （清）叶燮《原诗》卷2《内篇下》，引据《清诗话》（下册）第587页、第586页，上海古籍出版社，1963。

② 《庄子·天下》，引见郭庆藩撰《庄子集释》第1098页，同上。

③ 《庄子·刻意》，引见郭庆藩撰《庄子集释》第542页，第537页，同上。

④ 《庄子·达生》，引见郭庆藩撰《庄子集释》第641页，同上。

⑤ 按：“县（悬）解”一词，见于《庄子》之《养生主》、《大宗师》篇。

⑥ 《文心雕龙·神思》，引见范文澜《文心雕龙注》本，第493页，同上。

⑦ 此语原是王夫之《古诗评选》卷四评潘岳《内顾诗》的评语，他说：“‘精爽交中路’，想象空灵，固有实际，不似杜陵魂来魂去之语设为浑沌，空有虚声而已。”引见北京大学哲学系美学教研室编《中国美学史资料选编》（下册）第275页，中华书局，1981。

“意象欲出”充满“实际”之静。在中国古代书画理论中，也可看到许多这方面精到的论述。王羲之《题卫夫人〈笔阵图〉后》云：“夫欲书者，先乾研墨，凝神静思，预想字形大小，偃仰、平直、振动，令筋脉相连，意在笔前，然后作字。”① 所谓“凝神”中的“预想”，就是指虚静中的想象。张旭因观公孙大娘舞剑器而书艺精进，雷简夫因听嘉陵江的涛声而使心中所想尽在笔下，与其说是对灵感的启迪，毋宁说是对想象力的激发，而妙悟至境，运笔直书。中国山水画的散点透视即所谓“以大观小”的方法，正如宗白华先生所论，是画家“提神太虚，从世外鸟瞰的立场观照全整的律动的大自然。”② 这即是运用直觉的方式，整体地把握艺术对象，积极运用想象力的整合（Integration）功能，妙悟自然，融入个体的生命精神，从而创造出可居可游的意境，描绘出一幅幅荒寒、洒落、萧散的山水杰作。总之，想象力的推动，也是虚静心理运动的动态历程的主要原因之一。

四、结　语

艺术直觉，是中国古代形而上的艺术论的建构核心，它以老庄的直觉思维方式为导源，以虚静为其动态心理形式，强调心灵的空明宁静，而不流于幽昧的平板死寂，排斥概念性思维，但不否认理性的作用；强调顿悟和才学的涵养、经验的积累，注重生命之气的葆养，从而未流入本能的神秘论。虚静，作为艺术直觉动态心理形式的运动过程和组成结构，可简化如下，来作大体的理解，动力系统：主要是生命之气、想象力和情感的交互作用；组成结构：是实（动：含非我思想）—空（静：澡雪洗涤）—物化（动：心物交融）—实（静：意象欲出）的动态构成。进一步探讨虚静这种动态心理结构，认识直觉能力在艺术创造、鉴赏过程中的重要作用，是一个很有意义的研究课题。

---

① 引据（唐）张彦远《法书要录》卷1，第7页，洪丕模点校，上海书画出版社，1986。

② 宗白华《意境》第119页，北京大学出版社，1987。

严羽悖论：艺术直觉的运思特征*

一、引　论

中国古代形而上之艺术理论，氤氲着道家、禅宗的玄远灵动的精神；重“体悟”的艺术精神与庄禅之道，可谓脉脉相通，息息相应。道家哲学认为“目击而道存”①，空静明澈的纯粹主体，要以心灵的直觉与自然大化的流动相应合，所谓“虚室生白，吉祥止止”②。

在中国本土生长发育起来的禅宗，大量融会了道家（包括儒家）虚静以致明等思想，主张由定生慧，以心印心，泯灭自我与存在的界限，重视整体把握、直觉悟

---

* 编按：本文原载《学术论坛》1989年第6期。今对全文进行修订，并增加有关引文注释。

① 《庄子·田子方》述仲尼（孔子）见温伯雪子而“不言”，答子路（仲由）问云：“若夫人者，目击而道存矣，亦不可以容声矣。”（清）郭庆藩撰《庄子集释》释“目击而道成”诸语，引（晋）郭象《庄子注》：“目裁往，意已达，无所容其德音也。”又引（唐）成玄英《庄子注疏》：“击，动也。夫体悟之人，忘言得理，目裁运动而玄道存焉，无劳更事辞费，容其声说也。”引见《庄子集释》第706页，中华书局，1961。南朝宋刘义庆所著《世说新语》之《栖逸》篇，首载阮籍善啸而往苏门山见苏门先生故事，（梁）刘孝标注引（晋）戴逵《竹林七贤论》云：“籍归，遂著《大人先生论》，所言皆胸怀间本趣，大意谓先生与己不异也。观其长啸相和，亦近乎目击道存矣。”引据徐震堮撰《世说新语校笺》第355页，中华书局，1984。王羲之《兰亭诗》（玄言诗）有句云：“寓目理自成”，引见逯钦立辑校《先秦汉魏晋南北朝诗》之《晋诗》卷13，第895页，中华书局，1983。按：在六朝玄学思潮发展过程中，“目击道成”之观念，一变而为玄览自然山水而体悟“大道”之方式；随着这种玄学思想、创作玄言诗及山水画之风气的盛行，再一变而被广泛运用于文艺理论与批评，确立艺术创作的“应目会心”之论；其后“目击道存”、“应目会心”，遂成为一条诗歌创作的基本原则和理想追求，这实际上就是一种艺术直觉论。略举证如下：南朝刘宋时画家宗炳《画山水序》说：“圣人含道暎（应）物，贤者澄怀味像。……夫圣人以神法道而贤者通，山水以形媚道而仁者乐，不亦几乎！”引见俞剑华《中国画论类编》（第2版），第583页，人民美术出版社，1986。刘勰《文心雕龙》之《物色》篇赞曰：“山沓水匝，树杂云合。目既往还，心亦吐纳。春日迟迟，秋风飒飒，情往似赠，兴来如答。”引见范文澜《文心雕龙注》第693页，人民文学出版社，1958。钟嵘《诗品序》云：“至乎吟咏情性，亦何贵于用事？‘思君如流水’，既是即目；‘高台多悲风’，亦惟所见；‘清晨登陇首’，羌无故实；‘明月照积雪’，讵出经史。观古今胜语，多非补假，皆由直寻。”引见吕德申《钟嵘〈诗品〉校释》第93-94页，北京大学出版社，1986。

② 按：“虚室”指经过“心斋”、“坐忘”修为的虚静之“心”。《庄子·人间世》：“瞻彼阕者，虚室生白，吉祥止止。夫且不止，是之谓坐驰。”（清）郭庆撰《庄子集释》引（唐）成玄英《庄子注疏》云：“瞻，观照也。彼，前境也。阙，空也。观察万有，悉皆空寂，故能虚其心室，乃照真源，而智慧明白，随用而生。白，道也。”第150页，同上。

人，反对支解分析、概念思辨。道与禅，是南宋著名诗论家严羽《沧浪诗话》两大主要的理论渊源[①]，而融会了道、释思想的宋代理学对其思想观念也具有直接的影响。"以禅喻诗，莫此亲切"[②]，亲近切合的立足点，就在于诗与道、禅一样，都崇尚直觉思维。严羽之前和同时代的许多诗论家，对作诗贵在体悟的这种独特思维方式，已有普遍自觉性地认识，加上禅宗理论盛行，遂兴起"以禅喻诗"的热潮。严羽承继前人的论述并加以独到地发挥，力图破除恃才弄气的诗坛之弊，决心给诗人立一"千百年公案"，真正树立起一个作诗的原则：这就是诗道唯在"妙悟"——要运用直觉思维来创造。为了说清楚"妙悟"运思的基本特征，他主要用两大似相矛盾的命题来立论的：一是诗要"妙悟"而真正佳构又可"不假"于悟；二是诗要有"别材"、"别趣"，与"书"、与"理"不相关而又不得不相关。

前一个命题直接指定了后一个命题的意蕴。从"悖论"的最基层的泛化意义上说，可称这两大命题为"严羽悖论"，或者说是一种"准悖论"。从库尔特·歌德尔（Kurt Godel）的"不完全性定理"来看[③]，严羽命题的"悖论"性或"准悖论"性，也是源于直觉主体本身具有自我相关的矛盾性而自然产生的。"惟在妙悟"与"不假悟"的区别，在于前者偏于自觉，而后者重在自发，可以说这正是宋诗与汉魏古诗及唐诗的区别、宋人与唐人的诗歌直觉理论如严羽与司空图的区别之所在。严羽的"妙悟"说，着重倡导的是"透彻之悟"而非"不假悟"，虽然"不假悟"之悟的境界更令人向往，却是高不可攀的。在宋代理学思潮的影响下，"透彻之悟"蕴含了浓重的理性色彩。严羽认为它根本不是神秘不可知的，而是可以通过学习（熟参）等后天修养培育而获得并加以自觉运用的。这种理论既指出了"妙悟"非理性的特征，但也不排斥其理性的作用，就较为接近现代文艺哲学中的"直觉"范畴的内涵，可见严羽比司空图更具有现代意义，他的两大命题已点到了艺术直觉最主要的特征。

严羽命题的"悖论"性，也是吸取了老庄、禅宗的表述方式造成的，不过这是外在形式上的原由。利用矛盾的陈述、背反的命题来说明问题，本就是老庄与禅宗惯用的方法。老子为了说明"道"本体的恍惚玄远性，便云："道可道，非常道；名可名，非常名。"禅宗常用二难推理来申述禅的非逻辑性、日常性及禅悟的直接

---

① 按：当然这里并不否认严羽《沧浪诗话》持有"诗言志"说等儒家传统思想。

② 严羽《答出继叔吴景仙书》，见郭绍虞撰《沧浪诗话校释》之《附录》，第251页，人民文学出版社，1983。本文所引严羽诗论均据本书，下文或只在文中注明篇名，以避烦琐。

③ 按：库尔特·哥德尔（1906—1978），美籍捷克人，世界著名数学家、逻辑学家和哲学家，其最杰出的贡献是研究出不完全性定理等。

性。如怀让曾用“磨砖岂能成镜”的例子[①]，向马祖说明禅理全凭心悟、佛非定相、要自识本心的道理。仅从这个角度，也可以看出沧浪诗论深受道家与禅宗的影响。

本文力图由严羽“悖论”生发开去，对中国古代这种“妙悟”式直觉理论予以科学分析。预先要说明的是，笔者并非要牵强附会，而是以此（严羽悖论）为基点，有意识地进行拓展引申，以期重新把握和梳理中国古代艺术理论家对艺术直觉运思特征的论述。

二、艺术直觉的整体性

“大抵禅道唯在妙悟，诗道也在妙悟”[②]。沧浪此论一出，赞誉与訾议纷起，严羽对禅宗流别似乎并不清楚，冯班纠谬已明，尽管冯氏《严氏纠谬》也多吹毛求疵之论，特别其对佛教和禅宗一些论说也并非全是[③]。况且严羽《沧浪诗话》“枝节舛错，何损于卓识覃思”[④]，重要的在于对禅之精神的领会与把握。

禅宗摒弃了繁琐复杂的宗教形式，张扬即心即佛的思想，认为“真如”体现在一切自在之存在中，“青青翠竹，总是法身；郁郁黄花，无非般若”[⑤]。既然佛性无

---

① （宋）释道济《五灯会元》卷3载怀让禅师语录云：“开元中有沙门道一，（即马祖也。）在衡岳山常习坐禅。师知是法器，往问曰：‘大德坐禅图甚么？’一曰：‘图作佛。’师乃取一砖，于彼庵前石上磨。一曰：‘磨作甚么？’师曰：‘磨作镜。’一曰：‘磨砖岂得成镜邪？’师曰：‘磨砖既不成镜，坐禅岂得作佛？’一曰：‘如何即是？’师曰：‘如牛驾车。车若不行，打车即是，打牛即是？’一无对。师又曰：‘汝学坐禅，为学坐佛？若学坐禅，禅非坐卧。若学坐佛，佛非定相。于无住法，不应取舍。汝若坐佛，即是杀佛。若执坐相，非达其理。’一闻示诲，如饮醍醐”。第127页，中华书局，1984。

② 严羽《沧浪诗话·诗辨》，郭绍虞撰《沧浪诗话校释》第12页，同上。

③ （明）冯班《严氏纠谬》，参见郭绍虞撰《沧浪诗话校释》之《附辑》，第283-292页，同上。

④ 此乃钱钟书先生语，他说：“窃凡诗之空而以为灵，塞而以为厚者，皆须三复《沧浪诗辨》；渔洋未能尽沧浪之理，冯班《钝吟杂录·纠谬》一卷亦只能正沧浪考证之谬。钱牧斋《有学集》卷十五《唐诗英华序》、《唐诗鼓吹序》、卷十七《赖古堂合刻序》等痛诋沧浪，尤斥妙悟之说为误人毫芒，较早作《冯已苍集序》之极称沧浪妙悟，不啻出尔反尔。至谓严氏以禅喻诗，无知妄论，声闻、辟支，皆为小乘，临济、曹洞初无优劣；则陈眉公《偃曝谈余》卷下已讥沧浪为‘杜撰禅’，又先于牧斋。要之枝节舛误，何损于卓识覃思，知言者毋以小眚掩大德。”此论最为精核公允。引见钱钟书《谈艺录》（补订本），第61则《随园主性灵》，第209页，中华书局，1984。

⑤ 《五灯会元》卷3载马祖法嗣大珠慧海禅师语录云：“自不见性，不是无性。何以故，见即是性，无性不能见。识即是性，故名识性。了即是性，唤作了性。能生万法，唤作法性，亦名法身。马鸣祖师云：‘所言法者，谓众生心，若心生故，一切法生。若心无生，法无从生，亦无名字。迷人不知法身无象，应物现形，遂唤青青翠竹，总是法身，郁郁黄华，无非般若。黄华若是般若，般若即同无情。翠竹若是法身，法身即同草木。如人吃笋，应吃法身也。’如此之言，宁堪齿录。对面迷佛，长劫希求，全体法中，迷而外觅。是以解道者，行住坐卧，无非是道。悟法者，纵横自在，无非是法。”又，卷15载云门偃禅师法嗣荐福承古禅师语录云：“景祐四年，范公仲淹出守鄱阳，闻师道德，请居荐福，开阐宗风。……问：‘青青翠竹，尽是真如，郁郁黄花，无非般若。如何是般若？’师曰：‘黄泉无老少。’”第157页，第945页，同上。

所不在，禅理无可不通，就可以凭借心灵的直觉去作整体性的体悟。禅之直觉的整体性，表现为即一即万，即偏即全，禅机引发，立证菩提的致思方式。圆足无碍的禅，使古代文论家受到启迪，认识到诗乃是创作主体对审美对象整体性地直觉观照的结果。美丽奇绝的诗句，是心灵对万有如江水映月一样自然印照的产物，故黄庭坚说："无人知句法，秋月自澄江"①。严羽说的"透彻之悟"与"不假悟"的要旨，就是艺术直觉的整体性运思方式。

诗要表现的对象是万象浑沌的存在，而不是支离破碎的世界。庄子笔下的"浑沌"，本无视听食息的七窍，强行凿之，"七日而浑沌死"②。这个寓言，从艺术精神上看，即要人们超越概念与分析智性，凭籍直觉的观照，以虚静之心把握宇宙大化的生命整体之"一"，"一"就是"道"，就是不可分解的"浑沌"。故艺术之心灵首先需要进行"心斋"、"坐忘"式的审美心理的准备活动，超越理性与实用的非我，万虑洗然，深入空寂，纯粹主体方能进行直觉的整体观照，从而完成"宇宙即我"的整体性的审美把握。孟子说："万物皆备于我"③，庄子说："天地与我并生，万物与我为一"④，智顗说"一切诸法皆由心生，因缘虚假不实故空"⑤，陆九渊说："宇宙便是吾心，吾心即是宇宙"⑥ 等，从认识论尤其是审美过程看，心灵感物时，确实存在这种主客并生、物我合一的体验。道家、禅宗、理学的谬误在于无限地夸大直觉的格物致知的能力，把科学分析、理性思辨排斥在认识过程之外。中国古代艺术理论家改造了这些观点，认为审美之纯粹心灵能与万物合一，达到如刘勰说的"神与物游"⑦、司空图说的"思与境谐"的物化之境⑧，这是艺术直觉运思中的必经过程，如存在主义哲学主张的那样，反对以自我为中心、把世界看成因果性的逻

---

① 黄庭坚《山谷集》卷2《奉答谢公静与荣子邕论狄元规、孙少述诗长韵》："谢公遂如此，宰木已三霜。无人知句法，秋月自澄江。二子学迈俗，窥杜见牖窗。试斫郢人鼻，未免伤手创。蝍胥与竹萌，乃不美羊腔。自往见谢公，论诗得濠梁。世方尊两耳，未敢筑受降。丹穴凤凰羽，风林虎豹章。小谢有家法，闻此不听将。相思北风恶，归雁落斜行。"引据文渊阁《四库全书》本。

② 《庄子·应帝王》，引见郭庆藩撰《庄子集释》第309页，同上。

③ 孟子曰："万物皆备于我矣。反身而诚，乐莫大焉。强恕而行，求仁莫近焉。"引据（宋）朱熹撰《四书章句》之《孟子集注》卷13《尽心章句上》，第350页，中华书局，1983。

④ 《庄子·齐物论》，引见郭庆藩撰《庄子集释》第79页，同上。

⑤ （隋）智顗《休习止观坐禅法要》，引据石峻等编《中国佛教思想资料选编》第2卷第1册，第97页，中华书局，1983。

⑥ 《陆九渊集》卷36《年谱》记述陆九渊13岁悟"道"之语，第483页，中华书局，1980。

⑦ 《文心雕龙·神思》，引据范文澜《文心雕龙注》第493页，同上。

⑧ 刘勰《文心雕龙》之《神思》篇曰："故寂然凝虑，思接千载；悄焉动容，视通万里；吟咏之间，吐纳珠玉之声；眉睫之前，卷舒风云之色；其思理之致乎！"引据范文澜《文心雕龙注》第493页，同上。（唐）司空图《与王驾评诗书》云："今王生者，寓居其间，沉渍益久，五言所得，长于思与境偕，乃诗家之所尚者，则前所谓必推于其类，岂止神跃色扬哉?"引据《司空表圣文集》卷1，《四部丛刊》本。

辑组合，而是以存在为存在，我亦为存在，以物观物，以自然之眼观物，对审美对象作整体性的直觉把握，方为“透彻之悟”。否则就会在形而下的格调模拟上求神似，以才学、议论为诗，或者走向江湖派诗人清苦窒碍的褊狭之路，写不出“李杜数公，如金鳷擘海，香象渡河”[①] 的浑厚之作。

《沧浪诗话·诗辨》云：“悟有浅深，有分限之悟，有但得一知半解之悟。汉魏尚矣，不假悟矣。谢灵运至盛唐诸公，透彻之悟也。他虽有悟者，皆非第一义也。”[②] 所谓“分限之悟”、“一知半解之悟”，就是未能对万象浑沌的存在做到整体性的把握、全方位的观照，运思不能圆融无碍，诗境也就不能够浑成自然。“不假悟”的汉魏诗，就是整体观照和运思的结果，所谓“汉魏古诗，气象浑沌，难以句摘”[③]，看不到人为的“悟”的痕迹，是潜意识的自发性的挥洒，纯任自然，入于化境。诗人在获得“透彻之悟”、“不假悟”的过程中，艺术想象充分发挥蒙太奇式的组合作用，突破时空的拘限，“观古今于须臾，抚四海于一瞬”[④]，虚拟、取舍、概括等艺术思维活动在此得以积极地展开，“视布于麻，虽云未贵，杼轴献功，焕然乃珍”[⑤]，把原生之自然、粗糙之对象加工为艺术的珍品。中国山水画不是象西洋油画那样讲究光线和方位，而是运用整体透视的方法来创造，乃为这种整体性直觉观照理论的实践范例。罗大经《鹤林玉露》记韩干、李伯时画马，以厩下马为师，评述到：“大概画马者，必先有全马在胸中”，积精储神，赏其神骏，然后“信意落笔，自然超妙”[⑥]。全马在胸，就是直接的整体性把握。

三、艺术直觉的直入性

艺术直觉的直入性大致由目击玄览到心透其象两个先后阶段组成，前者可以称之为“应目会心”，后者就是所谓“心穿其境”。

（一）应目会心。眼观外物，心有所悟，是艺术家进行直觉观照的普遍体验。宗炳《画山水序》云：“夫以应目会心为理者，类之成巧，则目亦同应，心亦俱会，

---

① 《沧浪诗话·诗评》，引见郭绍虞撰《沧浪诗话校释》第 177 页，同上。

② 严羽接着论曰：“谢灵运至盛唐诸公，透彻之悟也。他虽有悟者，皆非第一义也。”引见郭绍虞撰《沧浪诗话校释》第 12 页，同上。

③ 《沧浪诗话·诗评》，引见郭绍虞撰《沧浪诗话校释》第 131 页，同上。

④ （晋）陆机《文赋》，引据（梁）萧统编，（唐）李善注《文选》卷 17，第 225 页，上海书店据世界书局影印（清）胡克家刻本，1988。

⑤ 《文心雕龙·神思》，引据范文澜《文心雕龙注》第 495 页，同上。

⑥ （宋）罗大经《鹤林玉露》丙编卷 6，第 343 页，中华书局，1983。

应会感神，神超理得，虽复虚求幽岩，何以加焉?”[①] 神超理得之神，即指画家的直觉活动与能力，它以“应目”为根基，“应目”如同美国文论家阿恩海姆说的“视觉思维”。艺术直觉直入性首先就表现为应目式视觉思维的能力。这种能力的表现是建立在整体性观照和把握艺术对象的基础之上的。格式塔心理学的主要观点就是强调心灵眼目的整体性构造，从而揭示了人的心理具有完构的内驱力和整体性的功能。阿恩海姆通过韦太默理论的分析，认为人的大脑皮层有一个电化学力场，能与外界事物力的基本式样产生一种异质同构的生理心理运动，此即所谓“完形”。这与宗炳的“目亦同应，心亦具会”、刘勰的“诗人比兴，触物圆览”[②]、司空图的“目击可图”等观点[③]，有着惊人的类似，可以说是中西文论家通过各自的艺术实践和研究而获得的殊途同归的结论。钟嵘《诗品序》云：“观古今胜语，多非补假，皆由直寻”[④]，强调即目所见，推崇“自然英旨”。严羽称赞谢灵运能具“第一义”之悟，就是因为谢诗如“出水芙蓉”，多直寻之句，钟嵘评之谓“兴多才高，寓目辄书”[⑤]。“兴”，从魏晋时期艺术观念由注重政治伦理的功利性逐步转变为注重审美性开始，就由创作方法论（“起兴”）而成为古典美学中一种艺术直觉创造论，其内涵着重目击于物，直致所得，而表现于诗就为“言已尽而意有余”的境界，故唐代的释皎然《诗式》直接说：“取义曰兴”，而“义即象下之意。”[⑥] 以眼目直接“思维”于象，会心于境，才能寻觅到丰蕴腴厚的诗味，方无雾里看花之恨。阿恩海姆认为“表现就存在于结构之中”[⑦]，对表现对象“结构”的应目、直寻而达到心与物的异质同构，方成就审美的直入性直觉，严羽反复说明的“具正法眼者，是谓第一义”的本意，当亦包含这种审美经验的体会，当然他不可能懂得现代的完形心理学。

（二）心穿其境。如巴尔扎克所说，艺术的心灵具有一种内窥于本质的“透视

---

① 俞剑华《中国画论类编》第583页，同上。

② 刘勰《文心雕龙》之《比兴》篇赞曰：“诗人比兴，触物圆览。物虽胡越，合则肝胆。拟容取心，断辞必敢。攒杂咏歌，如川之涣。”引据范文澜《文心雕龙注》第603页，同上。

③ （唐）司空图《与极浦书》云：“……然题纪之作，目击可图，体势自别，不可废也。”引据《司空表圣文集》卷3，《四部丛刊》本。

④ 见前注。

⑤ （梁）钟嵘《诗品》列谢灵运为“上品”，评曰：“（宋临川太守谢灵运）其源出于陈思（按：曹植），杂有景阳（按：张协）之体。故尚巧似，而逸荡过之，颇以繁富为累。嵘谓若人兴多才高，寓目辄书，内无乏思，外无遗物，其繁富宜哉！然名章迥句，处处间起；丽典新声，络绎奔会。譬犹青松之拔灌木，白玉之映尘沙，未足贬其高洁也。”引见吕德申《钟嵘〈诗品〉校释》第89页，同上。

⑥ （唐）释皎然《诗式》之《用事》论曰：“诗人皆以征古为用事，不必尽然也。今且于六义之中，略论比兴。取象曰比，取义曰兴。义即象下之意。凡禽鱼、草木、人物、名数，万象之中义类同者，尽入比兴。《关雎》即其义也。”引见（清）何文焕辑《历代诗话》（上册）第30页，中华书局，1981。

⑦ （美）鲁道夫·阿恩海姆《艺术与视知觉》中译本，第619页，中国社会科学出版社，1984。

力”，使作家“在任何可能出现的情况下测知真相”①。应目式的直接性最后在审美中上升为“直透本心”而具有理性色彩的艺术“抽象”阶段。基于康德“没有抽象的视觉谓之盲，没有视觉形象的抽象谓之空”的观点，阿恩海姆指出艺术家的抽象是对审美意象的完善。艺术直觉的直入性，犹如世尊拈花，迦叶微笑，是一种顿悟式地透入对象本质的深刻把握，是非理性的、超逻辑的，是艺术的“抽象”而不是科学的“抽样”，是在整体观照基础上的自然升华而不是生而具有的神秘“本能”。法国哲学家柏格森说：“大自然也偶尔由于一时疏忽，产生了一些比较超脱并不是有意识的、理性的、系统的，并不是思考和哲学的产物。我说的是一种自然的超脱，是感官或者意识的结构中天生的东西，并且立即就以可说是纯真的方式，通过视觉、听觉或者思想表现出来的东西。”②可见，柏格森对直觉的非理性、直入性的特征都有所认识。柏格森主义使西方理性主义进一步走向了“毁灭”，禅学于19世纪后期开始在西方世界逐渐盛行，正是因为禅的非理性、直入性特征与其反理性主义思潮有着相通之处的缘故。美国符号学家苏珊·朗格在其《情感与形式》等著作中批判地改造了柏格森等人的直觉理论，指出直觉是“逻辑的开端和终结”。这就是说，直觉的直入性仍含有逻辑的推理，只是其“过程”高度浓缩，似乎已被“省略”、“悬置”，而不明显地表现在意识中，因为“人的诸心理能力在任何时候，都是作为一个整体活动着，一切知觉中都包含着思维，一切推理中都包含着知觉，一切观测中都包含着创造。”③ 可见，直觉的穿透力不可能全然摒弃理性与经验而走到审美的终点站。严羽说的“透彻之悟”与“不假悟”，除含整体把握的旨义外，其“透彻”、“不假”二词显然还具有“直入”的意思，较为恰当地揭示了心灵在整体观照万象时窥入本质的穿透功能。《庄子·秋水》云：“夔怜蚿、蚿怜蛇、蛇怜风，风怜目，目怜心。”④也形象地说明了心思之速远胜于

---

① （法）巴尔扎克《〈驴皮记〉初版序言》曾说：“……在真正是思想家的诗人或作家身上出现一种不可解释的、非常的、连科学也难以明辨的精神现象。这是一种透视力，它帮助他们在任何可能出现的情况中测知真相；或者说得更确切点，是一种难以明言的、将他们送到他们应去或想去的地方的力量。”引见《巴尔扎克论文学》中译本第95页，中国社会科学出版社，1986。

② （法）柏格森《笑：论滑稽的意义》中译本第94页，（北京）中国戏剧出版社，1980。

③ （美）鲁道夫·阿恩海姆《艺术与视知觉》中译本，第5页，同上。

④ 按：《庄子》之《秋水》篇接着云：“夔谓蚿曰：‘吾以一足趻踔而行，予无如矣。今子之使万足，独奈何？’蚿曰：‘不然。子不见夫唾者乎？喷则大者如珠，小者如雾，杂而下者不可胜数也。今予动吾天机，而不知其所以然。’蚿谓蛇曰：‘吾以众足行，而不及子之无足，何也？’蛇曰：‘夫天机之所动，何可易邪？吾安用足哉！’蛇谓风曰：‘予动吾脊胁而行，则有似也。今子蓬蓬然起于北海，蓬蓬然入于南海，而似无有，何也？’风曰：‘然。予蓬蓬然起于北海而入于南海也，然而指我则胜我，蝤我亦胜我。虽然，夫折大木，蜚大屋者，唯我能也，故以众小不胜为大胜也。为大胜者，唯圣人能之。”郭庆藩引（唐）成玄英《庄子注疏》释曰：夔“是一足之兽”，“蚿，百足虫也”，“夔则以少企多，故怜蚿；蚿则以有羡无，故怜蛇；蛇则以小企大，故怜风；风则以暗慕明，故怜目；目则以外慕内，故怜心。欲明天地万物，皆禀自然，明暗有无，无劳企羡，放而任之，自合玄道。”引见（清）郭庆藩撰《庄子集释》第591-594页，同上。

耳目之观，目击于物，心即感之，一念方动，已入本相。此时，诗人常情不自禁，挥笔疾书，达到王士祯所崇尚的作诗要“不以力构”、“伫兴而发”的境界[①]。

关于艺术直觉的整体性与直入性，可用王昌龄的这段话为结：“夫置意作诗，即须凝心，目击其物，使以心击之，深穿其境。如登高山绝顶，下临万象，如在掌中。以此见象，心中了见，当此即用。”[②] 艺术家首先要虚静凝神，心意专一，然后视存在为浑沌、为整一，使万象了然心中，方得“透彻之悟”。再以这种整体观照为根基，超升到直透本心、“深穿其境”的本质洞窥的阶段。整体性观照是始基，直入性把握为终结，二者密不可分，水乳交融。“江流天地外，山色有无中。”可喻其整体性；“两岸猿声啼不住，轻舟已过万重山。”可喻其直入性。

四、艺术直觉的非理性

严羽第二“悖论”性命题关于“别材”、“别趣”与“读书”、“穷理”之矛盾关系的论述，进一步说明艺术直觉还具有非理性与模糊性的运思特征。与整体性紧密相关的是模糊性，似“烟笼寒水月笼沙”，整体观照表现为浑沌式的模糊性思维活动；与直入性密不可分的是非理性，如“泪眼问花花不语”，直入性的内窥要靠诗人别具的材趣。非理性与模糊性之间又表现为互为依存、共具命运的关系。

禅宗之悟，庄子之神，“并非无思无虑，不见不闻，乃超越思虑见闻，别证妙境而契胜谛。”[③] 这种“超越”就表现为非理性的运思特征。禅重心领神会，排斥概念、言语的思辨性，认为“才涉唇吻，便落意思，尽是死门，终非活路。”[④] 因为

---

① （清）王士祯《渔洋诗话》卷上（第92则）云：“萧子显云：‘登高极目，临水送归；蚤（早）雁初莺，花开叶落。有来斯应，每不能已；须其自来，不以力构。’王士源序孟浩然诗云：‘每有制作，伫兴而就。’余平生服膺此言。故未尝为人强作，亦不耐为和韵诗也。”引见王夫之等撰《清诗话》（上册）第182页，上海古籍出版社，1963。

② 引据（日）弘法大师（空海，法号遍照金刚）撰《文镜秘府论校注》之南卷《论文意》，第285页，中国社会科学出版社，1983。按：据王利器先生校注，《文镜秘府论校注》之南卷，除《论体》及《定位》等篇外，皆王昌龄《诗格》、《诗中密旨》及释皎然《诗议》之文（参见第279页注一）。但这段话据笔者查阅（清）顾龙振编辑《诗学指南》本（台湾广文书局1960年影印）王昌龄《诗格》及《诗中密旨》，均无此段论述，类似的论述确有，如王昌龄“诗有三境”论等。

③ 钱钟书《谈艺录》（补订本），第6则《神韵》，第43页，同上。

④ （宋）普济《五灯会元》（中册）卷12，载谷隐聪禅师法嗣之金山县颖禅师语。昙颖“谒谷隐，……隐曰：‘妙至是，亦祇名理事。祖师意旨，智识所不能到，矧事理能尽乎？故世尊云：理障碍正见知，事障续诸生死。’师恍如梦觉，曰：‘如何受用？’隐曰：‘语不离窠臼，安能出盖缠？’师叹曰：‘才涉唇吻，便落意思。尽是死门，终非活路。’住后，示众曰：‘才涉唇吻，便落意思。尽是死门，俱非活路。直饶透脱，犹在沉沦。莫教孤负平生，虚度此世。要得不孤负平生么？’拈拄杖卓一下，曰：‘须是莫被拄杖瞒始得。”第719页，中华书局，1984。

“真如”本非言语、概念所能表达，本非理性思维所能求得的。“人从桥上过，桥流水不流”[①]，禅宗后期的对话禅常用这样悖论性的公案、偈语来喻示禅的非理性特征。道家庄子的“离形去知”[②]、“象罔得之”[③] 等观点，也都旨在说明体悟玄远缥缈的道体，是一种非理性的直觉运思活动。阐扬老庄思想的魏晋玄学亦认为要想把握宇宙本体之“无”，必须超越言语思辨。王弼《周易略例·明象》云：“尽意莫若象，尽象莫若言”，但“存言者，非得象者也；存象者，非得意者也。……得意在忘象，得象在忘言。”[④] 必先“忘”之，方能得之。宋代理学家也多主张“不思而得”，轻视耳目见闻、理性之知的作用。这正是中国古代文论家论述艺术直觉非理性的哲学基础，故严羽云：“夫诗有别材，非关书也；诗有别趣，非关理也。”（《沧浪诗话·诗辨》）所谓“别材”、“别趣”，从审美主体上看，即指诗人直觉观照审美对象的独特资质与感兴方式。它着重于诗人妙悟天分的浅深及诗歌兴象趣味的特征两方面而言，表现为直觉的非理性运思特征。但中国文化也有重视理性思辨与穷理积学的一面，这主要为儒家一脉的思想。朱熹论“格物致知”之功夫回答弟子之问曰：“积习既多，自然醒悟。其始固须用力；及其得之也，又却不假用力。”[⑤] 这种具有一定代表性的观点，也在一定程度上影响了严羽[⑥]，故他说：“而古人未尝不读书，不穷理，所谓不涉理路，不落言筌者，上也。”[⑦] 这就产生了严羽第二“悖论”性命题，正是通过此一命题论述，才把禅“悟”的直觉论转变为具有较为科学

---

① （宋）普济《五灯会元》（下册）卷14，载曹洞宗杭州净慈慧晖禅师语录云：“……上堂，举傅大士《法身颂》云：‘空手把锄头，步行骑水牛。人从桥上过，桥流水不流。云门大师道，诸人东来西来，南来北来，各各骑一头水牯牛来。然虽如是，千头万头，秖要识取这一头。’师曰：‘云门寻常干爆爆地，锥札不入。到这里，也解拖泥带水。诸人祇今要见这一头么？天色稍寒，各自归堂。’上堂，举风幡话。师曰：‘风幡动处著得个眼，即是上座。风幡动处失却个眼，即是风幡。其或未然。不是风幡不是心，衲僧徒自强锥针，岩房雨过昏烟净，卧听凉风生竹林。’”第915页，同上

② 《庄子·大宗师》，引见郭庆藩撰《庄子集释》第284页，同上。

③ 《庄子·天地》，引见郭庆藩撰《庄子集释》第414页，同上。

④ 引见楼宇烈撰《王弼集校释》（下册）第609页，中华书局，1980。

⑤ （宋）黎靖德编《朱子语类》卷18《大学五或问下》之《传五章》。参见《朱子语类》新标点本，第2册第394页，中华书局，1994。

⑥ 据朱霞《严羽传》和《樵川二家诗》卷首黄公绍序文，可知严羽“尝问于克堂包公（包扬）”，为包扬之门生（钱钟书《宋诗选注》有考），包扬之子包恢著有《敝帚稿略》，其中有关诗学观点与严羽亦近，可以旁证。又据《宋元学案》卷77，三包即《包克堂先生扬、包先生约、包先生逊》及同卷《克堂家学·文肃包先生恢》学案，可以确知严羽这些观点受到朱熹和陆九渊思想的濡染，尤其受到心学影响。又，黄宗羲案：“包显道、详道、敏道同学于朱、陆，而趋向于陆者分数为多。”甚是，此语亦可以用来论严羽，不赘。参见（清）黄宗羲原著、全祖望补修，《宋元学案》（第3册）第2589-2590页，第2610-2611页，中华书局，1986；郭绍虞撰《沧浪诗话校释附辑》，第263页；钱钟书《宋诗选注》所选《严羽》诗前言，第297-298页，人民文学出版社，1958。

⑦ 《沧浪诗话·诗辨》，引见郭绍虞《沧浪诗话校释》第26页，同上。

的艺术直觉论。

“悟”非人先天具有之能力，刘勰早在论“神思”时就指出了积学、酌理等作用，直觉能力主要得力于后天的培养，古代艺术家关于这方面论述十分丰富。但问题在于艺术直觉的非理性与读书、穷理之间的矛盾关系。读书首先要有卓见，精选优秀的作品来读，所谓入门须正，博采熟参，吸取其艺术经验，就能“久之自然悟入”。如果一味在故纸堆中寻言逐句，求觅解会，必会“多务使事，不问兴致”①，诗味便会全然丧失。精神念念于书，专注于书，理性思维就会干扰直觉的运思活动，如神赞禅师所云：“世界如许广阔不肯出，钻他故纸驴年去”②，只有从书中跳出来才行。吟咏情性，“直寻”所得，从性灵中喷洒出来的才是好诗；夺胎换骨、模拟格调之作只能是毫无创造性的劣品。清袁枚《随园诗话》卷三说：“黄允修云：‘无诗转为读书忙。’方子云云：‘学荒翻得性灵诗。’刘霞裳云：‘读书久觉诗思涩。’余谓此数言，非真读书、真能诗者，不能道。”③ 读书太久，理性思维占据了主体心灵的主要位置，诗兴阻隔，无法进行直觉观照，苦涩不达，不能直透本心，所以学荒反得佳作，这就是读书与不读书的自然“悖论”。

学历的高低、读书的多少，并不与艺术直觉能力形成对应的比例关系，故沧浪云：“孟襄阳学历下韩退之远甚，而其诗独出退之上者，一味妙悟而已。”④ 中国历代诗论家多强调睹物兴情、自然得之。郭绍虞先生指出严羽论诗实际上“颇受东坡影响”⑤，东坡也认为禅可通于诗，说过“暂借好诗消永夜，每逢佳处辄参禅”的话⑥，与其父苏洵一样，均强调创作当如行云流水，风行水上，“无意乎相求，不期而相遭。”⑦ 对直觉非理性，如自然灵气，恍惚而来的运思状态，有着深刻地体验。不思而遇，并非绝无思虑，而是指理性分析不表现为显意识活动，审美主体超越了理性自我，达到了如叔本华说的“纯粹主体”沉浸于“直观”的境界⑧。以空静澄

① 《沧浪诗话·诗辨》，引见郭绍虞《沧浪诗话校释》第26页，同上。

② （宋）普济《五灯会元》卷4载福州古灵神赞禅师语录云：“（神赞禅师）本州岛大中寺受业，后行脚遇百丈开悟，却回受业。本师问曰：‘汝离吾在外，得何事业？’曰：‘并无事业。’遂遣执役。一日，因澡身命师去垢，师乃拊背曰：‘好所佛堂而佛不圣。’本师回首视之，师曰：‘佛虽不圣，且能放光。’本师又一日在窗下看经，蜂子投窗纸求出。师睹之曰：‘世界如许广阔不肯出，钻他故纸驴年去！’遂有偈曰：‘空门不肯出，投窗也大痴。百年钻故纸，何日出头时？’”第195页，同上。

③ （清）袁枚《随园诗话》卷3，第47则，第87页，人民文学出版社，1982。

④ 《沧浪诗话·诗辨》，引见郭绍虞《沧浪诗话校释》第26页，同上。

⑤ 引见郭绍虞《沧浪诗话校释》第250页，同上。

⑥ 苏轼《夜直玉堂，携李之仪端叔诗百余首，读至夜半，书其后》：“玉堂清冷不成眠，伴直难呼孟浩然。暂借好诗消永夜，每逢佳处辄参禅。愁侵砚滴初含冻，喜入灯花欲斗妍。寄语君家小儿子，他时此句一时编。”引据苏轼《东坡全集》卷17，文渊阁《四库全书》本。

⑦ （宋）苏洵《嘉祐集》卷15《仲兄字文甫说》，文渊阁《四库全书》本。

⑧ （德）叔本华《作为意志和表象的世界》中译本，第249页，商务印书馆，1982。

明的心境容纳大象万千，诗才能“混（浑）然天成，绝无痕迹”[①]。如果一心考虑诗的形而下的规律规矩、章句安排，理性胜过了直觉，就会“有伤直致之奇”[②]，谈不上自然高妙，萧散简远。然而要使胸中有全牛、全马，必先无全牛、全马，这就要靠理性的一定作用。庖丁解牛，筋络骨骼，了然于心，以神遇之而游刃有余，是谓“神超理得”，理在其中。这就是理性与非理性的辩证关系。

至于严羽说的“不落言筌”含有两层意思：一是从直觉非理性的主体思维方面来说的；一是指诗的语言精练、含蓄不尽的意境而言的。语言是思维的直接现实，直觉运思也离不开语言，但应不为语言所束缚，限入机械的形式中，要使语言成为自己生命中的血液，而不要象蜗牛的甲壳成为思维沉重的负担，直觉运思的非理性就表现了对语言的主动驾驭；而且审美观照刹那间的整体顿悟远远超过语言所能明晰表达的范围，禅的拈花微笑、直透本心即是表现了佛性的遍在对语言的限界的超越。庄子认为对天地之全、纯、粹的大美的领悟与观照，亦须突破“言筌”的约束，以“象罔”去寻觅“玄珠”[③]，从现象即本体，由刹那即永恒，从而通过审美而完成“自在”与“自为”的合一，使精神升华到“道”之澄明的境界。庄子云：“言之所不能论，意之所不能察致者，不期精粗焉。”[④]说明直觉是不能通过“言”、“意”来获得事物“精粗”之明确规范的非理性的思维活动，“不期精粗”的思维方式，正相当于沧浪说的“妙悟”。严羽用的“直截根源”、“顿门”、“单刀直入”[⑤]等佛典词语，也都较形象地表述了艺术直觉的直入性与非理性的运思特征。然而诗是不能完全“禅”的，禅之悟后，立证菩提，不立文字；而诗人悟后，必需“留得枯荷听雨声”，还是要用语言来表现。

---

① 见严羽《沧浪诗话》之《诗评》，论曰：“集句唯荆公最长，《胡笳十八拍》混然天成，绝无痕迹，如蔡文姬肺肝间流出。”按：这里“混然天成，绝无痕迹”，本是赞美王安石“集句”的《胡笳十八拍》，达到犹如“自然”的“创作”水平，其实集句只是集句，毕竟跟原创一首作品不同。王安石工于“集句”。引见郭绍虞《沧浪诗话校释》第189页，并参考相关注释，版本同上。

② （梁）钟嵘《诗品》之“上品”评陆机曰：“其源出于陈思。才高词赡，举体华美。气少于公干，文劣于仲宣。尚规矩，不贵绮错，有伤直致之奇。然其咀嚼英华，厌饫膏泽，文章之渊泉也。张公叹其大才，信矣！”引见吕德申《钟嵘〈诗品〉校释》第79页，同上。

③ 《庄子·天地》云：“黄帝游乎赤水之北，登乎昆仑之丘而南望，还归，遗其玄珠。使知索之而不得，使离朱索之而不得，使吃诟索之而不得也。乃使象罔，象罔得之。黄帝曰：‘异哉！象罔乃可以得之乎？’”按：玄珠，“道”也；知（智），理性智慧也；离朱，“非色，不可以目取也”；吃诟，言辨也；象罔，“无心，独得玄珠也。”原文及注释，引见（清）郭庆藩撰《庄子集释》第414-415页，同上。

④ 《庄子》之《秋水》篇中“北海若”对“河伯”说的话。郭庆藩撰《庄子集释》第572页，同上。

⑤ 《沧浪诗话·诗辨》，引见郭绍虞《沧浪诗话校释》第1页，同上。

五、艺术直觉的模糊性

主体因对象本身难以用明晰的限界与精确的类别来规定，而有意识或潜意识地进行模糊化处理以求达到正确把握的一种不确定认识方式，就叫做模糊化思维，或直接称之为模糊思维，这是以中国为代表的东方文化一种传统的思维方式，也是人类认知的一种普遍存在的思维方式。中国民族传统历来较为重形而上之道，而轻形而下之器。于自然，强调阴阳和合的整一；于政治，鼓吹“无为而治”的洒脱；于群际，张扬“中庸之道”的调和；于人格，注重飘逸的神韵；于学术，宣举“只可意会而不可言传”的玄思，反对过于精确的思维方式，即使注解与考证之学，也表现为对经典“微言大义”的体会。如此等等方面，使模糊思维成为中国传统文化的主导性思维方式，并主要体现为一种艺术直觉思维，形成一种以整体综合见长的思维特点。严羽之诗论，是在传统文化土壤上滋生出来的文学理论，模糊性自然成为“妙悟”说的主要运思特征之一。

直觉的模糊性只能是在观物过程中才具有的运思活动，艺术直觉的整体性，是对审美对象立体性的全方位的观照，这种观照必定是模糊性的思维过程；艺术直觉的直入性，心游太玄，睹物兴情，目击道存，也只能是模糊性的顿悟、把握与构造；艺术直觉的非理性，更是模糊性运思方式的直接指定。严羽《沧浪诗话·诗辨》云：“诗者，吟咏情兴也。盛唐诸人惟在兴趣，羚羊挂角，无迹可求。故其妙处莹澈玲珑，不可凑泊，如空中之音，相中之色，水中之月，镜中之象，言有尽而意无穷。”① 这就从对盛唐典范诗作的“熟参”，体会到诗人主体“惟在兴趣”的独特感悟方式，如“羚羊挂角”、“香象渡河”，表现为一种非能以语言文字给予清晰表达、逻辑界定的模糊化思维。

“莹澈玲珑，不可凑泊”等语，在此既是指诗歌意境而言，又是指创造这种意境的思维主体而说的。直觉主体对审美之对象、浑沌之存在的应感、观照与摄取，正如空与音、相与色、水与月、镜与花之间的关系，力求由现象即本体，由“形而

---

① 下文接着说：“近代诸公乃作奇特解会，遂以文字为诗，以才学为诗，以议论为诗，夫岂不工？终非古人之诗也。盖于一唱三叹之音有所歉焉。且其作多务使事不问兴致，用字必有来历，押韵必有出处，读之反复终篇，不知着到何在，其末流甚者，叫噪怒张，殊乖忠厚之风，殆以骂詈为诗，诗而至此可谓一厄也。然则近代之诗无取乎？曰：有之。吾取其合于古人者而已。国初之诗尚沿袭唐人，王黄州学白乐天，杨文公、刘中山学李商隐，盛文肃学韦苏州，欧阳公学韩退之古诗，梅圣俞学唐人平澹处，至东坡、山谷始自出己意以为诗。唐人之风变矣。山谷用工尤为深刻，其后法席盛行，海内称为江西宗派。近世赵紫芝、翁灵舒辈，独喜贾岛、姚合之诗，稍稍复就清苦之风，江湖诗人多效其体，一时自谓之唐宗，不知止入声闻、辟支之果，岂盛唐诸公大乘正法眼者哉！”引据郭绍虞《沧浪诗话校释》第26-27页，同上。

下”而上升到“形而上”的审美本质的把握，司空图论诗奢谈诗外之象、之韵、之味，就表现了这种对形而上本体的追求精神。其追求的结果，就是模糊性地体悟到的审美意象在心灵中的印现，如“空潭泻春，古镜照神。”① 诗人的艺术心灵，犹如一潭空明宁静的碧水，朦胧印现出明媚秀丽的春光，这春光，不是一枝红杏、数丛野花，而是整个春天的气息、春天的景象，是为整体性的直觉；又犹如一面明亮可鉴的古镜，清晰地观照到自然万有的精神，这精神，既是万象的风姿、万象的形貌，更是大化的生命、大化的本质，是为直入性的直觉。而这种“印现”、这种“观照”，又都是非理性的、模糊化的，并且模糊指向清晰，有限指向无限。

陆机《文赋》云“情曈昽而弥鲜，物昭晰而互进。”② 直觉的模糊性运思活动就表现为曈昽与昭晰的互为表里、互为演化的过程。艺术直觉中的理、事、情，必是幽渺惝恍的，无言和通明的，如清代叶燮《原诗》所云：“必有不可言之理，不可述之事，遇之于默会意象之表，而理与事无不灿然于前者也。”如杜甫《玄元皇帝庙》“碧瓦初寒外”句，“设身而处当时之境会，觉此五字之情景，恍如天造地设，呈于象，感于目，会于心。”③ 但模糊性的直觉意象，又最终要以语言表现于诗中，就要求不粘滞于文字而又能得其风流精神。唐代符载《观张员外画松石序》说张璪作画，能“遗去机巧，意冥玄化，而物在灵府，不在耳目，故得于心，应于手”，也论及到模糊性的直觉运思方式，若心存机巧，不能以心灵直接应照审美对象，就谈不上“孤姿绝状触毫而出，气交冲漠，与神为徒”④。总之，艺术直觉的模糊性表现为心合造化，理入玄微，整体印照，观感空灵的审美特征。

六、结　语

中国古代文学艺术家主张以个体生命去感受时空的永恒，契合自然的精神，以主体心灵的直觉印现自我与世界，玄览默察一个个人生的怪圈，提神太虚，俯仰宇宙，无心于分析那单调独立的物体，无心于思辨那令人困惑的机械形式，而是直察本源，妙悟自然，由“游”世之乐天进入“游”艺之境界。通过严羽两大“悖论”性命题，可以看到艺术直觉具有整体性、直入性、非理性及模糊性这四大运思特征，四大特征互为依存，模糊性与非理性必定升华为整体性与直入性，直入性与整体性

① 司空图《二十四诗品·洗炼》语，引据郭绍虞撰《诗品集解·续诗品注》本，第14页，人民文学出版社，1963。

② 引据（梁）萧统编，（唐）李善注《文选》卷17，第224页，同上。

③（清）叶燮《原诗》卷2《内篇下》，引据《清诗话》（下册）第585页，上海古籍出版社，1963。

④ 俞剑华《中国画论类编》，第20页，同上。

又表现为非理性与模糊性。由此可以归纳出：所谓艺术直觉就是指审美主体高度浓缩推理过程、超越理性思辨，对审美客体所作的模糊整体性的直入本质的审美观照。

又，本文通过直觉具有整体性、直入性、非理性和模糊性的论述，始终结合严羽论诗思的“妙悟”说来进行解析，也就同时说明严羽及中国古代诗学中的“妙悟”说，实际就是一种艺术直觉论，至于其间传统与现代的差异，非本文要讨论的主要问题，特此说明。

画意：视觉审美意象生成表现论*

一、引论：中国诗歌的画意问题

不同的艺术门类，似乎都有其共通的美学特征，音乐可看成流动的建筑，而建筑可视为凝固的音乐；画犹如无声的诗，诗可谓有声的画，究其根源均与人们的视听意象可以互通有关。就诗学而言，中国古代诗人一个普遍的创作现象，就是十分注重视觉的审美直观功能，强调临景构结、寓目辄书的视觉造型，自觉的追求诗境的立体意象，使中国古代诗歌尤其是空灵含蓄的写景抒情之律绝，产生出“诗中有画”的鲜明特征。宋朝大诗人苏轼曾对王维的诗和画进行评论，说过这样一段名言：“味摩诘之诗，诗中有画；观摩诘之画，画中有诗。诗曰：‘蓝田白石出，玉川红叶稀；山路元无雨，空翠湿人衣。’此摩诘之诗。”① 其实，自魏晋南北朝时期陆机的“伫中区以玄览”、刘勰的“物沿耳目”和钟嵘的目击“直寻”等艺术观点始，历朝历代的诗论家都注重探讨视觉经营意象的方式和诗与画的创作共通性，使之成为一个普遍的理论现象。

诗和画的关系在西方也是一个古老的问题，在1776年莱辛写出《拉奥孔》之前，诗画一致说占统治地位，如古希腊诗人西摩尼德斯认为：“画是一种无声的诗，诗是一种有声的画”，后来贺拉斯《诗艺》中亦说：“画如此，诗亦然。”② 到了莱辛，才通过细致的研究，尤其是从视、听角度提出了诗与画的不同，认为诗是时间的艺术而画是空间的艺术。在西方关于视觉的生理心理科学研究，最早可以从牛顿1704年发表的《光学》算起，到1759年，威廉·波特菲尔德发表《论眼与视觉方式和现象学》后，许多著名的文学家、哲学家特别是心理学家都对视觉进行了广泛深入的研究，如歌德、普金耶、叔本华、谬勒及格式塔心理学派等等。19世纪最后

---

* 编按：本文原以《视觉审美意象论》为题，发表于《文艺研究》1990年第1期。今根据论文底稿略加修改删削，并统一增加有关引文注释。

① 苏轼《书摩诘蓝田烟雨图》，下文还有：“或曰：‘非也，好事者以补摩诘之遗。”引见俞剑华《中国画论类编》（第2版），第629页，人民美术出版社，1986。

② 参见朱光潜《拉奥孔》的译后记，第216页，人民文学出版社，1982。

40年，西方视觉研究又与空间知觉联系起来，形成互相争执不休的先天论与经验论两派[①]。这些研究，成为西方美学分析审美视觉的理论基础，其中许多观点，对研究我国古代诗论家关于审美视觉诸多体验性的描述，提供出一些新的理论根据。中国古代的审美视觉理论，与西方立足于实验性研究不同，不是建立在实证科学的基础上，而是导源于中国古代形而上学的哲学思想，改造完成于艺术家具体创作实践中的。尤其难能可贵的是中国古代诗人于艺术实践中，视“身之所历，目之所见，是铁门限”[②]，要求“身人间阎，目击其事”[③]，使审美视觉的理论建立在朴素的唯物主义基础上。马克思指出：“五官感觉的形成是以往全部世界历史的产物。”[④] 因此，刺激视觉的物象，经过艺术家社会的、历史的、实践的认知选择，其最终由大脑亦即古人所说的“灵府”而获得完整的意象，就必然积淀了社会历史的内容。所以，视觉审美意象的营构活动，既具有社会历史性，也具有独特的审美个性，是一个从客观物象到心灵意象的能动过程。

中国古代视觉审美意象理论，是前人留下的一笔丰富的美学遗产，亟待我们今天用辩证唯物主义的理论眼光，进行重新整理和总结。本文提出直视、悬视、内视三个视觉审美范畴来进行研究概括并予以理论界定[⑤]，拟从诗人目击可图的外在审美视野到视境于心的内在审美视野这样前后两大阶段，对中国古代的视学审美意象的营构方式及其过程，作一个初步性的描述。

二、直视：物沿耳目，临景构结

所谓直视，笔者用来指审美主体直观外物、当下即悟，从眼前所见的审美对象中，直接营构出诗歌意象的视觉审美方式。直视，也是中国传统的哲学思维方式。《周易·系辞上》说：“形而上者谓之道，形而下者谓之器，化而裁之谓之变，推而行之谓之通，举而措之天下之民，谓之事业。”[⑥] 器（物象）是感性直观的；道（规律）是抽象本质的；器为道之感性显现，道为器之本质抽象。这种把形而下与形而

① 参阅（美）E. G. 波林《实验心理学史》第6章与第23章有关论述，商务印书馆，1981。

② （清）王夫之《姜斋诗话》，卷下第7则，引见《清诗话》上册，第9页，上海古籍出版社，1963。

③ （清）刘熙载《艺概》语，本乃论“代作”问题。其卷2《诗概》有论曰：“代匹夫匹妇语最难，盖饥寒劳困之苦，虽告人人且不知，知之必物我无间者也。杜少陵、元次山、白香山不但如身入间阎，目击其事，直与疾病之在身者无异。”第65页，上海古籍出版社，1978。

④ 《马克思恩格斯全集》第42卷第126页，人民出版社，1972。

⑤ 按：“直视”、“内视”，是用的古代典籍中固有的“成词”，而又赋予新的理论内涵；“悬视”，是笔者根据创作现象和理论总结创造出来的一个“术语”，特此郑重说明。

⑥ （唐）孔颖达等《周易正义》，引据（清）阮元校刻《十三经注疏》（上册）第83页，中华书局影印，1980。

上进行有机的统一，乃是古人感悟自然而获得的一种认知方式，始于“观象”的具体作法。《周易·系辞下》说包牺氏“仰则观象于天，俯则观法于地，观鸟兽之文与地之宜，近取诸身，远取诸物，于是始作八卦，以通神明之德，以类万物之情”。[①] 从自然界的具体物象营构出心灵意象，从而体验到“大象”之道，“象”便由直观立体的认识对象演变为意象思维的符号。目击的物象可以感性地显现抽象的道体，就是《庄子·田子方》中所说的“目击而道存”[②]。正是受这种哲学思想的影响，到魏晋南北朝时期，中国古代文学艺术家和理论批评家开始总结出“直视”这一视觉审美方式的主张，并提出一系列相关的理论命题。

正如宗白华先生所说：“汉末魏晋六朝是中国政治上最混乱、社会上最苦痛的时代，然而却是精神上极自由、极解放，最富于智慧、最浓于热情的一个时代。因此也就是最富有艺术精神的一个时代。”[③] 在这个时代中，由于上层建筑的巨大变异和震荡，许多文人士大夫战战兢兢、如履薄冰，深感生命的苦短，遂弃儒学而求老庄，希企隐逸之风大盛，在山水自然中寻觅生命的安宁，体验生命的价值，寄托自己的情怀。《世说新语》记载了当时人们赏会自然之美的许多事例。如《言语》篇云：“简文入华林园，顾谓左右曰，会心处不必在远。翳然林木，便自有濠、濮间想也。觉鸟兽禽鱼，自来亲人。”移情自然，物我一体，山林虫鱼，成为观赏者亲近的对象。《容止》篇记虞亮赏会自然情景，极为生动，云：

> 庾太尉（按：虞亮）在武昌，秋夜气佳景清，使吏殷浩、王胡之之徒登南楼理咏，音调始遒，闻函道中有屐声甚厉，定是庾公。俄而率左右十许人步来，诸贤欲起避之，公徐云：“诸君少住，老子于此处兴复不浅。”因便据胡床，与诸人咏谑，竟坐甚得任乐。后王逸少下，与丞相言及此事，丞相曰：“元规尔时风范，不得不小颓。”右军答曰：“唯丘壑独存。”

刘孝标注引“孙绰《庾亮碑文》曰：‘公雅好所托，常在尘垢之外，虽柔心应世，蠖屈其迹，而方寸湛然，固以玄对山水。”[④] 虞亮的这种将入世间的谨慎拘迹和出世间的任性而为的结合在一起的风流精神，体现了晋人的一种较为普遍的人生态度，他们胸中有山水丘壑，能超越尘垢，内心世界不为现实凡俗事务和尊卑礼法所拘束，面对“秋夜气佳景清”，便能斋心“虚静”（即所谓“方寸湛然”），洗涤精神，任性咏谑，以抒情怀，体现对“自然”之玄理（道）的领悟体会，所谓“以玄

① （清）阮元校刻《十三经注疏》（上册），第86页，同上。
② 引据（清）郭庆藩撰《庄子集释》第706页，中华书局，1961。
③ 宗白华《论〈世说新语〉和晋人的美》，见《艺境》第126页，北京大学出版社，1987。
④ 引据徐震堮撰《世说新语校笺》第339页，中华书局，1984。

对山水”，所谓胸中“丘壑独存”。

庄子的“道无所不在”及“目击而道存”的思想，在魏晋玄学思潮的激荡下，被人们从审美的角度加以发挥。所谓“以玄对山水”，和宗炳在《画山水序》中说的“山水以形媚道”论[①]，其内涵与意义是基本一致的。这种观点，就是认为审美主体从山水形态的直观中，能够超入玄境，即现象即本体。故山水诗产生之初，都俱有玄思色彩。孙绰、许询等人的玄言诗，虽受到后来刘勰、钟嵘等理论批评家的指责，谓其了无情味，说理似《道德论》，但其对山水诗的成熟与发展，仍具有先声引导的作用。在“以玄对山水”的观念指导下，山水诗人一开始就注重目击所见、临景构结，写出许多象“池塘生春草”、“明月照积雪”这样美妙的诗句。诗人在审美直观中，对山水形态进行细致的刻画，于是，直视这一视觉审美方式逐渐形成，并得到普遍运用。但晋宋时代的山水诗虽能够重视“直寻”式的目构，仍未把自然之美纯粹地当作视觉审美的对象来表现，如谢灵运的山水诗常有篇中谈玄的毛病，结构常分散成两节，一节描写山水，一节抒发玄思，使诗歌的完整“意象”受到破坏。刘勰、钟嵘等人即时出来从理论上进行总结和评论，要求涤除玄意，为情而造文，强调“寓目辄书”的视觉审美的直接性及“物沿耳目”可置于眉睫之前的视觉意象的鲜明性。这与宗炳《画山水序》所谓“身所盘桓，目所绸缪。以形写形，以色貌色”的画论观点是一致的。刘勰《文心雕龙·物色》云：“是以诗人感物，联类不穷。留连万象之际，沉吟视听之区；写气图貌，既随物以宛转；属采附声，亦与心而徘徊。”说明了诗人直视“物色”之境，目击自然对象，能够使入于视听之区的万物，在流连、沉吟中，直接构结为诗歌意象。直视的审美方式，偏重于“写气图貌”的形似境界，加上社会风气影响，成为齐梁时代的创作潮流。故《物色》篇又云：

> 自近代以来，文贵形似，窥情风景之上，钻貌草木之中。吟咏所发，志惟深远；体物为妙，功在密附。故巧言切状，如印之印泥，不加雕削，而曲写毫芥。故能瞻言而见貌，即字而知时也。[②]

纪昀在《文心雕龙·物色》篇的评语中，认为“形似”是六朝多有的“刻画之病”[③]，刘勰反对机械的刻画，要求诗歌摹写自然取得“形似”的同时，还要能够具有“味飘飘而轻举，情晔晔而更新”的余味与“隐秀”之美。

随着唐代诗歌的成熟与发展，艺术理论家进一步总结了刘勰、钟嵘等人的有关

① 本文引宗炳《画山水序》语，均据俞剑华《中国画论类编》，第583页，同上。

② 以上《物色》篇引文，见范文澜撰《文心雕龙注》第693-694页，人民文学出版社，1958。

③ （清）黄叔琳注，纪昀评《文心雕龙辑注》本，第401页眉批，中华书局，1957。

审美视觉的理论，如司空图《与极浦书》提出“目击可图”（论题纪之作）等观点[①]，使直视的审美方式，不断地加以强调和发挥。宋人周紫芝《竹坡诗话》云：

余倾年游蒋山，夜上宝公塔，时天已昏黑，而月犹未出，前临大江，下视佛屋峥嵘，时闻风铃，铿然有声。忽记杜少陵诗：“夜深殿突兀，风动金琅珰。”恍然如己语也。又尝独行山谷间，古木夹道交荫，惟闻子规相应木间，乃知“两边山木合，终日子规啼”之为佳句也。又暑中濒溪与客纳凉，时夕阳在山，蝉声满树，观二人洗马于溪中。此少陵所谓“晚凉看洗马，森木乱鸣蝉”者也。此诗平日诵之不见其工，惟当所见处，乃始知其妙，作诗正要写所见耳，不必过为奇险也。[②]

周紫芝从其实际生活的审美体验中，结合杜甫诗歌的实例，同样也悟得作诗要目击直寻的至理。明代陆时雍《诗镜总论》也说：“古人谓眼前景致，口头言语，便是诗家体料”[③]。直构目前景致，能使意象鲜明活泼，真实可感，跃然纸上。清人王夫之从禅学角度加以分析，归结为“咏得现量分明”的审美命题。所谓“现量”，王夫之自著之《相宗络索》解释云：“现者有现在义，现成义，有显现真实义。现在不缘过去作影：现成一触即觉，不假思量计较；显现直实，乃彼之体性本自如此，显现无疑，不参虚妄。”[④] 它与“比量”相对而言，在因明学中，比量即相当于推理，而现量是一种感官知觉，指由感官和对象（所量）接触后产生的认知活动。禅宗以为只有不加入思维活动，不能用语言表达出来的纯粹感觉即无分别现量，才是真现量，它张扬“现成一触即觉”的超验论。王夫之用“现量”来比喻诗人直视的审美方式，主张在视觉的审美直观中，直觅所见，即景会心。他批评唐代诗坛著名的“推敲”公案，纯是痴人说梦：

“僧敲月下门”，只是妄想揣摩，如说他人梦，纵令形容酷似，何尝毫发关心？知然者，以其沉吟“推敲”二字，就他作想也。若即景会心，则或“推”或“敲”，必居其一，因景因情，自然灵妙，何劳拟议哉？“长河落日圆”，初

---

① 引据（唐）《司空表圣文集》卷3，《四部丛刊》本。

② 引见（清）何文焕辑《历代诗话》（上册）第343页，中华书局，1981。

③ 所引（明）陆时雍《诗镜总论》此则全文曰：“每事过求，则当前妙境，忽而不领。古人谓眼前景致，口头言语，便是诗家体料。所贵于能诗者，只善言之耳。总一事也，而巧者绘情，拙者索相。总一言也，而能者动听，不能者忤闻，初非别求一道以当之也。”引见丁福保《历代诗话续编》下册）第1416页，中华书局，1983。

④ 戴鸿森《姜斋诗话笺注》第53页第4条注释，人民文学出版社，1981。

无定景；“隔水问樵夫”，初非想得。则禅家所谓“现量”也。[①]

正如元好问《论诗三十首》之一曰：“眼处心生句自神，暗中摸索总非真。图画临出秦川景，亲到长安有几人！”[②] 凭空构想，如隔墙看戏，纵使勉强为之，也失去艺术的真实，当然这不等于诗歌的创作不需要艺术想象，而只是说想象的展开需要视觉审美经验的真实作为基础和前提。王夫之把“现量分明”这一审美原理[③]，积极地运用到诗歌评论中去，一再强调“只于心目相取处得景得句”[④]，方为神笔。

其实，纯粹意义上的“寓目辄书”并不存在[⑤]，目构必须转化为心构，物象方能变成意象，无论是直视，还是下文要谈的悬视、内视都是如此，不过直视重在目击，内视重在心造，悬视介于二者之间，故我们又可以把三者看作一个视觉审美的大系统，即直视→悬视→内视。直视的主要特点在于目击到心击、物象到意象的营构过程极为短暂，具有很大程度的自发性。尤其是司空图所说的“题纪之作”，更是如此。正如苏轼所云：“作诗火急追亡逋，清景一失后难摹。”[⑥] 其转化过程如系风捕影，甚至连作家自己也难以察觉其运思的轨迹。所以，钟嵘、司空图等人把直视这一审美意象的构造方式，称之为“直寻”、“直致所得”。所谓“直寻”应具有两阶涵义：第一阶层是指诗人目击起兴，追觅“自然英旨”，正如陈延杰注解钟嵘“直寻”说所云：“盖谓诗重在兴趣，直由作者得之于内，而不贵用事”[⑦]。第一阶的观物取象，自然上升为第二阶的收视内窥，外在的审美直观转变为内在的审美视野，方能穷情写物，到达视觉的审美终点。第二阶层的涵义，为唐代以后许多诗论家所张扬发挥。皎然《诗式·取境》云，或以为诗歌创作“苦思则丧自然之质”，其实不然，因为貌似信手拈来直构眼前景致的诗句，又非要经过深入物境、心灵的洗练，方能得到。故他认为：“夫不入虎穴，焉得虎子。取境之时，须至难、至险，始见

---

① （清）王夫之《姜斋诗话》卷下第5则，引见《清诗话》上册，第9页，同上。

② 引见郭绍虞撰《杜甫戏为六绝句集解·元好问论诗三十首小笺》第67页，人民文学出版社，1968。

③ （清）王夫之《姜斋诗话》（卷下第48则）最后说：“禅宗有‘三量’，唯‘现量’发光，为依佛性，‘比量’稍有不审，便入‘非量’，况直从‘非量’中施朱而赤，施粉而白，勺水洗之，无盐之色败露无余，明眼人岂为所欺耶？”引见《清诗话》上册，第22页，同上。

④ （清）王夫之《唐诗评选》卷3张子容《泛永嘉江日暮回舟》，评语全文曰：“只于心目相取处得景得句，乃为朝气，乃为神笔，景尽意止，意尽言息，必不强括狂搜，舍有而寻无，在章成章，在句成句，文章之道，音乐之理，尽于斯矣。”引见北京大学哲学系美学教研室编《中国美学资料选编》下册第276页，中华书局，1981。

⑤ （梁）钟嵘《诗品上》评谢灵运语，引见吕德申《钟嵘〈诗品〉校释》第89页，北京大学出版社，1986。

⑥ （宋）苏轼《腊日游孤山访惠勤惠思二僧》诗句，引见《东坡全集》卷3，文渊阁《四库全书》本。

⑦ 陈延杰《诗品注》第12页第73条注文，人民文学出版社，1984。

奇句。成篇之后，观其气貌，有似等闲，不思而得，此高手也。”① 所论甚为辩证也较为符合实际。可见直视之审美意象，似乎是不思而得，有如“现量”，实质仍是艺术家苦心经营所造，这就是苦思与不苦思的辩证关系，明白此点，才能更进一步把握“直视”这一视觉审美原理。

三、悬视：登高远眺，笼罩全景

简而言之，所谓悬视，就是诗人通过回环观照、多重透视，凭藉想象的作用，如置身太空，鸟瞰大千，从而能够进行整体把握的视觉审美方式。

道家的“玄览”思想、汉赋“苞括宇宙”式描写“物色”的经验，乃至玄言诗人“以玄对山水”的观物心态等，共同熔铸成为中国古代艺术家在处理心物关系时的一种独特的审美表现方法，这种方法不仅如刘勰所说，是在“目既往还，心亦吐纳”② 的心物互化过程中创造“意象”、表现“意象”的方式；更重要的还在于，就艺术种类或艺术形态学而言，它成为中国绘画艺术（主要是山水画）一种视觉上的悬空俯瞰的观照方式，成为后来人们总结中国绘画视觉透视和构造“意境”的“三远”（高远、深远、平远）方式的理论基础和精神渊源。随着山水诗的成熟发展以及一般具有写景内容的诗歌——几乎可以涵盖中国古代所有诗歌作品，诗境也并非都是“直视”之境，也体现的是一种“以大观小”的视觉观照方式，也同样具有高远、深远、平远的“三远”之境。宋人沈括在其《梦溪笔谈》中说：

> 又李成画山上亭馆及楼塔之类，皆仰画飞檐，其说以谓自下望上，如人平地望塔檐间，见其榱桷。此论非也。大多山水之法，盖以大观小，如人观假山耳。若同真山之法，以下望上，只合见一重山，岂可重重悉见，兼不应见其溪谷间事。又如屋舍，亦不应见其中庭及后巷中事。若人在东立，则山西便合是远境；人在西立，则山东却合是远境。似此如何成画？李君盖不知以大观小之法。其间折高、折远，自有妙理，岂在掀屋角也！③

沈括指出中国山水画的视觉表现方式（透视方式）是一种“以大观小”的方法，其奥秘在于中国画家运用的是一种想象中的空中视点来观照自然的，所以可把这种视觉方式称之为“悬视”——这是笔者自造之词，但以为非此不足以概括和说明其特点。对此国外一些研究过中国艺术的学者，也深有体察，以为这是与西方的

---

① （唐）释皎然《诗式》，引据何文焕《历代诗话》本，第31页，中华书局，1981。

② 《文心雕龙·物色》，见范文澜撰《文心雕龙注》第695页，同上。

③ （宋）沈括《梦溪笔谈》卷十七《书画》，文渊阁《四库全书》本。

"灭点透视"（或称为文艺复兴透视、线形透视方式等）的绘画艺术的重要不同之所在，表现出东西方不同的文化传统观念和艺术的真实性理念。美国布鲁墨女士（Carolyn Bloomer）说：东方艺术偏爱"设想一个高悬于空中的视点"[①]。这个"悬视"的视点，实际上是不存在的。它是由活动视点获得的不同视觉意象组合后而产生的假想，是一种心理视点。中国山水画这种散点透视方式[②]，在诗歌艺术中具有普遍的体现。

汉赋的描写多机械雕刻之病，然而其"大人游宇宙"的思维模式，对魏晋以后逐步成熟起来的悬视审美方式产生了直接的影响。旧题晋葛洪所撰《西京杂记》载：

> 司马相如为《上林》、《子虚》赋，意思萧散，不复与外事相关。控引天地，错综古今，忽然如睡，跃然而兴，几百日而后成。其友人盛览字长通，牂牁名士，尝问以作赋。相如曰："合綦组以成文，列锦绣而为质，一经一纬，一宫一商，此赋之迹也；赋家之心，苞括宇宙，总览人物，斯乃得之于内，不可得而传。览乃作《合组歌》、《列锦赋》而退，终身不复敢言作赋之心矣。[③]

此即所谓"赋迹赋心"之说。汉赋这种总览人物、俯仰天地的运思活动，就是"大人游宇宙"的典型思维特征。它是悬视的理论前奏。登高才能望远，才能洞照万象，故"登高而赋"便成为"大人游宇宙"之思维模式的具体实践过程。

中国古代有登高远眺的生活习俗，如登楼赏月、上山观日等等，甚至把九月九日重阳定为登高节。诗人于登高中写下举之不尽的诗篇，如王维《九月九日忆山东兄弟》："独在异乡为异客，每逢佳节倍思亲。遥知兄弟登高处，遍插茱萸少一人。"诗中描写了重阳登高的风俗人情。古人云：登高能赋，可以为大夫。为何作赋要借助于登高呢？刘勰在《文心雕龙·诠赋》中说："原夫登高之旨，盖睹物兴情。"[④]指出作家在登高的过程中及登上高处后，能够直接目击大千物象，达到感物起兴的

---

① （美）布鲁墨论曰："任何文化对真实面貌的表达方式，都受到该文化的高度尊重。在西方艺术中，除了文艺复兴的艺术外都认为观察者在空间中的确切位置不能隔绝，它是空间表达方式的决定因素。其他时代、其他文化则着眼于别的真实性标准。例如古埃及人认为应当把对象所有意义深刻的细节包含进去。中世纪的艺术为形而上学的表达方式所主宰。以放牧为生的部属，在图画中表现了对动物内脏器官 X 光式的了解。东方艺术则偏爱于设想一个高悬于空中的视点。在整个艺术中，表达真实的形式多样如同生活经历一样丰富多彩。所有人对艺术的偏爱都是以他们自己的文化价值为基础的：在这一点上，所有的人倒是殊途同归。"引见其《视觉原理》中译本第 78 页，张功钤译，北京大学出版社，1987。

② 关于中国画的散点透视方式问题，参阅宗白华《中国诗画中所表现的空间意识》一文，见其《艺境》第 102 页，北京大学出版社，1987。

③ 《西京杂记》卷 2，文渊阁《四库全书》本。

④ 引见范文澜《文心雕龙注》第 136 页，同上。

目的，更重要的还在于登高而悬视万物，境界阔大，营构的意象就更为丰富，所谓“既情招而思引，亦目受而心倾。”[①] 而视点愈高，则目击愈远，印入眼帘的景象就愈多，从而能对审美对象进行整体观照。王粲的《登楼赋》，就是作者登楼“四望”，目睹社会现实的纷扰，描写出的一幅“风萧瑟而并兴兮，天惨惨而无色”的乱离图。如果作者视线受到阻挡，没有登高极目的整体直观，就难以营构如此雄伟壮美的意象。当然，登高远眺的诗人也能够从有限的目击所见的审美视野中，通过视觉联想和神思的活动，使精神升华到无限的审美时空中去。如王勃所云：“穷睇眄于中天，极娱游于暇日。天高地迥，觉宇宙之无穷；兴尽悲来，识盈虚之有数。”（《滕王阁序》）这正是汉赋“大人游宇宙”的思维模式在唐人赋中的延续，而且为其他各种文学样式尤其是诗词的创作所承继并加以具体地发展。

登高极目，笼罩万象，能使人胸襟为之宽阔，忧乐为之排释，神思为之萧散，入于王羲之说的“游目骋怀”的境界。《兰亭集序》云：“仰观宇宙之大，俯察品类之盛，所以游目骋怀，足以极视听之娱，信可乐也。”[②] 所谓“游目”，就是回环透视，其视点是活动的，较为准确地揭示了“悬视”这一审美方式对意象进行多重组合的特征。登高，使客观的时空在审美视野中得到极尽可能的展开，激越情感，不能自已，而发为词章。故李峤《楚望赋》之序云：“非历览无以寄杼轴之怀，非高远无以开沉郁之绪。”钱钟书先生在《管锥编》“伤高怀远”条中，列举出古人登高而作的大量诗赋及有关论述，最后总论云：

> 客羁臣逐，士耽女怀，孤愤单情，伤高望远，厥理易明。若家近“在山

① （唐）李峤《楚望赋》，又其该赋有序曰：“登高能赋，谓感物造端者也。夫情以物感，而心由目畅，非力（历）览无以寄杼轴之怀，非高远无以开沉郁之绪。是以骚人发兴于临水，柱史诠妙于登台，不其然欤？盖人禀情性，是生哀乐，思必深而深必怨，望必远而远必伤。千里开年且悲春目，一叶早落足动秋襟，坦荡忘情，临大川而永息；忧喜在色，陟崇冈以累叹。……余薄领之暇，盖尝游斯。俯镜八川，周睇万里，悠悠失乡县，处处尺（尽）云烟，不知悲之所集也。岁聿云暮，游子多怀，援笔慨然，遂为赋云尔。”引据（宋）李昉等编选《文苑英华》卷127，第1册第582页，中华书局影印本，1966。括号内校正字为笔者所加。

② （南朝宋）刘义庆撰《世说新语》卷16《企羡》篇载：“王右军得人以《兰亭集序》方《金谷诗序》，又以已敌石崇，甚有欣色。”（梁）刘孝标注曰：“王羲之《临河叙》曰：永和九年，岁在癸丑，莫（暮）春之初，会于会稽山阴之兰亭，修禊事也。群贤毕至，少长咸集。此地有崇山峻岭，茂林修竹。又有清流激湍，映带左右。引以为流觞曲水，列坐其次。是日也，天朗气清，惠风和畅，娱目骋怀，信可乐也。虽无丝竹管弦之盛，一觞一咏，亦足以畅叙幽情矣。故列序时人，录其所述。右将军司马太原孙丞公等二十六人，赋诗如左，前余姚令会稽谢胜等十五人，不能赋诗，罚酒各三斗。”引据徐震堮撰《世说新语校笺》第346页，同上。按：此与帖本、《艺文类聚》四、《法书要录》十和《晋书·王羲之传》之《兰亭集序》（清严可均辑《全晋文》卷26作《三月三日兰亭诗序》）异，严可均将此不同的异文均加以辑录，并认为：“此与帖本不同，又多篇末一段，盖刘孝标从本集节录者，因《兰亭序》世所习见，故别载此。”引据严可均辑《全上古三代秦汉三国六朝文》（全4册），中华书局影印，1958。按：其中，“娱目骋怀”句，帖本等一般作“游目骋怀”，本文据之而论。

下”，少“不识愁味”，而登陟之际，“无愁亦愁”，忧来无向，悲出无名，则何以哉？虽怀抱犹虚，魂梦无萦，然远志遥情已似乳谷中函，孚苞待解，应机枨触，微动几先，极目而望不可即，放眼而望未之见，仗境起心，于是惘惘不甘，忽之若失。①

人的“远志遥情”能与目击的物象相应感，移情于境，仗境起心，而营构出诗之意象。登高临象，而生无名之悲，无向之愁，西方有人用“异质同构”说来解释。格式塔心理学派认为人的大脑皮层有一个电化学力场，能与外界事物力的基本样式产生一种异质同构的生理心理运动，因此能够“即景会心”。这样一些观点，虽有其合理的一面，却严重地忽视了社会内容。

悬视审美对象，使诗歌意象形成两种组合方式：一是把不同时地的审美视野进行空间并构，二是把同一审美视野中的不同物象围绕视觉焦点进行虚实并构。汉人的登高而赋，其视点往往是固定的，审美视野也是单一的，靠神游宇宙式的想象来弥补其视境的单调，进行枯燥乏味地排比铺陈，停留在“写物图貌，蔚似雕画”的摹山范水阶段②。随着山水画和山水诗在艺术上的成熟，特别是经过唐代众多诗人的艺术实践，山水画的散点透视这种整体观照的视觉审美方式，被运用到诗歌艺术中，使一首短小的绝句或律诗同时描绘不同角度的视觉意象，从而产生浓烈的画趣。西方传统的画法采用的是“灭点透视”方法，它是一个以数学为基础的系统，用来表现在空间某一个特定位置，在一只眼的视网膜上所出现的大小衰落。布鲁墨《视觉原理》分析说：

（西方画家）用灭点透视绘画，画家不是在画他所了解的世界，而是隐身于表现视网膜对某时、某点的映象——在这个场合是真实的，换了一个场合就不具实了，这种透视法把写实主义局限于仅仅复写视网膜映像。我们所了解、所见到的世界是从爆炸性的经验与感觉中组织起来的，当然其中也包含了——但不只限于——视网膜映像。就是视网膜本身也是不断变幻的——说实在，外来刺激真要是一成不变，视网膜也就停止作出反应了。视网膜映象只是时/空中某瞬间的冻结，只表现人类视觉中某个极端的瞬间。③

布鲁墨又指出这种表现灭点透视的真实性传统，是与西方从文艺复兴以来追求

① 钱钟书《管锥编》第3册第877－878页，中华书局，1986。
② 《文心雕龙·诠赋》，引见范文澜《文心雕龙注》第136页，同上。
③ （美）布鲁墨《视觉原理》中译本第90页，同上。

“运用同一程序”就可以对“真理”进行验证的传统有关，其观念在西方根深蒂固[①]。其实，现在的西方绘画艺术已经受到现代派和后现代主义的冲击，其中或多或少地受到了中国绘画艺术的影响，在诗歌创作上也是如此，例如“意象派”诗人庞德等人就受到中国传统诗歌的影响。

西方艺术家以灭点透视来描绘特定瞬间中的时空物象，求小“实”而失大“实”；中国艺术家通过散点透视，旋回观照，把摄入不同审美视野中的物象以“蒙太奇”式的方式组合起来，构结成诗歌意象，取得神似的效果，获得艺术的真实，不局限于物象某一角度的“事实形态”，使诗的意象——从不同视野中提取的意象，并叠共存，具有浓厚的绘画意味。如王维的《终南山》典型地表现了中国诗人善于多重组合而不象西方有些诗那样着重于线性描写的特征。诗云：

太乙近天都，连山到海隅。
白云回望合，青霭入看无。
分野中峰变，阴晴众壑殊。
欲投人处宿，隔水问樵夫。

诗中用了活动视点，也就是说诗人的审美视点是不停地在移动的，似乎是边走边看边吟诗，所谓即目人吟。有远看有近视，或仰视或鸟瞰，把不同角度不同时地的视野画面组合在一首诗中，营构诗的立体意象。对于悬视中的单一审美视野中的不同物象，中国古代诗人着重围绕视觉中心焦点的意象进行组合，在整体观照中，凸出特写镜头。[②] 约翰内斯·缪勒认为：“视觉现象的注意会反抗其他感觉现象的注意，而在视野之内也会选出其中某一物体予以特殊的注意”[③]。所谓特殊注意的物体（象），就是审美视觉的中心焦点。心理学始祖冯特说：“焦点的范围就是注意的范

① 布鲁墨她感叹地说：“稀奇的是，在西方艺术中冲破视网膜表示法的过程是痛苦的、充满障碍的一页。艺术家一旦违反了这种人为的视觉方式，就会遭到辱骂，被斥为‘原始’、‘装饰化’、‘花哨’、‘实验性的’、‘赶时髦’，这还算是对背离正统艺术的客气称呼。至于有些措辞如‘幼稚’，‘胡闹’、‘放肆’可就不那么客气了。”作者反问道：为什么西方的艺术家只准按照这样一条正统的路子来描绘真实而将艺术绳捆绑扎呢？她认为：“回答是复杂的，文艺复兴前的理论还无法使艺术家充分认识物质世界或视觉世界。物质世界是你所了解的一切、物体的客观大小、真实形状、平行线永不相交，是一个用平行透视更恰当的空间。另一方面，视觉世界无非是某个给定瞬间视网膜上出现的映像。要弄懂这个区分的重要性得检查一下我们的传统和价值观念——在意大利文艺复兴时代已开始聚集和结晶了的哲学契约。”《视觉原理》中译本第90-91页，同上。

② 参阅（美）叶维廉《语法与表现：中国古典诗与英美现代诗美学的汇通》一文，见温儒敏、李细尧编《寻求跨中西文化的共同文学规律——叶维廉比较文学论文选》第48-90页，关于王维《终南山》分析见第64页，北京大学出版社，1986。

③ （美）E. G. 波林《实验心理学史》中译本第120页，同上。

围，常较小于意识的全范围”[①]。举例来说，如柳宗元《江雪》：

千山鸟飞绝，万径人踪灭。
孤舟蓑笠翁，独钓寒江雪。

前两句鸟瞰全景，但整个诗境表现的视线移向、聚集在独钓的渔翁身上，渔翁就是视觉的焦点。视觉焦点的内容（渔翁独钓的形象）与视觉边缘及边缘外（千山、万径的雪景）组成了图形—背景的关系[②]。格式塔心理学派通过实验证明：知觉视野有“组织起来”（即所谓“完形”）的趋势，呈现为图形，“一个知觉场构成了图形与背景。图形位于背景之上，在视知觉中且复有一个轮廓（contour）”[③]。从这个观点来理解司空图“目击可图”的视觉观点，很具有启发意义。“可图”的“图”字，就可以视为一个完形结构，目击之物象可以直接构结为诗歌之意象——知觉视野有组织图形的自动性，由此，视觉的中心特色与视觉边缘物象便构成诗歌意象的虚与实的关系。故而中国诗歌短小的结构、有限的篇幅，才能蕴含着无限的审美内涵，使人从目构之景体味到景外之景。

四、内视：视境于心，物在灵府

视觉审美意象的营构运动，必由直视与悬视上升到收视与神遇的最高阶段，外在的目构转化为内在的心构，外向的耳目转化为内在的视听，此之谓内视。庄子笔下的庖丁所谓“以神遇而不以目视”[④]；王昌龄《诗格》所谓“处身于境，视境于心”[⑤]；符载所谓“物在灵府，不在耳目”[⑥]，如此等等之论，都是指内视这一审美方式或审美阶段。

老庄哲学认为人们应超越具体的、局部的、感性的视听，虚静凝神，静以观物，与宇宙精神相合一，方能入于“道”境。庄子说：“至道之精，窈窈冥冥；至道之

---

① （美）E. G. 波林《实验心理学史》中译本第380页，同上。

② 参阅（美）叶维廉《中西诗歌山水美感意识的演变》》一文，见《寻求跨中西文化的共同文学规律——叶维廉比较文学论文选》第91-131页，关于柳宗元《江雪》分析见第104页，同上。

③ （美）E. G. 波林《实验心理学史》中译本第697页，同上。

④ 《庄子·养生主》有庖丁解牛故事，述庖丁语曰：“臣之所好者道也，进乎技矣。始臣之解牛之时，所见无非全牛者，三年之后未尝见全牛也；方今之时，臣以神遇而不以目视，官知止而神欲行……”引见（清）郭庆藩撰《庄子集释》第119页，同上。

⑤ （唐）王昌龄《诗格》论“诗有三境”所谓“一曰物境”之语。引据（清）顾龙振编辑《诗学指南》本，卷3，第85页，台湾广文书局，1960。

⑥ （唐）符载《观张员外画松石序》，引见俞剑华《中国画论类编》，第20页，同上。

极，昏昏默默。无视无听，抱神以静，形将自正。”① 然而大道又显现在感性的现象世界之中，故能“目击而道存”，即现象即本体，由有限追无限。故庄子又云：“视乎冥冥，听乎无声。冥冥之中，独见晓焉；无声之中，独闻和焉。”② 无视无听，才能有所视听，闻“和”见“晓”，游于“大象”，醉人“天乐”之境。陆机《文赋》论述艺术构思的心理活动说：“其始也，皆收视反听，耽思傍讯，精骛八极，心游万仞；其致也，情曈昽而弥鲜，物昭晰而互进。”所谓“收视反听，耽思傍讯”，李善注云：“收视反听，言不视听也。耽思傍讯，静思而求之也。”③ 收视、不视，均是指内视的审美境界。正如《史记·商君列传》所谓“有反听之谓聪，内视之谓明”④，艺术创造过程中的内视，是一种虚静凝神以致明、反观内照而构象的内在审美视野，在心（情）与物的交融过程中，构造作品的意象。所谓“精骛八极，心游万仞”，是说意象的构造是随着想象活动的展开来逐步得以清晰的完成的，所以是“情曈昽而弥鲜，物昭晰而互进”。在艺术构思中，作者无论是目击万象于田野山林，还是神思渺渺于书斋别舍，一当进入内视阶段，以前和当下的视觉内容便转化为回忆式的虚灵形象，外在的审美视境转化为心灵的内视空间，虚廓胸襟而万物归怀，目光散视而心意集中，想象积极展开组合、虚构等多功能性的活动，情感于冷静中蕴藏着炽热，似火山又似潜流在运动在激荡，心与物化，神与物游，从而营构出诗歌的意象。由外视到内视是视觉的审美心理必然之上升，艺术构思必然之历程。直视、悬视与内视又各自可以分开看作为中国古代艺术家视觉审美的三种独特类型。

中国自古有背拟作画和即目吟诗之说，实质上，诗常背拟而写，画亦需即目而构，只不过画家总是先把目构内容转化为心构之意象，储藏在脑中。如范宽“卜居于终南太华岩隈、林麓之间，而览其云烟惨淡、风月阴霁难状之景，默与神遇”⑤。如范宽这样“善与山传神”的画家，多次目击物象、神遇于心，对审美对象有了整体把握，便可静坐挥毫。同样，诗可直视而构、悬视而出，亦可内视而悟，如庖丁

① 《庄子·在宥》，郭庆藩撰《庄子集释》第381页，同上。

② 《庄子·天地》，郭庆藩撰《庄子集释》第411页，同上。

③ 本文所引（晋）陆机《文赋》，均见（梁）萧统编，（唐）李善注《文选》卷17，第224-228页，上海书店据世界书局影印（清）胡克家刻本，1988。

④ 《史记》卷68《商君列传》所载赵良回答商君之语，引见司马迁撰，（宋）裴骃集解、（唐）司马贞索隐（唐）张守节正义《史记》（第3册）第1767页，二十四史简体字本，中华书局，2000。

⑤ （宋）无名氏《宣和画谱》卷11载：“范宽（一名中正），字中立，华原人也。风仪峭古，进止疎野，性嗜酒，落魄不拘世故，常往来于京洛。喜画山水，始学李成，既悟乃叹曰：‘前人之法，未尝不近取诸物，吾与其师于人者，未若师诸物也；吾与其师于物者，未若师诸心。’于是舍其旧习，卜居于终南太华岩隈、林麓之间，而览其云烟惨淡、风月阴霁难状之景，默与神遇。一寄于笔端之间，则千岩万壑，恍然如行山阴道中，虽盛暑中，凛凛然使人急欲挟纩也。故天下皆称宽善与山传神，宜其与关、李并驰方驾也。蔡卞尝题其画云：关中人谓‘性缓为，宽中立’，不以名著，以俚语行，故世传范宽山水。”文渊阁《四库全书》本。

解牛，多年目击的经验积累，就使他能于挥刀之时不以“目视”而以“神遇”。内视，是一种心灵的静观，它由澄目而澄心，涤荡精神，虚静为怀，与天地精神相往来，与宇宙情调相和谐。王羲之有诗句云：“争先非吾事，静照在忘求”①，静照要求心意集中于审美对象，“凝睇而万象起，朗吟而孤愤平”（刘禹锡《秋江早发》）。目光专注（凝睇），排斥其他感官知觉的干扰，是谓澄目；由此转入内视于心的阶段，“澄观一心而腾踔万象”②，舍弃欲念与实用的自我，是谓澄心，从而进入崇高的艺术精神的自由境地，“天地卷而入怀”③，妙悟自然，而意象叠出。直视、悬视、内视，作为不同视觉审美方式，当然既可以表现出“有我之境”，也可以表现出“无我之境”④；不过，“无我之境”当是由临景结构而转入内心反省之境的结果，表现出一种“物化”的意趣。李白《独坐敬亭山》就能说明这种观物方式。诗云：

众鸟高飞尽，孤云独去闲。
相看两不厌，只有敬亭山。

山看我，我看山，我与山在大自然中融合一体。所谓以物观物，遗物而观物，不知何者为我，何者为物，如庄周梦蝶，物我互化。“无我”，当然就消失了视觉主体的审美视点，我已溶入万物存在之中，从而透视到一种大象，捕捉到天地之大美，表现在诗内，就使诗有了无限的风神远韵。

陆机《文赋》认为诗人“收视反听”，神思方能活跃，“精骛八极，心游万仞”，上浮天渊，下濯地泉。王微《叙画》云：“目有所极，故所见不周”⑤，因此，

① （晋）王羲之《答许询诗》残句。引见逯钦立辑校《先秦汉魏晋南北朝诗》之《晋诗》卷13，第896页，中华书局，1983。

② 宗白华《中国艺术意境之诞生》一文引如冠九《都转心庵词序》云：“‘明月几时有’词而仙者也。‘吹皱一池春水’词而禅者也。仙不易学而禅可学。学矣而非栖神幽遐，涵趣寥旷，通拈花之妙悟，穷非树之奇想，则动而为沾滞之音矣。其何以澄观一心而腾踔万象。是故词之为境也，空潭印月，上下一澈，屏知识也。清馨出尘，妙香远闻，参净因也。鸟鸣珠箔，群花自落，超圆觉也。”宗先生论曰：“中国自六朝以来，艺术的理想境界却是‘澄怀观道’（晋宋画家宗炳语），在拈花微笑里领悟色相中微妙至深的禅境。”“澄观一心而腾踔万象，是意境创造的始基，鸟鸣珠箔，群花自落，是意境表现的圆成。”引见宗白华《艺境》第155-156页，同上。

③ 语本（晋）释慧远《念佛三昧诗集序》，大正藏本作“天地卷舒而入怀”，与上句“三光回景以移照”骈对。引见（唐）道宣《广弘明集》卷30，《弘明集·广弘明集》合刊本第363页，上海古籍出版社，1981。按：《管子》四篇中的《心术》下篇，也曾表明心灵“虚静”即能使“万物毕得，翼然自来”。语见戴望校正《管子校正》第222页，《诸子集成》（第5册）本。上海书店影印，1986。

④ 王国维《人间词话》曰：“有有我之境，有无我之境。‘泪眼问花花不语，乱红飞过秋千去。’‘可堪孤馆闭春寒，杜鹃声里斜阳暮。’有我之境也。‘采菊东篱下，悠然见南山。’‘寒波澹澹起，白鸟悠悠下。’无我之境也。有我之境，以我观物，故物我皆著我之色彩。无我之境，以物观物，故不知何者为我，何者为物。”引据《蕙风词话》与王国维《人间词话》合刊本，第191页，人民文学出版社，1960。

⑤ （南朝宋）王微《叙画》，引见俞剑华《中国画论类编》，第585页，同上。

内在心灵的想象具有补其“不周”的重要性，并指出构思中神思浩荡飞扬的活动特征。如果说直视可以当下即构，那么内视必须凭借想象力的作用，才能超入神境。陆机《文赋》中曾论及鉴赏者的“拙目”不能领悟作者文心的高妙，他说：“虽浚发于巧心，或受嗤于拙目。”其实，作者的拙目钝眼，更为危险，钝拙的耳目，就不能观照、聆悟到审美对象的本质真相。

唐代符载就从创作角度提出了“陋目”说，“若忖短长于隘度，算妍嗤于陋目，凝觚舐墨，依违良久，乃绘画之赘疣也。”认为虚怀万物方能不“隘”，洞入灵府而营构出形神合一的意象，然后挥毫作画，方才不是拘泥于形迹的“物之赘疣”。否则即是“陋目”，未入神境。他称赞张璪作画能“遗去机巧、意冥玄化，而物在灵府，不在耳目。故得之于心，应之于手”①。由“物沿耳目”到“不在耳目”，乃是审美主体的内视“玄悟”所致。符载的“玄化”论，植根于老庄、玄学及禅宗的思想基础。张彦远《历代名画记》亦云：“遍观众画，唯顾生（引按：顾恺之）画古贤得其妙理，对之人终日不倦。凝神遐想，妙悟自然，物我两忘，离形去智。身固可使如槁木，心固可使如死灰，不亦臻于妙理哉？所谓画之道也。”② 这种观点，明显脱胎于庄子的“心斋”、“坐忘”说。妙悟，可以说是中国艺术家用以构思的最主要的思维方式，它是以形而下的直观外物为前提，强调心灵之想象力的升腾作用和直入本质的洞察功能。严羽于《沧浪诗话》中，借禅喻诗，就特别指出诗歌要用“妙悟”，妙悟方能“入神”。“入神”——获得诗歌意象之神韵，正是内视之审美把握的最终目的。

内视之境，视觉审美的客观视野转化为主观视野，重在对精神时空的营构，而精神时空的营构，又在于审美主体“宇宙意识”的建立，刘勰《文心雕龙·神思》云：“文之思也，其神远矣。故寂然凝虑，思接千载；悄焉动容，视通万里。”“千载”、“万里”在此指的是精神时空，而不是客观的时空。沈括《梦溪笔谈》说：

> 书画之妙，当以神会，难可以形器求也。世之观画者，多能指摘其间形象、位置、彩色瑕疵而已，至于奥理冥造者，罕见其人。如彦远《画评》言王维画物，多不问四时，如画花往往以桃、杏、芙蓉、莲花同画一景。予家所藏摩诘画《袁安卧雪图》，有雪中芭蕉。此乃得心应手，意到便成，故造理入神，迥得天意，此难可与俗人论也。谢赫云：“卫协之画，虽不该备形妙，而有气韵，凌跨群雄，旷代绝笔。”又欧文忠《盘车图》诗云：“古画画意不画形，梅诗咏

① （唐）符载《观张员外画松石序》，引见俞剑华《中国画论类编》，第20页，同上。

② （唐）张彦远《历代名画记》卷2《论画体工用搨写》，引见俞剑华注释《历代名画记》第40-41页，上海人民美术出版社，1964。

物无隐情。忘形得意知者寡，不若见诗如见画。”此真为识画也。[①]

不问四时的画法，超越了客观时空，而获得精神时空；表面上违背了生活中的客观事实，但获得了艺术创造上一种主观感觉的真实，这种“真实”是为艺术真实。中国古代的“艺术真实”论，首先是一种心理真实论。故雪里芭蕉，可以并存，这种画法，按照宗白华先生的说法，乃是中国艺术家“宇宙意识”的自然流露。所谓“宇宙意识”，就是指中国艺术家那种视大自然为一生生不息的生命本体，要求从形而下超升到形而上，深入静观，物我互化，使个人“小我”融入宇宙之中，具有一种与大自然的大化流行高度合拍的思想意识。诗人王维借用佛学概念“天眼”，来表现他自己的“宇宙意识”，其《夏日过青龙寺谒操禅师》云：“山河天眼里，世界法身中”，有了这种天眼，就能俯仰宇宙，游心太玄，洞照万象。赵殿成《王右丞集笺注》释“天眼”曰：“《法苑珠林》：昔佛在世时，诸弟子中阿那律天眼第一，能见三千大千世界，乃至微细，无幽不睹。《翻译名义》：……又云：凡是天眼，远近皆见，前后内外，昼夜上下，悉皆无碍。”[②] 对于诗人艺术家来说，他们都具有艺术的“天眼”，这乃是一种宇宙意识，一种宇宙透视，它主要凭借心灵的直接洞穿力，而不是极尽目力的外在观照所能求觅，悬视能把握远近、前后、上下的审美对象，而内视在此基础上更能把握内外、昼夜等无法目构的内容。正是有了这种艺术的“天眼”——宇宙透视的审美观照，才能营构出司空图说的“象外之象”。所谓“象外之象”，第一个“象”是诗歌中对客观时空中的物象的反映，第二个“象”，即是精神时空中的意象，它又是在第一个“象”中得到显现，前“象”是实，后“象”是虚。许印芳指出“其妙处皆自现前实境中来”[③]，要由实写空，即实即虚，由形写神，形神合一。清人笪重光《画筌》亦云：“空本难图，实景清而空景现；神无可绘，真境逼而神境生。”[④] 中国艺术家无论采用直视、悬视，还是内视的审美方式来构造意象，都不满足于眼前实景，而又取自眼前实景，做到

① （宋）沈括《梦溪笔谈》卷十七《书画》，《四库全书》本。

② （清）赵殿成《王右丞集笺注》卷7，文渊阁《四库全书》本。按：《翻译名义集》所引，乃本于《大智度论》，其云：“肉眼见近不见远，见前不见后，见外不见内，见昼不见夜，见上不见下。以此碍故求天眼，得是天眼，远近皆见，前后内外，昼夜上下，悉皆无碍。”（后秦）鸠摩罗什译《大智度论》，大正藏《释经论部上》第25册。又《法苑珠林》载曰：“凡得罗汉皆有三眼：一肉眼，二天眼，三慧眼，三眼视者，恐肉眼乱天眼，争功精粗以杂观，故专用天眼观大千界，精粗悉睹，故言天眼第一也。”（唐）释道世编《法苑珠林》卷34，文渊阁《四库全书》本。

③ 许印芳《诗法萃编·与李生论诗书跋》，引见郭绍虞撰《诗品集解·续诗品注》第49页，人民文学出版社，1963。

④ （清）笪重光《画筌》，引见俞剑华《中国画论类编》第814页，同上。

“近而不浮，远而不尽”[①]，意象鲜明，而不浮泛；境界深远，蕴籍风流。“形似”之境易绘，而“神似”之境难图，二者有机的合一，是中国艺术追求的完美境界。

西方“意象派”代表诗人艾兹拉·庞德（Ezra Pound）说：意象是“一种在刹那间表现出来的理性和感情的集合体”，[②] 这与中国古代艺术家说的“意象”范畴不同。但意象派要求以浓缩、凝练的语言，凸现意象、刻画心理，与中国艺术家一再强调的“含蓄”，所谓“不著一字，尽得风流”有类通之处。据叶维廉先生介绍，庞德有一首最为人们称赞的短诗，“In a statlon of the metro”：The apparition of these faces in the Crowd，/Petals on a wet，black bough。汉译为《在地铁车站》：“人群中这些脸的幢影，/湿黑的枝上的花瓣。”[③] 庞德曾用心学习中国的古诗，此作就继承了中国古诗的一些对称、分割技巧，如前句的 apparition 与后句的 Petals 即“幢影”与“花瓣”形成巧妙的对偶，前后句之间省略了喻词，前后句也用逗号进行了切割，在一定程度上，突破了英文文法的束缚，颇有一些余味。叶维廉先生评论此诗说：“每一单行里，空间的切断提高了意象的视觉性、独立性，增加了其空间的玩味，使诗以分段视觉层次活动。”[④] 这首诗的象征技巧十分成熟，意象也较丰富，把视觉一瞥之审美瞬间的情境刻画了出来。但与中国古诗相比，其时空的凝聚力、意象的雕塑性、空间的玩味性等都明显不足。因为中国诗人虽亦注重对技巧的追求，而更重要的在于“独与天地精神相往来”之宇宙意识的建立、宇宙透视的把握，艾兹拉·庞德等意象派的诗人正缺少这种审美观念，这种不同实际上是文化传统有别所造成的差异。再举陈子昂的《登幽州台歌》作一对比，诗云：“前不见古人，后不见来者。念天地之悠悠，独怆然而涕下。”此诗是作者随建安王武攸宜讨代契丹时所作。武攸宜是皇朝外戚，不通军事，陈子昂上策进谏，而武则天不纳，颇为抑郁，有感于燕昭王招贤纳谏的英明，发为此歌。诗中既有老庄的人生有限而天地无涯的虚无情绪，也有“子在川上曰，逝者如斯夫”的叹息与豪情，囊括千古，深入无际，使绵绵的时间凝聚在悠悠的空间中，于刹那之间，感受到永恒的价值、无限的存在。中国古代诗人就是如此善于以有限追无限、即刹那即永恒，让时空在主观的意念中互相演化，着意追求意象的幽深远趣、韵外之致，从而使诗境通于画境。

---

① （唐）司空图《与李生论诗书》语，引见《司空表圣文集》卷2，《四部丛刊》本。

② 伍蠡甫编《现代西方文论选》第251页，上海译文出版社，1983。

③ 艾兹拉·庞德《在地铁车站》的英文和中文译文，引据（美）叶维廉《语言与真实世界——中西美感基础的生成》一文所附第11条注文，见《寻求跨中西文化的共同文学规律——叶维廉比较文学论文选》，第73页，同上。

④ （美）叶维廉《语言与真实世界——中西美感基础的生成》一文所附第11条注文，并参考其《语法与表现：中国古典诗与英美现代诗美学的汇通》一文有关分析，引见《寻求跨中西文化的共同文学规律——叶维廉比较文学论文选》，第165页，第73页，同上。

总之，中国古代诗人常常能够突破诗歌这种“时间艺术”的局限，表现出一种“空间艺术”的精神，所以，诗，就能具有一种鲜明的“画意”。

五、艺术时空与“远”的自觉精神

从中国诗画艺术时空的具体表现上，最可以看出“诗中有画，画中有诗”的特点。诗歌的艺术时空具体体现为诗歌境界的“远”的精神。唐代诗僧皎然《诗式》云：“夫诗人之思初发，取境偏高，则一首举体便高；取境偏逸，则一首举体便逸。才性（原注：一作情性）等字亦然。体（原注：一作本）有所长，故各功归一字。偏高偏逸之例，直于诗体，篇目风貌，不妨一字之下，风律外彰，体德内蕴，如车之有毂，众美归焉。”皎然认为“取境”或“高”或“逸”，是决定不同诗“体”（所谓“德体风味”，相当于风格、品境之意）特点的精神基础，他认为这种诗“体”的种种之“相”，可以用一字来进行归纳，共有一十九类如下：

> 其一十九字，括文章德体风味尽矣，如易之有象辞焉。……其比兴等六义，本乎情思，亦蕴乎十九字中，无复别出矣。高，风韵朗畅曰高。逸，体格闲放曰逸。贞，放词正直曰贞。忠，临危不变曰忠。节，持操不改曰节。志，立性不改曰志。气，风情耿介曰气。情，缘境不尽曰情。思，气多含蓄曰思。德，词温而正曰德。诚，检束防闲曰诚。闲，情性疏野曰闲。达，心迹旷诞曰达。悲，伤甚曰悲。怨，词调凄切曰怨。意，立言盘泊曰意。力，体裁劲健曰力。静，非如松风不动，林狖未鸣，乃谓意中之静。远，非如淼淼望水，杳杳看山，乃谓意中之远。①

皎然所概括的一十九种诗歌的“德体风味”，分类的标准并不相同，主要有三大类，一类是从才性关系，思想内容与情感的表现特点去看问题的——如“风情耿介曰气”、“检束防闲曰诚”、“伤甚曰悲”等；一类是从诗歌语言风格、格调角度去看问题的，如“词温而正曰德”、“词调凄切曰怨”、“放词正直曰贞”、“体裁劲健曰力”等；一类是从诗歌境界的含蓄不尽的特点等角度看问题的，如后来司空图所说的“象外之象”、“韵外之致”的观点较为一致，如“风韵朗畅曰高”、“体格闲放曰逸”、“缘境不尽曰情”等。其间多有相互交叉性，其实这说明了皎然对“诗境”的全面的多层面的研究和分析，体现了中国古典诗学追求主观精神的表现性特

---

① （唐）释皎然《诗式》之《辨体有一十九字》，引据何文焕《历代诗话》本，第35-36页，同上。又按：“缘境不尽曰情”，原作“缘情不尽曰情”；“立言盘泊曰意”，原作“立言曰意”，据他本改。

点，说明一首诗作有无“意境”，是一个多角度多层面的综合性问题，对后来“意境”（诗境）理论的研究影响很大，这里暂且不去讨论。在此要说的是，其论“静”和“远”的品境，也体现了其对诗境的艺术时空特征认识和要求：“静，非如松风不动，林狖未鸣，乃谓意中之静。远，非如渺渺望水，杳杳看山，乃谓意中之选。”意中之远，即是精神时空的别名，它与玄学张扬的“玄远”精神、禅宗宣说的“禅定”以悟道的思想是相通的，具有超越尘俗的情怀。

皎然评谢灵运的诗作说：“康乐公早岁能文，性颖神彻。及通内典，心地更精，故所作诗，发皆造极，得非空王之道助邪？夫文章天下之公器，安敢私焉？曩者尝与诸公论康乐为文，真于情性，尚于作用，不顾词彩，而风流自然。彼清景当中，天地秋色，诗之量也；庆云从风，舒卷万状，诗之变也。不然，何以得其格高，其气正，其体贞，其貌古，其词深，其才婉，其德宏，其调逸，其声谐哉？……惠休所评‘谢诗如芙蓉出水’，斯言颇近矣！故能上蹑风骚，下超魏晋，建安制作，其椎轮乎？”①所谓“空王”就是指佛，皎然认为谢诗所谓“清景”、所谓“如芙蓉出水”的清远境界，是有得于“空王之道助”的。中国古代艺术普遍表现出这种“远”的自觉精神，诗与画许多杰出作品也是如此，正因为诗与画共同表现出这种对“远”的自觉追求，才能使读者顿生“诗中有画，画中有诗”的审美观感。宗白华先生分析东汉傅毅《舞赋》中的舞女形象，认为其表现了一种“游心无垠，远思长想”的风姿远韵，他说：

> 欧阳修曾说：“闲和严静，趣远之心难形。”晋人就曾主张艺术意境里要有“远神”。陶渊明说：“心远地自偏。”这类高远的境界，我们已在东汉的舞女的身上和她的舞姿里见到。庄子的理想人物藐姑射神人，绰约若处子，肌肤若冰雪，也体现在元朝倪云林的山水竹石里面。这舞女的神思意志也和魏晋人钟、王的书法息息相关。②

中国的诗歌、绘画、书法、音乐、舞蹈等各种艺术都追求风神远韵的境界，尤其是中国山水画，更是咫尺有千里之势，含无穷之深远，给人以可居可游之感。魏晋玄学家，“舍物象、超时空，而研究天地万物之真际”，③是从哲学角度去追求无边无际的时空，获得对大道的深刻体验。王夫之说：“以追光摄影之笔，写通天尽

---

① （唐）释皎然《诗式》之《文章宗旨》，引据何文焕《历代诗话》本，第29-30页，同上。

② 宗白华《艺境》，第311页，同上。

③ 汤用彤《魏晋玄学论稿》，第48页，人民出版社，1957。

人之怀，是诗家正法眼藏”[①]，是从美学角度去寻觅“象外之象”的精神时空。“远”的自觉精神，就是对宇宙的客观时空与意象的精神时空的刻意追求并加以表现的艺术精神，其核心内容就是要由形得神，形神合一。

在中国古代的诗画作品中，远，就其诗境、画境的意象构成来讲，是与视觉的观照方式、境界的艺术时空直接相关的；而就其诗境、画境乃至乐境的审美趣味、品格而言，又与“清”、“淡”、“空灵”、“荒寒”等风格品尚紧密地联系在一起。前者的相关性，可谓是艺术创作中的必然性的普遍的规律，故中西方的艺术理论家都曾有所论述，虽然其间也表现不同文化传统的差异，已如上言，但毕竟不同门类的艺术可以相互沟通，确为客观存在的必然之理；而后者的相关性，乃是中国文化传统在艺术精神上的一种独特的体现，因为诗和画的共通性并非必然要体现为一种“清”、“淡”的精神等。换句话说，中国古代艺术所体现的“远”的自觉追求精神，往往是创作主体受到儒、道、释为主的文化思想传统的影响而造成的，具有我们自己的民族性特点，例如魏晋玄学（可谓是魏晋时代的新道家）、禅宗（是唐代僧人将印度禅学和中国道家思想结合而产生的一种本土化的佛教宗派）、宋明理学与心学（可谓是宋明时代的新儒家）等，对不同时代的审美理想、艺术风尚产生了影响。中国艺术所逐步形成并不断加以提倡的“意境”特色，就其理论实质来讲，具有情景交融、形象鲜明的艺术创作的普遍性一面，但仅仅认识到这一点，还不能把握“意境”的内涵，也不能由此说明中国诗歌所具有之“画意”的独特性，虽然这是中西方诗歌能够具有“画”的特点的共同基础；因此，分析“意境”的理论内涵，无疑还需要考虑另一面，即中国诗歌表现这种情景交融、鲜明形象的方法和体现这种审美文化精神的传统，这就是“意境”的民族性、特殊性，例如运用赋比兴的方法、追求形似与神似的统一，创造有生于无、虚实结合、动静相生的艺术“本文”，对于语言艺术的诗歌，强调以语言的简约凝练表现含蓄不尽之意；作为书画的空间艺术，强调“飞白为虚”、“虚室生白”的艺术“空白”，“虚”、“无”、“空白”、“静”等，都体现了创作主体追求形而上之“大道”的人生悟境，悠然尘外、超越当下的人生之“烦”、“忧”等焦虑之情，从而腾离于现实的理想世界，这与道家所谓“瞻彼阕者，虚室生白，吉祥止止”（《庄子·人间世》）的精神理念是息息相通的。正因为中国诗歌无论是语言、还是意象等，都凝结着一种民族性的传统精神，这种“凝结”是一种“整体”的凝结，也就是说它反映在诗歌作品本身的方方面面，所以，我们常常感到读用英文翻译的《诗经》、《唐诗三百首》，颇不是“原味”，几乎再无“意境”可言，因为翻译语意容易，但传达凝结在诗歌本文中的我

① （清）王夫之《古诗评选》卷4评阮籍《咏怀》，引见北京大学哲学系美学教研室编《中国美学史资料选编》（下册）第293页，中华书局，1981。

们中国人看了能够感同身受的传统精神、民族特点就十分的困难。总之，中国古代艺术家们通过“远”的精神的张扬，表现出心灵对尘俗世界的超越，表现出自己孤世独立的人格风范。所以，诗与画的“远”之精神，就往往与“清”、“淡”等意境品格联系在一起，这就构成了中国古代诗与画之“诗中有画，画中有诗”的特点。

宋代郭熙《林泉高致·山水训》中，详细地总结了山水画有高远、深远、平远三种表现方式：

> 山有三远。自山下而仰山颠谓之高远，自山前而窥山后谓之深远。自近山而望远山谓之平远。高远之色清明，深远之色重晦，平远之色有明有暗。高远之势突兀，深远之意重叠，平远之意冲融而漂漂渺渺。其人物之在三远也，高远者明了，深远者细碎，平远者冲淡，明了者不短，细碎者不长，冲淡者不大，此三远也。①

这是从透视（或称为“审美观照”）方法、色彩远用、人物构造及意境情调等方面，对中国山水画特点的总结。其后，韩拙《山水纯全集》，在《论山》一节中先征引郭熙的“三远”说，然后说“愚又论三远者”，即所谓“阔远”、“迷远”、“幽远”之三远说：“有山根岸边水波亘望而遥（按：或作‘近岸广水旷阔遥山者’）谓之阔远。有野霞（露）暝漠，野水隔而仿佛不见者，谓之迷远。景物至绝而微茫漂渺者，谓之幽远。”② 如马远的《寒江独钓图》、郭熙的《幽谷图》等就具有“迷”、“阔”、“幽”的空间距离感。正如俞剑华先生所论：“郭氏三远尚有法度可寻，韩氏三远全从画面上之感觉立论。虽有阔、迷、幽名目，实际却无大分别，大要不过近处清楚，远处模糊而已。”③ 就中国绘画的透视方式而言，还是郭熙的“三远”说，切中肯綮，抓住了中国画之谓中国画的要害之所在。同样，中国古代诗人不仅用这种“远”的透视方式来描写山水，而且推及到一切景物的描绘上去，这样就较中国画更为灵活通变，如前文所举王维的《终南山》，就融“三远”之法于一诗，深得远趣。总之，直视、悬视与内视的方法，最终都指向对精神时空中的意象营构，表现为一种“远”的自觉精神，落实到具体的诗歌里，就是神似的境界、神韵的风致。

中国艺术的“远”之精神的自觉，始于六朝时期，崇尚“清远”的精神境界；而到了宋元时期，诗画都更为崇尚“三远”之境，表现在审美理想和艺术趣味及美

---

① （宋）郭熙、郭思《林泉高致》，引见俞剑华《中国画论类编》，第639页，同上。

② （宋）韩拙《山水纯全集》，引见俞剑华《中国画论类编》，第664页，同上。

③ 俞剑华《中国画论类编》编选韩拙《山水纯全集》之《论山》按语，第664页，同上。

感要求上，遂崇尚“平淡”的境界。苏轼《书黄子思诗集后》云：

> 予尝论书，以谓钟、王之迹，萧散简远，妙在笔画之外。至唐颜、柳，始集古今笔法而尽发之，极书之变，天下翕然以为宗师，而钟、王之法益微。至于诗亦然，苏、李之天成，曹、刘之自得，陶、谢之超然，盖亦至矣。而李太白、杜子美以英玮绝世之姿，凌跨百代，古今诗人尽废。然魏、晋以来，高风绝尘，亦少衰矣。李、杜之后，诗人继作，虽间有远韵，而才不逮意。独韦应物、柳宗元发纤秾于简古，寄至味于澹泊，非余子所及也。①

“诗画本一律”② 的观点，在中西方都占着统治地位。上文就是从审美视觉营构意象的三种方式出发，探讨了中国诗歌的“画意”，这种画意多是诗人运用一种似绘画的手法（如“三远”之法）创造出来的。德国的莱辛也认为，诗作为时间的艺术与画作为空间的艺术，是可以会通的，画要“选择最富于孕育性的那一顷刻，使得前前后后都可以从这一顷刻得到最清楚的理解”，从而表现时间的运动过程；诗描写物体的运动，也应选择“能够引起该物体的最生动的感性形象的那个属性”，要做到化静为动，化美为媚。不过莱辛《拉奥孔》的意义，不在于他看到诗、画的相通性，而在于全面分析了诗、画的差异性，他指出诗中的画不能等同于画中的画，“一幅诗的图画并不一定就可以转化为一幅物质的图画”而且“能入画与否不是判定诗的好坏的标准”③，这些都是极有见地有价值的观点。因此，上文谈论的诗歌的“画意”与国画的“画境”是有区别的，或者说“诗境”与“画境”仍然是有所分别的。诗与画的差异，中国古人也早看到。嵇康《兄秀才公穆入军赠诗》之十五有诗句云：“目送归鸿，手挥五弦”，画家顾恺之曾就此说过：“画手挥五弦易，目送归鸿难。”说明作为精通书画和诗歌艺术的顾恺之，在自己的创作实践中已经认识到画家不能“画”而诗人却能“画（描写）”的区别，正如莱辛所说，诗人“有本领把最不堪入画的东西描绘成为有画意的东西”④。“目送归鸿”难画，原因在于“送”与“归”持续进行的动作感难以用画笔来表现，难以直接体现在一幅画面之中，它“表示鸟向它的目的地飞着、飞着，逐渐愈逼愈近，人追随它的行程望着、望着，逐渐愈眺愈远。”⑤ 可见视觉意象，有些用诗来表现，有鲜明的画意，却难以

---

① 《东坡全集》卷93，文渊阁《四库全书》本。

② 《东坡全集》卷16《鄢陵王主薄所画折枝二首》之一，诗云：“论画以形似，见与儿童邻；赋诗必此诗，定非知诗人。诗画本一律，天工与清新；边鸾雀写生，赵昌花传神。何如此两幅，疏澹含精匀；谁言一点红，解寄无边春。”文渊阁《四库全书》本。

③ 以上见（德）莱辛《拉奥孔》中译本第78、79、83页，人民文学出版社，1979。

④ 以上引文见（德）莱辛《拉奥孔》中译本第79页，同上。

⑤ 钱钟书《读〈拉奥孔〉》，见《七缀集》第33页，上海古籍出版社，1985。

用画来表现这种画意。上文中，把诗论与画论融贯一体进行论述，着重其相通之处，但绝不等于说二者没有差别性，这是要明确的地方。

总之，本文从视觉审美感官角度去分析诗歌审美意象的生成表现时，较为偏重于意境的“象”的把握，诗歌之“象”的营构、“境”的创造，与诗之“画意”的产生是一致的。因此，中国古代诗歌的鲜明“画意”性与诗人的视觉审美经验是紧密联系在一起的。从视觉审美意象的运动的程看，直视、悬视、内视既可以视之为从物象到意象的统一系统，也可以看成视觉三种不同的审美方式。直视强调目击所见，当下即悟；悬视讲究整体观照，洞照万象；内视追求宇宙意识，物我一体。从其主流作品来看，都注重“象外之象”，力求形似与神似相统一。视觉审美意象的营构活动，是诗歌创作的核心内容，方法多样，心理复杂，所表现出的审美理想也有不同差异，还有待于进一步研究，这也是我一直在从事研究的“感官诗学”（这是笔者提出的概念）的课题，本文不足之处，还请读者批评指正。

乐感：听觉审美意象生成表现论*

一、引　言

中国古代诗人不仅注重视觉审美功能，而且也天才地发挥了创作主体的听觉审美能力，把直视与内视、内听与外听有机地统一起来，使诗歌特别是抒情诗这一“时间的艺术”产生出画与乐的特征，具备空间张力的玩味性和流动和谐的音乐感。

中国古典诗歌（亦可包括其他文学样式和艺术类型）这种乐感特征，大体包括三个层次的内容，即微波起伏、复叠共生的意象结构；跌宕曲折、幽深远致的情感节奏与抑扬顿挫、错综整饬的语言（书画指用笔运墨的表现形式）韵律。笔者以为从审美主体的听觉“感官能”出发，去研究中国文化具体形态的乐感性、愉悦性，是至关重要的。因为由此出发，就把握住了研究中国文化追求感性生命体悟精神的一个重要的切入点。不少学人已经注意到这一点，并进行了深入的探索。但笔者以为无论是本文所要研究的审美听觉，还是其他感官，只有把人类的感官作为审美文化的感官来审视时，才能洞悉从动物的快感上升为人类美感的历史与逻辑的规律。用辩证唯物主义的眼光来看，艺术源于人类的社会实践，伴随劳动节奏而产生音乐，随音乐而产生歌辞，《尚书·尧典》所谓“诗言志，歌咏言，声以咏，律和声。”① 古典史籍对乐与诗的关系如此广泛的记载，说明了文学艺术在发展初期诗、乐、舞三位一体的紧密联系。正如朱自清先生所云：《礼记·经解》所谓“温柔敦厚，《诗》教也”的诗教，“不能离乐而谈。一来声音感人比文辞广博得多，若只着眼在‘《诗》辞美刺讽喻’上，《诗》教就未免狭窄了。二来以声为用的《诗》的传统——也就是乐的传统——比以义为用的《诗》的传统古久得多，影响也大得多，《诗》教若只着眼在意义上，就未免单薄了。所以‘温柔敦厚’该是个多义语；一

---

* 编按：本文原载《文艺研究》1994年第6期。今根据论文底稿进行修订，并统一增加有关引文注释。

① 引见（唐）孔颖达等《尚书正义》卷3《虞书》，第131页，（清）阮元校刻《十三经注疏》本，中华书局影印，1980。

面指‘《诗》辞美刺讽喻’的作用，一面还映带着那‘《诗》乐是一’的背景。”[①]故《毛诗序》云：“情发于声，声成文谓之音。”尽管自孔子的时代就开始“诗乐分家”，但中国古代诗人在创作中一直就自觉不自觉地表现出对“声文”的追求，使内在的生命节奏积淀于意象的生成与提炼之中，并且用富有韵律的语言形式加以表现，把感官的审美愉悦推向昭示人生存在意义的理性高峰。

刘勰《文心雕龙》之《情采》篇说“综述性灵，敷写器象”的立文之道，“其理有三：一曰形文，五色是也；二曰声文，五音是也；三曰情文，五性是也。五色杂而成黼黻，五音比而成韶夏，五情发而为辞章，神理之数也。”[②]中国古代优秀诗歌的典范之作，可以说每篇都无不是形文、声文与情文的至善至美的结合。翻开被中国古人誉为经典的“诗三百”篇，只要浏览首作《关雎》全诗，马上就会被其诗的悦耳韵律所炫惑，“窈窕淑女”四字的反复吟咏，使一个美丽的青春少女形象跃然纸上。鸣叫的雎鸠、清澈的河水、绿色的沙洲以及参差的水草等审美视觉形象，配合优美的情感旋律——爱情主人公内在的生命跳荡，充分表现了陷入情网的人物内心世界的焦灼、激动与喜悦之情。如果仅仅干瘪瘪地说“寤寐求之”，“辗转反侧”，就根本不成为诗或者说不是好诗。

笔者以为，中国古典诗歌最主要的两大特征就是画意与乐感，画意主要依靠审美视觉来创造，而诗歌意境的乐感特征，本源于听觉审美功能的经营谱作，其关键之点，首先在于审美主体营构意象之时，能否始终与内心情感运动的节律相合拍共振，并把这种生命的情感节奏投射或言移情到审美对象上去；其次在于如何把语音与语义效果协调一致，从而准确地传达内在“乐感意象”的音韵，使诗歌语言、结构等外在形式的节奏韵律与心灵意象的内在音乐性相合一。前者解决的是心灵意象内在音韵的生成问题，后者论述的是怎样表现才能使之和谐的传达问题。本于这些思考，笔者从古代典籍中拈出“内听”、“目听”与“外听”三个传统术语，作为审美听觉意象理论分析的范畴，围绕听觉审美“乐感意象”生成与表现的中心内容，分析诗人如何由心聆自然之音到谱写意象之韵再到表现诗歌之乐这样三个创造阶段，从而把握中国古典诗歌的乐感特征。

二、内听：天机不张，五官俱备

首先应该说明的是，笔者既拈出内听、目听、外听三个古代原有概念，作为审

① 朱自清《诗言志辨》之《诗教·温柔敦厚》，引据《朱自清古典文学论文集》（上册）本，第306页，上海古籍出版社，1981。

② 引见范文澜《文心雕龙注》，第537页，人民文学出版社，1957。按：凡异文择善从之。

美听觉的审美范畴，并进行重新诠释，以便能对审美听觉过程作一系统研究，从字面意义看，似乎应先从“外听”谈起。对此，我的解释是：从物感→构思→表现这个创作基本过程看，一般意义上“外听”即“耳听”心受自然之音的外听属于物感阶段，但它又是构思的准备，故我将之包括于“内听”之中。本文所说的具有独特涵义的“外听”，主要着重于构思到表现（或言传达）这一阶段而言的，其功能体现为把审美主体内在意象的乐感与语言的音韵进行协调一致，并求得表现过程中的完美化合，这种由内而外的在创作主体心灵中发挥协调作用时的听觉机能，才是我说的“外听”，这种诠释本于刘勰所论而来，下文再作具体分析，先谈内听的问题。所谓内听，古代也称之为“反听”，其实质就是“心听”或言“神听”，本文是指审美主体（诗人）通过虚静凝神从耳听外物之音而超越之，上升到心聆自然之大音的境界，从而营构出诗歌的具有“乐感意象”的听觉审美方式，从创作过程来看，是求得心与声合一的构思起始阶段。其实内听还可以剖析得更细，“心听”与“神听”也有着体验的程度上的区别。《文子·道德》篇云：“故上学以神听，中学以心听，下学以耳听。”[①] 由此亦可把“内听”分为“耳听”、“心听”、“神听”三个层次。宋代欧阳修有所谓“弹虽在指声在意，听不以耳而以心”的诗句[②]，似亦有耳听与心听之分。对此，笔者不拟再加辨析，只依刘勰《文心雕龙·声律》篇中“内听”术语，笼统言之而不再详别。

关于听觉与乐感的问题，中西方的古代哲人都有许多丰富的论述。德国大哲学家康德认为人类的视、听、触三觉是“近于智慧之官”，嗅、味二觉为“近于机体之官”，后来哈特曼也把“视、听看作高等的感觉，而把香（嗅）、味、触看作低等的感觉”[③]。视听等感性器官所欲悦的东西，是否就是美的东西，视觉、听觉能否直接感知美，古希腊哲学家柏拉图在《大希庇阿斯篇》中就进行过讨论。之所以认为五官有高低之分，是因为人们获得对美的感知，视、听二觉首当其冲，而且认识到美不仅是纯然感性的，亦应是理性的。柏拉图通过辨析否认美的定义为“由视觉和听觉产生的快感”[④]，以为美应与善与真相联系，“美可以同视觉和听觉中能称之为超感觉的方面，即与视觉和听觉为心灵服务的那种职能，密切地结合在一起。”[⑤] 换言之，视、听快感只有从感性升华到理性阶段后，才是美的，否则仅仅是一种动物式官能性快感而已。柏拉图的观点与中国古代儒、道两家关于听觉与乐感关系的论

---

① 《文子》卷上《道德》篇，引据文渊阁《四库全书》本。

② （宋）欧阳修《赠无为军李道士二首》之一，引见（宋）欧阳修《文忠集》卷4《居士集》（四），文渊阁《四库全书》本。

③ 参阅（日）笠原仲二《古代中国人的美意识》中译本第19页有关论述，北京大学出版社，1987。

④ （古希腊）柏拉图《文艺对话集》中译本第199页，人民文学出版社，1963。

⑤ （美）吉尔伯特、（德）库恩《美学史》（上卷）中译本第71页，上海译文出版社，1989。

述，有些类似之处，尤其接近于儒家乐教思想。

儒家之道，偏于伦理，注重对“善”的追求，认为乐与政通，具有移风易俗的功用，要求耳听音乐应由感性官能的快感升华到“善”的追求上，反过来音乐的创作也应该表现和指向“善”的功能，故孔子反对“郑声”淫而不善，指责《武》乐“尽美矣，未尽善也。”①。孟子云：“口之于味也，有同嗜焉；耳之于声也，有同听焉；目之于色也，有同美焉。至于心，独无所同然乎？心之所同然者何也？谓理也，义也。圣人先得我心之所同然耳。故理义之悦我心，犹刍豢之悦我口。”② 孟子由经验论推向先验论，这段话虽然不是论述乐感的，但只要稍加引申，就是说理义既然存在每个人的心中，耳之于声又有“同听”，那么乐感就能引发人们内心的善意来。引申的根据是孟了曾明确指出“乐”的主要功能，就在于使人们获得仁与义的快乐，所谓“乐之实，乐斯二者（引按：指其前文所说的仁之实即‘事亲’与义之实即‘从兄’），乐则生矣；生则恶可已也，恶可已，则不知足之蹈之、手之舞之。”③ 中国古人对五官本身虽无轩轾，但认为视、听等感觉器官只能获得官能的悦乐感，离开“心觉”的规范作用，就难以获得“道”的体验，故视、听五觉应统帅于心觉之下，荀子《天论》篇所谓“心居中虚，以治五官”就是讲的这个意思④。公都子问孟子，同样是人，为什么会有君子与小人的区别呢？孟子认为原因在于君子追求的是心之理义，而小人只满足于视、听等感官的快乐，所以他回答说：“耳目之官不思，而蔽于物。物交物，则引之而已矣。心之官则思，思则得之，不思则不得也。此天之所与我者。先立乎其大者，则其小者不能夺也。此为大人而已矣。”⑤ 在此，孟子强调了心官能“思”的作用，孟子的“心官”论对其后审美心官的理论研究、审美心官的观物取境的心态等具有重要作用，或者说，孟子的“心官”论，是儒家思想对审美心态论的重要影响渊源之一。对此问题，笔者另作专文

① 《论语·八佾》。引见（宋）朱熹《四书章句集注》之《论语集注》卷2，第68页，中华书局，1983。

② 《孟子·告子章句上》。引见（宋）朱熹《四书章句集注》之《孟子集注》卷11，第330页，同上。

③ 《孟子·离娄章句上》。引见（宋）朱熹《四书章句集注》之《孟子集注》卷11，第330页，同上。

④ 引见（清）王先谦撰《荀子集解》卷11《天论篇》，第206页，《诸子集成》（第2册）本，上海书店影印，1986。按：《荀子·天论篇》曰：“天职既立，天功既成，形具而神生，好恶喜怒哀乐臧焉，夫是之谓天情。耳目鼻口形能各有接而不相能也，夫是之谓天官。心居中虚，以治五官，夫是之谓天君。”又其卷15《解弊篇》曰：“圣人知心术之患，见蔽塞之祸，故无欲、无恶、无始、无终、无近、无远、无博、无浅、无古、无今，兼陈万物而中县衡焉。是故众异不得相蔽以乱其伦也。何谓衡？曰：道。故心不可以不知道；心不知道，则不可道，而可非道。”又曰：“人何以知道？曰：心。心何以知？曰：虚壹而静。心未尝不臧也，然而有所谓虚；心未尝不两也，然而有所谓壹；心未尝不动也，然而有所谓静。”又曰：“心者，形之君也，而神明之主也，出令而无所受令。”第258-273页，同上。

⑤ 《孟子·告子章句上》。引见（宋）朱熹《四书章句集注》之《孟子集注》卷11，第335页，同上。

论述[①]。

总之，儒家这种对“心之所悦”的追求，超越了视、听的感性快乐，通过道德的理性实践，体验到一种具有善之精神的美感。其思想说明听觉感官对“自然”外在的音乐在生理心理上产生的感性共感，可以升华为一种具有社会伦理色彩的和谐之境，听觉审美对象的生命感的节奏，与审美主体内在生命的脉搏相协调，由此产生的音乐性意象表现出来，本身就具有伦理意义的“充实”之美。集中体现儒家音乐美学思想的《礼记·乐记》，探讨音乐的本源时说：“音之起，由人心生也；人心之动，物使之然也。感于物而动，故形于声。”[②] 说明音乐之根源是由于人的思想感情受到外界事物的激动。感物而动到人心之动再到形之于声的过程，也是诗人创造诗歌之乐的一条必然规律，《乐记》的观点，为后代诗论家探讨诗歌的音乐美奠定了基础。儒家学派荀、孟等人认为“不思”之听觉感官对客观外物的感受，必须通过“能思”之心灵的理性作用，方能向纯净而无私欲的道德人生乐境升腾，这种思想，成为后代诗论家探讨内听审美活动的主要理论资源之一。古代许多具有韵外之味、弦外之音的诗歌，其境界氤氲着浓烈的美化善育的精神空气，就是植根滋养于此，从而使短章律绝充溢着人间烟火味，即使陶渊明、王维等人的空灵之作，也回旋着人生充实之美韵。

道家哲学思想也是古典诗学审美听觉论的主要思想源泉，中国古代诗人不仅在人生观念上存在儒道互补的心理结构，而且在艺术观念与创作实践上，也多融儒贯道，择其思想资源之所需而为其用之。以老庄为代表的道家哲学对人生的欲我、智我进行了否定，因为人为的五音、五色等会引起感官的欲望，令人“耳聋”、“目盲”，应该一律取缔，所谓“五色乱目，使目不明”，“五音乱耳，使耳不聪”[③]。有所人为便难以实现艺术化的虚静人生。道家思想的核心就是要消灭人为，返归自然，收视反听，走向内心，从而达到道器合一，即现象即本体，由有限入无限，聆听天地自然之大音，契合宇宙万物之大象，获得对道的领悟。如果说儒家的思想指导了诗人营构听觉审美意象时，始终与人生现实相贴近，没有逸出社会生活的发展轨迹，努力使美与善相统一，那么道家哲学的思维方式，便使诗人追求一种摆脱世俗的欲望，在自然无声的天乐境界中，寻找到失落的“真我”，解放了自由无羁的生命感

---

① 编选补按：笔者撰有《审美心官论》，为此“感官诗学研究“系列论文之一，即发表于《文心雕龙研究》第10辑。

② （唐）孔颖达等《礼记正义》之《乐记第十九》，第2527页，（清）阮元校刻《十三经注疏》本，同上。

③ 《庄子·天地》曰：“且夫失性有五：一曰五色乱目，使目不明；二曰五声乱耳，使耳不聪；三曰五臭熏鼻，困惾中颡；四曰五味浊口，使口厉爽；五曰趣舍滑心，使性飞扬。此五者，皆生之害也。”这种思想观念实际本于老子。引见（清）郭庆藩撰《庄子集释》第453页，中华书局，1961。

性活力，使听觉审美意象具有美与真相合一的特征。唐代诗人常建《江上琴兴》云："江上调玉琴，一弦清一心；冷冷七弦遍，万木澄幽阴。能使江月白，又令江水深；始知梧桐枝，可以徽黄金。"[①] 琴声使诗人主观上（审美主体）感受到江月之加白、江水之加深，其内在心灵深入到无边无际的宇宙深处，洗涤精神，获得人生的快意，这就是一种内听审美活动。中国古代诗人的在营构意象时，力图使意象的组合本身包涵着和谐的节奏韵律，使诗意的有限之韵中蕴蓄着自然大化的"无声之乐"，通过能"感受音乐的耳朵"上升到心灵的体悟，方能把握到一种无声之美。如此心灵的铸成，正是源于道家艺术精神的陶冶。老子认为"大音希声，大象无形，道隐无名"[②]，能体悟到希声的大音、无形的大象，就能心契"无名"之大道。道，即是自然大化的流动规律，它本身就蕴藏着阴阳互动、乾坤交替的流动乐章，感受这种天地之大音，需要虚静为怀，具纯净而脱俗的"婴孩"之心。故老子又说："致虚极，守静笃，万物并作，吾以观其复。"[③]"观其复"就是要返归清净的本心，应合无声的自然生命，成就一种高度和谐的人生境界。庄子说："冥冥之中，独见晓焉；无声之中，独闻和焉"[④]，宗白华先生指出这种"无声之乐"，即是"宇宙里最深微的结构形式"[⑤]，也即是道的乐章，"止之于有穷，流之于无止"，动静皆合于自然之理，它是一种阴阳之和，"其声能短能长，能柔能刚，变化齐一，不主故常。在谷满谷，在坑满坑"[⑥]，充溢天地之间，一张一驰皆为乾坤之序。天地运行呈现一片生命的化机，故庄子《齐物论》指出人籁不及地籁，地籁不及天籁，天籁表现为"吹万不同"的自然状态。庄子《人间世》说："若一志，无听之以耳而听之以心，无听之以心而听之以气。耳止于听，心止于符。气也者，虚而待物者也。唯道集虚，虚者，心斋也。"[⑦] 孟子、荀子认为能思之心官正可以规范感性欲求的五觉，故突出心智的作用；而庄子认为体验"道"之大音与大象，应该排除心智的理性作用，进行"直觉自我"的内照，才能完成。由"听耳"到"听心"再到"听气"，正是听觉审美活动步步逼近"无声之乐"的大音境界的运动历程，"听耳"到"听心"的超越，突破了具体有限的感性阶段；"听气"之"气"，就是一种空明灵觉的生命直觉感应，由"听心"到"听气"的审美超越，就使主体的生命节律与自

---

① 引见（唐）殷璠《河岳英灵集》卷上，《唐人选唐诗》（十种）本，第50页，中华书局上海编辑所编辑出版，1958。

② 《老子》第41章，引据陈鼓应著《老子注译及评介》，第228页，中华书局，1984。

③ 《老子》第16章，引据陈鼓应著《老子注译及评介》，第124页，同上。

④ 《庄子·天地》，引见（清）郭庆藩撰《庄子集释》第411页，同上。

⑤ 宗白华《中国古代的音乐寓言与音乐思想》，见《艺境》第312页，北京大学出版社，1987。

⑥ 《庄子·天运》，引见（清）郭庆藩撰《庄子集释》第504页，同上。

⑦ 引见（清）郭庆藩撰《庄子集释》第147页，同上。

然的大化运行，达到最充分的合拍，完成了内听审美活动的最高目的。

《庄子·天运》篇又云："天机不张而五官俱备，此之谓天乐。无言而心说（悦）。故有炎氏为之颂曰：'听之不闻其声，视之不见其形，充满天地，苞裹六极。'汝欲听而无接焉，而故惑也。"① 所谓"天机不张而五官俱备"，就是以感悟"无言而心悦"的天乐之内听审美方式的解释。"天机"即审美主体应契自然的心灵性情，视、听等五官虽都具备，但应超越其具体感情的局部体认，凭借"不张"的空明虚静的心理功能——审美直觉的观照应感，即所谓"听之以气"，来妙悟自然，获得一种"无言而心悦"之美的大音。司空图《诗品·实境》描述了诗人的这种审美过程：

> 取语甚直，计思匪深。忽逢幽人，如见道心。清涧之曲，碧松之阴。一客荷樵，一客听琴。情性所至，妙不自寻。遇之自天，泠然希音。②

这里所谓"实境"，杨廷芝《诗品浅解》认为"此以天机为实境也。"孙联奎《诗品臆说》释云："古人诗即目即事，皆实境也。"③ 各执一隅，其实合二而为一，才是正解。从风格学角度讲，"实境"非滞涩平板，而是一种率性所得，直写目视耳听而又含蓄空灵的意境品格；从创造过程看，采用的是视、听审美观感的直觉运思方式。"情性所至，妙不自寻"乃是对直觉审美方式本身偶然得之特征的描述；"遇之自天，泠然希音"就是靠诗人内听的直觉审美方式把握到的体现自然"大象"的韵律。内听，似乎是诗人一种神秘的"内在感官"，其实"内在感官"，并不存在这样的生理器官，加以分析的话，实质就是这种"遇之自天"的空明心灵的直觉功能。18 世纪英国"内在感官"美学派别的代表夏夫兹博里认为，这种"内在感官"与视听二觉相关联，通过它们能把握住审美对象的"内在的节拍"（interior numbers），"能促使我们在审美感受过程中，从结果转入原因，从外部转入内部，从部分转入整体。"④ 可见其观点与庄子的"听之以气"的说法，略有类似之处。总之，内听就是要以虚廓的心理空间去涵纳自然整体的生命表现，去契合宇宙大化的生命流动。

内听，作为听觉审美方式，在魏晋以后的古典诗学中，已成为一个独特的审美范畴提出来加以研究，并在诗歌创作实践中自觉地加以运用。刘勰《文心雕龙·声律》云：

---

① 《庄子·天运》。引见（清）郭庆藩撰《庄子集释》第 507-508 页，同上。

② 引见郭绍虞撰《诗品集解·续诗品注》第 33-34 页，人民文学出版社，1963。

③ 转引郭绍虞撰《诗品集解·续诗品注》第 33 页，同上。

④ （美）吉尔伯特、（德）库恩《美学史》中译本第 316 页，同上。

今操琴不调，必知改张，摛文乖张，而不识所调。响在彼弦，乃得克谐，声萌我心，更失和律：其故何哉？良由（外听易为察），而内听难为聪也。故外听之易，弦以手定；内听之难，声与心纷，可以数求，难以辞逐。①

关于“外听”下文再讨论，刘勰此处说的“内听”，用今天的诗歌美学术语来诠释，即是指审美主体超越听觉感官的直接感受，使心灵的审美情感契合审美对象的泠泠希音的听觉审美主式（或称审美活动）。“内听之难，声与心纷”，特别强调指出内听审美的核心在于解决心与声（音）合一的问题，也就是创作主体的内在生命律动，如何与审美对象的音韵和谐一致的问题。刘勰《文心雕龙》的主要指导思想属于儒家，然而在其对“为文之用心”的创作内部规律，作深入洞观的审美考察时，其方法和思想与庄子的精神有息息相通之处。因为刘勰也认为文学艺术的音乐美，乃是听觉审美主体对自然之道运动乐章的表现。《文心雕龙·原道》篇就体现出他的这种思想：

心生而言立，言立而文明，自然之道也。旁乃万物，动植皆文：龙凤以藻绘呈瑞，虎豹以炳蔚凝姿；云霞雕色，有逾画之妙；草木贲华，无待锦匠之奇：夫岂外饰？盖自然耳。至于林籁结响，调如竽瑟；泉石激韵，和若球锽；故形立则章成矣，声发则文生矣。②

自然大化的“云霞雕色”与“泉石激韵”，乃是诗歌画意与乐感的来源。构结音乐美的诗歌意象，听觉审美主体必须心意集中、虚静为怀，虚静即是一种内听与内视的艺术心境，没有这种心理空间，就无法含纳审美对象的大象与大音，刘勰认识到这一点，并给予充分的论述，《文心雕龙·神思》所谓“陶钧文思，贵在虚静”③。明代公安派“三袁”之一的袁小修，在其《爽籁亭记》中，对“泉石激韵”自然之音的听觉感受的记述，形象生动地描述了内听审美活动的心理过程：“其初至也，气浮意嚣，耳与泉不深入，风柯谷鸟，犹得而乱之。及瞑而息焉，收吾视，返吾听，万缘俱却，嗒焉丧偶，而后泉之变态百出。”④ 内听，审美主体收视反听、虚静凝神，使自己的空明灵觉，摒弃气浮意嚣的欲念干扰，然后泉之泠泠淙淙的音响方能入于耳而注于心，神与物交、不为物蔽，从而进入“空中有物，物中有声”的一片无限的音乐境界：诗人于此境界中，如陆机所谓“课虚无以责有，叩寂寞而

① 引见范文澜《文心雕龙注》，第552页，同上。
② 引见范文澜《文心雕龙注》，第1页，同上。
③ 引见范文澜《文心雕龙注》，第493页，同上。
④ （明）袁中道《珂雪斋文集》卷6，上海古籍出版社，1989。

求音”，“抱景者感叩，怀响者毕弹”[①]，就能心与声合，营构出流荡着生命情感的节奏韵律的诗歌意象（乐感意象），从有限走向无限，由刹那而领悟永恒，使内听审美目的得以最后完成。

三、目听：耳中见色，眼里闻声

唐代精通音乐的大诗人白居易，其《琵琶行》描写倾听琵琶女演奏曲终时云：“曲终收拔当心画，四弦一声如裂帛。东船西舫悄无言，唯见江心秋月白。”琵琶女曲终奏雅，当心一划，声如裂帛，诗人却未直接再从听觉感受上描写余音的美妙，而是由听觉转为视觉构图，只见茫茫夜晚的江面上，大小船只静悄悄的，没有桨声，亦无人语，唯有一轮明月浸沉在默默流动的江心，由此使人读后，更进一步感受到琵琶曲的幽咽凝绝与琵琶女的悲凉思绪，起到“此时无声胜有声”的效果，这就叫做“目听”。这是诗人描写听觉感受时的一种曲型手法，其传统十分古老。《礼记·乐记》中就有了这样美妙的文字：“故歌者，上如抗，下如队（坠），止如槁木，居中矩，句中钩，累累乎端如贯珠。”唐孔颖达《礼记正义》注云：“声音感动于人，令人心想其形状如此。”[②] 可见音如流珠的“目听式”描写非常久远。不过，本文不是要探讨诗人视、听二觉如何转换的具体写作手法，此一层“眼里闻声”的意义，修辞学家已经研究得较为仔细，而是意在分析优秀诗歌本身整体的情感节奏与音乐旋律的生成表现问题。

清代李重华《贞一斋诗说》提出“诗有三要”说，所谓“发窍于音，征色于象，运神于意”，音、象合一，统帅于意。他详细分析道：

> 何谓音？曰：诗本空中出音，即庄生所云“天籁”是已。籁有大有细，总各有其自然之节；故作诗曰吟、曰哦，贵在叩寂寞而求之也。求之果得，则此中或悲或喜，或激或平，一一随其音以出焉。……何谓象与意？曰：物有声即有色，象者，摹色以称音也。如舞曲者动容而歌，则意惬悉关飞动，无论兴比与赋，皆有恍然心目者。故诗家写景，是大半工夫。……意之运神，难以言传，其能者常在有意无意之间。何者？诗缘情而生，而不欲直致其情；其蕴含只在言中，其妙会更在言外。……是三者孰为先？曰：意立而象与音随之，余所以先论音，缘人不知韵语由来，则缀辑牵合举谓之诗，即千古自然之节胥泯焉；

---

① （晋）陆机《文赋》，引据（梁）萧统编，（唐）李善注《文选》卷17，第224页，上海书店据世界书局影印（清）胡克家刻本，1988。

② （唐）孔颖达《礼记正义》之《乐记第十九》，引见（清）阮元校刻《十三经注疏》本，第1545页，同上。按：音如“贯珠”本注重在以声为喻，但也包括视觉形象的内涵。

若悟其空中之音，则取象命意，自可由浅入深。[①]

据此，笔者把“目听”由具体的描写手法，提升为一种审美范畴，界定为：审美主体通过内听感受到的“大音”，进一步凝化于逐步昭晰的“大象”之中，从而提炼为富有音乐旋律、而又鲜明生动的心灵意象的听觉审美活动方式。内听与目听的区别在于内听主要追求心与声（音）相和谐的审美境界，而目听着重解决声（音）与象的化合问题，也就是刘勰《文心雕龙·神思》篇说的“吟咏之间，吐纳珠玉之声；眉睫之前，卷舒风云之色”的阶段[②]。此处的“吟咏”、“吐纳”，不是指的品味鉴赏，而是诗人的内心情感的一种自发现象，对审美对象的音韵情不自禁的流露。“珠玉之声”与“风云之色”相结合的心灵意象表现于诗中，方能令人味之而深深地感受到诗人内在生命节律的跳动，获得悦耳的音乐美感。下文着重讨论目听审美活动方式的哲学来源与心理基础、目听审美活动的两种主要类别及其对诗歌境界如何显现“远韵”之音乐美的问题。

目听审美活动方式，主要根源于道家“道通为一”[③] 的思想和体悟天道的经验，老庄哲学主张从感性本身体验自然的生命真谛，认为妙悟大道，是理智所无法完成的，而是要凭籍感性的直觉观照。这种直觉自我的本心，庄子称之“浑沌”。《庄子·应帝王》云：

南海之帝为儵，北海之帝为忽，中央之帝为浑沌。儵与忽时相与遇于浑沌之地，浑沌待之甚善。儵与忽谋报浑沌之德，曰：人皆有七窍，以视、听、食、息，此独无有，尝试凿之。日凿一窍，七日而浑沌死。[④]

“浑沌”不是原始荒蛮愚昧的心灵，而是超越普通人的视、听、食、息及其机械执着于事物局部之病，把各种感觉打成一片，获得对自然大化的整体把握。它不是一团黑暗的神秘经验，而是可以分析理解的空明灵觉之智慧，犹如佛家的“涅槃”。其中心理特征就是苏辙《栾城集·墨竹赋》中转述画家文与可所说的“视听漠然，无概乎予心”[⑤]；其心理其础就是“通感”心理功能，钱钟书先生《通感》

---

① （清）李重华《贞一斋诗说》之《论诗答问三则》，引据《清诗话》本，下册第921页，上海古籍出版社，1963。

② 引见范文澜《文心雕龙注》，第493页，同上。

③ 《庄子·齐物论》。引见（清）郭庆藩撰《庄子集释》第70页，同上。

④ 引见（清）郭庆藩撰《庄子集释》第309页，同上。

⑤ （宋）苏辙《墨竹赋》云：“与可以墨为竹，视之良竹也。客见而惊焉，曰：‘……岂诚有道者耶？’与可听然而笑曰：‘夫予之所好者道也，放乎竹矣！始予隐乎崇山之阳，庐乎修竹之林，视听漠然，无概乎予心，朝与竹乎为游，莫（暮）与竹乎为朋，饮食乎竹间，偃息乎竹阴，观竹之变也多矣（下略）。”见《栾城集》卷17，文渊阁《四库全书》本。

一文，曾引述大量古代文献来加以分析。如《庄子·人间世》说："耳目内通，而外于心智"，耳目内通而心无挂碍，即是指的通感心理功能。《列子·黄帝篇》记载列子告诉尹子自己学道九年后，达到"眼如耳，耳如鼻，鼻如口，无不同也，心凝形释，骨肉都融"[①]，方能与大化合一。入于此境，才称得上得"道"，这种"道"也就是其《仲尼篇》所说的老聃之道："老聃之弟子有亢仓子者，得聃之道，能以耳视而以目听。"[②] 道家"能以耳视而以目听"的悟道经验，结合后代佛教"诸根互用"的宗教哲学思想，尤其是唐宋兴盛的禅宗"妙悟"的直觉体验心理和思维方式，共同影响了后代诗论家对诗人的这种创作心理特征的揭示，使之逐渐积淀为一种自觉的审美意识。尤侗说"音从闻入，而作观观；耳目互治，以度众难。"[③] 这种"音从闻入，而作观观"的目听方式，由于具有科学性的通感心理基础的存在，成为诗人于构思时，追求音与象相凝化的听觉审美活动方式。从创作实践看，中国古代作家对"目听"审美方式的运用和理解是很早的。如汉代马融《长笛赋》云："听声类形，状似流水，又象飞鸿。泛滥溥漠，浩浩洋洋；长矕远引，旋复回皇。"《文选》李善注云："矕，视也。"钱钟书先生就认为此处"马融自己点明以听通视"，并指出这正是刘勰《文心雕龙·比兴》篇中说的"以声比心"、"以响比辩"和"以容比物"的审美方式的恰当例证[④]。

释晓莹《空空道人死心禅师赞》中的"耳中见色，眼里闻声"二语[⑤]，正可以概括中国古代诗人目听审美方式的两种类型。这本于钱钟书先生的说法，而笔者稍作引申以说明本文所要讨论的问题。钱先生在研究通感心理时，就指出中国古代诗人有"耳中见色"与"眼里闻声"的不同写法，并举例前者如杨万里的诗句："剪剪轻风来是轻，犹吹花片作红声"；后者如黄景仁的诗句："隔竹卷珠廉，几个明星，切切如私语"[⑥]。第一，耳中见色。此处用来指审美主体首先领悟到审美对象的

---

① 《列子》卷2《黄帝第二》，引据《诸子集成》(第3册) 本，第15页，上海书店，1986。按《仲尼》篇有相同之论。

② 《列子》卷2《仲尼第四》有云："陈大夫聘鲁，私见叔孙氏。叔孙曰：'吾国有圣人。'曰：'非孔丘邪?'曰：'是也。''何以知其圣乎?'叔孙氏曰：'吾常闻之颜回曰：孔丘能废心而用形。'……(陈大夫)曰：'老聃之弟子，有亢仓之者，得聃之道，能以耳视而目听。'鲁侯闻之大惊，使上卿厚礼而致之。……亢仓之曰：'传之者妄。我能视听不用耳目，不能易耳目之用。'鲁侯曰：'……其道奈何？寡人终愿闻之。'亢仓子曰：'我体合于心，心合于气，气合于神，神合于无。其有介然之有，唯然之音，虽远在八荒之外，近在眉睫之内，来干我者，我必知之。乃不知是我七孔四支之所觉，心腹六脏之知，其自知而已矣。'"引据《诸子集成》(第3册) 本，第40-41页，同上。

③ (清) 尤侗《西堂外集·艮斋续说》卷10，转引钱钟书《通感》一文，《七缀集》第63页，上海古籍出版社，1985。

④ 参见钱钟书《通感》一文，《七缀集》第57页，同上。

⑤ (宋) 释晓莹《罗湖野录》卷1，转引钱钟书《七缀集》第63页，同上。

⑥ 见钱钟书《通感》一文，《七缀集》第62-63页，同上。

自然音韵，然后由听觉感受转向视觉寻觅，从大音把握大象，在心灵中构结出音乐美的意象这一审美方式。如李煜《相见欢》词：

无言独上西楼。月如钩。寂寞梧桐深院锁清秋。　　剪不断。理还乱。是离愁。别是一般滋味在主头。

作者晚登高楼，首先听觉上感受是一片无声的寂静，再举首望月，冷月如勾，又添上几分寂寞，这寂静与寂寞，融会成为其家国破灭，变为阶下囚之后的悲哀心境。孤独的情绪、无声的韵味，与眼中的冷月、梧桐、深院的凄凉景象合而为一，使全词令人感受到一种幽怨的意境和悲凉的音乐情调。第二，眼里闻声。审美主体直观外物，由大象寻觅大音，在心灵中谱写出意象的音乐美，这一审美方式可以叫做“眼里闻声”法。如杜甫《登高》诗：

风急天高猿啸哀，渚清沙白鸟飞迴。
无边落木萧萧下，不尽长江滚滚来。
万里悲秋常作客，百年多病独登台。
艰难苦恨繁霜鬓，潦倒新停浊酒怀。

此作写于唐代宗大历二年重阳之日，诗人登高远眺，“悬视”万物，从天高猿啸、沙白鸟飞、无边落木、滚滚长江的景象中，似聆听到一曲悲凉的秋天之音，正谐和自己内心的百年人生感慨在空中回旋飘荡，从而构成全诗的大气盘旋、沉郁顿挫的风格。胡应麟《诗数》内编卷五云：“若‘风急天高’，则一篇之中，句句皆律，　句之中字字皆律；而实一意贯串，一气呵成。骤读之，首尾若未尝有对者，胸腹若无言于对者。细绎之，则锱铢钧两，毫发不差，而建瓴走坂之势，如百川东注于尾闾之窟。”[①] 并誉之为古今七言诗第一。这首诗不愧为音与象合一，声与情并茂的典范之作。

“耳中见色”与“眼里闻声”的区别，不仅在于审美主体对音与象的感受有先后之分，还在于“耳中见色”重于抒情，“眼里闻声”偏于写景，其实二者又本不可分，但从创作主体的具体审美活动看，应该是有一定不同之处的。诗人常把目听这两种审美方式合而用之，共同构成诗歌意象之音乐美。如王维《山居秋暝》一诗：

---

① （明）胡应麟《诗薮》内编卷5，第95-96页，上海古籍出版社，1979。

空山新雨后，天气晚来秋。
明月松间照，清泉石上流。
竹喧归浣女，莲动下渔舟。
随意春芳歇，王孙自可留。

是“明月松间照”的直视引发诗人内在的听觉感受，还是“清泉石上流”的听感刺激了诗人的外在观照欲望呢？很难分析，应该说二者都有。全诗通过秋天新雨之后各种景物洗涤一新的描写，体现了作者依恋山居生活的内心深处的细微情波，从而使全诗整体上隐含一种幽幽情韵。直写眼前景致，而能使意境幽远，音韵婉转，正是诗笔高手。又如元人马致远《天净沙》小令：“枯藤老树昏鸦，小桥流水人家，古道西风瘦马。夕阳西下，断肠人在天涯。”全曲通篇写景，构成了一幅萧散洒落的有声之画，呈露出一种淡而遂远的精神境界，成为一首为人称道的杰作。让诗歌整体意象显露出淡而远的音乐境界，乃是目听审美活动的终极目标，它是诗人对无声自然之大音与大象的提炼凝化的结果，换句话说，诗人通过外视与内视洞见自然之大象，营构出具有象外之象的意境时，也凭借内听与目听的审美方式，谱写出“大象”的节奏韵律——大音，从而使诗歌的意象本身绵丽曲折、委婉流动，含有韵外之味、弦外之响。大象与大音的结合，共同实现了中国古典诗学境界中的“远”与“淡”的精神。淡而远，远遂淡，淡则素朴简约，远则于素朴简约之中蕴含蓄不尽之余韵，具空灵不滞之飞动；远，多表现为陶渊明说的“心远地自偏”之远，是审美主体对宇宙无限境界的企慕，人生境界的超越。刘勰认为“标情务远，比音则近”[①]，“情远”方能意远、韵远；淡，多表现为司空图《诗品·典雅》中说的“落花无言，人淡如菊”之淡，是素朴诗心的自然流露，“人淡”方能做到余音绕梁，蕴藉风流。中晚唐以后，崇尚诗味的平淡成为一种主要审美趣味，成为诗论家对诗歌美感之鉴赏要求的重要标准。

内听、目听审美方式的自觉运用，韵外之音的完美实现，远而淡之诗歌境界的自觉建构，均根源于魏晋玄学对老庄思想的张扬挥发而产生的“文的自觉”意识。嵇康《声无哀乐论》通过对声无哀乐的分析，进而否决了儒家“移风易俗”的乐教观点，认为“随曲之情，尽乎和域，应美之口，绝于甘境，安得哀乐于其间哉?”[②]嵇康的目的在于追求“吹万不同”的自然天和的乐境，实现虚静的人生艺术化之理想。声有无哀乐关键在人有无哀乐，而非声本身有哀乐。就音乐之声音的物理属性而言，“声无哀乐”是必然之理，嵇康所论不虚。但嵇康《声无哀乐论》一文也有

① 《文心雕龙·声律》之“赞”语，引见范文澜《文心雕龙注》，第554页，同上。

② 引见吉联抗译注《嵇康·声无哀乐论》第40页，人民音乐出版社，1964。

偏颇之处，较为忽视音乐也是社会生活的反映这一根本道理，音乐与音乐的声音是有所区别的。王弼认为圣人不同于有五情的常人，而具有一种“神明”，所谓“神明茂，故能体冲和以通无；五情同，故不能无哀乐以应物。然则圣人之情，应物而无累于物者也。”① 但艺术家不能完全象“圣人”一样“应物而无累于物”，确如刘勰《文心雕龙·明诗》所云：“人禀七情，应物斯感，感物吟志，莫非自然。”② 有情才能有韵；但恰恰又需“无情”即只有摒弃世俗欲念之情，用素朴脱俗的诗心去观照万物，方能同“圣人”一样“体冲和以通无”，移情于无声之境，捕捉到希声的大音。这也是陶渊明“蓄无弦琴一张”的思想动机之所在，要在无声之中，感悟生命存在之真相。陶诗即是淡而远的风格典范，在似不经意的简约语言与微波起伏的意象结构中，表现出象外之象的风神、韵外之响的余音，首首陶诗都流荡着诗人内在生命宁静而不躁、悲慨而不露的情感节律。淡而远的诗歌画意与乐感，是诗人构思阶段就一直在追求的，不可理解为一个仅仅用含蓄手法加以表现的问题，那只是一个次要的方面。如果说审美视觉营构具有绘画意味的意象时，其淡、远精神，主要表现为对无限的精神时空的构结，那么审美听觉（内听与目的）所聆悟的淡、远精神，着重的是对自然无声之大音的提炼，以有声昭示无限的存在，微而不显，含而不露，达到“至乐无乐”的崇高美学境界。

四、外听：秘响旁通，吹律胸臆

刘勰说的“外听之易，弦以手定”的“外听”，显然是指音乐演奏者通过主体听觉来调整琴弦的音律，使乐曲之声能与内心情感意象相合一的听觉审美活动方式。诗人的“外听”也应当如此，不过追求的是言与意的协调吻合而已。故所谓外听，如前所说，本文不是指耳朵对外界音韵的听感，也不是指鉴赏者对诗歌乐感的把握，而是指诗人把内听与目听所营构的具有流动婉转似在耳、鲜明如画似在目的心灵意象，依靠听觉作为审美协调机制，运用富有音韵节奏的语言传达出来的表现过程，可以用“秘响旁通③”、“吹律胸臆”④ 两句话来概括。内听与目听求得大音与大象于心灵中的契合，营构出富有音乐美的乐感意象；外听着意解决如何用音乐美的语言，求得言与意的和谐一致，也即是刘勰《文心雕龙·神思》所谓“然后使玄解之

① （晋）陈寿《三国志》卷28《魏书·钟会传》，裴松之注文引，中华书局，1959。

② 《文心雕龙·声律》，引见范文澜《文心雕龙注》，第554页，同上。

③ 刘勰《文心雕龙》之《隐秀》篇曰：“夫隐之为体，义生文外，秘响旁通，伏采潜发，譬爻象之变互体，川渎之蕴珠玉也。”引见范文澜《文心雕龙注》，第631页，同上。

④ 引见范文澜《文心雕龙注》，第493页，同上。

宰，寻声律而定墨；独照之匠，窥意象而运斤”的问题[①]。“寻声律”、“窥意象”，就需凭靠诗人外听来调整统贯，离开了外听审美意识的主导，就会使篇意杂沓，结构涣散，不仅失去了外在形式的音乐美，也无法传达出审美主体的内在生命节律与审美对象的神韵。司空图《诗品·流动》从诗之“流动”品格出发，分析了诗人的审美意识从心灵主体到诗歌本体的流动过程：

> 若纳水輨，如转丸珠。夫岂可道，假体如愚。荒荒坤轴，悠悠天枢。载要其端，载闻其符。超超神明，返返冥无。来往千载，是之谓乎。[②]

杨振刚《诗品解》之《流动》题解云：“其在易曰：变动不拘，周流六虚。天地之化，逝者如斯。盖必具此境界，乃为神乎其技，而诗之能事毕矣。”[③] 此解甚为精当。从创作表现角度看，诗人通过“外听”把“荒荒坤轴，悠悠天枢”的自然之道的大音与“假体如愚”的虚静心灵中之“超超神明，返返冥无”的宇宙意识、生命节奏用语言表现出来，从而使诗具有“累累乎端如贯珠”的音乐美。所以，外听至少包括两个层次的问题：一是诗歌语言如何能够准确地表现审美主体的内在音乐性的意象，这种意象又包括自然韵律与情感韵律两个方面；二是诗歌语言本身的音韵节奏如何得以和谐地表现于诗歌之中，它又包括句与句、词与词之间的音与义的结合和每个字的音与义之功能怎样发挥作用这两个方面的内涵。下面就对这两大层次的问题作一些扼要分析。

中国古代诗歌，尤其是从二谢（谢灵运、谢朓）到王（维）、孟（浩然）笔下的山水诗，都着力表现自然的真相，要求语言能够刻画出审美直观的实境，这种实境，就是“荒荒坤轴，悠悠天枢”的大象与“遇之自天，泠然希音”[④] 的情韵的结合。庄子向往“吹万不同”、“咸其自取”的天籁之美[⑤]，反对人为的言语思辨，因为在他看来，这种言辩会束缚了人的自由性灵，陷入世俗的是非争论之中，而不能体悟大道[⑥]。现代美国语言学家詹姆逊也认为语言亦似“囚所”（the prison house），其思想内涵与庄子的语言观可谓有贯通之处。《庄子·齐物论》云：

> 夫言非吹也，言者有言，其所言者特未定也。果有言邪？其未尝有言邪？

---

① 引见范文澜《文心雕龙注》，第493页，同上。

② 引见郭绍虞撰《诗品集解·续诗品注》第34页，同上。

③ 转引郭绍虞撰《诗品集解·续诗品注》第34页，同上。

④ 司空图《诗品·实境》，引见郭绍虞撰《诗品集解·续诗品注》第34页，同上。

⑤ 《庄子·齐物论》，引见（清）郭庆藩撰《庄子集释》第50页，同上。

⑥ 参阅（美）叶维廉《语言与真实世界——中西美感基础生成》一文有关分析，见《寻求跨中西文化的共同文学规律——叶维廉比较文学论文选》，第132-165页，北京大学出版社，1987。

其以为异于鷇音，亦有辩乎？其无辩乎？道恶乎隐而有真伪？言恶乎隐而有是非？道恶乎往而不存？言恶乎存而不可？道隐于小成，言隐于荣华。故有儒墨之是非，以是其所非而非其所是。欲是其所非而非其所是，则莫若以明。①

无论是“大言”、“小言”，有“言”就有“知”，就会使主体的通明灵透之心受到玷污，故“大言炎炎，小言詹詹”②，詹詹、炎炎，言辩不休，气焰盛人，“是其所非而非其所是”，失去了观照大道的本性。王先谦《庄子集解》解释“莫若以明”一语云：“惟以本然之明，可以应无穷，此言有彼此而是非生，非以明不能见道。”③。这种“莫若以明”的本然之明，《庄子·齐物论》中已经解释得很清楚：“物无非彼，物无非是。自彼则不见，自知则知之。故曰彼出于是，是亦因彼。彼是方生之说也。虽然，方生方死，方死方生；方可方不可，方不可方可；因是因非，因非因是。是以圣人不由，而照之于天，亦因是也。是亦彼也，彼亦是也。彼亦一是非，此亦一是非。果且有彼是乎哉？果且无彼是乎哉？彼是莫得其偶，谓之道枢。枢始得其环中，以应无穷。是亦一无穷，非亦一无穷也。故曰莫若以明。”④ 只有返归本性，去除成心，把握“道枢”，神与物才能在空明的心境中，“以应无穷”，物我互化。《庄子·齐物论》又云：

古之人，其知有所至矣。恶乎至？有以为未始有物者，至矣，尽矣，不可以加矣。其次以为有物矣，而未始有封也。其次以为有封焉，而未始有是非也。是非之彰也，道之所以亏也。道之所以亏，爱之所之成。果且有成与亏乎哉？果且无成与亏乎哉？有成与亏，故昭氏之鼓琴也；无成与亏，故昭氏之不鼓琴也。昭文之鼓琴也，师旷之枝策也，惠子之据梧也，三子之知几乎，皆其盛者也，故载之末年。唯其好之也，以异于彼，其好之也，欲以明之。彼非所明而明之，故以坚白之昧终。而其子又以文之纶终，终身无成。若是而可谓成乎？虽我亦成也。若是而不可谓成乎？物与我无成也。是故滑疑之耀，圣人之所图也。为是不用而寓诸庸，此之谓以明。⑤

在庄子看来，去除是非之心，然后能明物之有“封”（界域、限制之意）之境；去除有“封”之心，然后能明万物“未始有封”之境；去除“未始有封”之心，然后能明“未始有物”之境，得“道通为一”之理，所谓“无成与亏，故昭氏之不

① 引见（清）郭庆藩撰《庄子集释》第63页，同上。
② 《庄子·齐物论》，引见（清）郭庆藩撰《庄子集释》第51页，同上。
③ （清）王先谦《庄子集解》第10页，引据《诸子集成》（第3册）本，同上。
④ 引见（清）郭庆藩撰《庄子集释》第70页，同上。
⑤ 引见（清）郭庆藩撰《庄子集释》第74-75页，同上。

鼓琴也”。“言”、“知”之心，乃是造成有“封”、有“是非”的根源，遮蔽了本然之“明”。

庄子要人们从人籁去感悟天籁，但诗人却是要从天籁的聆听中表现出人籁，也就是说，诗人是不能完全“无言”的，而是要用有声之言表现无言之声、无限之境。这就产生了一个似乎“荒诞”的理论，以言责言，即用语言来指责语言的局限——言不能表现无限的自然真相而又非得用言来表现，道家、禅宗都认为言不达意，体验禅境，“心行处灭”而“言语道断”[①]，然而《老子》、《庄子》与许多禅宗灯录，无一不是言的表达。由于这种观念的影响，故皎然《诗式》称赞谢灵运诗作，“不顾词彩，而风流自然”，“但见情性，不睹文字”[②]，司空图主张“不著一字，尽得风流”[③]，严羽要求“不涉理路，不落言筌”[④]。唐代权德舆称道著名诗僧灵澈上人的诗作：“冥空无而迹寄文字，故语甚夷易，如不出常境”[⑤]。叶维廉认为诗歌的这种“尽得风流”的语言，与休默（Hulme）的语言观相通，休默主张找寻的是，一种“视觉的具体语言，一种直觉的语言，把事物可触可感的交给读者。它不断地企图抓住我们，使我们不断地看到一件实物，而不会流为一种抽象的过程。”[⑥] 中国古代诗人最善于运用这种“直觉语言”，表现审美直观之境，融视觉形象与听觉音响于一体。如王维《辛夷坞》一诗：

木末芙蓉花，山中发红萼。
涧户寂无人，纷纷开且落。

花开花落，寂涧无人，客观地表现了大自然本身的生命流动，使人感受到一种超越语言世界的大音与大象。全诗纯然用王国维说的“以物观物”的手法来描绘，“无声”之中有声——芙蓉花落、红萼发枝，一片盎然生机，“无人”之境有人——

① 按：对此，禅宗五祖下四世之六祖大鉴禅师旁出法嗣之永嘉玄觉禅师著《永嘉集》，有很好诠释。(宋) 普济编辑《五灯会元》卷2记载：“永嘉真觉禅师，讳玄觉，本郡戴氏子。丱岁出家，遍探三藏。精天台止观圆妙法门。于四威仪中，常冥禅观。后因左溪朗禅师激励，与东阳策禅师同诣曹溪。……著《证道歌》一首，及禅宗悟修圆旨，自浅之深。庆州刺史魏靖缉而序之，成十篇，目为《永嘉集》，并行于世。……第十妙契玄源者，夫悟心之士，宁执观而迷旨；达教之人，岂滞言而惑理？理明则言语道断，何言之能议；旨会则心行处灭，何观之能思？心言不能思议者，可谓妙契环中矣。”第91-94页，中华书局，1984。

② (唐) 释皎然《诗式·文章宗旨》，引见（清）何文焕辑《历代诗话》本，第30页，中华书局，1981。

③ (唐) 司空图《诗品·含蓄》，引见郭绍虞撰《诗品集解·续诗品注》第21页，同上。

④ (宋) 严羽《沧浪诗话·诗辨》，引见郭绍虞《沧浪诗话校释》第26页，人民文学出版社，1961。

⑤ (唐) 权德舆《送灵澈上人庐山回归沃洲序》，(宋) 姚铉编选《唐文粹》卷98，文渊阁《四库全书》本。

⑥ (美) 叶维廉《语言与真实世界——中西美感基础生成》一文，引见《寻求跨中西文化的共同文学规律——叶维廉比较文学论文选》，第158页，同上。

正是通过花自开落水自流的意象表现出诗人内心淡泊宁静与山光水色互相交感应合的情感韵律。司空图《诗品》中的“含蓄”品格，也就是阐说的这种诗境，所谓“浅深聚散，万取一收”，追求“神似”的艺术精神之体现。“神似”的精神，表现在语言运用上，就要求让语言本身“说话”，使语言成为存在的本体，做到前文所引司空图论《流动》诗品说的“载要其端，载闻其符”。这个“符”字涵义的文化思想根源在老庄哲学那里。《庄子·德充符》篇认为，外形残缺而具有能体现宇宙人生的本原性与整体性之德的人，其生命精神与自然化机相应感不拘，这就是所谓“德充符”之“符”，“符”有与外界符接之意。对诗来说，那就是要用语言来引发人们对审美对象的领悟与把握，来牵引人们对生命节奏的体验，抓住审美对象的本质精神，是谓“离形得似”[①]。王维的《辛夷坞》就做到了让语言本身在“说话”，看不到德国存在主义哲学家海德格尔所批评反对的那种人自身对于语言的占用之弊。海德格尔的语言观较为接近中国古典诗学的语言观，其“澄明之境”的思想与庄子“莫若以明”的境界，较为类似。海德格尔避开争论不休的关于语言本质的问题，而力图深讨语言、诗的语言对于人生与存在本体的意义。他认为语言就是语言，语言“说话”，这种“说活”就是“召唤”进入言语；语言说话宛如寂静的钟声，“语言言说作为沉默的呼唤”[②]。“召唤”即是对存在万物的指命（邀请），从而使世界和万物亲密前来，“澄明之境”（Lighting of Being）便不再遮蔽，诗的语言便能让人聆听到“悠悠天钧”的无声之音。《辛夷坞》一诗仅仅只抓住几个典型景物来构图：初发的红萼，纷落的芙蓉、流动的涧水与寂静的山居，使诗作的字里行间留下了巨大的空白，起到了刘勰《文心雕龙·隐秀》所说的“义生文外，秘响旁通”的效果。“秘响旁通”指的是诗歌语言具有与易学中“互体”与“卦变”的交相呼应以指代宇宙万物的类同性，所谓“譬爻象变互体，川渎之韫珠玉”[③]。阳卦变阴或阴卦变阳而旁通另一卦，如“比”卦与“大有”卦互为旁通，“比”卦上体，旁通为“大有”上体，“比”卦下体旁通“大有”卦下体等，《易》卦正是通过这种“变爻”旁通的办法，演变成六十四卦和不可穷尽的卦象意义来象征自然界的万物阴阳交替的现象。诗的语言能够做到“秘响旁通”，就能以一总万、由形得神，直追生命的真谛，求得内在的情感旋律与外在的自然音韵和谐一体，表现出韵外之味与弦外之音。

以上是从语义角度来分析的，再从语音来看，诗人“吹律胸臆，调钟唇吻”[④]，

---

① （唐）司空图《诗品·形容》，引见郭绍虞撰《诗品集解·续诗品注》第36页，同上。

② （德）海德格尔《诗·语言·思》中译本第181页，文化艺术出版社，1991。

③ 引见范文澜《文心雕龙注》，第632页，同上。

④ 《文心雕龙·声律》，见前注。

也是以外听审美活动方式作为其和谐的调整机制的。这种审美机制的调整作用，除了上文分析的把语义与内在音乐性的意象合为一体外，还在于使诗歌语言本身之语音的韵律具有对称的节奏感和声韵的错综美，从而使诗歌从内容到形式都具有音乐的流动美感。先秦的史伯就指出音乐“和六律以聪耳”的和谐为美的观点①，《吕氏春秋》云：“音乐之所由来者远矣：生于度量，本于太一。太一出两仪，两仪出阴阳。阴阳变化，一上一下，合而成章。”② 说明了音乐应该具备如阴阳变化一样的自然节奏感，《礼记·乐记》所谓“大乐与天地同和，大礼与天地同节”③。随着作家的创作实践，发现语言也具有宫、商、角、徵、羽五音的美，于是便自觉地追求语言的音韵来表现情感的波动，力图声情合一，情韵相生，并使其具有独立的音韵节奏感。如果说《诗经》、《楚辞》的语言音韵美，是作者自发的创造，那么汉赋的作者已经开始了自觉性的追求。夏承焘先生说：“司马相如论赋云：‘一经一纬，一宫一商。’虽其语出《西京杂记》，未足深凭，然西汉赋家始注意文字本身之声调，固确然可见也。”④ 然而汉大赋虽注意到经纬宫商的音韵节奏，但终因铺陈排比过甚，未能做到声情并茂。随着嵇康“声无哀乐”的思想出现，五言诗创作的日趋成熟以及佛经转读与梵文拼音的影响，魏晋六朝时期才真正完成了“声文”的自觉。陆机《文赋》云：“暨音声之迭代，若五色之相宣”⑤，所谓“迭代”就是指文学语言的声韵节奏之参差错综的美，象“五色相宣”一样的协调和谐。南齐时代，以沈约为首的一批文学家、语音学家如周颙、王融、刘绘、范云等人提出四声八病说，对诗歌韵律从理论上提出最为严格的美妙设想。所谓八病即是指平头、上尾、蜂腰、鹤膝、大韵、小韵、旁纽、正纽。如古诗“朝云晦初景，丹池晚飞雪”两句，“朝云”与“丹池”均为平声，听觉上失去抑扬感，就为平头之病；古诗“西北有高楼，上与浮云齐”两句，末字“楼”与“齐”皆平声，听觉上感到音调浮荡，只飞不沉，谓之上尾之病；虞炎诗“闻君爱我甘，窃欲自修饰”两句，其中第二字“君”与第五字“甘”同为平声，后一句中“欲”、“饰”皆为入声，是谓蜂腰之病；古诗“陟野看阳春，登楼望初节，绿池始沾裳，弱半未央结。”其中第五字“春”与第十五字“裳”犯同声平调，即为鹤膝之病；五言诗一句中前四字不得与最后押韵字犯同韵，否则如曹植《又赠丁仪、王粲》“泾渭扬浊清”诗句中“泾”、“清”同韵，就叫大韵之病；更进一步，五言诗句不仅一句中的字不得与押韵的字犯同韵，而且

① 《国语》卷16《郑语》，文渊阁《四库全书》本。

② 《吕氏春秋》卷5《仲夏纪》，引据《诸子集成》（第3册）本，第46页，同上。

③ （唐）孔颖达《礼记正义》之《乐记第十九》，引见（清）阮元校刻《十三经注疏》本，第1530页，同上。

④ 夏承焘《月轮山词论集》第150页，中华书局，1979。

⑤ （晋）陆机《文赋》，引据（梁）萧统编，（唐）李善注《文选》卷17，第226页，同上。

也不得与其他字犯同韵，否则如古诗“薄帷览明月，清风吹我襟”中，“明”与“清”同韵，就是小韵之病；旁纽是一句中不得用双声字，如古诗“鱼游见风月，兽走畏伤蹄”两句，“鱼”与“月”、“兽”与“伤”为双声字即犯旁纽之病；正纽是指一句中不得四声相纽，平上去入为一纽，一句中不得用其二，如梁简文帝诗“轻霞落暮锦，流火散秋金”、金、锦、集、急为平上去入一纽，今上句用“锦”、下句用“金”、就是犯了正纽之病，双声叠韵的联绵字连用之，不包括在旁纽、正纽二病之中。[①] 八病在当时就有不同的说法，究竟如何解说，还有待研究，此处只择其前人旧说之一种，以说明问题而已。总之，去除八病的目的，是要使诗作于“一简之内，音韵尽殊；两句之中，轻重悉异”[②]。宫羽相变，低昂互节的语音和谐之美，对诗人创作表现时来讲，就需依靠主体本身的“外听”审美活动来把持。

关于音韵不和谐的问题，西方生理心理学家黑尔姆霍茨认为：“不和来自一般称为‘连击’现象，这是由两个振速差不多相同的音同时呈现，而引起的震颤声造成的。”[③] 笔者以为平头、上尾、大韵、小韵等病，从耳之器官生理学上来看，正在于相同或相近的语音对耳膜的“连击”造成了听觉上的不和谐。蜂腰、鹤膝等病，使诗人听觉上感受到的音韵不谐而在心灵中转换成为一种内在的视觉感受，所谓“言两头粗，中央细，似蜂腰也。”又“言两头细，中央粗，似鹤膝也，以其诗中央有病。”[④] 诗人表现时，有了这种心灵中粗、细不一的感受，便会自觉地加以改造调整。而正因为诗人靠的是听觉来作为调整机制，不是“弦以手定”般地来获得语言音律的协调，并且平上去入毕竟与宫、商、角、徵、羽五音不同；便自然难以象音乐琴弦一样，做到刻度化、标准化，只能求其大体上的和谐，故“八病”说也只能是一种构想，为唐以后律诗的形成，完成一种理论上的先驱作用。从诗歌的创作实践上说，“八病”难以全部避免，沈约自作也犯此病，故钟嵘认为永明声律说，徒使“文多拘忌，伤其真美。余谓文制本须讽读，不可蹇碍，但令清浊通流，口吻调利，斯为足矣。至平上去入，则余病未能；蜂腰鹤膝，闾里已具。”[⑤] 诗歌的独特性在于抒情的真挚与形象的鲜明，刻意追求声律，易于束缚了创作的自由反而失去自然纯朴的音韵美。

---

① 以上参阅（日）弘法大师《文镜秘府论》西卷《文二十八种病》所述前八病，见王利器《文镜秘府论校注》第402-437页，中国社会科学出版社，1983。又参阅（日）铃木虎雄著《中国诗论史》第二篇第四章关于“八病”的论述，中译本第53-66页。广西人民出版社，1989。

② （南朝梁）沈约《宋书》卷67《谢灵运传论》，中华书局，1994。

③ （美）墨菲、柯瓦奇著《近代心理学历史导引》中译本，第156页，商务印书馆，1980。

④ （日）弘法大师《文镜秘府论》西卷《文二十八种病》，引见王利器《文镜秘府论校注》第411页，第415页，同上。

⑤ （梁）钟嵘《诗品序》，引见吕德申《钟嵘〈诗品〉校释》第157页，北京大学出版社，1986。

五、结　语

中国古代诗人由内听到目听在心灵中营构出“乐感意象”，再凭藉“音乐的耳朵”作为外听的调整机制，把“乐感意象”表现出来，使审美主体的生命节奏、审美对象的自然大音与语言本身的声调格律融成一体，从而使中国古典诗歌具有曲折流动、委婉悦耳的乐感特征。内听寻觅的是心与声的合一，审美主体处于“物感”阶段；目听由“物感”而生成乐感意象，构思初步完成，获得了声与象的合一；外听是乐感意象的表现阶段，追求的是言与意的合一，古典诗歌的和谐乐感就是由听觉审美活动这三种不同功能所创造的、“合一”构成的。至于汉语的声调节奏，本来有之，只是汉赋以前，诗人对语言的声调韵律仅仅是自发地加以运用，魏晋以后，特别是到了永明声律说产生后，诗人对诗歌语言的韵律才真正由自发走向了自觉的创造，由此发端，唐诗、宋词、元曲无一不追求由韵生情、声情并茂的音乐美。本文是从笔者提出的“感官诗学”的理念出发，主要着重于分析审美主体创造“乐感意象”（即具有音乐美的意象）听觉审美方式与审美过程，以期使诗歌音乐美和听觉这一审美文化感官的研究能深入一步。

司马迁的地域文化观*

司马迁的《货殖列传》，历来为品评《史记》者视为足以奠定这部伟大史著的“瑰玮奇变”的大文章，其“千汇万状，震荡六合”[①]，“将天时、地理、人事、物情，历历如指诸掌”[②]，学人服其识见，作手慕其文才。不仅可以作为一篇“经济史概论”来读[③]，也可以作为一篇“文化地理学概论”来读；不仅其功开《汉书》以下《食货志》的先河，亦树《汉书》以下《地理志》的楷则[④]。其所写地理，北至燕、代，南至儋耳，各地有各地的环境[⑤]，而更在于形而上地思考了地理与人文的相互生发及其沿革关系，其终极指归是要解决道与势的、地域的与一统的文化发展的大问题。可以说，司马迁在这篇列传中，于“究天人之际”着眼，就“通古今之变”入手，从而构筑起他自“成一家之言”的地域文化观。

本文所谓“地域文化观”，基本含义主要有两点：一是从人文地理学所致力研讨的“人地关系”这一对象上看，司马迁考察了地理（包括自然的与人文的两大文面）与文化之间的发生发展的相互关系；二是从地理的各自地域“分野”上看，司马迁也充分论述了文化的不同地域（不同的人文地理环境）与地域的不同文化之间的相互关系，它蕴涵着文化地域的独特性与地域文化的个体性之间的相互关系及其超地域性与自律性的演化规律等多层次的内容。

---

* 编按：本文原为1992年秋季在安徽黄山召开“全国《史记》学术研讨会”的会议论文，因为此前还很少有专文从地域文化观的角度去研究《史记·货殖列传》，所以引起一定关注；后以《司马迁的地域文化观——读〈史记·货殖列传〉》为题，节要发表于《安徽师大学报》1994年第2期，《北京大学学报》曾予以摘要介绍；复又全文刊载于《中国文化研究》1995第1期。今对全文加以订补，其中征引之文献，有一些更换为新版书，如二十四史简体字本等，特此说明。

① （明）归有光语，《归震川评点本史记》卷129，见杨燕起等辑《历代名家评〈史记〉》，第856页，台湾博远出版有限公司（据北京师范大学出版社1986年版重印），1990。

② （清）朱鹤龄语，《愚庵小集》卷13《读货殖传》，见杨燕起等辑《历代名家评〈史记〉》第858页，同上。

③ 周容语，《史学通论》第38页《汉之史学》，见杨燕起等辑《历代名家评〈史记〉》第847页，同上。

④ 杨启高语，《史记通论》第269页《类聚·史学》，见杨燕起等辑《历代名家评〈史记〉》第874页。明钟惺等还认为《货殖列传》应与《平准书》合观，都是从经济、商业角度看问题的。同上。

⑤ 潘吟阁语，《史记货殖传新诠·编者弁言》，见杨燕起等辑《历代名家评〈史记〉》第873页，同上。

一、地域的与一统的

史学作为一门人文科学，与自然科学的不同之处，首先在于重视人文精神的探求，仅就《史记》而言，其伟大之处，或正在于其“百三十篇”，无不洋溢着一种人文精神，无不体现着一种历史哲学的高度自觉意识，这种人文精神与自觉意识，也充分地体现于其地域文化观念之中。

钱穆先生曾说：“中国人文所重即在道”①，明“道”而求达“道”，可谓司马迁人文思想的终极境界。史学家缪钺先生认为两千多年来中国士人的两大“情结”之一，就是道与势的矛盾问题②。笔者以为司马迁的地域文化观念，也是以解决道与势这一矛盾“情结”为逻辑基点而构建的。其《报任少卿书》和《太史公自序》明确说明其撰史之目的与方法，是“欲以究天人之际，通古今之变，成一家之言”；是“意有所郁结，不得通其道”而“发愤”所作的；是“垂空文以自见”而绍继五百年前之圣人孔子的③。如果说“究天人之际”之目的在于“明道”，那么“通古今之变”之目的就在于“察势”，明“道”于察“势”之中，察“势”以达“道”为指归，明道与察势可谓是司马迁文化观的形上建构与形下分析的两个根本方法。孔子曰：“齐一变，至于鲁；鲁一变，至于道。”邢疏引《正义》云：“言齐、鲁有太公、周公之余化，太公大贤，周公圣人，今其政教虽衰，若有明君兴之，齐可一变使如鲁；鲁可一变使如于大道行之时也。”④齐国与鲁国的不同地域文化个性是什么？其文化传统与地理之自然环境、经济生活等有何种关系？它们的文化传统与地理之自然环境、经济生产等有何种关系？它们的文化又是如何一步步衰落以至于远离大道的？又如何能使之达到“大道行之时”呢？这些是孔子当年最为揪心的大问题，也是司马迁不能不考虑的大问题。试图解答这一问题，亦即《货殖列传》乃至整部《史记》的主旨之一。

论及上述问题，我们无可避免地要考究一下司马迁之“道”的旨尚。班固承袭其父班彪的观点，讥责司马迁《史记》：“是非颇谬于圣人，论大道则先黄老而后六

---

① 钱穆《现代中国学术论衡》之《略论中国科学》第58页，岳麓书社，1986。按：今本书重新收入《钱穆作品系列》，引见该书第57页，三联书店，2001。

② 缪钺《二千多年来中国士人的两个情结》，文载《中国文化》杂志1991年第4期。

③ 司马迁《史记》卷130《太史公自序》，第2490-2494页，二十四史简体字本，中华书局，2000。《报任少卿书》，载班固《汉书》卷62《司马迁传》中，2061-2069页，二十四史简体字本，同上；又参见《文选》，第5册，第1854页，上海古籍出版社，1986。

④ 《论语注疏》卷6《雍也》，第23册，第88页，《十三经注疏》整理本，北京大学出版社，2000。

经，序游侠则退处士而进奸雄；述货殖则崇势利而羞贱贫，此其所弊也。”[①] 此论一出，是否之争，纷然鹊起，最终又集中在司马迁属儒属道的问题上，在此，我们难以究诘。不过笔者以为，笼统地说，司马迁可谓是一个“杂家”，“杂”也可谓是汉代学风的一个总体趋势和整体特征。即使汉武帝“独尊儒术，罢黜百家”之后，学风仍非纯儒的，问题就在于独尊的是“儒术”而非“儒家”。自董仲舒始，儒家质变为儒教，儒学演化成儒术，学人们使之“质变”、“演化”的手段，正是司马迁“以拾遗补艺，（按：《索隐》曰，《汉书》作‘补阙’，此云‘艺’，谓补助六艺之阙也。）成一家之言，厥协六经异传，整齐百家杂语”[②] 的方法，不过其目的与指归是各不相同的。班氏父子讥责司马迁“先黄老而后六经”，也说明了其“杂家”的风格特征，故班氏之评虽非发于“仁心”，而乃可谓“公心”，是中的之见。笔者说司马迁是一个杂家，并非有意持调和论，而是认为其杂，杂中有统者在；其统，统中见百家存。就“天人之际”作为一种形上之哲学观念看，司马迁无疑采撷了今文经学家、道家、法家、阴阳家诸派的学术思想，从其明道之终极追求看，其中自有“统”者在；而就“天人之际”作为具体之历史研究方法而言，其中又不难见到其“整齐百家”的杂学精神。所谓“统”，不是指司马迁有似其后唐代韩愈那样，自觉地绍继周公、孔、孟的文化“道统”，而是指其继承和遵守孔子求“道”之精神，《春秋》重“义”的哲学意旨[③]。《太史公自序》盛赞孔子著《春秋》“上明三王之道，下辨人事之纪”[④]，作为一个史学家，司马迁所研究的“天人之际”，主要在于“人事之纪”。人事的变化是“势”，势之所至、势何由至，就是道、就是天的问题。司马迁思考的重心不仅在于“明三王之道”（思考重心不等于思想终极）而更在于“辨人事之纪”。但“辨人事之纪”，就不能不形而上地思考“三王之道”，从而说明汉代一统天下以后，如何能够达到一种圣明之治道。使当今汉代文化达到一种“圣明之治道”，才是历史学家司马迁之文化观念的精神指向和理想归极。在这一点上，司马迁努力“厥协六经异传，整齐百家杂语”，来统理大汉天下一统之后的地域文化，力图使地域的文化汇归到大汉文化的大系统之中，此即是《五帝本纪》梳整先民神话系统的精神意旨，别作匈奴、夷越诸传的思想动机之一。如《匈奴列传》云：“匈奴，其先祖夏后氏之苗裔也，曰淳维。唐虞以上有山戎、猃狁、荤粥，

---

① 班固《汉书》卷62《司马迁传》的赞文，第2070页，二十四史简体字本，中华书局，2000。

② 《史记》卷130《太史公自序》，第2508页，同上。

③ 按：因此，如果说以“杂家”视司马迁仍然不当的话，那么就可以说他是当时的一个“新儒家”，只是他这个“新儒家”，更主要是在思想文化精神上继承了孔子，超越一般的儒家学者，并且能够吸取道家、阴阳家、法家等“百家”的思想。司马迁不仅仅是一个伟大的史学家，而且也是一个伟大的史学思想家。

④ 《史记》卷130《太史公自序》，第2491页，同上。

居于北蛮，随畜牧而转移。”① 匈奴是否为夏人之后裔，是无信史之征的，司马迁作如此肯定之表述，是别居深意的。从《匈奴列传》篇末之“太史公曰”②，不难看出司马迁的识见之深远。他一反《春秋》“忌讳之辞”，直书与匈奴的历代战事，警告汉朝当权者，不能作“气奋”之争，若如此，即便是贤如尧帝，也只能“兴事业不成”。匈奴亦华夏的后裔，当以礼义仁治服之，实行“汉化”方略，才能振兴“圣统”，使“溥天之下，莫非王土；率土之滨，莫非王臣”③，达到万方一统、四夷宾服的圣明之治世，这可谓是司马迁主张的民族文化政策，颇为后代明君如唐太宗者得以资鉴。其他如其《南越列传》借南越王尉佗之口，否定了“高后听谗臣，别异蛮夷”的政策，考证了南越王尉佗本姓赵氏，乃“真定人也”④；《东越列传》开篇即指出“闽越王无诸及越东海王摇者，其先皆越王勾践之后”⑤；《朝鲜列传》说明了“朝鲜王满者，故燕人也”⑥。如此等等，无不当划归入大汉文化一统范围之中。至于论秦、楚、吴、越等地域文化时，也无不持此观念。秦之先人，是“帝颛顼之苗裔孙曰女修”的后代⑦；而楚之先祖，也“出自帝颛顼高阳”之支⑧；吴文化乃周太王之子泰伯与仲雍所创辟⑨；越文化乃承大禹之血脉，勾践为“夏后帝少康之庶子”的传人⑩。这些记载，有些有史料作依据或其少年壮游天下之所察，有些可能乃根据当时口传历史（传说）书写，其统理的目的，就是坚持要将各自的地域文化汇入到一统的文化之中来，使之能够达到“至于道”的理想境界，这就是司马迁的“道”，司马迁的“统”。这一种“道”，这一种“统”，说成是儒家的或是道家的，都难尽其极，因为已赋予一种崭新的文化之精神了。说他是儒家的，他讥议尧之“兴事业不成”；说他是道家的，《货殖列传》一开篇，即批判老子所谓“至治之极”的小国寡民思想，是“涂民耳目”。基于司马迁是个“整齐百家”的“杂家”这一观点，也许更便于弄清其地域文化观所包孕的丰富意义。

蒙文通先生说：“井研廖师（按：指廖平）以今文为哲学、古文为史学，诚不

---

① 《史记》卷110《匈奴列传》，第2205页，同上。

② 《史记》卷110《匈奴列传》：“太史公曰：孔氏著《春秋》，隐、桓之间则章，至定、哀之际则微，为其切当世之文而罔褒，忌讳之辞也。世俗之言匈奴者，患其徼一时之权，而务谄纳其说，以便偏指，不参彼己；将率席中国广大，气奋，人主因以决策，是以建功不深。尧虽贤，兴事业不成，得禹而九州宁。且欲兴圣统，唯在择任将相哉！唯在择任将相哉！”第2232页，同上。

③ （唐）孔颖达等《毛诗正义》卷13《谷风之什·北风》，第931页，《十三经注疏》整理本，同上。

④ 《史记》卷113《南越列传第》，第2265页，同上。

⑤ 《史记》卷114《东越列传》，第2273页，同上。

⑥ 《史记》卷115《朝鲜列传》，第2277页，同上。

⑦ 《史记》卷5《秦本纪》，第159页，同上。

⑧ 《史记》卷40《楚世家》，第1387页，同上。

⑨ 《史记》卷31《吴泰伯世家》，第1221页，同上。

⑩ 《史记》卷41《越王勾践世家》，第1421页，同上。

易之论。……自今文之学起而儒以微，至古文之学立而儒以丧。考之先秦学术之变，而知儒之日益精卓者，以其善取于诸子百家之言而大义恢宏也；儒之日益塞陋者，以其不善取旧法世传之史而以章句训诂跛之也。”① 司马迁正是善于吸取诸子百家之言的一个历史学家，他作为董仲舒的门生，也是深得今文经学之“哲学精神”和其“天人三策”之旨趣的。“究天人之际”不仅是一种历史的研究方法，更是一种哲学的形上境界，在这一点上，司马迁与董仲舒并无大的不同，他力图从文化的角度、哲学的高度来寻求达到圣明之治道的途径，体现他强烈的历史使命感和自觉的人文意识。但是从“究天人之际”作为一种历史方法而言，司马迁从历史理性出发，其“辨人事之纪”之所辨，与董仲舒却大相径庭，基本上对董仲舒的灾变学说进行了否定。《汉书·董仲舒传》引其“天人三策”之一云：

> 《春秋》之中，视前世已行之事，以观天人相与之际，甚可畏也。国家将有失道之败，而天乃先出灾害以谴造之；不知自省，又出怪异以警惧之；尚不知变而伤败乃至，以此见天心之仁爱，人君而欲止其乱也。自非大亡道之世者，天尽欲扶持而全安之，事在强勉而已矣。②

这段话最能见出董学之精髓。司马迁在一定程度上，吸取了其“天人相与之际”的思想。但他在《儒林列传》中，记董氏因著《灾异之记》而下吏当死，诏赦后述说他“竟不敢复言灾异”③。从这种表述语气中，也表明司马迁是不完全相信这套“公羊学说”的。不过他对董学之精神仍是别有体悟的，这正表现在他“欲究天人之际”的形上思考之中。

天人问题，在先秦是诸子百家都要探讨的大问题，它与中国原始先民的天文观念及其后来日益发达的“占星术式”的天文学发展有着重要的联系，这从司马迁的《天官书》中即可以得到明证。《天官书》里讲了很多望云气、观地形（即堪舆学、风水术）的东西，对此，司马迁是有所批判的。《太史公自序》说：“星气之书，多杂禨祥，不经；推其文，考其应，不殊。”然要了解司马迁“天人之际”之意，笔者以为《史记》中有三处所记，最当注意，第一处即是《天官书》中所云：“夫天运，三十岁一小变，百年中变，五百载大变；三大变一纪，三纪而大备：此其大数也。为国者必贵三五。上下各千岁，然后天人之际续备。”④ 这种思想明显上承占星之学术而下受董仲舒今文经学之“天人观”的影响；第二处即《司马相如列传》所

---

① 蒙文通《论经学三篇》文，载《中国文化》1991年第4期。

② 《汉书》卷56《董仲舒传》之贤良对策语，第1901页，同上。

③ 《史记》卷121《儒林列传·董仲舒传》，第2377页，同上。

④ 《史记》卷27《天官书》，第1154页，同上。按：《天官书》有不少所谓天人相关的灾变之言述。

引长卿《封禅文》中所言："披艺观之，天人之际已交，上下相发允答。"[①] 是说天子通过封天禅地之举，能够达到交合天人的境界；第三处即《太史公自序》所谓："礼乐损益，德历改易，兵权山川鬼神，天人之际，承蔽通变，作八书。"[②] 说明其"究天人之际"之所究，主要体现在八书之中。由上所引可证，"究天人之际"也是司马迁"杂"中见"统"的主要运思之所在。司马迁虽斥星气之术"不经"，虽然怀疑"天道"，对所谓"天道无亲，常与善人"的传统论调，提出"是邪非邪"的诘难[③]，但其思想仍然有着一定天人应合的观念，不过已与董仲舒的《春秋》言灾变的天人感应学说不同，更偏向于"人文"的理性分析。

司马迁的天人联系的观念，表现在地域文化观上的一个具体运用，就是关于天文"分野"学说的资取，成为他于《货殖列传》中划分文化地域的重要依据和考察地域文化变迁的具体方式之一。论者常言《货殖列传》当与《平准书》相并读，其实更应与《天官书》共研析。《天官书》云：

> 二十八舍主十二州，斗秉兼之，所从来久矣。秦之疆也，候在太白，占于狼、弧。吴、楚之疆，候在荧惑，占于鸟衡。燕、齐之疆，候在辰星，占于虚、危。宋郑之疆，候在岁星，占于房、心。晋之疆，亦候在辰星，占于参、罚。[④]

这种天文"分野"观念，虽是"所从来久矣"，不过司马迁对之也进行了采撷整理，从而能够将人事之变势、地域之统合，从这一角度获得一种"文化地理"的诠释。如其又云：

> 及秦并吞三晋、燕、代，自河、山以南者中国。中国于四海内则在东南，为阳；阳则日、风星、荧惑、填星；占于街南，毕主之。其西北则胡、貉、月氏诸衣旃裘引弓之民，为阴；阴则月、太白、辰星；占于街北，昴主之。故中国山川东北流，其维，首在陇、蜀，尾没于勃、碣。是以秦晋好用兵，复占太白，太白主中国；而胡貉数侵掠，独占辰星，辰星出入躁急，常主夷狄：其大经也。[⑤]

从这些史料采撷统理中，我们不难看出司马迁的"杂家"精神，是于"统"中而具百家之思想的，上面引文中，有不少当属于阴阳家的观念，而把它们整理统归

---

① 《史记》卷117《司马相如列传》，第2338页，同上。
② 《史记》卷130《太史公自序》，第2507页，同上。
③ 《史记》卷61《伯夷列传》，第1690页，同上。
④ 《史记》卷27《天官书》，第1155页，同上。
⑤ 《史记》卷27《天官书》，第1156页，同上。

于他的“究天人之际”之中，并用来分析地域文化的个性，甚至及于自然地貌的研究，如说“二十八舍主十二州”，验于《货殖列传》中文化地域的划分，基本上是相吻合的。其认为“中国山川东北流，其维，首在陇、蜀，尾没于勃、碣”，从天象上阐明我国西高东低的自然地势，使其获得了一种人文意义的解释。因为“中国于四海之内则在东南”，为阳属日，故万川东流，形成朝宗于海之势，那么中国之文化成为一统之文化，也属当然之理了。至于其说“西北则胡、貉、月氏诸衣旃裘引弓之民，为阴”云云，验之于《匈奴列传》等，也能看出司马迁以此来说明匈奴民族文化之特征的。《匈奴列传》记述了匈奴人有祭拜星月等习俗，“举事而候星月，月盛壮则攻战，月亏则退兵”①。把《匈奴列传》与《天官书》相参阅，就可以看到司马迁正是把天文与地理、人文联系起来，从而对匈奴“出入躁急”，“随畜牧而转移”的游牧文化习俗加以说明的。俗话说：“马无夜草不肥”，匈奴人夜牧而又习于夜战，故崇祭星月，而其“天象”也主阴，属月。这样一来，所谓究天人之际、辨人事之纪，也就获得了一种新的文化诠释。

二、文化地域分区论

《天官书》“太史公曰”，直接引用《周易》“仰则观象于天，俯则法类于地”之语，表明了司马迁观察天文与地理的思想，也深受《易》学的影响。如果说“究天人之际”是其“仰则观象于天”的具体表现，那么“俯则法类于地”则是他通过“察势”来对地理、人文——地域文化与文化地域之关系的一个考察基点，最终归结为“圣人统理之”与应当如何统理的问题之根柢上；如果说“究天人之际”主要体现为司马迁地域文化观念的形上之理想与哲学之观念及其这一观念的具体运用方法，但还未能对文代地域与地域文化之相互关系予以丰富的历史理性的全面解释，予以更为具体的局部剖析，那么在“俯则法类于地”、由明道而察势之中，在他以“通古今之变”的历史研究作进一步推研之时，他就已经为我们今天如何从文化地理学的角度来研究这样的问题，提供了《货殖列传》这样光辉的范例，而且更加明确、科学地给予了多层次多方面的说明。

首先，《货殖列传》认为人类的衣食居住的满足，是人类一切文化创造、发展、迁变的基础。他说：

> 太史公曰：夫神农以前，吾不知已。至若《诗》、《书》所述虞夏以来，耳目欲极声色之好，口欲穷刍豢之味，身安逸乐，而心夸矜埶（势）能之荣。使

① 《史记》卷110《匈奴列传》，第2214页，同上。

俗之渐民久矣，虽户说以眇论，终不能化。故善者因之，其次利道之，其次教诲之，其次整齐之，最下者与之争。①

这是一种不可改变的“俗”，也就是一种“势”，是“道之所符”、“自然之验”，从而也充分说明管子所说的“仓廪实而知礼节，衣食足而知荣辱”②，是一颠扑不破的真理。司马迁这种“道之所符”、“自然之验”的观念，与其说是一种唯物主义史观，不如说是一种道家的“自然”观。司马迁既批判老子的“小国寡民”学说是“涂民耳目”，又借鉴了道家哲学的自然主义精神，当然其思想来源非一，其中明显受到《易传》的影响，这也充分反映了他“厥协六经异传，整齐百家之语”的学术胸怀。

虽然《太史公自序》述《货殖列传》所作之意，是为“商人”作传，以供“智者有采”，其实，我们不妨反过来看成是司马迁对地域文化之迁变而作的经济方面原因的探讨。他认为对“俗之渐民”的自然之“势”、文化风俗的浇薄，可以有五种对待办法，即所谓“善者因之，其次利道之，其次教诲之，其次整齐之，最下者与之争”。其批判矛头直指“当今圣上”（汉武帝），认为当朝统治者推行的不过是一种“与之争”的极愚之法，并极具高明卓识地提供上述四种较为良好的文化方略，供统治者参取。其最上之策所谓“因之”、“利道之”的成功范例，司马迁举齐文化的发展来说明。他说：

周书曰：“农不出则乏其食，工不出则乏其事，商不出则三宝绝，虞不出则财匮少。”财匮少而山泽不辟矣。此四者，民所衣食之原也。原大则饶，原小则鲜。上则富国，下则富家。贫富之道，莫之夺予，而巧者有余，拙者不足。故太公望封于营丘，地潟卤，人民寡，于是太公劝其女功，极技巧，通鱼盐，则人、物归之，繦至而辐凑。故齐冠带衣履天下，海岱之间敛袂而往朝焉。其后齐中衰，管子修之，设轻重九府，则桓公以霸，九合诸侯，一匡天下；而管氏亦有三归，位在陪臣，富于列国之君。是以齐富强至于威、宣也。

由于太公望（吕尚）实行因之导之的政策，大力发展经济，最终使齐国达到了小范围的文化盛世，管子修之，则齐桓公之时，能成为霸主。顺便说明一下，司马迁认为“教诲之”、“整齐之”远不如“因之”、“利道之”的文化方略，他曾一再比较齐国与鲁国的文化风俗之迁变来说明这个道理。按照司马迁的意思，似乎应把孔子的话变为“鲁一变，至于齐；齐一变，至于道”才对。其《鲁周公世家》记

① 《史记》卷129《货殖列传》，第2461-2482页，同上。下文凡引《货殖列传》语，不再注。

② 《史记》卷62《管晏列传》，第1696页，同上。

云："鲁公伯禽之初受封之鲁，三年而后报政周公。周公曰：'何迟也？'伯禽曰：'变其俗，革其礼，丧三年然后除之，故迟。'太公亦封于齐，五月而报政周公。周公曰：'何疾也？'曰：'吾简其君臣礼，从其俗为也。'及后闻伯禽报政迟，乃叹曰：'呜呼，鲁后世其北面事齐矣！夫政不简不易，民不有近；平易近民，民必归之。'"①《齐太公世家》也记述云："太公至国，修政，因其俗，简其礼，通商工之业，便鱼盐之利，而人民多归齐，齐为大国。"② 其篇末"太史公曰"也盛赞"太公之圣"，从中不难窥见司马迁的思想倾向。

其次，《货殖列传》指出了不同地域的自然地理环境，是形成不同地域文化特色的重要条件，因为自然地理环境、物产资源，在一定程度上是形成特定的经济生产方式的重要因素，从而也是形成不同文化习俗的一个主要原因。

司马迁的这一光辉思想，远远超出了"地理环境决定论"的思维水平，而接近今天的科学的人文地理观，揭示了"人地关系"是一种相互作用、相互生发的客观规律。《货殖列传》在分析了三楚文化的不同地域特色、不同文化个性之后，曾把"北方文化"与"南方文化"进行了总体比较，论云：

> 总之，楚越之地，地广人希，饭稻羹鱼，或火耕而水耨，果隋蠃蛤，不待贾而足，地势饶食，无饥馑之患，以故呰窳偷生，无积聚而多贫。是故江、淮以南，无冻饿之人，亦无千金之家。沂、泗水以北，宜五谷桑麻六畜，地小人众，数被水旱之害，民好畜藏，故秦、夏、梁、鲁好农而重民。三河、宛、陈亦然，加以商贾。齐、赵设智巧，仰机利。燕、代田畜而事蚕。

其中以江、淮二河为界③，把中国文化地域笼统地分为南、北二区，已与今天的划分基本相同，并把南、北方文化进行了比较，认为其不同原因在于楚、越之地"地广人希"而采用"火耕水耨"的生产方式，故迥然与北方异趣。

从整体上看，司马迁基本上已区别出中国南方的江湖沼泽文化，东部的海岱文化、西北部的内陆草原游牧文化和中原高度发展的农耕文化这四大类型，并一一探讨了其地域文化特征与地理环境的关系。如论齐之海岱文化云：

> 齐带山海，膏壤千里，宜桑麻，人民多文采布帛鱼盐。临菑亦海岱之间一

---

① 《史记》卷33《鲁周公世家》，第1275页，同上。

② 《史记》卷32《齐太公世家》，第1245页，同上。

③ 也就是说，司马迁之时是把长江与淮河之间视为南北文化区域的过渡地带，今天仍然可以这样看，从地理上讲，江淮之间具有南北方一些共同特点，这是三分法的方法。现在我们一般以秦岭一淮河一线为我国南北方之分界，这是二分法的方法。这都是为了说明中国文学地理与文化地域整体现象和"文学事实"的一种大致的宏观的划分与分析。

都会也。其俗宽缓阔达，而足智，好议论，地重，难动摇，怯于众斗，勇于持刺，故多劫人者，大国之风也。其中具五民。

齐地是道家学派渊源地之一，也是阴阳家、神仙家思想的发源地，这都无不与其滨海带山的地理环境有关，齐之三邹子（邹忌、邹衍、邹奭）及其“学黄老道德之术”的田骈、接子（《孟子荀卿列传》），其思想都是齐文化特有的产物，诸人也均可谓是“足智，好议论”的代表。滨海地域的人们，想象力丰富，海市蜃楼的大海奇观，正是激发人们去作“神仙梦”的重要原因。齐俗“宽缓阔达”之风，传习深远，直到曹丕《典论·论文》评徐干时，还以“齐气”来评品其舒缓的文风。班固《地理志》承袭《史记》，并作了很多周详补充与论证（特别是结合《诗经》的《国风》地域来叙说），是研究文学地理问题的重要史料。

又次，《货殖列传》还分析了大文化圈与小文化圈的异同所在，说明其同中有异、异中有同；又分析了不同民族、种族以及“移民”等多种因素，考察了它们对地域文化风尚形成不同个性的作用。如他基本上把除蜀文化外的南方文化，均列入楚文化圈，又把楚分为三个小文化圈来论述，这就是所谓“越、楚则有三俗”的西楚、东楚与南楚，从而揭示了楚文化地域的历史变迁轨迹，正如唐人张守节《正义》所云：“越灭吴则有江、淮之北，楚灭越兼有吴、越之地，故言‘越、楚’也。”[①] 司马迁分析西楚文化云：

> 夫自淮北沛、陈、汝南、南郡，此西楚也。其俗剽轻，易发怒，地薄，寡于积聚。江陵故郢都，西通巫、巴，东有云梦之饶。陈在楚夏之交，通鱼盐之货，其民多贾。徐、僮、取虑，则清刻，矜己诺。

西楚相当于今天皖北、豫东及江苏西北、湖北南部一带，其风俗总体特征是地薄而寡积聚，剽轻而易发怒。东楚指彭城以东到“东海、吴、广陵”这一地域范围，相当于今天山东费县、枣庄以南到江苏苏州、扬州一带及浙、闽地区（其间包括楚国吞并前的吴、越文化区）：

> 彭城以东，东海、吴、广陵，此东楚也。其俗类徐、僮。朐、缯以北，俗则齐。浙江南则越。夫吴自阖庐、春申、王濞三人招致天下之喜游子弟，东有海盐之饶，章山之铜，三江、五湖之利，亦江东一都会也。

所谓“其俗类徐、僮”，即指“清刻”而“矜己诺”的习气，“朐、曾以北，

① 《史记》卷129《货殖列传》注，第2470页，同上。

俗则齐”即“宽缓阔达”而好议论的风俗，这就把文化地域范围讲得很清楚，而且还分析了其异同特色。又论“南楚”云：

衡山、九江、江南、豫章、长沙，是南楚也，其俗大类西楚。郢之后徙寿春，亦一都会也。而合肥受南北潮，皮革、鲍、木输会也。与闽中、干越杂俗，故南楚好辞，巧说少信。江南卑湿，丈夫早夭。多竹木。豫章出黄金，长沙出连、锡，然堇堇物之所有，取之不足以更费。九疑、苍梧以南至儋耳者，与江南大同俗，而杨越多焉。番禺亦其一都会也，珠玑、犀、玳瑁、果、布之凑。

如此分析，始终紧扣经济生产、物产资源、自然环境等多方面因素来考虑问题，不仅指出了其不同的地域文化个性，还分析了其超地域性的特征。南楚之俗“大类西楚”，说明了南楚作为楚文化圈的共性（作为一个小文化圈的超地域性），而其“好辞，巧说少信”，就是南楚不同于西楚之“剽轻”的个性了。

另外，司马迁还进而从不同民族、种族以及“移民”等多种角度，考察了它们对地域文化风俗形成不同个性的一种共生性作用。如其论关中文化和三河地区的三晋等地域文化时，都考虑了“地边胡，数被寇”这一客观原因，其民“羯羠不均”，胡风炽烈，深受匈奴等少数民族游牧文化风俗的影响，或有“羌中之利”、“戎翟之畜”；或者剽悍好气、“任侠为奸”。其论燕、赵之地域文化时云：

然邯郸亦漳、河之间一都会也。北通燕、涿，南有郑、卫。郑、卫俗与赵相类，然近梁、鲁，微重而矜节。濮上之邑徙野王，野王好气任侠，卫之风也。

夫燕亦勃、碣之间一都会也。南通齐、赵，东北边胡。上谷至辽东，地踔远，人民希，数被寇，大与赵、代俗相类，而民雕捍少虑，有鱼盐枣栗之饶。北邻乌桓、夫馀，东绾秽貉、朝鲜、真番之利。

所谓“燕赵悲歌”，这正是首先在《史记》中，对其确定的一种地域文化之个性特征。野王地区（今河南沁阳一带）本非“好气任侠”，而是由于卫元君迁于野王所带来的一种“卫风”，这就考虑了“移民文化”的因素。特别是在论颍川、南阳（今河南禹县、河北叶县及湖北郧县一带）之地域文化时，司马迁述道：

颍川、南阳，夏人之居也。夏人政尚忠朴，犹有先王之遗风。颍川敦厚。秦末世，迁不轨之民于南阳。南阳西通武关、郧关，东南受汉、江、淮。宛亦一都会也。俗杂好事，业多贾。其任侠，交通颍川，故至今谓之夏人。

说明今之“夏人”，已不同于古之“夏人”的敦厚诚实，而是好事任侠的。这是由于秦朝“迁不轨之民”于此地所带来的影响。今天我们略懂一点历史和文化学的人都知道，移民确实可以导致一个地区一个国家的文化迁变，而早在两千多年前，司马迁就已经发现这一现象，并作了深刻的分析。

最后，《货殖列传》还有一个重要贡献，就是着力探讨了地域文化传统与地域文化迁变之间的关系。司马迁至少向我们说明了两层含义：

一是一个文化地域总是受到其文化传统的影响，由于地域文化的“自律性”原因，它便在这种文传统的日益积淀之中，形成了与其他文化地域不同的地域文化个性。如论关中文化（中间一段还附带论及巴蜀文化）云：

> 关中自汧、雍以东至河、华，膏壤沃野千里，自虞夏之贡以为上田，而公刘适邠，大王、王季在岐，文王作丰，武王治镐，故其民犹有先王之遗风，好稼穑，殖五谷，地重，重为邪。及秦文、（孝）[德]、缪居雍，隙陇蜀之货物而多贾。献（孝）公徙栎邑，栎邑北却戎翟，东通三晋，亦多大贾。（武）[孝]、昭治咸阳，因以汉都，长安诸陵，四方辐凑并至而会，地小人众，故其民益玩巧而事末也。南则巴蜀。巴蜀亦沃野，地饶卮、姜、丹沙、石、铜、铁、竹、木之器。南御滇僰，僰僮。西近邛笮，笮马、旄牛。然四塞，栈道千里，无所不通，唯褒斜绾毂其口，以所多易所鲜。天水、陇西、北地、上郡与关中同俗，然西有羌中之利，北有戎翟之畜，畜牧为天下饶。然地亦穷险，唯京师要其道。故关中之地，于天下三分之一，而人众不过什三；然量其富，什居其六。

先前关中地区，“犹有先王遗风，好稼穑，殖五谷，地重，重为邪”，而在历史的变迁中，又不断有新的文化风尚比如“胡风”的熏染作用，商业利益的推动结果，这些加入到文化传统之中，成为对后代而言的一种传统力量，形成新的地域文化风尚。

二是一个地域文化传统又总是不断地迁变革新的，它可以向“近乎道”也可以向“远离道”的方向发展，其变化的最根本原因，正在于经济发展的变化。如其述邹鲁文化区和梁宋文化区云：

> 而邹、鲁滨洙、泗，犹有周公遗风，俗好儒，备于礼，故其民龊龊。颇有桑麻之业，无林泽之饶。地小人众，俭啬，畏罪远邪。及其衰，好贾趋利，甚于周人。
>
> 夫自鸿沟以东，芒、砀以北，属巨野，此梁、宋也。陶、睢阳亦一都会也。昔尧作（游）[于]成阳，舜渔于雷泽，汤止于亳。其俗犹有先王遗风，重厚多君子，好稼穑，虽无山川之饶，能恶衣食，致其蓄藏。

所谓“邹、鲁滨洙、泗，犹有周公遗风”，这种民风民俗、文化风貌，可谓是近于道的，得之于儒家文化熏陶的结果，但一旦经济困窘，衣食不足，人民就很难讲礼节了，所以“及其衰，好贾趋利，甚于周人”。但梁、宋之地就不同于邹、鲁，至司马迁撰写《史记》的西汉时代，仍“犹有先王遗风，重厚多君子”，这也与该地区的自然地理条件和经济水平有关，“虽无山川之饶”，但能够满足衣食之需，且能够“致其蓄藏”。在《鲁周公世家》篇末，太史公曰：“余闻孔子称曰：‘甚矣，鲁道之衰也！’洙、泗之间龂龂如也”。观庆父及叔牙、闵公之际，何其乱也？隐、桓之事；襄仲杀适（嫡）立庶；三家北面为臣，亲攻昭公，昭公以奔。至其揖让之礼则从矣，而行事何其戾也？”[①] 正可与此相参证。从中也表明了司马迁是与孔子一样，关心文化之“至于道”的终极境界的。

综上所述，司马迁通过以上多方的“察势”研究，所谓“见之于行事之深切著明也”（《太史公自序》），从而达到了 种“通变”的结论，那就是说，如果采取“与之争”的经济的亦是一种文化的方略，对各个地域文化、经济发展，不能“因之”、“导之”甚至也不能“整齐之”、“教诲之”的话，那么必然地导致像夏、商、周教化已久的三河地区衰微之时的情景：

> 昔唐人都河东，殷人都河内，周人都河南。夫三河在天下之中，若鼎足，王者所更居也，建国各数百千岁，土地小狭，民人众，都国诸侯所聚会，故其俗纤俭习事。杨、平阳陈西贾秦、翟，北贾种、代。种、代，石北也，地边胡，数被寇。人民矜懻忮，好气，任侠为奸，不事农商。然迫近北夷，师旅亟往，中国委输时有奇美。其民羯羠不均，自全晋之时固已患其僄悍，而武灵王益厉之，其谣俗犹有赵之风也。故杨、平阳陈掾其间，得所欲。温、轵西贾上党，北贾赵、中山。中山地薄人众，犹有沙丘纣淫地馀民，民俗懁急，仰机利而食。丈夫相聚游戏，悲歌慷慨，起则相随椎剽，休则掘冢作巧奸冶，多美物，为倡优。女子则鼓鸣瑟，跕屣，游媚贵富，入后宫，遍诸侯。

其中特别如三河这一大文化地域中的中山之地，文化衰微之后丈夫“掘冢作巧奸冶，多美物，为倡优”，女子“游媚贵富，入后宫，遍诸侯”，乃是一片“郑、卫之音”的局面，并非原先圣明之治世所当有的文化风貌了。问题最终仍然回归到孔子所谓如何使“齐一变，至于鲁；鲁一变，至于道”这一文化终极关怀之上，充分体现了司马迁作为一个绍继圣人之历史学家的高度的文化使命感。

---

① 《史记》卷33《鲁周公世家》，第1291页，同上。又按：《货殖列传》论及文化地域涵盖当时的中国版图，研读还当结合其他部分特别是有关本纪、世家、列传的记载，另可参阅班固《汉书·地理志》。

三、鲁一变，至于道

然而，自《史》、《汉》以后诸史，这种高度的文化使命意识，这种自“成一家之言”的历史哲学思想与自觉的人文精神，有着一定程度上的失落。其主要原因，一是由于自司马迁独创书、表、纪、传之通史体例与班氏父子因之以成断代汉史后，后代正史遂多为模拟因袭之作，唯“王命”是遵，多为集体撰述，从而自然就缺少整体一贯的思想主旨与人文的自觉精神了；二是自杨雄“《太史迁》，曰实录”[①]之观点始，后代史学的研究与著述，多未能形而上地去思考“实录”观念的意义，遂逐步由《春秋》重“义”的历史哲学高度，降而为史料罗列意义上的“实证”史学了。

正如常乃德先生所言，司马迁的《史记》“并不是单纯的事实纪录、而是和儒、道、墨、法诸家著作同等的系统哲学，不过他不用抽象的玄想，而用实际的事实材料，来建筑他的一家之学，比周秦诸子更进步，可惜后来的历史家无人能懂得他的意思，所以尽管出了许多模仿的正史、别史，却没有一部配得上称为一家言的。”[②]从中国史学史的思想演变看，清代乾嘉学派的“实证”观念，“汉学”与古文经学的再度兴起，直至晚清民初，西方实证主义思潮波荡着国学界，这些都直接对史学产生或大或小的作用。而此后的“古史辨”派遂发疑史之精神，更进一步地宣扬了所谓的“信史”观念。

仅仅回顾这几百年的史学思想的历程，明显影响了我们对于《史记》这部伟大史著的人文精神的把握，使我们更多地仅仅偏向站在“实录”、“信史”的立场与层面上去研读《史记》[③]，因而虽感到《货殖列传》具有丰富的人文地理学思想，但始终很少去研讨其形而上的意义。实证主义史学比附于自然科学的特性，遂导致如英国著名学者 E. H. 贡布里希所云的“人文科学的非人性化”[④]。这种于人文学科包括史学研究的非人文化、非人性化，排斥主观精神而强调客观意识的倾向，在今天是亟待有所纠正的。我们不应该仅仅停留于满足所谓探求“客观规律”上去理解《史

---

① （汉）扬雄云：“或问《周官》？曰：立事。《左氏》？曰：品藻。《太史迁》？曰：实录。”见《扬子法言》卷10《重黎》篇，第32页，《诸子集成》第7册，上海书店影印，1986。按：班固《汉书·司马迁传》亦引此“实录”之评。

② 常乃德《历史哲学论丛》第7页，引见杨燕起等辑《历代名家评〈史记〉》第114页，同上。

③ 按：笔者当然不是否定司马迁《史记》具有的“实录”精神和“信史”的价值，只是作为历史，这仅为基本的原则和要求，而我们还要去努力研求司马迁《史记》这部伟大著作的历史哲学思想和人文精神价值。

④ 范景中编选《艺术与人文科学——贡布里希文选》第3页，浙江摄影出版社，1989。

记》及其地域文化观念，而当更进而于此探求中，获得一种形而上的体验与体悟，这即是陈寅恪先生当年强调的所谓“了解之同情”的研究方法①。

钱穆先生说：“窃谓中国学问尚通。今日而言通学，则莫如文化学。当通各国之人文，会通和合，以求归一，斯为文化学。今人率好言文化，但未有一门文化学。惟中国人为学，虽无此名，而已有其实。如入国问俗，即问其文化也。一国有一国之俗，斯即一国有一国之文化。孔子曰：‘齐一变，至于鲁。鲁一变，至于道。’此即孔子当时之比较文化学。今试问：当今之世，孰为齐？孰为鲁？又如何而始为道？此非当前最大见识最大学问乎？”② 齐、鲁各地文化及其之俗、之势，何以“至于道”？何以于汉王朝一统天下后，使之朝宗于大海？这实是司马迁地域文化观念中的思考核心。司马迁的地域文化观，按钱穆先生所言推之，亦当为目前《史记》研究中一“最大学问”与“最大见识”，它关系到对中国数千年文化“道统”的变革问题，乃至关系到经济的腾飞，是否果真会导致时下许多学人所惊呼的“文化沙漠化”的问题。

司马迁提出的“因之”、“利道之”、“教诲之”与“整齐之”的经济、文化方略，也可供今天如何推行新的文化政策以极有价值的资鉴，这或即是探讨司马迁之地域文化观以及研究古代文学地理学说问题的当代意义吧！

---

① 陈寅恪《冯友兰中国哲学史上册审查报告》，见《金明馆丛编二编》第247页，上海古籍出版社，1980。按：《金明馆丛编初编》、《金明馆丛编二编》等，现均已收入《陈寅恪集》（本文修订参核此本），三联书店，2001。

② 钱穆《现代中国学术论衡》之《略论中国科学》第62页，同上。

从山水到美人的艺术变奏*
——略论佛学与南朝诗风的演进关系

一、从沈约《谢灵运传论》谈起

六朝时代南方的独特地域文化风尚、学术思想氛围，无疑是形成南朝文学“清绮”之总体风格特色的一个重要原因。清绮与气质，这对美学范畴是唐初史家对南北朝文学的一个总体品评和共同体认。魏征《隋书·文学传序》云：“江左宫商发越，贵于清绮，河朔词义贞刚，重乎气质。气质则理胜其词，清绮则文过其意，理深者便于时用，文华者宜于咏歌，此其南北词人得失之大较也。若能掇彼清音，简兹累句，各去所短，合其两长，则文质斌斌，尽善尽美矣。”① 稍后李延寿《北史·文苑传序》等也基本照录了这段评论。清绮与气质，这对美学范畴也是唐初史家上溯“自汉魏以来，迄乎晋宋”的文学历史，来寻觅其文体演变的思想线索，同时也是其建构“掇披清音，简兹累句”以求“文质斌斌”之文学理想的理论基础。因而，对这对美学范畴的研究，具有文学理论批评史及美学史的重要意义，尤其他与文学的地域性问题直接相关，从特定意义上说，也是对南北朝时期南北文学各自地域

* 编按：本文曾节要发表于《福建论坛》1995 年第 3 期，引起关注，转载于中国人民大学资料复印中心编辑《中国古代、近代文学》1995 年第 10 期，今根据底稿修订，并增加若干引文注释，有些征引文献修订时改用新版，如二十四史简体字本等。

① （唐）李延寿《北史·文苑传序》等直接迻录这段论述，由此说明唐初史家具有共同的认识。同时，他们对梁末以至陈朝的文学都斥为“亡国之音”。魏征《隋书·文学传序》论述最为全面：“梁自大同之后，雅道沦缺，渐乖典则，争驰新巧。简文、湘东，启其淫放，徐陵、庾信，分路扬镳。其意浅而繁，其文匿而彩，词尚轻险，情多哀思。格以延陵之听（按：延陵指吴公子季札，《左传·襄公二十九年》记载季札在鲁观周乐有评论，其中‘为之歌陈，曰：‘国无主，其能久乎？’此亦亡国之音论的最早出典），盖亦亡国之音乎！”李延寿《南史·文学传序》、令德狐棻《北周书·王褒、庾信传论》，均持梁末文学乃“亡国之音”的观点。唐初史家还认为梁末乃至陈朝的清绮文风乃至“亡国之音”都曾影响到北方的北齐、北周以至隋朝，他们批评的目的就是要求大唐帝国能够摈除这种“雅道沦缺，渐乖典则，争驰新巧”乃至“淫放”的文风，而这种文风自然也是南方“清绮”文风的流弊，表现为“意浅而繁，其文匿而彩，词尚轻险，情多哀思”，这也就是“亡国之音”特点，那么怎样才能校正之呢？就是要以“贞刚”之“气质”来调和之、改造之，由此又反过来说明他们对“清绮”的重视，对文学技巧的重视。以上引见《隋书》卷 76《列传》41《文学》，《北史》卷 83《列传》71《文苑》，《南史》卷 72《列传》62《文学》，《周书》卷 41《列传》33《王褒、庾信传》，二十四史简体字本，中华书局，2000。

风格特色的抽象概括，是我们要研究南北朝的文学地理问题的一个重要的入手之处。

钱钟书先生论“南北朝文风”时，指出邢邵《萧仁祖集序》已开唐初史家之论①。邢邵序文云：“萧仁祖之文，可谓雕章间出。昔潘、陆齐轨，不袭建安之风；颜、谢同声，遂革太原之气，自汉逮晋，情赏犹自不谐；江北江南，意制本应相诡。”②“诡”者，诡异、相反、不同也，亦即言南北文风历来有别。据《北齐书·魏收传》，与温子升、邢邵并称“三才”的魏收，讥讽邢邵云：“伊常于沈约集中作赋，何意道我偷任昉”。北齐祖珽对颜之推说：“任、沈之是非，乃邢、魏之优劣也。”③ 故钱钟书先生认为邢邵虽说“意制本应相诡”，然“私心向往，实在江南”，并指出：“北方‘笔’语，当为大宗”，如魏收《魏书》的叙事佳处，不减沈约的《宋书》。不过，其原意在于说明：“盖南北朝文同合流，北士自觉与南人相形见绌，不耻降心取下，循辙追踪，初非夷然勿屑，分途别出，有若后来元好问之言‘北人不拾江西唾’，或傅山之言‘不喜江南文章’。”④ 这就充分论证了南北朝文学各自地

① 钱钟书先生所指出，详下注。

② 该文当非全文。按：“太原之气”应作“太元之气”，或传写异文耳（详下注文考辨）。“太元”，东晋孝武帝年号。严可均于篇题下加按语云：“萧悫字仁祖，始兴王（萧）儋之孙，梁末奔齐，入周，终于隋。”“其（邢邵）意盖谓萧仁祖之文，与北人异耳。”引见（清）严可均辑《全北齐文》卷3《邢邵》之文，《全上古三代秦汉三国六朝文》中华书局影印本第4册，第3842页，中华书局，1958。按：萧悫《秋思诗》有名句“芙蓉露下落，杨柳月中疏”，曾为颜之推等人所激赏。见《颜氏家训·文章篇》，第23页，《诸子集成》本第8册，上海书店影印本，1954。萧悫诗确实写得好，且其诗如“芙蓉露下落，杨柳月中疏”这样的名句意味者尚还有好几首，参见《北齐诗》卷2，逯钦立辑校《先秦汉魏晋南北朝诗》第2274－2280页，中华书局，1983。

③ （北齐）颜之推《颜氏家训·文章篇》，这段叙述的全文为：“沈隐侯曰：‘文章当从三易，易见事一也，易识字二也，易读诵三也。’邢子才常曰：‘沈侯文章用事不使人觉，若胸臆语也。’深以此服之。祖孝征（引按：祖珽）亦尝谓吾曰：‘沈诗云：崖倾护石髓，此岂似用事耶？’邢子才、魏收，俱有重名，时俗准的，以为师匠。邢赏服沈约而轻任昉，魏爱慕任昉而毁沈约，每于谈谯，辞色以之。邺下纷纭，各有朋党。祖孝征尝谓吾曰：‘任、沈之是非，乃邢、魏之优劣也。’”第21页，《诸子集成》本第8册，同上。按：“邺下纷纭，各有朋党”这句话值得关注，说明当时学习“南文”风气之流行，也说明邢邵、魏收在当时的影响。

④ 原括号内注文略引，见钱钟书《管锥编》第4册第1507页，中华书局，1986。按：钱钟书先生在引《萧仁祖集序》后说：“按谓北胜、南强，文风有别，已开《隋书·文苑传·序》”之论，其后有大段分析，并征引大量文献来予以说明（文长不录），可参阅。其论有如下几个要点：第一，主要是说《隋书》论南北朝时期南方和北方之文的各自特长，当时人早有发端，如邢邵《萧仁祖集序》之论；第二，《隋书》所谓“河朔词义贞刚，重乎气质”、“气质则理胜其词”、“理深者便于时用”数语，实际就是说北方之文的“文”不足，但其中时人评论是包含“文笔”（诗文）的，不专指诗歌，如温子升《韩陵山寺碑》是“文”而非“笔”也；第三，南北朝时期，北方之文既然“文”（文采、清绮等，总体讲就是指创作的艺术水准）不足而有所谓“质胜”，故北方文人主动向南方文人学习，并不以此为耻辱之事，但南北文风有别，乃是客观存在，如《萧仁祖集序》所论等，而且是“初非夷然勿屑，分途别出”，那也就是说开始没有而后来还是具有“若后来元好问之言‘北人不拾江西唾，或傅山之言‘不喜江南文章’”的故求相诡的心理的；第四，北方也有“文”很好的代表作家，如温子升就是南北方文人都评价很高的作家，还有魏收、邢邵等；第五，至于《水经注》、《洛阳伽蓝记》、《颜氏家训》等，既具有一定文采，或有较好的写景文字，或以说理为长，但这是专门的属于“笔”的文体，不能以此来理解《隋书》所谓“质胜”、“理胜”的评论的主要原意。此处所论主要本于钱先生，但侧重点不同。

域空间风格的共融性以及审美趣味的趋同性。确实，如以清绮与气质为准则，把南北朝文学一刀两分，就会犯生硬机械的毛病，也不符合文学地理学上关于空间风格与时间风格相互演化的理论准则。关于北朝文风"重乎气质"的问题，笔者已另撰文加以研究论述，本文主要是想重点讨论佛学思想的演进与南朝诗风形成总体上的"清绮"品格的关系，认为佛学从般若学向涅槃学的转轨过程，与南朝文学从山水到美人的变奏现象即山水诗与宫体诗相继兴盛的局面，存在着一定的思想与心理等方面的联系。

爱好于沈约集中"作贼"的邢邵，其《萧仁祖集序》正是偷袭了沈约《宋书·谢灵运传论》的观点和用语。沈约的这篇传论，从情理、文质、声律等几个方面，论述自《诗经》、《楚辞》到刘宋时代的文学发展过程①，认为"自汉至魏，四百余年，辞人才子，文体三变"，并已提出汉魏文学发展过程中"文体"有别、"意制相诡"的看法。其论述齐梁以前的文学历史，实际自然也客观地包含了对南北文风异同的概括，当然这是我们今天的分析，沈约本来并非要讨论南北文风之差异问题的，与邢邵蹈袭其论而自觉地论析"江北江南，意制本应相诡"的目的是不同的，这一点在此预先郑重说明。

本文所论，将先围绕沈约《宋书·谢灵运传论》展开分析。其《谢灵运传论》有论云："自汉至魏，四百余年，辞人才子，文体三变。相如巧为形似之言，班固长于情理之说，子建、仲宣以气质为体，并标能擅美，独映当时。是以一世之士，各相慕习，原其飚流所始，莫不同祖《风》、《骚》。徒以赏好异情，故意制相诡。"② 由此可见，沈约论汉魏文学有所谓"文体三变"之说，其第一变，是指西汉作家蜀人司马相如"巧为形似之言"的辞赋创作艺术的独特性。"形似"之评，既客观地体现了汉赋创作沿袭屈宋之风，逐步走上"模山范水"、辞气夸饰而"劝百讽一"的道路，也是沈约自晋宋山水诗、田园诗兴起以后，立足于当朝，反观乎前代，所能够提出总结南方文学发展的较为恰当的美学范畴，稍后刘勰也使用了这一

① 按：根据余嘉锡先生《世说新语笺疏》(《文学》篇第85则笺疏）所考，沈约又暗袭檀道鸾《续晋阳秋》的观点，约之《宋书》号称成书尤速，前人早已指出其原因，乃是沈约大量使用了当时有关的现成史料和他人的史学著作。

② 《宋书》卷67《谢灵运传》，第1176-1177页，二十四史简体字本，同上。关于晋宋之际的文学尤其是诗歌从"平典似《道德论》"的玄言诗走向重视物色之"形似"以及声色之表现的发展变化，沈约《宋书·谢灵运传论》、刘勰《文心雕龙》之《明诗》(包括其《物色》、《才略》）篇和钟嵘《诗品序》等所论，其大体意见是一致的，但具体评论有很多差别。刘勰《文心雕龙》中没有论及殷仲文和谢混革除玄言诗风的贡献，《才略》篇对这二人评价不高。而钟嵘没有突出殷仲文变革玄言诗风的贡献，又与沈约不同。但沈约和钟嵘都突出谢混的贡献，这一观点，盖为檀道鸾《续晋阳秋》首发之，此余嘉锡先生特别加以指出并再三强调之。参见余嘉锡《世说新语笺疏》之《文学》第85则"简文称许掾"条刘注（刘孝标注，下同）引《续晋阳秋》笺疏（第2条)，第264-265页，上海古籍出版社，1993。

范畴，钟嵘也加以承继[①]。沈约认为与司马相如“形似”之格相对的，是东汉以北方陕人（扶风安陵，今属陕西咸阳）班固为代表的“长于情理之说”，这是他说的第二变。北方文学直承风雅“言志”之精神，注重抒情言志与说“理”相结合，班固的《幽通赋》、《咏史诗》等正是其代表。沈约以为班固的作品，未能做到“以情纬文，以文被质”，直到建安“曹氏基命，二祖、陈王咸蓄盛藻”之时，才做到“以气质为体，并标能擅美”。这是沈约所谓“文体三变”的第三变，由此，沈约认为他们“同祖风骚”而又各自“意制相诡”。“意制相诡”这一术语，主要就是指汉魏文学发展过程中的风格和文体的差异[②]。

沈约《宋书·谢灵运传论》在论述“自汉至魏”的文学之后，接着评论西晋、东晋至刘宋时代文学，实际包含又一个“文体三变”之说。这新的“三变”的第一变，是西晋文学（主要指诗歌），其论云：“降及元康，潘、陆特秀，律异班、贾，体变曹、王，缛旨星稠，繁文绮合。缀平台之逸响，采南皮之高韵，遗风余烈，事极江右。”第二变是东晋文学，主要以玄言文学为主流，论云：“有晋中兴，玄风独振，为学穷于柱下，博物止乎七篇，驰骋文辞，义惮乎此。自建武暨乎义熙，历载将百，虽缀响联辞，波属云委，莫不寄言上德，托意玄珠，遒丽之辞，无闻焉尔。”第三变是指刘宋时期的文学，论云：“仲文始革孙、许之风，叔源大变太元之气。爰逮宋氏，颜、谢腾声。灵运之兴会标举，延年之体裁明密，并方轨前秀，垂范后昆。”接着论述其声律论的主张，结束了他的这篇具有重要文学理论批评价值的《谢灵运传论》[③]。

“自汉至魏”之后的两晋文学，出现了“意制相诡”的新面貌，其中西晋又与东晋不同。西晋时南士北上，受南风的浸染和玄风的影响，太康之英或“儿女情

---

① 沈约《宋书》早于《文心雕龙》的成书时间。关于物色描写的“形似”艺术方法与技巧，刘勰《文心雕龙·物色》篇有所谓“自近代以来，文贵形似”云云，引据周振甫《文心雕龙注释》第494页，人民文学出版社，1981。钟嵘《诗品》评晋张协诗，列为上品，指出其能“巧构形似之言”。引据吕德申《钟嵘〈诗品〉校释》第85页，北京大学出版社，1986。下文及注文中，一般引用刘勰《文心雕龙》与钟嵘《诗品》语均据此，不再详注，以避烦琐。

② 按：沈约《谢灵运传论》一开篇就说：“民禀天地之灵，含五常之德，刚柔迭用，喜愠分情。……虽虞、夏以前，遗文不睹，禀气怀灵，理无或异。然则歌咏所兴，宜自生民始也。”由此，其下文所谓“徒以赏好异情，故意制相诡”的“意制相诡”一语，主要就是从作家创作都本于“性情”又有“赏好异情”的不同和历史发展的客观变化的差异角度讲的，但作为南朝人的沈约，结合其下文分析，可能也暗含南北文风本来有所不同的意思，至少客观上说明文学发展过程中由北而南之文风的变化情况。

③ 这段话为笔者今修订时增加。按：本文原在论述沈约“三变”说时分析不够清楚，把沈约认为“自汉至魏”的“文体三变”，与笔者对沈约评论汉魏之后文学有新“三变”的分析缠绕在一起，殊不明晰。特此说明，并予以补正。

多，风云气少”（钟嵘语[①]）如张华，或“清新相接”而多“累句”（陆云语[②]）如陆机，等等。重视文采声律的沈约，其《宋书·谢灵运传论》特别从众多西晋作家中，突出陆机、潘岳二人加以评说，拈出“特秀”二字来对其创作进行评品，就很好地表现了沈约的喜好[③]。其实，“三张二陆，两潘一左”中，唯左思“风力”直承建安“风骨”的刚健之气，可以说是代表北文（左思乃山东临淄人）“以气质为体”的传统，沈约可能主要囿于南人“清绮”为尚的观念，故视而不论[④]。张华、潘岳为北人（华乃范阳方城即今河北固安人，岳乃河南荥阳人），而陆机、陆云兄弟为南人（二陆乃吴郡吴县华亭即今上海市松江人[⑤]），他们的诗歌风格，所共同体现出的力柔而秀美的特色[⑥]，既反映了当时南士北上给北方文风带来了变化，也表明了西晋一统之时的南北文学地域风格的融通性。这是汉魏之后文学新“三变”的第一变。永嘉（西晋末年怀帝司马炽年号，306—310 年）玄风特振，钟嵘《诗品序》云：

---

① 钟嵘《诗品》“中品”评张华诗，“上品”评陆机和潘岳诗。

② 《全晋文》卷 102 陆云《与兄平原书》说：“往日论文，先辞而后情，尚洁而不取悦泽。尝忆兄道张公文（父）子论文，实自欲得。今日便欲宗其言，兄文章之高远绝异，不可复称言。然犹皆欲微多，但清新相接，不以此为病耳。若复令小省，恐其妙欲不见，可复称极，不审兄由以为尔不?”引见（清）严可均辑《全上古三代秦汉三国六朝文》，第 2 册第 2042 页，同上。

③ 按：钟嵘《诗品》列沈约于中品，评价其实是并不低的。他说：“观休文众制，五言最优。详其文体，察其余论，固知宪章鲍明远也。所以不闲于经纶，而长于清怨。永明相王爱文，王元长等皆宗附之。约于时谢朓未遒，江淹才尽，范云名级故微，故约称独步。虽文不至，其功（工）丽亦一时之选也。见重闾里，诵咏成音。嵘谓约所著既多，今翦除淫杂，收其精要，允为中品之第矣。故当词密于范，意浅于江也。”钟嵘又列“宋参军鲍照诗”于中品，并评之曰：“其源出于二张（按指张华、张协）。善制形状写物之词。得景阳之諔诡，含茂先之靡嫚。骨节强于谢混，驱迈疾于颜延。总四家而擅美，跨两代而孤出。嗟其才秀人微，故取湮当代。然贵尚巧似，不避危仄，颇伤清雅之调。故言险俗者，多以附照。”结合起来看，说明沈约也很重视文词和“形似”技巧。引据吕德申《钟嵘〈诗品〉校释》，同上。

④ 语本钟嵘《诗品序》：“太康中，三张、二陆、两潘、一左，勃尔复兴，踵武前王，风流未沫，亦文章之中兴也。”按：其中“三张”指张载、张协、张亢兄弟，张亢几乎没有诗歌作品保存下来，三张成就最大的是张协，钟嵘列为“上品”诗人，所以张协又与张华并称“二张”（见上注钟嵘《诗品》评宋参军鲍照诗之语）所论“二陆”即陆机和陆云兄弟，“两潘”一般说法指潘岳、潘尼，“一左”就是指左思。刘勰《文心雕龙·明诗》篇云：“晋世群才，稍入轻绮。张、潘、左、陆，比肩诗衢，采缛于正始，力柔于建安。或析文以为妙，或流靡以自妍，此其大略也。”这一段是评论西晋诗，“张、潘、左、陆”之并称，与后来钟嵘说“三张二陆，两潘一左”意思大体相同。其中的“张”姓诗人，应该包括“三张”和张华、张翰等当时张姓的著名诗人。刘勰非常重视“三张”，分别在《文心雕龙》之《明诗》、《铭箴》、《丽辞》、《才略》、《时序》诸篇中有评论。在“三张二陆，两潘一左”这些代表性的西晋诗人中，最具有刚健之气的是左思，钟嵘把他与张协、陆机、潘岳一样列为“上品”诗人。今存左思的诗歌，确实是健畅而有风力的，如他的著名的《咏史诗八首》等。参见逯钦立辑校《先秦汉魏晋南北朝诗》之《西晋诗》卷 7，中华书局，1983。以上引《文心雕龙》语，据周振甫《文心雕龙注释》本，同上；钟嵘《诗品》语，均据吕德申《钟嵘〈诗品〉校释》，同上。

⑤ 按：华亭具体所在地，今实际已划入上海市区。

⑥ 刘勰《文心雕龙·明诗》所谓“稍入轻绮”，见上注中所引。

> 永嘉时，贵黄老，稍尚虚谈。于时篇什，理过其辞，淡乎寡味。爰及江表，微波尚传，孙绰、许询、桓、庾诸公诗，皆平典似《道德论》，建安风力尽矣。先是郭景纯用隽上之才，变创其体；刘越石仗清刚之气，赞成厥美。然彼众我寡，未能动俗。逮义熙中，谢益寿斐然继作。[①]

玄言诗人观赏山水，旨在“觅道”，质木无文，了无诗情，此风在东晋的中后期又与佛教义理相结合。如沈约所云，东晋“自建武暨乎义熙，历载将百”，这百年间的诗作，少“遒丽之辞”，也即是说劲拔之章、华美之篇都不多见。这是汉魏之后文学新“三变”的第二变。其实，沈约《宋书·谢灵运传论》又至少漏评了北人郭璞（河东闻喜人）和南人陶潜（浔阳柴桑人）这两大诗家。刘勰《文心雕龙·明诗》认为郭璞之游仙诗“挺拔而为俊矣”[②]；而陶渊明的田园诗（包括一些山水诗）萧散淡远、质而实腴，钟嵘《诗品》就认为陶诗有“协左思风力”和“风华清靡”等特色[③]。沈约大概认为璞之游仙诗与潜之田园诗，均较质木而不够遒丽，故未能标出加以特评。细绎《宋书·谢灵运传论》，沈约是把刘宋时期作为汉魏之后的文学发展变化论——笔者分析其为新“三变”——最后“一变”，诗歌创作走上了以颜延之和谢灵运为代表的注重声色和物色描写的道路，可以说是以山水诗为代表，但不尽限于对山水诗的评论，因为沈约《宋书·谢灵运传论》的内在逻辑理路，是要说明和论证诗歌创作如何从不自觉到自觉地注重声律的问题。沈约分析刘宋文学之变有一个突出的特点，就是指明这种变化前奏，乃是从东晋中后期“太元”时期逐步革除玄言诗风开始的，即所谓“仲文始革孙、许之风，叔源大变太元

---

① 钟嵘《诗品序》云：“元嘉中，有谢灵运，才高词盛，富艳难踪，固已含跨刘、郭，陵轹潘、左。故知陈思为建安之杰，公干、仲宣为辅；陆机为太康之英，安仁、景阳为辅；谢客为元嘉之雄，颜延年为辅。斯皆五言之冠冕，文词之命世也。”又钟嵘《诗品》列孙绰、许询为下品，其“晋骠骑王济、晋征南将军杜预、晋廷尉孙绰、晋征士许询”条合评说：“永嘉以来，清虚在俗。王武子辈诗，贵道家之言。爰洎江表，玄风尚备。真长、仲祖、桓、庾诸公犹相袭。世称孙、许，弥善恬淡之词。”引据吕德申《钟嵘〈诗品〉校释》，同上。

② 引据周振甫《文心雕龙注释》，同上。

③ 钟嵘《诗品》列陶渊明于中品评曰：“其源出于应璩，又协左思风力。文体省净，殆无长语。笃意真古，辞兴婉惬。每观其文，想其人德。世叹其质直。至如‘欢言酌春酒’、‘日暮天无云’，风华清靡，岂直为田家语邪？古今隐逸诗人之宗也。”引据吕德申《钟嵘〈诗品〉校释》，同上。

之气。"① 殷仲文与谢混二人为山水诗的先驱，或者说二人是从玄言诗向山水诗过渡的代表诗人。沈约此论，也已为后代的文学史家所接受。至于刘宋文学，沈约认为：以颜、谢为代表，所谓"灵运之兴会标举，延年之体裁明密，并方轨前秀，垂范后昆"。② 自谢灵运"大开声色"，到沈约等人追求诗歌"五色相宣，八音协畅"的声韵之美，确是刘宋以至齐梁文学的新发展③。

从上述分析可见，沈约关于"意制相诡"、"太元之气"等观念与术语，直接为

---

① 按：沈约把殷仲文与谢混相并称，而钟嵘《诗品》列谢混为中品，置殷仲文为下品，钟嵘认为谢瞻和谢混诗可谓相匹敌，而谢混和殷仲文虽并称为"义熙中"文坛的"华绮之冠"，但殷不如谢。刘勰《文心雕龙·才略》云："殷仲文之孤兴，谢叔源之闲情，并解散辞体，缥渺浮音；虽滔滔风流，而大浇文意。"（引据周振甫《文心雕龙注释》，同上）认为殷仲文和谢混的诗作"解散辞体，缥渺浮音"，评价不高，盖以为这二人的创作仍有玄言诗的倾向，这与钟嵘所评并不矛盾。盖钟嵘着重从"变"的角度肯定其贡献，而刘勰则是从玄言诗风笼罩下的整体诗坛没有大的改变的角度看的，但这也说明钟嵘与刘勰的认识是不尽相同的。余嘉锡先生以为谢混"大变太元之气"，功可比初唐之陈子昂，《世说新语》之《文学》第85则刘注引檀道鸾《续晋阳秋》，余嘉锡先生为之笺疏，参见其《世说新语笺疏》第266-267页，同上。按：殷仲文《南州桓公九井作诗》曰："四运虽鳞次，理化各有准。独有清秋日，能使高兴尽。景气多明远，风物自凄紧。夹籁惊幽律，哀壑叩虚牝。岁寒无早秀，浮荣甘夙陨。何以标贞脆，薄言寄松菌。哲匠感萧晨，肃此尘外轸。广筵散泛爱，逸爵纡胜引。伊余乐好仁，惑祛吝亦泯。猥首阿衡朝，将贻匈奴哂。"谢混《游西池诗》曰："悟彼蟋蟀唱，信此劳者歌。有来岂不疾，良游常蹉跎。逍遥越城肆，愿言屡经过。回阡被陵阙，高台眺飞霞。惠风荡繁囿，白云屯曾阿。景昃鸣禽集，水木湛清华。褰裳顺兰沚，徙倚引芳柯。美人愆岁月，迟暮独如何。无为牵所思，南荣戒其多。"从中可以看到其写景诗句相对玄言诗来说较有"形似"之格，也较能入情境。谢混的诗明显好于殷仲文，如谢混这首诗中的"景昃鸣禽集，水木湛清华"，可谓写景名句，不低于其后一般山水诗作的水平，"水木清华"的意趣，备受后人所赏。二诗均选入萧统《文选》卷22。引据逯钦立《先秦汉魏晋南北朝诗》第933-935页，异文均略引，同上。从文学地理学的角度说，南北朝文学如何在各自地域中发生了不同的变化，是很重要的问题。南朝之所以兴起田园、山水文学，注重物色与声色描写，是与其独特的地域文化分不开的，也是与南方的秀丽山水环境分不开的。

② 按：沈约把"颜、谢"并论，代表当时人们一般的看法，但钟嵘等又明确扬"谢"而抑"颜"，似乎自此以后，成为历代批评家的主要意见，而这一褒贬反映了中国艺术精神的两种传统和创作实践，是极其重要的问题。钟嵘《诗品》列谢灵运诗于"上品"，评曰："其源出于陈思，杂有景阳之体。故尚巧似，而逸荡过之，颇以繁芜为累。嵘谓若人兴多才高，寓目辄书，内无乏思，外无遗物，其繁富宜哉！然名章迥句，处处间起；丽典新声，络绎奔会。譬犹青松之拔灌木，白玉之映尘沙，未足贬其高洁也。"而置颜延之于"中品"，评曰："其源出于陆机。尚巧似。体裁绮密，情喻渊深。动无虚散，一句一字，皆致意焉。又喜用古事，弥见拘束，虽乖秀逸，是经纶文雅才；雅才减若人，则蹈于困踬矣。汤惠休曰：'谢诗如芙蓉出水，颜如错彩镂金。'颜终身病之。"按：钟嵘明确指出其共同特点是尚"形似"等。引据吕德申《钟嵘〈诗品〉校释》，同上。

③ 按：沈约《宋书》卷67《谢灵运传论》论声律云："若夫敷衽论心，商榷前藻，工拙之数，如有可言。夫五色相宣，八音协畅，由乎玄黄律吕，各适物宜。欲使宫羽相变，低昂互节，若前有浮声，则后须切响。一简之内，音韵尽殊；两句之中，轻重悉异。妙达此旨，始可言文。至于先士茂制，讽高历赏，子建'函京'之作，仲宣'霸岸'之篇，子荆'零雨'之章，正长'朔风'之句，并直举胸情，非傍诗史，正以音律调韵，取高前式。自《骚》人以来，而此秘未睹。至于高言妙句，音韵天成，皆暗与理合，匪由思至。张、蔡、曹、王，曾无先觉，潘、陆、谢、颜，去之弥远。世之知音者，有以得之，知此言之非谬。"此即永明文学声律论的主要内容。引同上。

邢邵所采纳[①]。所谓“太元之气”就是指整个东晋时代玄佛思想盛行下而产生的玄言诗风。“太元”是东晋孝武帝年号，从376年到395年[②]，共有二十年较长的时间，沈约可能是限于骈对的表达方式，故举“太元”以指代上文说的“自建武暨乎义熙”的东晋时代[③]。另外，由于殷仲文、谢混均因谋反罪被诛于东晋义熙年间（殷伏诛于义熙三年即407年，谢伏诛于义熙八年即412年[④]），而至元嘉时期，谢灵运等人早已登上诗坛，大写山水诗[⑤]。故“义熙”年间成为人们论述玄言诗风转变的关捩时期。檀道鸾《续晋阳秋》已指出玄言诗风，“至义熙中，谢混始改”[⑥]。这种表述方式与今人不同，是值得注意一下的。从太元元年到谢混去世的义熙十年，有将近四十年的时间，可见太元后期至隆安、义熙年间大概正是殷、谢二人创作的兴盛期，故称“仲文始革孙、许之风，叔源大变太元之气”。根据刘勰、钟嵘、沈约、萧子显等人的论述，晋朝的玄言诗风大约兴盛于西晋末年（永嘉时起）到东晋末年（义熙年间）这一百余年中。“太元”以前，以五言诗的形式来大谈玄佛思想的领袖人物，如孙绰、支遁等人已相继谢世，玄言诗风便由盛而衰，虽然如萧子显

---

① 邢邵《萧仁祖集序》中的“太原之气”，即是沈约说的“太元之气”，此盖可确定，详下注。

② 按：396年安帝登极，有历史年表把太元截至为395年，有的截至为396年，本文原采用的是后说，现在觉得按照惯例，后说不妥，故改正。又按：东晋实际享国103年，从元帝司马睿建武元年（317年）到恭帝司马德文元熙二年（420年，同年刘裕篡夺立宋）。东晋立国至孝武帝司马曜太元元年（376年），已历时60年，太元二十年间属于东晋的中后期，因谢安登台辅，主持政事，并取得淝水之战的胜利，局势平稳，太元末谢安卒后，有孙恩之乱，谢安之子谢琰战死于会稽，乱象已生。其后有桓玄篡夺之乱，为刘裕所平定。

③ 按：建武是东晋第一个皇帝元帝登基后所使用的第一个年号，仅一年即317年，义熙是东晋安帝司马德宗最后一个年号，405—415年，共11年。义熙之后，是恭帝司马德文的元熙，从416到420年，其实此时东晋已经名存实亡，典午朝政已为刘裕所绝对掌控。沈约说：“自建武暨乎义熙，历载将百，虽缀响联辞，波属云委，莫不寄言上德，托意玄珠，遒丽之辞，无闻焉尔。仲文始革孙、许之风，叔源大变太元之气。”之所以用“太元之气”这个说法，应该还有一个原因就是谢混等是在这个时期开始写作山水诗，开始改变玄言诗风。但邢邵《萧仁祖集序》使用“太原之气”，应该仅是资取沈约而已，所谓“昔潘、陆齐轨，不袭建安之风；颜、谢同声，遂革太原之气”，纯粹是为了把“太原之气”与“建安之风”相对偶，直接说颜、谢“遂革太原之气”；如果说谢混“大变太元之气”，而至颜延之、谢灵运“遂革太元之气”，意思大体是合乎沈约本意的。邢邵《萧仁祖集序》“太元”误作“太原”，后面有“自汉逮晋，情赏犹自不谐；江北江南，意制本应相诡”的话，很容易使人误解“太原之气”为北方（江北）文学习气的意思。其实沈约原意十分清楚，“太元之气”是跟“孙许之风”相对而言的。“意制相诡”和“太元之气”，可谓是邢邵“于沈约集中作贼”的证据。

④ 据逯钦立先生《先秦汉魏晋南北朝诗》殷仲文、谢混之小传，第933页，第934页，版本同上。

⑤ 元嘉，为宋文帝刘义隆年号，共30年（424—453年），而据沈约《宋书·谢灵运传》，谢灵运于元嘉十年因“罪”于广州弃市，年仅四十九岁。钟嵘《诗品序》说“谢客为元嘉之雄，颜延年为辅”。

⑥ 按：参阅《世说新语》之《文学》第85则刘注引檀道鸾《续晋阳秋》文，余嘉锡《世说新语笺疏》第264-265页，同上。

《南齐书·文学传论》所说“仲文玄气，犹不尽除”[①]，直至南朝的文风仍有玄言习气，但都已微弱。

以上结合沈约的《宋书·谢灵运传论》，基本上勾勒了梁代以前魏晋文学发展的轮廓，为下文进一步讨论南朝文学崇尚“清绮”的美学风格，提供了逻辑线索。陈寅恪先生曾指出：“盖自汉代学校制度废驰、博士传授之风气止息以后，学术中心移于家族，而家族复限于地域，故魏、晋、南北朝之学术、宗教，皆与家族、地域两点不可分离。”[②] 可谓不移之论。南朝时期，南方的地域文化风气、学术思想，是形成南朝文学以“清绮”为尚的地域风格特色的最为直接的原因，而南朝的文化风气、学术思想又以佛玄之学为核心，下文就主要从佛玄之学风对文学的作用角度，来看南朝文学从山水到美人（从山水诗到宫体诗）的变奏过程。

二、“即色–游玄”的艺术结构

以地域的与历史的眼光看，《隋书·文苑传序》以清绮与气质的不同来对南北朝文学进行总结，其论虽力求客观，但仍有褊狭之处。清绮与气质观念的提出，实是源自曹丕《典论·论文》（曹丕论文气有清浊之别）以来许多文学批评论著的观点。仅从这对美学范畴看，可以追溯至曹丕、陆机、沈约、刘勰、邢邵、颜之推、肖子显及钟嵘等文论家的思想中去。因而，清绮与气质是一对具有丰富之审美意识积淀于其中的范畴，其美学内涵包融较广，不能囿于《隋书·文苑传序》数言之所论。陶渊明《己酉岁九月九日》有诗句云：“清气澄余滓，杳然天界高”[③]，这样一种清拔脱俗的情志，自魏晋迄乎南朝，一直是文人士大夫的理想旨归和重要精神层面。元代著名文学家和文论家方回，在其《冯伯田诗集序》中，对“清”的精神境界，作了较为精湛的论述：

> 天无云谓之清，水无泥谓之清，风凉谓之清，月皎谓之清，一日之气夜清，四时之气秋清。空山大泽，鹤唳龙吟为清；长松茂竹，雪积霜凝为清。荒迥之野笛清，寂静之室琴清。而诗人之诗，亦有所谓清焉。清矣，又有所谓新焉。

---

① （南朝梁）萧子显《南齐书》卷52《文学传论》云：“习玩为理，事久则渎，在乎文章，弥患凡旧。若无新变，不能代雄。建安一体，《典论》短长互出；潘、陆齐名，机、岳之文永异。江左风味，盛道家之言：郭璞举其灵变，许询极其名理；仲文玄气，犹不尽除；谢混情新，得名未盛。颜、谢并起，乃各擅奇，休、鲍后出，咸亦标世。朱蓝共妍，不相祖述。”据二十四史简体字本，同上。

② 引见陈寅恪《隋唐制度渊源略论稿》第17页，三联书店，1954。

③ 引见逯钦立校注《陶渊明集》卷3，第83页，据其校注，或作“余滓”或作“余泽”，“杳然”或作“遥然”，中华书局，1979。

……然则诗人之诗，清而后能新，即新而后能清耶。老杜谓“清新庾开府”，并言之，未尝别言之也。非清不新，非新不清，同出而异名。此非可以体用言也。……或谓老杜之寄太白也，以“清新”对“俊逸”，而予于冯君之诗，独以清新诗许之，无乃于俊逸不足乎？曰：不然，才之使然者为俊逸，意味之自然者为清新，可无彼不可无此，故不同也（下文略）。[①]

这就说明了自然境界之清与人生境界之清、诗之意味之清的相互关系。地理自然境界之清与人生境界之清相融会相感发，体现在文学创作之中，就构成了诗歌尤其是山水、田园诗的清灵境界。而这种“清”的艺术精神之产生，是与魏晋时期把山水自然作为审美本体的美学观念分不开的。审美之自然本体观念的逻辑起始与发展过程，是与中国自先秦以来天人合一的思想密切相联系的。至魏晋时期，在玄学以无（自然）为本的思想激荡下，饱怀巨大忧患意识的文学艺术家，开始走向自然，要在山水自然中，寻求理想的栖所、审美的归宿，以便安顿诗意的人生，熨帖感伤的心灵。

东晋玄言诗人孙绰《庾亮碑文》“以玄对山水”[②] 和刘宋文人宗炳《画山水序》“山水以形媚道”[③] 的观点，代表了当时人们的山水艺术观，倾倒于山水自然美的玄道义旨，追求一种清拔脱俗的精神境界。这种观念落实到诗歌创作上，就导致了玄言诗的产生。玄言诗的首要意义就在于，它是后代诗人妙悟自然，寻觅本体意义的山水诗的先声[④]。就学术之地域观念讲，正始玄学主要以洛阳为中心，晋室南渡后，

---

① 见（元）方回《桐江集》卷1，第361-362页，《续修四库全书》本（据宛委别藏抄本影印）。

② 《世说新语·容止》篇第14则刘注引孙绰《庾亮碑文》曰：“公雅好所讬，常在尘垢之外。虽柔心应世，蠖屈其迹，而方寸湛然，固以玄对山水。”引见余嘉锡《世说新语笺疏》第616页，同上。

③ （唐）张彦远《历代名画记》卷6载宗炳《画山水序》（第129-131页）云：“圣人含道应物，贤者澄怀味像。至于山水，质有而趣灵……夫圣人以神法道而贤者通，山水以形媚道而仁者乐，不亦几乎！”引见俞剑华注释《历代名画记》第129页，上海美术出版社，1964。

④ 《世说新语》之《文学》第85则刘注引檀道鸾《续晋阳秋》评孙绰、许询诗，把玄言诗追溯至正始时期，所谓“正始中，王弼、何晏好庄、老玄胜之谈，而世遂贵焉。”而评价东晋玄言诗说：“至江左李充尤盛。故郭璞五言始会合道家之言而韵之。询及太原孙绰转相祖尚，又加以三世之辞，而诗、骚之体尽矣。询、绰并为一时文宗，自此作者悉体之。至义熙中，谢混始改。”（余嘉锡《世说新语笺疏》第262页，同上。）檀道鸾、沈约、刘勰、钟嵘等人并没有分析说孙绰、许询等人的玄言诗实质上乃是山水诗的前奏，只是说“谢混”等人对五言诗的玄言习气有所革除，所谓大变“太元之气”云云。读《文心雕龙·才略》篇就可以知道，殷仲文、谢混等人亦可谓是玄言诗人，只不过其创作有明显跟孙、许等人不同，更多的接近于后来的山水诗，把玄理通过写景来呈现，而较少直接说理，而且从切合个人情感处境的角度抒情言志。不过，即使孙、许等人的玄言诗也有对山水“物色”的描写，但有自然景色描写并不就是后来所说的“山水诗”，所以檀道鸾只是说玄言诗风，“谢混始改”，但开始逐步向山水诗写作过渡。就此而言，也可以转而说是玄言诗孕育了山水、田园诗。所以刘勰《文心雕龙·明诗》明确说：“宋初文咏，体有因革。庄老告退，而山水方滋”（有关引文之版本均同上）。

南方的经济文化得以开发，形成庐山（今江西庐山和九江地区）、建业（今江苏南京）与会稽（今浙江绍兴）这样三个学术思想的中心[①]。山水文学的进一步发生发展与完善，就是在南方地域的文化风尚、学术思想注重玄言义理的风气下进行的。陶渊明、谢灵运的田园、山水诗作，都具有一定程度上的玄言风味，尤其是谢灵运的山水诗，结尾多是典型的玄言诗句。如他的名作《登池上楼》一诗[②]：

潜虬媚幽姿，飞鸿响远音。
薄霄愧云浮，栖川怍渊沉。
进德智所拙，退耕力不任。
狥禄反穷海，卧痾对空林。
衾枕昧节候，褰开暂窥临。
倾耳聆波澜，举目眺岖嵚。
初景革绪风，新阳改故阴。
池塘生春草，园柳变鸣禽。
祁祁伤豳歌，萋萋感楚吟。
索居易永久，离群难处心。
持操岂独古，无闷征在今。

结尾四句具有较为典型的玄言诗味。从前面描写病后登楼、清景满目的自然美，转而抒发自己“遁世无闷”的情怀。“池塘生春草，园柳变鸣禽”的眼前之景，便与“索居易永久，离群难处心”的遁世玄思结合在一起，形成谢诗“即色－游玄”的典型结构，这种从自然美的描写（即色）到人生玄理的阐发（游玄）的结构，不仅是谢灵运的大多数诗篇的结构，如其《登江中孤屿》、《石壁精舍还湖中作》、《从斤涧越岭溪行》等作都是代表，也是刘宋以至陈朝许多诗人的山水诗作的结构形式，如谢朓《暂使下部夜发新林至京邑赠西府同僚》、《之宣城郡出新林浦向板桥》、《晚登三山还望京邑》等代表作品，何逊的《慈姥矶》、阴铿的《和傅郎岁暮还湘州》、江淹的《游黄檗山》诸作的结尾几句（或四或二不等）都有说理的意味[③]。不过，自谢朓始，这种说“理”已经不同于谢灵运，玄言意味逐步被洗涤，与前面

① 参阅卢云《三国两晋时期的文化区域与文化重心》一文，见中国地理学专委会编《历史地理》第6辑，上海人民出版社，1988。

② 引见逯钦立辑校《先秦汉魏晋南北朝诗》之《宋诗》卷2，第1161页，同上。

③ 以上所述诗人诗作均参见逯钦立辑校《先秦汉魏晋南北朝》，所举谢灵运三诗见《宋诗》卷2，第1162、1165、1166-1167页；谢朓三诗见《齐诗》卷3，第11426、1429、1430-1431页，同上。阴铿《和傅郎岁暮还湘州》诗见《陈诗》卷1，第2452页；江淹《游黄檗山》见《梁诗》卷3，第1560页，同上。

描绘景色的诗句，构成和谐的整体了。如何逊《兹姥矶》一诗①：

暮烟起遥岸，斜日照安流。
一同心赏夕，暂解去乡忧。
野岸平沙合，连山远雾浮。
客悲不自已，江上望归舟。

这首诗结构可以视为谢灵运“即色－游玄”式结构的发展，形成“写景－说理”加“写景－说理”的双重套式。就结尾二句而言，作者把自己与友人客居他乡、悲不自胜的心思，凝聚在“江上望归舟”的眼前之景中，从而很好地表述出自己故园之思和人生感慨，末句以议论或以写景融贯一种人生之悟或直接抒情（或兼议论）收束，成为后来近体律诗的最常见的一种程式②。要深入地挖掘谢灵运山水诗的“即色－游玄”这一结构形成的内在思想的心理的原因，就得从东晋到南朝的佛玄思想说起。

三、般若学与山水诗

汤用彤先生曾把魏晋思想的发展，分为四个时期，称东晋为佛学时期③。由此，我们不妨把东晋至南朝统称为佛玄（佛学玄理）时期。此时的佛教，一方面，为取得信任，扩大影响，佛门僧徒仍然着力以玄释佛，对玄学有总结也有一定的发展；另一方面，逐步摆脱了玄学的一些约束，从“依附玄学”到补充、丰富、发展玄

① 引见逯钦立辑校《先秦汉魏晋南北朝诗》之《梁诗》卷9，异文略，第1704页，同上。

② （元）方回《瀛奎律髓》卷24《送别类》选皇甫冉《送康判官往新安得江路西南尹》一诗，诗云：“不向新安去，那知江路长。猿声此庐霍，水色胜潇湘。驿树收残雨，渔家带夕阳。何须愁旅泊，使者有辉光。”评曰：“唐人诗，多前六句说景物，末两句始以精思议论结裹。亦一体也（下略）。”第623页，（合肥）黄山书社，1994。按：方回屡言诗有“大判断”，有“小结裹”的问题。其“小结裹”说，是就整个诗歌意制品格而言，有时用“结裹”一词就是指结句，因为诗（方回是指近体律诗）的尾联非常重要，写得好，就能使前面的写景句落到议论抒情的实处，生出意趣来，如果写得不好，就容易使前面诸联无所着落，而这全看作者构思与立意，专从字句上看问题是讲不通的。

③ 玄学的产生是否受到佛学的影响？魏晋思想在理论上与佛学的关系如何？汤用彤先生《魏晋思想的发展》提出这两个问题，经过研究分析后说：“玄学的产生与佛学无关，……佛学非玄学生长之正因。反之，佛教倒是先受玄学的洗礼，这种外来的思想才能为我国人士所接受。不过以后佛学对于玄学的根本问题有更深一层的发挥。所以从这一方面讲，魏晋时代的佛学也可说是玄学。”又接着说：“关于魏晋思想的发展，粗略分为四期：（一）正始时期，在理论上多以《周易》、《老子》为根据，用何晏、王弼作代表。（二）元康时期，在思想上多受《庄子》学的影响，‘激烈派’的思想流行。（三）永嘉时期，至少一部分人士上承正始时期‘温和派’的态度，而有‘新庄学’，以向秀、郭象为代表。（四）东晋时期，亦可称‘佛学时期’。”引见《魏晋玄学论稿》（附录）第109-110页，上海古籍出版社，2005。

学，再到“独立于玄学”[①]，并开始创立自己的独立学派。就晋、宋时期的佛学思想对南朝文学的发展所产生的作用看，有两点至关紧要：第一，是支道林的即色宗与支愍度的心无宗，对南士山水之赏的审美心理的影响；第二，是刘宋高僧竺道生“顿悟成佛”的思想，开始使佛学由般若学向涅槃学转轨，这一转轨过程尤其深刻地影响了齐梁时代的文学观念与文学创作，一面大写宫体艳诗，一面修心涅槃，其间思想有着必然的逻辑关系。从般若学到涅槃学的转轨，可以说乃是南朝文学创作由山水走向美人这一变奏过程的重要的思想原因。

东晋时期，佛教般若学高度发达，有六家七宗之称，即道安为代表的本无宗，支遁为代表的即色宗，于法开为代表的识含宗，道一的幻化宗，支愍度、竺法蕴、道恒等人的心无宗和于道邃的缘会宗这六大般若学派，合上本无宗的分支竺法深、竺法汰等人的本无异宗为七宗[②]。就其基本观点看，均是用玄学的思维方式来思考、解析印度般若学的二谛说，视真谛为本体之“无”，俗谛为现象之“有”，并由此而论及心灵认知问题，所谓“般若”，这种空明照物的最高智慧，本就是指心灵与本体相冥合的一种认知过程中的心理境界。六家七宗主要以本无、心无、即色三宗为代表。本无宗的创始人道安[③]，是河北冀县人，他一生主要活动于北方，早年主要致力于禅定之学的研究。365 年，受襄阳大名士习凿齿的邀请，南下襄阳讲学，受到南方佛教重视义理习气的玄风影响，转而讲习般若，开始孕育了他的本无宗思想。后于 379 年，道安与习凿齿同为前秦苻坚攻陷襄阳时所获，遂转至长安从事佛典翻译与讲学的活动。本无宗之旨直承正始玄学以无为本的传统玄学思想，由于传统玄学根据地本在洛阳一带，本无宗思想便易于为北士所认同，加上道安主要活动于北方，故本无宗虽在南北方都有根基与传承，但主要流行于北方关中地区。

---

① 参见方立天《论魏晋时代佛学和玄学的异同》一文。该文说：“佛教在汉代传入我国，魏晋时在当时玄学的支配下”，日益与玄学相结合，“佛玄合流”，后来又反过来给玄学以影响，丰富和发展了玄学，“并取代了玄学的地位而在南朝时一度成为最重要的社会统治思想”。另该文具体分析了佛学“对玄学的依附”（如道安等人的思想）情况，分析了东晋至南朝佛学，“对魏晋玄学的丰富和发展”（如僧肇等人的思想），逐步“摆脱了对玄学的依附”而“独立于玄学”（如竺道生等思想）的过程。引见其《魏晋南北朝佛学论丛》第 225-226 页，第 228、232、236、237 页，中华书局，1982。

② 参阅汤用彤《汉魏两晋南北朝佛教史》第 9 章《释道安时代之般若学》之《本时代之般若学之派别》，第 164-165 页，为北京大学出版社，1997。又，参见汤用彤《魏晋玄学流别略论》一文，见《魏晋玄学论稿》第 38-49 页，同上。又，参考任继愈《汉唐时期佛教哲学思想在中国的传播和发展》、《南朝晋宋间佛教“般若”、“涅槃”学说的政治作用》二文，另参考其附录《关于〈物不迁论〉（附今译）》等，见其《汉唐佛教思想论集》第 11-31 页，第 32-56 页，第 345-407 页，人民出版社 1963。另，参考方立天《支遁的佛教思想》一文第 2 条注文，见其《魏晋南北朝佛学论丛》第 27 页，同上。

③ 按：道安（312—385），其生平思想，见（梁）慧皎《高僧传》卷 5《义解》本传，汤用彤校注本，第 177-188 页，中华书局，1992。又参见方立天《道安评传》，见其《魏晋南北朝佛学论丛》第 1-26 页，同上。

即色宗与心无宗思想却主要流行于南方，是作用于南方文学而导致种种与北方文学相异趣的重要思想渊源。支遁（道林）约生于西晋末年，卒于东晋废帝太元年(366年)，乃河南陈留人，然而他的一生活动[①]，主要在苏、浙一带，喜好游赏山水，善书能诗。逯钦立先生辑校《先秦汉魏南北朝诗》收其诗作十八首，也都可以视为“玄言诗”，在吟咏山水中，阐发了他自己的玄佛思想[②]。他对庄学研究至深，曾论注《庄子·逍遥游》，“标揭新理，才藻惊艳”[③]，又曾与许询、谢安、王蒙诸人，共讨《庄子·渔父篇》，其论“先通，作七百许语，叙致精丽，才藻奇拔，众咸称善。”[④]他糅合庄学与般若学，创立了即色宗，作有《即色游玄论》以明其宗旨。根据《世说新语·文学》篇注引支遁的《妙观章》与慧达的《肇论疏》所引其片论，可以知道即色宗的核心思想主要是支遁《妙观章》所谓“即色是空，非色灭空”八个大字[⑤]，意指即色（现象）而能悟空（本体），非是色灭而生空，这种思想实际上更为直接地来源于庄学而非佛学。庄子认为对天地之全、纯、粹之大美的领悟，要以“象罔”去寻觅“玄珠”，由现象即本体，即刹那即永恒，从而在“审美之境”中，完成自在与自为的合一，“目击而道存”[⑥]，使主体心灵内在的拓展，升华到悟“道”的澄明之境。这是一种清拔脱俗的心灵境界，与支遁作为一个

---

① 按：支遁的生平，见（梁）慧皎《高僧传》卷3《义解》本传，汤用彤校注本，第159-165页，同上。又，参见方立天《支遁的佛学思想》，见其《魏晋南北朝佛学论丛》第27-50页，同上。

② 按：支遁身为僧人，亦为著名之玄言诗人，支遁有《四月八日赞佛诗》，《咏八日诗三首》，《五月长斋诗》，《八关斋诗三首并序》，《咏怀诗五首》，《述怀诗二首》，《咏大德诗》，《咏禅思道人诗并序》，《咏利城山居》等。从比较宽泛的意义上来看，这些诗都可以视为玄言诗。引见逯钦立辑校《先秦汉魏晋南北朝诗》第1080页，同上

③ 按：支遁（道林）所解，被时人称誉为“支理”。参阅（梁）释慧皎撰《高僧传》卷3《支遁传》：“支遁字道林。……遁尝在白马寺，与刘系之等谈《庄子·逍遥篇》，云：‘各适性以为逍遥。’遁曰：‘不然。夫桀跖以残害为性，若适性为得者，彼亦逍遥矣。’于是退而注《逍遥篇》”云云。第159-160页，汤用彤校注本，同上。又，参阅《世说新语·文学》第32则引支氏《逍遥论》，见余嘉锡《世说新语笺疏》第220页，同上。关于支遁解释《庄子·逍遥游》的著名的“支理”，方立天先生作出如是概括分析：“支遁的《庄子·逍遥游注》，不同意郭象等人的以‘适性’为逍遥的观点，而提出只有‘至人’（有至德的人，即体现了最高理想的人）才能逍遥的思想，被称为‘支理’，作为标准注解。”见其《论魏晋时代佛学和玄学的异同》一文，引见其《魏晋南北朝佛学论丛》第230页，同上

④ 《世说新语·文学》篇第55则，余嘉锡《世说新语笺疏》第237页，同上。

⑤ 《世说新语·文学》篇第35则：“支道林造即色论”句下，刘注引《支道林集》之《妙观章》云：“夫色之性也，不自有色。色不自有，虽色而空。故曰色即为空，色复异空。”又云：“论成，示王中郎（王坦之），中郎都无言。支曰：‘默而识之乎？’王曰：‘既无文殊，谁能见赏？’”刘注于此下引《维摩诘经》曰：“文殊师利问维摩诘云：‘何者是菩萨入不二法门？’时维摩诘默然无言。文殊师利叹曰：‘是真入不二法门也。’”按：王坦之的回答，说明他精熟《维摩诘经》，因为“即色是空，非色灭空”亦本于是经，故巧妙用是经的经文和故事来回答，此足可见时人的佛玄交融会通的思想风气。引见余嘉锡《世说新语笺疏》第222页，同上。

⑥ 引见《庄子·田子方》，（清）郭庆藩撰《庄子集释》第308页，《诸子集成》（第3册）本，同上。

谈玄名士的风流精神，并无二致。支遁的“色不自有，虽色而空”（《妙观章》）的思想，也是承继了向秀、郭象的“新庄学”的理论，特别是与郭象的“独化玄冥”之境相吻合[①]。

心无宗创立者支愍度来自北方，直接受到裴頠“体有”观念的影响，同时又为了迎合南方的义理玄风，便创立了心无宗一派。《世说新语·假谲》篇记云：“愍度道人始欲过江，与一伧道人为侣。谋曰：‘用旧义往江东，恐不办得食。’便共立心无义。既而此道人不成渡。愍度果讲义积年。后有伧人来，先道人寄语云：‘为我致意愍度，无义那可立？治此计，权救饥尔，无为遂负如来也！’”[②] 可见，支愍度创立心无宗，也是在一种“故求相诡”的文化本位心理中创立的，因为南北佛学旨尚不同，既要立足南方，不得不先站在南人的立场上，求异于北而迎合南人的心理。心无义受到北方伧道人的责备，支遁的即色义也被北方佛教徒所讥议。《世说新语·文学》篇记云：

有北来道人好才理，与林公相遇于瓦官寺，讲小品。于时竺法深、孙兴公悉共听。此道人语，屡设疑难，林公辩答清析，辞气俱爽。此道人每辄摧屈。孙问深公：“上人当是逆风家，向来何以都不言?”深公笑而不答。林公曰：“白旃檀非不馥，焉能逆风?”深公得此义，夷然不屑。[③]

由此，也可见南北佛学异趣之一端。心无宗的核心思想是般若之空，不在于物空，也不在于像支遁所讲的“色空”上，而是在于心灵的一种空寂虚灵的空明境

---

① （晋）郭象《庄子序》曰：“夫庄子者，可谓知本矣。……通天地之统，序万物之性，达死生之变，而明内圣外王之道。……是以神器独化于玄冥之境，而源流深长也（下略）。”引见（清）郭庆藩撰《庄子集释》，《诸子集成》（第3册）本，同上；郭象《庄子注》之指要见于是序，其思想属于玄学崇有派（汤用彤先生又判郭象为有无调和论者），含有以庄解儒的倾向，以《庄子》为“知本”之学说，其旨在于“明内圣外王之道”。参见汤用彤《崇有之学与向郭学说》一文，见其《理学·佛学·玄学》第337页，北京大学，1991。

② 引见余嘉锡《世说新语笺疏》第859-860页，同上。按：支愍度，（梁）慧皎《高僧传》作支敏度，见卷4《义解》之《晋豫章山康僧渊》传附，汤用彤校注本，第151页，中华书局，1992。汤用彤先生《魏晋玄学流别略论》说：“盖玄学家诠无释有，多偏于空形色，而不空心神。六家七宗，识含宗以三界为大梦，而神位登十地。幻化宗谓世谛诸法皆空，而心神犹真。缘会亦主色相灭坏。至若即色，则就色谈空。凡此‘无义’虽殊，而均在色，故悉可称为‘色无义’也。独有支愍度乃立‘心无义’，空心而不空色，与流行学相径庭，故甚可异也。”引见汤用彤《魏晋玄学论稿》第46页，同上。

③ 按：刘孝标注引庾法畅《人物论》曰：“法深学义渊博，名声蚤著，弘道法师也。”又引《成实论》曰：“波利质多天树，其香则逆风而闻。”余嘉锡笺疏曰：“言法深学义不在道林之下，当不至从风而靡，故谓之逆风家。”又引慧琳《一切经音义》二十九云：“旃檀，梵语香木名也。唐无正译，即白檀香是也。微赤色者为上。”《翻译名义集》三《众香篇》曰：“阿难白佛，世有三种香：一曰根香，二曰枝香，三曰华香。此三品香，唯能随风，不能逆风。”加按语说：“道林以为虽法深亦不能抗己。”引见余嘉锡《世说新语笺疏》第218页，同上。

界。故僧肇《不真空论》云："心无者，无心于万物，万物未尝无"[①]。这种思想也是明显受到庄子"心斋"、"坐忘"之说的影响，庄子主张体悟大道，必须经过"听之以气"（《人世间》）、"离形去知"（《大宗师》）的"心斋"、"坐忘"的精神冶炼过程[②]，心头尘埃澡雪殆尽，胸无一丝俗念，从而升华到心如止水、空明灵透的心灵至境，方能领悟到人生的真谛。僧肇评心无宗说："此得在于神静，而失在于物虚"（《不真空论》），可见其宗旨与庄学的"虚静"说有着内在的联系。庄学与心无、即色二宗的区别在于，庄学之"空"，具有强烈的现实人生意义，实质上是要超越社会现实的束缚，求得个体心灵的逍遥与自由；支遁的"即色游玄"之"玄"，与支愍度的"心无义"以及道安的"本无义"之"无"，均指的是佛教的空寂本体，其旨归直指彼岸的涅槃之境，完全摒弃了现实人生的存在价值。僧肇对此三宗的批判，就是要进一步否弃有无的对立，有无双遣，而树立"中道"哲学观，既然"有"亦为"无"而"无"亦不真，不真即"空"而"空"亦不真，现实人生一切的一切，便进一步被虚幻化，只能是一种"不真空"而已。

僧肇的逻辑推论，正是以"心无"难"即色"，又以"即色"难"心无"。而心无宗似乎在南朝没有什么传承，原因除所谓"有负如来"而遭驳斥外，恐怕是心无宗不对万物起执心之论（所谓"得在于神静"），实质上更具有普遍意义，它既是本无宗，不真空之义立论的根基（虽然此二宗不持心神虚豁之义，然而佛教徒讲入定即是要"神静"也），也是即色宗的旨归，如果沾滞于万物，就不可能有"无"之本、不真之"空"，也不能由即色而游玄。所以，"无心于万物"本是玄、佛之学的共同认知心理，因而心无宗作为一个学派，或主要由于这种立论的普泛性而消亡，过于强调"无心于万物"，便归趋到"本无义"、"不真空"一派；而着重于"万物未尝无"的一面，又走到"即色宗"一派中去。故"心无宗"作为一个学派虽在南朝已经衰微消亡了，而其思想却深深地内化到南朝文人士大夫的心灵之中，升华了山水之赏的美学心境，与即色宗强调即色之义一样，为刘宋以后的山水诗"大开声

---

① 按：僧肇《不真空论》评论心无、即色、本无三派之得失曰："'心无'者，无心于万物，而物未尝无。此得在于神静，失在于物虚。'即色'者，明色不自色，故虽色而非色也。夫言色者，但当色即色，岂待色色而后为色哉。此直语色不自色，未领色之非色也。'本无'者。情尚于无，多触言以宾无。故非有，有即无；非无，非（任继愈先生译文作'无'）亦无。寻夫立文之本旨者，直以非有非真有，非无非真无耳。何必非有无此有，非无无彼无。此直好无之谈，岂谓顺通事实，即物之情哉。以夫物物于物，则所物而可物；以物物非物，故虽物而非物。是以物不即名而就实，名不即物而履真。然则真谛独静于名教之外，岂曰文言之能辨哉？"引据任继愈《汉唐佛教思想论集》附录，第354-378页，同上。

② 按：《庄子》内篇之《人间世》："若一志，无听之以耳而听之以心，无听之以心而听之以气！听止于耳，心止于符。气也者，虚而待物者也。唯道集虚。虚者，心斋也。"《大宗师》："堕肢体，黜聪明，离形去知，同于大通，此谓坐忘。"引见（清）郭庆藩撰《庄子集释》第67、128页，《诸子集成》（第3册）本，同上。

色”的描写，走上清绮之路，共同奠定了审美心理的基础。孕育山水诗产生的东晋玄言诗风之主要吹鼓手孙绰、许询等人，不仅与支遁相交游，并激赏其论，同时也对支愍度的心无义大加称赏。孙绰曾作《愍度赞》云：“支度彬彬，好是拔新。俱禀昭见，而能越人。世重秀异，咸竞尔珍。孤桐峄阳，浮磬泗滨。”① 由于长期以来，南方士人究心于有无体用之争，一旦支愍度从认知心理角度揭示了其立论的根基之所在，便一时为玄学家们所称颂，这也并不奇怪。

从家族之学来看，山水诗的兴盛确实与谢家有着密切关系。谢安、谢玄、谢朗、谢道韫、谢混、谢灵运以及谢朓等几代人，族大位重，代有能人，或与名士名僧相交游而扩大了谈玄风气，或赏玩山水，直接写作玄言诗与山水诗，为南朝山水诗的发展与成熟作出了重要贡献。与沈约等“竟陵八友”并称的永明声律运动的重要创始人周颙，曾作《三宗论》来总结与阐发本无、即色等宗旨。史载：“周颙音辞辩丽，出言不穷，宫商朱紫，发口成句。颙泛涉百家，长于佛理。著《三宗论》，立空假名，立不空假名。设不空假名难空假名，设空假名难不空假名。假名空难二宗，又立假名空。”② 汤用彤先生认为不空假名相当于即色义，空假名相当于本无义，假名空相当于不真空义。由此，汤先生又指出：“至若心无，仅流行于晋代，故周颙遂未言及也。”③ 不过，心无宗作为宗派虽于南朝不传，然其思想却并未泯灭，已如前论。刘勰写成于齐末的《文心雕龙》，其中《神思》、《养气》等篇申明虚静之旨，一定程度上或是受到心无宗“神静”观的浸染，已不纯是本于庄子与荀子的学说。且自玄学兴起后，儒、道、玄、释已趋于合流，梁武帝的三教同源说，即儒教、道教同源于佛教的思想，绝不能凭空而生，是有着深刻的思想背景的。汤用彤先生指出：“六家七宗，识含宗以三界为大梦，而神位登十地。幻化宗谓世谛诸法皆空，而心神犹真。缘会亦主色相灭坏。至若即色，则就色谈空。”④ 僧肇不评识含、幻化、缘会三宗，论者多以为其三宗与即色宗相近之故，这基本是正确的。由此亦可以看出即色宗，在南方的影响远远要超过本无与心无二宗，过去学者或以传统的本无宗为东晋至南朝时期的般若学之主要思想学说，这不太妥当。实际上，东晋以后当以即色宗最为流行，不仅因为本无宗此时主要流传于北方的关洛地区，其观点在南方也早已不鲜之故，还与支遁的名僧兼名士的地位有关，而且即色宗旨与庄学至近，易为接受，也与南方士人日趋于追求现实尘世之乐的世风相一致。而且，支遁立论本与识含、幻化、缘会三宗有所不同，即色宗旨“非色灭空”云云，还是与缘

① 《世说新语·假谲》篇刘注引，已见前注。

② （清）朱铭盘撰《南朝齐会要·文学》，第199页，上海古籍出版社，1984。

③ 参见汤用彤先生《魏晋玄学流别略论》一文的第三节，引见《魏晋玄学论稿》第46页，同上。

④ 已见前注引，见汤用彤先生《魏晋玄学流别略论》一文的第三节，《魏晋玄学论稿》第46页，同上。

会宗旨相悖的。这三宗不传，主要是因为其论都较为拘泥于佛教本义，难以依附玄风，最终只能演变其说，归趣于显赫一时的即色宗。当然，其之所以能够向即色宗趋同，也因为其论旨均指向于彼岸涅槃之境而为最高之“空”智的缘故。《世说新语·文学》篇记载识含宗的创始人于法开，“始与支公争名”，后“遂遁迹剡下”云云①，较为有趣地记载了他们的关系和学说观点的异同。

总之，支遁的即色义在东晋、南朝较为盛行，并与南方山水诗的创作精神直接相关。宗白华先生在《论〈世说新语〉和晋人的美》一文中，曾说：“晋宋人欣赏山水，由实入虚，即实即虚，超入玄境。”又云：“晋人以虚灵的胸襟、玄学的意味体会自然，乃能表里澄澈，一片空明，建立最高的晶莹的美的意境！”② 斯论最为精当。《世说新语·文学》篇曾描述过支遁与许询等人讲解佛玄之义的生动情景：

> 道林、许掾诸人共在会稽王斋头。支为法师，许为都讲。支通一义，四坐莫不厌心。许送一难，众人莫不抃舞。但共嗟咏二家之美，不辩其理之所在。③

不究其理，只求会心的精神，真可谓是一种脱俗的风流情怀。方立天先生认为：“如果说，支道林是开始结合老庄诗歌之先的话，那末，谢灵运则是诗歌创作上‘庄老告退，而山水方滋’的转关人。”④ 并指出了支遁即色义对山水诗的影响。谢家对山水诗作的贡献最大，而支遁与谢家过往也甚密，何妨说支氏精神实乃谢家风流呐！谢灵运的山水诗从自然之美的描绘到人生玄理的阐发，实即是一种“即色－游玄”的结构，已如前所论，而其审美心理也与支愍度的“无心于万物”的佛玄心胸相契合，追求的正是“神静”的空明脱俗的审美之境。由二支的“即色”与“心无”之旨，发展到谢家的山水风流精神、其间的逻辑轨迹是十分明显的。

---

① 《世说新语·文学》：“于法开始与支公争名，后精（情）渐归支，意甚不忿，遂遁迹剡下。遣弟子出都，语使过会稽。于时支公正讲《小品》。开戒弟子：‘道林讲，比汝至，当在某品中。’因示语攻难数十番，云：‘旧此中不可复通。’弟子如言诣支公。正值讲，因谨述开意。往反多时，林公遂屈。厉声曰：‘君何足复受人寄载！’”刘注：“《名德沙门题目》曰：‘于法开才辨从横，以数术弘教。’《高逸沙门传》曰：‘法开初以义学著名，后与支遁有竞，故遁居剡县，更学医术。’”引见余嘉锡《世说新语笺疏》第229页，同上。

② 引见宗白华《艺境》第135页，北京大学出版社，1997。

③ 关于“斋头”，余嘉锡《世说新语笺疏》引吴承仕曰：“按‘斋’字又见本书《豪爽》篇云：‘桓石虔尝住宣武斋头。’《纰漏》篇云：‘胡儿懊热，一月日闭斋不出。’《仇隙》篇云：‘刘玙兄弟就王恺宿，在后斋中眠。’并此凡四见。疑静室可以斋心，故因名斋，当与精舍同意。《周语》：‘王即斋宫。’韦昭解曰：‘所斋之宫也。’斋之名其昉于此乎？”笺疏又曰：“《高僧传》曰：‘遁通一义，众人咸谓询无以厝难。询每设一难，亦谓遁不复能通。如此至竟，两家不竭。’程炎震云：‘《高僧传》云：‘凡在听者，或谓审得遁旨，回令自说，得两三反便乱。’于义为长。”加按语说：“《世说》及《高僧传》所据之书本自不同，即其词意，亦复小异。程氏独以传义为长，非也。”引见第229-230页，同上

④ 方立天《中国佛教与传统文化》第325页，上海人民出版社，1988。

四、涅槃学与宫体诗

南朝文学从山水到美人之变奏过程，直接与佛学由般若转向涅槃之学相联系。被后世喻为“涅槃圣”的竺道生，是佛学由般若言“空”向涅槃成“圣”之学转变的关捩人物。他把天堂移到了尘世，把文士风流的雅学，推向了现实凡人的心灵。从竺道生开始，南朝佛教的般若学渐归沉寂，而阐发佛性论的涅槃学逐步繁盛，遂使“涅槃佛性”的问题，成为南朝佛学的中心论题，其流派高达十三家之多。道生是河北巨鹿人，早年随本无异宗的创始人之一竺法汰皈依佛门。史云：“（道生）幼而聪悟，年十五，便能讲经。及长有异解，立顿悟义，时人推服之。元嘉十一年，卒于庐山。”[①] 道生一生活动集中于庐山与长安两地，397 年首入庐山问学于慧远，七年后游学长安，入鸠摩罗什门下，与僧肇等人同师，开始研习大乘般若中观之学，又三年始南返庐山，宣扬大乘涅槃之学，提出“一阐提”（或曰“阿阐提”）即断绝一切善根的人皆能成佛的观点，并由此进而主张顿悟成佛说[②]。道生能够提出这样的观点，与慧远的因果报应说，主张形灭神不灭、迷信于彼岸之解脱的思想观念，有着密切的联系[③]。慧远本是“本无宗”创始人道安的弟子，道生又游学关中，可见其思想是在南北佛学的糅合下产生的。北方佛学传统上就较为重视“法身”思想，不过道生由北方渐修之论，参透般若言“空”的实质，而首唱“顿悟”成佛论，一时也为佛教界所难以容忍，遂被逐出佛门。直到 421 年，北方译出的《大乘涅槃经》传至南方，因其中也有一阐提也具佛性的思想，道生才得以返回庐山教门，而且刹时名声大振，为南朝统治阶级所看重。顿悟成佛说，迎合了文人士大夫故作脱俗而又追求尘世之乐的双重心理，谢灵运即作《辨宗论与诸道人、王卫军问答》（下简称《辨宗论》）加以张扬。《辨宗论》云：

> 释氏之论，圣道虽远，积学能至，累尽鉴生，方应渐悟。孔氏之论，圣道既妙，虽颜殆庶，体无（引按：汤用彤案注云“王弼云‘圣人体无’，系指孔子。参看皇侃疏‘颜子屡空’及‘不违如愚’句。”）鉴周，理归一极。有新

---

① （清）朱铭盘撰《南朝宋会要·文学》，第 248 页，上海古籍出版社，1984。又按：（梁）慧皎《高僧传》卷 7《义解》之《竺道生传》曰：“六卷《泥洹》先至京师，生剖析经理，洞入幽微。乃说阿阐提人皆得成佛。于时大本未传，孤明先发，独见忤众。”“时人以生推阐提得佛，此语有据。顿悟不受报等，时亦为宪章。宋太祖尝述生顿悟义，沙门僧弼等皆设巨难。帝曰：‘若使逝者可兴，岂为诸君所屈。’”引据汤用彤校注本，第 255-257 页，同上。

② 参阅方立天《论竺道生的佛学思想》一文，《魏晋南北朝佛教论丛》第 154-187 页，同上。

③ 按：参阅方立天《慧远评传》、《慧远佛教因果报应说批判》二文，见《魏晋南北朝佛学论丛》第 51-91 页，第 92-110 页，同上。

论道士（引按：即指竺道生）以为“寂鉴微妙，不容阶级，（引按：汤用彤案注云“盖因理不可分而归一极。”）积学无限，何为自绝。（引按：汤用彤案注云“积学非无限，故能至，而不自绝”。）”今去释氏之渐悟，而取其能至；去孔氏之殆庶，而取其一极。一极异渐悟，能至非殆庶。故理之所去，虽合各取，然其离孔释矣。余谓二谈救物之言，道家之唱，得意之说，敢以折中自许。窃为新论为然。[①]

这就在糅合儒、道、玄、释为一体的方法论中，进一步从传统文化史料中为竺道生“顿悟成佛”说寻找到了理论根据。不过竺道生因受到传统佛学特别北方佛学思想的影响，并不摒弃渐修成佛的阶段之功，故曾作《答王卫军书》，对谢灵运认为物我双忘、有无并观、万滞同尽才是“真知”的观点，进行了批评与辨析[②]。“涅槃”、“佛”、“般若”，在知识界的名士们心中，无疑他们起码是懂得这都是指的一种超越任何人生烦恼的大智慧，一种通明灵澈不为尘俗所染的心灵本体境界。谢灵运《辨宗论》的佛学观，虽具中国化的浓烈色彩，然就这一点而言，仍是较为符合佛学原旨的，所以他反复说明“真知者照寂，故理常为用。”所谓“照寂”就是对佛学本体境界的观照，这种观照因而只能是一种直觉体悟，故非“假知”，乃是“不知”，即不是假借于理性的思索，而是依凭于非理性的直觉认知。唐宋禅宗主张的顿悟、我心即佛的思想，其运思的特征、思想的本质也就在这里。但是在非知识界的芸芸众生之中，“佛”被作为一个“实体”来看，“涅槃”便逻辑地与“法身”论联系到一起，佛教便由此而更加变为一种道地的愚民之术。这一方面与佛教立意追求在中国文化土壤上生根固本有关，自慧远以来，大肆宣扬因果报应之说，蛊惑更多的民众麻木于现实，向往于彼岸的幸福，使佛教学说在理论上得以自圆，现实中得到更多的支持；另一方面也因为南朝统治者已不能从儒家伦理思想之中，找到

---

① 见（唐）道宣《广弘明集》卷18，第231-234页，《弘明集·广弘明集》合刊影印本，1991。按：谢灵运《辨宗论》就是申述竺道生的一阐提人皆得成佛、一切众生皆得顿悟成佛之说，从其答问回答诸人和王弘的质疑来看，就可以看出道生此论一出，引起当时佛教界和思想界的震动很大。《辨宗论》往来问答之书信有20多首（封），答问之的诸道人有勖道人、僧维、雄道人、慧驎、慧琳、纲公等和王卫军，王卫军即王弘。关于谢灵运的《辨宗论》的分析，可参阅汤用彤先生《魏晋玄学论稿》之《谢灵运〈辨宗论〉书后》一文和《汉魏两晋南北朝佛教史》第十六章《竺道生》之《谢灵运述道生顿悟义》，前书第94-100页，后书第471-475页，同上。

② （南朝宋）谢灵运《辨宗论》说：“假知者累伏，故理暂为用。用暂在理，不恒其知。真知者照寂，故理常为用。用在常理，故永为真知。”同上。道生《答王卫军书》等充分肯定了谢灵运的《辨宗论》与自己所论、与佛教义理“无间”，但仍有补充（亦可谓有所批评）曰：“究寻谢永嘉论，都无间然，有同似若妙善，不能不以为欣。檀越难旨甚要切，想寻必佳通耳。且聊试略取论意，以申欣悦之怀：以为苟若不知，焉能有信？然则由教而信，非不知也。但资彼之知，理在我表。资彼可以至我，庸得无功于日进？未是我知，何由有分于入照？岂不以见理于外，非复全昧。知不自中，未为能照耶！”见（唐）道宣《广弘明集》卷18，第234页，同上。参阅方立天先生《论竺道生的佛学思想》一文有关论述，《魏晋南北朝佛教论丛》第183页，同上。

解释他们纷纷篡位自立的依据，他们自己既然大不忠于其君而僭越，又偏安自守，极尽浮靡豪华之乐，自然便会迫不及待地利用佛教这一帖麻醉剂。

因而，“顿悟”之说，便被他们从名僧名士的脱俗心境中，取而推之为“放下屠刀，立地成佛”的谬论，由般若学逻辑地走向了尘俗化的涅槃之学，把“佛”作为一个“神”的实体加以礼拜与修持，大建佛寺，大开法会，崇佛而佞佛，迷信彼岸之风愈演愈烈。史载梁武帝“惑于佛教，朝贤各启求受戒”，士大夫实际上多是迫于这种“国策”才不得已受戒罢了。例如太尉临川王长史江革，就是在梁元帝的连恐带吓之下，而“乞受菩萨戒”的①。在南朝帝王代代佞佛不殆的情形下，文人士大夫自然而然地由不自觉而走向自觉地礼拜佛的偶像，心灵中那种故作超世脱尘的装饰亦已卸下，追求名禄享乐的层面极度地膨胀，名士之风流啸游的精神，一转而为奢华的放荡淫靡。美人的绮艳，满足了他们感官的大欲；立地成佛的妄诞，又适当地填补了他们满足后的精神空虚。“顿悟成佛”说，就是这样庸俗化地构成了南朝文人士大夫“物质与精神”两个层次的需求；涅槃学的繁盛，就是如此地刺激了宫体艳诗的成长，南朝文学创作，也就是在这样的情形下，完成了从山水走向美人的变奏过程。

南朝没有产生像北朝那样的两次大型的灭佛事件，基本上代代佞佛不殆。② 对此略加介绍和分析，有助我们进一步理解宫体文学产生的一些思想原因。宋武帝、

---

① 引见（清）朱铭盘撰《南朝梁会要》第242页，上海古籍出版社，1984。按：在南齐萧子良宰政之时，对佛教大加崇信，佛教在南朝开始具有国教的地位，如江革之例亦已多，其中典型的例子就是著名文人孔稚珪。孔稚珪出身著名的道教世家，也是著名的作家，其《北山移文》最为后人称颂。我认为这是由于当时许多士大夫的家世信仰都是道教，而萧子良为了扩大佛教的影响和地位，收服人心，遂“诱逼”孔稚珪改信佛教，因为孔稚珪这样出身著名道教世家的代表人物如果信佛，可以影响很多人，产生巨大的社会效应。（梁）僧祐《弘明集》卷11载有《文宣王（萧子良）书与中丞孔稚珪释疑惑并笺答》，记载萧、孔之间的几番往来的书启，其中孔稚珪的答启，有云：“民积世门业依奉李老，以冲静为心，以素退成行；迹蹈万善之渊，神期至顺之宅。民仰攀先轨，自绝秋尘，而宗心所向，犹未敢坠至于大觉明教波若正源。民生平所崇初不违背，常推之于至理。理至则归一，置之于极宗，宗极不容二。自仰禀明公之训，凭接明公之风，导之以正乘，引之以通戒，使民六滞顿祛，五情方旭，回心顶礼，合掌愿持。民斋敬归依，早自净信；重律轻条，素已半合。所以未变衣钵眷眷黄老者，实以门业有本，不忍一日顿弃；心世有源，欲终朝悔遁。既以二道大同，本不敢惜，心回向实。故言称先弃门，不忍弃门志耳。……今辄兼敬以心，一不空弃黄老，一则归师正觉。不期一朝霍然大悟，悟之所导奉自明公，不胜踊跃之至。”孔稚珪不得已向萧子良表明道教、佛教兼信之，从萧子良的回复看，他是不满意的，孔稚珪也很坚持，最后孔稚珪不复敢再议佛、道之异同，而且由“宗心所向，犹未敢坠至于大觉明教波若正源”，转而“辄归明公之一向”，惟执“佛、道通源”的理由，最终盖亦没有放弃自己的家世信仰：“……民今心之所归，辄归明公之一向，道家戒善，故与佛家同耳。两同之处，民不苟舍道法。道之所异辄婉，辄入公大乘。请于今日不敢复位异同矣。服膺之至，谨启下诚。”此一中古思想史“案例”，具有非常重要的意义。《文心雕龙》的著者刘勰，所撰《灭惑论》盖即在此种思潮下产生的。引见《弘明集》卷11，第73-74页，《弘明集·广弘明集》合刊影印本，同上。

② 参阅方立天先生《中国佛教与传统文化》第八章有关论述，同上。

少帝尚并不怎样崇佛，刘宋王朝的前期，佛教还曾由于种种原因受到过一些冲击，朝廷对佛教采取了限制与利用的双重政策。文帝时（元嘉十二年）丹阳尹萧摹之上奏，提出民间兴建塔寺，“请求”必须经过官府批准，并得到允可才可兴建，此奏获得“诏可”，又曾“沙汰沙门，罢道者数百人”。然当时竺道生“顿悟成佛”的思想受到士人称颂，并很快流行。名僧慧琳，参与权要，“朝廷大事，皆与议焉，……势倾一时”。孝武帝继位后，有两件事值得一提，一是规定沙门不可不敬王者，推翻了东晋慧远“沙门不敬王者论”的观点，进行了行政上的强迫规定；二是大明二年（458 年），因昙标道人与羌人高阁谋反，朝廷对佛教沙门采取严厉的打击与限制措施，“设诸条禁，自非戒行精苦，并使还俗。”但是由于孝武帝的内宫后妃信佛，诸寺尼出入宫掖，交关妃后，此制竟不能行。”因而，这次行动并未在实际中产生多大的作用。尽管如此，孝武帝之所以能有上述的决定，与当时大臣建议限制佛教活动也有关系。孝武帝即位时，中军参军周朗上书，指责佛门淫靡不规，背亲傲君，为害未息，要求严加限制，这一建议虽被视为“忤旨”，但实际后来在一定程度上有所采纳[①]。不过崇佞佛教之风，始终并未受到多大的抑制。孝武帝宠姬殷贵妃薨，为之兴建新安寺，又立其子刘子鸾为新安王，引起内乱，前废帝刘子业杀子鸾，并泄恨沙门，大毁寺庙，驱斥僧徒，这是南朝唯一一次对佛教作出的较大打击。但被毁的寺庙很快被明帝刘彧平定内乱后所修复，并“招集旧僧，普各还本”。[②] 自此而后的南朝，佛教似再未受到什么束缚，佞佛之风更加炽烈逾前。

南齐一朝，由于竟陵王萧子良与文惠太子均喜好佛法，加上“竟陵八友”这些文士们趋炎张扬，佛风浸染文风至甚。由于佛典翻译之学的兴盛，使语言声律之学得以发展，沈约、周颙等人发现了汉语四声的规律，发起永明声律运动，使文学进一步走上了宫商靡曼之路，这也为宫体艳诗的创作找到了一些理论上的依据。史称，当时“道俗之盛，江左未有也。”[③] 梁朝佞佛风之最烈，宫体文学也最盛（文学史专

---

① 以上引文，均见（清）朱铭盘撰《南朝宋会要·文学》，第 248-249 页，同上。据沈约《宋书》列传 42《周朗传》，其奏书中说：“自释氏流教，其来有源，渊检精测，固非深矣。舒引容润，既亦广矣。然习慧者日替其修，束诫者月繁其过，遂至糜散锦帛，侈饰车从。复假精医术，托杂卜数，延妹满室，置酒浃堂，寄夫托妻者不无，杀子乞儿者继有。而犹倚灵假像，背亲傲君，欺费疾老，震损宫邑。”又说“凡鬼道惑众，妖巫破俗，触木而言怪者不可数，寓采而称神者非可算。其原本是乱男女，合饮食，因之而以祈祝，从之而以报请，是乱不诛，为害未息。”是奏颇有科学与现实精神，但孝武帝当时没有采纳，周朗却因其“忤旨，自解去职。”引据二十四史简体字本，同上。

② （清）朱铭盘撰《南朝宋会要·文学》，第 248 页，同上。

③ （清）朱铭盘撰《南朝齐会要·文学》（原据《南齐书·萧子良传》），第 198 页，同上。按：《南齐书》卷 40 列传 21《萧子良传》云：“（永明）五年，正位司徒，给班剑二十人，侍中如故。移居鸡笼山邸，集学士抄《五经》、百家，依《皇览》例为《四部要略》千卷。招致名僧，讲语（论）佛法，造经呗新声。道俗之盛，江左未有也。”又云：“与文惠太子同好释氏，甚相友悌。子良敬信尤笃，数于邸园营斋戒，大集朝臣众僧，至于赋食行水，或躬亲其事，世颇以为失宰相体。劝人为善，未尝厌倦，以此终致盛名。”引据二十四简体字本，同上。

称的“宫体诗”，即产生于梁末简文帝萧纲时期)。梁武帝萧衍多次幸寺舍身，修建寺庙，南朝帝王也数梁武帝最为精通佛典，能够亲自讲解《涅槃经》与《般若经》，并多次大开“无碍法会”，所谓“无碍”即本于《般若经》上“心无挂碍”之说。主要以儒家主旨立论的文论专著《文心雕龙》、《雕虫论》的作者，刘勰与裴子野，晚年或皈依佛门，或“深信释氏，持其教戒”。隐士陶弘景既信道也崇佛，诣“阿育王塔前自誓，受五大戒”，这种又想成仙又望成佛的思想，在涅槃学盛行之时，很具有代表性和普遍意义。《南史》之《昭明太子传》云：“武帝大弘佛教，亲自讲说；太子亦崇信三宝，遍览众经。乃于宫内别立慧义殿，专为法集之所。招引名僧，谈论不绝。太子自立二谛、法身义，并有新意。”[①] 上文提到的刘宋时人周朗早就批评说，佛风的流弊使“习慧者日替其修，束诫者月繁其过”，“延姝满室，置酒浃堂”，“倚灵假像，背亲傲君，欺费疾老，震损宫邑”[②]。从《昭明太子传》中，我们不难想象这种一边“习慧者日替其修，束诫者月繁其过”的佞佛风气，一边“延姝满室，置酒浃堂”的娱靡情景，可以说这在梁朝已成为帝宫卿门中的不鲜之事。虽昭明太子立身尚严，还专心于佛教义理的探求，而此娱靡风气自刘宋时期已开，更加佞佛的梁朝宫邑，不可能纠正这种风气，恐有过之而无不及。[③] 昭明太子萧统死后，自萧纲为太子始，“顿悟”成佛的修为和“立身先须谨重”的儒家训教，便与“文章且须放荡”[④] 的情怀自然融而为一，置酒吟诗而大写身边美人，“宫体诗”便一时兴盛[⑤]，这就难怪文学创作愈加走上“绮艳”之路了；终日沉醉于靡靡之音和顿悟成“佛”的梦想之中，难怪要亡国辱身了。梁武帝萧衍于549年在候景之乱中困饿而死，梁元帝肃绎于554年被西魏攻克江陵后所杀。

---

① 以上引见（清）朱铭盘撰《南朝梁会要·文学》第240、242、243、239页，同上。

② 参前注引文，引见（清）朱铭盘撰《南朝宋会要·文学》第249页，同上。

③ 按：萧统立身谨严，其文学观亦持“丽而不浮，典而不野，文质彬彬，有君子之致”（《答湘东王求〈文集〉及〈诗苑英华书〉》之论，较为折中，其《陶渊明集序》还批评陶渊明《闲情赋》，所谓“白璧微瑕，惟在《闲情》一赋，扬雄所谓劝百而讽一者；卒无讽谏，何足摇其笔端？惜哉！亡是可也。”然阅其所存诗文，亦多有艳词。引见《全梁文》卷20《昭明太子统（二）》，（清）严可均校辑《全上古秦汉三国六朝文》（第3册）第3064、3067页，同上。参阅逯钦立校注《陶渊明集》，中华书局，1979。

④ 《全梁文》卷11辑录简文帝萧纲《诫当阳公大心书》曰：“汝年时尚幼，所缺者学，可久可大，其唯学欤！所以孔丘言：‘吾尝终日不食，终夜不寝，以思，无益，不如学也。’若使墙面而立，沐猴而冠，吾所不取。立身之道，与文章异，立身先须谨重，文章且须放荡。”引见（清）严可均校辑《全上古秦汉三国六朝文》（第3册）第3010页，同上。又按：《全梁文》卷8至卷14录简文帝萧纲文，其中有关佛事、佛教的文章尤多，而他的诗歌创作却被称为“宫体”。其有关佛事、佛教的文章，如《上大法颂表》、《请幸重云寺开讲启》、《重请开讲启》、《三请开讲启》、《请幸同泰寺开讲启》、《谢上降为开讲启》等，计30多篇，这是值得注意的现象，也是值得深入研究的问题。

⑤ 按：以徐摛、徐陵父子和庾肩吾、庾信父子为代表，出入萧纲东宫，大写宫体诗，其诗歌作品被称为“徐庾体”。徐陵所编“但辑闺房一体”的《玉台新咏》10卷，也就是编成于这个时期。参阅穆克宏先生《玉台新咏笺注》之《点校说明》，（陈）徐陵编，（清）吴兆宜注，程琰删补，穆克宏点校，中华书局，1985。

陈霸先平定候景之乱，在更加狭小的东南地盘上，建立起陈朝，是为陈武帝。陈朝共存三十二年，在这短短的几十年里，也多次大兴佛寺，摹仿梁武帝的一套作法，幸寺舍身，开设无碍大会，铺张佛事活动[①]，文学创作上也仍承宫体艳风。后主陈叔宝的生活更加奢侈，日与妃嫔、文臣游宴不止，大量制作艳词靡曲，其《玉树后庭花》、《三妇艳词》十一首、《舞媚娘》三首诸作，都是其代表[②]。《玉树后庭花》诗云：

丽宇芳林对高阁，新妆艳质本倾城。
映户凝娇乍不进，出帷含态笑相迎。
妖姬脸似花含露，玉树流光照后庭。

该诗纯为刻画美人的妖姿艳态，没有什么思想意义，《隋书·乐志》所谓“绮艳相高，极于轻荡”[③]，评之不差。“商女不知亡国恨，隔江犹唱《后庭花》”，被后人讥为亡国之音。不过，杜牧这两句诗中所说的《后庭花》，是指陈后主的另一首“新歌”，《隋书·五行志》云：“祯明（陈后主年号，586—589年）初，后主作新歌，词甚哀怨，令后宫美人习而歌之。其辞曰：‘玉树后庭花，花开不复久。’时人以歌谶，此其不久兆也。”[④] 虽不能见到这首“新歌”的全词，然无疑亦是一首绮丽浮靡之曲。

上文已经说过，“清绮”这一美学范畴，不是《隋书·文苑传序》中才提出的，把“清”和“绮”组合在一起，也有个发展过程。作为一个古代文论和文艺美学中的批评范畴，它兼指作品的境界与风格两个主要方面。如果把曹丕的《典论·论文》视为六朝时代“北士”的文学理论的最初代表，那么陆机《文赋》可以说代表了六朝早期“南士”的文学观念。《文赋》着重描述“为文之用心”的一些规律现象，认为“诗缘情而绮靡”，一反儒家传统重质轻文的倾向，提倡“藻思绮合，清

---

① 参见（清）朱铭盘撰《南朝陈会要·文学》之“崇佛教”部分所辑编的史料记载，第128页，上海古籍出版社，1986。

② 《陈诗》卷4录《陈后主叔宝诗》，不能不说，陈后主同萧纲、萧绎一样，都是具有文学才华之人，但其思想境界也不过“轻荡”二字，不及萧纲、萧绎矣。逯钦立为之“小传”说：“叔宝，字符秀，天嘉三年为安成王世子，太建元年，立为皇太子。十四年正月即位，在位七年，灭于隋。仁寿四年卒于洛阳，年五十二。有集三十九卷。”又据《南史·张丽华传》辑录“歌”二句“璧月夜夜满，琼树朝朝新。”引“《南史》曰：后主每引宾客，对贵妃等游宴，则使诸贵人及女学士与狎客共赋新诗。选宫女有容色者，令习而歌之。其曲有《玉树后庭》、《临春乐》等。”又，上引《玉树后庭花》，逯钦立引“《隋书·乐志》曰：陈后主于清乐中造《黄骊留》及《玉树后庭花》、《金钗两鬓垂》等曲，与幸臣等制其歌词，绮艳相高，极于轻荡，男女唱和，其音甚哀。”（参见（宋）郭茂倩《乐府诗集》卷74）引见逯钦立辑校《先秦汉魏晋南北朝诗》，第2510-2511页，同上。

③ 见前注引。

④ 《隋书》卷22《志》第17《五行》（上），二十四史简体字本，同上。

丽芊眠，炳若缛绣，凄若繁弦”的绮靡之风，为六朝尤其是南朝文学走上“清绮”之路，首创了先声。陆机对“应感之会”的直觉体悟与灵感现象的论述、“音声之迭代，若五色之相宣”的韵律之美的主张，以及“彼榛楛之勿剪，亦蒙荣于集翠”的秀句与警句功能的阐发，也都深深地影响了六朝南方文学的创作实践，其理论意向逻辑地规定了文学创作朝着摹拟物色、注重声韵、雕琢文辞的方向发展①。清绮之“清”，其本意为：“青也，去浊远秽，色如青也。”② 作为一个文学批评的术语，“清”主要是就境界的清新、语言的“自然”而言的，陆机《文赋》之中，已有“清芬”、“清丽”等说法③。随着晋代人物品藻风气的进一步发展，由“清”所组成的概念术语日益繁多，根据《世说新语》的使用情况，可以归纳为两大类：一类用来指人物的清拔脱俗的胸襟与人格，如清真、清远、清通、清畅等等；一类用来形容人物的外貌神采，如清韶、清蔚、清峙、清便等等。这就为文论家评品艺术作品提供了丰富的辞汇，使之能够更好地选择不同术语来归纳不同作家的不同风格。刘勰《文心雕龙》使用与“清”字组成的概念术语时，基本上遵循其清新自然的本意，除了总体评论和诗赋的评论使用“清”字的有关术语外，还主要用来指称“笔”（散文）语的朴素而又不质木的文采。如其论《章表》“清文以驰其丽”，论《书记》“清美以惠其才”，论《诔碑》“清论转而不穷”等等。不过，就刘勰的情采观来看，虽然他以儒家的思想为指导，努力抨击了当时文坛上的“讹滥”的形式主义文风，但同时也十分重视作品的文采之美，给“绮靡以伤情”的《九歌》、《九辩》以很高的评价，并在《明诗》篇中评论五言诗时，认为当以“清丽居宗”，这在一定程度上反映了齐梁时代的文学观念④。上文已曾提及，南齐竟陵王萧子良非

① 以上引陆机《文赋》语，据郭绍虞主编《中国历代文论选》（全4册）第1册第136-142页，同上。

② 见（汉）刘熙《释名》卷四《释言语》，又释“浊”云：“渎也，汁滓演渎也。”见（清）毕沅疏证、王先谦补《释名疏证补》卷四《释言语》，第119页，中华书局，2008。

③ 六朝时期在文学观念上与汉代相比，有一个最为重大的不同，在于立足于“自然”有“文”的理论基础上，即认为文学创作当然以“自然”为高，而“自然”本身就是有“文”的，文学当有文采藻饰之美所谓“自然英旨”，而这种文采藻饰之美乃是“自然”本身所固有的属性或者说是“自然之道”的显现。此与玄学思潮有直接之关系。这只要阅读刘勰《文心雕龙》首篇《原道》和钟嵘《诗品序》，即可证实，“自然”有“文”论，也是这两部著名文学批评论著的最基本的理论逻辑。“自然”有“文”之美，即如“芙蓉出水”。不过要特别说明的是，这种文学观念非始于刘勰、钟嵘，也非始于陆机《文赋》，曹丕《典论·论文》即明确说“诗赋欲丽”。正始玄风兴盛后，此种“自然”有“文”的思想在哲学和人生观念上更为流行，此不详论。

④ 《文心雕龙》之《宗经》篇提出“六义”说，其二为“风清而不杂”；又《明诗》篇：“张衡《怨篇》，清典可味”；“唯嵇志清峻，阮旨遥深”；“若夫四言正体，则雅润为本，五言流调，则清丽居宗；华实异用，惟才所安。故平子得其雅，叔夜含其润，茂先凝其清，景阳振其丽；兼善则子建仲宣，偏美则太冲公干”；又《体性》篇：“贾生俊发，故文洁而体清”；《风骨》篇：“结言端直，则文骨成焉；意气骏爽，则文风清焉。”又引曹丕《典论·论文》：“故魏文称：文以气为主，气之清浊有体，不可力强而致。”在其二十篇文体论中，更多地使用“清”字组成诸多术语，作为批评“笔”的风格及意制特点。引据周振甫《文心雕龙注释》，同上。

常崇尚佛法，子良开西邸，招文学，当时萧衍（即后来的梁武帝）、沈约、谢朓、王融、萧琛、范云、任昉、陆倕等并游其门，号称“竟陵八友”。[①] 沈约、任昉的“笔”，谢朓、范云的诗，尤为时人所重，同时他们又精通佛学，熟悉音韵之学。《南齐书·陆厥传》云：“永明末，盛为文章。吴兴沈约、陈郡谢朓、琅邪王融以气类相推毂。汝南周颙善识声韵。约等文皆用宫商，以平上去入为四声，以此制韵，不可增减，世呼为永明体。”[②] 永明声律运动为唐代近体格律诗的创作，解决了很多声律学上的理论问题，并从音韵学的角度，为诗歌的声律之美构制了最美的设想，开始以声韵作为一个评诗标准，提出了“八病”之说。同时，永明体文学注重声韵的实践，也进一步助长了其后梁末“宫体诗”创作的形式主义文风[③]。到梁朝的萧纲、萧绎等人，更是明确地变革了儒家的传统文学观念，重视绮艳的文采，斯时“宫体诗”创作也最热，正式标明为“宫体”之诗出焉：

> （简文帝萧纲）弘纳文学之士，赏接无倦。尝于玄圃述武帝所制五经讲疏，听者倾朝野。雅好赋诗，其自序云：“七岁有诗癖，长而不倦。”然帝文伤于轻靡，时号“宫体”。[④]
>
> （徐摛）幼好学，及长，遍览经史，属文好为新变，不拘旧体。……摛文

① 《梁书·武帝本纪》：“竟陵王子良开西邸，招文学，高祖（萧衍）与沈约、谢朓、王融、萧琛、范云、任昉、陆倕等并游焉，号曰‘八友’。”引据二十四史简体字本，同上。

② （南朝梁）萧子显《南齐书》卷52《列传》33《文学》本传。引据二十四史简体字本，同上。

③ 如《全梁文》卷11所录萧纲为太子时致萧绎的《与湘东王书》曰：“……文章未坠，必有英绝领袖之者，非弟而谁？每欲论之，无可与语，思吾子建，一共商榷，辨兹清浊，使如泾渭，论兹月旦，类彼汝南，朱丹既定，雌黄有别（下略）。”这里讲的“辨兹清浊，使如泾渭”，就当包含永明声律论的内容。引见（清）严可均校辑《全上古秦汉三国六朝文》第3册第3011页，同上。按：萧纲和萧绎与萧统一样，他们对文学的见解和批评，有很多非常精彩的意见，内容也比较丰富，也不能因其宫体文学的创作和有关宫体文学的理论而全面否定。如其《答张缵谢示集书》曰：“纲少好文章，于今二十五载矣，窃尝论之，日月参辰，火龙黼黻，尚且著于玄象，章乎人事，而况文辞可止，咏歌可辍乎？不为壮夫，杨雄实小言破道，非谓君子，曹植亦小辩破言，论之科刑，罪在不赦。至如春庭落景，转蕙承风，秋雨且晴，檐梧初下，浮云生野，明月入楼，时命亲宾，乍动严驾，车渠屡酌，鹦鹉骤倾，伊昔三边，久留四战，胡雾连天，征旗拂日，时闻坞笛，遥听塞笳，或乡思凄然，或雄心愤薄。是以沉吟短翰，补缀庸音，寓目写心，因事而作。”这里所表达的文学的内容就远远超出“宫体”的情思。他们的文学批评的共同之处——从中国文学批评史角度看，就是学界已经较能形成共识的——突出强调“文”之“纯文学性”特点。引同上，第3010页。

④ 《南史》卷8《梁本纪下》，引据二十四史简体字本，同上。又按：此处“轻靡”二字的使用，亦可见“清绮”与“轻绮”的区别，不过有时区别甚微。一般“轻绮”更侧重其品格的绮靡藻艳而言。盖“轻”者，与思想情感的凝重厚实相反，有情思轻薄之意。但有时“轻”指轻而不浊而言，就跟“清”字的品格有密切关联，故有时区别不大，这要根据具体的批评语境来诠释。

体既别，春坊尽学之，“宫体”之号，自斯而始。①

萧纲、萧绎、徐摛、徐陵等人，他们还在理论上对“宫体诗”的创作实践加以总结和提倡。萧统《文选序》，申明选旨以“事出于沉思，义归乎藻翰”的能“文”为本②，《文选》一书其具体的选作，因而也有偏重文辞丽采的倾向。萧纲、萧绎更加有过之而无不及，萧纲《与湘东王（萧绎）书》说，谢灵运的“自然”、裴子野的质朴，皆不可取，“谢故巧不可阶，裴亦质不宜慕”，认为文采之美，在于人工的雕琢③。萧绎《金楼子·立言篇》更认为：“至如文者，惟须绮縠纷披，宫徵靡曼，唇吻遒会，情灵摇荡。”并还直接拈出“清绮”一语，来赞美潘岳之作④。这既是新的“文笔观”，也包含了道地的宫体诗的创作理论。萧纲、萧绎兄弟，庾肩吾、庾信父子及徐摛、徐陵父子，都是当时最著名的宫体诗人。此风一直影响到唐初，唐太宗李世民就作过一些宫体诗。闻一多先生《宫体诗的自赎》一文指出：“宫体诗就是宫廷的，或以宫廷为中心的艳情诗，它是个有历史性的名词，所以严格地讲，宫体诗又当指以梁简文帝为太子时的东宫，及陈后主、隋炀帝、唐太宗等

---

① 《南史》卷62《列传》第52《徐摛传》，引据二十四史简体字本，同上。按：上引之下文有：“帝（梁武帝）闻之怒，召摛将加诮责，及见，应对明敏，辞义可观，乃意释。因问五经大义，次问历代史及百家杂记，末论释教。摛商较从横，应答如响，帝甚加叹异，更被亲狎，宠遇日隆。”其中“末论释教”一句最值得重视（这可能才是梁武帝释怀而更加宠爱的缘故），说明徐摛等人不仅熟读儒家各种外典，又精通佛教内典，但却大写宫体艳诗，“美人”的美早已取代了“山水田园”的美。可见，在这些大写“宫体诗”的文人士大夫身心中，追摹美人的感官欲望与顿悟成“佛”的理想可以并存，毫不矛盾矣。

② 引见《文选》（全6册）第1册第3页，（梁）萧统编，（唐）李善注，上海古籍出版社，1986。

③ 上引《全梁文》卷11萧纲致萧绎的《与湘东王书》前段曰：“……比见京师文体，儒钝殊常，竞学浮疏，争为阐缓，玄冬修夜，思所不得，既殊比兴，正背风骚。若夫六典三礼，所施则有地，吉凶嘉宾，用之则有所，未闻吟咏情性，反拟内则之篇，操笔写志，更摹酒诰之作，迟迟春日，翻学归藏，湛湛江水，遂同大传。吾既拙于为文，不敢轻有掎摭，但以当世之作，历方古之才人，远则杨马曹王，近则潘陆颜谢，而观其遣辞用心，了不相似。若以今文为是，则古文为非，若昔贤可称，则今体宜弃，俱为盍各，则未之敢许。又时有效谢康乐、裴鸿胪文者，亦颇有惑焉。何者？谢客吐言天拔，出于自然，时有不拘，是其糟粕。裴氏乃是良史之才，了无篇什之美。是为学谢则不届其精华，但得其冗长，师裴则蔑绝其所长，惟得其所短，谢故巧不可阶，裴亦质不宜慕。……诗既若此，笔又如之。徒以烟墨不言，受其驱染，纸札无情，任其摇襞，甚矣哉，文之横流，一至于此！至如近世谢朓、沈约之诗，任昉、陆倕之笔，斯实文章之冠冕，述作之楷模，张士简之赋，周升逸之辨，亦成佳手，难可复遇。”此还可见其“文笔”之论，关于用典等问题，同于钟嵘《诗品》，但极力推尊永明体文学，最可注意。又按：《广弘明集》所录其《答湘东王书》和《又答湘东王书》二篇中，多述及佛事，如前书曰：“属以皇上慈被率土，甘露聿宣，鸣银鼓于宝坊，转金轮于香地，法雷警梦，慧日晖朝，道俗辐凑（辏），远迩毕集，听众白黑，日可两三万。”后书曰：“吾蒙受菩萨禁戒，箧预大士，此十二日，便于东城私忏，十七日旦，早入宝云，壁门照日，铜龙吐雾，红泉含影，青莲吐芳，法侣成群，金山满坐，身心快乐，得未曾有（下略）。”此与本文论题直接相关，故录之。均见《全梁文》卷11，引见（清）严可均校辑《全上古秦汉三国六朝文》第3册第3011、3012页，同上。

④ 按：《金楼子》卷四《立言篇》，其中又曰：“吟咏风谣，流连哀思者，谓之文。”又曰：“潘安仁清绮若是，而评者止称情切，故知为文之难也。曹子建、陆士衡，皆文士也。观其辞致侧密，事语坚明，意匠有序，遣言无失。虽不以儒者命家，此亦悉通其义也。”文渊阁《四库全书》本。

几个宫廷为中心的艳情诗。我们该记得从梁简文帝当太子到唐太宗晏驾中间一段时期，正是谢朓已死，陈子昂未生之间一段时期。”[①] 徐陵编选的《玉台新咏》，收录了大量的宫体艳品，所谓“但辑闺房一体”[②]，其中以萧纲最多，有一百余首，像他的《咏美人观画》、《春夜看妓》等作，都是典型的淫靡之诗。从徐陵的选序中，我们也能感受到宫体文学的绮艳，序言中几乎有三分之二的文字，用来描写倾国倾城、无双无对的美色，并标明选编理由云：“曾无参（忝）乎雅颂，亦靡滥乎风人，泾渭之间，若斯而已。”[③] 这种“清绮”文风，在当时就受到过文论家、史学家们的批评。

五、余论：清绮作为南朝文学地域总体风格的复杂性

萧子显《南齐书·文学传论》把当时的“文体”分为三类：一是指从谢灵运以来所谓“启心闲绎，托辞华旷，虽存巧绮，终致迂回”的作品，所谓“启心闲绎”当主要是指谢灵运风格的山水文学；二是“缉事比类”之体，过于讲究用典和对偶，缺少“情采”，例如自颜延之以来的一类作品；三是源自鲍照的“发唱惊挺，操调险急，雕藻淫艳，倾炫心魂”一类作品，这当包含宫体一类之作在内，所谓“雕藻淫艳”。由此批评出发，萧子显提出兼美兼工的观念，推崇“委自天机”、“滋润婉切”的美，认为自然与人工应该相互结合，所谓“文章者，盖情性之风标，神明之律吕也。蕴思含毫，游心内运，放言落纸，气韵天成”[④]。钟嵘《诗品》更是明

---

① 闻一多《唐诗杂论》第7页，上海古籍出版社，1988。

② （明）胡应麟《诗薮》外编卷二，第146页，上海古籍出版社，1958。

③ 徐陵《玉台新咏序》其中写道：“……加以天时开朗，逸思雕华，妙解文章，尤工诗赋。琉璃砚匣，终日随身，翡翠笔床，无时离手。清文满箧，非惟芍药之花；新制连篇，宁止蒲萄之树。九日登高，时有缘情之作；万年公主，非无累德之辞。其佳丽也如彼，其才情也如此。既而椒宫苑转，柘馆阴岑，绛鹤晨严，铜蠡昼静。三星未夕，不事怀衾；五日犹赊，谁能理曲。优游少托，寂寞多闲，厌长乐之疏钟，劳中宫之缓箭。纤腰无力，怯南阳之捣衣；生长深宫，笑扶风之织锦。虽复投壶玉女，为欢尽于百娇（骁）争博齐姬，心赏穷于六箸。无怡神于暇景，惟属意于新诗。庶得代彼皋苏，蠲慈愁疾。但往世名篇，当今巧制，分诸麟阁，散在鸿都，不藉篇章，无由披览。于是然脂暝写，弄笔晨书，撰录艳歌，凡为十卷，曾无参（忝）于雅颂，亦靡滥于风人，泾渭之间，若斯而已。”《全陈文》卷10，引见（清）严可均校辑《全上古秦汉三国六朝文》第4册第3457页，同上。按所谓“清文满箧”，把这些艳情之作，也美称为“清文”，这个“清”字的含义，也当是包括在魏征以“清绮”来概括南方南朝文学的含义之中的。

④ （南朝梁）萧子显《南齐书》卷52《文学传序》，引据二十四史简体字本，同上。按：萧子显完成《南齐书》时，“宫体诗”创作还未兴盛，但“宫体”这样一类的文学一直是存在的，所以萧子显在论第三体时，追溯到“鲍照之遗烈”，这主要是侧重“发唱惊挺，操调险急”等特点来看的，而梁末至陈后主时期的宫体诗并无这种特点或者说很少有这种特点，上面分析已经指出，宫体诗在声韵上是崇尚永明体的，较为流利绮靡。不过萧子显论第三体时谈到另一个方面的特点即“雕藻淫艳，倾炫心魂。亦犹五色之有红紫，八音之有郑、卫。”笔者以为这是包含了宫体一类文学创作在内的，所谓“淫艳”、“郑卫”之作也。此尚可以进一步研究。

确地反对永明体和雕琢用典的文风，崇尚“自然英旨”，主张“目击”、“直寻”的创作方法，称颂自谢灵运以来的“芙蓉出水”的“清”的文风与“清”的人格精神，以清捷、清远、清拔、清工、清巧、清润等概念术语来品评诗作[①]。如他说范云之作“清便宛转”[②]，就是指范云的山水诗等作品所具有的那种清灵的意味与清畅的韵律而言的，这是生动贴切的评论。同时，虽然钟嵘也注重文采华茂，但由于他偏向于“清秀”与“滋味”的审美标准，未能对绮艳一类的五言诗进行客观选品，因而，也就未能客观地反映出南朝文学从清新的山水诗到绮靡的宫体诗的发展道路，当然，宫体诗的创作高潮是在钟嵘卒后（钟嵘去世于518年即梁武帝天监十七年）才出现的。限于篇幅，我们在此不能过多联系作品来进行分析[③]。“清绮”作为一个偏于风格层面的文艺美学范畴，它在一定程度上也概括了南朝文学的总体地域风格特征，而就“清绮”作为一种地域风格来讲，其形成发展，当然也是与南方的地理自然之境分不开的。江南的秀丽山水有别于北方的平原荒漠，用清丽的语言来描摹江南山水的自然景观，是形成南朝文学清绮之貌的重要原因，对此，我们不再多谈。

总之，清绮不限于“宫商发越”与“文过其意”的特征。通过上文从南方的地域文化风气、地域文学观念与南朝文学的关系之分析，已经说明了“清绮”这一美学范畴，是由“清”与“绮”这样两个独立的又几乎是相反的概念构成的。其逻辑的组构凝合过程，是与南朝文学创作由山水到美人的变奏过程相同步的，也是与南方文学自魏晋迄乎南朝的地域文学风格之变奏过程相一致的。就主体的情志来看，

---

① 钟嵘《诗品》非常崇尚“清”的品格，如清捷：“上品”评汉婕妤班姬诗：“其源出于李陵。《团扇》短章，辞旨清捷，怨深文绮，得匹妇之致。侏儒一节，可以知其工矣！”如清远：“中品”评晋中散嵇康诗：“颇似魏文。过为峻切，讦直露才，伤渊雅之致。然托喻清远，良有鉴裁，亦未失高流矣。”如清工：“下品”评晋征士戴逵诗：“安道诗虽嫩弱，有清工（或作‘清上’）之句。裁长补短，袁彦伯之亚乎？”如清拔：“中品”评晋太尉刘琨、晋中郎卢谌诗：“其源出于王粲。善为凄戾之词，自有清拔之气。琨既体良才，又罹厄运，故善叙丧乱，多感恨之词。中郎仰之，微不逮者矣。”又“下品”评梁常侍虞羲、梁建阳令江洪诗：“子阳诗奇句清拔，谢朓常嗟颂之。洪虽无多，亦能自迥出。”又清巧：“下品”评女诗人齐鲍令晖、齐韩兰英诗：“令晖歌诗，往往崭绝清巧，拟古尤胜，唯《百愿》淫矣。照尝答孝武云：‘臣妹才自亚于左芬，臣才不及太冲尔。’兰英绮密，甚有名篇。又善谈笑。齐武以为韩公。借使二媛生于上叶，则‘玉阶’之赋，‘纨素’之辞，未讵多也。”又清润：“下品”评齐仆射江祏诗：“祏诗猗猗清润。弟祀，明靡可怀。”等等。引据吕德申《钟嵘〈诗品〉校释》，同上。

② 钟嵘《诗品》“中品”评范云、丘迟诗：“范诗清便宛转，如流风回雪。丘诗点缀映媚，似落花依草。故当浅于江淹，而秀于任昉。”这条评论非常著名，屡为后人论及，盖是诗歌“意象批评”较早的源头。引同上。

③ 按：本文使用“宫体”文学的含义，是依据《玉台新咏》的选诗和南朝文学创作实际，大要分为广义的和狭义的两种，广义的“宫体”文学就主要指整个南朝时期表现艳情（特别是宫廷的）的作品，狭义（严格意义上的专称）的“宫体”文学就是指梁末“宫体”名号出现直至陈后主时期的“宫体诗”（或者说以诗为主的文学）。本文主旨是要分析作为南朝地域总体风格“清绮”这一概念以及以之概括“江左”文学的丰富内涵。魏征的“清绮”与“气质”的概念，历来解析不够，实际上是非常复杂的问题。

清绮有清拔脱俗与情思绵邈之意；就作品的物色描写而言，清绮有清新秀拔与流丽美艳之意；就诗歌的韵律来讲，清绮有清畅婉转与宫商靡曼之意；而就文学的语言来说，清绮又有清水芙蓉与镂金错彩的两面。因而，清绮也是一个中国文学地理学的理论范畴，是以这样相反相成的两大层面的内涵，概括了南朝的山水文学与宫体艳作的地域风尚，同时它又作为一个统一的范畴，表明了南朝时期南方文学由自然逐步走向雕琢的发展趋向。从山水到美人这一变奏过程的思想渊源看，充分说明了独特的地域风格是与独特的地域文化风尚和学术思想相互关联的。

文学与地理：中国文学地理学略说*

华夏文化自远古以来，在辽阔国土上发育生长的过程中，其整体风貌、精神气质就明显具有一定的地域差异性。表现在文学上的南北之分、地域之别，更为历代谈艺者所常言。长城饮马，河梁携手，乃北人之气概，江南草长、洞庭始波，为南人之情怀；北有俊鹘盘云、横绝朔漠之气；南具月明画舫、缓歌慢舞之观。所谓“大而经济、心性、伦理之精，小而金石、刻画、游戏之末，几无一不与地理有密切之关系。”[①] 从文学地理学的观点看，我国迄今有关文学与地理之关系的研究，是丰富而又深刻的，然而其观点纷纭芜杂，不鲜扞格难通之言。笔者以为其重要原因，似在于缺少自觉的“学科”意识，而造成一些任意解说之倾向的存在。文学地理学的有关思想，确实渊源流长，东、西方都可以追溯到很古的时代，不过它的正式“命名”、产生，是在本世纪的四五十年代，而我国至今尚未能建立这门学科[②]。只有弄清其学科性质及其理论构架，才有可能展开进一步的研究。基于这种想法，下面拟从人文地理学、文化地理学与文学社会学的交叉角度入手，谈谈有关问题，并就其理论建构，略作初步探讨。

---

* 编按：本文原载《北大中文研究》创刊号（北京大学出版社 1998 年出版），在学术界引起较为广泛的关注。今略加修正，并增加若干引文注释。所征引之论著，少数采用最新版本，特此说明。

① 按：“长城饮马”云云及引文，见梁启超《中国地理大势论》一文。据笔者研究，中国文学地理学思想发端于先秦时期，但“文学地理”这个概念，在中国盖最早是由梁启超在这篇文章中才明确提出的。他说：“大抵唐以前，南北之界最甚，唐后则渐微，盖‘文学地理’常随‘政治地理’为转移。”梁启超先生所说的“文学地理”之“文学”，具有广泛意义的传统概念，包含一切文化学术，所论大体与稍后刘师培于 1905 年发表的《南北学派不同论》（其中包括《南北文学不同论》）所包含的内容相若。引据《饮冰室合集》第 2 册之《饮冰室文集》之十，第 86 页，中华书局影印，1989。又按：引文标点符号为笔者据今天新式标点加，其他类此者，下同。又，凡引用文献，对其少见的古今异体字词，直接改为通行字词。

② 按：笔者说“文学地理学”的命名和产生是在“本世纪（即 20 世纪）的四五十年代”的依据问题。据初步考查，西方“文学地理学”的创立，实际主要产生于法国文学理论批评界，据法国罗贝尔·埃斯卡皮初版于 1953 年的《文学社会学》所谓“几年来，流行着文学地理学”等有关论述和介绍，知道 1942 年 A. 迪布依出版《法国文学地理学》，1946 年 A. 费雷出版《文学地理学》。所以说，“文学地理学”的正式命名、产生，是在 20 世纪的四五十年代，至于说“我国至今尚未能建立这门学科”，是笔者于 1992 年完成本文初稿时的情况，其后中国文学地理学研究已渐成显学，迄今已有多部相关专著问世。

一、从人文地理学门外谈起

要想对“文学地理学”的学科性质进行理论界定，不得不先从人文地理学（Human geography）与文化地理学（Cultural geography）谈起。人文地理学又称人生地理学，它“是以人地关系的理论为基础，探讨各种人文现象的分布、变化和扩散以及人类社会活动的空间结构的一门近代科学。人文地理学着重研究地球表面的人类活动或人与环境的关系所形成的现象的分布与变化。”① 人地关系是其研究的核心内容。

中国古代“前人文地理学”的思想异常丰富，对人地关系的探讨也甚多。早在《周易》中，就提出过“文明以止，人文也”的观念，并还有“观乎天文，以察时变；观乎人文，以化成天下”以及“仰以观天文，俯以察地理”等观点②。归纳起来，我国古代主要有三大类型的人地观念：一是偏向强调地理环境的决定作用。如《礼记·王制》云：“凡居民材，必因天地寒暖燥湿，广谷大川异制，民生其间者异俗；刚柔、轻重、迟速异齐，五味异和，器械异制，衣服异宜。修其教，不易其俗；齐其政，不易其宜。中国戎夷五方之民，皆有性也，不可推移。”③ 二是从生产方式着眼，强调自然条件与人类生存的相互关系。如司马迁《史记·货殖列传》论“邹鲁文化区”云：“邹鲁滨洙、泗，犹有周公遗风，俗好儒，备于礼，故其民龊龊。颇有桑麻之业，无林泽之饶。地小人众，俭啬，畏远邪。及其衰，好贾趋利，甚于周人。”④ 具有历史眼光和辩证思想。三是强调人类的能动性、“人和”意义及改造

① 李旭旦《人文地理学引论》，见李旭旦主编《人文地理学论丛》第3页，人民教育出版社，1985。

② 引见《周易》之《贲卦》彖辞和《系辞上》，《周易正义》第123-124页，第312页，本文修订均据《十三经注疏》整理本，北京大学出版社，2000。又，李旭旦《人文地理学引论》还说：“《尚书·禹贡》中记载了古代九州的地理环境以及方域、土壤、物产田赋、交通等情况，可称为一部带有方志雏形的地理著作。”第3页，同上。按：《尚书·禹贡》篇，可参《十三经注疏》整理本《尚书正义》卷第6，同上。又，早在1938年，王庸《中国地理学史》最后一章《近代地理学之进步》最后一节《人文地理学与区域地理学》，就明确说明：“所谓人文地理学，应建立于人地关系之观点上。”第255页，商务印书馆影印1938年《中国文化史丛书》本，1998。

③ 其下文续云：“……东方曰夷，被发文身，有不火食者矣。南方曰蛮，雕题交趾，有不火食者矣。西方曰戎，被发衣皮，有不粒食者矣。北方曰狄，衣羽毛穴居，有不粒食者矣。中国、夷、蛮、戎、狄，皆有安居、和味、宜服、利用、备器。五方之民，言语不通，嗜欲不同。”《礼记正义》第446-467页，《十三经注疏》整理本，同上。按：参见刘师培《南北学派不同论·总论》部分对“俗”和“风”概念的训释及对上引《王制》这段话的分析。引据李妙根编《刘师培论学论证》第40页，复旦大学出版社，1990。

④ 司马迁《史记》之《货殖列传第六十九》，第2470页，二十四史简体字本，中华书局，2000。按：本文修订，凡引用二十四史文献均统一据此本校核。

作用。如《孟子·公孙丑下》主张"天时不如地利，地利不如人和"[①] 的观点。《荀子·天论》认为天人虽然相关，但人类更要能明乎"天人之分"，因为"天行有常，不为尧存，不为桀亡。应之以治则吉，应之以乱则凶"，人类可以"制天命而用之"[②]。到中唐的刘禹锡，在其《天论》一文中，进一步发展为"天人交相胜"的思想，认为"万物之所以无穷者，交相胜而已矣，还相用而已矣。天与人，万物之尤者尔。"[③] 其实，研治学术主张天人之际的思维方式；谈人生理想，追究天人合一的终极价值；论文学艺术，重视南北文化地域的分野与调合；立生民大计，虑及地理与人和的互动关系，是中国文化的传统精神。

人地观不仅是人文地理学研究的核心内容，也是我们要讨论中国古代文学地理问题的理论前提。所谓人地关系（Man - land relationship），其"人"是指社会性的人，其"地"是指空间上存在着地域差异的（自然的）地理环境，它包括在人类作用之下已经改变了的即经济、文化、社会构成与作用下的（人化的）地理环境。[④] 人地关系是一种对立统一的辩证关系，不仅是自然科学也是社会科学如哲学、历史、文学等必须探讨的对象。在文学地理学的研究中，我们应该避免"环境决定论"的错误，发掘出不同地域的不同文学"特质"的内在原因。从文学与地理学的关系看，文学地理学既是人文地理学的子学科即文化地理学的一个分支，也是美学的分支即文艺社会学的一个支脉，因而文学地理学实质是一门边缘学科[⑤]。

文化，广义地说，是指人类社会历史实践过程中所创造的物质财富和精神财富的总和。文化地理学研究的是一定地理空间范围内的各种文化因素的分布结构、形成条件，以及文化景观、文化生态的地域特征、演化发展等内容。其分支学科主要包括文化生态地理学、文化景观地理学、语言地理学、宗教地理学、风俗地理学、建筑地理学、文学地理学及艺术地理学等。美国当代地理学者罗伯特·霍夫帕尔，在《美国的文化地理学》一文（中文提要）中，从三个文面分析了文化地理学及人

---

① 孟子曰："天时不如地利，地利不如人和。三里之城，七里之郭，环而攻之而不胜；夫环而攻之，必有得天时者矣，然而不胜者，是天时不如地利也。城非不高也，池非不深也，兵革非不坚利也，米粟非不多也，委而去之，是地利不如人和也。故曰：域民不以封疆之界，固国不以山溪之险，威天下不以兵革之利。得道者多助，失道者寡助。"《孟子注疏》卷第4《公孙丑章句下》，第121-122页，《十三经注疏》整理本，同上。按：孟子说的地利不仅指自然环境的封疆之界、山溪之险，还包括人为的工事、城池等。

② 荀子《天论》所谓"大天而思之，孰与物畜而制之；从天而颂之，孰与制天命而用之；望时而待之，孰与应时而使之；因物而多之，孰与骋能而化之；思物而物之，孰与理物而勿失之也。"王先谦《荀子集解》卷11，第205页，第211-212页，《诸子集成》本，上海书店影印，1986。

③ 见（唐）《刘禹锡集》卷5《天论》（上），第67-69页，卞孝萱校订，中华书局，1990。

④ 引述李振泉《人地关系论》一文，见李旭旦主编《人文地理学论丛》，第37页，同上。

⑤ 按：边缘学科，是20世纪80年代以来中国学界较为流行的学科概念，今天学术界比较流行的是用"跨学科"代替"边缘学科"的概念。

文地理学与其他子学科的不同。首先，他认为文化地理学研究的范围很广泛，并无完全明确划一的研究对象，只是从特殊的角度看世界，并有一套自己的方法、倾向和成果；其次，与人文地理学其他分支相比，文化地理学更强调“地表”所发生的文化差异；再次，文化地理学研究的中心是人地关系。他认为可以这样下个定义，即“文化地理学是人文地理学一个分支，它研究人类和自然环境的关系，并着重强调人类社会中的文化差异对这个关系的影响。”① 美国另一当代人文地理学者 H. J. 德伯里认为，文化地理学主要研究文化景观、文化发源地及文化传播三大方面内容，而“文化区域的鉴别、定义和分析，是文化地理学研究的主要内容之一。”② 可见，不管文化地理学研究的对象多么“芜杂”，研究的范围多么广泛，但从人地关系这一人文地理学的核心出发，它致力研究的是文化与地理之间的相互关系，也就是说，它不是讨论一般人地关系的原理，而是专门讨论人类文化与区域地理之间的互动关系。因此，其范围既是宽泛的也是相对狭窄的，其广延度既是确定的又是界限模糊的。文化从狭义的角度说，主要是指社会意识形态以及与之相应的社会制度、组织机制等内容，文学艺术是与政治、哲学、宗教等并列的社会意识形态之一，作为文化地理学的分支之一的文学地理学，它的对象较为明确，范围也有边界可寻。

从人地关系的理论前提出发，文学地理学虽然也要探讨文学与文化地域的关系，涉及众多的如文化丛、文化圈、文化区等文化学问题③，也还涉及区域地理学的文化景观与文化生态等方面的内容，但它的对象是文学而不是其他，它致力研究的是文学的地理风土质性以及其主、客观方面的成因，所要确立与品鉴的是文学不同地域的“空间风格”特征，并进而探讨这种地域的“空间风格”向超地域的“时间风格”之演变过程及其发展规律④。换句话说，它不仅要研究文学与地理之间直接的“自然”关系，而且还要探讨文学的地域风格、风土质性、景观特征，及其日益腾离原生的地理空间而走向艺术自律化的过程。与文化地理学其他有关分支学科相比，文学的地理风土质性更为显著，地域文化对文学创作活动的影响也更为深远。而其

---

① Robert Hoffpauir：Cultural geography in the United States. 引据《中美人文地理学研究讨论会文集》第110页，科学出版社，1988。

② 引见《人文地理——文化、社会与空间》中译本，王民等译，第105页，北京师范大学出版社，1988。

③ 文化丛、文化圈、文化区等概念，可参考司马云杰《文化社会学》第九章，该章讨论“文化的时间、空间系统”，第235-269页，山东人民出版社，1989。

④ “空间风格”和“时间风格”这两大理论范畴，见于日本竹内敏雄主编《美学百科辞典》之“美术地理学”（Art geography）条，其云：美术地理学其中要研究的课题领域，“其一是探求相同地区艺术作品相互间的地理风土本质和特性，确立区别于超空间的（超地域的）‘时间风格’和超时间的‘空间风格（地域风格）’。”参见中译本第202页，池学镇译，黑龙江人民出版社，1987。笔者借用来论析地域文学的“空间风格”和“时间风格”，作为文学地理学建构的基本理论范畴。

他文化形态如政治体制的建立与政治观念的产生，虽然最初必然与一定的地域环境、自然条件以及生产方式相联系，受到特定的自然环境的影响，但历史是人类创造的，社会发展自有它本身的客观规律。比如从奴隶制到封建制这种社会政治体制的演变，东方西方，发展攸同，并不受地理位置、气候条件的多大影响。那种把地理的自然环境作为社会发展的决定因素，是典型的环境决定论。如法国孟德斯鸠《论法的精神》一书中说："炎热地区的人民几乎总是因怯懦而沦为奴隶，寒冷地区的人民则因勇敢而享有自由。对此丝毫不必感到惊诧，这种效应来自自然原因。"[①] 这种思想的谬误性自是不待证明的，从中也能使我们认识到把地理环境与政治、法律等社会意识形态仅以因果关系联系一起，必会犯机械主义的错误。其实，从文化传统看，中国古代并没有占主导地位的"环境决定论"的思想，正如上文曾说，中国传统文化精神是最为重视天人合一的。不过我们不能简单地把文学与政治、法律、哲学等其他意识形态相等同，撇开作家受到地域文化的濡养、山川之美的陶冶不论，文学是要描写自然美的，注重形象和情感的，在一定意义上说，作品的意境，也是文化地理景观的独特反映。景观包括自然景观与人文景观，如中国古代的山水诗就偏向于自然景观的表现，而怀古、咏史之作，多少表现了人文景观、历史景观的内容。班固《汉书·地理志》说："凡民函五常之性，而其刚柔缓急，音声不同，系水土之风气"。[②] 文学的媒体——语言也具有独特的地域性即方言性质，词汇运用、语言音韵均有地域的差别。刘师培《南北学派不同论·南北文学不同论》云：

> 夫声律之始，本乎声音。发喉引声，和言中宫，危言中商，疾言中角，微言中徵，羽商角响高，宫羽声下，高下既区，清浊旋别。善乎《吕览》之溯声音也，谓涂山歌于候人，始为南音；有娀谣乎飞燕，始为北声。则南声之始，起于淮汉之间；北声之始，起于河渭之间。故神州语言随境而区，而考厥指归，

---

① 引见《论法的精神》中译本上册第285页，许明龙译，商务印书馆，2009。上述引文之前，孟德斯鸠还说"中国的北方人比南方人勇敢"，并加注说："中国书籍对此多有讲述。见杜赫德《中华帝国全志》，第四卷，第448页。"这是否可以说明中国古代有关南北地理自然环境论、南北方人异同论对孟德斯鸠建立他的学说也有一定影响呢？值得考查，按：本文初版引文："气候的王国才是一切王国的第一位。""……异常炎热的气候有损于人的力量和勇气，居住在炎热天气下的民族秉性懦怯，必然引导他们落到奴隶的地位。"根据学术界很多学者的研究认为此译文有一定问题，故此处更换。现在还有不少学者撰文认为把孟德斯鸠视为"环境决定论"者并不准确。笔者不完全同意这种观点，但反对简单地把孟德斯鸠《论法的精神》完全等同于"环境决定论"的代表著作而不去客观地科学全面地理解其主旨，因为孟德斯鸠的"地理环境论"不都是绝对的"决定论"、"单因论"。

② （汉）班固《汉书》卷28上《地理志上》，卷28下《地理志下》，引见第1310页，二十四史简体字本，中华书局，2000。班固原是要诠释"风俗"之故："凡民函五常之性，而其刚柔缓急，音声不同，系水土之风气，故谓之风；好恶取舍，动静亡常，随君上之情欲，故谓之俗。"

则析分南北二种。[①]

接着刘师培又指出“声音既殊，故南方之文亦与北方迥别。”[②] 比如《楚辞》就采用了大量的楚地方言词汇，所谓楚音、楚语，从而形成了《楚辞》独特的艺术特色。另外，中国的文学尤其是诗词，讲究典故的运用，而“典故意象”往往是深深积淀在不同的地域文化土壤之中的。联系这些文学的特质进行考察，不难发现文学的地域分野要比哲学、宗教等更加明显，也就是说文学艺术与文化地域的关系，具有一定程度上的直接相关性。对南北朝的文学，我们一般赞同唐初史学家魏征、李延寿及李百药等人所谓北重“气质”而南贵“清绮”的品评[③]，气质与清绮正是对南北朝时期南北文学的地域风格的一种抽象概括。而政治、哲学、宗教等，尤其是在中国封建王朝的一统意识下，它们往往要求整齐划一，而且它们与地理的关系，需要通过许多中介过程才能发现二者之间的某些联系。不过反过来说，正由于这种联系的存在，中国的哲学、宗教等，在致思途径、宇宙观念、终极价值等一系列问题上，也表现出一定程度上的南北差异。刘师培《南北学派不同论·南北子学不同论》云：

> 东周以降，学术日昌，然南北学者立术各殊，（南方学派起于长江附近者也；北方学派则起于黄河附近者也。）以江河为界划，而学术所被复以山国泽国为区分。（山国泽国四字见《周礼·掌节》）山国之地，地土浇瘠，阻于交通，故民之生其间者崇尚实际，修身力行，有坚忍不拔之风。泽国之地，土壤膏腴，便于交通，故民之生其间者崇尚虚无，活泼进取，有遗世特立之风。[④]

这种分析是有一定道理的。中国哲学思想，在先秦时期存有南“道”北“儒”的对立（当然这里的“南北”概念也是“历史的”、相对而言的），魏晋南北朝时期经学研究上有着南究义理而北重考述的不同，所谓“南人约简，得其英华；北学

---

① 引见《刘师培论学论政》第65页，同上。又，刘师培《南北学派不同论·南北文学不同论》选入《中国近代文论选》，第570页，郭绍虞、罗根泽先生主编，舒芜、陈迩冬、周绍良、王利器先生编选，人民文学出版社，1981，该书仍然是迄今最好的中国近代文论研究的重要参考资料和最佳的近代文论选本，也成为中国不少大学文科选用的教材，出版以后即产生广泛影响，本文亦加参考。

② 《刘师培论学论政》，第66页，同上。

③ 参见（唐）魏征《隋书·文学传序》云：“江左宫商发越，贵于清绮，河朔词义贞刚，重乎气质。”第1163页，李延寿《北史·文苑传序》有相同论述，第1844页；李百药《北齐书·文苑传序》（第415-417页）和令德狐棻等《周书·王褒庾信传论》（第504-506页）有类似观念。二十四史简体字本，中华书局，2000。

④ 《刘师培论学论政》，第41页，同上。

深芜，穷其枝叶。”[1] 佛教从魏晋南北朝时期开始炽盛，在中国文化的土壤上步步走向中国化的道路，受到南北文化地域不同学术传统的影响[2]，北方重乎渐修，南方贵乎顿悟，禅宗于唐代正式创立后，遂有南宗禅与北宗禅之派别，“南顿北渐”的特色就更为明显。中国古代佛教地理学方面的思想，对文学地理学的理论批评观念影响甚大。不过作为一门学科来说，同中国文学地理学一样，中国佛教地理学的研究，迄今也基本处在起步阶段，亟待于进一步的探讨，它是属于国别和部门宗教地理学的分支，“宗教地理学是研究宗教与地域空间相互关系的一门学科”，它介于宗教学和人文地理学之间，以探讨宗教与地域二者的相互依赖性为主。[3] 从中国哲学、佛教的南北差异来看，它们明显不同于文学，与地域的自然环境的关系微，而与其他文化中介意识系统的关系著。因而如要研究中国宗教地理学的话，其主要内容，就应该是以哲学、宗教思想在不同文化地域中的思想传统与思想演变以及教派宗风特色等方面的问题为核心，其主要考虑的是与地域的文化渊源、文化传播等方面的相关性，而与文化地理学中的景观、生态等方面的内容就可以很少涉及了。不过，文化生态是宗教生态学的主要研究内容之一，自然景观与原始宗教的自然崇拜密切相关，而且“地貌特色在宗教中的反映与折射”现象，也是宗教地理学的重要研究课题[4]，只是它不像文学地理学那样，还把地理景观作为一个直接的重要的研究对象来看待，这是文学本身的独特性所规定的。

文学地理学的归属性，又可作为美学的分支艺术社会学来看。仅仅着眼于文学与地理的关系来立论还不够，尚还是一种“单因论”（就地理环境相对于社会现实

---

① 《隋书·儒林传序》第 1147 页，同上。

② 梁启超《中国地理大势论》云：“六朝、唐间，佛学掩袭一世，佛学之空，与儒学之实，立于反对之两极端者也。然佛学之中，流派自异，象教宏兴，肇始姚秦。秦，北地也。鸠摩（罗什）、三叉（实难）首事翻译，自兹以往，文字盛行。至南方缁徒，学博不及北派，而理解或过之。谢灵运云：‘诸公天生虽在灵运先，成佛必居灵运后。’盖南人自负之言也。隋唐之际，宗风极盛，天台（智顗、章安等）、法相（玄奘、窥基等）、华严（杜顺、贤首、宗密等）三宗，号称教下三家，皆起于北，陈义闳深，说法博辩，而修证之法，一务实践；疏释之书，动辄汗牛，其学统与北朝经生颇相近似。惟禅宗独起于南，号称教外别传，达摩入中国，首为梁武所皈依；黄梅（禅宗五祖弘忍）、大鉴（禅宗六祖慧能），开山吴越，专凭悟证，不依文字，盖与老庄、陆王颇符契焉。同一佛学，而宗派之差别若是，亦未始非地理之影响使然也。”《饮冰室文集》之十，第 85-86 页，同上。

③ 卓新平《西方宗教研究导引》第 126 页，中国社会科学出版社，1990。

④ 卓新平《西方宗教研究导引》，第 126 页，同上。

而言）[①]，文学作为社会意识形态之一，其发生发展是异常复杂的，把文学视为一种社会文化现象来进行分析，就必须把它与政治、哲学、宗教等最为相关的社会意识形态联系起来，而这种联系，自然又直接与特定文化地域中的政治、哲学、宗教等思想传统、学术思想相互贯通。换句话说，就是要把具有不同文化地域特色的政治、哲学、宗教等社会意识形态，视为居于文学与地理之间的中介系统，因而文学地理学的属性，自然也可归入艺术社会学的研究范围。艺术社会学“就是联系艺术产生的社会历史背景，来研究艺术品的形态、特征、风格变化、功能价值和意义的学科。”[②] 它研究的重点是在特定社会历史条件下的艺术与特定的审美态度、审美理想等因素的关系上。文学地理学也要研究文学的“特定社会历史条件”，也要研究其审美态度与审美理想。如《诗经》和《楚辞》，可以作为先秦时期中国南北文学的两大代表，王国维《屈子文学之精神》一文，就是联系当时南北的政治、道德、学术思想等方面，来对这南北两大代表的文学作品进行分析的。王国维认为我国春秋以前，道德政治上之思想，可以分为北方派与南方派，北方派是帝王派、近古学派、贵族派、入世派、热情派、国家派，其学说大成于孔子与墨子；南方派是非帝王派、远古学派、平民派、遁世派、冷性派、个人派，其学说大成于老子与庄子，并由此

---

① 我们不否认“地理环境论”的科学性，但这其中的“地理环境决定论”无疑是错误的。因为“许多国家在差不多一样的地理和气候条件下，它们发展的差异性和不平衡性，非常之大。同一个国家吧，在地理和气候并没有变化的情形下，社会的变化却是很大的。”《毛泽东选集》第1卷《矛盾论》，人民出版社，1991。西方“地理环境决定论”其思想发生也很复杂，在孟德斯鸠的时代，西方这一理论无疑具有殖民主义、帝国霸权主义的历史背景，许多西方学者撰写的文化地理学著作对此也不讳言。当然文学地理学要以文学为本位，要从文学出发。另外，我们还要注意在研究文学与地理问题时，防止陷入“社会生物主义”的理论泥沼。正是从这样的理论角度思考，认为文学地理学应定位在介于文化地理学与艺术社会学之间的一门文学研究的边缘学科。对于作家的地理空间分布和“地理（地域）出身”问题的研究和统计学意义上的分析，在一定意义上是具有科学性的，但不能因而过分强调“人学”（作家研究）分析中“生物”学意义而忽略其“社会”学意义，因为人是社会的人，是社会存在物，产生活动、社会实践成为人的各种基本的种属特征如理性、语言、文化以至社会属性的基础；但我们也不能完全否定“人”的生物性和生存的物质基础和条件，因为人并不是抽象的、独立自在的个人，而是具体历史条件的产物。参见（前苏）阿·穆·卡里姆斯基博士《社会生物主义》第29-30页，徐若木、徐秀华译，东方出版社，1987。按：真理不是时尚，也不会过时。

② 滕守尧《艺术社会描述》第33页，上海人民出版社，1987。又见其修订本第23页，以下引文均可参据此本，南京出版社，2006。按：滕守尧在本书多处论及地理环境与文学艺术的关系，也梳理了西方有关研究历程，特别是在第二章讨论“艺术社会学的历史与主要问题”中，对西方地理环境论与文学艺术的关系研究作了简要回顾，并讨论了艺术与自然、经济、文化心理结构、宗教关系等问题，其中在研究“艺术与自然”关系的一节中，对泰纳等人的观点进行了批判性反思。按：“艺术”的宽泛概念，包括“文学”，但不少学者实际是把文学社会学等同于艺术社会学或文艺社会学，国内外学者研究也有所差异。参考：刘崇顺、王铁、马秋枫合著《文艺社会学概说》，文化艺术出版社，1986；（匈）阿诺德·豪泽尔《艺术社会学》，居延安译遍，学林出版社，1987。（法）罗贝尔·埃斯卡皮《文学社会学》第26页及注文，于沛选编，浙江人民出版社，1987。又，参考金克木《文艺学的地域学研究设想》，载《读书》杂志1986年第4期，该文已收入其论文集《探古新痕》，上海古籍出版社，1998。

分析了《诗经》与《楚辞》种种有趣的南北差异现象①。其中许多观点，如说北方为情感派而南方为冷性派等等，并不科学，笔者也实难苟同。但该文以全面观照中国南北文化分野的眼光，从艺术社会学的角度来分析中国文学，给我们今天研究中国文学地理学以很多的启示，这也说明了文学地理学与艺术社会学的一致性。从这种一致性着眼，要求我们更为深入地考察文学与文化之地域关系的多层次性与复杂性。然而文学地理学又非艺术社会学所能完全包融的，作为一门学科，它有它的独特性。要而言之，这种独特性就在于它不仅要从整体上研究文学“特定的社会历史条件”，而且更要致力探讨不同文化地域中其独特的文学地域风格、风土质性、审美特征及其艺术精神的流变等课题。

综上所述，笔者以为可给“文学地理学”下这样一个简明的定义，即它是介于文化地理学与艺术社会学之间的一门文学研究的边缘学科，致力于研究文学与地理之间多层次的辩证的相互关系。这里所说的“文学”主要是指地域的文学，即在特定文化地域、具有一定地理空间范围中所产生的文学；所说的“地理”也主要是人文地理，即偏向于人化的自然方面。由此我们可以进一步地说，所谓文学地理学就是研究地域的文学与文学的地域、地域的文学与文化的地域、地域的文学与地域的文化之间的相互关系。从人地关系角度综合论之，文学地理学研究内容又可衍生为五大层面的关系：一是地理环境与地域的文学发生发展的相互关系，它着重从文学与地理的直接相关性出发，来探讨文学的地理风土质性及其地域风格的成因；二是作家的地理空间分布结构与超地域的流动变迁及其与文学创作活动之间的相互关系，它着重从审美主体角度来探讨文学的地域特征，并进而对文学地域性的超空间（超地域）的时间风格和超时间的空间风格（地域风格）相互演化的规律作出研究；三是文化地理的景观与文学原型意象、境界构成及其审美心理积淀的相互关系，它着重从审美客体和文本构成的角度出发，来探讨文学地域性的空间风格与时间风格的特征及其在现时性与历时性过程中的发展过程；四是地域的文化风尚与文学的地域风格之间的相互关系；五是文化地域的思想文化传统与独特的审美人格、审美方式之间的相互关系。就最后的两大方面的关系来讲，它要求把形成文学的地理风土质性的文化中介因素纳入研究的范围，并从审美主体与审美客体的综合角度来进一步研究文学地理的空间的与时间的风格。就平行结构而言，上述的文学与地理之间的文化中介因素，主要指政治的、哲学的、宗教的以及其他艺术学科如中国的书画艺术等等方面的内容。

---

① 王国维《屈子文学之精神》，见刘刚强编《王国维美论文选》第109-113页，湖南人民出版社，1987。今亦并参考《王国维文集》（全四卷），姚淦铭、王燕编，中国文史出版社，1997。《屈子文学之精神》收录于《王国维文集》第一卷（册）第30-33页。又按：王国维《屈子文学之精神》等论文，收入舒芜等先生编选《中国近代文论选》第772页，同上。

总之，以上三大关系五大层面的内容，就是文学地理学的理论建构的核心内容；具体对这三大关系五大层面的内容进行研究归纳，也就成为文学地理学逻辑建构的过程。当然，这不过是我目前的一点粗浅的想法，还需作进一步的探讨。

二、南北文化“感觉区”及其他

法国文艺批评家斯达尔夫人，曾认为一条莱茵河把西欧的文化与文学分割为南北两方①，中国也有一条河、把中国的文化剖分为南北二区，这条河就是绵亘千里、流淌了几千年的淮河。秦岭—淮河一线，是我国的气候、土壤与作物的分界线，气候上一月零度等温线及年750毫米等雨线经过此区，使北方的干冷与南方的温湿形成显明的对比；土壤上为北方黄土分布的南界；作物上是北方的小麦杂粮与南方水稻茶区的分界线。秦岭—淮河一线的南北方，由于地理条件的不同，又自然成为历史上南北政治、疆界的分界线，战国时期日益强大的楚国，吃掉汉水及淮水流域诸邦小国，北进中国成为霸主，而其霸主地位的丧失，也是首先失去淮水流域的国土，使长江天堑无所依凭后才造成的。东晋与南朝扼守此线得以苟安，也有地理方面的原因，江淮利于水战，北方铁骑难以入侵，魏、蜀、吴的三国鼎立、南宋与金国的对峙，也足以说明这个道理②。秦岭—淮河一线的“近区”，也因而成为中国南北文

---

① 斯达尔夫人在《论文学》中吸取孟德斯鸠等人的“地理环境论”观点（其书中明确注明），从西欧文化地理上的南北差异着眼，考察了宗教、风俗、法律与文学之间的相互关系，不仅探讨了西欧南北文学与地理环境的关系，还研究了造成西欧南北文学地域差异的文化中介因素和历史传统方面的原因，“除自然环境外，史达尔夫人还找到形成北方文学（如英国诗歌）的另一个重要因素——宗教（基督教）。此外，她还糅合河流、宗教感、世俗性等因素，来论说属于南方的法国文学和属于北方的德国文学。认为一条莱茵河分开这两个文化地区，河的南面，有讲求世俗的法国文化和文学；河的北面，有崇尚宗教的德国文化和文学，如果双方能相互补充，都将会取得更高的成就。”引见伍蠡甫主编《西方文论选》下卷法国部分斯达尔夫人（该书译作史达尔夫人）《论文学》、《论德国》的选文小序，第122页，上海译文出版社，1979。斯达尔夫人论述到欧洲南北方的地理环境包括气候、土壤、大自然给人的记忆形象等与文学创作的关系，类似于孟德斯鸠《论法的精神》，但又有文学研究的独特性，不能作简单化的理解。

② 刘超骅《山河岁月——疆域开拓与文化的地理环境》，文见《港台及海外学者论中国文化》上册第124-125页，上海人民出版社，1988。按：“秦岭—淮河一线”以下这段引据刘超骅的文字描述，其实这种说明在中国出版的各种地理教科书和中国地图册说明中都可以找到，笔者深爱这段文字优美而且包含信息很大，故而引述之。刘超骅这篇论文分为“农业文明的起源与环境之适应”、“上古文明的发展与地理背景”、“秦汉疆土的确立”、“六朝的开发与隋唐五代国力之南移”、“宋的退守与辽金元的迭兴”、“明清时代之开拓”及“结语”七个部分，简要论述了中国历史疆域开拓和不同时代文化的地理环境变化、文化区域形成及其特点等问题，笔者在其他章节也有所参考，特此说明。此外，较早全面科学地研究中国气候及其与文化关系的有关论文，可以参考著名科学家竺可桢的《中国气候要素》和《中国气候要素（续）》，分别载于《地理学报》1935年第1期和第2期。参见《竺可桢文集》（书末附有竺可桢先生的论文目录），科学出版社，1979。另：可参考《中华人民共和国分省地图集》第133-137页《中国地形》说明文字（概括介绍了我国地形、江河湖泊、气候等）和地形图，地图出版社，1974。

化的“感觉区”、南北文化景观差异的分别区。

所谓文化感觉区，正如美国地理学家德伯里所言，就是指文化区域的划分常常没有一条清晰可见的边界，就像很难指出“阳光带”的确切位置一样。“每个人的头脑中都有区域的印象和概念，这种知觉依赖于我们的积累，即头脑中关于这种区域的‘知识库’，其中既含有物质文化、也包含非物质文化的内容。景观和自然环境的其他特征也促成了区域整体概念的形成，有时它会是一个突出的印象。”① 齐国的晏子曾向楚王论述“南桔北枳”的道理，从中就可以使我们认识到自然景观——桔树能作为南北方的区别标志②。春秋时代的北方人大概南行到今天河南淮阳一带的陈国，一观《陈风》中的《宛丘》、《东门之枌》等风诗，就能感受到巫风的炽烈气氛，会以为自己是来到南方了。反之，楚国人到了陈国的国都，又能感受到北方文化的浸染习气，又会以为自己是到了北方中原了。总之，文化给人们的感觉往往是模糊的，秦岭—淮河一线的南北近区，就是中国南北文化、南北文学地理分野的模糊区与感觉区③。

大体上，秦岭—淮河一线地区作为南北文化的感觉区域，在《诗经》的时代比今天更加模糊更加宽泛，今天我们说的南方，往往感觉上北限在长江，而南限甚至到了海南。但在明代，出身浙江余姚县的王阳明，正德四年（1508 年）秋他在贵州做龙场驿丞，深深地悲戚自己身处瘴疠偏远之地。他为一个北方来的过路小吏（及其一子一仆）暴死于荒郊，作了一篇有名的《瘗旅文》，感叹“蛮之言语不相知兮”，又庆幸自己来此两年而能“历瘴毒而苟能自全”的运气④，可见贵州之地还未能为当时士大夫认同为心目中的南方文化区。这说明中国古代对南北文化区的南北范围较今天的要小（跟行政区域有所不同），同时秦岭—淮河一线地域作为南北分界的感觉区又较今天为模糊。我们说秦岭—淮河一线地区作为中国文化的南北分界的感觉区域，乃是一种模糊的认知，但并非是不科学的臆说，模糊性思维，也是人

① 《人文地理——文化、社会与空间》中译本，第 179 页，同上。

② 关于“南桔北枳”与中国南北方气候（包括雨量、土壤、气温、湿度等）关系以及历史上属植物学桔类的桔（橘）、属枳壳类的枳栽培与地理分布情形，可参考文焕然的论文《从秦汉时代中国的柑桔荔枝地理分布大势之史料来初步推断当时黄河中下游南部的常年气候》，载《福建师范学院学报》1956 第 2 期。

③ 按：刘师培《南北学派不同论·总论》开篇就把中国的文化地理分为三大区域：“中国群山发源于葱岭，蜿蜒而东趋，黄河以北为北干，江河之间为中干，大江以南为南干。”引见《刘师培论学论证》第 40 页，同上。

④ 《瘗旅文》题下注明“戊辰”，有误，正德三年当为戊辰，四年为己巳。见《王阳明全集》卷 25《外集七》，上册第 951-953 页，上海古籍出版社，1992。又参考（美）斯蒂芬·欧文（宇文所安）《追忆》中译本第 49-52 页的有趣分析，郑学勤译，上海古籍出版社，1990。

类认知过程中一种科学的思维方法[①]。又正如美国德伯里所言：

> 从某种意义上说，作为文化地理学的一个概念，感觉区概括了民间文化和流行文化、物质文化和非物质文化。实际上，它是在所有层次上都能研究的一种思想。它不仅包括天然景观和环境，也包括文化景观和社会环境。"[②]

中国地理上的南北纬度跨越广大，疆域辽阔，以秦岭—淮河一线地区为分界看，在商周时代，北方就已有各具特色的秦晋、燕赵与齐鲁文化区，南方亦相继兴起巴楚与吴越文化区，南北学风、文风也因之迥然有别。在南北文化土壤上，分别先后产生了《诗经》与《楚辞》两种具有不同地域风格的诗歌巨著，从此，"风"与"骚"分别代表了现实主义与浪漫主义的两大传统[③]，长久而又深远地影响着中国的南北文学的发展。

一般说来，中国古代文学地域特征东西分别小而南北差异大[④]。中国的南北学风、文风的炽盛与迁变，和中国文化地理中心从西北走向东南、从内陆走向沿海的迁移规律相一致。陈正祥先生《中国文化地理》一书认为，中国文化地理中心的首

---

① 哲学研究者认为："从信息接收、思维分析和语言表达这一系列基本环节来看，人们认识活动的有效性、多样性、深刻性，并非单纯来自明晰、精确的认识形式和语言表达方式。相反，各种模糊思维形式和语言表达在人们交往活动和知识交流中，更具有广泛、完美和高效的特征。它们不仅节约了信息传递，使人们之间能彼此迅速沟通，而且能够有效地引起对方表象的集合，赋予认识的丰富性和生动性。"李晓明《模糊性：人类认识之谜》，第6页，人民出版社，1985。

② 《人文地理——文化、社会与空间》中译本，第179页，同上。

③ 20世纪中国文学史写作中，多把《诗经》归为现实主义，《楚辞》归为浪漫主义，并认为因之而形成中国文学史上的两大传统。这种分析是有道理的，其现实主义和浪漫主义只是一种借用而已，前者主要指以注重写实的、偏向再现的创作特点为主的艺术精神，后者主要指想象丰富的、更为激情的创作特征。不可胶柱鼓瑟地直接与西方现实主义思潮和浪漫主义思潮的批评意旨和创作实际作机械的比附理解。

④ 按：本文的主要目的，在于以中国古代文学史和中国文学批评史有关文学现象和理论批评为研究例证，着眼于文学地理学的理论建构，其中主要从经度方向上考察南北文学的地域差异，也适当考虑纬度方向上东西文学的地域分别——这主要体现在对《诗经》之《风》诗地域风格等有关内容的研究分析之中，从中可以看到中国文学地理的东与西也有显著差异，如《诗经》中西北的秦风、豳风与东部的齐风、陈风差异就很显然，但不及南北分别那么突出，而且有些问题可以放在南北文学分别中去讨论。先南北而后东西，北方有秦晋、郑卫、齐鲁等而南方有巴蜀、荆楚、吴越等文学地域和文化区域，大区域中还有小区域的异同离合，其间历史发展也不同，而且在中国历史发展长河中，其南北、东西的文化地域扩展也不同；另外，又如陈正祥先生所论，中国文化地理中心从历史来看，是从西北走向东南的，今天东部沿海和中部、西部的差异也明显存在，当代文学的地域风貌也因而有别，这也明显自然成为一种文学地域的划分方法。总之，中国这种文学地理格局的形成，在文学地理上主要表现为南北差异并也存在东西差异的特点，是历史发展过程中自然而然形成的，其间"都会"（城市）起到文化中心的发展凝聚作用，生产方式与经济发展奠定着文化区域的分野基础，西汉司马迁撰写《史记·货殖列传》时就已经敏锐地感觉到并加以杰出地描述与分析。又，中国历史上文化地理中心从西北走向东南，与地缘政治和地理的自然条件有关，但今天随着现代化的进程，这种情况就会大为改观，西部大开发可以使中国西部再现辉煌而成为文化地理中心之一。又按：刘熙《释名》卷二《释州国》："国城曰都。都者，国君所居，人所都会也。"引见（清）毕沅疏证、王先谦补《释名疏证补》第8页，中华书局，2008。

次大迁移，造成了六朝南北文学的异趣。唐代安史之乱，造成了文化地理中心再度南移，就中国文学地理学而言，从唐代中后期南方作家远远超过北方作家的数量这一地理分布情况看，可以明显看出这一点。“东南财赋地，江浙人文薮”，江南跃为全国经济中心，时称天下赋税，江南十之取九。此时，大唐王朝已是“夕阳无限好，只是近黄昏”了。随着帝国的衰微，时代的变迁，南方的浪漫而伤感的情调蕴发于诗文，造成唐代中后期诗风的转变。金兵南下，南宋迁都于临安（杭州），造成中国文化地理中心的第三次向东南方向的迁移。至此直至明清时代，南方成为政治、经济、文化中心的地位已经确立。[①] 从文学地理学的角度，来考察宋代诗人、词家的创作活动，即使以豪放见长的作家，其作品往往也不失风流飘逸。其原因之一，就是因为他们多是南方人，或是北方人而有南方的生活经历或受到南方文化思想影响之故，如南方的心学与禅学的熏染作用。

元诗多学唐人，或清丽而幽远，或沉郁而奔放，这种诗风的形成，是和元初刘因与赵孟頫（松雪）的影响分不形的。刘因作为北籍作家的代表，诗风以豪放见长；赵孟頫作为南籍作家的代表，诗风以清丽为主。元代早期诗坛上，这两种南北诗风的会合、贯通与流变，形成了元诗的独特风格和艺术成就，从而超越了宋末江湖派的清苦仄狭之格。而刘因倾心于南方文化，却一生未能洗涤诗风粗犷之气；赵孟頫入仕于大都，一生也未能进入健畅之境[②]；虞集、杨载、范梈、揭傒斯四大诗人的总体风格特征偏于纤弱，均是与南北传统文学的地域之气的浸染分不开的。

明代中期前、后七子[③]，在文学上，倡发“文必秦汉，诗必盛唐”的复古主义运动，其原因虽是复杂的多层次的，但有一点很明显，就是他们受到北方经学传统的影响较深，从而崇尚古朴与“风骨”之美。前、后七子领袖人物李梦阳、李攀龙

---

① 以上论述，据陈正祥《中国文化地理》第一篇《中国文化中心的迁移》，该篇分五节分别论题为“汉文化的原始中心”、“逼使文化中心南迁的三次波澜”、“南北地位的转换”、“江南的开发”、“东南财赋地，江浙人文薮”。三联书店（香港分店），1983。

② 刘师培《南北学派不同论·南北文学不同论》云：“金元宅夏，文藻黯然。惟遗山之诗则法少陵，存中州之正声，子昂卑卑，非其匹也。”引见《刘师培论学论政》第1页，同上。

③ 明代前七子为李梦阳、何景明、王九思、边贡、康海、徐祯卿、王廷相；后七子为李攀龙、王世贞、谢榛、吴国伦、宗臣、徐中行、梁有誉。《明史·文苑传序》述明代一代文学云：“明初，文学之士承元季虞、柳、黄、吴之后，师友讲贯，学有本原。宋濂、王袆、方孝孺以文雄，高、杨、张、徐、刘基、袁凯以诗著。其他胜代遗逸，风流标映，不可指数，盖蔚然称盛已。永、宣以还，作者递兴，皆冲融演迤，不事钩棘，而气体渐弱。弘、正之间，李东阳出入宋、元，溯流唐代，擅声馆阁。而李梦阳、何景明倡言复古，文自西京、诗自中唐而下，一切吐弃，操觚谈艺之士翕然宗之。明之诗文，于斯一变。迨嘉靖时，王慎中、唐顺之辈，文宗欧、曾，诗仿初唐。李攀龙、王世贞辈，文主秦、汉，诗规盛唐。王、李之持论，大率与梦阳、景明相倡和也。归有光颇后出，以司马、欧阳自命，力排李、何、王、李，而徐渭、汤显祖、袁宏道、钟惺之属，亦各争鸣一时，于是宗李、何、王、李者稍衰。至启、祯时，钱谦益、艾南英准北宋之矩矱，张溥、陈子龙撷东汉之芳华，又一变矣。有明一代，文士卓卓表见者，其源流大抵如此。”第4883页，同上。

都是北方人（其中南人王世贞现象却反映了文学流派的超地域性①），而作为前、后七子“反对派”面目出现的唐宋派、公安派及竟陵派的作家，就多是南方人，他们的诗文直抒胸臆，写景清新自然，也是与南方的山水自然的陶冶、南方心学及禅风的再度兴盛分不开的。清代诗人施闰章与宋琬，时称“南施北宋”，施之诗多清丽而宋之作多壮语，也为其后诗歌批评家与文学史家所公认②。中国的南北曲也各具地域特色，明人王世贞《曲藻》认为：

> 凡曲：北字多而调促，促处见筋；南字少而调缓，缓处见眼。北则辞情多而声情少，南则辞情少而声情多。北力在弦，南力在板。北宜和歌，南宜独奏。北气易粗，南气易弱。此吾论曲三昧语。③

---

① （明）王世贞（1526—1590），江苏太仓人，名臣王忬（《明史》单独有传）之子。日本吉川幸次郎认为王世贞之所以超越或背叛地方（吴地）的传统，最终成为“古文辞”大家，乃主要是其“激情的性格使然”。参见其《元明诗概说》第六章第五节《王世贞》，第222页，郑清茂译，（台北）幼狮文化事业出版公司，1986。笔者以为所论颇是（当然其原因也并非一端）。就如尚北宗画还是崇南宗画之精神，乃是与其画家的个性气质、审美理想有关。文学地理学研究，固然根据“地理出身”（籍贯）来考察作家的地域分布情况，是一个重要研究方面，但分析此问题不可胶柱鼓瑟，死扣“地图”，除了作家的流动性和生活阅历变化影响到创作风格和审美取向外，最重要的是要把作家作品所表现出的创作个性纳入研究对象之中。简而言之，南人可有北人之气质，而北人可具南人之个性；唐人可以写出“宋调”的诗歌，宋人也可以作出“唐体”的作品。因而江西派不一定是江西人，而南宗体不一定是南方人，但却不妨碍中国文学史上和文学和艺术批评史上又存在南北文学的差异和地域的分野及各自的地域传统。尤其是所谓南北宗画、南北宗体诗、南北宗词等之分别就既与南北地域文学艺术传统相关，又具有“虚拟”的文化地理空间特征，文学地理学既要研究文学地域性之“切近”于自然地理空间问题，还要研究腾离于实际地理空间分布之“文化的空间”问题，要根据实际情况和“文学事实”处理好这种“切近”与“腾离”的辩证关系。

② 赵尔巽等撰《清史稿·文苑传序》云：“清代学术，超汉越宋。论者至欲特立‘清学’之名，而文学并重，亦足于汉、唐、宋、明以外别树一宗，呜呼盛已！明末文衰甚矣！清运既兴，文气亦随之而一振。谦益归命，以诗文雄于时，足负起衰之责；而魏、侯、申、吴，山林遗逸，隐与推移，亦开风气之先。康、乾盛治，文教大昌。圣主贤臣，莫不以提倡文化为己任。师儒崛起，尤盛一时。自王、朱以及方、恽，各擅其胜。文运盛衰，实通世运。此当举其全体，若必执一人一地言之，转失之隘，岂定论哉？道、咸多故，文体日变。龚、魏之徒，乘时立说。同治中兴，文风又起。曾国藩立言有体，济以德功，实集其大成。光、宣以后，支离庞杂，不足言文久矣。”（第44册）第13314-13315页，中华书局，1977。又，可参考刘师培《南北学派不同论·南北文学不同论》关于明清南北文学的论析。《刘师培论学论政》第71-72页，同上。施闰章与宋琬均载入《清史稿·文苑传》。汪辟疆《近代诗派与地域》正可补《文苑传》之不足，其中论清初诗坛，云其能承明代七子之流风余韵，施闰章（号愚山）、宋琬（号荔裳），与一代正宗王渔洋（士祯）及朱彝尊、赵执信、查慎行为清初六家，“宋荔裳有高、岑之清警，施愚山存古诗之遗音”。《汪辟疆文集》第277页，同上。

③ （明）王世贞《艺苑卮言》附录论曲的四十多条，又单独辑为《曲藻》，引见《中国古典戏曲论著集成》本（第4册）《曲藻》，第27页，中国戏剧出版社，1959。王世贞《曲藻序》又云：“大抵北主劲切雄丽，南主清峭柔远，虽本才情，务谐俚俗。譬之同一师承，而顿渐分教；俱为国臣，而文武异科。”（同上书，第25页。）关于这段论述的逐句解释，可参考陈钟凡（即陈中凡）为朱谦之所著《中国音乐文学史》写的长篇序文，解释甚全面精审。如其解释“北则辞情多而声情少，南则辞情少而声情多”云：“这是指听者方面的效果说的。北曲各字发音明了，且曲词平易，其辞意显然，使人便解，故曰‘辞情多而声情少’。南曲委宛曲折，一字每有数腔，虽觉悦耳，但非熟悉曲辞者不能悟其意义。故曰‘声情多而辞情少’。这也是昆曲之所以不能行远，终为后起之皮黄压倒的一大原因。”见朱谦之《中国音乐文学史》第13-14页，北京大学出版社，1989。

稍后王骥德《曲律·杂论第三十九上》亦云："南、北二调，天若限之。北之沉雄，南之柔婉，可画地而知也。北人工篇章，南人工句字。工篇章，故以气骨胜；工句字，故以色泽胜。"① 二人的分析基本上是一致的。

现代文学中北方的"山药蛋"派与南方的乡土文学等，以及当代文学中"北大荒文学"与"寻根派"作品等，也表现了南北异趣的艺术特色，具有一定的地理风土质性。当代文学的创作，尤其是"新时期"以来贾平凹、莫言、张承志、张贤亮等人的小说，常常以某一特定的文化地域为背景，深入挖掘该地域空间中的历史文化的积淀，展示活动在这一空间中的人物所具有的共性特征和个性心态，其地理风土韵味十分浓烈。特别如张承志的小说，喜欢把地理学的内容直接引入作品，设置富于特色的自然地理环境，并加以充满温情的描写，如他的《戈壁》、《黑骏马》以及《北方的河》等作品，就是最好的代表②。当代作家这种力图描述南北文化的地域个性的创作特色，以及评论界应之而生地提出"地域文化派"、"地理学文学"等品评观点，从而想对当代文坛的这种创作现象进行分析的风气，都应纳入文学地理学的研究范围。

三、"正朔"意识及南北异同论

中国文学地理、艺术地理等方面问题的传统论述，主要以分析南北差异为主要

① 引见《中国古典戏曲论著集成》（第4册）之《曲律》本第147页，同上。王骥德《曲律》论南北曲之异同，多有直接引用或继承王世贞之说者，全书不仅开卷即有"总论南北曲"专节，而且凡论音乐、作法、表演等等诸多问题，均多从南北曲的比较着眼进行分析。又，刘师培《南北学派不同论·南北文学不同论》认为："自元以降，惟剧曲一端区分南北，若诗文诸体咸依草俯木，未能自辟途辙，故无派别之可言。"引见《刘师培论学论政》第71页，同上。

② 现当代文学研究和文学批评中，1949年后由于受到学术界批判"地理环境决定论"影响，和中国古代文学研究一样，多避免讨论文学地理论题，而是把相关分析置于民族性、人民性、大众化等论阈之内进行讨论，例不胜举。当代文学创作在20世纪80年代已经渐渐形成一种追求不同"地域文学"特色的创作潮流，随之，文学批评也及时加以总结并回过头来重新审视现代文学有关创作现象，追溯中国古代及近代以来"文学地理"评论和创作传统，于是提出或重新提出西部文学、东部文学、南方文学、北方文学、地域（或称区域）文化小说等一系列的概念，人文地理学、人类生态学等理论也被迅速引入当代文学批评，其批评概念还比较杂乱多样，但其共同指向在笔者看来都属于"文学地理学"的研究与批评。可参考论文：李庆西《大自然的人格主题》，载《上海文学》1985年第11期；严家炎《〈20世纪中国文学与区域文化丛书〉总序》，载《理论与创作》1995年第1期；樊星《当代文学与地域文化》，载《文学评论》1996年第4期；何西来《文学鉴赏中的地域文化因素》，载《小说评论》1996年第6期。参考著作：萧云儒《中国西部文学论》，（西宁）青海人民出版社，1989；严家炎主编《20世纪中国文学与区域文化丛书》系列，李怡《现代四川文学的巴蜀文化阐释》、逄增玉《黑土地文化与东北作家群》、朱晓进《"山药蛋"派与三晋文化》、李继凯《秦地小说与"三秦文化"》、费振钟《江南士风与江苏文学》、魏建、贾振勇《齐鲁文化与山东新文学》、刘洪涛《湖南乡土文学与湘楚文化》等，湖南教育出版社，1995。

内容[①]。南北思想文化、文学艺术发展中的差异形成，不仅与南北地理的自然差异直接相关，也与持续一两千年的南北文化之争密切联系在一起。南北文化之争，本源于封建政治意识上争夺“正朔”（正统地位）的思想[②]。传统上，以周、秦、汉、唐的北方“王基”为正统，故“褒北贬南”的文化心理非常强盛。（北齐）邢邵《萧仁祖集序》认为：“江北江南，意制本应相诡”[③]，（金）元好问《自题〈中州集〉后五首》之二有句云：“北人不拾江西唾，未要曾郎借齿牙”[④]，这种批评思想，就是一种“褒北贬南”的心理表现。自晋室南迁后，特别是南宋时期，中国文化地

---

① 笔者采用先南北而后兼顾东西的方法进行分析，此亦符合中国古代文学地理之“文学事实”，参见前注。“文学事实”是法国波尔多文学社会学学派领军人物罗贝尔·埃斯卡皮提出的概念，它类似我国学术界经常使用的“文学现象”这个概念但含义更为广泛，指种种如文学的创作生产、出版发行（传播）、消费阅读等，这种具体的文学事实的分析，有助于建构文学地理学研究。参见埃斯卡皮《文学社会》中文选编本所附于沛《埃斯卡皮的文学社会学评介》，第248-249页，同上。

② 按：关于“正朔”思想，历史文献资料甚多，今可参考饶宗颐撰辑《中国史学上之正统论》一书，该书不仅论述全面精审，而且附辑有历代原始资料。上海远东出版社，1996。又按：对中国历史上的“正朔”意识、南北文化之争及褒南贬北或崇北抑南的思想观念及文化心理，应作历史性判断，各自具有不同的历史意义和思想价值，如元好问的“北人”意识（有以中原为中华传统的正统命脉之所在的文化心理，并具有自觉承命而延续我中华文化传统的意识），因此要具体问题具体分析，不能一概而斥之为封建腐朽思想。笔者本文论述及此，主要是作为客观的历史文化现象加以分析揭示，我们今天不能因为研究文学地理学而表现有这种思想苗头或心理，甚至流露出地域歧视的观念，这是决绝要加以警觉和批判的。西方自孟德斯鸠以来时或表现出来的“环境决定论”就是包含一定“地域歧视”乃至民族歧视的不正确的思想，甚至带有或浓或淡的殖民主义、帝国霸权主义思想色彩。参考（英）凯·安德森等主编《文化地理学手册》第六部分《帝国之后》、第八部分《地缘政治的文化》等有关论述，同上。法国罗贝尔·埃斯卡皮《文学社会学》曾不无警告地说：“几年来，流行着文学地理学，会迅速滑向地方主义，而从地方主义，又会滑到种族主义。”并声明他仅仅局限利用文学地理学研究中的“出身地点这个原始资料”和方法，分析法国“巴黎—外省”的作家数量多少与迭替现象及其文学的“世代与群体”现象的分析统计等。笔者认为只要坚持正确的思想立场，能够客观科学的分析文学现象和文学事实，辩证思考文学与地理关系问题，就不会犯这样的错误，也大可不必担心只要研究文学地理学，就“会迅速滑向地方主义，而从地方主义，又会滑到种族主义”。参见埃斯卡皮《文学社会学》中译本第26页，同上。

③ 引见《全北齐文》卷3，（清）严可均辑《全上古三代秦汉三国六朝文》（全4册）第4册第3842页，中华书局，1958。按：下文引用本书文献（或于文中）仅注明卷篇。又，今可参该书（《全上古三代秦汉三国六朝文》）全10册新版横排本，河北教育出版社，1997。

④ 见元好问《中州集》附录，文渊阁《四库全书》本。又见《遗山集》卷13，文渊阁《四库全书》本。全诗上二句为：“陶谢风流到百家，半山老眼净无花。”按：“百家”二字语意双关，暗指王安石《唐百家诗选》，此选不选唐著名大诗人，如陈子昂、王维、李白、杜甫、韦应物、元稹、白居易、韩愈、柳宗元、刘禹锡、孟郊、杜牧、李商隐、温庭筠等，引起后人批评，意见较纷纭。不过王安石可能别有主旨与编选体例，此不赘言，但就入选者而言，南宋著名诗人刘克庄《后村诗话》也多处指出其有失选“佳作”之处。曾郎指续王安石而编《宋百家诗选》（佚）的南宋曾慥，“北人”这里具体就是指元好问选入《中州集》具有与江西诗派不同风格的金代诗人（按：其中多有南方诗人入北者）。元好问对江西诗派多所批评，“北人”意识强烈，其《自题〈中州集〉后》五首第一首云：“邺下曹刘气尽豪，江东诸谢韵尤高。若从华实评诗品，未便吴侬得锦袍。”又，参考刘克庄《后村诗话》第51、63、196、244、249页论及王安石《唐百家诗选》有关评论，王秀梅点校，中华书局，1983。又，王安石《唐百家诗选》，有《四库全书》文渊阁本，另可参考新世纪万有文库本，黄永年、陈枫校点，辽宁教育出版社，2000。又，参考羊春秋等选注《历代论诗绝句选》，第200页，湖南人民出版社，1981。

理中心移至南方以后，作为与“褒北贬南”的文化心理、思想观念的一种反动（反拨），“崇南抑北”的文化心理愈来愈为强盛，因而形成南北文艺观念、文艺批评的种种不同，并且反过来影响了南北文艺创作趋向、流派风格的不同发展。这种南北文化之争，乃是研究中国文学地理学的重要线索，也是中国文学史、文学批评史研究的一条重要线索。

从中国南北文化地理的角度来探讨、分析哲学、佛教、绘画、书法以及文学等南北两方的地域特色及其差异性，可以说是代不乏人，议论迭出。特别是六朝时代，中国文化各种形态所表现在南北文化地理上的明显不同，最为哲学家、宗教徒和文史批评家所关注。明、清以来，董其昌、阮元、梁启超、刘师培和王国维等人，他们一方面对前人关于哲学、宗教及文学艺术的南北分别论进行了总结概述；另一方面他们又以自己的丰富学识对之作了进一步的研究①。

明代著名书画家及艺术理论家董其昌，以禅宗南顿北渐为喻（当然不仅是比喻，因为南北禅风确实对绘画产生了重大影响），首先以南、北宗派来区别画学的南北流别，这种思想又深刻地影响了文学创作及其理论批评。如清代的王士祯就承继了董其昌“崇南抑北”的分宗学说，张扬“神韵”之论，推崇南宗作风。清代厉鹗、张其锦等人更以“清空”与“豪迈”为词学之南、北宗派的词风，并以此为品评原则，对宋代南北词人的作品进行了研究②。董其昌《画旨》云：

---

① 如梁启超《中国地理大势论》一文分析“美术音乐”的南北之别说：“吾中国以书法为第一美术。故千余年来，此学蔚为大国焉。书派之分，南北尤显。北以碑著，南以帖名，南帖为圆笔之宗，北碑为方笔之祖。遒健雄浑，峻峭方整，北派之所长也。龙门二十品、爨龙颜碑、吊比干文等为其代表。秀逸摇曳，含蓄潇洒，南派之所长也。兰亭、洛神、淳化阁帖等为其代表。盖虽雕虫小技，而与其社会之人物风气，皆一一相肖有如此者，不亦奇哉。画学亦然，北派擅工笔，南派擅写意。李将军（思训）之金碧山水，笔格遒劲，北宗之代表也。王摩诘之破墨水石，意象逼真，南派之代表也。音乐亦然，《通典》云：‘祖孝孙以梁陈旧乐，杂用吴、楚之音，周、隋旧乐，多涉胡戎之技。于是斟酌南北，考以古音，而作大唐雅乐。’直至今日，而西梆子腔与南昆曲，一则悲壮，一则靡曼，犹截然分南北两流。”梁启超《饮冰室合集》第2册《饮冰室文集》之十，同上。

② 参见钱钟书《中国诗与中国画》一文，《七缀集》第7页的有关引文与论述，上海古籍出版社，1985。厉鹗《张今涪红螺词序》：“尝以词譬之画，画家以南宗胜北宗。稼轩、后村诸人，词之北宗；清真、白石诸人，词之南宗也。”其后张其锦《梅边吹笛谱跋》文又有类似言论并更加“系统”。厉鹗《张今涪红螺词序》，见《樊榭山房文集》卷4，《四部丛刊》本。（《四部丛刊》初印本、二次印本收录《樊榭山房集》10卷、《续集》10卷、《文集》8卷、《集外集》3卷又1卷）。又，厉鹗《张今涪红螺词序》这段“南北宗”词论，因郭绍虞先生选入《中国历代文论》而最为一般读者熟知（其据光绪振绪堂重刊本《樊榭山房文集》卷4），见第3册第392页，上海古籍出版社，1979。张其锦《梅边吹笛谱跋》，见凌廷堪《梅边吹笛谱》卷首《序》，（按：载二文，一为凌廷堪《自序》，一为张其锦《跋》；又，凌氏是安徽歙县人，张其锦乃安徽宣城人，凌氏门生。）张其锦《梅边吹笛谱跋》，载见陈乃乾辑《清名家词》第6册，第1-3页，上海书店印行，1982。参考饶宗颐撰《中国古代文学之比较研究》五《文学与释典》J《借用南北宗以喻诗文派别》（原载日本京都大学《中国文学报》第32册，1980年10月），见王利器《文镜秘府论校注》附录五补注，第648-650页，中国社会科学出版社，1983。又，参见本书第五章第三节《南北分宗的文艺批评观》。另，饶宗颐《中国古代文学之比较研究》一文（选录三节），又见载于陈国球编《香港地区中国文学批评研究》论文集（全一册），台湾学生书局，1996。

禅家有南北二宗，唐时始分。画之南北二宗，亦唐时分也，但其人非南北耳。北宗则李思训父子著色山水，流传而为宋之赵幹、赵伯驹、伯骕，以至马、夏辈。南宗则王摩诘始用渲淡，一变钩斫之法，其传为张璪、荆、关、董巨、郭忠恕、米家父子，以至元之四大家。亦如六祖之后有马驹（按：指马祖道一禅师）、云门、临济儿孙之盛，而北宗微矣。①

中唐时代，南北分流的南北宗禅风，在当时就已影响到文艺批评界，中晚唐以至五代涌现出的《二南密旨》（传为贾岛所作）、《雅道机要》（徐寅作）等诗学论著，对诗歌的创作提出“南宗体”与“北宗体”的分别论，就是受到禅学南北分宗风气影响的证明②。董其昌等人的南北宗画派学说，可能也受到《二南密旨》、《雅道机要》之类诗格论著作的直接启发。董其昌的南北宗画派学说，尤其是他的“崇南抑北”的思想，宗尚南宗画的观点，对后代影响很大，既为许多学者所认同，也受到不少人的批评。董其昌推崇南宗派、文人画，也是“崇南抑北”文化心理的一种明显的表现，其深层处无疑受到传统上南北争“正朔”、张“正统”的封建政治意识的作用。而一部分责难他的人，反过来也是站在“褒北贬南”的立场上的，反映在画学批评上的这种观念差异，本身也就是一场南北文化之争的具体体现。徐复观《中国艺术精神》一书中，曾从董氏论南北宗画有所谓“但其人非南北耳”一句话出发，认为董氏是反对以“地理”分派的；而前此的日本汉学家青木正儿《南北

① 所引《画旨》，据《容台别集》卷34。今参据《画眼》（一卷），见黄宾虹、邓实编《美术丛书》第1册第126页，江苏古籍出版社据神州国光社1936年版影印，1986。董其昌论画名称较多，《容台别集》卷34作《画旨》（收录论画155则），有北京大学图书馆藏本等，题曰华亭董其昌著，冢孙（董）庭辑、孙男（董）延编次。又，题名《画旨》者有《画论丛刊》本，其中主要条目有同有异，多少不一，又基本载入其《画禅室随笔》等，如上述引文，又见《画禅室随笔》之《画源》一节，有《艺林名著》丛刊本，北京市中国书店据世界书局1936年版影印，1983。又按该条引文，钱钟书先生亦早指出：其与董氏同乡书画家莫是龙《画说》全同，又与其同乡好友陈继儒《偃曝余谈》卷下一条论述大概类似（这三人即所谓华亭三大名士）。究竟是谁首先提出，笔者以为无法考辨清楚，以归属董氏较合理（童书业、俞剑华等认为是莫是龙提出，徐复观经过细致考辨，其意盖以为应该归所有权于董氏），结论还可以再讨论，但可以说明他们（华亭三大名士）有共同的看法。参见钱钟书《中国诗与中国画》一文，见《七缀集》，第7页，同上。俞剑华《中国画论类编》第716页载莫是龙《画说》、第757页载陈继儒《眉工论画山水》、第724页董其昌《画禅室论画》所附作者传略、解题等说明。人民美术出版社（第2版），1986。徐复观《中国艺术精神》第十章《环绕南北宗的诸问题》第一节《南北分宗的最先提出者》，第339-345页，（沈阳）春风文艺出版社，1987。

② 当然还可以追溯至六朝经学学风、文学创作与风格等南北差异乃至《诗经》与《楚辞》的差异。参考饶宗颐撰《中国古代文学之比较研究》五《文学与释典》J《借用南北宗以喻诗文派别》，同上。又，参见本书第五章第三节《南北分宗的文艺批评观》。《二南密旨》，参见《丛书集成》初编本（原据《学海类编》排印），《雅道机要》，可参见清顾龙振编辑《诗学指南》（卷4），台湾广文书局，1970。今又可参张伯伟编撰《全唐五代诗格校考》，陕西人民教育出版社，1996。（宋）陈应行编《吟窗杂录》，王秀梅整理，中华书局，1997。

画派论》，以画家的南北籍贯为分野，来批评董氏立论的妥帖，均只看到了问题的一个方面。① 其实，董其昌是从绘画艺术流派及流派风格的地域性和超地域性两方面着眼的，这并不矛盾，相反倒是较为符合中国画史的发展实际的。正如宋代江西诗派多为江西人，又不全是江西人一样，但并不妨碍他们形成一个南方文学流派。董其昌论北宗“著色山水”以李思训为祖，南宗文人画以王维为祖，既注意到了绘画艺术的地域风格，也考虑到了超地域性的空间分布结构，以及各自的地域艺术传统继承等问题。至于他自己倾心于南宗文人画，以北宗院画派李唐、刘松年、马远、

① 徐复观说：“中国绘画，在发展过程中，当然受有南北地理的影响。”又分析认为，“但南北宗之分，全就工夫意境上立论，并未涉及南北地理对画的影响。”又列举董其昌《画旨》有关论说，认为：“董氏是反对以地理分派的。”又说：“董氏的南北分宗，特把南北的地理观念踢开，这倒是很对的。所以日人清木正儿氏的《南北画派论》，却从画人的南北籍贯上以批评董氏，这可说是完全不相干的。”其所论有自相矛盾之处，而日本清木正儿死扣南北籍贯亦属未谛者。按：这里涉及文学地理学理论建构的一个重大核心问题，略析之：文学（艺术）地理学要研究文学与地理的“直接关系”（特别是文化交流和地理交通不发达的时期），同时这也是今天乃至今后仍然会客观存在的“文学事实”，所谓“江南地润无尘，人多技艺”（唐张彦远语），所谓“北画病在重坡，南画伤乎多水”（宋李澄叟语）；但决不能死扣作家艺术地理籍贯（出身地）作简单化理解和论断——如南宗画以王维为鼻祖而王维乃北人（太原祁县人），而且董氏建构“画史”中的南北宗画派，其中分别并不完全以画家南北“地理籍贯”为限阈——这于诗歌派别如南宋江西诗派、于书法如阮元论述并建构“书法史”中的南北派，都是如此；同时正如徐复观所论，艺术创作是一种“再创造”，更取决于创作主体的才性、艺术观念、审美理想等主体作用，然而地域的文学（艺术）传统，包括艺术思维、创作方法、审美理想、审美心理、艺术风格追求等，一旦形成或一旦被有意识“建构”或“再造”为某种理想或传统，就会在某一文学（艺术）地域中为作家、艺术家乃至特定地域空间中创作群体所继承、所张扬，董氏的南北宗画派论不仅受到南北禅宗分别论影响，而且实际上也是对历史上南方和北方的文学艺术精神（所谓工夫、意境上的特点和审美取向）有关，更具有“艺术流派”特点，其理论背后仍然具有南北文学（艺术）的地域性和文学（艺术）地域的南北分野的文化观念、创作观念、艺术思维形式和审美心理等等的历史因素与背景之存在，这种存在正是董氏建构南北宗画派论的基础，所以并没有完全踢开“地理观念”，只是其“地理观念”的“地理”是带有主观性乃至虚构性的文化的“地理空间”，又与发端于事实上的“地理空间”的南北差异和文学艺术创作上的南北差异相因袭，二者是相互关联的而不是完全无关的。这反映了文学艺术地域性的空间风格与时间风格的辩证发展关系，换言之，南北宗画派论所建构出的南北“地理空间”在一定程度上是被塑造出来的，既具有虚构性、想象性又与特定实际地理空间、文化地域相联系或以之为依存的一种“文化地理空间”，所以文学地理学不尽要研究以文学与地理及文化地理的直接相关性，还要研究文学与被特定建构而成的“文化的地理空间”的关系，“空间”离不开“地理”。有趣的是，这后一中心问题正是与20世纪中叶以来“文化转向”导致“空间转向”（地理转向）所探求的目标相一致。犹如“豪迈”被指为北宗词风而“清空”被指为南宗词风，“体裁绮密”与“芙蓉出水”在六朝之后有时被用来分别指认为北方与南方文学创作的“地域空间风格”，究其实也都有被建构或主体性投射的“文化地理空间”想象意义；但这种带有主体建构性的“文学（艺术）地理”又会转化为文学（艺术）事实，且与所谓“南人约简”而“北学深芜”的地域文化传统相承继、相呼应，董其昌之后尤其是清代南北宗画派论成为绘画批评主流，而且影响着绘画创作实践，进一步与诗词创作一样追求士大夫尚“雅”的所谓清空自然、天真幽淡、具有“神韵”的审美理想，而与戏曲、小说以及民歌尚“俗”的艺术理想截然异趣。参见徐复观《中国艺术精神》第十章《环绕南北宗诸问题》，第339-402页，同上。参考（英）凯·安德森等主编《文化地理手册》之《全书导读》部分，史蒂夫·派尔《地理斗争》一节，作者从分析伦敦特拉法尔加广场抗争的地理意义开始，最后认为“地理是需要在其上抗争并通过抗争而获得的东西”，“在这个意义上，地理造就了文化如同文化造就了地理。”中译本第34、37页，同上。

夏圭等人为不宜学，撇开其立论是否笼统而不论，实质只能反映他个人的艺术好尚，当然他这种“崇南抑北”的艺术好尚，又是与明代绘画艺术的时代风尚相一致的。董其昌《画旨》又云：

文人之画，自王右丞始。其后董源、僧巨然、李成、范宽为嫡子；李龙眠、王晋卿、米南宫及虎儿，皆从董、巨得来；直至元四大家黄子久、王叔明、倪元镇、吴仲圭，皆其正传；吾朝文、沈，则又遥接衣钵。若马、夏及李唐、刘松年，又是大李将军之派，非吾曹当学也。

文人画派的南宗画家所举代表，实以南方人为多。徐复观认为董氏是“全就工夫意境上立论，并未涉及南北地理对画的影响”云云，并不完全正确，因为这两个方面并不是相互排斥而是相互统一的。张少康先生《董其昌文艺美学思想——兼谈山水画的南北宗问题》一文有论云：“山水画南北宗之分，并不是以画家之祖籍来分的，也不能从表面的笔法来分，主要应当从南北宗绘画中所体现的不同创作思想、美学原则来加以考察。钩斫、渲淡只是具体绘画方法，本来，王维也不乏细致工笔，北宗画家也并非不用水墨渲淡，关键是在艺术思想和审美理想方面，一重人工，一重自然；一主精工雕饰，一主天生化成；一主具体形象的真实细腻之美，一主像在画外的想象之美。一般说，北宗画受儒家美学思想影响较多，而南宗画则受老庄思想影响很深。唐宋以来绘画创作和绘画美学思想上的这种对立，实质上正是六朝文艺思想上‘错彩镂金’和‘芙蓉出水’两种对立的美学观之继续与发展。”① 笔者以为从南北地理及文化传统个性精神对绘画的影响出发，进而上升到绘画创作及美学思想的“工夫”、“意境”之上立论，乃是一种正确的“历史的与逻辑的”统一论。中国画的风格流派的异同，历来论者“就南北地理的影响而言”亦由来已久。唐代张彦远《历代名画记》卷二“南北时代”条下，即指明“衣服车舆、土风人物，年代各异，南北有殊”；又于“论画工用拓写”条下，认为“江南地润无尘，人多技艺”。② 南宋李澄叟《画山水诀》有所谓“北画病在重坡，南画伤乎多水”之论。③ 以上所引，显然都是从绘画艺术的地域特征着眼论述的。

我国书法艺术的南北分野也是非常显著的，清代的著名学者阮元就对之进行了深入的研究和分析。其《揅经室三集》卷一中的九篇书法论文和序跋，特别是其中的《南北书派论》和《北碑南帖论》二文，一再申明了书法艺术南北派的异趣。其

① 张少康师该文原载香港《中华国学》创刊号，后收入《夕秀集》第223-249页，（北京）华文出版社，1999。

② 引见（唐）张彦远《历代名画记》第32页，俞剑华注释本，上海人民美术版社，1964。

③ （宋）李澄叟《画山水诀》，引见俞剑华《中国画论类编》，第621页，同上。

《南北书派论》云：

盖由隶字变为正书、行草，其转移皆在汉末魏、晋之间，而正书、行草之分为南、北两派者，则东晋、宋、齐、梁、陈为南派；赵、燕、魏、齐、周、隋为北派也。南派由钟繇、卫瓘及王羲之、献之、僧虔等，以至智永、虞世南。北派钟繇、卫瓘、索靖及崔悦、卢谌、高遵、沈馥、姚元标、赵文深、丁道护等，以至欧阳询、褚遂良。……南派乃江左风流，疏放妍妙，长于启牍，减笔至不可识，而篆、隶遗法，东晋已多改变，无论宋、齐矣。北派则是中原古法，拘谨拙陋，长于碑榜，而蔡邕、韦诞、邯郸淳、卫觊、张芝、杜度篆、隶、八分、草书遗法，至隋末唐初（贞观、永徽金石可考）犹有存者，两派判若江河。①

这里阮元把南北二派的代表人物、风格特色讲得十分清楚。“画有南北，书亦有南北”，宋、明时人早已提出，如宋人赵孟坚、明人冯班等人就已说过。只是由于南方跃为政治、经济、文化中心之后，遮蔽了北方的艺术传统，故一力提倡阳刚之美，反对纤柔之格的阮元概叹道：“唐人书法多出于隋，隋人书法多出于北魏、北齐。不观魏、齐碑石，不见欧、褚之所从来。自宋人阁帖盛行，世不知有北朝书法矣。”（《颜鲁公争坐位帖跋》）② 此后，刘熙载对南北书派风格也提出了自己的看法：“北书以骨胜，南书以韵胜。然北有北之韵，南有南之骨也。”③ 以为南北书派各有其书法史上的地位，并指出卓越的书法家常能不为“风气”所限，而能贯通南北书派的艺术精神：

南书温雅，北书雄健。南如袁宏之牛渚讽咏，北如斛律金之《敕勒歌》。然此只可拟一得之士，若母群物而腹众才者，风气固不足以限之。④

笔者在此无意论述中国书画艺术地理学的思想，只是旨在说明南北书画艺术创作的不同，与文学创作差相近似，并且又是共同影响、相互贯通、并生激荡的。

中国文学理学研究的发端，最早至少可以上溯到公元前544年吴公子季札观乐

---

① （清）阮元《揅经室集》（下册）第591页，中华书局，1993。

② 《揅经室三集》卷1，阮元《揅经室集》（下册）第598页，同上。

③ （清）刘熙载《艺概·书概》第178页，上海古籍出版社，1978。

④ （清）刘熙载《艺概·书概》第178页，同上。

的一段论述[①]。此后，《诗经》研究中的地理考辨，成了一个专门研究课题。再其后，最明显的例子，就是历代文学批评家对六朝南北文学的不同地域风格及其对后代文学创作活动影响的探讨。至近代梁启超《中国地理大势论》、刘师培《南北文学不同论》、王国维《屈子文学之精神》等文出，形成有关中国古代文学地理学研究的兴盛局面。其中刘氏之文总括最备，《南北文学不同论》云：

> 大抵北方之地土厚水深，民生其间，多尚实际；南方之地水势浩洋，民生其间，多尚虚无。民崇实际，故所著之文，不外记事析理二端；民尚虚无，故所作之文，或为言志抒情之体。[②]

接着，刘师培以诗文为主线，以北崇"实际"而南尚"虚无"为区分之基本原则，从《诗经》及先秦诸子之文始，一直论及至清代的"南施北宋"及袁枚等人，从而勾勒出中国文学史的全貌。其论虽不乏主观之见，不过《南北文学不同论》一文，无疑可视为一篇"中国文学地理学"的初步纲要。

现今的学术界，也有不少古代文学研究的专家、学者们注意到文学与地域的关系。袁行濡先生的《中国文学概论》，就专门列了《中国文学的地域性与文学的地理分布》一章，认为"文学的地域性包括两个方面的意义：一，指某些文学体裁是从某个地区产生的，在它发展的初期不可避免地带着这个地区的特点；二，不同地区的文学各具不同的风格特点。"[③] 又总括说，他在此所谓中国文学的地理分布，主要指以下这样三种情况：一是在某个时期，同一地区集中出现一批文学家，使这个

---

① 《左传·襄公二十九年》载："吴公子札来聘，……请观于周乐。使工为之歌《周南》、《召南》，曰：'美哉！始基之矣，犹未也。然勤而不怨矣。'为之歌《邶》、《鄘》、《卫》，曰：'美哉，渊乎！忧而不困者也。吾闻卫康叔、武公之德如是，是其《卫风》乎？'为之歌《王》，曰：'美哉！思而不惧，其周之东乎？'为之歌《郑》，曰：'美哉！其细已甚，民弗堪也，是其先亡乎！'为之歌《齐》，曰：'美哉！泱泱乎！大风也哉！表东海者，其大公乎！国未可量也。'为之歌《豳》，曰'美哉！荡乎！乐而不淫，其周公之东乎？'为之歌《秦》，曰：'此之谓夏声。夫能夏则大，大之至也，其周之旧乎？'为之歌《魏》，曰：'美哉！沨沨乎！大而婉，险而易行，以德辅此，则明主也。'为之歌《唐》，曰：'思深哉！其有陶唐氏之遗民乎？不然，何忧之远也？非令德之后，谁能若是？'为之歌《陈》，曰：'国无主，其能久乎？'自《郐》以下无讥焉。"此也可谓是中国最早的"文学史论"。引见（晋）杜预《春秋左传集解》（上下二册）第1121-1122页，上海古籍出版社，1978。另可参见《春秋左传注疏》第1258-1272页，《十三经注疏》整理本，同上。

② 《刘师培论学论政》第66页，同上。

③ 袁行霈《中国文学概论》（第三章第一节）第33页，高等教育出版社，1990。袁行霈先生还提到"孔孟思想源于北方邹鲁，老庄思想源于南方荆楚，先秦哲学思想的地域性已经引起注意。"并加注说明，参见任继愈先生《中国古代哲学发展的地区性》一文。中国文学、哲学的地域性、历代学风地理分布等问题，20世纪初梁启超、刘师培、王国维等都曾纷纷著论，并不新鲜；但由于当代学者很长时间基本中断了这一研究，到20世纪90年代前后，才再次为学术界注意并逐步深入研究。袁行霈先生在此应该主要就是说明的这个意思，而不是说这种研究当下才受到学术界关注，才开始进行研究。

地区成为人文荟萃之地；二是在某个时期，文学家们集中活动于某一地区，使这里成为文学创作的中心；三是在某个时期，各地区出现的作家数量的统计分析。并由此总结出邹鲁、荆楚、淮南、长安、邺都、金陵、河南、江西、大都、江浙、岭南、蜀中等地区，是中国文学发展史上占据着重要地位的地区。章培恒先生近年发表《从〈诗经〉、〈楚辞〉看我国古代文学中的地区差别》一文，开篇即说："存在于我国古代文学中的地区差别，特别是南北地区的差别，……是一个十分重要的现象。"① 总之，从地域的文学与文学的地域、文学的地域与地域的文化等相互关系出发，重新检讨现有中国文学史研究的不足，充实现有中国文学史、中国文学理论批评史的内容，已再次为当今学术界所注意。这种研究也已由古典文学的探讨推至中国现、当代文学的解析中来。

就现状而言，笔者以为文学地理学的研究，迫切需要文艺理论家的关注。换言之，研究文学地理学，首先要研究文学地理学的一般原理、原则与方法即文学地理学概论；其次才是国别文学地理学的研究，中国文学地理学就是国别文学地理学之一，而对中国南北文学的各自探讨，又可称之为地域文学地理学。只是意识到甚或模糊地意识到地域的文学与文学的地域之间的相关性，还是远远不够的。不去弄清楚文学地理学的学科性质、理论构架以及研究的重心、范围、方法，没有树立起自觉的文学地理学的学科意识，也就不能够使中国的文学与地理之间的相互关系的研究，做到逻辑严密、别择精确。特别如对古代许多文评概念、审美范畴，如气质与清绮、温雅与雄健、实际与虚无的探讨等，如果没有建立起科学的文学地理学，没有自觉的科学的方法论支撑，这种泛泛而论的所谓南北文学的对立差异性的总括，只能是一些抽象而空洞的概念术语，很难作出"历史的与逻辑的"相互统一的分析。正是由于从梁启超、刘师培、王国维等到今天，我们仍未能建立起一门科学的文学地理学来，就使得我国文学研究在这方面的探讨，存有种种不足之处，以至于观点相互抵触或流于主观的臆说②。有感于此，笔者以上略抒对文学地理学的理论建构的一些设想，抛砖引玉，有待高明。

---

① 文载《中国文化》杂志1989年创刊号。

② 按：韦勒克评论法国阿尔贝·蒂博岱的文学批评，曾经介绍蒂博岱热衷于"文学地理"研究，然蒂博岱在其《小说随想集》中曾批评著有《艺术哲学》、《英国文学史》的泰纳（或译为丹纳）"怀有一种伪科学的想象力"，（美）雷纳·韦勒克《近代文学批评史》中译本，第8卷第95页，杨自伍译，上海译文出版社，2009。这当然不是专指泰纳提出的著名"种族、环境、时代"三要素论，但笔者推想应该包括"三要素论"等论述在内，这一批评应当为今天文学地理学研究者引以为戒。

试论文学地理学的过去、现在和未来*

一、小　引

从上世纪80年代迄今，我国学术界对中国文学包括古代、现代、当代乃至外国文学的研究，逐渐形成一门值得认真总结和深入探讨的“显学”，这就是文学地理学，论著甚多，成就也很大。对中国当代学界的文学地理学的研究，学界已经有多篇论文进行了较为全面的总结和综述①，但考虑这些论文和论著中，对文学地理学研究的西方文学研究界的情况、我国学界当代的研究现状和存在问题以及未来发展的方向等方面，其分析和思考都还有所不足，故本文不揣浅识，挂一漏万——只能算是“点点滴滴”的思考而已，试图简要地回顾和检讨一下文学地理学研究的过去、现在和未来的发展问题。抛砖引玉，以期能够使文学地理学的研究向前推进。

二、文学地理学的理论建构与存在问题

尽管上世纪80年代，许多学者谈论的是文学地理学的话题，但并没有使用“文学地理学”这个名号，甚至也没有“学科意识”，也没有能够自觉地对文学地理学的研究对象、范围、方法等一系列问题作出探讨，不过我们仍然可以通过近20多年的大量论著得到一个清晰的说明：80年代，除少数使用“文学地理学”称名外，学术界大体多把“文学地理”问题及其相关研究称为文学生态学、文学地域性研

---

* 编按：本文即载于陶东风教授等主编《文化研究》第12辑。

① 参阅陈未鹏《近代以来地域文学研究综述》，载《金华职业技术学院学报》2007年第5期；梅新林《世纪之交文学地理研究的进展与趋势》，载《浙江师范大学学报》2010年第3期，等。

究、文艺的地域学、文学与区域文化研究等[1]，如发表重要论著者有袁行霈、严家炎、滕守尧、章培恒、王水照、曾大兴、萧云儒、李庆西、金克木、樊星等诸位先生，这个名单其实很长，这里不能赘举。自本世纪这10多年来，学术界逐步统一到“文学地理学”这个名称下，并召开了多次的专题学术研讨会[2]，相关论著与日俱增，尤其是在中国古代文学研究领域。如杨义、李浩、陈庆元、梅新林等诸位先生的论著[3]，相关论著难以屈指，专著有几十种，直接、间接相关的论文逾千篇。可以说在今天，文学地理学这一“学科”的初步规范已经得以建立，这是非常令人欣慰的。

其实，“文学地理”问题的研究，是中国古代文学研究和中国文学批评的一个

---

① 如中国古代文学研究方面，继20世纪初梁启超、王国维、刘师培、汪辟疆等先生之研究，在基本中断数十年后，袁行霈先生《中国文学概论》第三章第一节专门研讨“中国文学的地域性与文学地理的分布”问题，该书为高等教育出版社出版，1990；章培恒《从〈诗经〉、〈楚辞〉看我国南北文学的差异》，载《中国文化研究》创刊号，1989；李显卿《中国南北文化地理与南北文学》，载《辽宁大学学报》1993年第3期；王水照《北宋洛阳文人集团与地域环境的关系》，载《文学遗产》1993年第3期；曾大兴发表的《中国历代文学家的地理分布》一文（载《学术月刊》2003年第9期）虽然稍晚，但他对这一课题的研究起步在1990年代初，1995年就由湖北教育出版社出版37万多字的专著《中国历代文学家之地理分布》等。在文艺学原理和现当代文学研究方面，较早涉及或专门讨论文学地理问题者，如王蒙《漫评1983年短篇小说》，载《文艺研究》1984年第2期；李庆西《大自然的人格主题——关于近年小说创作中的人类生态学意识与一种美学情致》，载《上海文学》1985年第11期；金克木《文艺的地域学研究设想》，载《读书》1986年第4期；樊星《当代文学与地域文化》，载《文学评论》1996年第4期；何西来《文学鉴赏中的地域文化因素》，载《小说评论》1996年第6期。萧云儒《中国西部文学论》，（西宁）青海人民出版社，1989；严家炎先生《〈20世纪中国文学与区域文化丛书〉总序》，载《理论与创作》1995年第1期；严家炎主编的《20世纪中国文学与区域文化丛书》系列，有多种：李怡《现代四川文学的巴蜀文化阐释》、逄增玉《黑土地文化与东北作家群》、朱晓进《“山药蛋”派与三晋文化》、李继凯《秦地小说与“三秦文化”》、费振钟《江南士风与江苏文学》、魏建与贾振勇合著《齐鲁文化与山东新文学》、刘洪涛《湖南乡土文学与湘楚文化》等，湖南教育出版社，1995。滕守尧《艺术社会学描述》有关章节，上海人民出版社，1987。相关成果还有不少，这里难以备举。

② 如2004年8月21日至26日在新疆师范大学举行“《文学遗产》西部论坛”学术会议，会议由《文学遗产》编辑部和新疆师范大学人文学院共同举办，与会有60多位学者，出版30余位学者撰写的论文集《中国文学与地域风情——“〈文学遗产〉西部论坛”论文选萃》，薛天纬、朱玉麒主编，（北京）学苑出版社，2006。2008年、2009年华中师范大学《外国文学研究》编辑部召开专题研讨会，先后研讨“文学地理学研究的主要领域”、“文学作品中的地理空间问题”等，《外国文学研究》还专门开辟“文学地理学研究专栏”发表相关论文，参见邹建军《文学地理学研究的主要领域》（载《世界文学评论》2009年第1期）和邓岚、潘秋子整理《“文学作品中的地理空间问题”研讨会综述》等文章。相关会议还有不少，此处亦难以备列。

③ 如杨义《重绘中国文学地图与中国文学的民族文学、地理学问题》（载《文学评论》2005年第3期）、《重绘中国文学地图》（载《文学遗产》2003年第5期）等论文及其学术演讲集《重绘中国文学地图》（中国社会科学出版社，2003）中的有关文章；李浩《唐代关中士族与文学》和《唐代三大地域文学士族研究》专著及有关论文，基本围绕文学与地理关系的论题展开，无论是在创新和深度方面都有重要开拓，参见曾大兴的书评文章《文学地域性研究的最新突破》，载《唐都学刊》2001年11月出版第20卷第6期。陈庆元《文学：地域的观照》，上海三联书店，2003；梅新林近10多年来专心致力中国古代文学地理学研究，除发表多篇论文和综述文章外，出版上下二册80万字专著《中国古代文学地理形态与演变》，复旦大学出版社，2006。其他专著和单篇论文也无法在此列举，已有多篇文学地理学研究综述文章可以参考。

重要传统，这是广为学界所熟知的。而现当代文学研究和文学批评中，1949 年后由于受到学术界批判“地理环境决定论”影响，和中国古代文学研究一样，多避免讨论文学地理论题，而是把相关分析置于民族性、人民性、大众化等论阈之内进行讨论，例不胜举。如李永生于 1982 年出版《孙犁小说论》列专章讨论孙犁小说的“民族化”特征。鲁迅《致陈烟桥》（1934 年 4 月 19 日）信中说：“木刻还未大发展，所以我的意见，现在首先是在引起一般读书界的注意，看重，于是得到赏鉴，采用，就是将那条路开拓起来，……我的主张杂入静物，风景，各地方的风俗，街头风景，就是为此。现在的文学也一样，有地方色彩的，倒容易成为世界的，即为别国所注意。打出世界上去，即于中国之活动有利。”① 李永生就曾引用鲁迅这一论述（很为流行）说明“艺术的世界性，取决于艺术的民族性，民族性艺术为世界、为全人类提供了本民族特有的思想感情和独特的生活习惯，反映了这一民族不同于他民族的内在精神气质、心理内容、社会发展水平和地理环境的特点，以及外在的表现形式。”② 从此出发来分析孙犁《荷花淀》、《风云初记》等小说的民族化表现。又，鲁迅先生所谓“现在的文学也一样，有地方色彩的，倒容易成为世界的”这句话，大概就是我国学术界流行的所谓“愈是民族的，就愈是世界的”这句话的最初版本。中国是一个多民族多宗教多语言的国家，各民族在长期历史文化发展过程中，形成今天的中华民族大家庭，我们有自己的共同的文化自信和共同理想，我们的文学艺术应该也必然有自己的中国作风、民族特色，中华文化是在汉文化为主流并吸收、包容与并存多民族文化乃至外来文化的历史发展过程中，形成的自立于世界的浩浩洪流。《诗经》和《楚辞》就反映和包容进了中国文学在早期发端时期已具有的不同民族特色、地域特征，中国古代文学研究和理论批评对此尤为关注，成为我国古代文论的一项重要内容，也是一个重要传统。对此进行探讨，也是文学地理学这一研究课题中的应有之义。批判“地理环境决定论”，实际应该不妨碍建设文学地理学，二者应是统一的而不是对立的。当代文学创作在 20 世纪 80 年代已经渐渐形成一种追求不同“地域文学”特色的创作潮流，随之，文学批评也及时加以总结并回过头来重新审视现代文学有关创作现象，追溯中国古代及近代以来“文学地理”评论和创作传统，于是提出或重新提出西部文学、东部文学、南方文学、北方文学、地域（或称区域）文化小说等一系列的概念，人文地理学、人类生态学等理论也被迅速引入当代文学批评，其批评概念还比较杂乱多样，但其共同指向在笔者看来都属于“文学地理学”的研究与批评。

近代以来“科学的”文学地理学的研究，无疑是随着西方人文地理学（包含文

① 《鲁迅全集》第 13 卷第 81 页，人民文学出版社，2005。

② 引见李永生《孙犁小说论》第 23 页，（山西）北岳文艺出版社，1988。

化地理学）的引进而兴起的[①]，20世纪初就有学术价值含金量很高的多篇论文发表，如梁启超、刘师培、王国维、汪辟疆等先生的论著，乃至著名科学家竺可桢先生的有关论文[②]，这些论著无疑已经成为传世名作，广为文学研究者所知；而最近20多年之所以文学地理学的研究成为显学，也是与上世纪80年代我国人文地理学的复兴和近年来西方新文化地理学的移译、输入分不开的[③]，也是与我国文化地理学专家学者的有关著述特别是如陈正祥先生《中国文化地理》这样杰出的研究成果密不可分的[④]。

尽管文学地理学在今天中国文学的研究界已经成为一门显学，不少学者声明："文学与地理相关"，已经成为学界研究之"共识"。但笔者以为当前的研究表明文学地理学的基础理论研究严重匮乏，大量的学术论著仍然存在着理论逻辑的混乱性、充斥着人文"想象"的不足，尤其是对梁启超提出的问题，还没有能够作出有说服力的理论思考和回答。梁启超在《中国地理大势论》一文中，论及"词章"时说：

① 如，早在1938年，王庸《中国地理学史》最后一章《近代地理学之进步》最后一节《人文地理学与区域地理学》，就明确说明："所谓人文地理学，应建立于人地关系之观点上。"又云："前述自然地理方面，多有与人文有关者（如气候学），而经济地理学则为人文地理之中心"；又论及"中国人口之地理分布"问题；又云："历史地理学，亦可为人文地理学之一部分"；又云："区域地理，为以自然区域为单位而研究人文地理者，乃汇集地理学上各方面之结果及其人文关系而综合研究之者也。"第255-266页。商务印书馆影印1938年《中国文化史丛书》本，1998。

② 梁启超、刘师培、王国维、汪辟疆等先生的论著详下文所论。竺可桢的《中国气候要素》（载《地理学报》1935年第1期）、《中国气候要素（续）》（载《地理学报》1935年第2期）和《中国近五千年来气候变迁的初步研究》（载《考古学报》1972年第1期和《中国科学A辑》1973年第2期）等论文，就涉及中国文化地理问题。关于气候、中国南北气候与人们习俗差异的关系，可参阅竺可桢的科学的而又趣味盎然的妙文《气候与人生及其生物之关系》，载《气象学报》1951年第1期。又，由科学角度来说明从中国古代诗歌中的景物描写，看季节物候的变化乃至南北方物候的异同与诗人创作时对自然物候的细微敏感和审美心理表现等方面的文章，也同样使我们自然而然的想起竺可桢的两篇美文《一门丰产的科学——物候学》和《唐宋大诗人中的物候》，这两篇文章因选入中学生读物而广泛流行，分别可参见《科学大众》1963年第1期、《课外语文（初中）》2008年Z1期。上述论文基本都收入《竺可桢文集》（书末附有竺可桢先生的论文目录），科学出版社，1979。

③ 参考李旭旦《人文地理学引论》一文，见李旭旦主编《人文地理学论丛》第3页，人民教育出版社，1985。又参考（英）迈克·克朗《文化地理学》（该书中译本初版于2003年）第39-53页有关论述，杨淑华、宋慧敏译，南京大学出版社，2005。

④ 陈正祥先生专著《中国文化地理》，出版于上世纪80年代，对我国当代的文学地理学和文化地理学的研究起到重大推动作用。如该书第一篇《中国文化中心的迁移》涉及文学地理学研究的诸多问题，该篇分五节分别论题为"汉文化的原始中心"、"逼使文化中心南迁的三次波澜"、"南北地位的转换"、"江南的开发"、"东南财赋地，江浙人文薮"。本篇后附有陈正祥先生精心绘制的多幅图表，有《西汉人口分布》、《西汉人口密度》、《西汉的三公和九卿》、《唐代人口分布》、《唐代人口密度》、《唐代的诗人》、《唐代前期的进士》、《唐代后期的进士》、《北宋的人口分布》、《北宋的人口密度》、《宋代的城市》、《北宋的词人》、《宋代的诗人》、《北宋的宰相》、《明代人口分布》、《明代的人口密度》、《明代的进士》、《明代的三鼎甲》等图表，为许多学者所参用。笔者也曾多所参考。三联书店（香港分店），1983。

"燕赵多慷慨悲歌之士，吴楚多放诞纤丽之文，自古而然矣。自唐以前，于诗、于文、于赋，皆南北各为家数，……盖文章根于性灵，其受四围社会影响特甚焉。自后世交通益盛，文人墨客大率足迹走天下，其界亦寖微矣。"[①] 这一论断隐含着一个问题——这就是"交通益盛"的今天，还有无"文学地理"问题存在？因为如果按照这一说法，文学地理学只有演变为文学历史地理学才能得以成立，就没有今天的文学地理学，或者说文学地理学的理论普适性就会受到严重质疑，就没有"文学地理学原理"。不对这个理论核心问题予以深入研究和解决，文学地理学研究的未来发展就会成为问题，自然一些致力于文学地理学的学科建构的论断，就易于变为空谈。而笔者通过研究思考认为，新文化地理学的应运而生，也是碰到了这个理论障碍而得以激发的；"文化转向"的研究，已经昭示了文学地理学未来的研究路径。

笔者曾于上世纪90年代初，专门致力于文学地理学的基础理论问题的研究，后来曾在《福建论坛》、《中国文化研究》及《北大中文研究》上发表几篇论文，就是当时研究的结果[②]。笔者在《北大中文研究》创刊号上发表的《文学与地理——中国文学地理学略说》一文中，认为可以给"文学地理学"下这样一个简明的定义，即它是介于文化地理学与艺术社会学（或称文学社会学）之间的一门文学研究的边缘学科（今天大概更倾向于使用"跨学科"这一概念），致力于研究文学与地理之间多层次的辩证的相互关系。这里所说的"文学"主要是指地域的文学，即在特定文化地域、具有一定地理空间范围中所产生的文学；所说的"地理"也主要是人文地理，即偏向于人化的自然方面。由此我们可以进一步地说，所谓文学地理学就是研究地域的文学与文学的地域、地域的文学与文化的地域、地域的文学与地域的文化之间的相互关系。进一步说，从人地关系角度综合论之[③]，上述文学地理学研究的三大关系，又可衍生为具体的五大层面的内容：

---

① 引据《饮冰室合集》第2册之《饮冰室文集》之十，第87页，中华书局影印，1989。按：引文标点符号为笔者据今天新式标点所加，其他类此者同。又，凡引用文献，对其少见的古今异体字词，直接改为通行字词。

② 按：笔者1991年申报并获得批准的安徽省教委人文社科类研究课题《中国文学地理学研究》，1992年完成《中国文学地理学略论》一书，约16万字，本来某出版社应允立即出版，但拖延至1997年，才由（北京）华文出版社出版，书名应责编要求改为《北"风"与南"骚"》，列为"东轩书趣文丛"之一，但错讹之处甚多（有关情况已在拙著《艺味说》后记中予以说明）。现在准备再版，正在修订中。发表的《司马迁的地域文化观》（载《中国文化研究》1995第1期）、《从山水到美人的艺术变奏——略论佛学与南朝诗风的演进关系》（载《福建论坛》1995年第3期）及《文学与地理——中国文学地理学略说》（载《北大中文研究》1998年创刊号）三篇论文，均为该书中的章节。

③ 正如李振泉《人地关系论》一文所说，人地关系包括着人类改造与利用地理环境而增加适应能力，同时地理环境也更加深刻地影响着人类活动的地域特征和地域差异等主要内涵。文见李旭旦主编《人文地理学论丛》，第37页，同上。按：地理环境就自然地理方面而言，它包括区域位置（经纬度）、气候（气候带）、地形特征（山地、沿海、海岛、河流、湖泊、草原等）、土壤、植被等主要构成部分。

一是地理环境与地域的文学发生发展的相互关系，它着重从文学与地理的直接相关性出发，来探讨文学的地理风土质性及其地域风格的成因；

二是作家的地理空间分布结构与超地域的流动变迁及其与文学创作活动之间的相互关系，它着重从审美主体角度来探讨文学的地域特征，并进而对文学地域性的超空间（超地域）的时间风格和超时间的空间风格（地域风格）相互演化的规律作出研究；

三是文化地理的景观与文学原型意象、境界构成及其审美心理积淀的相互关系，它着重从审美客体和文本构成的角度出发，来探讨文学地域性的空间风格与时间风格的特征及其在现时性与历时性过程中的发展过程；

四是地域的文化风尚与文学的地域风格之间的相互关系；

五是文化地域的思想文化传统与独特的审美人格、审美方式之间的相互关系。

就最后的两大方面的关系来讲，它要求把形成文学的地理风土质性的文化中介因素纳入研究的范围，并从审美主体与审美客体的综合角度来进一步研究文学地理的空间的与时间的风格①。就平行结构而言，上述的文学与地理之间的文化中介因素，主要指政治的、哲学的、宗教的以及其他艺术学科如中国的书画艺术等等方面的内容。这些基本观点，笔者仍然坚持，也为不少学者所引用，但没有能够对上述梁启超先生的论断所隐含的“问题”予以解答，一直困惑于心。

三、西方与中国：文学地理学的产生

（一）西方：文学地理学的提出。据笔者初步考查，西方“文学地理学”的创立，实际主要产生于法国文学理论批评界。应该说，西方文学地理学的提出，是与孟德斯鸠《论法的精神》这样的著作所产生的背景及其影响有关。从斯达尔夫人《论文学》到丹纳《艺术哲学》再到蒂博岱《克吕尼》等，相继进行有关文学与地理关系的研究，讨论欧洲南北文学与文学地域问题。

据法国罗贝尔·埃斯卡皮初版于1953年的《文学社会学》所谓“几年来，流行着文学地理学”等有关论述和介绍，知道法国文学研究界在1942年迪布依出版了《法国文学地理学》，1946年费雷出版了《文学地理学》②。所以说“文学地理学”的正式命名、产生，是在20世纪的40—50年代。但“文学地理学”这个称名的法文具体是如何翻译的问题，笔者不懂法文，并不详知。迪布依的《法国文学地理

① 关于“时间风格”和“空间风格”的概念，参见（日）竹内敏雄主编《美学百科辞典》中的“美术地理学”条目全文，中译本第202页，黑龙江人民出版社，1987。又详下文所论。

② （法）罗贝尔·埃斯卡皮《文学社会学》第26页及注文，于沛选编，浙江人民出版社，1987。

学》和费雷的《文学地理学》，迄今也没有中译本问世；而且除斯达尔夫人《论文学》和丹纳的《艺术哲学》外，其他提及到国外有关文学地理学的著作基本还未能翻译介绍到我国。

尽管法国学界提出“文学地理学”并出版了专著，但西方主流文学理论批评界，并没有认可“文学地理学”。如20世纪杰出的文学理论家和文学批评史家美国雷纳·韦勒克撰写的《近代文学批评史》，研究范围是1750—1950年，就没有提及有专门的“文学地理学”著作，但列有专节论述德国赫尔德（1744—1823）、法国的斯达尔夫人（1766—1817）、泰纳（1828—1893）、蒂博岱（1874—1936）等人的文学批评，涉及文学地理问题，如其第8卷论阿尔贝·蒂博岱文学批评时，提及“文学地理”（Geography，literary）这个概念[①]。从学术影响讲，1800年法国斯塔尔夫人（按：徐继曾译为斯达尔夫人）《从社会制度与文学的关系论文学》（简称《论文学》）发表，该书吸取、借用了欧洲人文学界地理环境论（特别如孟德斯鸠的理论与论述等），讨论了欧洲南北地理与南北文学之差异关系，影响最为深远[②]。其后有关论述甚多，其中最为著名的还是法国的伊波利特·泰纳（傅雷译作丹纳）《英国文学史》（1863年出版）提出的“种族、环境、时代”三要素论，这些论述都收录或写入其《艺术哲学》[③]，此亦同样影响深远，同时也毁誉参半。

然而，“文学地理”研究并未得到广泛认同，成为独立意义的文学批评或派别。

---

① 参考：（美）雷纳·韦勒克《近代文学批评史》（中文修订版），杨自伍译，第1卷第九章，第270-272页；第2卷第八章，第282-303页；第4卷第二章，第39-81页，第8卷第一部（法国批评1900—1950）第三章，第83-107页，上海译文出版社，2009。

② 斯达尔夫人在《论文学》中吸取孟德斯鸠等人的“地理环境论”观点（其书中明确说明），从西欧文化地理上的南北差异着眼，考察了宗教、风俗、法律与文学之间的相互关系，不仅探讨了西欧南北文学与地理环境的关系，还研究了造成西欧南北文学地域差异的文化中介因素和历史传统方面的原因。参阅伍蠡甫主编《西方文论选》下卷法国部分之斯达尔夫人（该书译作史达尔）《论文学》、《论德国》的选文小序，第122页，上海译文出版社，1979。按：斯达尔夫人所谓一条莱茵河把西欧的文化与文学分割为南北两方，其论不出自《论文学》，而是出自其另一部著作《论德国》（1813年）。（美）雷纳·韦勒克《近代文学批评史》认为此著比《论文学》学术价值和学术水平要高，并给予热情洋溢的评论。《论德国》第二部分《关于文学和艺术》之第一章《法国人对德国文学的态度为什么不正确的?》其中说道：“……德、法两个民族的文学、艺术、哲学、宗教，都证明了这一分歧；莱茵河的永久疆界分开了两个文化地区，它们和两个国家一样是互不相干的。”杨烈据怀特（O. W. Wight）所编英文本（纽约，1871年版）选译，伍蠡甫校，引见伍蠡甫主编《西方文论选》下卷第136页，同上。又，斯达尔夫人《论文学》第十一章论北方文学云：“我觉得有两种完全不同的文学存在着，一种来自南方，一种源出北方；前者以荷马为鼻祖，后者以莪相为渊源。希腊人、拉丁人、意大利人、西班牙人和路易十四时代的法兰西人属于我称之为南方文学这一类型。英国作品、德国作品、丹麦和瑞典的某些作品应该列入由苏格兰行吟诗人、冰岛寓言和斯堪的纳维亚诗歌肇始的北方文学。”她以南方文学为古典主义文学，北方文学为浪漫主义文学。徐继曾译，第145页，人民文学出版社，1986。

③ （法）丹纳《艺术哲学》，安徽文艺出版社，1991。本书由著名翻译家傅雷根据1928年法文本于1959年译出。

美国当代著名文学理论家《镜与灯》的作者艾布拉姆斯所著《欧美文学术语词典》(1957年初版),没有收录“文学地理”和“文学地理学”词条,这也可以说明问题。但艾布拉姆斯把泰纳“三因素”论归入文学社会学(Sociology of Literature)研究中,指出有时文学批评家认为第一位现代文学社会学者是法国的泰纳,泰纳《英国文学史》提出一部作品大致是由三个因素即种族(race)、环境(milieu)和时代(moment)决定的。艾布拉姆斯认为“大多数文学史家和批评家注重作家和他们所生活与创作的文化时代的独特社会环境之间的关系;他们也注重文学作品和它们所反映的社会,以及它们所创作的那个社会之间的关系。”① 总之,在西方文学批评界,1960年代以前并没有广泛认同“文学地理学”的批评和研究,而是把文学与地理关系课题,主要纳入文学社会学研究范围进行研究。

(二)中国:文学地理学的提出。如前所说,我国从上世纪80年代中后期开始,重新注重文学与地理的关系,重视人文地理学与文学研究的交叉问题,迄今中国文学地理学研究已渐成显学,已有多部专著和大量论文问世。实际上,中国古有“南桔北枳”的成语典故②,而文学与地理关系问题的探讨,更可谓是中国文学批评的传统,其发端可以追溯到先秦时期,而且据笔者查考,西方文学地理学的提出和研究,应该是间接受到中国古代有关这一方面的学说和理论文献的影响。因为孟德斯鸠的著作,实际上运用了中国这方面的丰富文献。

中国文学地理学思想发端于先秦时期,但“文学地理”这个概念,在中国盖最早是由梁启超先生在《中国地理大势论》这篇文章中才明确提出的。他说:“中国为天然之一统地理,……其在文学上,则千余年南北峙立,其受地理之影响,尤有

---

① (美)M. H. 艾布拉姆斯《欧美文学术语词典》“文学社会学”词条,第329-330页,朱金鹏、朱荔译,北京大学出版社,1990。

② “南桔北枳”的典故反映了中国古人很早就对南北地理差异的认识。关于“南桔北枳”与中国南北方气候(包括雨量、土壤、气温、湿度等)关系以及历史上属植物学桔类的桔(橘)、属枳壳类的枳栽培与地理分布情形,可参考文焕然的论文《从秦汉时代中国的柑桔荔枝地理分布大势之史料来初步推断当时黄河中下游南部的常年气候》,载《福建师范学院学报》1956第2期。这篇论文有关历史文献征引丰富而考辨慎重。文焕然指出秦岭—淮河以南则与秦岭—淮河以北大不相同,在一定海拔以下,一般不需要特殊保护,可以种植柑橘。大概陕甘境内秦岭南坡的柑橘产区是我国现今柑橘分布纬度最高的,不需要人工特殊保护的经济栽培地区(约北纬33度余),就目前所知北方如甘肃的成县一带和陕西城固的升仙村都有柑橘生产,升仙村犹著名,所产桔曾为贡品。据汉司马相如《上林赋》、魏曹植《桔赋》、晋葛洪《西京杂记》、左思《三都赋》及唐李德裕《进瑞橘赋状》和《瑞桔赋序》及《说郛》卷38引乐史《杨太真外传》等史料,说明汉代、唐代长安、洛阳曾在人工保护下种桔。又指出《周礼·考工记》云“橘逾淮而北为枳”,《晏子春秋》内篇杂下第六云“橘生淮南则为橘,生于淮北则为枳”,《淮南子·原道训》云“橘树之江北,则化而为枳”等,并加注说明:这些古籍记载桔因“地气”、“水土”不同,逾淮而不能成长,符合科学;但“橘变为枳”之说不符合学理,不过可能的解释是以桔为枳的砧木之故。嫁植不成,桔死而仍枳。“文人不察,谓为变种。后人承之,以迄于今”。

彰明较著者，试略论之"，接着就简要论述哲学、经学、佛学、词章和美术音乐这五个方面的南北不同与地理环境及文化地理之关系，然后说："大抵唐以前，南北之界最甚，唐后则渐微，盖'文学地理'常随'政治地理'为转移。"① 因此可以说明，梁启超所说的"文学地理"之"文学"，是具有广泛意义的传统概念，包含一切文化学术（类似今天文化地理学的研究范围），所论大体与稍后刘师培先生于1905 年发表的《南北学派不同论》（其中包括《南北文学不同论》一节）所包含的内容相若。1898 年戊戌变法失败后，梁启超流亡日本；至 1902 年间，分别撰写了《中国地理大势论》及《亚洲地理大势论》、《欧洲地理大势论》、《论中国学术思想之大势》、《中国史叙论》等；1913 年梁启超归国；1924 年又撰有《近代学风之地理的分布》等。刘师培大约在 1903 年至 1907 年间，撰有《编辑乡土志序例》、《经学教科书》及著名的《南北学派不同论》等论文，讨论中国地理环境特别是南北地理差异与中国文化（包括经学、诸子学、理学、考证学及文学等）南北异同的关系，另还编有《中国地理教科书》二册②。王国维于 1907 年撰出《屈子文学之精神》，论及《诗经》、《楚辞》为代表的中国古代北方与南方地域文学精神之发端及异同问题③。汪辟疆于 1934 年发表《近代诗派与地域》，该文先论文学与时代关系，分清诗为康雍、乾嘉、道咸三期，然后重点分析第三期中同光以后五十年之诗史，以地域系之而分为六派，即湖湘、闽赣、河北、江左、岭南及西蜀派，每派先言其地域的自然地理与文化地理特征，再分析其代表诗人、诗作乃至地域文学传统等④。又按：除诗、文、赋、词主要文体外，古典小说特别是明清长短篇小说的文学地域性更为显著，因为其展开的是形象画卷，人物、语言、场景等描写，地域性突出，所以西方文学地理学者喜爱分析小说的地理景观以研究文学地理学。中国文学中还有乐府、戏曲这两种体裁的文学地域性及其与地理之关系也非常突出，历来论者亦多。

---

① 引据《饮冰室合集》第 2 册之《饮冰室文集》之十，第 84 页、86 页，同上。

② 见《刘申叔先生遗书》，江苏古籍出版社影印本，1997。本文引用刘师培《南北学派不同论》等，据李妙根编《刘师培论学论政》第 39-72 页，复旦大学出版社，1990，下同。

③ 参袁英光、刘寅生《王国维年谱长编（1877—1927）》第 43 页，天津人民出版社，1996。王国维《屈子文学之精神》，本文引据刘刚强编《王国维美论文选》第 109-113 页，湖南人民出版社，1987。按：王国维《屈子文学之精神》认为至屈原时代，中国"南方文化发达较后于北方"，而想象力胜于北方，"北方人之感情，诗歌的也，以不得想象之助，故其所作遂止于小篇。南方人之想象，亦诗歌的也，以无深邃之感情之后援，故其想象亦散漫无所丽（引按：丽，附丽也，依附之义），是以无纯粹之诗歌。而大诗歌之出，必须俟北方人之感情，与南方人之想象合而为一，即必通南北之骑驿而后可，斯即屈子其人也。"重在说明屈原作品在思想上表现为"北方之思想"，而在艺术形式上"彼之丰富想象力，实与庄、列为近"，诗歌既要有纯挚思想感情又要具有丰富想象力，而屈原其人恰能将此二者结合，故成为"大文学者"。

④ 该文原载《文艺丛刊》第 2 卷第 2 期，又其 1932 年发表《论近代诗》，载《时代公论》第 10 期。引据《汪辟疆文集》第 275-324 页，上海古籍出版社，1988。

（三）梁启超提出“文学地理”这个概念及其研究理路，当是受到孟德斯鸠《论法的精神》和当时日本译介西方人文地理学有关；而《论法的精神》又受到中国古代相关文献关于文化地理风俗记载和论述的影响。

据许明龙《论法的精神》中译本之《译者附言》所说，《论法的精神》早在1900年就有中文译文刊载于日本东京出版的刊物《译文汇编》上；1902年张相文翻译12章，于1903年由上海文明书局发行，均根据日文本翻译，题名《万法精神》；1913年著名思想家严复又据英文本翻译，书名为《法意》，这些早期译本的刊布，使孟德斯鸠的“地理环境论”对当时中国“文学地理”研究的发端和发展产生了重大影响①。真正据法文本翻译而且是全译本，最早为张雁深译本，书名为《论法的精神》，商务印书馆出版，1961年出版其上册，1963年出版其下册。今天，《论法的精神》已有多种中译本。

孟德斯鸠《论法的精神》一书中说：“炎热地区的人民几乎总是因怯懦而沦为奴隶，寒冷地区的人民则因勇敢而享有自由。对此丝毫不必感到惊诧，这种效应来自自然原因。”② 上述引文之前，孟德斯鸠还说“中国的北方人比南方人勇敢”，并加注说：“中国书籍对此多有讲述。见杜赫德《中华帝国全志》，第四卷，第448页。”这就可以说明：中国古代有关南北地理自然环境论、南北方之人的异同论，对孟德斯鸠建立他的学说也有一定影响。《论法的精神》研究讨论了君主、专制、共和三种政体和各种政体原则及其立法原则等诸多问题，在其第三编（卷）共6章（第14—19章）中，分别讨论法与气候性质的关系，民事奴隶法何以与气候性质有关，家庭奴役法何以与气候性质有关，政治奴役法何以与气候性质有关，法与土壤的关系，法与民族的普遍精神、习俗和风尚赖以形成之原则的关系问题。这其中确有不少绝对的环境决定论的判断和言论，现在学界有不少学者指出孟德斯鸠并不能归入地理环境决定论一派③，此说还可以斟酌。

四、景观、景观学与文学地理学的未来

前文亦已指出，就当前中国文学地理学的研究现状而言，用一句话概括：已成显学，涌现出大量研究成果，提出了文学地理学学科建构框架，确立了文学与地理

---

① 另，参考张海珊《孟德斯鸠第一个中译本不是严复》短文，《上海师范大学学报》（哲学社会科学版）1981年第4期。

② （法）孟德斯鸠《论法的精神》中译本上册第285页，许明龙译，商务印书馆，2009。

③ 如曹诗图《孟德斯鸠并非地理环境决定论者》一文，就持类似观点，文载《武汉水利电力大学学报》（社会科学版）2000年第2期，相关论文还有多篇，此不赘举。

尤其是与文化地理关系的新的研究视角，“人地关系”（Man – land relationship）已经被认可为文学地理学研究的科学基础和立论前提，各种文化地理学与传统的文学研究法得以新的综合运用和考量，从而产生出一套新的研究方法、研究路径，相关研究的各种“称谓”已趋向于统一到“文学地理学”的名下，这是就成就的方面而言的；就研究现状的不足或缺失而言，笔者以为，仍然是文学地理学的基础理论研究的严重贫血，还需要认真地深入地研究文学地理学原理。笔者相信，经过学术界如此众多学者的努力，一本名副其实的《文学地理学原理》可能会很快问世的。

再接前文所谈的任公先生的论断所带来的重大问题——即梁启超《中国地理大势论》所谓“自后世交通益盛，文人墨客大率足迹走天下，其界亦寖微矣”——文学地理学的未来如何发展，“交通益盛”尤其今天的网络时代、全球化时代，究竟文学地理学还是否存在？如果存在是有科学依据的，那么其研究重心、中心，研究对象、范围以及研究方法，又有什么变化发展呢？换句话说：文学地理学研究什么？如何研究？梁启超先生这种论断所隐含的问题，西方学者也同样考虑过，而且论点几乎是一致的。如匈牙利著名艺术社会学家豪泽尔就认为，文化传播技术的发达，社会流动性的提高，“降低了地理条件的重要性，渐渐地把文化过程的空间系数变成了时间系数。”① 那么今天的文化传播技术的发达和社会流动性的提高情形下，文学地理问题还是否存在或者说文学地理学如何面对这一问题，笔者以为新文化地理学的诞生，已经初步作出了新颖而有说服力的较为科学的回答，尽管这也只是问题探讨的开始，前方的路还很长很长。

自20世纪60年代西方思想界“文化转向”（culture turn）思潮以来，发展到21世纪初的今天，文化地理学研究已经具有新的面貌，其研究方法和研究对象都有很大的变化，这一变化被扼要称之为“空间转向”或“地理转向”，强调通过空间思考文化，通过文化思考空间②，笔者以为这也是文学地理学的未来发展方向和研究中心。如前所说，在法国已经流行“文学地理学”、产生《文学地理学》专著的20世纪的50—60年代，埃斯卡皮所著的《文学社会学》仍将文学地理学问题纳入文学社会学之中。反而倒是1960年代以后“文化转向”带来的“空间转向”下的文化地理学学者，特别是英美学者，热衷讨论“文学地理学”，并直接把它纳入文化地理学著作中，如英国迈克·克朗《文化地理学》，其第四章《文学地理景观》专门讨论文学地理学，该书涉及文学地理学问题还有多处，如第六章《成倍扩展的媒体空间》中有关论述等，着重从景观角度提出许多新见，论及“文学创作与地

① （匈）阿诺德·豪泽尔《艺术社会学》中文译编本，居延安译编，第41页，学林出版社，1987。

② 参考（英）凯·安德森等人主编的《文化地理学手册》中译本中有关论文，李蕾蕾、张景秋译，商务印书馆，2009。

理”、“地区写作”、“文学文本中的空间”等问题，对空间（space）与地方（place）的关系也作出了饶有兴趣的探究，而且在方法论上自觉认为文化地理学应该包括文学地理学研究。其第四章所附“进一步阅读”（Further reading），提供了部分20世纪80年代以来有关人文地理学与文学关系研究的参考文献。

而通过空间思考文化，通过文化思考空间的“地理转向”或“空间转向”的研究途径中，对于文学地理学来说，其研究的中心与重心——笔者以为就是“景观学”的研究，也就是说景观研究或者说文学的景观和文化地理的景观及其关系的研究，才是具体的文学地理学研究的未来。

文学地理学的研究，不用“风景”（或“风土”、“物色”等）的概念，而特别运用“景观”的概念，并非简单地借用文化地理学的概念，而是从文学地理学的建构角度作出的探讨。因为汉语中的“风景”（或“风土”、“物色”等）概念的内涵虽然也包括人文景观，如建筑物（山水田园诗中经常出现的亭台楼阁等）、古代战场、文化遗址等，甚至也包括审美对象中人（或人的行为活动）、动物、植物、气候（如不同地区的寒冷温热）、天气（如阴晴雨雪）、节序时令（春夏秋冬，中秋、重阳等）等，如山水田园诗中的劳作的农民、耕地的水牛乃至湖溪、草木间的鸟兽虫鱼、天空中的蝴蝶、蜻蜓、燕子、大雁等等，但主要侧重的是与审美主体相对而言的山水田园的自然风景。而“景观”，就其概念的一般含义而言，除了包括上述“风景”的含义外，还有一个最突出的含义，就是“观看”、“观看的方式”。

“景观”这个汉语词汇本身原就包含“景”和“观”（看）两个方面的内涵，如果我们把汉语中“景观”一词之成词的历史进行描述和分析，也是富有启发性的。美国理查德·哈特向的《地理学的性质——当前地理学思想述评》虽然出版于20世纪上半叶，但该书第五章《“Landschaft”与“景观”》比较全面总结了西方新文化地理学兴起之前有关景观的各种概念，并作了严肃的反省和批评。他说：“我们不得不考虑当前地理学思想的一些大问题，在每个大问题中，对一个极其重要的术语的用法都有许多不同，有的彻底而明确，有的更为细微但也更易混淆，使学者屡屡被弄得晕头转向——这个术语就是‘景观’。”[①]“景观”这个词在我国古代的历史演绎，也非常有意思，而且直接与文学创作的“观看方式”联系在一起。

“景观”在中国古代文献中，开始并没有作为一个“成词”来运用，后来作为成词来用乃是出自对《诗经·国风·鄘风·定之方中》一诗解释之中，如“毛传”、“郑笺”及“孔疏”的分析，关于“望景观卜”这个方法的说明。“望景观卜”，本初是指先秦（至少在殷周时期）建筑学上的方法，是非常科学的；它因《毛传》的

---

① （美）理查德·哈特向的《地理学的性质——当前地理学思想述评》中译本第167页，版本同上。

相关诠释，与中国文学创作中所谓“登高能赋”的审美方式联系在一起，可见我国“景观”这个词一开始就与人文景观和“观看方式”密切联系。其后“景观”逐渐凝化为一个成词，最初用于寺观名和人名，大约在20世纪初，西方人文地理学传译至我国，“景观”就被用于一般指“风景”或地理学上的“专有名词”，从先秦直至明清时期还很少见到“景观”作为成词来表示“风景”这个词的意思，应该说几乎没有。

首先，我们看“望景观卜”这个典故，《定之方中》三章，章七句，这里引前二章，诗曰：“定之方中，作于楚宫。揆之以日，作于楚室。树之榛栗，椅桐梓漆，爰伐琴瑟。”该诗第二章云：“升彼虚矣，以望楚矣。望楚与堂，景山与京。降观于桑，卜云其吉，终然允臧。”《毛诗》小序云：“《定之方中》，美卫文公也。卫为狄所灭，东徙渡河，野处漕邑。齐桓公攘戎狄而封之。文公徙居楚丘，始建城市而营宫室，得其时制，百姓说（悦）之，国家殷富焉。”第二段“升彼虚矣”四句，《毛诗传》云：“虚，漕虚也。楚丘有堂邑者。景山，大山。京，高丘也。”其下“降观于桑”句，《传》云：“地势宜蚕，可以居民。”又其下“卜云其吉，终然允臧”二句，《传》云：“龟曰卜。允，信。臧，善也。建国必卜之，故建邦能命龟，田能施命，作器能铭，使能造命，升高能赋，师旅能誓，山川能说，丧纪能诔，祭祀能语，君子能此九者，可谓有德音，可以为大夫。”① 可见本来“望景观卜”中的“景”，乃是指“景邱”之山名，“观”既有“观卜”的意思，还有“观测”日影以度量如何营建宫室的意思，“定之方中”的“定”，是指天空北方的营室星的名称。朱熹《诗集传》曰：“定，北方之宿，营室星也。此星昏而正中，夏正十月也。于是时可以营制宫室，故谓之营室。”他进一步解释上引《定之方中》的诗句含义说：“楚宫，楚丘之宫也。揆，度也。树八尺之臬（按：指测量日影的度量仪），而度其日出之景（影）以定东西，又参日中之景（影），以正南北也。”又解释“降观于桑”句说：“桑，木名，叶可饲蚕者。观之以察其土宜也。”结果是“卜云其吉”，即占卜也是合宜的，所以朱熹总结第二章诗意说：“此章本其始之‘望景观卜’而言，以至于终，而过获其善也。”②《周礼·春官》述“典瑞”官职云：“典瑞掌玉瑞、玉器之藏，辨其名物与其用事。……土圭，以致四时日月，封国，则以土地。”郑玄笺疏云：“以致四时日月者，度其景至不至，以知其行得失也。冬夏以致日，春秋以致月。土地，犹度地也。封诸侯以土圭度日景，观分寸长短，以制其域所封

① 引见（唐）孔颖达等《毛诗正义》，十三经注疏标点本，北京大学出版社，2000。

② （宋）朱熹《诗集传》第36页，与《楚辞集注》合刊本，姜书阁序说，夏祖尧标点，岳麓书社，1994。

也。"[①] 可见我国古代的测量技术水平和使用之广泛。如明人邢云路撰《古今律历考》卷16《历代考》提及我国古代"测景（影）观象"以正"历"（日历）的方法，这当也是源于先秦时期。

其次，"望景观卜"这一说法，就使后来"景观"逐渐成词，被用于寺观名和人名，但并非现代"景观"这个词的含义。"观"用于建筑物，是寺观、道观、宫观的意思，如（宋）朱长文《吴郡图经续记》"宫观"条记载，苏州有"神景观"，"景"跟"神"结成一词，非跟"观"结成词，但这是演化的过程。《甘肃通志》记载："西景观，在文县哈南寨。"《二程遗书》卷22《伊川语录》载："先生语子良曰：……余平生只拜二人，其一吕申公，其一张景观奉议也。"这里"景观"连用于人名。按张景观，宋人邵伯温《闻见录》卷20有记载云："张景观，字临之，学行甚高，康节先公喜之"，云云。从张景观的字"临之"（字是名的展开义），"景观"的"观"是观看的意思，这个"景观"的意思就接近现代"景观"的含义。宋人陈著的《本堂集》卷81《书简》记载有道士名号用"景观"者。清乾隆皇帝的《御制诗五集》卷57有"福海中蓬岛，早吟卅景观"，这是指作为四十景的宫观，连用成"卅景观"。宋人张君房所编辑道教经典类书《云笈七签》卷98《诗赞词》有"控景浮紫烟，八景观汾流。"[②] 明人高濂《遵生八笺》卷6"扫雪、烹茶、玩画"条云："……时乎南窗日暖，喜无觱发恼人，静展古人画轴，如风雪归人、江天雪棹、溪山雪竹、关山雪运等图，即假对真以观古人仿真笔趣，要知实景画图俱属造化机局，即我把图，是人玩景，对景观我，谓非我在景中，千古尘缘孰为真假，当就图画中了悟。"清代张廷玉等人编辑的《皇清文颖》卷60载吕耀曾《都江道中》五言诗，有句云："佳景观靡穷，异域初难料。"可见在清代以前（除用人名的较少例外），与现代"景观"含义直接相关的词，都是作为单字"景"与"观"单用的，最后所引的四个例证最有说服力，"八景观……"、"对景观……"、"佳景观……"等用法，开始渐近"景观"之成词[③]。上述征引繁博，力图说明"景观"是如何变为"成词"的。其最初的意思是什么，这或者有助于我国学术界研究"景观"概念的内涵。

通过上文分析，可以说明，我国"景观"这个概念，在"成词"前，是密切与风景的"景"和观看的"观"联系在一起的，汉语"景观"一词，从开始就包含了"观看"的意思。如果说，文化地理学中"景观"（Landschaft，Landscape）也应

---

① （唐）贾公彦等《周礼注疏》卷20《春官》，引据十三经注疏标点本，北京大学出版社，同上。

② （宋）张君房纂辑《云笈七签》卷98《赞颂部·诗赞词》载《云林夫人授杨真人、许长史诗二十六首》第4首，第595页，蒋力生等校注，华夏出版社，1996。按：该诗实抄录自南朝陶弘景编辑的《真诰》。

③ 以上引用著作，均见文渊阁《四库全书》影印本。

该如新文化地理学研究者所说的应有“观看方式”的内在含义，那么这种转译是很恰当的，而如果翻译为“风景”就无法体现这个“观看方式”的意思。另外“观”作为名词（读音声调不同，第四声），就是建筑物寺观、道观、宫观的意思，这个含义或者是与“望景观卜”这种建筑测量方法有关的，可能还与高大庄严的神秘宗教情感有关系。

复次，“望景观卜”这个出典与“登高能赋”的关联问题。刘勰《文心雕龙·诠赋》云：“原夫登高之旨，盖睹物兴情。情以物兴，故义必明雅；物以情观，故词必巧丽。”① 关于“登高能赋”是一个饶有理论趣味的问题，本于《毛诗》之《定之方中》一诗的诠释。《毛诗正义》孔颖达疏《毛传》“建国必卜之……可以为大夫”一段极为重要，其中说：“……‘升高能赋’者，谓升高有所见，能为诗赋其形状，铺陈其事势也。”也有学者认为《毛传》这里讲的本意，乃是指登于殿庭，升于公堂，君子从政，应能赋诗。笔者以为这种解说可备一说，但至少在汉代就已不是“登高能赋”的唯一解释，这是颇值得文学地理学研究者关注的重要问题，因为这也是与中国文学中营构“景观意象”空间的方式和景观主体对景观的独特的审美方式有关，故略及之。

通过查考，“景观”这个词在我国被用于人文地理学的概念可能起始于20世纪初西方人文地理学的输入之际，应该是通过翻译西学著作而得到广泛传播的，我国学术界今天关于“景观学”的研究已经基本与西方接轨，几乎现在处在差不多相同的语义范围了。而在1949—1978年间，曾经有过争议，并受到前苏联学术界的影响。参阅北京大学陈传康先生的长篇论文《景观概念是否正确》② 和兰州大学冯绳武先生《读“景观概念是否正确?”之后》一文③，就可以知道。今天看来，陈传康《景观概念是否正确》还是具有很高的学术价值的论文，但受到当时学术环境和研究水平的影响，他是坚持认为自然科学和社会科学的分野论，认为文化景观（指其人文方面的意义）不是自然地理学而是其他科学的任务，至于文化景观的自然地理学的意义仍属于自然地理学研究的范围，这个观点迄今仍然是有效的，因为文化地理学实质已经是一门社会科学而不属于自然科学了。《辞海》解释“景观”概念④，认为包括两个方面的含义，一是风光景色，二是指地理学名词，其一般的概念包括“泛指地表自然景色”的一般的概念，其特定区域概念“专指自然地理区划中起始的或基本的区域单位，是发生在相对一致和形态结构同一的区域，即自然地理区”，

① 引据周振甫《文心雕龙注释》第80页，人民文学出版社，1981。

② 陈传康《景观概念是否正确》，载《地理学报》1957年第2期。

③ 冯绳武《读“景观概念是否正确?”之后》，载《地理学报》1957年第3期。

④ 下引《辞海》关于“景观”的解释，参见《辞海》1989年版，上海辞书出版社。

其类型概念即“类型单位的统称，指互相隔离的地段按其外部特征的相似性，归为同一类型，如草原景观、森林景观等。”德文的景观（Landschaft）一词被翻译为英文 Landscape，这个英文词，按照牛津英文辞典的解释就是“表示自然风光、地面形态和风景画面。”

在西方，“景观”这个词，据说最早出现于《圣经》。拉维和莱伯曼《景观及景观生态学》一文说：“世界上最早的景观文献，恐怕要算普稍姆斯（Psalms）的书。其中，景观是指具有国王所罗门教堂、城堡和宫殿的耶路撒冷城美丽的全景。在英语中，景观这个形象而又富于艺术性的概念通常称为风景。”① 相关西文中译文献，可参阅德迈克《景观是一个地理系统》② 和特罗勒《景观生态学》等论文③。又，西方学界一般认为“景观”概念作为“风景”的意义，大概在 16 世纪就开始应用于文学、艺术创作批评之中，至少在 19 世纪初就被应用于自然地理学中，这个词（概念）比较受到关注，是始于德国地理学家洪堡的运用。美国理查德·哈特向指出：德语 Landschaft“长期以来它在日常用语中，既用以表示我们所看到的地面的外观，又可单单表示一片有限的土地。这两个概念被带入德国地理学中来都不迟于上世纪初。……洪堡把此词主要用于表示某一地区的美学性质的意义上，虽然有时可能也另有含义。同样，奥佩尔和维默尔主要都是从美学观点上来看 Landschaft 的”④。一般认为“景观”从德文被引入英语世界并以此作为文化地理学学科的核心术语，其标志就是美国地理学家卡尔·索尔（Carl. Sauerl）于 1925 年出版了《地理景观的形态》（The Morphology of Landscape），这是美国文化地理学和景观文化学的奠基之作，迄今探讨“景观”的概念和建设“景观学”乃至包含其他各种学科涉及“景观”的内容，都要参考或提及卡尔·索尔这本著作的主要观点。（美）唐·米切尔（Don Miychell）在《死劳动与景观的政治经济学——加利福尼亚的生与死》一文中说：“‘景观’通过卡尔·索尔对 1925 年首次发表的德语概念 Landschaft 的说明，进入到英语语言的地理学词典。对于索尔来说，依据德国传统，地理学‘被天然给定的’研究对象就是‘景观’：‘区域’或‘地区’以及定义区域或地区的‘那些事实的独特关系’。……索尔认为，地理学家要去理解和解释（而不仅仅是描述）‘景观现象学以便掌握不同陆地景色的所有含义和色彩’。……索尔对当代政治和经济问题不太感兴趣。他反而关注创立一门（历史）景观地理学，完全是客观

① Z. 拉维和 A. S. 莱伯曼《景观及景观生态学》一文的中文节译，李团胜节译自《Landscape Ecology——Theory and Application》第一章，译文载《地理科学进展》1998 年第 2 期。

② D. 德迈克《景观是一个地理系统》，张莉译，章申校，载《地理科学进展》1982 年第 2 期。

③ C. 特罗勒《景观生态学》，林超译，王恩涌校，载《地理科学进展》1983 年第 1 期。

④ 引见（美）理查德·哈特向《地理学的性质——当前地理学思想述评》中译本第 168-169 页，同上。

的，并且卡断（幼稚的）政治倾向以及环境决定论的主观推论的错误。……他的最高目标是将景观当做某种探索工具，达到对形成景观的文化理解。……他认为文化景观……是一段人类改变的自然，但是被改变的自然服务于一个独特目标：形成文化的需要和渴望。于是，从文化景观的事实背后去开展研究，文化地理学家就能够看到自然如何被改变并因此了解活在景观中并创造了景观的文化：文化想什么、要什么、如何生存。”① 理查德·哈特向的《地理学的性质——当前地理学思想述评》，列专章（第五章）痛责“景观”这个概念译为英语“Landscape”而造成的学术混乱，他说：美国作者把 Landschaft 的种种含义，“以‘景观’的形式搬到我们的词汇里来，但他们却很少有人曾确切地阐述过他们指的是什么。”其中指出索尔《景观的变化》这篇划时代的论文似乎说景观是“由形式的独特结合组成的地区”，这简单的说法里可能包含着一个定义，但它却又对大多数读者掩藏了这个定义，卡尔稍晚的一篇论文又说：“景观的构思包括：（1）自然区的特征，（2）人的活动加于自然景观的形式，即文化景观”。“因此索尔的‘景观’概念必须或者解释为地区，只要它是物质的就是了。这显然就是他的大多数追随者所采用的‘景观’概念。”② 但认为还是难以理解，云云。理查德·哈特向恐怕不可能想到也正是“Landscape”这种“混乱”，才导致英美国家为代表的学术界在所谓“文化转向”、“空间转向”的学术理路上推出新文化地理学来。

五、空间风格与时间风格

从文学地理学研究和理论建构如何切入文学研究与批评的“内部规律”来考虑问题，笔者以为可以从“景观”的角度来分析文学地域性或文学地理的空间风格与时间风格。

先谈谈关于文学地域性的“空间风格”和“时间风格”的解释。如前所注，“空间风格”和“时间风格”这两大理论范畴，见于日本竹内敏雄主编《美学百科辞典》之“美术地理学”（Art geography）词条——还注明了德语和法语的译文，这里从略。该词条解释说：“美术地理学是从空间、地区共属的观点研究美术作品的学问，这里可以区分为两个课题的领域。（1）其一是探求相同地区艺术作品相互间的地理风土本质和特性，确立区别于超空间的（超地域的）‘时间风格’和超时间

① 引见（英）凯·安德森等编撰《文化地理学手册》第 337-338 页，同上。另参考（英）迈克·克朗《文化地理学》第二章《民族、地理景观和历史时间》关于卡尔·索尔有关观点的评述，中译本（修订本）第 14-24 页，同上。

② 引见（美）理查德·哈特向《地理学的性质——当前地理学思想述评》中译本第 175-176 页，同上。

的‘空间风格（地域风格）’。美术地理学研究的地区有极小和极大两种情况。规定这种‘空间风格’的力量里，（a）首先有当地所给予的条件。例如根据是否有特定建筑材料的生产便产生木制建筑、石造建筑、砖瓦建筑等区分。石雕的材料亦因坚硬、粗细及其他性质而异，由这种地区条件带来的差异参与风格的决定。（b）其次有民族和种族所给予的力量。作为研究的例子有格里泽巴赫（August Grisebaech，1881—1950）的《从种族特性看古老的德国城市》。当然上述两种力量往往相互渗透，相互作用。（2）第二个课题是一定的风格、形式、动机和其他地理传播的研究。相当于这种研究的有如波特尔（Arthur kingsley Port，1883—1933）的《巡礼道的传奇雕塑》。一定的形式、制作材料和其他分布地图对美术地理学来说是重要的手段。”① 文学地理学和美术地理学本是密切相关的，可以说都属于“艺术”，区别只在于具体研究对象不同，所以运用的具体手段、具体方法和具体研究角度等有所不同而已。上述词条没有解释艺术作品“空间风格”和“时间风格”这两大理论范畴的内涵，但推敲其义，其所说的艺术作品（侧重讲美术作品，如绘画、雕塑乃至建筑艺术等）的空间风格（地域风格），就是指同一地域空间中艺术作品相互之间通过比较可以发现其具有共同的地理风土本质和特性，它与艺术创作的媒介也就是使用材料和民族与种族的个性有关。这种空间风格的延续继承就是时间风格，或说是超时间的空间风格（地域风格）；这种风格扩散传播至其他地域并得以历史性延伸，就是所谓超空间的时间风格。

笔者把上述理论范畴和自己的思考分析，借用来作为文学地理学建构的基本理论范畴。因之，所谓文学的“空间风格”是指文学创作在一定的地理空间中，受到地理环境、地域文化的影响而产生的独特的地域特性，文学作为以语言为媒介构造审美意象的艺术，这种地域特性产生的主要因素，就特定的地域空间而言，主要有如下几个方面：

（1）语言的方言性质（语音、词汇、习语等）；

（2）特定地域的自然条件尤其是依赖这种条件的生活方式等影响，以及这种特定地域的“生活”被表现为作品“内容”时所带来的特别差异感，在文学产生的早期，书写条件应该也有所影响；

（3）地理景观的差异，通过创作主体的心灵化表现为文学意象的“物境”层面的地域空间差异感，而随着新文化地理学的兴起和“空间转向”研究，文学地理学的研究中心和重心亦应“空间转向”，由注重文学与自然地理环境及地域空间（第一空间）关系和与社会空间、文化空间环境（第二空间）之关系的研究而转向以

---

① （日）竹内敏雄主编《美学百科辞典》，中译本第202页，池学镇译，黑龙江人民出版社，1987。

“文学景观”为核心的空间意象的研究（包含在所谓第三空间的内涵中）；

（4）创作主体（审美主体）的民族个性、思维方式、文化风俗等差异，它通过主体心灵化的过程凝结在审美意象之中，构成“情境”层面的差异，而物境和情境的统一就构成了审美境界、文学作品的形象世界的地域空间差异感；

（5）影响创作主体及表现“情境”的其他意识形态的中介作用，如宗教、政治、哲学以及其他艺术如音乐、绘画等；

（6）在发展过程中的异质文化的影响。

上述这些方面实际上就构成了文学地理学研究的基本内容。而这种原生的文学的空间风格（地域风格），在其后通过扩展和传播，影响到其他地域的文学创作，成为其他文学地域风格的基本因素，虽必会有所变化但基本特质较为一致，就可以称之为“超空间的空间风格”或者说“超地域的空间风格”。文学的“时间风格”是指文学创作在一定地理空间中的原生的文学空间风格（地域风格），逐渐形成、积淀为一种历史性的文学传统特质，在其后的历史发展中，仍然保留一定程度的但也可能已经相当微弱的原生的文学地域性特征，又反过来影响原地域的文学创作，形成新的地域风格。而这种时间风格，在历史发展中再进一步扩展和传播到其他地域，形成另一地区的新的文学空间风格，其间既有新的变化，又仍然具有一定程度的原生地域的文学地域性传统特质，这就又可以称之为“超时间的空间风格”。

进一步说，从文学史现象看，文学地域性的“时间风格”，或在时间上或在空间上都已超越了原生地域的空间风格，所以，一般我们说地域文学的空间风格必然会向超地域的时间风格演化。因为从理论分析的极致讲，任何文学作品的原生地域的空间风格，即使在其差不多同时代中扩散出去，时间上仍然是有先后的，也就是说，“超空间的空间风格”，从本质上说，就是“超时间的空间风格”，是故“超空间的空间风格”亦即“超地域的空间风格”，可以合并而统称为“超地域风格”。当然为了强调其侧重点，仍然可以使用“超地域的时间风格”和“超时间的地域风格”这两个范畴。但由于超地域的必然就是超时间的，所以也可以笼统而言之。

总之，通过上述分析，从而得出如下三个核心的理论范畴——空间风格、时间风格、超地域风格（包括“超时间的地域风格”和“超地域的时间风格”两个方面内涵）。如屈宋的骚赋影响到其后汉赋的风格，刘勰《文心雕龙·物色》篇论曰：“若乃山林皋壤，实文思之奥府，略语则阙，详说则繁。然则屈平所以能洞鉴风骚之情者，抑亦江山之助乎！”《文心雕龙·时序》篇又说：“爰自汉室，迄至成、哀，虽世渐百龄，辞人九变，而大抵所归，祖述《楚辞》，灵均馀影，于是乎在。”[①] 这

① 周振甫《文心雕龙注释》第496页、第477页，同上。

就是说，汉赋在文学地域性上，具有受到“江山之助”而创作出的“楚辞”（以屈赋为代表）的超地域风格，或者说超时间的地域风格，同时也存在超地域的时间风格。

以上就是从文学地理学角度，对文学的空间风格、时间风格、超地域风格（超时间的地域风格和超地域的时间风格）的三大理论范畴的界定。仔细思索，不难明其理。笔者以为运用“空间风格”和“时间风格”对上述文学地理现象进行概括，是凝练的，也是确切的。因为我们在论述文学地理之现象和问题时，无法每次表述都详细说明一个拟提出的理论概念（范畴）所要表达的内容，那样就会无比繁冗，失去逻辑的清晰性。是故，作为理论研究和创立者，必须根据研究的对象、范围、方法提出一些理论概念、理论范畴来作为理论建构的支撑，但必须在逻辑表述时限定在已确定的理论概念和理论范畴的内涵与外延之中。

笔者曾借用“美术地理学”的“空间风格”和“时间风格”概念，来论析地域文学的“空间风格”和“时间风格”，作为文学地理学建构的基本理论范畴。就人地关系而言，研究作家的地理分布，进而入手探讨不同地域的作家“地理出身”或者说“地域身份”（出生籍贯）、生平活动与地域的自然环境、文化空间等种种关系，考察他们的文学的地域风格特色，这仍然还是一种“外部规律”的研究，而且具有种种的局限性，如果立论不思宏通、考察不能全面，确实很容易陷入一些学者担心的“地方主义”，也很容易步入环境决定论的迷途。

笔者以为文学地理学未来的新的研究中心和重心，就是文学景观的研究，从而既能进一步切入文学地理的内部分析，又可以由此而着重研究文学地理的“第三空间”（后现代语境术语，是新媒体和资本经济全球化的产物，或用“空间压缩”这个概念），同时传统的人（审美主体）与地域的自然环境（第一空间）和各种社会的文化的关系（第二空间）的研究也仍将始终存在，形成一个完整的有机的整体，这样才能更好地完善文学地理学的科学性。如前所说，笔者曾在讨论文学地理学的理论界定时，认为它是介于文化地理学与艺术社会学之间的一门文学研究的边缘学科（或者说跨学科、交叉学科研究），并作了三大关系与五大层面的分析，其实已经包含了上述内容，但立论较早，已是近20年前的观点，没有突出地强调今天所谓新文学地理学的景观概念和空间概念的研究内涵。

20世纪70年代开始，随着西方学术界的“文化转向”，也刺激和推动了文化地理学的“空间转向”，这一转向下的文化地理学研究，被称为新文化地理学，其中一个突出的特点就是把“景观”扩展到主体性的、建构性的内涵研究上，非常重视“景观”的“观看的方式”的思考，提出“第三空间”理论，这也是与其他许多学科（包括文学和艺术）涉及“景观”研究（所谓多功能的景观概念）并提出许多的新的理解和实践密切联系的。因为“景观”本身实质上包含“意”和“境”的“浑成性”意义。“景观”是文化地理学的核心概念，也可以说是文学地理学的核心理论范畴，未来的文学地理学主要应该注重“文学景观”的研究。

六、余论：观看方式与空间转向

在西方“旧”文化地理学——20世纪70年代以前的文化地理学——已经论述“景观”问题，但从一开始使用“景观”的概念，就争议甚多，而且许多思考跟所谓新文化地理学家的思考也有契合的地方。这方面的颇多争议，只要参考理查德·哈特向的《地理学的性质——当前地理学思想述评》第五章即可较为全面地把握。就此问题而言，我国学界包括致力于文学地理学研究的学者还缺少足够的关注，也还没有学者撰文检讨、探究和思考文学地理学的未来发展问题。（美）丹尼斯·科斯格罗夫《景观的欧洲的视觉感——注视自然》一文指出：“我想关注的是景观的一个特点，一个超越已有的现代用法：景观与观看和视觉感的关联性。景观及其欧洲语言的其他同类词没有在视觉拓扑学中给予限定。的确，具有领域边界的区域地形学与社区认同之间的各种关联性，来自德语 Landschaft 这个词的词根及其派生词，而社区认同的社会再生产与地区的占有使用权和义务联系在一起。但是，还有一个存在了500年之久的根本关系，即有边界的地理空间的现代景观用法与作为联系空间和人类关注之重要方式的视觉或视阈训练之间存在某种关系。这一用法毫无疑问与社会占有（social propriation）和空间使用的变动模式有关，包含个人财产权和更为原子化的自我和认同。如果地理学是一门检视人类占有模式与自然和人类挪用并建构的建构空间之间各种关系的学科，那么景观研究就服务于对这些关系之视觉和可视层面的关注。”又说明：“‘观看方式这个术语，是由艺术批评家约翰·伯杰在1969年杜撰的，它巧妙地抓住了艺术家长期公认的一个概念：就观看的重要程度而言，观看是一种习得的能力。”又分析了观看的“文化特点”问题，例如观看威尼斯画家乔尔乔涅（Giorgione）的一幅16世纪油画，“描绘了一个适婚女青年裸体躺在‘风景’之中。这一风景‘田园诗’，由牧场草地和树下软草构成，延伸到前景人物以外的蓝色远方，羊和放牧人，而蓝色的山型明显地映衬着傍晚的天空。”科斯格罗夫由此思考了“文化规范”等问题，“可以看什么，谁可以看以及在哪里看，是塑造社会空间最基本和最有争议的文化考量。”又饶有趣味地分析说：“语言可以把握观看文化的丰富复杂性。瞥不同于盯，视觉（sight）不同于视阈（vision）。在考虑视觉的当前用法时，大多数语言对看（seeing）和瞧（looking，按：原文引用法语词、意大利语词，略）进行了最基本的区分。前者说明通过眼睛表达外部世界的被动物理行为；后者暗示了将眼睛有意引导到注意对象。英语的观察（viewing）意味着对视觉更为持久和公正的使用；而目睹（witnessing）意味着看的经历正被纪录到确认以及随后交流的意图中。凝视包含了看的持久行动，并以同样的方式调动情感。盯有类似含义但传达了盯者的怀疑和判断的感觉。观看这一普通语言的复杂性说明了它在我们与外部世界，包括与物质对象以及与他人的关系中，具有重要的文化意义。正如‘我明白’（I see）所揭示的双重含义，看和认知的关系同样复杂。‘洞察’抓住了人类能够‘看见’比直接作用于眼睛的更多东西，人类可以超越物质表面渗透到看不见的意义。‘视阈’便有这样的心理功能，是一种无论如何可以见证非物质现象的想象能力。”① 英国迈克·克朗的《文化地理学》也非常重视从景观的“观看的方式”入手分析，把“景观”视为文化的记忆库，它随时间消逝而不断被改写、重写，并注重从空间传播角度来分析“景观”，强调不同文化在发展过程中对“景观”意义的改写，揭示多种景观的文化象征意义。② 其实，东西方“观看”的方式不同、审美心理有差异，这个问题很早在文学艺术的创作和理论批评之中得到分析。新文化地理学家很注意从文学、艺术创作和理论批评中寻找重新解读“景观”的灵感，迈克·克朗就特别强调“文学景观”的研究。笔者曾分析《楚辞》的景观美学特征，就特别关注并分析屈原的审美观照心理和意象结构问题。

随着文化地理学的“文化转向”和“空间转向”，新文化地理学更是把“景观”这个概念的内涵大为扩展，几乎无所不及，更侧重其“观看方式”的内涵的延展，更注重主体的文化精神方面的建构，几乎有把文化地理学演变为景观文化学的趋势。而笔者认为，从新的“空间”意义角度，以文学景观研究作为文学地理学的核心研究对象，乃是文学地理学研究的未来发展方向，文学地理学的研究中心和重心由此也发生了挪移，任公之论断，由此就能够得到新的解答，文学地理学也就会获得不朽的生命力。因为“自后世交通益盛，文人墨客大率足迹走天下，其界（按：原指中国文化地理上的南北分界，可以理解为一般地理空间的分界及文化差异）亦寖微矣”这一论断所隐含的问题是十分重大的，尽管这一论断也许并不完全正确。正因为“其界寖微”，文学与地理的关系更加复杂；正因为在卫星已经载人遨游太空的今天，文学地理学更有其新的研究方向，更有其存在的必要。当我们手持一本乔帮主（美国人乔布斯）等发明和设计的 ipad，点击一下 facebook 网站或者利用 facetime 软件工具等，就可以与千里万里的地球人面对面，就可以欣赏另一空间的“景观”——电视播出的世界各地的新闻联播画面也是如此，由此可以说明电

---

① 引见（英）凯·安德森等编《文化地理学手册》中译本第356、357、360、362、363页，李蕾蕾、张景秋译，商务印书馆，2009。

② 参见（英）迈克·克朗的《文化地理学》中译本（修订本）第二章和第三章，同上。

影中的空间画面，文学中描写的蒙太奇式的空间转换场景等也是如此，而反映到文学、反映到人心深处的这种时间高度压缩下的不同地理空间景观，这种新的人与地理、文化地理的关系，无比奇异也前所未有的激越我们的心灵，所以文学与地理的关系决不会因为“交通益盛”而寝微，反而更加复杂诡异，文学地理学的基础理论更需要重新加以建构，这将吸引着我们每一位文学艺术的创作者和文学艺术的理论批评家、研究者。

简而言之，本文之研究主要说明的是：文学地理学仍然要以“人地关系”为理论前提，由于世界各国和地区（不同空间）的文化尤其是经济发展水平的不平衡，政治体制、宗教信仰等也各有其特色，人类对自然地理条件的依赖和生产方式种种差异也将持久存在（因为陆地与海洋、高原与平原、江河流域与沙漠地区的差异会持久存在），所谓一方水土养一方人，因此文学地理学研究内容主要就是研究三大关系，即地域的文学与文学的地域、地域的文学与文化的地域、地域的文学与地域的文化之间的相互关系，注重考察作家之地理分布、注重考察作家出生、成长的文化之地域及地域之文化对作家及其作品的影响等，仍然是文学地理学研究的中心和重心；但随着全球化进程的加剧，现代交通、通讯以及影视艺术、新媒体尤其是网络带来如书写、交流方式等一系列巨大变革，文学地理学的研究中心和重心就会朝向“文学与景观学”的方向挪移，“文学景观学”至少成为文学地理学研究的一个新的研究中心和重心，成为一个新的日益发展的方向。当然，这一新的发展趋势现在已经较为显著而未来更会具有丰富之发展，甚至“空间”的概念扩展到“太空”（比如电影摄影师在航天器上录制的与故事情节相关的精彩画面，作家笔下反映出来的乘坐现代交通工具产生时空快速转换的心理感受与景观描写，宇宙飞船拍摄下的地球影像等），然而文学地理学之所以为文学地理学，其“人地关系”（尽管“人地”之人与地都在发生前所未有的变化尤其是“地”更具有空间意味）的理论前提不会改变，原有的研究中心和重心也不会消失，否则就不再属于文学地理学之研究。文学景观学不等于文学地理学，但文学地理学包括文学景观学，并日益成为新的研究中心和重心，这是可以预见的。

《乐记》“遗音遗味”说及其审美观念之发展*

一、引　言

《礼记·乐记》曰：“清庙之瑟，朱弦而疏越，一倡（唱）而三叹，有遗音者矣。大飨之礼，尚玄酒而俎腥鱼，大羹不和，有遗味者矣。”① 这里把《乐记》的这一论述，简称为“遗音遗味”说。

有必要说明一下，“大羹不和”、“清庙之瑟”的“遗音遗味”说，表面上看来，是分别论之的，并没有直接说“遗音”也就是有“遗味”，但根据《左传》记载晏子所提出的“声亦如味”② 的观点及其影响看，实质上，不仅“遗音”与“遗味”反映共同的礼乐观念，而且其间包含着“‘遗音’就如‘遗味’一样”这种内在的逻辑联系，所以后人（如陆机、刘勰等）直接用这种“遗味”说，来论述音乐和诗文等艺术的某种“美感”要求。有关“遗音遗味”说的相关论述，也见于《左传》、《荀子》、《吕氏春秋》、《淮南子》等著作之中，就其表现出的礼乐观念而言，至少可以追溯到西周时期。比较而言，虽然《左传》、《荀子》、《吕氏春秋》及《淮南子》等也有这种“遗音遗味”问题的论述，但立论的角度跟《乐记》并不完全相同，再把这种“遗音遗味”说与汉代扬雄、王充等人关于文章的“淡味”美的论述结合起来，可以看到以“味”论“艺”的风气和文艺审美观念，在秦汉时期进一步发展的情况。

“大羹不和”、“清庙之瑟”的“遗音遗味”之说，在汉代已经渗透进道家的

---

* 编按：本文主要内容见于拙著《艺味说》，百花洲文艺出版社2005年出版。后根据初稿整理成这篇单篇论文，作为2005年由我们发起并与台湾淡江大学联合举办的“中国古代文艺思想国际学术研讨会”的会议论文，收入《中国古代文艺思想国际学术研讨会论文集》，学苑出版社2005年出版。又曾节要以《〈乐记〉的音乐美学思想与“遗音遗味”说》为题，发表《首都师范大学学报》2006年第1期。

① 本文所引《礼记》及《礼记·乐记》语，均据（唐）孔颖大达等撰《礼记正义》，《十三经注疏》本，北京大学出版社，1999。

② 《左传》昭公二十年记载晏婴（？一前500）与齐侯论“和同”问题，明确把“味”与音乐联系起来，所谓“声亦如味，一气，二体，三类，四物，五声，六律，七音，八风，九歌，以相成也”，云云。《春秋左传正义》，（唐）孔颖达疏，《十三经注疏》本，北京大学出版社，1999；本文引《左传》语，均据此本。

"无味"、"淡味"的哲学观念和审美精神，这对后代艺术家提出的"余味（余味）"论、"味外之旨（味）"论，是有一定影响的。以《乐记》为中心，考察其"遗音遗味"说的思想渊源与发展过程，对深入研究中国古代文艺审美观念，具有重要的理论意义。

二、《乐记》编撰问题及其"遗音遗味"说的思想渊源

今人对《乐记》的著者问题，主要有两"派"意见，一是郭沫若先生通过考辨首先提出的观点，即认为《乐记》出自战国时期的《公孙尼子》，其后，《乐记》为公孙尼子所作的观点为不少学者所认可，可谓从之者甚多，也有不少学者对此观点有所驳正或补充，但基本认为《乐记》成书于汉代之前，这可以笼统归为一"派"；二是基本认可《汉书·艺文志》的记载，即《乐记》为汉武帝时期的河间献王刘德及毛生等人所共同编撰，或认为《乐记》乃汉武帝时代的杂家公孙尼所撰，盖都认为《乐记》成书于西汉武帝时期，这也可以笼统归为一"派"。这里笔者也从《汉书》之说，并略析其理由，诸多问题暂置不论。

（1）从《汉书·艺文志》的著录看《乐记》的编著问题。《汉书·艺文志》著录的音乐著述，有《乐记》二十三篇，《王禹记》二十四篇，《雅歌诗》四篇，《雅琴赵氏》七篇（赵定撰），《雅琴师氏》八篇（师中撰），《雅琴龙氏》九十九篇（龙德撰），并曰："凡《乐》六家，百六十五篇。出淮南刘向等《琴颂》七篇。"①接着对音乐的源流和著述略作了考述，其中说：

> 汉兴，制氏以雅乐声律世在乐官，颇能纪其铿锵鼓舞，而不能言其义。六国之君，魏文侯最为好古，孝文时得其乐人窦公，献其书，乃《周官·大宗伯》之《大司乐》章也。武帝时，河间献王好儒，与毛生等共采《周官》及诸子言乐事者，以作《乐记》，献八佾之舞，与制氏不相远。其内史丞王定传之，以授常山王禹。禹，成帝时为谒者，数言其义，献二十四卷《记》。刘向校书，得《乐记》二十三篇。与禹不同，其道浸以益微。

这段记载，明确说明《乐记》乃河间献王刘德"与毛生等"人共同编撰而成，不完全是一部独立的"著作"，他们采用前代"言乐事"的著作，有《周官》及诸子；这段记载，还明确说明了《乐记》在汉代的"版本"流传和学习传授的情况。《汉书·礼乐志》记载曰："河间献王有雅材，亦以为治道非礼乐不成，因献所集雅

---

① （汉）班固《汉书》，中华书局，1962，本文所引《汉书》语，均据此本。

乐。天子下大乐官，常存肄之。”又曰：“至成帝时，谒者常山王禹世受河间乐，能说其义”。盖“河间乐”传之王定，王定传之王禹，王禹于汉成帝时把自己的所学之传本献于朝廷，这个《乐记》的传本为二十四卷，而刘向校书时所校定的《乐记》为二十三卷，以一篇为一卷计，少王禹之本一篇，其后均散佚。今本《礼记·乐记》只有十一篇，分别为《乐本篇》、《乐论篇》、《乐礼篇》、《乐施篇》、《乐言篇》、《乐象篇》、《乐情篇》、《魏文侯篇》、《宾牟贾篇》、《乐化篇》和《师乙篇》。今人一般认为《乐化篇》当在《乐情篇》后、《魏文侯篇》前。《礼记·乐记》的传本在文字上也明显有些讹误，如《师乙篇》的文句明显有错乱。蔡仲德先生《〈乐记〉再辩证（三题）》一文认为跟刘德等一起编撰《乐记》的“毛生”，就是“西汉景武之世的毛苌”[①]。但毛苌是否一定也是“《毛诗序》的作者”，《毛诗序》有与《乐记》基本相同的两段文字，是否一定就是《乐记》在前，还不能完全肯定。盖毛苌之学（《诗经》学）受之于毛亨，而毛亨之学渊源于孔子弟子子夏，今所传之《毛诗》，其中哪些确为毛亨所作，哪些确为毛苌所作，还不甚清楚。而且，汉代郑玄关于《毛诗》的“传”者有所谓“大、小毛公”的问题，还有很多令人置疑的地方[②]。

关于《乐记》已佚的篇目，据唐孔颖达《礼记正义》的疏证中所引刘向《别录》的记载，据说其分别为《奏乐》、《乐器》、《乐作》、《意始》、《乐穆》、《说律》、《季札》、《乐道》、《乐义》、《昭本》、《昭颂》及《窦公》十二篇，而据王禹所传《乐记》有二十四卷本，那么还有一篇的篇名，今不得而知。《汉书·艺文志》说河间献王刘德“与毛生等共采《周官》及诸子言乐事者，以作《乐记》”，前文又记载窦公献《周官》之《大司乐》章的事情，故对《乐记》后十二篇中的《窦公》一篇，论者或以为即为《大司乐》的内容，或认为是记载窦公献《大司乐》之事，其实无法确证。不过，将现存《礼记·乐记》与《周礼·春官宗伯·大司乐》的内容对照，虽然没有大段抄录，但其礼乐观念是基本相同的，而且《周礼·春官宗伯》还有《乐师》等篇，其中有关于“奏乐”、“乐器”等方面内容。由此盖可推证《乐记》的编撰者采录了《周礼》（即《周官》）有关论乐的内容，似是无可怀疑的。至于其采录“诸子”的论乐内容，最明显的是大段抄录了《荀子》的《乐论》，主要在《乐记》的《乐象篇》和《乐化篇》的后半部分。这些抄录《荀子·乐论》的大段文字，虽然文字没有什么更改，但也已经融入《乐记》整篇的思想逻

① 蔡仲德《中国音乐美学史论》第207页，并参考收入该书有关《乐记》的论文，人民音乐出版社，1988。

② 参考顾颉刚先生《汉代学术史略》第十章《经书的编定与增加》（东方出版社，2005）和范文澜先生《群经概论》第四章《诗》（《范文澜全集》第1卷，河北教育出版社，2002）等论述。

辑之中。所以说，《乐记》的音乐理论对前人是有继承也有发展的。以上所述，并非要盲从他人或者妄断他人考述为误，只是认为《汉书·艺文志》的记载比较可信也比较合理，目的在于说明《乐记》乃是一本“编撰”之著，既编撰于汉武帝之世，成书是比较晚的。

由此，与现在讨论的论题相关的有两个问题需要说明：一是《乐记》的“遗音遗味”说一段，类似的论述，较早见于《左传》（桓公二年）和《荀子·礼论》，其后又见于《吕氏春秋》，说明这一“遗音遗味”说，并非在汉代才提出；二是《乐记》虽为编撰之作，但并非完全可与“抄录辑存”前人有关著述相比，也就是说编撰者有自己的音乐观，对一系列问题有自己的看法，是有自己的编撰宗旨的，可以说，《乐记》有“编”也有“作”。这样说，并非是说荀子《乐论》的音乐观念对《乐记》没有多大影响，其实，在以心性为本体的音乐本质论和起源论上，《乐记》是继承了荀子《乐论》的思想而又有所发展的。

（2）关于“大羹”之味和“清庙之歌”的问题。《乐记》的“遗音遗味”说，是对前代礼乐传统的继承，所以必须先弄清楚这一观点的思想渊源及其礼乐文化传统具体内涵。先来看看《荀子·礼论》中的论述：

> 大飨尚玄尊，俎生鱼，先大羹，贵食饮之本也。飨尚玄尊而用酒醴，先黍稷而饭稻粱。祭齐大羹而饱庶羞，贵本而亲用也。贵本之谓文，亲用之谓理，两者合而成文，以归大一，夫是之谓大隆。……清庙之歌，一唱而三叹也，县一钟尚拊之膈，朱弦而通越也，一也。①

要弄清楚荀子这段论述的主要意思，先须了解其中“大飨”、“大羹”、“清庙”等几个传统礼乐文化中的“概念”（术语）。简单地说，所谓“大飨”，就是指古代一种祭祀，即大祫，《周礼·春官宗伯·大司乐》：“大飨不入牲，其他皆如祀。”所谓“大羹”，就是指古代祭祀特别是“大飨”时所用的“原味”（不加调料）之肉汁。《仪礼·士虞礼》作“泰羹”，又，《礼记·礼器》音注曰：“大羹，音泰。和，胡卧反。”所谓“清庙”，《诗·周颂》有《清庙》篇，《诗序》谓为祀文王之作。清庙亦用为宗庙的通称，宗庙乃天子、诸侯祭祀祖先的处所，故其后，宗庙亦作为王室或国家的代称。祭祀所演奏的“清庙之歌”，并不只是指《清庙》这一首乐歌，但必定包括这首乐歌（详下）。要作进一步分析，还需要联系古代（至少从西周开始）的礼乐仪式和文化传统，才能真正理解上述的“概念”以及荀子《礼论》所说

---

① 本文引《荀子》语，均据（清）王先谦《荀子集释》，《诸子集成》本，上海书店影印，1986。下引《诸子集成》本，据此。

的这段话。

据现存传世文献而言，关于“清庙”祭祀仪式的论述，较早见于《尚书·洛诰》等经典中；而“大羹不致”（不致五味，也就是“大羹不和”的意思）的论述，较早见于鲁桓公二年（东周桓王十年，公元前710年）臧哀伯的论述。《左传》桓公二年记载：“夏，四月，取郜大鼎于宋。戊申，纳于太庙，非礼也。”故鲁大夫臧哀伯谏曰：“君人者，将昭德塞违，以临照百官，犹惧或失之，故昭令德以示子孙。是以清庙茅屋，大路越席，大羹不致，粢食不凿，昭其俭也（下略）。”杜预注“清庙茅屋”曰：“以茅饰屋，著俭也。清庙，肃然清净之称也。”孔颖达疏“昭令德以示子孙”曰：“德者，得也。谓内得于心，外得于物。在心为德，施之为行。德是行之未发者也，而德在于心，不可闻见，故圣王设法以外物表之。俭与度、数、文、物、声、明，皆是昭德之事，故传每事皆言昭，是昭其德也。”杜预注“大羹不致”曰：“大羹，肉汁，不致五味。”

又，《左传》昭公二十年，记载晏婴提出“声亦如味”的观点，其中引用到《诗经·颂·殷中宗》诗句曰：“亦有和羹，既戒既平。鬷嘏无言，时靡有争。”杜预注曰：“言中宗能与贤者和齐可否，其政如羹，敬戒且平。和羹备五味，异于大羹。”又释“鬷嘏无言”曰：“鬷，总也。嘏，大也。言总大政能使上下皆如和羹。”这里指出“和羹”与不致五味的“大羹”的不同。值得注意的是其提出“戒”和“平”的要求，正是当时人们对音乐的审美特征和艺术的政治功能的普遍看法，可见，有“和平”的治政，才有“和平之声”的产生。

据上所述可知，荀子《礼论》关于“大羹”之味、“清庙之歌”的论说，乃是对西周以来的一种“大飨”祭祀仪式的论述，清庙作为王室的宗庙，是祭祀祖先的处所，所以是“肃然清静”的地方，而在清庙举行大飨祭祀，其祭品（如生鱼、大羹等）与礼器（如玄尊等），都要以“素”和“质”为要义，所谓“俭与度、数、文、物、声、明，皆是昭德之事”，象征不忘修德之“本”，同时也表明祭祀不在于“形式”，而在于内心真正的“孝敬”。祭祀时的“清庙之歌”，其目的也不在于音乐本身的“文”而动听，而须有“戒”而“平”的特点。荀子《乐论》所谓“夫乐者，乐也，人情之所必不免也”，“先王恶其乱也，故制雅颂之声以道之”，认为人性本“恶”，所以要“以道制欲”，礼与乐的要义和功能，正在于顺应人情的需要，又能节制“人欲”的膨胀，“感动人之善心”，使人内心的“邪污之气”得以祛除。所以，荀子论“大羹”之味和“清庙之歌”，是直接讨论礼教问题的，是与他的“性恶论”和“化性起伪”等观点紧密联系在一起的，与其后的《吕氏春秋》、《淮南子》特别是《礼记·乐记》对这个问题的论述，并不完全相同。

三、《乐记》的“遗音遗味”说在秦汉时期的逻辑发展

《乐记》“遗音遗味”说的渊源如上所述，而其在秦汉时期的逻辑发展问题，可以通过《吕氏春秋》和《淮南子》中有关观点，作出一个较为基本的探讨。

秦朝统一之前，宰相吕不韦招致门客，编撰《吕氏春秋》一书，其中思想比较复杂，基本上吸取了先秦以来的各家思想学说，特别是道家、儒家及墨家、法家、阴阳家等，但其主要思想以黄老为主。《吕氏春秋》的《季夏纪》有《音律》、《音初》、《制乐》篇；《仲夏纪》有《大乐》、《侈乐》、《适音》、《古乐》篇等，都是专门论述音乐和歌诗问题的。其《大乐》曰：

> 音乐之所由来者，远矣。生于度量，本于太一。太一出两仪，两仪出阴阳。阴阳变化，一上一下，合而成章。浑浑沌沌，离则复合，合则复离，是谓天常。……万物所出，造于太一，化于阴阳。……声出于和，和出于适。和、适，先王定乐由此而生。天下太平，万物安宁。皆化其上，乐乃可成。①

这种“本于太一”而“化于阴阳”的音乐本体论观点，明显本于老庄和《易传》的哲学思想，《吕氏春秋》实际上是把儒家的心性本体论的音乐观同道家的自然本体论的音乐观糅合到一起，这种糅合还很粗糙，存在不少矛盾。在《吕氏春秋》的作者看来，天地万物的本体是“太一”，也就是“道”，上引《大乐》篇的下文有所谓“道也者，至精也，不可为形，不可为名，强为之，谓之太一。”因此，能够“得道”的人才能懂得“乐”，而“音乐”是人情之“乐”（欢乐、愉悦、快乐的情感）的表现，人的“情欲”是永难满足的，而放纵“情欲”，特别是从统治者的角度说，就会“亡国戮民，非无乐也，其乐不乐”。所以说，“成乐有具，必节嗜欲”。这样就把音乐与政治、礼教结合在一起，并从这一角度批评郑卫之音。其《音初》篇说：

> 凡音者，产乎人心者也。感于心则荡乎音，音成于外而化乎内。是故闻其声而知其风，察其风而知其志，观其志而知其德。盛衰、贤不肖、君子小人皆形于乐，不可隐匿。故曰：乐之为观也，深矣。土弊则草木不长，水烦则鱼鳖不大，世浊则礼烦而乐淫。郑卫之声、桑间之音，此乱国之所好，衰德之所说。流辟、誂越、慆滥之音出，则滔荡之气、邪慢之心感矣；感则百奸众辟从此产

---

① 本文所引《吕氏春秋》语，均据（汉）高诱《吕氏春秋注》，《诸子集成》本。

矣。故君子反道以修德，正德以出乐，和乐以成顺，乐和而民乡方矣。

这段论述表现的又是儒家心性本体论的音乐观念，跟《荀子》的观点也基本相同。上引其《大乐》篇，提出“和”与“适”两个重要的音乐美学范畴，所谓“和”，就音乐本身而言，就是指乐音的和谐性；就其反映的事物而言，其中特别强调的是政治的“和平”，所谓“大乐，君臣、父子、长少之所欢欣而说（悦）也。欢欣生于平，平生于道。”这也是继承前代儒家的“和平之声”的观点。

而所谓“适”，就音乐本身来说，就是指“生于度量，本于太一”的“度量”（按：《适音》篇以“衷”说“适”，可见与荀子《乐论》“中和之纪”的观点一致，受到儒家“中和”美学观的影响）；就欣赏音乐的主体来说，就是指主体的一种所具有的欣赏音乐的“心境”和适度的“情性”，审美主体之“心”如果不能接受音乐的某种“度量”（例如这种音乐是超出一定“度量”的，“心”就难以承受），或者忧思愁苦不能祛除过度“嗜欲”而“虚静”为怀，也就不能欣赏音乐。《吕氏春秋》这些音乐观点，还集中体现在其《适音》篇的论述之中：

> 夫音亦有适：太巨则志荡，以荡听巨，则耳不容，不容则横塞，横塞则振；太小则志嫌（按：“嫌”当训“厌恶”之意），以嫌听小，则耳不充，不充则不詹，不詹则窕；太清则志危，以危听清，则耳溪极，溪极则不鉴，不鉴则竭；太浊则志下，以下听浊，则耳不收，不收则不抟，不抟则怒。故太巨、太小、太清、太浊，皆非适也。何谓适？衷，音之适也。何谓衷？大不出钧，重不过石，小大轻重之衷也。黄钟之宫，音之本也，清浊之衷也。衷也者，适也。以适听适则和矣。……故治世之音安以乐，其政平也；乱世之音怨以怒，其政乖也；亡国之音悲以哀，其政险也。凡音乐，通乎政而移风平俗者也。……清庙之瑟，朱弦而疏越，一唱而三叹，有进乎音者矣。大飨之礼，上玄尊而俎生鱼，大羹不和，有进乎味者也。故先王之制礼乐也，非特以欢耳目、极口腹之欲也，将以教民平好恶、行理义也。

上引《适音》篇的论述，分为三段，第一段论述了音乐的“和”与“适”的问题，已加分析，不再赘论。第二段论述了音乐和政治的关系，关于“治世之音安以乐”的这段论述，与《乐记》和《毛诗序》中所论，也基本一致。第三段论述“大羹”之味和“清庙之瑟”（即荀子《礼论》所谓“清庙之歌”）的问题，就其文字的表述来讲，跟《乐记》“遗音遗味”一段的论述最为接近。与荀子《礼论》相比，《适音》篇的解释更加清楚，与《乐记》相比，《适音》篇所谓“有进乎音者矣”、“有进乎味者也”，正可以帮助理解《乐记》所谓“遗音”、“遗味”的涵义。

从理论逻辑来讲，《适音》篇在此论述“大羹不和”、“清庙之瑟”的问题，目的在于说明两个方面的意思：一是从"和"与"适"的角度讲，大羹非"和"味而清庙之瑟亦非"适"音，因为过于质素、平淡，那么为什么为"先王"所重视呢？二是从政治礼乐教化的角度讲，这种"大羹不和"、"清庙之瑟"的礼乐意义何在呢？这两个问题的结论就是"有进乎音者矣"、"有进乎味者也"——它能够说明先王之制礼乐，"非特以欢耳目、极口腹之欲"，而在于教化人民"平好恶、行理义也"。

汉高诱注"有进乎音者矣"句曰："文王之庙，肃然清静，贵其乐和，故曰：有进音（按："进"当训"超过"之意，亦即"遗音"之意）。"又，注"有进乎味者也"曰："大羹肉湆，而未之和，贵本古得礼也，故曰：有进味（按：即"遗味"之意）。"简单地讲，"进音进味"就是指有"音"、"味"之外的意义，实是"遗音遗味"的另一种表述，高诱的解说，主要就是根据《荀子·礼论》中的论述所作的诠释。

汉初黄老之学盛行，《汉书·艺文志·诸子略》著录《黄帝书》数种，而武帝时"罢黜百家，独尊儒术"，故黄老之学衰微，东汉时《黄帝书》已散佚不闻。1973年长沙马王堆汉墓出土与《老子》乙本合卷的帛书《经法》、《十大经》（或认为当作《十六经》）、《称》、《道原》等四篇古佚书，经过唐兰、高亨等专家考证，谓为《黄帝书》的遗存，现在有的学者统称这四篇为《黄老帛书》，其思想内容"以道家思想为中心"，又兼采阴阳、儒、墨各家之学说①。把《黄老帛书》与《淮南子》等联系起来，可以看到汉初黄老思想流行的情况。

《淮南子》是汉高祖刘邦之孙淮南王刘安招致门客所编，亦以道家思想为中心，也同样兼采了阴阳、儒、墨及法家等思想。其《齐俗训》明确说："故制礼义，行至德，而不拘于儒、墨。"② 其《原道训》更是明白地宣扬道家的自然之道的观点，其中，在音乐观上也继承了道家的自然之道的本体论思想，宣扬"大音希声"之说，以"无味""淡味"为音乐的最高境界。其《原道训》曰：

> 夫无形者，物之大祖也；无音者，声之大宗也。……是故视之不见其形，听之不闻其声，循之不得其身；无形而有形生焉，无声而五音鸣焉，无味而五味形焉，无色而五色成焉。……音之数不过五，而五音之变，不可胜听也；味之和不过五，而五味之化，不可胜尝也；色之数不过五，而五色之变，不可胜观也。故音者，宫立而五音形矣；味者，甘立而五味亭矣；色者，白立而五色成矣；道者，一立而万物生矣。

① 参见肖萐父、李锦全主编《中国哲学史》（上卷）第282-292页有关论述，人民出版社，1982。
② 本文引《淮南子》语，均据（汉）高诱《淮南子注》，《诸子集成》本。

《淮南子》具有丰富的音乐美学思想，在此不遑细论。值得重视的是，它从“自然”（自然而然）的角度来解释音乐本于“情感”而生的观点。其《齐俗训》曰：“且喜怒哀乐，有感而自然者也。故哭之发于口，涕之出于目，此皆愤于中而形于外者也。譬若水之下流，烟之上寻也，夫有孰推之者！故强哭者虽病不哀。强亲者虽笑不和，情发于中而声应于外。”而“情”之所以发于“中”（内心），乃是由于“与物接”造成的，其《俶真训》曰：“且人之情，耳目应感动，心志知忧乐”，是“所以与物接也”，认为“忧患之来撄人心”，所以“人心”才有“忧患”，因此，崇尚道家的虚静人生，“是故圣人之学也，欲以返性于初，而游心于虚也”。《淮南子》正是从上述思想出发，讨论“大羹不和”、“清庙之瑟”的礼乐意义的，其《泰族训》曰：

> 今夫《雅》、《颂》之声，皆发于词，本于情，故君臣以睦，父子以亲。故《韶》、《夏》之乐也，声浸乎金石，润乎草木。今取怨思之声，施之于弦管，闻其音者，不淫则悲，淫则乱男女之辨，悲则感怨思之气，岂所谓乐哉！赵王迁流于房陵，思故乡，作山水之讴，闻者莫不殒涕。荆轲西刺秦王，高渐离、宋意为击筑而歌于易水之上，闻者瞋目裂眦，发植穿冠。因以此声为乐而入宗庙，岂古之所谓乐哉！故弁冕辂舆，可服而不可好也；大羹之和，可食而不可尝也；朱弦漏越（引按：就是指“清庙之瑟”），一唱而三叹，可听而不可快也。故无声者，正其可听者也；其无味者，正其足味者也。吠声清于耳，兼味快于口，非其贵也。故事不本于道德者，不可以为仪；言不合乎先王者，不可以为道；音不调乎《雅》、《颂》者，不可以为乐。

这段论述有三点值得注意：首先，其虽亦认为《雅》、《颂》之声，“本于情”，但这种“情”不能过度悲怨或愤怒，这并不是从儒家的“中和”之美而是从道家的“道德平淡”论的角度看问题的；其次，其明确指出“大羹之和”并不是美味（也就是说大羹乃“不致五味”之“和”，故不是美味），而“朱弦漏越”的清庙之歌（瑟）也不美听（不是美妙的音乐），并不能给人带来审美“快感”，但又从老庄“无味”论出发，认为“无声者”而“可听”，“无味者”而“足味”；再次，其所说的“事不本于道德者”、“言不合乎先王者”、“音不调乎《雅》、《颂》者”云云，表面上看来和荀子的《乐论》等儒家音乐观没有多大差异，其实有本质性的区别，这一区别就在于这些论述都是从道家之“道”的本体论出发的。或者，这样表述更加准确：《淮南子》这段“遗音遗味”说，从其所使用的理论“原料”来讲，是与《荀子·礼论》等前人的论述，没有什么太大的不同的；但其运用这种“原料”所表达的思想却是它自己的。

通过以上分析，可以说明《淮南子》在《吕氏春秋》的基础上又发展了一步，这就使"大羹不和"、"清庙之瑟"的"遗音遗味"说，本身内在地渗透进道家的"无味"、"淡味"的思想观念，其后经过魏晋玄学的影响，使后代艺术家从"遗味"说进而产生"余味"说和"味外味"说。《淮南子》的论述，乃是"遗音遗味"说的逻辑发展的一个重要理论环节。

四、《乐记》的"遗音遗味"说与汉代扬雄、王充的"淡味"论

论述至此，已经扼要说明了汉代编撰《乐记》之前后所涉及"遗音遗味"说的有关问题，现在可以集中地讨论一下《乐记》"遗音遗味"说的具体内容。《乐记》的"遗音遗味"说，一方面，是对前代礼乐传统的继承，另一方面，编撰者又赋予其新的思想意义，应该从《乐记》的音乐观出发，来分析其"本义"，并进一步由此考察其对后代的影响。

(1)《乐记》"遗音遗味"说的分析。《乐记》的音乐美学思想很丰富，在此不能详论，这里只联系现在要讨论的问题，略作如下几点分析。

第一，《乐记》所持的是儒家的心性本体论的音乐观。《吕氏春秋》既说"音乐"是"生于度量，本于太一"的，又说"凡音者，产乎人心者也"，其间内在的逻辑联系，论述得不甚清楚。其《大乐》篇曰："凡乐，天地之和，阴阳之调也。始生人者，天也，人无事焉。天使人有欲，人弗得不求；天使人有恶，人弗得不辟。欲与恶，所受于天也，人不得与焉，不可变，不可易。世之学者，有非乐者矣，安由出哉？"根据这段论述，似乎可以得出"人"是"道"（太一）和"音乐"之间的中介的结论，所以可以说音乐既本于"道"又源于"心"，但毕竟《吕氏春秋》本身的论述是不甚明晰的。而《乐记》一开始（《乐本篇》）就从儒家的心性学说出发，提出了"物感"说，或者说其"物感"说，是建立在心性本体论的基础上的。《乐记》曰：

> 人生而静，天之性也；感于物而动，性之欲也。物至知知，然后好恶形焉。好恶无节于内，知诱于外，不能反躬，天理灭矣。

这种心性学说乃是从两个假定出发，建构其"物感"理论的。首先，它假定人生本来就具有一种"静"的天性，也就是"天理"，而同时又具有一种"感物而动"的"欲"的功用，亦即"静"是性之体，"欲"是性之用。由此回到《乐记》开篇的论断："凡音之起，由人心生也。人心之动，物使之然也。感于物而动，故

形于声。”可见，“物使之然也”的根据与前提，在于人本身有一种“性之欲”。其次，它假定了这种“性之欲”本身即是一种“性之情”，只是“感物”之前处在“静而不动”的状态中。《乐记》还分析指出了人的“感于物”的不同情感和“音声”的对应关系：“乐者，音之所由生也，其本在人心之感于物也。是故其哀心感者，其声噍以杀；其乐心感者，其声啴以缓；其喜心感者，其声发以散；其怒心感者，其声粗以厉；其敬心感者，其声直以廉；其爱心感者，其声和以柔。六者，非性也，感于物而后动。”

第二，《乐记》明确区分了声、音、乐这三个“概念”，具有重要的理论价值。必须看到《吕氏春秋》的著者，已经开始注意把“音”和“声”、“乐”加以区别使用，而笼统论述的时候，却用“音”这个“术语”。其《音初》篇说“凡音者，产乎人心者也”，而其《大乐》篇说“万物所出，造于太一，化于阴阳”，接着说“声出于和”，最后说“乐由此而生”、“乐乃可成”，似乎可以理解为“声”是本于“道”的，是自然之“阴阳”所化成的，“人”亦有“声”，但只有本于“心”而制成“和”而“适”的“声”，才可以称为“乐”。对此，《吕氏春秋》的著者同样论述不甚明白。而这个问题，在《礼记·乐记》中，就得到了解决。所以说，虽然《乐记》的“遗音遗味”渊源很早，但《乐记》是有自己的较为严密的理论逻辑的，是根据自己的音乐观念，来进行编撰和采纳前人的音乐思想的。

《乐记》认为：“乐者，音之所由生也，其本在人心之感于物也。”又曰：“凡音者，生人心者也。情动于中，故形于声；声成文，谓之音。是故，治世之音安以乐，其政和；乱世之音怨以怒，其政乖；亡国之音哀以思，其民困；声音之道，与政通矣。”这就是说：人和一些动物都能够发“声”，自然界也存有各种不同的“声”，但“声”并不等于“音”，所谓“声成文，谓之音”，有“文采节奏”的“声”，才能称之“音”；但“音”也不等于儒家所说“乐”，仅仅只有美妙动听的令人无比陶醉的“文采节奏”之“声”，也只能是“音”（例如郑卫之音），而不是“乐”。那什么是“乐”呢?《乐记》曰：“……感于物而动，故形于声。声相应，故生变，变成方，谓之音。比音而乐之，及干戚羽旄，谓之乐。”那么所谓“比音而乐之，及干戚羽旄，谓之乐”，其中包含具体的内容是什么呢？这就是儒家所说的“德”，只有“德音”，才能称之为“乐”，才能“与政相通”。先看《乐记》中记载的魏文侯和子夏的一段对话（《魏文侯篇》）：

> 魏文侯问于子夏曰：“吾端冕而听古乐，则唯恐卧；听郑卫之音，则不知倦。敢问古乐之如彼何也？新乐之如此何也？”子夏对曰：“今夫古乐，进旅退旅，和正以广，弦匏笙簧，会守拊鼓，始奏以文，复乱以武，治乱以相，讯疾

以雅。君子于是语，于是道古，修身及家，平均天下。此古乐之发也[①]。今夫新乐，进俯退俯，奸声以滥，溺而不止，及优侏儒，獶杂子女，不知父子。乐终不可以语，不以道古。此新乐之发也。今君之所问者乐也，所好者音也。夫乐者，与音相近而不同。"

这里明确说明"音"不等于"乐"。子夏认为"夫古者，天地顺而四时当，民有德而五谷昌，疾疢不作而无妖祥，此之谓大当。然后圣人作为父子君臣，以为纪纲。纪纲既正，天下大定。天下大定，然后正六律，和五声，弦歌诗颂，此之谓德音，德音之谓乐。"因此，"乐"能够反映出国家政治的治乱情况。也正是从这个角度，子夏认为："郑音好滥淫志，宋音燕女溺志，卫音趋数烦志，齐音敖辟乔志。此四者皆淫于色而害于德，是以祭祀弗用也。"这些都是"溺音"而非"德音"。由此，"乐"和"礼"得以统一，子夏所谓："圣人作为鞉鼓椌楬埙篪，此六者，德音之音也。然后钟磬琴瑟以和之，干戚旄狄以舞之。此所以祭先王之庙也，所以献酬酳酢也，所以官序贵贱各得其宜也，所以示后世有尊卑长幼之序也。"这主要继承的是荀子的思想。

《乐记》（《乐化篇》）中也直接"抄录"了荀子《乐论》（按：文字略有差异）这种观点："故乐者，审一以定和，比物以饰节；节奏合以成文，所以合和父子君臣，附亲万民也"。其《乐象篇》的前段也直接"抄录"了《荀子·乐论》，然后曰："德者性之端也；乐者，德之华也。金石丝竹，乐之器也。诗，言其志也。歌，咏其声也，舞，动其容也。三者本于心，然后乐气从之。是故情深而文明，气盛而化神。和顺积中，而英华发外，唯乐不可以为伪。"又曰："乐者，心之动也。声者，乐之象也。文采节奏，声之饰也。君子动其本，乐其象，然后治其饰，是故，先鼓以警戒，三步以见方，再始以著往，复乱以饬归。"反复说明了"乐"的礼教意义。先王所造之"乐"，在于顺乎人情的需要，所谓"唯乐不可以为伪"，并由此教化民众，使之本乎情而发，又能自觉地服从"礼"的规范，这是"礼"本身只讲外在的规范原则所不能完成的功能。

第三，以上两点是《乐记》的基本音乐观点，也是其"遗音遗味"说的理论前提。正是在这样的理论前提下，《乐记》（《乐本篇》）曰：

> 凡音者，生于人心者也；乐者，通伦理者也。是故，知声而不知音者，禽兽是也；知音而不知乐者，众庶是也。唯君子为能知乐。是故，审声以知音，

---

① 所谓古乐，就是指古代的六乐，《周礼·地官·保氏》："乃教六艺。……二曰六乐。"相传《云门》为黄帝之乐，《大咸》为尧乐，《大韶》为舜乐，《大夏》为禹乐，《大濩》为汤乐，《大武》为武王之乐。《周礼·春官·大司乐》，"周所存六代之乐"。

审音以知乐，审乐以知政，而治道备矣。是故，不知声者不可与言音，不知音者不可与言乐。知乐，则几于知礼矣。

没有“文采节奏”之“声”，只是自然之“声”，所以“知声而不知音者，禽兽是也”；而“知音而不知乐者”，如魏文侯一样，就流于“众庶”之伍；只有懂得“乐者，通伦理者也”的道理，才可谓之“知乐”。孔颖达解释“乐者，通于伦理者”一句曰：“伦，类也。理，分也。比音为乐，有金、石、丝、竹、干、戚、羽、旄，乐得则阴阳和，乐失则群物乱，是乐能经通伦理也。阴阳万物，各有伦类分理者也。”根据上文所引，“德音”之“德”，就是指表现儒家的一套“父子君臣，以为纪纲”的思想，“德音”才能称之为“乐”，所以，“审乐”就可以“知政”。接着《乐记》论述了“遗音遗味”的问题：

礼乐皆得，谓之有德。德者，得也。是故，乐之隆，非极音也；食飨之礼，非致味也。清庙之瑟，朱弦而疏越，一倡而三叹，有遗音者矣。大飨之礼，尚玄酒而俎腥鱼，大羹不和，有遗味者矣。是故先王之制礼乐也，非以极口腹耳目之欲也，将以教民平好恶而反人道之正也。

为了弄清其本义，这里不妨对郑玄和孔颖达的注解再作一些引述。郑玄注《乐记》本段论述曰：“清庙，谓作乐歌清庙也。朱弦，练朱弦，练则声浊。越，瑟底孔也，画疏之，使声迟也。倡，发歌句也。三叹，三人从叹之耳。大飨，祫祭先王，以腥鱼为俎实，不臑熟之。大羹，肉湆，不调以盐菜。遗，犹余也。”孔颖达疏“清庙之瑟，朱弦而疏越，一倡而三叹”句曰：“清庙之瑟，谓歌清庙之诗，所弹之瑟朱弦，谓练朱丝为弦，练则声浊也。越，谓瑟底孔也，疏通之使声迟，故云‘疏越’。弦声既浊，瑟音又迟，是质素之声，非要妙之响。以其质素，初发首一倡之时，而唯有三人叹之，是人不爱乐。虽然，有遗余之音，言以其贵在于德，所以有遗余之音，念之不忘也。”又，疏“大飨之礼，尚玄酒而俎腥鱼。大羹不和，有遗味者矣”两句曰：“此皆质素之食，而大飨设之，人所不欲也。虽然，有遗余之味矣，以其有德质素，其味可重，人爱之不忘，故云‘有遗味者矣’。”

可见，所谓有“遗音遗味”，就是说有“遗余之音”、“遗余之味”，就是表现了贵“德”贵“本”的礼乐意义，目的在于“将以教民平好恶而反人道之正”。弄清这一点，非常重要。首先，如前所论，“遗音”与“遗味”，逻辑上也密切相联系，"遗音"表现的是"德音"；"遗味"表现的是"质素"之德①。因此"遗音"亦有"遗味"，这样就有用"味"来喻"音"的内在涵义，成为后代"乐味"论的源头。其次，所谓"遗音遗味"，换句话说，就是"余音余味"，而能表现出一种"质素之德"的礼乐意义，也就是说有"言外之意"，后代的文艺理论批评中的"余味"说、"味外味"说等，其要旨也在于此，不过指向的是艺术境界的"言外之意"而已。再次，联系上文对《淮南子》分析，可以得到说明：所谓"质素"之德（所谓贵"本"等），正是汉代人们由此联系到老庄的自然平淡的"无味"论的关键之所在，或者说是其思想转轨的关键。

再略作进一步分析。《乐记》的"遗音遗味"说，就其前后的逻辑来分析，所表现的理论观念与《吕氏春秋》和《淮南子》并不完全相同。《乐记》是在严格区分声、音、乐的理论前提下，从儒家的心性本体论的基本观念出发，从"德音"的问题来讨论"遗音遗味"的意义，也没有用老庄思想来解说和发挥，如《淮南子》所谓"故无声者，正其可听者也；其无味者，正其足味者也。"在整体思想上，《乐记》受《荀子·乐论》的影响较大。《乐记》由"大乐与天地同和，大礼与天地同节"，进而说到"乐者，天地之和也；礼者，天地之序也。和，故百物皆化；序，故君物皆别。"其目的在于：以天尊地卑的自然现象说明封建礼教的合理性。按照《乐记》的逻辑，也包含了这样的思想：乐是一种人心之动，而人心之动，源于感物而动，而这"物"（外境），就"自然"的层面讲，乃是一种"和而有序"的宇宙，"人声"本之以成乐、本之以成诗。《荀子》本身在一定程度上吸取了前代的阴阳五行学说和道家的"自然论"思想，这也反映到《乐记》之中。这样就有把这种"遗音"作为音乐普遍意义来看待和作为最高境界来追求的倾向，后代音乐理论批评家，普遍崇尚音乐的"素淡"、"雅淡"之美，是与《乐记》这种"遗音遗味"说的影响有一定关系的，也是与《乐记》把乐之"和"的最高境界视为"天地之和"（以此来象征人类的伦理宇宙的和谐）的思想有一定关系的。但《乐记》的"遗音遗味"说，毕竟是儒家思想，与《淮南子》并不相同。

（2）汉代扬雄、王充的"淡味"论。如前所论，《淮南子》的"遗音遗味"说，是与其站在道家立场上崇尚"无味""淡味"的观念密切联系的。其后，在"独尊儒术"的思想局面下，黄老思想衰微，但崇尚"淡味"的审美理想，仍为不

---

① 《礼记》关于"大羹不和"的论述有三处，除《乐记》外，见于《礼器》和《郊特牲》。《礼器》曰：礼有以多文为贵者、以少为贵者、以大为贵者、以小为贵者、以高为贵者、以下为贵者、以文为贵者和以素为贵者等八类，其中曰：礼"有以素为贵者：至敬无文，父党无容，大圭不琢，大羹不和，大路素而越席（引按：指天子坐乘没有多少装饰的车乘），牺尊疏布鼏（引按：指粗疏的布幂），樿杓（引按：指白色的纹理）。此以素为贵也。"《郊特牲》有类似的论述，可以相互参考。

少人所主张，这突出地表现在西汉扬雄（公元前53—后18）和东汉王充（27—约97）的有关论述中。

扬雄《解难》云："雄以为经莫大于《易》，故作《太玄》。客有难玄太深，众人之不好也，雄解之，号曰《解难》"，扬雄回答其所设"客人"之问曰：

> 盖胥靡为宰，寂寞为尸，大味必淡，大音必希，大语叫叫，大道低回。是以声之眇者，不可同于众人之耳；形之美者，不可混于世俗之目；辞之衍者，不可齐于庸人之听。今夫弦者，高张急徽，追趋逐者，则坐者不期而附矣。试为之施《咸池》，揄《六茎》，发《箫韶》，咏《九成》，则莫有和也。……老聃有遗言，贵知我者希，此非其操与。①

虽然《太玄》是一部哲学著作，但这里扬雄毕竟较早地用"大味必淡"的观点来论述"语言"和"思想"问题。扬雄认为"典谟之篇，雅颂之声"，其表现出的"美感"是"温纯深润"，而他的《太玄》，象《易》经一样，是"胥靡为宰，寂寞为尸"的。这与他论赋所谓"诗人之赋丽以则，辞人之赋丽以淫"（《法言·吾子》）的观点，实质上是一致的。

王充《论衡》具有丰富而深刻的"文学"思想，在华实（文质）观上，他认为文章首先要以"实"（质）为主，这种"实"包括真知灼见的思想内容和真实的思想感情等方面，所谓"文由胸中而出，心以文为表"；而"华"（文）是附从于"实"的，不能以"华"害"实"或有"华"而无"实"。对于论说文来讲，犹如发矢"中的"，最重要的是能够清楚地辨析道理。这些思想集中表现在《论衡·超奇篇》中："实诚在胸臆，文墨著竹帛，外内表里，自相副称，意奋而笔纵，故文见而实露也。"② 王充非常重视"文章"要有真情实感："观谷永之陈说，唐林之宣言，刘向之切议，以知为本，笔墨之文，将而送之；岂徒雕文饰辞，苟为华叶之言哉？精诚由中，故其文语，感动人深。"（《论衡·超奇篇》）一味"雕文饰辞"的"华叶之言"，是其所反对的。所以，王充《论衡·自纪篇》，在回答别人认为他的著作"不能纯美"时，就说：

> 夫养实者不育华，调行者不饰辞。……大羹必有淡味，至宝必有瑕秽，大简必有大好，良工必有不巧。然则辨言必有所屈，通文犹有所黜。

这里用"大羹必有淡味"，来说明自己"文章"那种"养实者不育华"的文风

---

① 《全汉文》卷53，严可均校辑《全上古三代秦汉三国六朝文》，中华书局影印，1958。

② 本文引（汉）王充《论衡》语，均据《诸子集成》本。

和特点，并非说他自己的“文章”就没有“华”，只是没有那种“雕文饰辞”的“华叶之言”，而是一种“淡味”之美。

扬雄和王充直接把“味”与“语言形式”联系起来，王充所说的“华”与“实”，前者主要就是指文章的语言形式，后者主要就是指文章的思想内容。把扬雄、王充对“大羹必淡”的审美境界的崇尚，与秦汉以来“遗音遗味”说的逻辑发展结合起来看，可以看到，其中体现了儒道结合、相互吸收的倾向。

五、“正反合”论：“遗音遗味”说进一步发展的内在理路

本于儒家礼乐文化而产生的“遗音遗味”说，对后代的“艺味说”的影响是较为重大的。尽管从思想渊源和影响上看，从东晋以后，以“味”论“艺”的风气，就主要层面说除受到古代饮食文化和儒道思想的重要作用，还主要受到佛教思想特别是禅学与禅宗思想的深刻沐浴，例如据笔者所考，刘勰《文心雕龙》之所以重视“余味”（《隐秀》诸篇）说，也与当时佛经传译有一定关系①；晚唐司空图的“味外之旨”说当是受到了禅宗马祖等人“住于一味即摄众味”观点的直接影响②；但无论是南朝的刘勰、唐代的司空图，还是后来宋代的苏轼、清代的王渔洋等等，他们的“艺味”论，仍然是与先秦以来有关“味”论之思想渊源有着千丝万缕的联系。

从上文分析中就已说明，儒家在论述祭祀“神灵”的礼乐中，也表现了对“淡味”（“本味”）的推崇，根据《尚书》等记载，至少在西周时代就存在这种观念，而其后“大羹之味必淡”的思想观念，又融入了道家的“无味”、“淡味”的思想，就由祭祀的“礼乐”论向其他方面推延发展的趋向。特别是受到道家“人音希声”观念的影响，从《荀子》、《吕氏春秋》到《乐记》、《淮南子》的“遗音遗味”说的具体思想内容看，这种如“大羹之味必淡”的“淡味”，逐渐成为音乐最高的审美理想，由于先秦时期“诗乐舞”是合一的，其论述本身包括了“诗”，这就影响到“文学”。所以说，“遗音遗味”说，是后代提出诗（文）乃至书画的创作要表现“遗味”、“余味”、“平淡”之味的思想源头之一。

至六朝时期，在文艺思想上从“自然”有“文”（而不是质朴素淡）的思想逻辑出发，结合文艺创作的具体实际情况，较为普遍地崇尚清绮乃至艳丽之美，许多

---

① 参见拙文《刘勰的“美感”论——〈文心雕龙〉与佛经传译中的“味”论》，载《文学前沿》第5辑，学苑出版社2004年10月出版。

② 参见拙作《“味外之旨”说——司空图“诗味”说新论》一文的第二节《“味外之旨”说及其与禅学之关系》，载《中国文化研究》2003年第4期。

文艺批评家虽然热衷于引证《乐记》的“遗音遗味”的观点，但不仅逐步洗涤了其道德平淡朴素的伦理意义，而且进行了正面批评（如嵇康、陆机等）或者仅从“余味”美的角度发展了其审美观念，这就为中晚唐至宋代崇尚具有全新的“平淡”为美的审美观念奠定的了理论基础。如六朝时期的曹丕《典论·论文》主张“诗赋欲丽”；陆机《文赋》认为“诗缘情而绮靡，赋体物而浏亮”；葛洪《抱朴子》强调“文贵丰赡”（其外篇《辞义》曰：“五味舛而并甘，众色乖而皆丽。……所谓考盐梅之咸酸，不知大羹之不致。文贵丰赡，何必称善如一口乎?”）；刘勰《文心雕龙·辨骚》明确称赞屈原作品“惊采绝艳”的美；钟嵘《诗品》突出强调五言诗比四言诗有“滋味”，崇尚“自然英旨”之美，认为张协的诗“词彩葱蒨，音韵铿锵，使人味之，亹亹不倦”，等等。在乐论上，从《礼记·乐记》的“遗音遗味”说到阮籍《乐论》、嵇康《声无哀乐论》所崇尚的“自然和味”说，可以说已经基本确立了我国古代音乐的审美理想和美感原则。就纯粹的音乐艺术而言，后代音乐理论批评家对“乐味”问题，没有提出多少新鲜的观点，这或者可以看作是音乐与其他艺术门类之理论批评上的一个重要的不同特点。当然，在后代特别是宋元、明清时代，词和曲的音乐理论批评非常丰富，但毕竟都是跟词、曲的文学创作和演唱结合在一起的。

阮籍的《乐论》、嵇康的《声无哀乐论》，都受到玄学自然本体论思想的深刻影响，是两篇思想内容深刻、理论逻辑较为严密的音乐专论，将嵇康《声无哀乐论》、《琴赋》与阮籍的《乐论》相比，阮籍论乐的旨尚与嵇康并不完全相同①，但他们的音乐观念，共同反映了汉代“独尊儒术”的局面被打破而玄学思潮兴起后的思想文化背景，虽然阮籍主要受到《礼记·乐记》的影响，思想较为保守一些，但也和嵇康一样，都是从玄学自然本体论出发的，接受了《庄子》的“至乐”论的思想。嵇康鲜明地表示：郑声是美妙动听的音乐，比雅乐有“味”，所谓“犹大羹不和，不极勺药之味也”。这就是说：如“大羹不和”之滋味不如“勺药之味”（即五味调和之味②）一样，雅乐也不如郑声那样“妙音感人”。这一观点具有大胆的反抗精

① （晋）嵇康《声无哀乐论》、《琴赋》与阮籍的《乐论》三文，引据文化部艺术研究院音乐所编《中国古代乐论选辑》，人民音乐出版社，1981。

② 按：勺（芍）药：五味调料的总称。《史记》卷117《司马相如传·子虚赋》：“勺药之和具，而后御之。”《集解》引郭璞：“勺药，五味也。”《汉书》颜师古注：“勺药，药草名。其根主和五藏，又辟毒气，故合之于兰桂以助诸食，因呼五味之和为勺药耳。”嵇康这里明确否认了传统以来对“大羹之味”的崇尚，这与其以平淡之“至味”喻音乐本体的“自然之和”并无抵牾，因为这里实质上是对雅乐之礼教价值功能论的一种批评。其后陆机《文赋》也是从这个角度出发立论的，明确表示对文采的重视，下文将论述之。而刘勰《文心雕龙》所用的“遗味”概念，虽然出典与嵇康和陆机相同，但却是从正面意义立论的，其“遗味”与“余味”的意义相同，后人多沿袭之。

神！对一般人特别是那些历史上的荒淫无道之君而言，他们"惑志"美色、"耽槃荒酒"，即使不去听"郑声"，同样会亡身亡国，把亡身亡国的罪过加到"郑声"的身上，是没有道理的。嵇康在《答向子期难养生论》说："以大和为至乐，则荣华不足顾也；以恬淡为至味，则酒色不足钦也。苟得意有地，俗之所乐，皆粪土耳，何足恋哉?"这里崇尚"恬淡"之味，与其认为"大羹不和"不如"勺药之味"的观点，并不矛盾，因为一是从本体角度讲的（在这一点上，阮籍也有同样的观点），一是从美感角度讲的。总之，在嵇康看来，音乐以"自然之和"为本体，"至味"、"至乐"都以平淡自然为宗，而音乐的美感犹如五味调和的滋味，甚至超过美味，能给人以强烈的无穷的美感享受。郑声是"音声之至妙"，而"妙音感人，犹美色惑志"，并非"郑声"本身之过，真正的"至人"才能真正领会郑声的"美妙"，品尝其"滋味"。

陆机《文赋》曰："……或清虚以婉约，每除烦而去滥，阙大羹之遗味，同朱弦之清泛，虽一唱而三叹，固既雅而不艳。"[①] 文学作品整体上要具有匀称、浑成、动情、高雅、绮丽之美，就是陆机论艺术作品所谓"应"、"和"、"悲"、"雅"、"艳"的美感要求，也就是其通过批评"大羹之遗味"而崇尚作品之美"味"的观点，应该是受到了嵇康思想的影响。陆机使用"遗味"的典故，其本意是什么?"阙大羹之遗味，同朱弦之清泛"这句话，有些令人费解，故时见有脱离原意的解说。所谓"阙"，同"缺"，乃通假字，据孔颖达等对《礼记·乐记》的解说，所谓"遗味"就是指"大羹不和"，乃"质素之食"，而"有遗余之味矣，以其有德质素，其味可重，人爱之不忘"。也就是说"遗味"就是"余味"的意思。可是，从《乐记》这段论述的字面意义而言，"大羹之遗味"与"朱弦之清泛"（即遗音）本是统一的，而陆机一说"缺"而一说"同"，似乎矛盾。其实，陆机用的是"反对"而不是"正对"，同时运用了互文见义的修辞方法（表达了两层含义），这是骈体赋中（对偶句）最常见的语言表达方式，补足其表述，应为"阙大羹之遗味、朱弦之清泛；同大羹之遗味、朱弦之清泛"的意思，就是说：有的作品过于淡薄"清虚"，就连"大羹"的遗味，"清庙"的遗音也没有做到（所谓"阙"）；有的作品可以说是犹如"大羹"的遗味，"清庙"的遗音一样（所谓"同"），但这两种情况的作品，都是没有绮丽之美的，不能算是理想的作品。笔者以为，这才是从其字面意义能够得出的正确的符合其本意的理解。由此可证，陆机对"大羹之遗味"是持否定态度的。

"味"是刘勰《文心雕龙》运用的重要的美学范畴，其中论述了"文"的"遗

① 本文引（晋）陆机《文赋》语，均据郭绍虞主编《中国历代文论选》，上海古籍出版社新1版，2001。

味”和“余味”的美感问题①。如上考述，“遗味”出自《礼记·乐记》等著作中，比喻《清庙》这种诗（颂）乐的一种“质素”的美感；而“余味”在刘勰之前只在佛学研究著作出现过，刘勰第一次将之运用于文学批评之中，“余味”正是从前代“遗味”发展而来的一个概念。

《文心雕龙》涉及“遗余”之味的论述如：《宗经》篇曰：“至根柢盘深，枝叶峻茂，辞约而旨丰，事近而喻远；是以往者虽旧，余味日新。”《史传》篇曰：“及班固述汉，因循前业，观司马迁之辞，思实过半。其《十志》该富，赞序弘丽，儒雅彬彬，信有遗味。”《体性》篇：“子云沈寂，故志隐而味深”。《隐秀》篇：“赞曰：深文隐蔚，余味曲包。辞生互体，有似变爻。言之秀矣，万虑一交。动心惊耳，逸响笙匏。”《物色》篇：“是以四序纷回，而入兴贵闲；物色虽繁，而析辞尚简；使味飘飘而轻举，情晔晔而更新。古来辞人，异代接武，莫不参伍以相变，因革以为功，物色尽而情有余者，晓会通也。”② 等。

刘勰与嵇康、陆机等人不同，是从正面的意义来运用“遗味”的范畴的，刘勰说的“遗味”，也就是“余味”，其基本美学含义是一致的，这在一定程度上反映刘勰主张“文”要“宗经”的儒家思想倾向，但无论是“遗味”还是“余味”的范畴，刘勰都从审美的角度大大地丰富了其美学内涵，分析与论述了“文”的审美特性。大要言之，刘勰认为儒家的“五经”是“文”的本源，“经”又是圣人本“自然之道”而创立的，“道”为“文”之本体，由此提出“道沿圣以垂文，圣因文以明道”的“道圣文”三位一体的“文”论纲领（《原道》）。“五经”的总体特点是“辞约而旨丰，事近而喻远”，这就是“余味”。可见，刘勰在《宗经》中所说的“余味”，是从“文”的审美鉴赏出发，对“经”所作出的一种审美的分析，而不是从什么“质素”之“德”的思想角度出发的。在此不对上述引文作一一解析，这里可以以《隐秀》篇的“余味”论分析为代表。

《隐秀》篇主要就是从艺术语言的角度论述“意象”的创造和表现问题，正是

---

① 《文心雕龙》中提及“味”的术语和范畴共19次，其中有三处“味”字，或是在食物滋味意义上使用的普通语词，或为使用典故论述有关问题的，其“味”字本身没有什么特别的美学含义：第一处见于《论说》篇，其列举“说之善者”，提及“伊尹以论味隆殷”，这只能说明刘勰对伊尹“说汤以至味”的故事很熟悉，这句话中的“味”本身不是一个美学概念；第二处见于《通变》篇：“故论文之方，譬诸草木，根干丽土而同性，臭味晞阳而异品矣。”这里的“臭味”，指草木的“气味”，本身也没有什么美学含义。这句话是说文体有定制（所谓“同性”）而通变没有定规（所谓“异品”），即“设文之体有常，变文之数无方”的意思；第三处见于《夸饰》篇：“且夫鸮音之丑，岂有泮林而变好；荼味之苦，宁以周原而成饴：并意深褒赞，故义成矫饰。”这里“荼味”的“味”本身也没有什么美学含义。这样有一定美学意义的“味”字只有15处，其中“余味”在《宗经》和《隐秀》中出现两次，而《声律》篇“赞”语中，所谓“声得盐梅，响滑榆槿”，虽未用“味”这个词，但实质上也是用“味”论述问题的。

② 本文引《文心雕龙》语，均据周振甫《文心雕龙注释》，人民文学出版社，1983。

从这个角度才特别强调了"余味"的美感要求。《隐秀》开篇就说：

> 隐也者，文外之重旨者也；秀也者，篇中之独拔者也。隐以复意为工，秀以卓绝为巧，斯乃旧章之懿绩，才情之嘉会也。夫隐之为体，义生文外，秘响旁通，伏采潜发，譬爻象之变互体，川渎之韫珠玉也。故互体变爻，而化成四象；珠玉潜水，而澜表方圆。

《隐秀》是一残篇，据宋代张戒《岁寒堂诗话》，该篇中还有"状溢目前曰秀，情在词外曰隐"两句。所谓"隐"就是指艺术的语言要含蓄委婉地表现"意象"；所谓"秀"就是专指那些能够生动形象地表现"意象"的精警之句。结合起来说，就是运用艺术语言来表现审美"意象"，要"自然"又要有"文采"，要简练生动、鲜明形象（"物色"的描写等）而又含蓄不尽，所以能令人在审美欣赏中，感受到一种无穷的很难言尽的美感，这就是"余味"这一美学范畴的内涵，《隐秀》篇所说的"深文隐蔚，余味曲包"这种"余味"与《宗经》所说的"辞约而旨丰，事近而喻远"的"余味"，正是前后统一的论述。

至晚唐时期，司空图提出了著名的"味外之旨"（即苏轼所谓"味外味"）、"韵外之致"的观点①。在中国古代的"艺味说"中，六朝以后，以"味"论"诗"最为繁盛，如果把词（乃至散曲、小令）也包括进"诗歌"的范围内，那么有关"诗味"论的观点以及提出的概念、范畴，那就更加丰富；但就"诗味"论的理论深度而言，用"味"来对"诗性"（诗的审美特质）进行理论分析，对这种"诗性"的美感进行概括，至司空图提出"味外之旨"（即"味外味"）论，已经达到最高的理论深度。这是从"味外之旨"及其密切相关的"韵外之致"说所具有的普遍意义的角度看问题的；同时，"味外之旨"与"韵外之致"说又具有司空图自己的审美理想的个性特点，如其崇尚"澄淡精致"的审美"趣味"等，这两个方面对后代都产生了重要影响。

从《乐记》的"遗音遗味"说到刘勰的"余味"说，从刘勰的"余味"说再到司空图"味外之旨"即"味外味"说，是理论上的两度飞跃。这是因为讲艺术作品要有"味"，这只是一般的要求；讲艺术作品要有"余味"，这是比较高的要求，在理论上已经揭示出中国古代文艺作品的"文已而意有余"的特点，分析了"状溢目前"与"情在词外"的统一性问题，但在六朝文艺理论批评中，还没有提出"意境"（或"境界"）的范畴，刘勰的"隐秀"论毕竟不是专门讨论"意境"的创造

---

① （唐）司空图《司空表圣文集》卷2《与李生论诗书》，据祖保泉、陶礼天笺校《司空表圣诗文集笺校》，安徽大学出版社，2002；本文引《司空表圣诗集》、《司空表圣文集》语，均据此本。

和审美特性的，所以刘勰在《宗经》篇中认为“五经”具有“辞约而旨丰，事近而喻远”的特征，也是有“余味”的，说明其“余味”范畴的美学含义，还是比较宽泛的；而司空图提出“辨于味”的鉴赏批评要求——转而论之，也是对创作的要求，认为不“辨味”不足以言诗，优秀诗作关键在于有无“调制”出“味外之旨”、呈现出“韵味之致”，这才是最高的要求。“味外之旨”说，将中国古代艺术（主要是抒情艺术，特别是律诗绝句）的抒情言志、创造“意境”的审美特性揭示出来，其主要价值就体现在这一理论深度上。

到北宋时期，梅尧臣、苏舜钦、欧阳修、苏轼等人从诗歌的“平淡”之境出发，主张“平淡”的诗味论，其有关观点不仅进一步论述了诗歌（乃至书画等）“意境”特征和创作要求，而且特别注重陶渊明、王维、柳宗元、韦应物等诗歌的那种语言素淡而实质有所谓“至味”的美感，这实际上是对司空图的“澄淡精致”（《与李生论诗书》）、“趣味澄敻”（《与王驾评诗书》）等观点的继承和发展；从当时诗学批评的具体历史针对性来讲，最初确有批评“西昆体”特别是其学“西昆体”者雕章丽句、用典晦涩的倾向。苏舜钦《诗僧则晖求诗》曰：“会将取古淡，先可去浮嚣”[①] 梅尧臣《读邵不疑诗卷》诗曰：“作诗无古今，惟造平淡难”[②] 认为林和靖诗具有“平淡邃远”、“趣尚博远，寄适于诗”[③] 的特点，特别是他认为陶渊明的诗具有“平淡”的美，如其《寄宋次道、中道》诗曰：“中作渊明诗，平淡何拟伦”[④] 等。欧阳修对这种诗歌的“平淡”境界与趣味非常赞赏，其《水谷夜行寄子美圣俞》诗曰：“……近诗尤古硬，咀嚼苦难嘬；初如食橄榄，真味久愈在。苏豪以气轹，举世徒惊骇；梅穷独我知，古货今难卖……”[⑤]。欧阳修《六一诗话》亦自录此诗，并曰：

> 圣俞（梅尧臣）、子美（苏舜卿）齐名于一时，而二家诗体特异。子美笔力豪隽，以超迈横绝为奇，圣俞覃思精微，以深远闲淡为意。[⑥]

正如敏泽先生所论：“‘古淡’本来也是韩愈所提倡的一个方面（如《醉赠张秘书》：‘张籍学古淡，轩鹤避鸡群’），但韩愈的很多诗文却偏向奇崛。在梅尧臣，平淡却是他所追求的最高境界，所谓平淡，并不是要求诗歌创作应该平庸、浅易，而

---

① （宋）苏舜钦《苏学士文集》卷8，《四部丛刊》初编本。
② （宋）梅尧臣《宛陵先生集》卷46，《四部丛刊》初编本。
③ 同上，《宛陵先生集》卷60《林和靖先生诗集序》。
④ 同上，《宛陵先生集》卷25。
⑤ （宋）欧阳修《欧阳文忠公文集》卷2，《四部丛刊》初编本。
⑥ （宋）欧阳修《六一诗话》，据（清）何文焕辑《历代诗话》本，中华书局，1981。

是要求以平淡、朴素的语言，表现出深厚、丰富的思想。"[①] 欧阳修所谓"初如食橄榄，真味久愈在"，非常形象地揭示出这种"平淡"诗味的特点。

在现存《司空表圣文集》和《司空表圣诗集》中，没有直接评论陶渊明诗文具有"澄淡"趣味的明确论述，但司空图对陶渊明是非常称赞的，如《休休亭记》说要"与靖节、醉吟第其品级于千载之下"（《文集》卷二）靖节、醉吟是指陶渊明和白居易二人；又其《歌者十二首》第六首有诗句曰："五柳先生自识微，无言共笑手空挥"；第七首有诗句曰："夕阳似照陶家菊，黄蝶无穷压故枝"（《诗集》卷五）等。司空图喜欢菊花，写过不少托物言志的菊花诗，而且在不少诗文中也暗用陶渊明咏菊、爱菊的典故，这都说明他深受陶渊明的影响，如《五十》诗曰："漉酒有巾无黍酿，负他黄菊满东篱"（《诗集》卷一）。这种"人淡如菊"的隐逸品格体现在作品中，实际上就是司空图说的"右丞、苏州趣味澄敻"（《与王驾评诗书》）的境界。苏东坡至爱陶诗，曾加以拟作，其《书黄子思诗集后》认为韦应物、柳宗元的诗能够"发纤秾于简古，寄至味于淡泊"，又赞美司空图"诗文高雅"，推崇其"味外之旨"论。[②] 所以可以说，苏轼的"诗味"论，实是司空图的"诗味"论的发展。其《评韩柳诗》曰：

> 子厚诗在陶渊明下，韦苏州上。退之豪放奇险则过之，而温丽靖深不及也。所贵乎枯淡者，谓其外枯而中膏，似淡而实美，渊明、子厚之流是也。若中边皆枯淡，亦何足道！佛云：如人食蜜，中边皆甜。人食五味，知其甘苦者皆是，能分别其中边者，百无一二也。[③]

《佛说四十二章经》曰："佛言：学佛道者，佛所言说皆应信顺。譬如食蜜，中边皆甜。吾经亦尔"。东坡借用佛经中的"中边"论，非常辩证地分析了陶、柳、韦等人诗歌那种素朴平淡境界的美感问题，表面看是"枯淡"，实质是"外枯而中膏"，是"纤秾"与"简古"、"绚烂"与"平淡"的统一，所谓"大凡为文当使气象峥嵘，五色绚烂，渐老渐熟，乃造平淡"[④]。东坡《送参寥师》诗曰："咸酸杂众好，中有至味永。"[⑤] 这些观点可以说是苏轼自己的理论创见，司空图对这种"外枯而中膏"的平淡美的特点，就没有明确作过深入的分析。其后继承苏轼观点者甚多，此不赘论。

---

① 敏泽《中国文学理论批评史》上册第466页，人民文学出版社，1981。
② （宋）郎晔注《经进东坡文集事略》卷60，《四部丛刊》初编本。
③ （宋）苏轼《东坡题跋》卷2，《津逮秘书》本。
④ （宋）周紫芝《竹坡诗话》引苏轼语，据（清）何文焕辑《历代诗话》本。
⑤ （宋）王十朋注《集注分类东坡先生诗》卷21，《四部丛刊》初编本。

六、结 语

就诗歌理论批评而言，宋元至明清时期的“诗味”论大要有三个主要特点：一是具有“细部批评”的特点；二是与其标榜的派别宗旨相结合（这一点在明清时期表现更为突出）；三是以“意境”论为中心来进行分析。此外，明显可以发现，在宋元明清时期，许多诗歌理论批评家提出的有关“诗味”的主要观点和诸多范畴，或多或少、或直接或间接地受到司空图的影响，例如宋代苏轼等人论诗的“平淡”之境，推崇司空图的“味外味”说；清代王渔洋论诗主“神韵”说，不仅渔洋自己明确点明喜好司空图之论，而且时人也已直接将其“神韵”说等同于“味外味”说，或者说是用“味外味”来解释“神韵”说的美学内涵。

这种“诗味”论的观念，都可以追溯到《乐记》的“遗音遗味”说，但又已是全新的审美观念，期间经历了一个“正—反—合”的逻辑发展过程——从强调“质朴素淡”（先秦两汉时期）到批评“质朴素淡”而强调“绮丽”或“余味”（六朝时期），再到强调“发纤秾于简古，寄至味于淡泊”即“平淡”与“纤秾”的辩证统一（中晚唐以后，北宋时期开始突出）。总之，我们通过《乐记》的“遗音遗味”说的内涵分析及其观念的影响，可以从这样一个微观角度，考察出中国古代文艺思想观念的某种逻辑发展的内在理路。以上问题，我曾在一些论文中作过分析归纳，这里作了一次集中考察论述，以就教于大雅，敢望给予批评指正。

《文心雕龙》与六朝审美心物观*

本文拟先从《乐记》谈起，然后即以嵇康的《声无哀乐论》、宗炳《画山水序》及陆机《文赋》为主，具体联系《文心雕龙》的心物观点，分析一下刘勰是如何在六朝审美心物观的逻辑发展基础上，进行理论整合的。

一、《乐记》—阴阳五行—《文心雕龙》

《礼记·乐记》杂采《左传》、《国语》、《荀子》以及《吕氏春秋》的乐论，糅合了战国以来盛行的阴阳五行思想，形成代表儒家乐论的思想体系，联系董仲舒《春秋繁露》、班固编撰的《白虎通》中这些后来的有关内容看，《乐记》的儒家乐论确已相当完备。

就审美心物观看，《乐记》从儒家的心性学说出发，提出了“物感”说，又明确包含有“心物互感”的思想。但其“物感”说，是建立在“心性本体”说的基础上的。《乐记》云：

> 人生而静，天之性也，感于物而动，性之欲也，物至知知，然后好恶形焉。好恶无节于内，知诱于外，不能反躬，天理灭矣。夫物之感人无穷，而人之好恶无节，则是物至而人化物也。人化物也者，灭天理而穷人欲者也。①

又云：“夫民有心知之性而无哀乐喜怒之常，应感起物而动，然后心术形焉。”这种心性学说乃是从两个假定出发，建构其“物感”理论的。首先，它假定人生本来就具有一种“静”的天性，也就是“天理”，而同时又具有一种“感物而动”的“欲”的功用，亦即“静”是性之体，“欲”是性之用。实质上，从人是社会性的动物角度讲，人性本身的“性”与“欲”是不可以加以割裂的，也不存在什么“静”的天理。由此回到《乐记》开篇的论断：“音之起，由人心生也。人心之动，物使之然也。感于物而动，故形于声。”可见，“物使之然也”的根据与前提，在于

---

* 编按：本文原载于《文艺研究》1997年第4期。

① 本文所引《乐记》语，均据（唐）孔颖达等《礼记正义》卷37－卷39，（清）阮元校刻《十三经注疏》（下册）第1527－1548页，中华书局影印，1980。

人本身有一种“性之欲”。其次，它假定了这种“性之欲”本身即是一种“性之情”，只是“感物”之前处在“静而不动”状态中。

这种理论所依据的就是阴阳五行学说中“同类相动”的原理。《乐记》云：“凡奸声感人而逆气应之，……万物之理，各以类相动”。“以类相动”说，是《乐记》中心性学说的先验内容，《乐记》的审美心物观还是较为科学的。乐本于人心之动，人心之动又本于“物使之然”，这是讲“物对心”的感发作用与同类的相动的现象；同时“致乐以治心”，人们有了“易、直、子、谅”之心，就会对“物”产生作用，从而风俗归正，家和国安，这是讲“心对物”的作用。《乐记》中的“物”字，孔颖达《礼记正义》均释为“外境”，包括社会与自然两个方面，更多的是指前者。刘勰《文心雕龙》中的“物”字，也是包括社会和自然两个方面的“外境”，但有时是偏向于指自然外境的，如《物色》篇的“物”字即是如此。《物色》篇具体讨论了自然“外境”对审美主体心灵的“感召”作用：

> 春秋代序，阴阳惨舒；物色之动，心亦摇焉。盖阳气萌而玄驹步，阴律凝而丹鸟羞；微虫犹或入感，四时之动物深矣。[①]

这明显受到儒学化的阴阳五行思想的影响，可以直接从《乐记》、董仲舒的《春秋繁露》中找到源头。《乐记》的阴阳五行思想，虽然较《春秋繁露》为朴实，但其基本理论框架亦已定型。如其将“五音”比于“君、臣、民、事、物”，将仁与义视为春与秋之德，所谓“春作夏长，仁也；秋敛冬藏，义也”等等。阴阳五行学说被糅合到儒学体系中来，最初可以《易传》为代表，到汉代董仲舒的《春秋繁露》，得以进一步的发展，从而成为汉代儒学发展中一个最为显著的特征。到刘勰撰写《文心雕龙》的齐、梁之际，阴阳五行思想早已成为儒学的血液，成为儒学体系的不可分割的组成部分。阴阳五行学说与儒学的融会，其原因是很多的，如秦汉之际社会政治的变迁、儒士地位的升降、今文经学的兴起、谶纬学说的影响等，从思想逻辑上看，也是与儒家“比德”说及其所采用的类比思维方式直接相关的。如《乐记》中，由“大乐与天地同和，大礼与天地同节”，进而说到“乐者，天地之和也；礼者，天地之序也。和，故百物皆化；序，故群物皆别”，目的在于以天尊地卑的自然现象，说明封建礼教的合理性。这种以自然界阴阳五行现象类比社会人文现象，又正是后来魏晋玄学从“儒学”内部——即着眼于“自然合理论”——来破除其“神学目的论”（主要是汉今文经学）的迷妄，并运用道家自然无为思想对“儒学”进行重新“解构”的逻辑基点。按照《乐记》的逻辑，乐是一种人心之

---

① 本文所引《文心雕龙》语，均据范文澜《文心雕龙注》，人民文学出版社，1958。

动，而人心之动，源于感物而动，而这“物”（外境），就大自然的层面讲，乃是一种“和而有序”的宇宙，“人声”本之以成乐、本之以成诗。

刘勰非常强调文学的社会政治功用，但也受到嵇康等魏晋玄学家的“自然论”的影响。其《明诗》就直接下了这样的断言：“人禀七情，应物斯感，感物吟志，莫非自然。”总之，《乐记》的审美“物感”说，到了魏晋时期，由于道、玄、释的思想作用，或以“自然”之无、或从“般若”之空的本体论出发，对之进行了新的阐释，最终被刘勰整合会通于《文心雕龙》之中。

二、嵇康—自然之和—刘勰

嵇康《声无哀乐论》云：“夫天地合德，万物资生。寒暑代往，五行以成。章为五色，发为五音。音声之作，其犹臭味在于天地之间。其善与不善，虽遭浊乱，其体自若而无变也。岂以爱憎易操，哀乐改度哉？”① 这就是说，音乐“其体自若”的本体，既为“自然之和”，所以音乐也就“无系于人情”。

从审美心物观上看，嵇康的乐论有三点特别值得注意：第一，主张“心声二分”的观点。嵇康从自然本体论出发认为：“心之与声，明为二物。二物诚然，则求情者不留意于形貌，揆心者不借听于声音也。察者欲因声以知心，不亦外乎？”刘勰的心物交融论，也包含着“心声二分”的内涵，其《声律》篇云：“内听之难，声与心纷，可以数求，难以辞逐。”指出了乐之声与言之声的异同性。《物色》篇又云：“是以诗人感物，联类不穷。流连万象之际，沉吟视听之区；写气图貌，既随物以宛转；属采附声，亦与心而徘徊。”文学创作中，心对物的“气”与“貌”的把握，以及在“意象”构筑完成后，运用有“采”有“声”的语言来表现，是与音乐不同的；但这样说只是为了说明问题而已，究其实语言与“意象”的思维活动是同步的，对此暂置不论。音乐是由一定之“数”与“度”的五音构成的，因此，刘勰认为“言之声”比“乐之声”更难于运用。尽管汉语文字有平上去入的“声调”，有宛转附物的“色采”，也还是存在一个陆机《文赋》所讲的“恒患意不称物，文不逮意”的问题。这就必然涉及玄学家所倾心讨论的“言意之辨”的问题。嵇康在《声无哀乐论》中明确主张“得意忘言”的观点，他说：“吾谓能反三隅者，得意而忘言”，因为“心不系于所言，言或不以证心也”。刘勰主张言是可以“达意”的，可以通过一定的“言之数”——语言规律与文术技巧——来达意称物。但刘勰也认为这种’达意”只能是相对的，所谓“设文之体有常，变文之数无方”

① 本文所引（晋）嵇康《声无哀乐论》语，均据戴明扬《嵇康集校注》卷5，第196-232页，人民文学出版社，1962。同时参考吉联抗译注《嵇康·声无哀乐论》，人民音乐出版社，1982。

(《文心雕龙·通变》),因此,他特别重视“隐秀”、“比兴”等达意的表现方法。

第二,嵇康认为要把握“自然之和”的音乐本体,应当洗涤主体喜怒哀乐之情的干扰,在审美虚静中实现这一目的,故云:“不虚心静听,则不尽清和之极。是以听静而心闲也。”刘勰也认为在文学创作中,审美主体应当虚静为怀,要做到“入兴贵闲”,反对过分地“苦思”,因为“率志委和,则理融而情畅;钻砺过分,则神疲而气衰,此性情之数也”(《文心雕龙·养气》)。将虚静以观物视为一条普遍的审美规律。

第三,将嵇康《声无哀乐论》、《琴赋》与阮籍的《乐论》相比,阮籍论乐的旨尚与嵇康不完全相同。阮籍《乐论》也认为“夫乐者,天地之体、万物之性也”,同样以“自然之和”为乐之本体,但其目的是要说明“尊卑有分,上下有等,谓之礼;人安其生,情意无哀,谓之乐”[①]。这与《乐记》的“声音之道,与政相通矣”的思想,出发点不同而归趣相似。阮籍主张名教即自然,而嵇康主张“越名教而任自然”。嵇康要极力说明音声是以“自然之和”为体的,本来与“哀乐”之情无关,“审音知政”的传统理论根据,是认为声音本身就有哀乐,嵇康认为这是一种错误的理解,从这种错误的理解出发,就永难把握声音的“自然之和”。故他慨叹道:“斯义久滞,莫肯拯救。”为了说明问题,他深入地解剖为什么一般人会视音声有哀乐的问题。这就是因为常人不能像圣人那样做到应物而无累于物,没有这种“圣人之情”而又使其“心志以所俟为主”,也就易于“移情”于物、“应感而发”;而“声音以平和为体”,“和”则“感物无常”,就是说主体移什么“情”入“和声”这个审美对象,就以为这种“和声”本来就具有什么样的情感意志。嵇康的这种思辨与解析,说明了“审美移情”的道理,后来刘勰吸收的正是这一层面的思想,这真可谓是“反其意而用之”矣。

其实,如果文艺创作历来都是如此“言比成诗,声比成音”的,作家、批评家就是如此“审国风之盛衰,吟咏情性,以讽其上”的,那么探讨“为文之用心”,正当对此进行深入研究,这于刘勰亦可谓是当然之理也。因此,我们要辩证地看待这个问题,嵇康《声无哀乐论》的立论主旨是一回事,他所揭示的这种移情于物、“应感而发”的审美现象又是另一回事,刘勰完全可以接受后者而置前者于“不论”的。刘勰的这种“不论”,并非就以为嵇康的立论主旨不当,其《文心雕龙·论述》云:“……叔夜之辨声,太初之本玄,辅嗣之两例,平叔之二论,亦师心独见,锋颖精密,盖论之英也。”许之以“独见”、“精密”,评价甚高。但从其《文心雕龙·乐府》等篇看,刘勰仍然坚持了《毛诗序》、《乐记》的主要诗乐观点,盖刘勰认

① (晋)阮籍《乐论》,均引据文化部艺术研究院音乐研究所编《中国古代乐论选辑》,第107-111页,人民音乐出版社,1981。

为文学创作是以“言”为媒介的，与有“度与数”的乐不同。音乐之声，可以“弦以手定”，而“言”就复杂得多，对作家来说，如果完全“忘言得意”，就毫无创作可谈。只有在创作中，调动“达意”之言的各种“文术”，最终去表现“意”，虽然不能完全“尽意”，但必须以“言”的限在，去表现“物”的无限、“意”的无限。这样对鉴赏者讲，才能超越作品“言”的限在，去领悟“无限”，去体认“自然之道”。

综上所述，从“自然之和”与“言意”关系去看，《文心雕龙》又是与嵇康的音乐美学思想相互贯通的。其实，具体的一曲音乐之声，也是与一部文学作品之言一样，都是一种“限在”、一种“媒介”，在六朝人的审美眼光中，均是一种“得意”的筌蹄。而《文心雕龙》的审美心物观与“言意之辨”的问题，正是一个一而二、二而一的问题，对此不可不察。

三、宗炳—本无宗—刘勰

六朝画论受到这一时期品评人物重视“神鉴”的风气影响尤重，遂使“形神”问题成为当时美学的一个核心命题。山水画的兴起亦与当时人物品藻多用山水语言的启发有关，“晋人从人物到山水画可谓为宇宙意识寻觅充足的媒介或语言之途径”①。而同时山水诗亦由之而起。《世说新语·言语》载顾恺之“从会稽还，人问山林之美。顾云：千岩竞秀，万壑争流，草木蒙笼其上，若云兴霞蔚。”② 在这位大画家的眼中，大自然的美，充满了生命的精神，这与刘勰所谓“物色相召，人谁获安”（《文心雕龙·物色》）的精神义旨，正是血脉相通的。东晋时期，玄学与佛学通过“格义”的方式进一步合流，此后又逐步摆脱“格义”的束缚，走向了“独立”，从以玄解佛走向了以佛补玄的道路，加以山水诗、山水画的创作日趋繁荣，于是诞生了两篇著名的山水画论，这就是宗炳的《画山水序》和王微的《叙画》。其思想基础是并不相同的。宗炳说“神本亡端，栖形感类”，主张的“形灭神不灭”的观点，王微讲“本乎形者融灵”，表现的是“形神相即”的义旨，这要联系二人遗留下来的几篇作品，作整体的研究，才可以明确看出。

从王微的《与从弟僧绰书》、《报何偃书》等内容看，王微受道家影响较深。其《叙画》强调由心即物，当以传“神”为主，而不必拘泥于目见之“形”，因为：

> 本乎形者融灵，而动变者心也。灵亡所见，故所托不动；目有所极，故所

① 汤用彤《理学·佛学·玄学》第323页，北京大学出版社，1991。

② 引见余嘉锡《世说新语笺疏》（上册）第143页，上海古籍出版社，1993。

见不周。于是乎以一管之笔，拟太虚之体，以判躯之状，画寸眸之明。[①]

不拘于“形”而求其“灵”（神），才能将“孤岩郁秀，若吐云兮”的生命精神表现出来，使之“纵横变化，故动生焉”。同时，王微也指出了“物”对“心”的感召作用，所谓“望秋云，神飞扬，临春风，思浩荡。虽有金石之乐，珪璋之琛，岂能仿佛之哉”。其立论明显与刘勰《神思》、《物色》之理论枢机相同。王微的思想基本是儒道兼融的，而与之不同的宗炳明确主张以佛统儒、以佛摄道的三教合一思想，其《明佛论》云：

彼佛经也，包五典之德，深加远大之实；含老庄之虚，而重增皆空之尽。高言实理，肃焉感神，其映如日，其清如风，非圣谁说乎。[②]

宗炳曾师事慧远，慧远是道安的弟子，就般若学而言，慧远和宗炳都属于本无宗一派。两晋时期，在“格义”方法的影响下，佛教大乘空宗学者，比附玄学，形成般若学六家七宗的不同学派，其中以本无宗、心无宗与即色宗为主。据《高僧传》卷五《竺法汰传》，支敏度的心无宗——主张“无心于万物，而万物未尝无”的观点——曾“大行荆土”，当时宣传“心无义”思想的是心无宗派传人道恒。后来法汰、慧远等设席与之攻难，遂使“心无之义，于是而息”[③]。但宗炳又与慧远不同，并不拘限于本无宗一家（本无宗本身又并非纯一的，道安与法汰不同），其《又答何衡阳书》所谓“若孙兴公所赞八贤，支道林所颂五哲，皆时所共高”云云，对支道林和包括支敏度的在内的“八贤”均加称赞，于此亦可见宗炳的“般若学”思想具有一定的兼融性。上引宗炳《明佛论》下文又云：

夫佛经所称即色为空，无复异者，非谓无有，有而空耳。有也，则贤愚异称；空也，则万异俱空。夫色不自色，虽色而空；缘合而有，本知无常，皆如梦幻之所作。

所谓“色不自色，虽色而空”，正是即色宗创始人支道林的核心观点。吕澂先生曾说：道安的“本无”思想，强调“照本息末”之旨，实质上是一种“性空

① 本文所引（南朝宋）王微文，均引据《全宋文》卷19，见（清）严可均辑《全上古三代秦汉三国六朝文》，中华书局，1958。

② 本文所引（南朝宋）宗炳文，除《画山水序》外，均据《全宋文》卷20，卷21。《画山水序》引文，据《中国美学资料选编》上册第177页，中华书局，1980。

③ （南朝梁）释慧皎撰《高僧传》卷5《义解（二）》之《竺法太传》，汤用彤校注本，第192-193页，中华书局，1992。

宗”[1]。慧远作为道安之徒，其“本无”思想当与竺法汰有别。宗炳可能从慧远那里受到“性空”思想的濡染，加以受儒、道两家有关观念的影响，形成他自己的“本无”学说。其《答何衡阳书》云：

> 佛经所谓本无者，非谓众缘和合皆空也。垂荫轮奂处，物自可有耳，故谓之有谛；性本无矣，故谓之无谛。……贤者心与理一，故颜子“庶乎屡空”，有若无，实若虚也。

“庶乎屡空”，本指颜回贫匮空乏之义，被玄学家、佛教徒用来指“虚心知道”或“法识性空”之境，由此可见其时“格义”之风未息。对此，钱钟书先生论之亦详，指出“宗炳攀援释说，与何晏附会道家言，若符契然。”[2] 可见，要了解宗炳《画山水序》中一系列美学范畴，如“道”、“灵”、“形”、“神”等，必须从其“本无”学说这一核心思想去把握。宗炳的心物观的独特性，就是一切从“法识之性空”理论出发。其《明佛论》云：

> 夫圣神玄照，而无思营之识者，由心与物绝，唯神而已。故虚明之本，终始常住，不可凋矣。今心与物交，不一于神，虽以颜子之微微，而必乾乾钻仰，好仁乐山，庶乎屡空。……今以悟空息心，心用止而情识息，则神明全矣。

“心用止而情识息”的思想，正是宗炳与王微、刘勰的心物观的不同之处。联系《画山水序》看，宗炳把儒家“仁者乐山，智者乐水”的比德说，与道家的“乘物以游心”的观点，从般若空宗的理论基础上进行融合，贯彻了“自然”为本的思想。不过，其心物交融理论，是从“法识之性空”出发，所谓“法识之性空，梦幻影响，泡沫水月，岂不然哉”云云，最后又归结到“悟空息心”的“神明之全”的终极，也就是说由“心与物交”而归本于“心与物绝”，这就是《画山水序》所谓“澄怀味象”等一系列观点的理论实质。《画山水序》云：

> 夫应目会心为理者，类之成巧，则目亦同应，心亦俱会，应会感神，神超理得，虽复虚求幽岩，何以加焉。又，神本亡端，栖形感类，理入影迹，诚能妙写，亦诚尽焉。于是闲居理气，拂觞鸣琴，披图幽对，坐究四荒，不违天励之丛，独应无人之野，峰岫峣嶷，云林森眇，圣贤暎于绝代，万趣融其神思，余复何为哉，畅神而已。神之所畅，孰有先焉！

---

① 吕澂《中国佛教源流略讲》第54页，中华书局，1979。

② 钱钟书《管锥编》第4册第1280页，中华书局，1986。

宗炳是把画笔作为一种通向“山水以形媚道”之“道”的媒介，从这个角度讲，是与王微《叙画》所谓“以一管之笔，拟太虚这体”的精神相通的，主张的是“得意忘象”，追求的是“象外之意”。宗炳也揭示了审美过程中心物交融的现象，并强调要以“应会感神”为目的。所谓“目亦同应，心亦俱会”，正当为刘勰“目既往还，心亦吐纳”（《文心雕龙·物色》）的观点之所本，但这仅是就审美心理活动形式而言的，实质上，宗、刘二人主旨不完全相同。

从上面我们所重点探讨六朝的嵇康乐论和宗炳画论看，或以“自然之和”为音乐的本体，或以“般若之空”为山水画的本体（以“山水以形媚道”的理论面目出现），并都在此其础上揭示了审美心物关系的并构与交融现象。但画与乐的媒体与“言”不同，具体到文学创作上来讲，深入地研究并建构文学创作中的独特的审美心物观，是先后由陆机和刘勰等文学理论家完成的，他们在一定程度上洗涤了玄佛理论的玄虚精神，又吸收了他们的有益思想，这是最为难能可贵的。

四、《文赋》—文、物、意—《文心雕龙》

陆机出生于经学传家的江东士族，《晋书》本传称其“伏膺儒术”，其《文赋》亦有浓厚的儒家思想，尊奉儒家诗学的风雅体制，要求文学应当起到“济文武于将坠，宣风声于不泯”的教化功用。但是我们也可明显看到《文赋》也兼融并取了道家、玄学的有关思想观点，生动描述了创作构思的全过程，深入剖析了文、物、意三者的复杂关系。

在审美心物关系上，将“言意之辨”的问题，直接引入文学创作过程进行研究，陆机当是先于刘勰的第一人，在此之前，许多理论家虽已涉及这一问题，但并未将“言与意”和“心与物”联系起来作周密考察。从“语言是思想的直接现实”看，任何一个语言艺术家和文学理论家都无法回避“言”的问题。《文赋》序云：

> 余每观才士之所作，窃有以得其用心。夫其放言遣辞，良多变矣，妍蚩好恶，可得而言。每自属文，尤见其情。恒患意不称物，文不逮意，盖非知之难，能之难也。①

序文说明《文赋》所探讨的“为文之用心”，就是分析并试图解决“文、物、意”的统一问题。《周易·系辞》“言不尽意”的论点，后人所发挥的理论层面并不

---

① 本文引（晋）陆机《文赋》语，均见（梁）萧统编，（唐）李善注《文选》卷17，第224-228页，上海书店据世界书局影印（清）胡克家刻本，1988。

一致，关键在“不尽”二字的理解上，至少有这样三种看法：一是将“不尽”当作“不能表达”讲，这是“言不尽意”的绝对论者；二是将“不尽”当作“不能完全表现”讲，“尽”就是“穷尽”之意，一般“言不尽意”论者都是持这种观点的，陆机和刘勰均是持这种相对论的；三是更深一层的思辨，将“不尽”当作“不必要完全表现”讲，刘勰论“隐秀”，已触及这一层面，后代如皎然、司空图、严羽等人，都明确主张这种审美言意观。王弼在《周易略例·明象》中，认为“意以象尽，象以言著，故言者所以明象，得意而忘言；象者所以存意，得意而忘象。”[①]言、象、意三者明显与陆机所说的文、物、意三者存在一种“对应”关系，或者说后者正是受到前者影响提出的。但文学创作必须以“言”来构筑意象，意象与客观“物象”不同，因为在审美过程中，无论是由心即物还是因物动心，心中“物象”已包孕了审美主体的主观内容，移入了主体的情感。陆机认为作家要达到“文、物、意”的统一，是“能之难也”，也就是说“言”是可以称物逮意的，不过很难而已，一般只能相对地达到这个目的，所以说他是一个“言不尽意”论者。

《文赋》将“伫中区以玄览”与“颐情志于典坟”结合了起来，强调主体“玄览”观物的“学养”基础与“情志”的导向作用。这与刘勰《文心雕龙·神思》篇所谓“神居胸臆，而志气统其关键”和“积学以储宝”等观点，正是相互映照的。陆机在描述构思中的心物交融现象云：“情曈昽而弥鲜，物昭晰而互进，倾群言之沥液，漱六艺之芳润”，始终是将言置于心物关系中来进行剖析的。从“物感”之始，将“玄览”观物与“典坟”之学并重，到构思之中，对“沉辞怫悦”、“浮藻联翩”情形的描绘，说明了“文、物、意”三者的“称合”，是一个“非知之难，能之难也”的问题，这是符合创作实践活动的。

《文心雕龙》心物关系、心物与言的关系的研究，对前人的理论进行了有机的“整合”，远较《文赋》为周密。《神思》云：“故思理为妙，神与物游。神居胸臆，而志气统其关键；物沿耳目，而辞令管其枢机。枢机方通，则物无隐貌；关键将塞，则神有遁心。”黄侃先生《文心雕龙札记》释“神与物游”云：

> 此言内心与外境相接也。内心与外境，非能一往符合，当其窒塞，则耳目之近，神有不周；及其怡怿，则八极之外，理无不浃。然而以心求境，境足以役心；取境赴心，心难于照境。必令心境相得，见相交融，斯则连城所以移情，庖丁所以满志也。

联系《文心雕龙·物色》诸篇看，刘勰对心物关系的论述，指出了审美过程中

① 引见楼宇烈《王弼集校释》（下册）第609页，中华书局，1980。

有“以心求境”的一面，也有“取境赴心”的另一面。如《文心雕龙·诠赋》云：“原夫登高之旨，盖睹物兴情。情以物兴，故义必明雅；物以情观，故词必巧丽。”“睹物兴情”与“物以情观”正是审美心物交融中两种相反相成的心理活动形式。其《物色》“赞云：山沓水匝，树杂云合，目既往还，心亦吐纳。春日迟迟，秋风飒飒。情往似赠，兴来如答。”目往而心纳之、目还而心吐之、兴来而情赠之，在审美过程中是一种有机的统一。在创作构思中，确会发生黄侃讲的“境以役心”和“心难照境”的情形，故刘勰强调虚静要求“入兴贵闲”。在“神与物游”的审美过程中，艺术的想象力得到极大的发挥，具有陆机《文赋》所谓“精骛八极，心游万仞”的空间驰骋力度，与“观古今于须臾，抚四海于一瞬”的时间透视功能。无论是以心击物还是取境赴心，都离不开心灵的“神思”活动。而这种“神思”活动，就其“心物交融”的“心”的层面讲，主体的精神状态和情感意志（志气）是起着主导作用的。审美主体精神萎顿、情志暖昧，也可以“瞻万物而思纷”，那只能是一种感触良多而思理不清，是构思不成完整的审美意象的；就其“心物交融”的“物”的层面讲，无论是物色感召于心在前，还是以心取境居始，最终“物”要成为心中之“物”——客体物象变成心灵意象——构思方得以完成。而“心”（枢机）孕育“意象”时不仅离不开“言”（辞令）的功用，而且最后心中“意象”表现为具体作品，也是由“言”致用的，所谓“玄解之宰，寻声律而定墨；独照之匠，窥意象而运的”（《文心雕龙·神思》）。刘勰认为心物交融的过程，正是以语言作为其“交融”的思维形式的。这种“思维形式”不是一种外在的工具性的东西，因为“语言”实质上也是作为“心物交融”过程的具体的容而存在的。刘勰在“言能否尽意”这个问题上，是持“相对论”的态度，故《神思》又指出：“是以意授于思，言授于意；密则无际，疏则千里”。

总之，刘勰联系具体的艺术创作实践过程，舍弃了道、玄、释中一些“忘言”、“无名”的神秘直觉论的观点，又吸收了其“心斋”、“坐忘”的心物思想中合理的内容，因为审美心物交融的过程，与道、佛论者所阐述的悟道、证佛体验，确有相通之处。但文学创作毕竟是一种语言的艺术，在审美心物交融过程中，正要积极地开展“言”的活动，振奋起“神思”的精神，而不能“言语道断”、“心行处灭”的。艺术鉴赏可以只求个人心灵的“意会”而不求“言宣”的，达到“心行处灭”之境，但文学创作必须“意会”与“言宣”并举。

《文心雕龙》与六朝思想文化及文学艺术发展的关系*

一、引论：通人恶烦 羞学章句

《文心雕龙·序志》篇云：“敷赞圣旨，莫若注经；而马郑诸儒，弘之已精，就有深解，未足立家”①。许多研究者联系这段话的上下文，说明刘勰《文心雕龙》崇尚儒家的思想倾向和文艺观念。这显然是有一定道理的，但问题也并不如此简单，联系玄风荡漾的六朝思想文化及文学艺术发展的历史，将《文心雕龙》从这种文化大背景中凹现出来，我们就会对“儒家主导”说发生种种的诘难。其实，刘勰所梦见的圣人孔子，其“形象”在不同的时代也是并不相同的，刘勰之所以放弃注经而去论文，也不仅仅是由于马、郑诸儒成就在先、自已难以“立家”的缘故，更是因为他受到汉魏以来“通人”理想人格的影响，认为“通人恶烦，羞学章句”（《论说》）的，这与《文心雕龙》提倡“体要”、“约简”的精神，也是一致的。

随着近十余年来的研究进程，对《文心雕龙》的思想倾向提出了种种新说，诸如“儒玄合流”说、“道体儒用”说、“以佛统儒”说等等②。我们认为《文心雕龙》表现了儒、道、释相结合的文艺观，其中虽然儒家思想比较突出，但在创作思想上则受老庄道家思想影响很深。而在论述方法和全书严密的逻辑体系方面也表现了佛学思想对它的影响。六朝思想文化逐步形成儒、释、道三教相互交融会通的整体发展倾向，就是以玄学为结穴的，或者玄学是沟通三教合一的内在精神媒介。在自然与名教的关系上，玄学家们以体用、本末来进行阐释，使“将无同”的思想流行一时③。

---

* 编按：本文根据底稿进行修订，少数征引的论著更换为新版书，如汤用彤《魏晋玄学论稿》等。原文发表于《安徽师大学报》1997 年第 4 期。

① 本文均据范文澜《文心雕龙注》本，均于文中注明篇名，人民文学出版社，1958。

② 参阅《文心雕龙学综览》第 74-78 页，上海书店出版社，1995。

③ 参阅周一良《名教自然“将无同”思想之演变》，见其《魏晋南北朝史札记》第 54-62 页，中华书局，1985。按：《晋书·阮籍传》附《阮瞻传》：“（王）戎问曰：‘圣人贵名教，老庄明自然，其旨同异?’瞻曰：‘将无同。’（引按：意谓‘大概没有什么不同吧!’）戎咨嗟良久，即命辟之。时人谓之‘三语掾’。”中华书局，1974。又《世说新语·文学篇》记为阮修答王衍语。笔者进而认为到了刘勰的时代已经由儒道“将无同”而发展为儒释道三教“将无同”的思潮，如刘勰的《灭惑论》所宣扬的思想就是证据。

从经学历史看，魏晋以来，经古文学虽占据主要地位，经今文学注重“微言大义”的哲学性阐释方法亦得到新的延伸，义疏之学代替了章句之学。南北朝时期，由于南北分裂的政治局面而造成文化地域的明显分野，北方固守传统，南方玄风仍炽，遂有北学“深芜”、南学“约简”之别①。其时经学研究，也还受到由“格义”而逐步走向“教门”的佛学的反馈作用。《文心雕龙》的经学观，基本上属于经古文学一派，但也包容了经今文学的思想特色，并吸收了经今文学派许多重要观点②，特别是其文学批评方法，不仅受到佛学的影响，也受到义疏之学、辨名析理的玄学方法论的深刻作用。因此，就其三教会通是在玄风激荡中演进的这一角度而言，我们还可以对《文心雕龙》儒、道、释三教结合的文艺思想作出进一步的开掘，更好地理解和把握《文心雕龙》与六朝思想文化、文学艺术发展的关系。

本文拟从相互联系的两大方面作一些思考：一是视《文心雕龙》上、下四十九篇（下篇除开《序志》）为一种体用关系，执本驭一、体用相即。由此，本文从其文的观念与模式、辨名析理的方法、才性之辨与言意之辨等层次，概略地讨论了《文心雕龙》与玄风笼罩下的六朝思想文化的关系；二是从其“唯务折衷”的批评个性出发，就六朝文艺批评派别的分野、拟古诗作与文体论的关系以及审美心物观等问题，简要地论述了《文心雕龙》与六朝文学艺术发展的关系。

二、《文心雕龙》与玄风笼罩的六朝思想文化

清人孙梅《四六丛话》有语云：“尔其征家法，正体裁，等才情，标风会，内篇以叙其体，外篇以究其用，统二千年之汗牛充栋，归五十首之掐肾擢肝，捶字选和，屡参解悟；宗经正纬，备著源流。此《文心雕龙》所以探作家之旨，而上下其议论也。”③ 将《文心雕龙》五十篇概括为“内篇以叙其体，外篇以究其用”，孙梅恐是第一人。《文心雕龙》五十篇，整体理论构架以及层次结构、文之模式的建立，均体现了玄学本体论哲学的体用观念。哲学是思想文化的核心与精髓，哲学思想维方式不同，乃是决定一种文化之类型、特定时代文化之个性的根本原因，作为思想文化重要组成部分的文艺批评与理论，必会受到哲学思维方式的影响，可以说体用结构确立了《文心雕龙》的文的观念与模式及整体理论构架；“辨名析理”表明了其具体问题阐释的批评方法。从玄学的角度出发去看六朝儒、道、释的交融关系，进而由此研讨《文心雕龙》文艺观念与批评理论，古今学者也不乏其人，但从方法

① 参阅《北史》卷81《儒林传序》，中华书局，1974。

② 参阅拙作《〈文心雕龙〉与经今古文学述略》，载《中国文化研究》1997年第3期。

③ 引自杨明照《文心雕龙校注拾遗》第438页，上海古籍出版社，1982。

论角度进行开掘，还有所不足。同时我们并不赞同将刘勰纯然视为一个“玄学论者”①，玄学的方法论的运用，并不妨碍刘勰具有“宗经”的思想。另外还有一个重要问题，就是玄言诗兴盛以后，以刘勰、钟嵘等人为代表的许多文论家，给予了严肃的批评，但他们的批评是从文艺的审美特性出发的，因为如谢灵运之怡情山水，亦为清淡精神的体现。关键在于是“为文而造情”、还是“为情而造文”，是充满老庄辞句的哲理形式，还是情采丰蕴的审美艺术。我们不能根据这一点来否认玄学对《文心雕龙》的重大影响，或认为这种影响只是局部的、微乎其微的。

体用结构关系，包蕴层次非常广泛。刘勰自己说：“位理定名，彰乎大易之数，其为文用，四十九篇而已。”（《序志》）那么“其一不用”的“一”当是指全书总序的《序志》篇，刘勰在该篇中表明了《文心雕龙》以探讨“为文之用心”为主旨，概略地说明了自己的创作动机与目的，评述了前代文论著作的长短，总括了上下篇章的主要内容，还明确地表述了自己的研究方法。因此，《序志》虽非论述“为文之用心”的内容，却规划了全书的写作纲领，是不用之用，故《序志》与前面四十九篇，是一种体用关系。前四十九篇，上二十五篇论“文之枢纽”与各种文体，下二十四篇论为文的各种“用心”问题，也是一种体用关系。就上篇而言“文”源于“自然之道”，也是“自然之道”的显观，道与文（包括“圣因文以明道”的五经）同样是一种体用关系。而五经与各种文体、“神思”与其他创作之“用心”，均可作如是之观，这样就形成了体用相生相成的网络结构，本末同功互用的理论环扣，能够弥纶群言，建立起“体大而虑周”的恢宏构架②。《原道》篇云：“仰观吐曜，俯察含章，高卑定位，故两仪既生矣。惟人参之，性灵所钟，是谓三才，为五行之秀，实天地之心。心生而言志，言立而文明，自然之道也。”

《原道》即是原“文”之道。汉人与魏晋玄学家对太极的理解，有 个从“生成结构论”到“哲学本体论”的转换。正如汤用彤先生《王弼大衍义略释》所云：“王弼虽知汉代宇宙学说，但其解《易》则扫旧说，专阐玄理。玄学与汉学差别甚大。简言之玄学盖为本体论而汉学则为宇宙论或宇宙构成论。”③ 刘勰《原道》篇有将“构成论”与“体体论”合一的倾向。从生成论角度讲，“文”（包括天地自然之文与人文）都本于“太极”，文的起源是与天地（两仪）相并生的，虽然先有天地自然之文，其后才有圣人参赞天地而创造的“人文”，但究其本源，同样是源于

① 逯钦立《〈文心雕龙〉三解》，引见其《汉魏六朝文学论集》第496页，陕西人民出版社，1984。

② 祖保泉师说：“通行本《文心雕龙》下篇的篇章组合，……与上篇的篇章组合，隐隐有对应关系。”引见《文心雕龙解说》第6页，安徽教育出版社，1993。此论在讨论《文心雕龙》的思想体系和篇章结构之关系的重要问题上，独出己见而最为切当，虽泛泛地类似观点有之，但没有作如此切实的指明。我在此基础上又略作了一些生发。

③ 汤用彤《魏晋玄学论稿》第54-55页，上海古籍出版社，2005。

"太极"。正是从生成论上看，人文的最初形式，可以说就是圣人所制的八卦符号。这就叫做"人文之元，肇自太极"。文章本于五经，故文章之道就是自然之道分化而来的儒家之道；从本体论角度讲，一切"文"都以"道"为本，故对"文之为德也大矣，与天地并生者何哉"这一问题的回答，就是"玄黄色杂"的自然之文，是"道之文也"；"五行之秀"的人所创生的"人文"，也是"道之文也"。两方面合而观之，结论就是"道沿圣以垂文，圣因文而明道"。道、圣、文三位一体，是《文心雕龙》的核心纲领。就这一纲领而言，"圣"明显被玄学化了、道家化了，其转关处，就在于玄学所倡发的"自然即名教"的思想、"将无同"的观念。从"文"源于"自然之道"的观念出发，刘勰自然而然就推导出一个笼罩各种"人文"形态的模式。所谓"人文"，在刘勰眼中实包括人与文两大方面，"人"有《征圣》篇"夫子风采"式的"文"，进一步说包括"事迹之文"、"修身之文"等。照应此论的，下篇有《才略》、《程器》诸篇，表现刘勰要求文化应当有"事功"观念与树德扬名的追求；"文"包括文与笔两类，将吟咏情性之作与应用文体均纳入了他的模式结构，因为这些"文"均本于儒经，而儒经作为圣人之文，又是本于"自然之道"的。《宗经》篇云："故文能宗经，体有六义：一则情深而不诡，二则风清而不杂，三则事信而不诞，四则义直而不回，五则体约而不芜，六则文丽而不淫。"作为一个文论家，刘勰对五经的研究，主要是从文章学的角度来看问题的，这就离不开六朝文学创作本身的繁荣与发展，同时也离不开玄风笼罩下的思想文化的影响。刘勰所提出的"六义"原则，明显包容了原始儒家固有的观点，也吸收了经今文经学和古文经学的研究成果，还体现了玄学的杂而不越、约而不芜的精神原则。

玄学的体用、本末观念与辨名析理的方法，本来都有传统的渊源。追究起来，都可以在儒、道、法诸家思想中找到根据，到了南北朝时期，更成为当时儒、道、释三教学者共享的方法，对此我们不能作拘泥的理解。但从六朝思想文化看，玄学所用的"辨名析理"的方法，又有着崭新的时代意义，正是在玄学家高唱"三玄"（《周易》《老子》《庄子》）的风气下，义疏之学代替了章句之学，人物品评的"清谈"，也由"名实"走向了"名理"，名士名僧，乐此不疲，复兴起一股新的"名辨"思潮。《文心雕龙》对"辨名析理"方法的运用，首先体现在二十篇文体论中。《序志》篇云："若乃论文叙笔，则囿别区分，原始以表末，释名以章义，选文以定篇，敷理以举统。"这就是说，首先将"文"分为"有韵之文"与"无韵之笔"两大类，即所谓"囿别区分"；其次再通过"探源、释名、举例、统理"这样四个方面，进行"振叶以寻探，观澜而索源"的研究。刘勰的二十篇"文体论"，通过这种"辨名析理"的方法，形成"史、评、论"相互结合、相互为用的特点，成为我国文艺理论批评的一大鲜明的民族特征。我们要着重强调一点，就是《文心雕龙》的其他各篇，大体也同样运用了“文体论”辨析名理的方法。《神思》以下各篇与“上篇”相比，属于论为文之“用”，“辨名析理”的理论色彩更强，但也不架空为言，时时“选文”以敷理。批评的方法与批评的观念之间，虽无必然性之联系，却又有密切之关系。为了进一步理解“辨名析理”的玄学方法，儒、道、释三教会通的思想，对《文心雕龙》的批评方法与理论观念的重大影响，还可以从人物品评来看问题。从汉魏至两晋、南朝，随着社会政治变迁，人物品评，有一个从“名实”到“名理”的转变，这一转变约略体现为四种“走向”：即从骨相形貌走向气韵神明；从“综核名实”走向“言意之辨”；从政治人材走向玄学人格；从儒法刑名走向老庄佛学。从而在总体上，表现出从功利性的实用精神，走向究心玄远的审美精神。当然这只是一种笼统概括，详细辨析，已有陈寅恪、冯友兰、汤用彤、唐长孺诸先生的论著在先。就《文心雕龙》而言，无论是人物品评所表现出的实用精神，还是其审美精神，在书中作家论、风格论、创作论诸方面都有所体现，限于篇幅，也不能详论。这里仅就“才性之辨”与“言意之辨”的问题略作论述。

关于“才性之辨”，我们可以从《人物志》与《文心雕龙》的有关问题来看。第一，从方法上讲，论文离不开论人，“知人论世”本是中国文学批评的传统方法，六朝时期关于人物品评的种种议论、品评方法乃至术语范畴，对文艺理论批评，产生了重要影响。《人物志》第一篇为《九征》，从当时人物品评的核心论题“才性之辨”出发云：“盖人物之本，出乎情性”，“禀阴阳以立性，体五行而著形。”“才性之辨”首先要分析“性情之辨”。接着刘邵又云：“夫色见于貌，所谓征神。征神见貌，则情发于目。故仁，目之精，悫然以端。勇，胆之精，晔然以强，然皆偏至之材，以胜体为质者也”①。这与刘勰作家论、风格论有着相同的观念。如其《体性》篇云：“夫情动而言形，理发而文见，盖沿隐以至显，因内而符外者也。”又云“若夫八体屡迁，功以学成，才力居中，肇自血气；气以实志，志以定言，吐纳英华，莫非情性。”第二，《人物志》在《体别》、《流业》、《材理》、《才能》诸篇中，进一步分析了“五常既备，包以澹味”的圣人“中庸之性”，认为一般常人均有偏至之性而具偏至之才，偏至才性的人，各有擅长之才能，其中罗列了十二种偏至才性的得失、十二种人材相宜的“流业”。刘勰也反复申述了“才性异区，文辞繁诡”（《体性》）的观点，《才略》篇从“九代之文”说到“宋代逸才”，讨论历代著名文人作手的“性各异禀”的个性与风格，补充了《神思》、《体性》诸篇观点，在文学理论上具有十分重要的价值。第三，人物品评中的“英雄”论与刘勰“风骨”论

① 本文所引（魏）刘邵《人物志》语，均据王玫评注本，红旗出版社，1996。并参考刘邵《人物志》与应劭《风俗通义》、蔡邕《独断》的合刊本，上海古籍出版社据明刊本影印本（诸子百家丛书），1990。

有着密不可分的关系。其间逻辑发展的过程是汉魏时代的“英雄崇拜”以及建安诗文慷慨任气、独抒心灵的个性特色，一变而为理论上总结的“建安风力”，再变而为刘勰对诗文总体审美风貌提出的“风骨”要求，刘勰成书的齐梁之际，南北分裂，社会现实的动荡，而文坛上却有一种萎靡不振的倾向。刘勰、钟嵘等人极力推崇建安风力，并不是意在复古，而实有着渴求“英雄”之理想的政治现实背景与审美心理追求。关于“风骨”，学术界已从人物品评的“风”、“骨”术语，到书、画理论的“风骨”理论，再到刘勰《风骨》篇的字义疏证，作了很多的辨析，这是十分重要的。但将“风骨”的研究仅仅局限于“风即文意，骨即文辞”式的范围内讨论，就显得视野太过于拘限，也就不可能真正深刻领会其美学的意义。汤用彤先生《读〈人物志〉》一文云：“英雄者，汉魏间月旦人物所有名目之一也。天下大乱，拨乱反正则需英雄。汉末豪俊并起，群欲平定天下，均以英雄自许，故王粲有《汉末英雄传》。……刘邵《人物志》论英雄，著有专篇，亦正为其时流行之讨论。”①刘邵《人物志》中《英雄》篇云：“是故聪明秀出谓之英，胆力过人谓之雄，此其大体之别名也。若校其分数，则互相须，各以二分，取彼一分，然后乃成。何以论其然？夫聪明者英之分也，不得雄之胆，则说不行。胆力者雄之分也，不得英之智，则事不立。”英和雄，“若校其分数，则互相须”，“聪明秀出”与“胆力过人”二者有机结合，方可谓之“英雄”。理解刘勰的“风骨”内涵，同样不可截成两段，亦为“校其分数，则互相须”，所谓“辞之待骨，如体之树骸，情之含风，犹形之包气。结言端直，则文骨成焉；意气骏爽，则文风清焉。”刘勰“风骨”尤重“气力”，《风骨》篇中特引曹丕“文气”说以及其从“气”的角度对孔融、徐干、刘桢的评语，从中我们不难见到其“风骨”论，实是源于建安诗文抒发“英雄之气”与个性情感的艺术风貌的把握。其《明诗》云：“暨建安之初，五言腾踊，文帝陈思，纵辔以骋节，王徐应刘，望路而争驱；并怜风月，狎池苑，述恩荣，叙酣宴，慷慨以任气，磊落以使才；造怀指事，不求纤密之巧，驱辞逐貌，唯取昭晰之能：此其所同也。”“慷慨以任气，磊落使才”，乃有一种“英雄之气”、“大丈夫气”。

汉魏六朝人物品评风气一直不衰，但有个发展演变过程，将刘勰“风骨”论与之联系起来考虑，与哪一个阶段的品评对人物的“风骨”要求和审美接近呢？又人物品评有不同类型，那么刘勰“风骨”的形象比喻，与哪一种类型的人物“风骨”美接近呢？将这两个问题合而答之，我认为就是由儒家“君子”人格理想与汉魏之际刑名法术而孕生的“清峻”人格风貌结合而生的一种“英雄风骨”。儒家风骨与道家风骨不同。孔子云：“君子不重则不威，学则不固，主忠信，无友不如己者，

① 汤用彤《魏晋玄学论稿》第5页，同上。

过则勿惮改。”[①] 曾子曰：“士不可以不弘毅，任重而道远。”[②] 孟子曰：“我善养吾浩然之气。”[③] 又云：“居天下之广居，立天下正位，行天下之大道。得志与民由之，不得志独行其道。富贵不能淫，贫贱不能移，威武不能屈，此之为大丈夫。”[④] 可见儒家风骨，敦厚诚信，刚毅坚贞，气象浑厚，有大丈夫气。庄子云：“藐姑射之山，有神人居焉。肌肤若冰雪，绰约若处子，不食五谷，吸风饮露，乘云气，御飞龙，而游乎四海之外。”[⑤] 勿用赘引，仅此亦可见道家风骨，超尘脱俗，神清骨秀，气象飘逸，有神仙气。另外道家重视内在精神，而轻忽外在之“形”。总之，儒家风骨是阳刚的，道家风骨是阴柔的。六朝人物“风骨”理想，在汉魏之际是偏于阳刚的英雄，而魏晋时期（尤其是东晋时期）是偏于阴柔的“春月柳”，这是玄学与佛学的发展并且相互交融而产生的人物审美理想。如《世说新语·容止》篇云：“斐令公有俊容仪，脱冠冕，粗服乱头，皆好。时人以为玉人。见者曰‘见斐叔则如玉山上行，光映照人。’”又，“有人叹王恭形茂者，云：‘濯濯如春月柳。’”又，“时人道阮思旷，骨气不及右军，简秀不如真长，韶润不如仲祖，思致不如渊源，而兼有诸人之美。”[⑥] 刘勰认为“肌丰而力沉”没有风骨；“瘠义肥辞”也没有风骨。文章“风清骨峻”，则“篇体光华，这种风骨美不是“春月柳”式的，而是《人物志》中，“若一人之身兼有英雄，则能长世”的“刘邦、项羽”式的。刘勰心中“风骨”的典范，实是建安诗文一类“情与气偕，辞共体并”的作品，《明诗》说：“晋世群才，稍入轻绮，张潘左陆，比肩诗衢，采缛于正始，力柔于建安”。两晋时期直至南朝，与欣赏“濯濯如春月柳”的人物风骨美的理想一致，他们诗文如钟嵘评张华诗，常常“儿女情多，风云气少”[⑦]，风云气就是指“英雄豪迈的气概。”[⑧] 主要体现在张华的《情诗》、《杂诗》一类作品上。这种英雄气少的作品，是刘勰和钟嵘所不喜欢的。曹植诗文时常表现一股建功立业的英雄志向，故被钟嵘推为“建安风力”的第一人，评之为“骨气奇高，词采华茂，情兼雅怨，体被文质，粲溢今古，卓尔不群。”（《诗品上》），由此，我们可见其“英雄”与“风骨”的内在

---

① 《论语·学而》，引见（宋）朱熹《四书集注》第50页，中华书局，1983。

② 《论语·泰伯》，引见（宋）朱熹《四书集注》第104页，同上。

③ 《孟子·公孙丑章句上》，引见（宋）朱熹《四书集注》第231页，同上。

④ 《孟子·滕文公章句下》，引见（宋）朱熹《四书集注》第5265－266页，同上。

⑤ 《庄子·逍遥游》，（清）郭庆藩撰《庄子集释》第28页，中华书局，1961。

⑥ 引见余嘉锡《世说新语笺疏》第611页，第625页，第518页，上海古籍出版社，1993。

⑦ （南朝梁）钟嵘《诗品》之“中品”评张华的评语，吕德申《钟嵘〈诗品〉校释》第109页，北京大学出版社，1986。

⑧ 吕德申《钟嵘〈诗品〉校释》第111页注文，同上。

关系[①]。

最后，就“言意之辨”的问题，略加论说并总括本节所论。章太炎先生《五朝学》开篇有论云：“魏晋者，俗体之汉，陂陀从迹以至，非能骤溃。”[②] 六朝经学以义疏之学代替了章句之学，而义疏之体实介于经今文学与古文学之间的一种新的阐释方法，义疏的特点是根据一家之说，逐章讲解经文，用的是讲义格式，重的是脉络义理。蒙文通先生曾云：“井研廖师以今文为哲学，古文为史学，诚不易之论。”[③] 从西方解释学的理论看，无论是经今文学还是经古文学，无论是“我注六经”还是“六经注我”，都离不开“我”，不可能没有解释者主体精神的参预。对此，刘勰不仅明确地认识到这层道理，而且自觉地加以贯彻。《序志》云：“同之与异，不屑古今，擘肌分理，唯务折衷。”“折衷”以何为准则？那就是“我”所认识的“理”。这其中涵容由玄学所铸就的张扬“个性精神”的一种批评原则，同时也是佛学注重“圆通”方法的一种新的运用。人物品评从“名实”转变到“名理”的结果，其文本形式的体现，就是“辨名析理”的义疏之体，其内在精神就是讲究“得意”。汤用彤先生《言意之辨》一文最后总结云：“夫得意忘言之说，魏晋名士用之于解经，见之于行事。为玄理之骨干，而且调和孔老。”[④] 并指出注重“得意”，亦为东晋以后佛教学者解经唱论的主要精神。“言意之辨”，不仅对刘勰创作论、表现论等理论内容的构成、理论观点的提出，产生了直接的影响，如“神思”、“隐秀”、“物色”诸论，而且也被刘勰品评作家、作品时所具体运用，其品评多简约传神，注重“得意”。举个例子于来说明，例如《体性》篇云：

> 是以贾生俊生，故文洁而体清；长卿傲诞，故理侈而辞溢；子云沉寂，故志隐而味深；子政简易，故趣昭而事博；孟坚雅懿，故裁密而思靡；平子淹通，故虑周而藻密；仲宣躁竞，故颖出而才果；公干气褊，故言壮而情骇；嗣宗俶傥，故响逸而调远；叔夜俊侠，故兴高而采烈；安仁轻敏，故锋发而韵流；士衡矜重，故情繁而辞隐：触类以推，表里必符，岂非自然之恒资，才气之大略哉！

一口气对十二位著名作家的才性与风格作了品评，有些明显吸收了前人史书的言论以及人物品评的话头，有些纯是刘勰根据其生平行事以及“观其书而想见其为

---

① 按：笔者后来将这段论述扩展为单篇论文《刘勰“风骨”论新探》，载《文心雕龙研究》第3辑，北京大学出版社，1998。特此说明。

② 《章太炎全集》第4册第73页，上海人民出版社，1985。

③ 蒙文通《论经学三篇》，文见刘梦溪主编《中国文化》第4期第59页，1991年春季号。

④ 汤用彤《魏晋玄学论稿》第37页，同上。

人”所作的概括。《文心雕龙》严密的逻辑结构，恢宏的理论构架，为人所重，但在看到其“体大而虑周”的同时，也不可忽略其具体品评注重“约简”、“得意”的精神。六朝思想文化与《文心雕龙》的关系，是一种影响与被影响、传递与接受的关系，涉及的方面很多，这里仅主要就方法论的角度作了些论述。

三、《文心雕龙》与六朝文艺创作及理论批评

刘勰《时序》篇云：“文变染乎世情，兴废系乎时序”。《时序》篇总结了文学创作“蔚映十代，辞系九变”的发展概况，其中认为东汉儒风渐靡，趋向浅陋；建安世积乱离，雅好慷慨；正始玄风兴起，篇体轻淡；西晋结藻清英，流韵绮靡；东晋玄风大扇，辞意夷泰；宋代帝王爱文，英采云构。从时世变迁、学术思想、帝王提倡诸方面，分析了六朝文学创作的发展变化。联系《文心雕龙》其他有关篇章如《明诗》、《物色》、《通变》、《定势》等论述，刘勰自己论六朝文学，就特别重视汉魏之际与晋宋之际的文学变迁。

建安文学摆脱了儒家经书的牢笼，张扬个人性情，“志深而笔长，梗概而多气”。曹丕《典论·论文》论建安七子“于学无所遗，于辞无所假，咸以自骋骥騄于千里”[①]，很好地概括了这种创作特色，重视“吟咏情性”，不究“止乎礼义”，诗文评论上“言志”步入了“缘情”。陆机《文赋》专研“为文之用心”的问题，提出“诗缘情而绮靡”的著名观点[②]。刘师培先生云：“迨及建安，渐尚通侻，侻则侈陈哀乐，通则渐藻玄思。”[③]“通侻”的创作，化身在正始玄风兴起后的嵇康、阮籍的身上，有着进一步的体现，刘勰《明诗》云：“嵇志清峻，阮旨遥深。”从王弼认为“圣人之情，应物而无累于物”[④]。嵇康的音乐美学名著《声无哀乐论》正是从这样观念出发，认为音声有自然之和，不累于人情，把“自然”推为音乐艺术的至上本体，从而否定了儒家“乐与政通”的传统思想。刘宋时人宗炳，糅合儒、道、释三教为一体，在绘画理论上，结合儒家的“比德”说、道家的“乘物以游心”的观点以及佛、道有关“有无”、“形神”等思想，也贯彻了“自然为本”的理论原

① （魏）曹丕《典论·论文》，本文均引据（梁）萧统编，（唐）李善注《文选》卷52，第719-720页，上海书店据世界书局影印（清）胡克家刻本，1988。

② 本文引（晋）陆机《文赋》语，均见（梁）萧统编，（唐）李善注《文选》卷17，第224-228页，同上。

③ 刘师培《中国中古文学史讲义》第8页，人民文学出版社，1957。

④ （晋）陈寿《三国志》卷28《钟会传》裴松之注引王弼语，中华书局，1959。

则。宗炳《画山水序》提出的“山水以形媚道”[①]与前此孙绰的“以玄观山水”[②]的观点已有不同，但都上承庄学“目击而道存”[③]与《周易》中的观物取象的思想。这种观念体现在诗歌创作上，就是玄言的产生和向山水诗的转变。从理论的根本原则上进行归纳，笔者认为玄言诗人主张“以玄观山水”，乃植根于玄学“自然即无”的以无为本的思想，认为山水之后有“理”，故忽略自然之“形似”，景物描写粗疏空廓；山水诗人由此发展为山水本身是“理”。所谓“山水以形媚道”，故崇自然之“形似”，景物描定逐步细致入神。对玄言诗到山水诗的转变，刘勰以“庄老告退，而山水方滋”（《明诗》）这句名言进行了概括，是深入而又准确的。总之，刘勰《文心雕龙》总结了前代尤其是六朝文艺创作和理论批评。其《序志》篇云：

> 详观近代之论文者多矣：至于魏文述典，陈思序书，应玚文论，陆机文赋，仲洽流别，宏范翰林，各照隅隙，鲜观衢路；或臧否当时之才，或铨品前修之文，或泛举雅俗之旨，或撮题篇章之意。魏典密而不周，陈书辩而无当，应论华而疏略，陆赋巧而碎乱，流别精而少功，翰林浅而寡要。又君山公干之徒，吉甫士龙之辈，泛论文意，往往间出，并未能振叶以寻根，观澜而索源。

他说“不述先哲之诰，无益后生之虑”，对“近代”文论著述，一一加以评论，明其得失，大体上，其优点是他要着意继承的，其不足是他要改造发展的。如其《声律》诸篇，明显吸取沈约等永明诗人的理论观点。要全面论述《文心雕龙》与六朝文艺发展的关系，绝非本文所能做到的。本于上述考虑，下面就三个问题来谈谈：一是宋、齐时期文艺理论派别的分野与刘勰的关系；二是以江淹为代表的“杂拟”诗与刘勰“三准”、“六观”说的关系；三是六朝文艺创作“心物”论与刘勰审美心物观的关系。刘师培先生曾云：“凡论文学之变迁，当观其体势若何，然后文派异同，可得而说。”[④]刘勰非常重视“位体”问题，也善于辨别文派异同，吸收别人的有识之见。而心物关系问题，涉及形神、言意等各个重要理论层面，是刘勰创作论的核心问题之一。

文学批评，必须注重对文学创作发展史的总结。中国古代文艺理论较少纯粹从某一种观念出发，构建一种理论体系，这也是一大民族特色。宋、齐时期，从对文

---

① （南朝宋）宗炳《画山水序》，引见俞剑华《中国画论类编》（第2版），第583页，人民美术出版社，1986。

② （晋）孙绰《庾亮碑文》，《世说新语·容止》第24则“庾太尉在武昌”条刘孝标注文引，引见余嘉锡《世说新语笺疏》（下册）第616页，同上。

③ 《庄子·田子方》所述寓言故事中孔子评论温伯雪子的话，引见（清）郭庆藩撰《庄子集释》第28页，同上。

④ 刘师培《中国中古文学史讲义》第33页，同上。

学发展史的观念和总结的不同分野上看，大体上可分为守常派、新变派和通变派。守常派的观念主要源于“宗经”的儒家思想，如刘勰所云：“经也者，恒久之至道，不刊之鸿教也。”（《宗经》）其实儒家讲“经”又讲“权”，孔子的“经权”思想，后来曾被孟子、荀子、董仲舒等人大为发展，可是后来一些史学家针对当时的现实“不良”的新变风气，反而提倡尊经守常。当时的守常派可以檀道鸾与裴子野为代表，而其观点较近的可以追溯到《文章流别志》的作者挚虞。《世说新语·文学》刘注引檀氏《续晋阳秋》云：

自司马相如、王褒、扬雄诸贤，世尚赋颂，皆体则《诗》《骚》，傍综百家之言。及至建安，而诗章大盛。逮乎西朝之末，潘、陆之徒虽时有质文，而宗归不异也。正始中，王弼、何晏好《庄》、《老》玄胜之谈，而世遂贵焉，至过江左，李充（引按：“李充”二字或作“佛理”）尤盛。故郭璞五言始会道家之言而韵之，询及太原孙绰转相祖尚，又加以三世之辞，而《诗》、《骚》之体尽矣。询、绰并为一时文宗，自此作者悉体之。至义熙中，谢混始改。①

檀氏认为诗赋创作当以《诗》、《骚》为“体则”，表现了其一定的“守常”的观念。本文在此引述擅氏这段较长的文字，还因为其较早地描述了建安以来文学变迁的历史，特别是其对建安文学和玄言诗的论述，为刘勰等人所吸收。《才略》篇云：“宋来美谈，亦以建安为口实。”就此可见刘勰十分注意宋、齐时代的时人所论。裴子野于齐末所撰《宋略》二十卷已佚，被后人题为《雕虫论》一则佚文，其观点较檀氏更为保守，以“四始六义”的儒家“教化”说为准则，指责《楚骚》以来创作是“弃指归而无执”，反对“摈落六艺，吟咏情性”，批评“深心主卉木，远致极风云”的写景、山水之作是兴浮志弱。宋齐时代的新变派以沈约、张融等人为代表，其观点较近的可以追溯到陆机和《翰林论》的作者李充。沈约作为永明声律运动的代表，主张作诗讲四声、除八病。要求创作吟咏性情为先，注意审美表现。重天才与创作个性、重视情与采的结合，是新变派的共同特征。沈约的文学发展观念就是从这个角度看问题的。其《宋书·谢灵运传论》不从体则《诗》、《骚》说起，而从诗文创作本于“性情”立论，注重“文以情变”的问题，追求辞藻与声律之美。其中有论云：“自汉至魏，四百余年，辞人才子，文体三变。相如巧为形似之言，班固长于情理之说，子建、仲宣以气质为体，并标能擅美，独映当时。”② 卓见高言，于此可见一斑。他既重视谢诗“兴会标举”，亦赞美颜诗的“体裁明密”，

① 引见《世说新语》之《文学》第 85 则刘孝标注文，余嘉锡《世说新语笺疏》第 262 页，同上。

② （南朝梁）沈约《宋书》卷 67《谢灵运传》，中华书局，1994。

又有“三易”说，要求文章易见事、易识字、易读诵[①]。张融作于齐永明时期的《门律自序》，也明确地表达了他新变观：“夫文岂有常体，但以有体为常，政当使常有其体。丈夫当删《诗》、《书》，制礼乐，何至因循寄人篱下。”[②] 与守常、新变两派不同，刘勰兼采两派之长，《文心雕龙》专写《通变》一篇，鲜明地表示了他的“通变”的文学史观，主张以正驭奇、常变结合；以经执权，经权合一，对“魏晋浅而绮，宋初讹而新”（《通变》）表示了批评。在建安文学、玄言诗风、山水文学等评论问题上，在兴会标举、情采结合、物色描写乃至隶事用字等创作表现上，吸取了上述两派的有识之见。大体上，他讲“通”多采“守常派”之见；讲“变”又多取“新变派”所论。另外，刘勰还吸收当时其他许多文艺论者如范晔、江淹、颜延之、谢灵运等先贤时杰许多宝贵意见。例如范晔《狱中与甥侄书》有论云：“常谓情志所托，故当以意为主，以文传意，则其旨必见；以文传意，则其词不流。”[③] 这种“以意为主”的观点，也是六朝书、画理论上的重要观点。王羲之《题卫夫人<笔阵图>后》云：“失欲书者，先乾研墨，疑神静思，预想字形大小、偃仰、平直、振动，令筋脉相连，意在笔前，然后作字。”[④] 《世说新语·巧艺》载，主张“以形写神”、“迁想妙得”的顾恺之，“画谢幼舆（按：谢鲲）在岩石里。人问其所以？顾曰：‘谢云：一丘一壑，自谓过之。此子宜置丘壑中。”[⑤] 这也是“意在笔前”的创作方法。王微《叙画》说作画，“岂独运诸指掌，亦以明神降之。”[⑥] 也是一种“以意为主”观点的发挥，其理论渊源均是玄学的“得意”思想。刘勰《神思》云：“意翻空而易奇，言征实而难巧也。是以意授于思，言授于意”。仅此亦可见《文心雕龙》在许多重要理论问题上，善于吸收其他文艺理论家的观点，并能加以综合与创新。

中国文学理论批评的研究，应该兼顾到古代大量作品本身所蕴含的文论思想与批评内容，古代的“杂拟”一类作品就是最好的例子。六朝时期，随着以乐府古题写诗风气的兴盛，随着诗歌作品的大量出现而后人需要学习的必要，随着评议的“准的无依”而需商讨“体制”的要求，还有随着时代的变迁，许多诗人处在特定的形势下，采用拟仿古人口吻以寄托情志等种种原因，于是产生了大量的“拟古”、“学古”、“效古”、“绍古”、“依古”等字眼为题的诗作。昭明《文选》诗选部分特列“杂拟”一类。收入陆机、张载、陶渊明、谢灵运、袁淑、刘铄、王僧达、鲍

① （北齐）颜之推《颜氏家训》第21页，《诸子集成》第8册，上海书店影印，1986。

② （梁）萧子显《南齐书》卷41《张融传》，中华书局，1972。

③ 引据（南朝宋）范晔《后汉书》第12册附录，中华书局，1965。

④ （唐）张彦远《法书要录》第7页，上海书画出版社，1986。

⑤ 引据余嘉锡《世说新语笺疏》本，第720页，同上。

⑥ （南朝宋）王微《叙画》，引见俞剑华《中国画论类编》（第2版），第585页，同上。

照、范云及江淹等十位作家的诗作，计六十二首。“杂拟”类诗作，情况非常复杂，难以在此作仔细辨析。大体可以分为两种类型：一是纯属一种“新”的创作；二是窥入其“意制体格”，为“商榷文体”而作，或用其“体格”而意在表现自己的情志。前者属于文学史研究的问题，暂置不论；后一类以“商榷文体”为目的的以江淹《杂体诗》三十首为代表。能窥入前人“意制体格”而托志言情的，以谢灵运《拟魏太子邺中集诗》八首为代表。这些“杂拟”之作，无疑对刘勰《文心雕龙》、钟嵘《诗品》等文论著作，在“文体”风格、作家品评、创作表现乃至鉴赏方法上，都产生了重大影响。这里仅就江淹《杂体诗三十首并序》略作分析。钟嵘《诗品》置江淹于中品，云其“文体总杂，善于摹拟。”后人对江淹诗作，包括其《杂体诗》贬抑之者，多从其“摹拟”而缺乏创新予以批评，暂亦不谈。联系“文体”批评考虑，以为能得其“形似”，赞美甚高者，古今论者亦多。而能总括其得失者，以何焯讲得较好，他说：“所拟既众，才力高下，时有不齐。意制体源，罔佚尺寸。爰自椎轮汉京，迄乎大明、泰始，五言之变，旁备无遗矣。虽孙、许似《道德论》，渊明为隐逸宗，亦并别构，成是总杂”。[①]

今天也有不少研究者，注意到其《杂体诗》的文学批评价值，并作了较为深入的研究。[②] 这里主要就《杂体诗三十首并序》与刘勰的“三准”、“六观”说联系起来，作一些新的讨论。“三准”说，体现了刘勰的创作表现论的主要观点。《熔裁》篇云：“凡思绪初发，辞采苦杂，心非权衡，势必轻重。是以草创鸿笔，先标三准：履端于始，则设情以位体；举正于中，则酌事以取类；归余于终，则撮辞以举要。”刘勰认为在构思大体完成而举笔表现时，首先遇到是“位体”问题。《知音》篇云：“是以将阅文情，先标六观：一观位体，二观置辞，三观通变，四观奇正，五观事义，六观宫商。斯术既形，则优劣见矣。”

鉴赏批评者除了要有博学的知识、端正的态度这些必备条件外，进入作品具体分析，还要从这六个方面来鉴赏。因为“缀文者情动而辞发，观文者披文以入情”，所以，“六观”首先也要观“位体”即看作者是如何“设情以位体”的。简要地讲，“位体”就是将“情志”内容、主题思想与所采用的文体的具体类别形式、结构布局统一起来。“位体”的“体”不是指诗体、赋体的体，而是指具体文体的不同类别和表现形式。如诗是一种文体，而诗又有咏史、游仙、咏怀、游览等具体类别。刘永济先生释“位体”为“立干”[③]，较为准确，“位体”问题解决了，一篇作品的“主干”就立起来了。陆机《文赋》云：“理扶质以立干，文垂条而结繁”。

---

① （清）何焯《义门读书记·文选》卷1，下引何焯语同此，文渊阁《四库全书》本。

② 如俞绍初、张亚新《江淹集校注》和王运熙、杨明《魏晋南北朝文学批评史》等著作中有关论述。

③ 刘永济《文心雕龙校释》第120页，中华书局，1962。

陆机这里讲的“理”，就是指构思及表现之“意”，包括刘勰讲的“设情以位体”的内容。“位体”之后或同时，要考虑“事”、“辞”乃至字句等运用安排问题。所以“六观”接下来所“观”即为“置辞”（言意的统一）、“通变”（继承创新）、“奇正”（以正驭奇）、“事义”（酌事取类）和“宫商”（声调和谐）等方面内容。追究刘勰所论的渊源，当与六朝以“商榷文体”为要旨之一的“杂拟”诗有着密切的关系。江淹《杂体诗》三十首之序云：“夫楚谣汉风，既非一骨；魏制晋造，固亦二体。”又云五言诗作，“关西、邺下，既已罕同；河外、江南，颇为异法。”遂抱“通方广恕，好远兼爱”的宽容精神，纠正“家有曲直”、“人立矫抗”的态度，作诗三十首，效其“文体”，自认为“虽有不足品藻渊流，庶亦无乖商榷云尔。”① 据有关考辨，其诗当创作于齐代前期。三十首分拟汉魏迄于刘宋三十人之诗，包括无名作者的古诗（拟其离别）、后人疑为伪托的李陵诗（拟其从军〕以及班婕妤诗（拟其咏扇），其他二十七人为曹丕（拟其游宴），曹植（拟其赠友）、刘桢（拟其感遇）、王粲（拟其怀德）、嵇康（拟其言志）、阮籍（拟其咏怀）、张华（拟其离情）、潘岳（拟其述哀）、陆机（拟其羁宦）、左思（拟其咏史）、张协（拟其苦雨）、刘琨（拟其伤乱）、卢谌（拟其感交）、郭璞（拟其游仙）、孙绰（拟其杂述）、许询（拟其自序）、殷仲文（拟其兴瞩）、谢混（拟其游览）、陶渊明（拟其田居）、谢灵运（拟其游山）、颜延之（拟其侍宴）、谢惠连（拟其赠别）、王微（拟其养疾）、袁淑（拟其戎行）、汤惠休（拟其怨别）。这些诗人均为钟嵘《诗品》所评，亦大多被《文心雕龙》所论及。从上面我们不厌其烦的一一列举中，不难发现一个重要问题，即其拟诗均为一人一题。每一题，基本上代表所拟诗人最有艺术成就并能反映其思想性格的作品。一人一题，拟作时首先遇到的就是刘勰所说的“位体”问题，揣摸其情志，把握住各题如“咏怀”、“咏史”等诗意的义脉结体，才能得所拟之“似”。如所拟左思“咏史”一首，何焯就认为不够成功：“左之《咏史》，大抵宾主相形。此作既以卫、霍公（引按：指汉代的隐士韩康、梅福）形容仲蔚（引按：东汉隐士张仲蔚），乃复以韩、梅发端，不已赘手？太冲本诗虽用事错杂，而指趣了然，此则徒仿具体，不复能文从字顺矣。”而“置辞”，“事义”等等，亦是拟作能否窥入原作“意制体格”所必当考虑的，是表现原作“文体”特征的重要因素。江淹拟作基本上首首多有化用原作的诗句或采用原作的“事义”，并模仿其声韵口吻。如所拟殷仲文“兴瞩”一题，何焯赞云：“稍革孙许之风余，有虚无之趣，推移方始，实之惟肖。‘直置忘所宰’二句，清旷如接仙真。”不过，在“置辞”、“事义”等方面，所拟亦有过“实”的倾向。总体上讲，“意制体源，

① 俞绍初、张亚新《江淹集校注》第92-93页，中州古籍出版社，1994。

罔佚尺寸”，三十首基本把握住了原作的“文体”特征或部分特点，达到了“无乖商榷”的目的，对《文心雕龙》等理论著作的产生，当是有过助益的。

从《文心雕龙》创作论方面，我们最能看到其受到六朝时期玄、道、佛思想的深刻作用，也能看到其对书、画、乐等艺术理论观点吸取和包容的特点。心物关系，是文学创作论的基本问题之一，刘勰是在沟通儒、道、玄、释的心物思想上，建立起他自己的审美心物观的。心与物，是中国古代哲人用来研究相当于现代哲学主体与客体关系的一对基本理论范畴。但无论是中国古代哲学上的心物观，还是文艺理论批评中的审美心物观，与现代哲学主客关系又常有着重要不同，因为这里所讲的“物”，有时指“外境”，更多的是指心中之“物”，亦即审美观照中心灵的“物象”，心与这种“物象”的进一步交融，就成为刘勰所讲的“窥意象而运斤”的“意象”。由此可见，审美心物关系，涉到形神、言意等六朝文艺理论家热衷讨论的问题。刘勰《物色》篇云：“写气图貌，既随物以宛转；属采符声，亦与心而徘徊”。心与物两相交融，不能偏废，既讲“心随物”以宛转，亦讲“物与心”而徘徊，明显受到庄子“物化”思想的影响。特别是其强调“四序纷回，入兴贵闲”，联系其《神思》篇审美“虚静”说来看，其“闲”中取境论与道家的“虚而待物”说，二者密切相关，是较明显的。《诠赋》篇云：“原夫登高之旨，盖睹物兴情。情以物兴，故义必明雅；物以情观，故词必巧丽。”“情以物兴”与“物以情观”，正是审美心物交融过程中的两个相反相成的方面。《物色》“赞”语，最为全面地表述了刘勰的这种“心物观”。其“赞”云：“山沓水匝，树杂云合，目既往还，心亦吐纳。春日迟迟，秋风飒飒。情往似赠，兴来如答。”目往而心纳，心吐而目还，在审美过程中是一种有机的统一。有时确会发生黄侃先生所讲的：“境以役心”和“心难照境”的情形[①]，故刘勰注重“养气”、“虚静”之功，要求“入兴贵闲”。刘勰的审美心物观，还受到玄学及佛学心物思想的影响和熏染。在心物关系上，王弼主张“圣人有情论”，认为“圣人茂于人者神明也，同于人者五情也。神明茂，故能体和以通无；五情同，故不能无哀乐以应物”，但“圣人之情，应物而无累于物”[②]。嵇康的《声无哀乐论》和《琴赋》，就吸收了这种思想。到了西晋的郭象，在《庄子序》中又提出了“独化于玄冥之境”的观点[③]。王弼的圣人“应物”论和郭象的“独化于玄冥之境”论，与刘勰审美心物观明显有相合之处，这主要表现在玄学家“物我玄同”的观物认知方式，与审美过程中“心物交融”之境，在心理形式上有类似之处。刘勰在《论说》篇中，以“般若之绝境”来解玄学“有无之辨”

① 黄侃《文心雕龙札记》第91页释“神与物游”条，中华书局，1962。

② 引据《三国志·钟会传》裴注，已见前注。

③ 引见（清）郭庆藩撰《庄子集释》第3页，同上。

的“死结”，表现了他主张中道观的般若学思想。这也是《文心雕龙》受佛学影响的“显处”一例。而就“隐处”亦即潜在性的角度上看，佛学对《文心雕龙》的作用当是更为深刻的。两晋时期，佛教学者运用“格义”方式，阐释般若学大乘空宗理论，形成“六家七宗”的不同派别，其中以本无、即色与心无三宗为代表。心无宗所主张的对万物不沾不滞的“神静”情怀，即色宗所倡发的“即色游玄”的主体精神，对刘勰既强调心对物的把握，又着重物对心的感召这一审美心物观的两大理论层面，当有着深深的熏沐之功。至于本无宗对刘勰的影响，可以就宗炳的思想来看待这个问题。宗炳《画山水序》说“披图幽对”，可以使“万趣融其神思”。宗炳的《画山水序》与其《明佛论》及其《答何衡阳书》等，其思想基础是共同的，是一种儒、道、释三教结合的思想。就其佛学思想而言，宗炳作为赞同本无宗的慧远的弟子，其佛学旨尚基本上属于本无宗一派。对此，暂就不再辨析。

四、结语：君子处世　树德建言

回到本文的开头。“引论”曾说，刘勰放弃注经而去论文，除了认为“文章”乃“经典枝条”等观念外，还由于他有“通人恶烦，羞学章句”的思想原因。其实还与当时人们认为著有“文章”就可以树名立家的思想直接相关，追究起来，较近的当然与曹丕“盖文章，经国之大业，不朽之盛事”的观点有联系。而传统“立言”为“三不朽”的思想，在南朝也更为流行，得到进一步的发展。江淹《自序》说自己“不事章句之学，颇留精于文章”①；张融临终戒子云：“吾文体英绝，变而屡奇，既不能远至汉魏，故无取嗟晋宋。岂吾天挺，盖不隤家声。汝若不看，父祖之意欲汝见也。可号哭而看之。”② 仅拈此两例，也可见当时的文人是多么看重他们的“文章”了。而从另外一个角度看，宋齐时期，儒学有复兴的势头。《宋书·雷次宗传》云：“（元嘉十五年）会稽朱膺之、颍川庾蔚之并以儒学监总诸生。时国子学未立，上留心艺术，使丹阳尹何尚之立玄学，太子率更令何承天立史学，司徒参军谢元立文学，凡四学并建。”在这“四学”并立的时代，在这佛学日益发展的南朝，刘勰撰《文心雕龙》崇儒宗经，又具有玄、道、释的思想，自然体现了一种历史的“合理性”。

① 俞绍初、张亚新《江淹集校注》第289页，同上。

② 语见（南朝梁）萧子显《南齐书》卷41《张融传》，第729-730页，同上。

《文心雕龙》与经今古文学述略*

一、引　言

刘勰的《文心雕龙》，体大虑周，包举洪纤，为我国古代文学理论批评论著的“成书之初祖”。在该书中刘勰从传统“经权”论思想出发，提出了他的文学“通变”说。可以说，“通变”观是其构结全书的一条逻辑主线，“通”与“变”也是《文心雕龙》最为重要的两大逻辑支点。《序志》篇云：“盖文心之作也，本乎道，师乎圣，体乎经，酌乎纬，变乎骚，文之枢纽，亦云极矣。”① 以此对勘首五篇本文，实以“通变”为其灵魂。因此，关于《文心雕龙》的思想纲领，学界所提出的“儒家主导”说、“道体儒用”说以及“以佛统儒”说等，都有一定的片面性。其实，儒、道、玄、释的思想，对《文心雕龙》的影响都是非常重大的，都是其思想基础与理论渊源。但是具体问题应作具体分析，大体说来，儒家思想为其指导性的思想原则；道、玄、释的思想，对其创作内部规律的研究，起了更为直接的推动作用，诸如其神思论、体性论、言意论、虚静论以及养气论等等，就是明证②。同时，我们也要看到刘勰是立足于“通”来讲“变”的，通于经、宗于经，这个经乃是指《易》、《书》、《诗》、《礼》与《春秋》这五部儒家经典，对此《宗经》诸篇有明确的表述。又由于刘勰极具卓识地看到“变”的文学史实，在很多方面，便突破了“宗经”的保守性。

本文暂且撇开《文心雕龙》中的道、玄、释的思想内容，仅对其儒学思想进行探讨，力图在综合已有论述的基础上，提出自己的一些看法，以便使研究进一步引向深入。从经学史的眼光看，问题也是非常复杂的，自两汉迄宋齐，经学研究已经历了西汉今文经学的繁盛与东汉古文经学的兴起这样两个主要阶段，从而也就形成

---

* 编按：这是我第一篇《文心雕龙》研究论文，原为提交1995年夏在北京召开“《文心雕龙》国际学术研讨会”的会议论文，其后经修订发表于《中国文化研究》1997年第3期。

① 本文所引《文心雕龙》语，均据范文澜《文心雕龙注》本，人民文学出版社，1958。按：凡异文根据其校勘而择善从之，仅于文中注明。

② 参考张少康师《中国文学理论批评发展史》（上）第223页有关论述，北京大学出版社，1995。

了今文经学与古文经学这样两大派别，其中还有经学与玄学、南学与北学、经学与佛教乃至道教的种种矛盾、冲突与交融等问题。

学界对刘勰撰《文心雕龙》的儒学经学派别与立场，主要有“三说”：一是“完全属于古文学派”说，二是“基本属于（或云倾向于）古文学派”说，三是“调合（或云杂糅）今古文二学派”说[①]。笔者认为“完全”说虽有绝对化的倾向，但其主要观点是正确的；“基本”说为绝大多数研究者所认同，是对“完全”说的修正；“调合”说实不明派别进而取消派别的新说，虽不足取，但强调《文心雕龙》受到今文经学的一定影响，也是很有道理的。本文赞同“基本”说，并作一些阐述和补充，同时也认为《文心雕龙》汲取了今文学家、玄学家的不少重要的观点和经学研究成果。周予同先生曾说：“今文学以孔子为政治家，以六经为孔子致治之说，所以偏重于‘微言大义’，特色为功利的，其流弊为狂妄；古文学以孔子为史学家，以《六经》为孔子整理古代史料之书，所以偏重于‘名物训诂’，其特色为考证的，而其流弊为烦琐。”[②] 又指出今古文学的异同与争辩，“不仅仅是经学上自身的问题或文化上已死的陈迹，而竟和中国其他学术有重要而密切的关系。”[③] 而《文心雕龙》的研究，正属于与今古文经学异同之辨有“重要而密切的关系”的学术范围。

二、基本立足于古文学派的立场

考察刘勰在经学方面所持的立场与倾向，不可避免地要考察其时南北地域的经学研究的不同。《北史·儒林传序》云：“江左，《周易》则王辅嗣，《尚书》则孔安国，《左传》则杜元凯；河洛，《左传》则服子慎，《尚书》、《周易》则郑康成；《诗》则并主毛公，《礼》则遵于郑氏。”说明当时南北经学都以古文经学为主，南北所学有相同的一面，也有不同的一面，《北史·儒林传序》又云南北学风亦不同，所谓“南人约简，得其英华；北学深芜，穷其枝叶。”[④] 以此对照《文心雕龙·论说》所云：“若毛公之《训诗》，安国之传《书》，郑君之释《礼》，王弼之解《易》，要约明畅，可为式矣。”正是相一致的。在《文心雕龙》中，《诗》主“毛传郑笺”，《春秋》主“左氏杜注”，而《易》学则象数与义理两说并兼，这是历历可考的。下面就刘勰撰《文心雕龙》时“基本上站在（或倾向于）儒学古文派的立场”的观点，试归纳前说，并略作补证。

① “三说”依次分别可以范文澜、杨明照与马宏山为代表。

② 《周予同经学史论著选集》第92页，上海人民出版社，1983。

③ 《周予同经学史论著选集》第23页，同上。

④ 引见（清）皮锡瑞《经学历史》六《经学分立时代》，第170页，中华书局，1959。

（一）刘勰持古文派的观点，以为“六经”为孔子所删述而非如今文派以“六经”为孔子所作。《原道》篇云：“文王患忧，繇辞炳曜，符采复隐，精义坚深。重以公旦多材，振其徽烈，制诗缉颂，斧藻群言。至夫子继圣，独秀前哲，熔钧六经，必金声而玉振；雕琢情性，组织辞令”。接着又说“玄圣创典，素王述训”，得出“道沿圣以垂文，圣因文而明道”的结论，引文说明了刘勰论文是以宗经为准则的，而孔子对六经只作了一番“熔钧”的功夫，还明确地说《易》之八卦是玄圣庖牺“创典”的，而《易》之卦、爻辞是周文王所作，孔子仅作《十翼》而已。翼者，辅佐之意，《十翼》（《易传》）是孔子对《易》经的解释，故前文云：“庖牺画其始，仲尼翼其终。”《宗经》篇更明确表明《易》、《书》、《诗》、《礼》、《春秋》，均是经过“夫子删述”，才能为“群言之祖”的。这种观点，正是本于古文派的解说，如托名孔安国的《尚书序》，就认为孔子删诗、删书、修鲁史记，编成《诗经》、《书经》与《春秋》等。

（二）刘勰持古文派的观点，认为“乐”本有“经”即《乐经》，后燔于秦火；而其排列六经的顺序，也符合古文派的传统。关于六经的序次问题。王元化先生说：“在儒家经典的排列上，刘勰也依古文学家所规定的先后秩序。”① 在经学史研究上，周予同先生似为最早强调可从六经排列的次序上来看今古文学派旨趣异同的，认为六经的次序“在经今古文学却是一个大问题。今文家的次序是（1）《诗》，（2）《书》，（3）《礼》，（4）《乐》，（5）《易》，（6）《春秋》。古文家的是（1）《易》，（2）《书》，（3）《诗》，（4）《礼》，（5）《乐》，（6）《春秋》。他们除了为行文便利偶然颠倒外，决不随便乱写。”② 因为今文家视孔子为政治家、哲学家，而古文家视孔子为史学家，故“古文家的排列次序是按《六经》产生时代的早晚，今文家却是按《六经》内容程度的浅深（原着重号略）。”③ 金春峰先生对此表示异议，认为《汉书·五行志》所载刘歆对《易》、《书》、《诗》、《礼》、《乐》、《春秋》的序次排列，是按天道、地道、人道的序次排列，与“产生时间的先后”无关，又认为《诗》、《书》、《易》、《礼》、《乐》、《春秋》这种序次排列，最早见于《庄子·天下篇》，荀子及董仲舒等人承袭之而已，它与今文学是没有内在联系的。④ 笔者认为金春峰先生的分析有一定道理，但不管这两种不同的序次排列，内在涵义究竟何在，或者仅是今古文学家各自行文的习惯，仍然说明以此来作为区别今古文学派的一个标志，也是可以的。刘勰“原始表末”的论文内容，受到刘歆《七略》、班固《汉

① 王元化《文心雕龙讲疏》第76页，上海古籍出版社，1992。

② 《周予同经学史论著选集》第4页，同上。

③ 《周予同经学史论著选集》第5页，同上。

④ 参见金春峰《“周官”故书之迹之谜与汉今古文新探》一文，见刘梦溪主编《中国文化》第4期。

书·艺文志》的影响，并对二书有深刻的研究。因此，我们说刘勰对五经排列顺序源于古文派，并非毫无根由。特别《宗经》篇三次论述到五经，并没有为了行文的参差而打乱其“《易》、《书》、《诗》、《礼》、《春秋》”这一顺序。

（三）刘勰《文心雕龙》对《周礼》与伪《古文尚书》的采用，也表明了其古文派的立场。“礼”是儒家学说的核心，经学家所谓“三礼”是指《仪礼》（汉人称为《士礼》，晋代以后称《仪礼》）、《礼记》与《周礼》（汉初叫《周官》，古文派的创始人刘歆始改名《周礼》），自东汉末大儒郑玄杂错今古文学遍注“三礼”后，便成为后代讲“礼学”的依据，刘勰时代经学研究虽有“南学”与“北学”之分，但南、北方之“礼学”都本于郑氏。“三礼”的今古文问题，也是相当复杂的，一般认为《仪礼》为今文，《周礼》为古文，而《礼记》或以为是今文，或以为无今古文之别。《文心雕龙》本于三礼的论述甚多，又多采郑注，但郑玄注礼，往往今古文互注。皮锡瑞认为其“注《仪礼》并存今古文，从今文，则注内叠出古文，从古文，则注内叠出今文，是郑注《仪礼》兼采今古文也。《周礼》古文，无今文，《礼记》亦无今古文之分，其注皆不必论。”① 《周礼》实质上是从刘歆开始争立古文经于学官，才开始受到重视，并被视为古文派的重要学说依据的。唐人贾公彦《序周礼废兴》引《马融传》云：“至孝成皇帝，达才通人刘向子歆，校理秘书，始得序于录略。”围绕《周官》的发现与著录及其礼制是史实还是儒生们的理想诸多问题，暂且不去管它，要之，它代表的是古文学派的“礼学”。仅就刘勰对《周官》的采用，亦颇能说明其古文派立场的。另外，《文心雕龙》对《尚书》的引用也同样能说明其古文派的立场的，这是杨明照先生已以指出的。《文心雕龙》引述《古文尚书》（包括“晚书”与书序部分）甚多，由于相信此书为“孔壁本”而非伏生口授的今文经，当然其立场无疑也说明了是站在古文派一边的。

（四）刘勰在《文心雕龙》中所表现的“文字学”观点与内容，也是站在古文派立场来讲话的，这也是我们要加以切实研究和注意的地方。文字学研究，可以说是古文派立论的一个重要学术领域。刘勰对《说文解字》、《尔雅》当是有过精心研究的。许慎为古文大师贾逵的弟子，《说文解字》作于汉永元二十二年，正是古文经学盛行的时代。周祖谟先生《许慎及其〈说文解字〉》一文说：“许氏在解说中，有时引用经传来说明字义或字音。除少数用今文经外（如《仪礼》用今文经，诗间用《韩诗》），一般都用古文经”②，并指出郑玄注“三礼”，曾引用《说文解字》的解说。这是我们阅读《说文解字》即可得到验证的。《文心雕龙》虽然没有明确称引和赞美《说文解字》的话，但如果将许慎《说文解字叙》与其《练字》诸篇对

① 皮锡瑞《经学历史》第142页，同上。

② 《周祖谟学术论著自选集》第397页，北京师范学院出版社，1993。

绎，可以看出二人的观点有不少是相近的。如《指瑕》篇云："若夫立文之道，惟字与义。字以训正，义以理宣。"《说文解字叙》云："文字者，经艺之本，王政之始，前人所以垂后，后人所以识古，故曰：本立而道生，知天下之啧（赜）而不乱也。"[①] 很明显，两人所说有类似之处，都将文字及其训诂提到立文之"本"与"道"的地位。《尔雅》的作者与成书年代，据今人研究，实非一人一时之作。清人阮元说："尔雅者，近正也。……近正者，各国近于王都之正言也。"《文心雕龙》对《尔雅》及郭璞的《尔雅注》与《尔雅图赞》，都作了竭力的赞颂，《颂赞》篇云："及景纯注《雅》，动植必赞，义兼美恶，亦犹颂之变耳。"《练字》篇云："夫《尔雅》者，孔徒所纂，而诗书之襟带也"。周予同先生认为刘勰的这一说法本于郑玄，因为《周官·大宗伯》孔疏引郑玄《驳五经异议》说："《尔雅》者，孔子门人所以释六艺之文言。"[②] 刘勰讨论"文字学"问题，是为他的创作论与批评论等服务的。既然他认为文要宗经，那么文字的规范当以附经释经的《尔雅》之类的字书为规范。其实，这也反映了刘勰的古文派"文字学"观点，具有一定的保守色彩。

（五）刘勰对谶纬的态度，基本属于古文派的立场。蒙文通先生说："井研廖师以今文为哲学，古文为史学，诚不易之论。"[③] 今古文学家对谶纬的态度亦可以说是一"哲学"（神化式政治哲学），一"史学"（也往往以伪为真）的。刘勰《正纬》一篇，明显是立足于古文派的立场来分析问题的，所谓"正纬"之正，就是要辨明其"无益经典"的地方，从而使源于五经的文本不要因之而淆乱，达到批判"辞人爱奇，言贵浮诡"的目的，并要以正驭奇，正确地利用谶纬"有助文章"的一面。"无益经典，而有助文章"，是《正纬》篇的主旨。就"无益经典的"的一面而言，刘勰通过对谶纬的分析，指出像"沛献集纬以通经，曹褒选谶以定礼"，是"乖道谬典，亦已甚矣"，其分析的方法就是"按经验纬"，既明其"四伪"，自然得出文要宗经，"经足训矣，纬何豫焉"的结论。与上篇《宗经》相比，一从正面立论，一从反面立论；就"有助文章"的一面而言，不仅谶纬有助于文章的取材，更在于其"事丰奇伟，辞富膏腴"，有奇特的想象、奇伟的文辞，而"古来辞人，捃摭英华"，已经成为一种文学史实，因此应当执正（经）以驭奇（纬），正确地利用谶纬"有助文章"的一面。就此而言，又与下篇《辨骚》基于同一立场，所以列之于"文之枢纽"。

（六）刘勰《文心雕龙》对易学的研探和对易学学说的吸收，也基本属于古文派的。自东汉迄隋唐，古文经学占主要地位，这是从经学史的角度看问题的。其间

---

① 许慎《说文解字》，中国书店，1989。

② 《周予同经学史论著选集》第235页，同上。

③ 蒙文通《论经学三篇》，文见刘梦溪主编《中国文化》第4期。

玄学家的儒经解说，可视为“玄学经学”。就王弼易学来说，也是本之于古文费氏易学的。章太炎先生说：“古文家盛行后，自己又分派别：以《易》而论，王弼主费氏，郑康成也主费氏。各以己意注释，主张有大不同，因为费氏只是文字古体，并无他的学说的。”① 玄学重自然而又讲名教等，这些特点致使后人对王弼易学（包括整个“玄学经学”）有相反的评价，如孔颖达、王应麟以为“虚浮不实”，而黄宗羲却认为“简当而无浮义，何曾笼络玄旨”。② 章太炎先生《五朝学》一文也认为玄学有“控实”的一面，这是言而有据的。但从玄学本身去看问题，玄学与古文经学、玄学易“义理”说与汉易“象数”说，其一系列的思想观念又有着“质”的不同。汤用彤先生说：“夫玄学者，谓玄远之学。学贵玄远，则略于具体事物而究心抽象原理。论天道则不拘于构成质料（Cosmology），而进探本体存在（Ontology）。论人事则轻有形之粗迹，而专期神理之妙用。”③ 从哲学上说，宇宙构成论与存在本体论是不可混淆的，故汤先生特用英文加以区别，Cosmology 的词根 cosmo，本文是“宇宙”、“秩序”的意思，Ontology 的词根 onto 本义是“存在”的意思。既有如此不同，故可以说“汉代经学衰，而魏晋玄学起”。《文心雕龙》中讨论到“言意之辨”的问题，受到王弼《周易略例》的影响，但就全书看，如《原道》篇涉及的“太极”说、《论说》篇批评“有无体用”之争、《隐秀》篇提到“互体、旁通”之论，均当属于汉儒“象数”易说，属于易学古文派无疑。

（七）刘勰《文心雕龙》对《春秋》“三传”主要称颂并大量征引、采用的是《左传》，而对《左传》主要遵从杜预的注释与解说。这一点，杨明照先生亦已点明。所谓“今文为哲学，古文为史学”，《左传》与《公羊传》、《谷梁传》相比，是“真正的”史传，从这个角度上讲，确非空讲“微言大义”的《公羊传》、《谷梁传》可比的。《文心雕龙》的文体论部分多举《左传》中的史实来论述，这也是与刘勰的方法论有关的。《序志》云：“若乃论文叙笔，则囿别区分，原始以表末，释名以章义，选文以定篇，敷理以举统”。这是一种历史学的方法，故刘勰采用《左传》不仅是其思想的必然，也是其方法论的需要。《史传》云：“昔者夫子闵王道之缺，伤斯文之坠，静居以叹凤，临衢而泣麟；于是就太师以正雅颂，因鲁史以修《春秋》，举得失以表黜陟，征存亡以标劝戒；褒见一字，贵逾轩冕；贬在片言，诛深斧钺。然睿旨幽隐，经文婉约；丘明同时，实得微言，乃原始要终，创为传体。”以上论《春秋》之言，与杜预《春秋序》的观点是一致的。主要理由就是对孔子“泣麟”一事的表述。一般注者多引《公羊传》哀公十四年的解说，与刘勰原

① 章太炎《国学概论》第41页，巴蜀书社，1987。

② （清）黄宗羲《象数论序》，转引于朱伯崑《易学哲学史》上册第286页，北京大学出版社，1986。

③ 汤用彤《魏晋玄学论稿》第26页，人民出版社，1957。

意不符。所谓“临衢而泣麟，于是……修《春秋》”之说，正与杜预所言相合。《左传》所附之《春秋》起于鲁隐公元年，止于哀公十六年“孔子卒”，而实际传文记载到哀公二十七年事。这与《公羊传》、《谷梁传》及所附《春秋》经文，均起于鲁隐公元年而止于哀公十四年“西狩获麟”而孔子叹泣事不同。杜预《春秋序》用问答体先提问题云：“或曰：春秋之作，《左传》及《谷梁》无明文。说者以（为）仲尼自卫反鲁，修《春秋》，立素王，丘明为素臣，言公羊者亦云黜周而王鲁，危行言孙（逊），辟（避）当时之害。故微其文，隐其义。《公羊经》止获麟，而《左氏经》终孔子卒，敢问所安？”下文杜预自设的答辞中，批评“先儒以为制作三年，文成致麟”之说，认为《左氏经》至仲尼卒，也是“近诬”的后人附会。杜预自己的观点是认为“（孔子）感麟而作，作起获麟，则文止于所起，为得其实。”[1]从这一点上，我们也可以看到刘勰对《左传》南朝重“杜注”，北朝重“服注”而引起的争议中，是站在“申杜”一面的。另外，《春秋序》对“春秋笔法”亦即“义例”的研究，是非常深刻而简约明畅的，所谓“发传之体有三，而为例之情有五”之说，最为刘勰所称道，曾反复引述“《春秋》五例”：即一曰微而显，二曰志而晦，三曰婉而成章，四曰尽而不污，五曰惩恶劝善。从《文心雕龙》“文体”、“文术”论中，也不难寻觅到对这“五例”之法的讨论与运用。这都说明刘勰撰《文心雕龙》确是立足于儒学古文派立场的。

（八）刘勰《文心雕龙》在“《诗经》学”上，主要采用的是《毛诗》及《郑笺》的古文学派学说。根据《北史·儒林传序》，当时南、北学“《诗》则并主毛公，《礼》则遵于郑氏”。刘勰撰《文心雕龙》时期的经学家们如何胤、严植之诸人都精通《毛诗》，其中一个原因，就是今文齐、鲁、韩三家诗或已亡佚，或失传承。《隋书·经籍志》云：“《齐诗》魏代已亡。《鲁诗》亡于西晋，《韩诗》虽存，无传之者。”另外，正如章太炎先生所说，《毛诗》所以列于古文，是因为其立说与三家诗多不相同，其“关于事实和《左传》相同；关于典章制度和《周礼》相同；关于训诂，又和《尔雅》相同。”[2]《毛诗》的这一特点，也当是为刘勰所采用的重要原因。虽然当时仅存《韩诗》，但《齐诗》、《鲁诗》之说仍然保存在《郑笺》等文献中，刘勰不采其说，当是下过一番甄别功夫的。举“四始”说来讲，《宗经》篇云：“诗列四始”，并未明言其“四始”说的内容，然参照其他篇章所论，是采用《毛诗序》的说法无疑。《齐诗》“四始”说，以为“《大明》在亥为水始，《四牡》在寅为木始，《嘉鱼》在巳为火始，《鸿雁》在申为金始”，说杂阴阳五行，为刘勰所不

---

① （晋）杜预《春秋序》文，引据（清）阮元校刻《十三经注疏》（下册）第1703页，中华书局影印，1980。

② 章太炎《国学概论》第37页，同上。

取。而《鲁诗》、《韩诗》“四始”说，与《毛诗》有相同之处。司马迁《史记》的记载，为《鲁诗》“四始”说：“《关雎》之乱，以为风始，《鹿鸣》为小雅始，《文王》为大雅始，《清庙》为颂始”；而《韩诗外传》有记载子夏问孔子语云：“《关雎》何以为《国风》之始也”的话，这与《毛诗序》的“四始”说相近。但今文家诗学都以《关雎》为刺诗，如司马迁《史记》、刘向《列女传》记载均如此；另外扬雄《法言》、王充《论衡》亦主刺诗说①。刘勰对以上四家的论著极为熟悉，并曾采用他们的一些学说思想，但在“四始”说这一问题上，却恪守古文派“毛诗说”中的观点，可谓“家法”严谨。《比兴》篇云：“《关雎》有别，故后妃方德”，与《毛诗序》所云“《关雎》，后妃之德也，风之始也”是一致的，明确以《关雎》为美诗。

三、对今文学说的统摄与汲取

章太炎先生《五朝学》开篇即云：“俗士皆曰：秦汉之政，踔踔异晚周，六叔之俗，孑尔殊于汉之东都（六叔，指魏、晋、宋、齐、梁、陈）。其言虽有类似，魏晋者，俗本之汉，陂陀从迹以至，非能骤溃。”② 以此推论，东汉以后，古文学占据主要地位，但今文学作为一种学术思想，也“非能骤溃”。验之于《文心雕龙》，也可以得到确切的证明。刘勰虽是基本上立足于古文学的立场，但对今文学的思想也有所统摄与采掇，且不说自郑玄诸古文学大师，注经常常今古文并存，如三礼注、诗笺、易注等等，会使刘勰思想暗暗受到今文学派的影响，而且当刘勰搦笔论文时，也会受到前代今文学大师遗著遗说的直接影响，并对其学术观点加以采纳。下面笔者试拈出三个问题，简要谈谈自己的一点看法。

首先，刘勰不仅崇尚刘歆、马融、郑玄等古文大师，而且对能够“敷赞圣旨”的今文大师如董仲舒、公孙弘、刘向等人的学术与人品也给予了一定的赞誉。《议对》篇云：“观晁氏之对，验古明今，辞裁以辨，事通而赡，超升高等，信有征矣。仲舒之对，祖述《春秋》，本阴阳之化，究列代之变，烦而不混者，事理明也。公孙之对，简而未博，然总要以约文，事切而情举，所以太常居下，而天子擢上也。杜钦之对，略而指事，辞以治宣，不为文作。及后汉鲁丕，辞气质素，以儒雅中策，独入高第。凡此五家，并前代之明范也。”这里给予很高评价的对策文作家即晁错、董仲舒、公孙弘、杜钦及鲁丕五人，均属今文学家，联系到其他诸篇论述，应该考虑到这样几点：第一，这里着重从“对策体”的文章角度给予的赞美，或许之以

① 以上引文和论述，参考徐澄宇《诗经学纂要》，中华书局，1936。

② 《章太炎全集》（四）第73页，上海人民出版社，1985。

"辞裁以辨，事近而赡"，或誉之为"总要以约文，事切而情举"等等；第二，从人品才学上给予的赞美，因其对策都为"贤良"之对策。《程器》篇"略观文士之疵"，也没有批评这五人有什么不足之"细行"，而《才略》篇则推崇董仲舒为"专儒"；第三，是从"摛文必在纬军国"的角度给予的赞美，或称为能"验明古今"，或评为能"究列代之变"等等。下文接着批评了"魏晋以来，稍入文丽"的对策文，不能致力于"达于政事"的目的。但以上三个方面只能说明刘勰力图"弥纶群言"品评历代作家的不同文体，还不能说明刘勰有认同今文学家思想观点的一面。笔者要说的是第四点，即我们不能因为刘勰的基本立场属于古文学派，只注意他对古文学派大师的推崇，而忽略他对他们的批评和对今文学派大师的赞誉，执其一端是不妥当的。《程器》篇毫不客气地批评"班固谄窦以作威，马融党梁而黩货"，而《才略》篇却推许董仲舒的人品。儒家讲"有德者必有言"，同时这一命题本身又包括了"有言者不一定有德"的反命题在内，刘勰立论，批评马融而赞美董仲舒，正是从这两个命题角度去看问题的。更重要的还在于品评文章，必须包涵着对文章思想内容的否可，在对今文学"始祖"董仲舒的《贤良对策》三篇（所谓天人三策）与古文学派创始人刘歆《移让太常博士书》的品评中，也都包括对其思想观点的认可。《檄移》篇云："及刘歆之《移太常》，辞刚而义辨，文移之首也。"认为其立论为"义辨"，即表明对其文中主张立古文经《左氏春秋》、《毛诗》及《古文尚书》等于学官，指责当时文学的太常博士们"党同门，妒道真"，刘勰认为是有道理的。同理，刘勰认为董仲舒《贤良对策》三篇"祖述《春秋》，本阴阳之化"，是"事理明也"，也是有道理的。《贤良对策》第一策宣扬"天人相与之际"的天人感应学说；第二策主张兴学、求贤、养士的方针；第三策强调"务明教化民以成性"的观点。这些思想，虽然不一定为刘勰全部赞可，但当有一定的认同。而且董仲舒以"大一统"说《春秋》，力主独尊儒学的思想，与刘勰宗经主张本身有相合拍的一面。再看刘勰对董仲舒的评价，可以说明刘勰对今文学的"微言大义"当并非完全否定的，其评董策语"祖述《春秋》，本阴阳之化"云云，本身就是这种观念的实际运用。

其次，刘勰的"春秋学"本于《左传》杜注，但亦明确采纳了今文《公羊传》、《谷梁传》的一些观点和二传所记载的一些史实，这与他对董仲舒的评价正是相统一的。第一，《公羊传》、《谷梁传》比《左传》更重视"义例"的研究、义理的解说，故其中一些观点，被刘勰采入《史传》篇中，用来表述他对"史传"之作的意见，属于"敷理以举统"的内容。《史传》篇云："若夫追述远代，代远多伪，公羊高云：'传闻异辞'，荀况称：'录远略近'，盖文疑则阙，贵信史也。"直接标明引"公羊高语"。语见《公羊传》隐公元年，释经文"公子益师卒"云："何以不日？远也。所见异辞，所闻异辞，所传闻异辞。”意思是说孔子修《春秋》，对“所传闻”的、“所闻”的与“所见”的三个时期的事，略远详近，笔法不同。《史传》篇又云：“至于记编同时，时同多诡，虽定、哀微辞，而世情利害。”所谓“定、哀多微辞”，语本《公羊传》定公元年，意思是说孔子修《春秋》，对同时代的定、哀年间（属于“所见”）事，辞多隐讳。这一“春秋笔法”，刘勰在《文心雕龙》中还作了实际运用。例如，他在《序志》篇里，激烈批评当时浮诡、讹滥文风，在《程器》篇里，指责“近代词人，务华弃实”；而在《才略》篇品评历代作家时，略齐代而不论，并说“世近易明，无劳甄序”，在《时序》篇中又大褒齐代“运集休明”。其实，“今圣历方兴，文思光被”云云，不全是他的心里话，只不过因为有关于“世情利害”，便用了“时同多诡”的微辞而已，故最后落实到“扬言赞时，请寄明哲”一句上作收结。《史传》篇又云：“若乃尊贤隐讳，固尼父之圣旨，盖纤瑕不能玷瑾瑜也”，语本《公羊传》闵公元年：“《春秋》为尊者讳，为亲者讳，为贤者讳。”以上三条均是刘勰从《公羊传》中拈出来的史传笔法与义例，可见，刘勰是明显受到今文学家这些“微言大义”的观念影响的。但同时我们要注意：《史传》篇的主旨，在于强调“信史”观念，以《左传》为史传模式，并极有眼光地高度地评价《史记》、《汉书》与《三国志》诸史，并要求“史传之作”，当“辞宗丘明”。第二，对《公羊传》、《谷梁传》中一些“微言大义”而有助于文学创作的论述，进行概括和采纳。上文所举的三条“义例”只适合于史传类著作，而《公羊传》、《谷梁传》有些分析是具有一般创作规律的意义的。如《宗经》篇云：“《春秋》辨理，一字见义，五石六鹢，以详略成文；雉门两观，以先后显旨：其婉章志晦，谅以邃矣。”这里引用了《公羊传》的两条传文的分析。其一是《公羊传》僖公十六年，解释《春秋》经文“陨石于宋五，六鹢退飞过宋都”条云：“曷为先言陨而后言石？记闻，闻其磒然，视之则石，察之则五。曷为先言六后言鹢？六鹢退飞，视之则六，察之则鹢，徐而察之，则退飞。”经过《公羊传》的这一揭示，使我们确实感受到《春秋》经文这十二个字的内容，是多么丰富而生动，其叙述过程，是多么简约而有条理。根据这一解释，经文“陨石于宋五”一句五个字，是按照视听感官的自然感觉过程来写的，先听见后看见、再仔细观察的，可谓一字不能挪移，经文“六鹢退飞过宋都”，是“记见”，与上面一条“记闻”又不同，是纯从视觉感官认明事物的逐渐过程来写的，视之而后察之，察之而后徐而察之，从而得出了结论。《公羊传》的这种分析，真可谓是心细如发，而又入情入理，真可与现代西方叙述学理论相比拟，称之为“中国古代的叙述学理论”，笔者认为也不为过，而刘勰又能别具慧眼将其发掘出来，不愧是论文大家。其二是《公羊传》定公二年，解释《春秋》经文“雉门及两观灾”条：“其言雉门及两观灾何？两观微也。

然则何不言雉门灾及两观？主灾者两观也。主灾者两观，则曷为后言之？不以微及大也。”这是讲叙述层次的先后之理，既要举重略轻，又要符合事实，也是极有道理的。刘勰拈出《公羊传》这样两例，既是为了说明圣人经典文笔的高妙，从而要求文要宗经；另一方面也是为补《左传》在这些方面研究的不足，进一步解说“《春秋》五例”的内容。第三，《文心雕龙》也采缀了不少《公羊传》、《谷梁传》所记载的而《左传》所无的史实，例如《议对》篇“春秋释宋，鲁僖预议”句，据杨明照先生《文心雕龙校注拾遗》云，宋本、钞本、活字本等均作“鲁桓务议”，而“鲁桓公无议释宋事”，清人惠栋《九曜斋笔记》卷一最先提出当是作“鲁僖预议”，后经过钱大昕、李详、黄侃等进一步考辨，认为惠栋之说为是。而“鲁僖预议”，其典即出于《公羊传》僖公二十一年传文。他例尚多，今不赘举。

再次，刘勰对谶纬的态度，基本属于古文派的立场，但其论述仍有今文学的色彩。前面笔者已提到今古文学家都是讲谶讳的，古文学许多大家，如贾逵、马融、郑玄等大师也都是讲谶纬的，只是对谶讳相信的程度、利用的目的不同，今文学家讲谶纬偏向于宗教性的与政治哲学的一面，具有神话色彩，而古文学偏向于训诂、考史的一面，但古文学家并非都能完全摆脱今文学派的“宗教神话”理论的影响。刘师培《谶纬论》认为谶纬有五善，即补史、考地、测天、考文、征礼五大方面，然而一千几百年以前的刘勰是不可能有如此客观的态度的。范文澜先生持刘勰为“完全属于古文派”的观点①，在《文心雕龙注》之《正纬》篇第二十七条注文中认为：“彦和生于齐世，其时谶纬虽遭宋武之禁，尚未尽衰，士大夫必犹有讲习者，故列举四伪，以药迷罔。盖立言必征于圣，制式必禀乎经，为彦和论文之本旨。”这是十分正确的论断。但接着说：“纬候不根之说，踳驳经义者，皆所不取”，就有点绝对化，并不符合《文心雕龙》的实际。另外，范文澜在《止纬》篇第十一条注文附引《隋书·经籍志·六艺纬类序》一文中，有案语云：“谶纬本非儒家之言，故古文家不道（下略）”。其实，《隋书·经籍志·六艺纬类序》所说的古文学家如贾逵，其治《左传》，就是杂有谶纬阴阳之说的。正如上文分析刘勰《正纬》篇的主旨，是“无益经典，而有助文章”一句，在“无益经典”的一面，刘勰批评“乖道谬典”的谶纬之类的东西，基本上是站在古文学派的立场上的，其批判的精神是十分强列的。然而他不仅开篇即讲“神道阐幽，天命微显”这种天人感应的一大套理论——这与他认同董仲舒以阴阳说《春秋》，而许之以“事理明也”的评价态度也是一致的，而在谈到“有助文章”的一面时，又稍稍采用了一些谶纬之言与今文学之说。《明诗》篇说：“离合之发，则明于图谶”，纯粹是从“谶纬”的预言隐语

① 范文澜《中国通史简编》（修订本）第二编第419页。人民出版社，1958。

角度，来讲其对“离合体诗”产生的影响和渊源关系的，从中我们确实仅可见其“有助文章”的技巧一面，还看不出什么今文学家的谶纬观念。但是《明诗》篇这段引用纬书训“诗”云：“诗者，持也”，这就涉及对“诗”的根本观念的理解问题了。另外又如《封禅》篇云：“及光武勒碑，则文自张纯，首胤典谟，末同祝辞，引钩谶，叙离乱，计武功，述文德，事核而理举，华不足而实有余矣。”这是对引用谶纬的文章的评价。张纯《泰山刻石文》引用了《河图赤伏符》、《河图会昌符》、《河图合古篇》、《河图提刘子》、《洛书甄曜度》、《孝经钩命诀》等谶纬之书，引文之言，宣扬皇权神授，光武（刘秀）当立的预言，这明显是伪诬不实的。如果说该文后半部分，叙离乱而述功德，虽缺乏文采，还是“事核理举”的，那么，就全篇讲很难说是“实有余矣”的。刘勰这样说，是因为他自己对这种神学理论、今文家言，也是有所认可、有所信仰的。

四、结　语

由于篇幅的限制，最后我想一句话概括全文，那就是对刘勰《文心雕龙》中的儒家思想立场似乎可以这样进行表述：基本上立足于儒家经学古文派的立场，同时对今文学说也有所统摄与采缀，此外还直接受到当时玄学、道家、乃至佛学之思想的深刻影响，并汲取了它们的许多有益的观点。

司空图家世、信仰及著述诸问题综考*

一、司空图生卒年、名号及其祖籍考述

（1）关于表圣之生卒年月。司空图生于唐文宗开成二年（837）七月，卒于梁太祖开平二年（908）三月间，基本无异议，唯宋人王禹偁《五代史阙文》本传云："卒时年八十余"①，非是。

按：《旧唐书》卷一百九十下《文苑下·司空图传》（下称《旧书》本传）："唐祚亡之明年，闻辉王遇弑于济阴，不怿而疾，数日卒，时年七十二。"②《新唐

---

* 编按：我在《司空图年谱汇考》和本文中说"前此，研究表圣生平者，均没有发现司空舆乃唐代中兴名臣刘晏之曾孙婿这一关系，而根据这条线索进行查考，不仅对了解表圣的家世、生平思想极为重要，而且也可以帮助考定司空舆大约定居虞乡的时间等问题。"此说有不确处，因为在我之前已有台湾学者指明司空图母亲为刘晏之曾孙女，惜乎前此未能查见。司空图研究论著颇丰，在我撰写《司空图年谱》时（2001 年 10 月完成，2002 年 3 月由华文出版社出版），最苦恼之事就是无缘查见大陆境外学者的论著尤其是研究生学位论文。《司空图年谱汇考》完成后，我时时留心各种研究论著和文献的收集，以便将来作修订拙著之用。2010 年我有缘获见两本台湾有关司空图研究论著，一本即是詹幼馨著《司空图〈诗品〉衍绎》，台湾华风书局 1983 年出版。这本著作我虽知道但也一直无缘拜读；一本就是台湾师范大学国文研究所闵丙三博士之博士学位论文《司空图诗品运用庄子思想之研究》（1997 年 6 月完成），指导教师是黄锦鋐先生。闵丙三博士学位论文《司空图诗品运用庄子思想之研究》第一章第二节《司空图与〈诗品〉》，为考论表圣生平事迹和《诗品》版本问题的内容，多有见地，此处不赘。其中在"祖籍临淄，生于泗水，后寓居河中虞乡中条山王官谷"小标题下考述曰："《旧唐书》云：'本临淄人'。临淄在春秋时代属齐国，在隋朝时改为县。今天它就是山东临淄县。《临淄县志》称司空图为临淄人，并且在序文中说，在所有选入作传的人物中，只有司空图一人侨居外省。他所以例外，因为他的人品著作，都足于使临淄人增光耀祖。还有司空图的母亲是唐代名臣刘晏之曾孙女，原籍山东，可见很可能司空图的父亲曾住山东临淄。唐代人口流动很大，许多到外地做官者，过了许多年，他们就定居异乡，不再回到原籍故乡。又在《虞乡县志》记录司空图父亲是他家乡中第一定居虞乡者：'司空舆，先临淄人，舆始卜居虞乡。'"（以上引见该论文第 9 页。）闵丙三博士此处征引《虞乡县志》并注明这条史料是引见王润华《司空图新论》（东大图书公司 1989 年出版）。另外要说明的是，闵丙三博士所考列表圣之生平事迹仍较为简略，也未能由表圣之母为刘晏之曾孙女这条线索，联系其家世和生平思想进行查考分析。至于表圣之祖籍是否为临淄人，还应再作研究，有关其他诸问题，我将在以后修订《司空图年谱汇考》时予以罗列分析。这篇论文主要内容均已见于拙著《司空图年谱汇考》中，后整理成单篇论文，发表于首都师范大学诗歌研究中心编辑《中国诗歌研究》第 1 辑，中华书局 2002 年 6 月出版，今又略加修订，谨此附按。

① （宋）王禹偁：《五代史阙文》，文渊阁《四库全书》本。其中其《司空图传》有残缺，故本文又参引《唐诗纪事》卷 63 所录《五代史阙文·司空图传》，上海古籍出版社，1965。

② （后晋）刘昫等《旧唐书》，中华书局，1975。下引直接于文中注明卷数。

书》卷一百九十四《卓行·司空图传》(下称《新书》本传)载:“哀帝弑,图闻,不食而卒,年七十二。”[①]《唐才子》本传载:“后闻哀帝遇弑,不食扼腕,呕血数升而卒,年七十有二。”[②] 从开平二年倒推七十二年(一律按农历计),表圣当生于唐文宗开成二年。又据《司空表圣文集》(下称《文集》)卷二《休休亭记》云:“因为《耐辱居士歌》,题于亭之东北楹。自开成丁巳岁七月,距今以是岁是月作是歌,亦乐天作传之年六十七矣。……天复癸亥秋七月记。”[③] 表圣已明言自己生于开成丁巳岁七月。又“乐天作传之年六十七”指白居易六十七岁作《醉吟先生传》事。《全唐文》卷六百八所录《醉吟先生传》文末云:“开成二年,先生之齿,六十有七。”[④]“开成二年”应作开成三年。清汪立名所撰《白文公年谱》,谓开成三年,白居易六十七岁作《醉吟先生传》[⑤]。顾学颉先生《白居易年谱简编》同[⑥]。故表圣所谓“亦乐天作传之年”云云,紧扣的是“六十七”岁。

据《旧书》卷二十(下)哀帝本纪载:“天祐五年二月二十一日,帝为全忠所害,时年十七……”《资治通鉴》(下称《通鉴》)卷二百六十六《后梁纪》开平二年载:“(二月)癸亥,酖杀济阴王于曹州,追谥曰唐哀皇帝。”[⑦] 据此,开平二年二月二十一日,哀帝遇弑,图在王官谷闻其哀耗,当有一段时间,然后“不怿而疾,数日卒”,故图约卒于该年三月间,葬于王官谷下。罗联添《唐司空图事迹系年》(下称《罗谱》)据《大清一统志》,谓图卒,“卜葬王官谷”[⑧]。按:检《大清一统志·蒲州府二》“陵墓”条载:“司空图墓:在虞乡县东南王官谷下。”[⑨] 清黄钺《壹斋集》卷21载其《游王官谷经司空表圣墓下》诗三首,第三首开头二句曰:“入谷复出谷,道经先生墓。”[⑩] 可见,《大清一统志》所记不误。

(2)关于表圣之名号。司空图字表圣,无异议,唯其号知非子,又号耐辱居士,预示其思想转变之轨迹,值得考述。按:王济亨、高仲章选注《司空图选集注》所附高仲章所撰《年谱》(下称《高谱》)“表圣五十一岁”条云:“此时,司空表圣编其诗文集《一鸣集》,并撰写《中条王官谷序》。序云:‘知非子雅嗜奇

---

① (宋)欧阳修、宋祁《新唐书》,中华书局,1975。下引直接于文中注明卷数。

② 傅璇琮主编:《唐才子传校笺》卷8,第3册第527页。中华书局,1990。

③ (唐)司空图《司空表圣文集》,《四部丛刊》本,下同,引文直接在文中注明篇名和卷数。

④ (清)董诰等《全唐文》,中华书局影印,1983。

⑤ (清)汪立名所编《白香山诗集》前附,文渊阁《四库全书》本。

⑥ 顾学颉校点:《白居易集》,中华书局,1979。

⑦ (宋)司马光《资治通鉴》,中华书局,1959年,下引于文中直接注明卷数、年代。

⑧ 罗联添:《唐司空图事迹系年》,台湾《大陆杂志》第39卷第11期。

⑨ 《大清一统志》卷一百〇二,文渊阁《四库全书》本。

⑩ 引见(清)黄钺《壹斋集》(上下册)上册第368页,陈育德、凤文学校点本,(合肥)黄山书社,1999。

……。’这是司空表圣第一次用‘知非子’的号，是他思想上的一个转折点。”又《高谱》“表圣六十七岁”条云：“是年，司空图还王官谷”，作《耐辱居士歌》，“自此，司空图以耐辱居士为号，思想又一大变。”[①] 所考基本属是。表圣六十六岁撰《〈绝麟集〉述》署名“知非子述”，故其于六十七岁作《休休亭记》一文时，方自号“耐辱居士”，此说无误。唯表圣之诗文多散佚，是否确在五十一岁作《中条王官谷序》（即《司空表圣文集序》）时，方于文中题曰“知非子”，难以确证。但表圣自号“知非子”，当在四十九岁时。《论语·为政》：“五十而知天命”。又《淮南子·原道》：“故蘧伯玉年五十，而知四十九年非。”[②] 此为表圣自号“知非子”之出典。《全唐诗》卷八百八十五《补遗四》[③]，录表圣之《乙巳岁，愚春秋四十九，辞疾拜章，将免左掖，重阳独登上方》诗，有“雪鬓不禁镊，知非又此年”二句，此正是表圣四十九岁号为“知非子”的证据。又按：“左掖”，或当为“西掖”之误乎？“西掖”指中书舍人，时表圣任是职。

又《老子》（第十三章）云：“宠辱若惊，贵大患若身。何谓宠辱若惊？宠为下，得之若惊，失之若惊，是为宠辱若惊。何为贵大患若身？吾所以有大患者，为吾有身，及吾无身，吾有何患？故贵以身为天下，若可寄天下；爱以身为天下，若可托天下。”玄学家王弼曾注“及吾无身”句云：“归之自然也。”[④]《旧书》本传云：“表圣有先人别墅在中条山之王官谷，泉石林亭，颇称幽栖之趣。自考槃高卧，日与名僧高士游咏其中。晚年为文，尤事放达，尝拟白居易《醉吟传》为《休休亭记》曰……”可见其晚年道家思想尤重，其取号“耐辱居士”，即源自老子思想。

（3）关于表圣之籍贯。其籍贯问题，有些异议，这里略加辨明。表圣祖籍临淮，其父迁家至虞乡县（今山西省永济县）。今人或有题表圣为“河中”人、或“河东”人，或以“虞乡”为今山西省虞乡县者，当都不为错，然应以上述为准。以表圣为临淄人，误；或只承认表圣为临淮人而否定其为虞乡人者，亦不实。

按：唐代临淮郡，也就是泗州郡，唐武德四年置泗州郡，天宝年间改为临淮郡，乾元年间复曰泗州郡，郡治在临淮（今江苏盱眙县）。《唐才子传校笺》之《司空图传校笺》（乃梁超然所撰，下称《梁笺》）谓“……所谓泗水，旧传所谓临淮，皆指其祖籍，而其占籍应为河中虞乡。”[⑤] 此说可从。《唐才子传校笺》第五册为《补正》，其卷八对《梁笺》此说补正说：“……是河中虞乡之中条山王官谷为表圣先人

① 王济亨、高仲章选注《司空图选集注》，山西人民出版社，1989。

② 《淮南子注》卷1，《诸子集成》本，上海书店影印，1986。另，《全唐文》卷622载有陆肱所撰《知四十九年非赋》，亦用此典。

③ （清）彭定求等《全唐诗》，中华书局，1960。下引直接于文中注明卷数。

④ 《老子道德经》，《诸子集成》本，同上。

⑤ 傅璇琮主编《唐才子传校笺》第3册第518页，同上。

所置别业所在地，后表圣避地栖隐于其间，并非占籍于虞乡。如杜甫先人有别业于偃师，韩愈先人有别业于宣城，皆非占籍偃师、宣城，可证。表圣之占籍，应以泗州为是。”① 谓表圣为泗州人，当是。但表圣父司空舆已迁居至虞乡，后才置中条山别业，似与杜甫和韩愈的情况不同。关于“临淮”郡治，《罗谱》谓在今安徽泗县，《梁笺》属今江苏盱眙，今从《梁笺》，但此问题仍可作进一步研究。临淮郡及泗水河道，沿革历史较为复杂，《辞海》与《辞源》所述亦有不同。

又，唐之虞乡县，属河东道河中府。《旧书》卷三十九《地理志二》，记载“河东”、“河中”、“蒲州”、“虞乡”及“解县”的所属关系及沿革历史，清楚明白，因今人常有文记述混乱，故不烦辞赘，引述如下：“河东道”有“河中府”，“隋河东郡。武德元年，置蒲州，治桑泉县，领河东、桑泉、猗氏、虞乡四县。二年，置蒲州总管府，管蒲、虞、泰、绛、邵、浍六州。……天宝元年，改为河东郡。乾元元年，复为蒲州，割安邑属陕州。三年四月，置河中府……。元年建卯月，又为中都。元和三年，复为河中府。”虞乡属“汉解县地，后魏分置虞乡县。贞观十七年，省解县，并入虞乡县。二十年，复置解县，省虞乡。天授二年，复分解县置虞乡县。”今人或注明虞乡为今山西省虞乡县，亦需说明。据《辞海》：“（虞乡）在山西省西南部。1954 年与解县合并，设解虞县。1959 年解虞县与安邑县合并为运城县（1983 年改设市）。1961 年原虞乡县地区改划归永济县。”② 今虞乡行政建制为镇。

《罗谱》考述表圣“本为泗州人”，是；但又曰：“司空图终老于河中虞乡王官谷。河中虞乡盖其侨寓之地，《唐诗纪事》卷六十三《司空图》小传，《新书》卷一九四本传并云：‘表圣，河中虞乡人’，未当。”认为表圣在虞乡仅为侨寓于中条山王官谷（意即本非迁居于虞乡县），这样理解恐不太妥当。因其《文集》卷三《书屏记》有云：“庚子岁（880）遇乱，自虞邑居负之置于王城别业。”这里的“虞邑居”就是表圣居家之所。

（3）关于迁居于虞乡的问题。如上考述，表圣家何时迁居于虞乡，成为一个重要问题。今按：考司空舆生平为官，在商州、河东较早较长，在表圣出生前或初家居京师长安。会昌四、五年间，司空舆任河东道盐铁处巡院官，当在此时迁家并自此定居于虞乡（但不能排除先仍以临淮为家，后迁居虞乡的可能性）。理由如下：（一）据《文集》卷二《山居记》所云，中条山王官谷别业是在“会昌中诏毁佛宫”而“因为我有”。据《旧书》卷十八《武宗本纪》等记载，“会昌中诏毁佛宫”，事在会昌五年。据此，表圣父司空舆购置王官谷别业，即当在该年底（或下年初）。此前，司空舆当已迁家虞乡（所谓虞邑居）。（二）《文集》卷三《书屏记》

① 傅璇琮主编《唐才子传校笺》第 5 册第 436 页，同上。

② 《辞海》1989 年修订本，上海辞书出版社，1990。

有云："元和（806—820）、长庆（821—824）间，先大夫初以诗师友兵部卢公载，从事于商於，因题记唱和，乃以书受知于裴公休，辟倅钟陵。及征拜侍御史，退居中条。"表圣父司空舆随江西观察史裴休"辟倅钟陵"，据《罗谱》在会昌元年至三年间，是。又据《新书·食货志》、《新书》及《旧书》之《卢弘止（正）传》载，会昌四年至大中元年，司空舆当任河东道盐铁处巡院之职（对此，前人无考），故其在会昌四、五年间由京师迁居虞乡最为合理。会昌四年，裴休转任湖南观察使，司空舆没有随从，而离开江西任，北上转任河东道盐铁处巡院，司空舆为何北上，此似可从他"临时"家居在京师来解释。（三）元和元年为公元八〇六年，至开成二年表圣生，其间有三十二年，长庆共四年，长庆四年距开成二年为十三年，故司空舆当在元和末年至长庆年间，"以诗师友兵部卢公载"，至多约二十岁左右，开成二年前，已与刘氏成婚生表圣，故可能"家居"北方，而以"家居"京师最为合理。（四）前此，研究表圣生平者，均没有发现司空舆乃唐代中兴名臣刘晏之曾孙婿这一关系（详下）[①]，而根据这条线索进行查考，不仅对了解表圣的家世、生平思想极为重要，而且也可以帮助考定司空舆大约定居虞乡的时间等问题。

（3）关于王官城（所谓"王官废垒"）与虞乡故城。《文集》卷二《山居记》云："中条蹴蒲津，东顾距虞乡才百里。……会昌中诏毁佛宫，因为我有，（引按：此句应如此点断，《全唐文》中华书局本、《高谱》误。）谷之名，本以王官废垒在其侧，今司空氏易之为祯陵溪，亦曰祯贻云。"据《大清一统志·蒲州府一》载："王官城：在虞乡县南近王官谷。《左传》文公三年：'秦师济河取王官及郊。'又成公十三年：'吕相绝秦曰：俘我王官。'《元和志》：'在虞乡县南二里。'按：《水经注》：'王官城在今闻喜县。'《元和志》则闻喜、虞乡具有王官城，两存之。"[②] 据此可知，表圣所谓"谷之名，本以王官废垒在其侧"，此"王官废垒"，即指虞乡县南、近中条山之春秋时代的古"王官城"遗址。

《大清一统志·蒲州府一》又载："虞乡故城：即今虞乡县治。《元和志》：虞乡西至河中府七十里，本汉解县地，后魏孝文帝改置南解县，周明帝武成二年废南解县，别置绥化为虞乡，隋大业九年，自绥化故城移虞乡于废解县。理《旧唐书·地理志》，隋虞乡县，武德元年改为解县，蒲州别置虞乡县。《元史·地理志》：至元三年省虞乡，入临晋。《旧志》虞乡县今为虞乡镇。按《寰宇记》：后周末，于解县西五十里别置虞乡县，即今治。不知省于何时，仍移绥化故城。唐所置县当即周末之治，今所置县亦即唐时县治也。"这段考述，极为重要，《罗谱》等未加引证。关

① 补按：此说不确，因为在我之前已有台湾学者闵丙三博士，在其博士论学位论文中指明司空图母亲为刘晏之曾孙女，惜乎前此未能查见。参见本文我新写的"编按"。

② 《大清一统志》卷101，文渊阁《四库全书》本。

键在于“今所置县亦即唐时县治也”，亦即说明了今永济县虞乡镇，就是唐朝表圣所说的“虞邑”，可谓明白无误。

二、司空图家世及信仰诸问题新证

(1) 表圣之母乃刘晏之曾孙女。按：据《文集》之《司空表圣文集序》（作于光启三年）载：“其述先大夫所著家谍《照乘传》，及补亡舅（名权，四岁能讽诵其舅《水轮陈君赋》，十六著《刘氏洞史》三十卷）《赞祖彭城公中兴事》，并愚自撰《密史》，皆别编次云。”又据《新书》卷五十八《艺文志二》载：“刘氏《洞史》二十卷。（刘权，忠州刺史晏曾孙。）”得知表圣之舅刘权乃唐中兴名臣刘晏之曾孙，那么，司空舆即为刘晏之曾孙婿。刘晏曾封彭城郡公，其《旧书》、《新书》本传未载，据《旧书》卷三十一《音乐志四》载：“肃宗文明武德大圣大宣孝皇帝室奠献用《惟新》之舞一章（吏部尚书、平章事、彭城郡公刘晏撰）。”又《新书》卷五十八《艺文志二》载：“陈谏等《彭城公故事》一卷（刘晏）。”此可证刘晏曾封彭城郡公。刘权所撰《赞祖彭城公中兴事》，可能不完备，表圣加以补充，该书的性质当与陈谏等所撰《彭城公故事》相类。

又据《新书》卷一百四十九《刘晏传》：刘晏，字士安，曹州南华人。玄宗封泰山，晏始八岁，献颂行在，号神童，名震一时。代宗时，任京兆尹、户部侍郎，领度支、盐铁、转运、铸钱、租庸使。后拜吏部尚书、同中书门下平章事。治漕事极有功，“凡岁致四十万斛，自是关中虽水旱，物不翔贵矣。”“始，杨炎为吏部侍郎，晏为尚书，盛气不相下。晏治元载罪，而炎坐贬。及炎执政，衔宿怒，将为载报仇。”后，贬晏为忠州刺史，“建中元年七月，诏中人赐晏死，年六十五。后十九日，赐死诏书乃下，且暴其罪。家属徙岭表，坐累者数十人，天下以为冤。”兴元初，帝寝寤，乃许归葬。“贞元五年，遂擢晏子执经为太常博士，宗经秘书郎。执经还官，求追命，有诏赠郑州刺史，又加司徒。”（按：据《旧书》卷三十九《地理志二》：“忠州：隋巴东郡之临江县”，“贞观八年，改临州为忠州。”“乾元元年，复为忠州。”郑州即河南府郑州。）《旧书》卷一百二十三《刘晏传》云：“……诬晏以忠州谋叛，下诏暴言其罪，时年六十六，天下冤之。家属徙岭表，连累者数十人。贞元五年，上悟，方录晏子执经，授太常博士；少子宗经，秘书郎。执经上请削官赠父，特追赠郑州刺史。”新、旧书记载刘晏卒岁相差一年。

又《新书·刘晏传》又附有刘宗经之子《刘濛传》云：“宗经终给事中、华州刺史。子濛，字仁泽。举进士，累官度支郎中。会昌初，擢给事中。以材为宰相李德裕所知。……宣宗立，德裕得罪，濛贬朗州刺史（按：治地在今湖南常德市），终大理卿。”刘濛任给事中在会昌元年至三年，任巡边使在会昌四年，贬朗州刺史在会昌六年，回朝任大理（寺）卿（按：从三品职官），约在大中三年，卒当在大中五、六年。又，刘濛究竟是刘晏还是刘暹之孙，《新书》卷七十一上《宰相世系表》与其本传所载不同[①]。又，《新书·刘晏传》附载：刘晏有“兄暹，为汾州刺史。天资疾恶，所至以方直为观察使所畏。建中末，召为御史大夫。宰相卢杞惮其严，更荐前河南尹于颀代之。暹终潮州刺史。”“暹孙潼，字子固。擢进士第，……以功加检校尚书右仆射。卒，赠司空。”刘潼病卒于咸通九年。

史书未明言刘权是否为刘濛之后，也未载刘执经有无后人，但根据刘宗经曾任华州刺史（华州地近京师），及刘濛在朝任官时间和司空舆其时年龄推之，可能刘权即为刘濛之子，而司空舆或即为刘濛之婿。会昌元年前，刘濛早已举进士，“累官度支郎中”，故司空舆在会昌元年随江西观察史裴休“辟倅钟陵”前，初居京师的可能性最大。

（2）关于表圣之家世。《旧书》本传云：“曾祖遂，密令。祖象，水部郎中。父舆，精吏术。大中初，户部侍郎卢弘正领盐铁，奏舆为安邑两池榷盐史、检校司封郎中。先是，盐法条例疏阔，吏多犯禁；舆乃特定新法十条奏之，至今以为便。入朝为司门员外郎，迁户部郎中，卒。”表圣之曾祖父司空遂，曾任密令，官职为正六品下。按：密，指唐河南道洛州府密县（今河南省密县），据《旧书》卷三十八《地理志一》“河南府”条载：“洛州领河南、洛阳、偃师、巩、阳城、缑氏、嵩阳、陆浑、伊阙等九县。……龙朔二年，又以许州之阳翟，郑州之密县，绛州之垣县来属。”又据《旧书》卷四十四《职官三》：“京兆、河南、太原所管诸县，谓之畿县。令各一人，正六品下。”表圣之祖父司空象，官至水部郎中，官职属从五品上（据《旧书》卷四十三《职官二》）。

表圣之父司空舆，最后当以侍御史致仕，晚年退隐中条山王官谷别业而卒。据《文集》卷三《书屏记》云：“先大夫……征拜侍御史，退居中条。”此《旧书》本传未载。据《旧书》卷四十四《职官三》，侍御史为御史台官员，官职属从六品下，其在朝曾任户部郎中（官职属从五品上）。又据《新书》卷五十九《艺文志三》载：“司空舆《发焰录》一卷（图父，大中时商州刺史。）”按：司空舆曾任商州刺史，《唐才子传》本传亦有记载，但《旧书》、《新书》本传漏载。表圣之《书屏记》谓其父“以诗师友兵部卢公载”，“以书受知于裴公休”，说明司空舆能诗善书，惜今无流传。《书屏记》是表圣的一篇重要书法论文，说明表圣精于此道。又据《宣和书谱》卷九《司空图》小传记载，表圣擅长行书，“妙知笔意”，“今（引按：

---

① 参见岑仲勉《唐史余渖》卷3《刘濛之父祖》条考，上海古籍出版社，1960。

北宋）御府所藏行书二：《赠詈（辩）光草书歌》、《赠詈（辩）光草书诗》。”[①] 表圣之精通书艺之道，当受到其父的影响。可见表圣出身仕宦之家、诗书门第，其祖父、父亲均官至“从五品上”。

（3）关于表圣之家世信仰及其本人之思想。唐代儒道释并重，士大夫亦多持三教并重之思想，据今《文集》卷二《山居记》：“愚以家世储善之祐，集于厥躬，乃像刻大悲，跂新构于西北隅，其亭曰证因。”表圣之家世信仰主要为佛教，并兼崇道教，结合表圣之生平思想，可以考知，虽然其儒家思想特别突出，但其出处修身也属儒道释三教并重者。

司空舆一生受到卢载和裴休的赏识和提拔，而与裴休的关系最为密切。按：裴休，《旧书》卷一七七、《新书》卷一八二有传。据《旧书》裴休传，其生于唐德宗贞元七年，卒于懿宗咸通五年，字公美，河内济源人，性宽惠，善为文，“长于书翰，自成笔法。家世奉佛，休尤深于释典。太原、凤翔近名山，多僧寺。视事之隙，游践山林，与义学僧讲求佛理。中年后，不食荤血，常斋戒，屏嗜欲。香炉贝典，不离斋中；咏歌赞呗，以为法乐。”

表圣之《书屏记》曰：“庚子岁遇乱，自虞邑居负之（指徐浩书法真迹之书屏四十二幅）置于王城别业，丙辰春正月，陕军复入，则前后所藏及佛、道图记共七千四百卷，与是屏皆为灰烬，痛哉！”由此，可见其家藏佛、道经书之丰富，表圣受到佛、道思想之濡染和熏育，盖起自童年时期。《山居记》所谓“家世储善之祐”云云，据文意可证佛教乃表圣之家世信仰之一，此是理解表圣之诗论思想的一个关键之处。由上述，盖可推证“家世奉佛”的裴休，之所以提拔、赏识司空舆，除二人因同好书法而投缘外，二人应该还有共同信仰佛教的缘故。换句话说，裴休对司空舆之影响主要有二：一为书法，一为佛学，这当也影响及表圣。同时也要看到表圣家世也有道教的信仰，表圣当然也就受到道家哲学思想的深刻影响，因为道教的义理和形而上的哲学精神，是与老庄等道家人物的哲学思想分不开的（当然其间有分别）。《司空表圣诗集》（下称《诗集》）有《自戒》五言古诗，充分说明了上面所论：“我祖铭座右，嘉谋诒厥孙，勤此苟不怠，令名日可存。媒衒士所耻，慈俭道所尊，松柏岂不茂，桃李亦自繁，众人皆察察，而我独昏昏，取训于老氏，大辩欲讷言。”[②] 又，表圣出身以儒家思想为准则而贯穿其一生，而其修身可谓崇佛而兼道，尤其是其中晚年更是如此。《诗集》卷一《山中》诗云：“名应不朽轻仙骨，理到忘机近佛心。”二句可以概括表圣后半生的思想心态，表圣可谓是唐代士大夫较为普遍地具有“外儒家而内释老”思想的一个典型代表。

① 《宣和书谱》卷9，《丛书集成初编》本。

② （唐）司空图《司空表圣诗集》卷1，《四部丛刊》本。

（4）关于李戎事迹考。《书屏记》中，有“时李忻州戎亦以草隶著称，为计吏（引按：官职名）在蒲”句，较为重要，历来无考。今按：《太平广记》有《虞乡道士》一则，出唐张读（大中六年中进士，传附见新、旧唐书之《张荐传》）所撰《宣室志》，其云：“虞乡有山观，甚幽寂，有涤阳道士居焉。大和中，道士尝一夕独登坛望，见庭忽有异光，自井中发。俄有一物，其状若兔，其色若精金，随光而出，环绕醮坛。久之，复入于井。自是每夕辄见。道士异其事，不敢告于人。后因淘井，得一金兔，甚小，奇光烂然，即置于巾箱中。时御史李戎职于蒲津，与道士友善，道士因以遗之。其后戎自奉先县令为忻州刺史，其金兔忽亡去，后月余而戎卒。”[①] 此李戎与《书屏记》所记之李戎，盖即一人。可见李戎原由奉先令转任忻州刺史。（按：忻州亦属河东道，离中条山亦不甚远。）李戎“为计吏在蒲”，将徐浩之书法真迹书屏四十二幅，赠送给亦善书法的司空舆，以为祝寿之礼。李戎具体卒年及其他事迹不详。

又，中条山乃道教“七十二福地”之一。虞乡一带（中条山等处），不仅有佛教寺院，亦有道教庙观，该地佛道二教当都较为兴盛。《云笈七签·洞天福地部》载“七十二福地”曰：“第六十二中条山，在河东府虞乡县管，是赵仙人治处。”[②] 晚唐诗人郑遨，昭宗时，举进士不第，入少室山为道士，后徙居华阴。其有《题中条静观》诗曰：“松顶留衣上玉霄，永传异迹在中条。不知揖遍诸仙否，欲请还丹问昨宵。”（《全唐诗》卷八五五）此可证中条山亦有道观。表圣谓其家“前后所藏及佛、道图记共七千四百卷”，可见表圣论诗亦受到道家和道教之观念影响，是有其思想上的原因的。

总之，表圣晚年，其佛、道家思想尤重，其取号“耐辱居士”，即源自老子思想。表圣晚年论诗，明显受到道家和佛教思想的深刻影响，此并不与表圣最终确因儒家之忠君思想影响（“闻辉王遇弑于济阴”）而“不食而卒”相矛盾。盖儒、道并非绝对对立，有互补性和融通处，此历来所公论。又就出处立身而言，儒家本有“达则兼济天下，穷则独善其身”之思想，持“外儒家而内释老”思想之文人，在表圣之前及同时，亦已成为“传统”；就传统诗学而言，论“为文之用心”，采纳道家、佛教思想论之，在表圣之前，渊源有自矣，且亦属创作实践之事实。

三、司空图所著、编、注、补述之著作综述

（1）表圣自撰的著作。据《司空表圣文集序》，表圣曾撰有《密史》若干卷，

① （宋）李昉等编辑《太平广记》卷400，文渊阁《四库全书》本。
② （宋）张君房编《云笈七签》卷27，《道藏要籍选刊》本，上海古籍出版社，1989。

可能是其第进士前之所作，于光启三年退居王官谷时进行重新整理编定，《密史》今佚。《宋诗纪事》载俞允《王官谷十咏》（原录四首）之《石砚》诗有“悯时著《密史》”句，下注曰：“表圣所著《密史》，深救时病。”[①] 这或可说明《密史》曾有刻本，至宋代尚存。

光启三年（五十一岁），表圣首次自编其诗文为《一鸣集》（又称为《前集》）；天复二年秋（六十六岁），表圣避乱至淅上，曾再次编撰《一鸣集》，大概是将光启三年后至乾宁二年的部分诗文收入《一鸣集》，所谓“驾在石门年秋八月，愚自关畿窜淅上，所著歌诗累年首，题于屋壁，且入前集。”（《文集》卷四《〈绝麟集〉述》），并又将未收入《一鸣集》的“杂言”及乾宁二年后的诗文，编为一集，题曰《绝麟集》（或称《后集》），所谓“壬戌春，复自擅（檀）山至此，……盖此集杂言，实病于负气，亦犹小星将坠，则芒焰骤作，且有声曳其后，而可骇者撑霆裂月，挟之而共肆其愤，固不能自戢耳。”（《〈绝麟集〉述》）《绝麟集》是否曾有刻本流传不详，今佚。《新唐书·艺文志》（亦见于宋、明有关书目著录）的《一鸣集》三十卷本，今佚。《一鸣集》三十卷本可能为司空荷重新编次，是否为表圣生前所编之原貌、是否此中包括了《绝麟集》的作品，今不能确考。

《直斋书录解题》著录“《一鸣集》十卷”[②]，今存宋蜀刻本《司空表圣文集》十卷[③]，当即为该著录本，也是《四库全书》本、《四部丛刊》本（所谓某“旧抄本”）之《司空表圣文集》十卷本的祖本。《罗谱》谓“丛刊本文集体例与库本同，盖因后人窜改，非其旧。”是。《司空表圣文集》十卷本，共录表圣文七十一篇，其中一篇即《司空表圣文集序》，宋蜀刻本、四部丛刊缩印旧抄本、刘氏嘉业堂本、四库本皆冠于卷首，而《全唐文》卷八〇七题作《中条王官谷序》，疑非其旧。《序》文有“乃以中条别业‘一鸣’以目其前集，庶警子孙耳”云云，后或视之为《一鸣集》的原《序》，当是。《全唐文》卷八〇七至八一〇编录表圣文四卷，基本与《文集》同，而进行重新编排。清陆心源编《唐文拾遗》卷三十三[④]，据《北梦琐言》考表圣有《李公磎行状》佚文一篇，存原文数句。嘉业堂本《司空表圣诗集》末附录中[⑤]，辑有表圣佚文《〈荥阳族系记〉序》一篇，注明辑自《麟溪集》，《四库全书总目》卷一九一《集部·总集类存目一》著录“《麟溪集》二十二卷，别集二卷”。提要曰：“明郑太和编”。检《四库全书存目丛书》之《麟溪集》，知

---

① （清）厉鹗编撰《宋诗纪事》卷27，第683页，上海古籍出版社，1983。

② （宋）陈振孙撰《直斋书录解题》卷16，文渊阁《四库全书》本。

③ 北京图书馆所藏宋蜀刻本《司空表圣文集》10卷，上海古籍出版社影印，1994。

④ （清）陆心源编《唐文拾遗》，上海古籍出版社影印本《全唐文》附，1990。

⑤ （唐）《司空表圣诗文集》（线装二册），刘氏嘉业堂丛书本，文物出版社，1982。

该文附见于“别篇下”，注曰：“此一卷，乃唐宋诸儒所作，系遂安郑氏所藏，以与谱图相关也，回（引按：指撰《族系记》的郑回）附刊于此。”[①] 该文是否曾收入《一鸣集》三十卷，今不能确考。

《直斋书录解题》卷十六又著录《司空表圣集》十卷（诗集），佚。《唐五代文学编年史》谓：《全唐诗》卷六三二至六三四编其诗为三卷，卷八八五补十首，卷八九一补词一首[②]。《唐才子传校笺》第五册补正《梁笺》曰：“今《一鸣集》三十卷不存。《万首唐人绝句》卷五六至五八录表圣七绝二百三十余首，卷八九录五绝七十五首，当即录自三十卷本之原集。今传《司空表圣文集》十卷、《司空表圣诗集》五卷，前者当即三十卷本之残编，后者则为明末胡震亨所辑，即《唐音戊签》七四之司空表圣诗。”[③]。此考是，参见祖保泉先生《〈司空表圣诗集〉由来考》一文[④]；又，丛刊本《司空表圣诗集》中有几首诗，非司空图所作[⑤]。

（2）表圣之编、注、补述的著作。表圣在广明元年秋（四十四岁），时在朝任礼部员外郎，编“交游之内”的当时文人诗、赋等作为《擢英集》，《擢英集》有无刻本流传不详，今佚，存表圣所撰序文《〈擢英集〉述》（见《文集》卷十）。

天祐二年秋（六十九岁），表圣应召至洛阳朝参哀帝，乞归或准，诸臣咏诗为之送别，表圣遂编之为《寿星集》，《寿星集》是否曾有刻本流传不详，今亦佚，存序文《寿星述》（见《文集》卷十）。

景福元年（五十六岁），表圣拜谏议大夫时，注有《〈愍征赋〉注》（一卷）[⑥]，今佚。按：《新书》卷六十《艺文志四》载：“卢献卿《愍征赋》一卷”，故其注本当亦为一卷。今其《文集》卷十有《注〈愍征赋〉述》（或为《〈愍征赋〉注》之序文）、《文集》卷二有《注〈愍征赋〉后述》（补述其事）。

光启三年，表圣曾补述其父司空舆所著家谍《照乘传》，又补其舅刘权（时刘权已卒，权另著有《刘氏洞史》或作《洞史》二十卷或作三十卷，《新书·艺文志》有著录）所撰《赞祖彭城公中兴事》，该书乃刘权记述其祖父彭城公刘晏事迹，刘晏乃表圣母亲之曾祖父，故表圣十分重视，而加以补述。

---

① 《四库全书存目丛书》据北京图书馆所藏明成化十一年影印，齐鲁书社，1987。

② 傅璇琮主编《唐五代文学编年史》（《五代卷》），辽宁辽海出版社，1998。

③ 《唐才子传校笺》第5册第437页，同上。

④ 祖保泉师《〈司空表圣诗集〉由来考》，《安徽师范大学学报》1999年第3期。

⑤ 参阅祖保泉师《“〈戊签〉七十四”中的互见诗考辨》，《安徽师范大学学报》2000年第1期。

⑥ （唐）孟棨《本事诗·征咎第六》：“范阳卢献卿，大中中，举进士，词藻为同流所推。作《愍征赋》数千言，时人以为庾子山《哀江南》之亚。今谏议大夫司空图为注之。”第20页，丁福保《历代诗话续编》本，中华书局1983。

另外，陈继儒《太平清话》载有耐辱居士《墨竹笔铭》一篇[①]，乃后人伪托之作。《四库全书总目》“提要”已辨明“其为伪撰”[②]。《诗品》（又称《二十四诗品》）的著录较晚，明代以来毛晋等人始明确著录，题为表圣作，郭绍虞《诗品集解》一书附录有关明清以来的书目著录提要和序跋较全，可以参考，此处不赘。《二十四诗品》的文本，在宋（?）、元时代已有流传，被抄录进《诗家一指》等书，但题曰表圣作，（就目前可以考见的文献看）时代较晚，而毛晋等人著录为表圣作之依据不明，今人遂对《二十四诗品》是否为表圣所作的问题提出了疑问，有否定者、持疑者和倾向于肯定者三派意见[③]，笔者以为对此还需进一步研究。以上综考，或有谬误之处，诚盼专家和读者指正。

① 参见（明）陈继儒《太平清话》卷2，《丛书集成初编》本。

② 《四库全书总目提要》卷151《司空表圣文集》“提要”，中华书局，1965。

③ 近年关于《二十四诗品》作者问题的讨论，可参见汪泓：《司空图〈二十四诗品〉真伪辨综述》，《复旦学报》1996年第2期；王步高：《关于〈二十四诗品〉作者问题的争鸣》，《晋阳学刊》1998年第6期；程国赋：《世纪回眸：司空图及〈二十四诗品〉研究》，《学术研究》1999年第6期，等。

司空图“味外之旨”说新论*

一、引　论

在中国古代的“艺味说”（本文用来指中国古代以“味”论“艺”的种种理论批评观点和范畴）中，六朝以后，以“味”论“诗”最为繁盛，如果把词（乃至散曲、小令）也包括进“诗歌”的范围内，那么有关“诗味”说的观点以及提出的概念、范畴，就更加丰富了，即使采用罗列的方法，也会有遗珠之憾。但就“诗味”说的理论深度而言，用“味”来对“诗性”（诗的审美特质）进行理论分析，对这种“诗性”的美感进行概括，至晚唐司空图（837—908）提出“味外之旨”（即“味外味”）说，已经达到最高的理论深度，作为美学范畴之“味”的核心理论内容已经得以彰显。这是从“味外之旨”说及其密切相关的“韵外之致”、“象外之象”、“景外之景”等观点所具有的普遍理论意义的角度看问题的；同时，“味外之旨”与“韵外之致”等观点又具有司空图自己的审美理想的个性特点，如其崇尚“澄淡精致”的审美“趣味”等，这两个方面对后代都产生了重要影响。对司空图的“诗味”论，研究者众多，本文在前人的基础上进行了重新分析检讨，并对司空图的“味外之旨”说与禅学的关系、“味外之旨”与“韵外之致”说及其与诗之“境”、“格”的关系等问题，作出了新的考论。

司空图最早以“味”论诗，见于《王驾评诗书》和《题柳柳州集后》，前文有所谓“右丞、苏州趣味澄敻，若清沇之贯达。”后文有所谓“今于华下方得柳诗，味其深搜之致，亦深远矣。”① 可见司空图很早就对“诗味”的问题进行过思索。“韵外之致”与“味外之旨”说，是司空图在《与李生论诗书》（《文集》卷二）中提出的。他说：

---

* 编按：本文原题为《“味外之旨”说——司空图“诗味”说新论》，发表于《中国文化研究》2003 年第 4 期。今又加以修订，并增加若干引文注释。

① 本文所引司空图诗文，均据《司空表圣诗文集笺校》，业师祖保泉先生与笔者合作笺校，安徽大学出版社，2002。又所引《司空表圣文集》、《司空表圣诗集》，直接于文中（均简称《文集》、《诗集》）注明卷数，以避烦琐。

> 文之难，而诗之难尤难。古今之喻多矣，愚以为辨于味而后可以言诗也。江岭之南，凡足资于适口者，若醯非不酸也，止于酸而已；若鹾非不咸也，止于咸而已。华之人所以充饥而遽辍者，知其咸酸之外，醇美者有所乏耳。彼江岭之人习之而不辨也，宜哉。诗贯六义，则讽谕、抑扬、渟蓄、温雅，皆在其间矣。然直致所得，以格自奇。前辈编集，亦不专工于此，矧其下者耶！王右丞、韦苏州，澄淡精致，格在其中，岂妨于遒举哉？贾浪仙诚有警句，视其全篇，意思殊馁，大抵附于蹇涩，方可致才，亦为体之不备也，矧其下者哉！噫，近而不浮，远而不尽，然后可以言韵外之致耳。……盖绝句之作，本于诣极，此外千变万状，不知所以神而自神也，岂容易哉？今足下之诗，时辈固有难色，倘复以全美为工，即知味外之旨矣。

《与李生论诗书》中引自己所作《元日》诗，有句曰："甲子今重数，生涯只自怜。"据此知该文约撰于唐哀帝天祐元年或稍后，时司空图已六十八岁，退隐于离虞乡（在今山西省永济县虞乡镇）不远的中条山王官谷。司空图一生以赏诗作诗自负，早在他五十多岁隐居华阴不久时，他就在诗中唱到："浮世荣枯总不知，且忧花阵被风欺。侬家自有麒麟阁，第一功名只赏诗。"（《力疾山下吴村看杏花十九首》之六，《诗集》卷五）因此，可以说《与李生论诗书》中提出的"诗味"论及其有关观点，确实是司空图一生赏诗作诗的"心得"，绝非写给李生这封"书信"时的一时兴到之论。

从上面的引文看，所谓"韵外之致"与"味外之旨"，简单地说，就是认为优秀的诗歌要能给人一种富有"韵味"的美感，令人体会到"诗外"的风神远致，从而产生回味无穷的美感享受，难以言说的审美愉悦；而这种"美感"是由诗歌那种意象鲜明而具体、切近而不浮泛，意蕴深远而含蓄的"意境"产生的。所谓"辨味"，第一步就是要品别诗歌是否具有这种"醇美"、"全美"，还是仅仅只有一种单薄的滋味，因为这是艺术的优劣、高下乃至雅俗的分别；第二步就是要具体品别"韵外之致"、"味外之旨"的不同，这是优秀诗歌的"个性差异"问题。

从"艺境"与"艺味"的关系讲，司空图这种"诗味"论，可以说是唐代以至明清时期，艺术家和艺术理论批评家对诗、书、画、乐等艺术境界的创造（可以统称为"艺境"）与艺术美感的产生的共同要求，也是中国古典抒情艺术的普遍的审美理想。所以，将司空图的"诗味"说，分析清楚，基本上就可以将其后的各种"诗味"、"词味"乃至"画味"等（可以统称为"艺味"）有关主要观点讲明白，也能将各种"味"的范畴的核心理论内容抓住，如果逐朝逐代对有关"味"的范畴作"客观历史"式的描述，虽然较为细致全面，但容易掩盖"艺味说"本身的逻辑发展线索。从艺术哲学的角度讲，美学范畴的发展也和哲学范畴一样，具有历史的和逻辑的统一性，这个“历史”乃是范畴自身的演变发展的“历史”，符合“逻辑的”才是符合“历史的”。

二、“味外之旨”说及其与禅学之关系考论

“味外之旨”即“味外之味”（或说“味外味”），其意较为明白，“旨”是美、美味的意思。如《论语·阳货》：“食旨不甘，闻乐不乐”，《诗·小雅·鹿鸣》：“我有旨酒，以燕乐嘉宾之心。”其中的“旨”，都作“美味”解。唐代还出现“旨味”连用一词，《佩文韵府》举出几条例证，如《新唐书·儒学传》：“（元澹）尝谓狄仁杰曰：‘下之事上，譬富家储积以自资也，……门下充旨味者多矣，愿以小人备一药石，可乎？”“旨味”即美味的意思。又，韩愈（768—824）《送王含序》：“吾少时读《醉乡记》（按：王绩著），私怪隐居者，无所累于世，而犹有是言，岂诚旨于味邪？及读阮籍、陶潜诗，乃知彼虽偃蹇不欲与世接，然犹未能平其心，或为事物是非相感发，于是有托而逃焉者也。”[①] 按：“旨于味”之“旨“，作动词，即“味于味”的意思。苏轼亦已间接指出“味外之旨”就是“味外味”，其《书司空图诗》曰：

> 司空图表圣自论其诗，以为得味外味（按：即据《与李生论诗书》而言）。“绿树连村暗，黄花入麦稀。”此句最善。又云：“棋声花院静，幡影石坛高。”吾尝游五老峰，入白鹤院，松阴满庭，不见一人，惟闻棋声，然后知此句之工也，但恨其寒俭有僧态。若杜子美云：“暗飞萤自照，水宿鸟相呼。”“四更山吐月，残夜水明楼。”则才力富健，去表圣之流远矣。[②]

司空图《独望》一诗，他自己视为得意之作，列举在《与李生论诗书》中，诗曰：“绿树连村暗，黄花入麦稀。远陂春早渗，犹有水禽飞。”（《诗集》卷二）南宋何汶《竹庄诗话》曰：“东坡云：图诗得意外味，如‘绿树’一联最善。”[③] 何汶

---

① 以上引见（清）《御制佩文韵府》“味”字诸条，文渊阁《四库全书》本。

② 引见（宋）苏轼《东坡志林》卷10，文渊阁《四库全书》本。按：《丛书集成初编》本《东坡题跋》卷2，“味外味”作“味于味外”，误。苏轼《书司空图诗》广为宋代时期诗话征引。一般均作“味外味”，如（宋）胡仔《苕溪渔隐丛话》卷8，亦作“味外味”等，文渊阁《四库全书》本。或引作“意外味”又或“味外意”均误。因“味外味”，明清诗话、书画理论著作中多用之，又乃本文之关键词，故特作此注。

③ （宋）何汶《竹庄诗话》卷23《警句上》，先录苏东坡《书司空图诗》一文中所据司空图和杜甫的各两联诗，然后引东坡之论，实即本东坡原话抄录，因此可断定作“意外味”为误。第436页，常振国、绛云点校本（原本于文渊阁《四库全书》本），中华书局，1984。又（宋）阮阅《诗话总龟》（文渊阁《四库全书》本）卷8引作“味外意”，亦误。

所论，即据上引苏轼《书司空图诗》一文而言的，“意外味”当乃“味外味”之误。南宋曾季狸《艇斋诗话》又云：“东坡‘纤纤入麦黄花乱’，用司空图‘绿树连村暗，黄花入麦稀’之句。”[①] 苏轼《书黄子思诗集后》曰：

> 唐末司空图崎岖兵乱之间，而诗文高雅，犹有承平之遗风。其论诗曰：“梅止于酸，盐止于咸，饮食不可无盐梅，而其美常在咸酸之外。”[②]

所以，宋代以后有些论者直接说司空图提出“味外味”说，这是符合原意的表述，而更加明确。前人早已指出苏轼《书黄子思诗集后》说司空图“论诗曰”云云，也就是根据《与李生论诗书》中的比喻“改写”的。《尚书·说命（下）》云：“若作和羹，尔惟盐梅”[③]；葛洪《抱朴子》外篇《辞义》云：“所谓考盐梅之咸酸，不知大羹之不致。”[④] 刘勰《文心雕龙·声律》说“声得盐梅，响滑榆槿。”[⑤] 苏轼的“改写”，是用《尚书·说命》等“典故”而再根据司空图的原意加以表述的，这样更加清楚明白。

六朝时期提出的许多“味”的美学范畴，其中以刘勰论“隐秀”而提出的“余味”说、钟嵘论五言诗之美而提出“滋味”说为代表。而在唐代司空图之前，王昌龄（约698—756）、皎然（生卒年不详，唐开元至贞元时期人）也有关于“诗味”的论述。司空图的“味外之旨”说当然会受到前人的影响。如王昌龄论诗曰：“理入景势者，诗不可一向把理，皆须入景，语始清（有）味[⑥]；理欲入景势，……其景与理不相惬，理通无味。”又曰：“景入理势者，诗一向言意，则不清及无味；一向言景，亦无味。事须景与意相兼始好。”（《文镜秘府论》地卷）这是从创作角度作出的非常具体的论述，意思是“理”与“景”要结合起来，这样的诗才有“味”。皎然《诗议》云：

> 夫诗工创心，以情为地，以兴为经，然后清音韵其风律，丽句增其文采。

---

① （宋）曾季狸《艇斋诗话》，引见丁福保辑《历代诗话》（上册）本，第310页，中华书局，1983。又，苏轼《游张山人园》诗云：“壁间一轴烟萝子，盆里千枝锦被堆。惯与先生为酒伴，不嫌刺史亦颜开。纤纤入麦黄花乱，飒飒催诗白雨来。闻道君家好井水，归轩乞得满瓶回。”引据《东坡全集》卷9，文渊阁《四库全书》本。

② 引据（宋）苏轼《东坡全集》卷93，文渊阁《四库全书》本。

③ （唐）孔颖达等《尚书正义》，引据（清）阮元校刻《十三经注疏》本，上册第175页，中华书局影印，1980。

④ （晋）葛洪《抱朴子》外篇卷40，《诸子集成》本第8册第182页，上海书店影印，1986。

⑤ 见范文澜《文心雕龙注》第554页，人民文学出版社，1958。

⑥ 王利器《文镜秘府论校注》曰：“‘味’上，疑脱‘有’字。”第131页，中国社会科学出版社，1983。

如杨林积翠之下，翘楚幽花，时时间发。乃知斯文，味益深矣。[1]

这也是从诗的"情"（侧重情志）、"兴"（侧重兴象）及诗"韵"的乐感美和诗句的文采美等方面分析"诗味"的。刘禹锡（772—842）《答柳子厚书》也说过："余吟而绎之，顾其词甚约，而味奫然以长。"[2] 按：奫，本义指泉水；奫然，指水波深广的样子，这是说柳宗元的散文具有语言简洁而意味深长的特点。虽然王昌龄、刘禹锡及皎然等人对诗的"意境"的研究相当深入，但就诗之"味"的美学范畴本身而言，讲如何有"味"，讲诗歌之"味"的"深"，讲散文之"味"的丰富等，都在理论深度上离"味外之旨"说差一阶级，还停留在刘勰的"余味"说的水平上。

司空图之所以能提出"味外之旨"说，除了他自己长期"赏诗"，沉潜诗美之中而获得体会的原因外，当受到禅宗思想的启迪，主要可能受到百丈禅师所谓"我有一句子，百味具足"等禅宗公案话头的影响。对此还没有人讨论过，需要略作初步的考证说明。

司空图和诗僧有来往，今可以明确查证的有诗僧齐己，有《寄华山司空图》一首（《全唐诗》卷八四〇）；诗僧尚颜，有《寄华阴司空侍郎》一首（《全唐诗》卷八四八）；诗僧虚中，有《寄华山司空图二首》（均为五律），司空图亦有赠答，其《言怀》佚诗，存有"十年华岳山前住，只得虚中一首诗"两句（或作"十年太华无知己，只得虚中两首诗"），表现了司空图对虚中能知己的喜悦之情。这些往来的赠诗答诗，大约都写在司空图在华山过着亦官亦隐而以隐退为主的十余年的生活时期（约在大顺元年至天复二年秋，司空图五十四岁至六十五岁）。诗僧们也喜好谈诗，如著名诗僧贯休《酬韦相公见寄》诗，有"盐梅金鼎美调和，诗寄空林问讯多"二句（《全唐诗》卷八三五），这也是以"味"来论诗。司空图不仅为禅僧写过赞文（《文集》卷九有《香严长老赞》），也为寺庙作过碑记（《文集》卷九又有《泽州灵泉院记》）等，而且在其诗文中还表现过一定的佛教思想。值得注意的是《诗集》卷三有《漫书》诗曰：

乐退安贫知是分，成家报国亦何惭；
到还僧院心期在，瑟瑟澄鲜百丈潭。

这其中的"百丈潭"当不是一般的比喻，而是指百丈禅师那样的禅境（前句有

① 引见王利器《文镜秘府论校注》（南卷），第329页，同上。

② 引见（唐）刘禹锡《刘宾客文集》卷10，文渊阁《四库全书》本。参见《刘禹锡全集》卷14，上海古籍出版社，1999。

“僧院”二字可以推证)。百丈即指唐洪州百丈山大智禅师怀海(720—814),住洪州百丈山,故称百丈禅师,这一派禅学称为“洪州禅”,属南宗禅的南岳(怀让)一系。怀海始创禅门之规式,称《百丈清规》,极有影响,今天还存有元代百丈山德辉禅师奉赐修改的《百丈清规》(称《敕修百丈清规》八卷)。

洪州禅的创始人是马祖(道一),怀海是其门下的“首座”,其后这派势力愈盛,形成禅学史上有名的唐代“洪州宗”。洪州禅主张顺乎自然,标榜顿悟,其特点是“触类是道”[①]。《古尊宿语录》卷一记载“马祖语录”有“住于一味即摄众味”的观点[②]。唐代云门宗其中一支是药山惟俨(生卒年不详,与怀海同时期人),惟俨传云岩昙晟(782—841)。药山也熟悉怀海的禅论,《五灯会元》卷五《百丈怀海禅师》中记载说:“师有时说法竟,大众下堂,乃召之。大众回首,师曰:‘是甚么?’药山目之为百丈下堂句。”[③] 而昙晟曾“参百丈海禅师二十年”,海禅师即指怀海,无误。据《五灯会元·云岩昙晟禅师》记载:

> 潭州云岩昙晟禅师,钟陵建昌王氏子,少出家于石门,参百丈海禅师二十年,因缘不契。后造药山,山问:“甚处来?”曰:“百丈来。”山曰:“百丈有何言句示徒?”师曰:“寻常道:我有一句子,百味具足。”山曰:“咸则咸味,淡则淡味,不咸不淡是常味。作么生是百味具足底句?”师无对。山曰:“争奈目前生死何!”师曰:“目前无生死。”山曰:“在百丈多少时?”师曰:“二十年。”山曰:“二十年在百丈,俗气也不除。”[④]

钟陵,即今江西南昌,唐属洪州[⑤]。司空图的父亲司空舆曾受到裴休的赏识和提拔,唐武宗会昌元年至会昌三年(841—843),裴休任西观察使,司空舆亦“以书受知于裴公休,辟倅钟陵”(《文集》卷三《书屏记》),任裴休的副使或从事之类的职官,裴休和司空舆都崇信佛教[⑥]。在《书屏记》中,司空图说他家“所藏及佛、道图记,共七千四百卷”,藏书中的佛、道著作当有一部分属于司空舆购买的。

百丈怀海禅师和云岩昙晟禅师,在当时都是著名的禅师,洪州禅也很盛行,司空图很早熟悉他们的思想言论,是理在其中的事情。司空图在《香严长老赞》中

---

① 参见吕澂《中国佛学源流略讲》第234-236页,中华书局,1979。

② (宋)赜藏编《古尊宿语录》卷1,引见《佛藏典籍选刊》第11册第206页,上海古籍出版社影印,1994。

③ (宋)释普济编《五灯会元》上册第163页,苏渊雷点校本,中华书局,1984。

④ (宋)释普济编《五灯会元》上册第273页,同上。

⑤ (后晋)刘昫等《旧唐书》卷40《地理志(三)》:“钟陵:汉南昌县,豫章郡所治也。隋改为豫章县,置洪州,炀帝复为豫章郡。宝应元年六月,以犯代宗讳,改为钟陵,取地名。”中华书局,1975。

⑥ 参见拙著《司空图年谱汇考》第43-45页,(北京)华文出版社,2002。

说："大师之旨，吾久得之"，说明他确实对禅宗思想有过关注乃至领悟。按：《五灯会元》卷四载有百丈怀海禅师的法嗣香严义端禅师的语录和事迹，是邓州香严寺下堂禅师，晚唐时期香严寺还有名僧智闲禅师，司空图所说的"香严长老"究竟指谁，难以考定，但邓州香严寺禅学传百丈法嗣，是基本可以确定的事[①]。百丈怀海说的"我有一句子，百味具足"，既为他"寻常道"（经常说这句话），当较为流行，而药山说："咸则咸味，淡则淡味，不咸不淡是常味。作么生是百味具足底句?"这一"悖论"性的反问，并非要否定百丈所论，而是启迪昙晟悟禅的话，要他不要"死于言下"。反问之论，当也有流传。所谓"百味具足"，意思就是说非"咸味"、非"淡味"、亦非不咸不淡的"常味"，而又是"咸味"、是"淡味"、亦是不咸不淡的"常味"，领悟这其中具足的"百味"，领悟这种"百味"之外的"义理"，实质就领悟了"拈花微笑"、"不立文字"的禅谛。

百丈怀海门下传人后来形成沩仰宗和临济宗。临济宗是怀海门人黄檗（山）希运（？—850）开始创立的，希运"唐大中年（间）终于本山，谥断际禅师"。唐大中十一年，裴休撰《黄檗山断际禅师传心法要序》，文曰："有大禅师，法讳希运，住洪州高安县黄檗山鹫峰下，乃曹溪六祖之嫡孙，西堂百丈之法嗣。"又曰："予会昌二年廉使于钟陵，自山迎至州憩龙兴寺，旦夕闻道。大中二年廉于宛陵，复去礼迎至所部，安居于开元寺，旦夕受法，退而纪之，十得一二，佩为心印，不敢发扬。"[②] 可见，裴休师学僧希运多年，其"廉使于钟陵"时，司空舆为其幕僚。可以推想崇信佛教的司空舆，也跟裴休一道曾"受法"于希运等高僧的。这为司空舆及司空图熟悉百丈禅师怀海的思想言论，提供了最有力的证据。

与希运同时的有庐山归宗寺智常禅师，《五灯会元·归宗智常禅师》记载有"一味禅"的禅论：有某僧来参禅，智常只是棒打呵斥：

> 僧辞，师问："甚么处去?"曰："诸方学五味禅去。"师曰："诸方有五味禅，我这里有一味禅。"曰："如何是一味禅?"师便打。僧曰："会也！会也!"师曰："道！道!"僧拟开口，师又打。[③]

所谓"一味禅"，意即马祖所谓"住于一味即摄众味"的意思。这些和百丈"我有一句子，百味具足"的禅之公案话头，都为时人所熟悉的，对文艺批评中以"味"论"艺"（特别是论"诗"）的风气产生一定的影响，也是客观存在的，故可能启迪司空图由此提出"味外之旨"来论诗。

---

① 参见《司空表圣诗文集笺校》第301-302页笺文，同上。
② 引见（清）董诰等编辑《全唐文》卷742，上海古籍出版社影印，1990。
③ （宋）释普济编《五灯会元》上册第145页，同上。

所谓“味外之旨”，就是说诗歌所运用的语言、声韵以及主体的“意”、“理”、“情”与审美对象的“景”和要表述的“事”等构成的整体“意象”，共同造成一种特殊的诗“境”（意境），这是有“味”的——这是第一层次的美感（清代袁枚称之为“味内味”），这已经是一首诗的“整体的”美感，犹如用醋、盐等调料调制出的佳肴（已经不是醋是酸味，盐是咸味的境界）；读者赏玩此诗“境”，品尝其诗“味”（第一层次的美感），深受艺术的感染，结合自己的审美经验和体会、想象，获得一种咀嚼不尽、久浸于心的“味”的享受——这是第二层次的美感（清代袁枚称之为“味外味”[①]），犹如品尝了用醋、盐等调料调制出的佳肴所获得的那种难忘的“醇美”滋味，这种滋味既不是用来作调料的醋之酸味、盐之咸味，可谓是“百味具足”。只有优秀的诗歌才能做到这一点，所以司空图说“以全美为工，即知味外之旨”。而“绝句”的体制短小，言词精炼，如果其诗“境”能够给人以上述这种两个层次的美感享受，就是最优秀的作品，是具有“全美”的作品。即使作家自己也很难说明白这种“醇美”诗“味”，故司空图最后跟李生说：“盖绝句之作，本于诣极，此外千变为状，不知所以神而自神也，岂容易哉?”指出李生的绝句诗作，已经写得不错，所谓“今足下之诗，时辈固有难色”，大约能有“局部的”的美感（“味”）而没有“整体的”美感，还没有具备能给人领会到第一层次的美感，当然就不会有第二层次的美感，因为第二层次的美感是建立在第一层次美感的基础上的；而有第一层次的美感，自会有第二层次的美感。比如说，李生的诗可能有一联警句很有“味”（有某种刘勰说的“辞味”），或者用韵好而有“味”（有刘勰说的声韵的“滋味”），或某一句状景很传神而有“味”，或者有些“理味”、“情味”等，就是只有“咸酸之味”而没有“咸酸之外”的“味”，即整体诗“境”没有达到“全美为工”的要求，还不是优秀的作品，所以没有“味外之旨”。诗歌“味外之旨”的两个层次的美感获得，是从诗“境”具有“象外之象，景外之景”的二重境界中获得的。要进一步理解和说明“味外之旨”所包含的理论意义和美学内涵，还须弄清楚司空图的“韵外之致”论等一系列相关观点。

三“味外之旨”说与“韵外之致”说的关系

关于“韵外之致”的“韵”，在现有中国文学理论批评史的著作中，主要有两种解释，一种认为是指“诗的语言”（包括韵律），“韵外之致”就是诗的言外之意，也就是刘勰《文心雕龙·隐秀》论“隐”所谓“文外之重旨”、“情在辞外”，

---

① （清）袁枚《随园诗话》卷6，第47则第185页，云：“司空表圣论诗，贵得味外味。余谓今之作诗者，味内味尚不能得，况味外味乎？要之以出新意、去陈言为第一着（下略）。”人民文学出版社，1960。

钟嵘《诗品序》论“兴”所谓“文已尽而意有余”，皎然《诗式》卷一《重意诗例》所谓“文外之旨”等论点的意思。“韵外之致”的理论根源是老庄和魏晋玄学所说的“言意”关系论。这些论说，大体也是不错的；另一种认为这里的“韵”乃是指气韵、风韵、神韵，是诗歌整体表现出来的艺术风貌，这一解释较前为胜，更符合司空图的原意。以上两种说法的分歧，主要在于“韵”字的解释上。刘勰、钟嵘等人还没有从诗歌的“意境”理论出发来论述问题，尽管刘勰、钟嵘的有关观点已经触及“意境”问题，但毕竟是不深入的。诗“境”的研究，正是刘勰的“余味”说到司空图的“味外之旨”说的转关所在。

仔细研究一下，就知道司空图所谓“韵外之致”的“韵”，就是皎然《诗式》中说的“风韵”的意思，就是诗歌的境界品格所显现出来的风致美，一种艺术魅力；“韵外之致”就是对诗歌的境界品格所显现出来的这种风致更高一层境界的要求，是风致之外的风致——就是说不仅要有艺术魅力，而且还要有一种别具的令人品味无穷的美。“韵外之致”相当于说“韵外之韵致”，类似于“味外之旨”的说法，有“韵外之致”就有“味外之旨”，所以有些学者把司空图的“韵外之致”与“味外之旨”，合称为“韵味”说，也是有道理的，因为从艺术美感讲，二者是统一的；但二者还是有些差别的，这种差别主要在于提出的出发点不同，“韵外之致”是从诗歌的“意境”的表现角度说的，而“味外之旨”是从读者的品味角度说的。

与文艺理论批评相关的“韵”（亦作“韻”）有几种不同的含义：“韵”的本义是指音乐之音，即和谐的声音、音韵（《说文解字》释“音”曰：“凡音之属，皆从音”），如蔡邕《弹琴赋》：“繁弦既抑，雅韵乃扬。”[①]。“韵”又可以指韵母或音节的收音，诗歌的押韵、韵脚等就是在这个意义上使用的，如刘勰说的“叠韵”的“韵”，《文心雕龙·声律》曰：“双声隔字而每舛，叠韵离句而必睽。”[②]“韵律”的“韵”就主要是这方面的含义。“韵”由此衍生出另外一种含义就是指诗、赋、词、曲的韵文作品（称为“韵”或“韵语”），如陆机《文赋》：“或托言于短韵，对穷迹而孤兴。”[③]《南史·谢弘微传》：“康乐（谢灵运）诞通度，实有名家韵。”“韵”又可以指人物的风雅、风度而言，有“韵”、“气韵”、“风韵”、“韵度”等概念，这是在六朝人物品评、清谈风气中得到普遍使用的术语、概念，如《世说新语·赏

---

① 引见（汉）蔡邕《蔡中郎集》卷4，文渊阁《四库全书》本。按：《弹琴赋》或作《弹琴颂》。

② 范文澜《文心雕龙注》，第552页，同上。

③ 本文引（晋）陆机《文赋》语，均见（梁）萧统编，（唐）李善注《文选》卷17，第224-228页，上海书店据世界书局影印（清）胡克家刻本，1988。参考业师张少康先生著《文赋集释》，人民文学出版社，2002。

誉》篇载："孙兴公为庾公参军，共游白石山，卫君长在坐。……庾公曰：'卫风韵虽不及卿诸人，倾倒处亦不近。'"又该书《任诞》篇载："阮浑长成，风气韵度似父"。[①] 又如《抱朴子》外篇《刺骄》："若夫伟人巨器，量逸韵远，高蹈独往，萧然自得（下略）。"[②] 这当是从"乐韵"的含义衍生而来的，因为余音娓娓，不绝有余，故可转而形容人物的超拔尘俗的精神境界（特别是具有道家的精神境界）及其所显现出来神姿风致。

文艺批评中不少"韵"的美学范畴，都与六朝人物品评所使用的"韵"的概念直接相关，南朝时期就已经把人物品评所使用的"韵"、"气韵"等概念运用到文学和绘画、书法的批评上。书法批评方面，如袁昂《古今书评》对殷均的书法提出"滋味终乏精味"的批评[③]，也就是要求书法要具有一种"精味"的美感体现。至于绘画方面，六朝时期人物画盛行，山水画才开始起步，当时的人物画追求"传神"，故将用来品评人物的"韵"、"气韵"等概念，转而用之于评画，指绘画那种"生动"的境界品格特征或绘画的创作表现上的"传神"（不限于人物画），如谢赫的《古画品录》论绘画"六法"的第一法，是"气韵生动是也"；其第二品评陆绥画曰："体韵遒举，风彩飘然，一点一拂，动笔皆奇"；又该品评顾景秀（按：原作评顾骏之语，乃误）画曰："神韵气力，不逮前贤，精微谨细，有过往哲。"[④] 其后也有发展，如宋代黄庭坚《题摹燕郭尚父图》说的"凡书画当观韵"的"韵"[⑤]，既有谢赫讲的"气韵"的含义，也有画境那种令人品味到无穷美感的意思，这两者本身是密切联系的。而在文学批评中，受到人物品评之影响，主要是从"体性"（作家的个性气质）出发来论述作家作品的"风格"特点，如刘勰《文心雕龙·体性》："安仁（潘岳）轻敏，故锋发而韵流。"而萧子显《南齐书·文学传论》："文章者，情性之风标，神明之律吕也。蕴思含毫，游心内运，放言落纸，气韵天成。"[⑥] 这里的"气韵"实际是指作品在整体上具有"自然的"（所谓"天成"）风貌、风致。

"韵"既可以用来指绘画的境界品格的"生动"性，转而用之，当然也就可以指诗歌作品的整体的境界品格所显现出来的风致美（风姿神态的样子）。这种含义的"韵"，既有侧重从诗"境"出发而言的，又有侧重从诗"格"出发而言的，因

---

① 引见余嘉锡《世说新语笺疏》第414页，第734页，上海古籍出版社，1993。

② （晋）葛洪《抱朴子》外篇卷27，《诸子集成》本第8册第152页，同上。

③ （南朝梁）袁昂《古今书评》，引据（唐）张彦远《法书要录》卷2，第59-61页，上海书画出版社，1956。

④ （南朝齐）谢赫《古画品录》，引见温肇桐《〈古画品录〉解析》之《古画品录（注释）》，第65-66页，江苏美术出版社，1992。

⑤ （宋）黄庭坚《山谷集》卷27，文渊阁《四库全书》本。

⑥ （南朝梁）萧子显《南齐书》卷52，中华书局，1972。

为不同的"格"是有不同的"境"决定的，而"境"是运用语言、韵律来表现的，所以包含语言、韵律，但决不等于语言、韵律，因为"境"是由审美"意象"产生的。只是在侧重讲"格"时，这种"韵"的含义偏向于讲语言、韵律表现"境"而显现的美感问题，所以专讲"格"时，有时就是讲句法等问题；在侧重讲"境"时，这种"韵"的含义又偏向讲"境界"品类所具有的不同美感的问题，与今天所说的作品"风格"有密切的联系，但也并不等于"风格"的概念。所以我们把这种"韵"，理解为"境界品格"所显现出来的风致美。

司空图以前，在诗歌理论批评中的典型用例，就是皎然《诗式》卷一论"辨（或作'辩'）体有一十九字"时提出的"风韵"的概念，他说："高：风韵切畅曰高"。意思就是说诗歌的"境界品格"如果达到"切畅"可以谓之"高"。"风韵"是诗歌的整体境界品格所显现出来的神姿风致，而"高"是这种"风韵"的特点，皎然把这种"韵"的含义表示得很明白。皎然在论"取境"时也提出过"风韵"的概念（《诗式》卷一）。这两处讲的"风韵"，与其《诗议》中所谓"然后清音韵其风律，丽句增其文采"的"韵"略有区别，"清音韵其风律"的"韵"是使动词，并且侧重从语言的韵律角度来讲诗"韵"美的产生问题，而且也是侧重诗歌的整体音乐美感而言的。皎然讲的"体"，与今天说的"风格"的含义大体相同，但也不是完全吻合的。"体"，主要是从诗歌的"境界"角度讲诗歌的"品格"，所以他说："其一十九字，括文章德体风味尽矣"。又，这个"风味"的"味"，也就是指诗歌境界品格的整体美感。上述这种意义上的"韵"，在后代也略有发展，如苏轼《书黄子思诗集后》中说的"远韵"的"韵"等，而宋代范温《论韵》直接解释说："有余意之谓韵"①。清方东树说："读古人诗，须观其气韵。气者，气味也；韵者，态度风致也。如对名花，其可爱处，必在形色之外（下略）。"② 花有花的"品格"，花的"韵"不是花的形色、"品格"本身，而是形色、"品格"所显现的"态度风致"，诗（包括"文"乃至书画）的"韵"也不是其语言声律本身，而是其"形色"（境界品格）所显现出的"态度风致"。如果说"韵"还有重要的特别含义的话，那就是清代王渔洋所说的"神韵"之"韵"，学术界对渔洋的"神韵"说的分析解释也有分歧。大体而言，渔洋所说的"神韵"的"韵"，不等于司空图所说的"韵外之致"的"韵"，而相当于"韵外之致"的整体含义。

司空图所说的"韵外之致"的"韵"，即相当于皎然说的"风韵"的"韵"，也就是说"韵外之致"的"韵"是指用语言、韵律表现出来的诗歌整体的境界品格

---

① （宋）范温《潜溪诗眼》，引见郭绍虞《宋诗话辑佚》（上册）之《增订潜溪诗眼》，第373页，中华书局，1980。

② （清）方东树《昭昧詹言》卷1，第85则，第29页，人民文学出版社，1961。

所显现出来的风姿、风致美，即方东树所谓“态度风致”；而“韵外之致”的“致”是指诗歌整体境界品格所显现的风姿、风致而别具的一种更加“生动”的魅力，就其字面意义而言，“韵外之致”就是说诗歌的“韵外”之“韵致”。这种“韵致”相当“人物”那种高雅的品质、超尘拔俗的精神境界所显现出一种风神远致、一种魅力。“韵”已经很“虚”，“韵外之致”更“虚”，几乎令人难以言说，这是一种非常细微的审美体验罢了，它不是一种“实在”的内容，而又是能够令人感受到的东西（美感）。为什么要把司空图的“韵外之致”的“韵”与诗歌的品“格”与“境”界联系起来呢？不仅是因为这样解释更为通达，而是与司空图的上下文的语言环境和他的其他诗文作品特别是论诗的文章中的观点联系起来进行考察分析的结果。

第一，在司空图的诗文中，也有把“韵”专门作“声韵的美”的含义来运用的，如《力疾山下吴村看杏花十九首》之十五云：“亦知王大是昌龄，杜二其如律韵清。还有酸寒堪笑处，拟夸朱绂更峥嵘。”（《诗集》卷五）这也是一首论诗诗，前两句是说杜甫的律诗工于韵律，有王昌龄律诗一样的“清韵”之美。“律韵清”的“韵”是指“声韵的美”，无误。但他亦喜欢沿用魏晋人物品评的方法，用“韵”来指人的精神境界和风神韵度。如《注〈愍征赋〉述》（《文集》卷十）称赞自己的忘年交卢献卿（《愍征赋》著者）：“人中则韵仰神仙，席上则价饶鹦鹉。”又，《偶诗五首》之一云：“闲韵虽高不衒才，偶抛猿鸟乍归来。夕阳照个新红叶，似要题诗落砚台。”（《诗集》卷三）又，《寄考功王员外》诗中有：“琴如高韵称，诗愧逸才酬。”（《诗集》卷一）这其中的“韵仰神仙”的“韵”、“高韵”，指有“韵度”的人，“闲韵”的“韵”是指人的拔俗的精神境界。在司空图看来，艺术作品的“境界品格”的高低和差异与作者的精神境界乃至气质个性直接相关，如其《书屏记》（《文集》卷三）云：“人之格状或峻，其心必劲。心之劲，则视其笔迹，亦足见其人矣。历代入《书品》者八十一人[①]，贤杰多在其间，不可诬也。”这是论书法艺术的。又，其《题柳柳州集后》云：“金之精粗，考其声，皆可辨也，岂清于盘，而浑于钟哉。然则作者为文为诗，格亦可见，岂当善于彼而不善于此耶！”（《文集》卷二）这是论诗的，意思就是人的不同“格状”和精神境界体现在诗歌作品中，就有不同的“品格”的美，如不同乐器发出的声音具有不同的美一样，如果一个作家能写得好“诗”，也就能写得好“文”，而其写出的诗和文常常具有共同的“品格”特征。可见，司空图说的诗“格”的含义，确与“风格”问题相关，作品风格是与作家的个性气质联系在一起的，这早在《文心雕龙·体性》篇中，就

① 指（唐）李嗣真《书品后》，当作82人（见张彦远《法书要录》卷3），可能是版本的错误。

作了专门论述。不同的是，司空图讲“格”是与诗的“境”联系在一起的，是诗的“品格”（诗歌境界品别或品类的审美特性和风格特征）。

第二，如前所说，“韵”可以指人物的精神境界、风神远致，转而也可以指诗歌作品整体的境界品格所显现的风致美。在《与李生论诗书》中，先谈到“王右丞、韦苏州，澄淡精致，格在其中，岂妨于遒举哉”和“贾浪仙诚有警句，视其全篇，意思殊馁”的问题，这都是从诗歌整体的境界品格角度讲的；接着说：“近而不浮，远而不尽，然后可以言韵外之致耳”，而“近而不浮，远而不尽”，是讲“境界”的问题，有境界才有“品格”的美的产生。在司空图有关诗论中，单讲“境”和“格”时，“境”就是指诗的境界，“格”就是指诗的“品格”。“近而不浮”的“近”，是切近、详切的意思，“浮”是浮泛、空洞的意思，所谓“近而不浮，远而不尽”，就是指运用语言、韵律表现诗歌“意象”，既要具体、生动、鲜明，“状溢目前”；又要含蓄丰富，“情在词外”，“文已尽而意无穷”，具有“象外之象，景外之景”。做到“近而不浮，远而不尽”——创造出诗歌的境界品格，“然后可以言韵外之致耳”，正因为有了这种境界品格，就有了“韵”，有“韵”才可以有更高的“韵外”的“韵致”、风致美。

那么“味外之旨”与“韵外之致”是一种什么关系呢？大体而言，这是一种逻辑对应的关系，有“韵”才有“味”，有“韵外之致”，才有“味外之旨”。但不能做机械的理解，以为“韵”对应于“味”，“韵外之致”的“致”对应于“味外之旨”的“旨（味）”，因为“韵外之致”作为诗歌整体的境界品格所显现出来的风神远致，是“味外之旨”所“味”的整体对象，也是其“味”到的内容，所以大体可以用“韵味”来概括其“韵外之致”与“味外之旨”说。

四、“味外之旨”说与诗之“境”、“格”的关系

司空图提出“辨味”的鉴赏批评要求，转而论之，也是对创作的要求，认为不“辨味”不足以言诗，优秀诗作关键在于有无“调制”出“味外之旨”、呈现出“韵味之致”，这才是最高的要求。司空图的“诗味”说，将中国古代艺术（主要是抒情艺术，特别是律诗绝句）的抒情言志、创造“意境”的审美特性揭示出来，其主要价值就体现在这一理论深度上。司空图的“韵外之致”、“味外之旨”说正是与他的诗“境”论、诗“格”论结合在一起的。

（1）司空图的“味外之旨”、“韵外之致”说与“思与境偕”、“象外之象，景外之景”论的关系问题。第一，“直致所得”、“思与境偕”论。钟嵘在《诗品序》中就主张诗歌的创作是一种“直寻”的方法，要求把兴、比、赋三者“酌而用之”，

其中特别重视“兴”的方法，并从诗歌表现的审美特性出发对“兴”作了创建性的解释：“文已尽而意有余，兴也”[1]。这种“直寻”的方法，也就是司空图讲的“直致所得，以格自奇”的方法——即临景结构，当下即悟，“触兴”而发，本于情性，直接地自然而然地表现审美意象，创造出诗的“意境”，“近而不浮，远而不尽”，表现出具有“韵外之致”的品格。对此，司空图有一系列的相关论述，如“思与境偕”、“赋象缘情”、“触兴冥搜”等等，举列如下：

河、汾蟠郁之气，宜继有人。今王生者，寓居其间，沉渍益久，五言所得，长于思与境偕，乃诗家之所尚者，则前所谓必推于其类，岂止神跃色扬哉？（《与王驾评诗书》，《文集》卷一）

自知非诗[2]，诗未为奇。研昏练爽，戛魄凄肌。神而不知，知而难状。挥之八垠，卷之万象。（《诗赋赞》，《文集》卷八）

知音嘿已，作者谁尤。思慰穷津，用征逸藻。想其黎黄洞奏，锦绣毕陈。涵经天纬地之源，胸襟万象；骄晤月吟风之态，嵩华一毫。固当触兴牢笼，忘情蒂芥。……夫著言纪事，在演致于全篇；赋象缘情，或标工于偶句。《〈濯英集〉述》，《文集》卷十）

斯盖缘情纷状，触兴冥搜，回景物之盛衰，制人臣之哀乐，穷微尽美，□古排今。（《注〈愍征赋〉后述》《文集》卷十）

《与王驾评诗书》所谓“五言所得，长于思与境偕”，本是称颂王驾的五言诗写得“情景交融”，有“意境”的意思；从思维特征上说，“思与境偕”就是“神与物游”的艺术思维方法。所谓“直致所得”就是说诗歌创作具有“直觉”创造的特质，是“神而不知”的，是“千变万状，不知所以神而自神”的。刘勰论“神与物游”说：“夫神思方运，万涂竞萌，规矩虚位，刻镂无形，登山则情满于山，观海则意溢于海，我才之多少，将与风云而并驱矣。”[3] 在这种“神与物游”、展开想象的心理过程中，对诗的“意象”捕捉又具有“直觉”创造的特质，钟嵘的“直寻”说就已经接触到这个问题。这种“直觉”创造的特质，与禅宗的悟道经验（拈花微笑，不立文字）的方式和心理，极为类似，唐代皎然认为谢灵运“性颖神彻”，其

① 本文引（南朝梁）钟嵘《诗品》语，均据吕德申《钟嵘〈诗品〉校释》，北京大学出版社，1986。

② 原作“知非诗诗”，可以理解为“懂得什么是‘非诗’的诗即不是诗的诗”，但颇有些费解。《全唐文》录该文作“知道非诗”，可通；（明杨）慎《升庵诗话》卷一引作“自知非诗”，这样“非诗”可以理解为“评论诗”或“什么诗不是诗”，故后文说真正的诗是难以评论的。语义较前为胜，今从之。

③ 刘勰《文心雕龙·神思》语，引见范文澜《文心雕龙注》第493页，同上。

创作“发皆造极”，得“空王（按：即佛）之道助”[①]，这就是从创作思维方法上立论的。所以唐代以后的苏轼、严羽、王渔洋等都曾把“悟”禅的方法直接用之于论述诗歌的思维特征，其中严羽在《沧浪诗话·诗辨》中论述得最为全面，提出著名的“妙悟”说。司空图虽然没有直接以“禅”喻“诗”，但他强调“直致所得”，重视诗人创作时的感“兴”，其间的道理是一样的。今传王昌龄《诗格》曰：“诗有三思：一曰生思，二曰感思，三曰取思”。所谓“生思”指“久用精思，未契意象，力疲智竭，放安神思，心偶照境，率然而生。”所谓“感思”指“寻味前言，吟讽古制，感而生思。”所谓“取思”指“搜求于象，心入于境，神会于物，因心而得。”[②] 这其中的“感思”是指通过诵读前人所作而引起诗歌创作的“兴致”；而“生思”、“感思”，与司空图讲的“直致所得”（所谓“心偶照境，率然而生”云云）的思维方法，基本是一致的。

第二，司空图的“象外之象，景外之景”说——对诗“境”的二重境界的分析。在司空图之前，“意境”（“境界”）这一概念，已经从佛经中移用到诗论之中，不少诗人、诗论家对诗歌的“象”、“境”以及情景交融的问题作出过较为深入的探讨，司空图在此基础上更进一步，提出了诗歌意境的“象外之象，景外之景”论。其《与极浦书》说：

> 戴容州云：“诗家之景，如蓝田日暖，良玉生烟，可望而不可置于眉睫之前也。”象外之象，景外之景，岂容易可谭哉。然题纪之作，目击可图，体势自别，不可废也。愚近作《虞乡县楼》及《柏梯》二篇，诚非平生所得者，然“官路好禽声，轩车驻晚程”，即虞乡入境可见也。（《文集》卷三）

司空图“象外之象，景外之景”论，直接受到戴叔伦的“诗家之景”论以及前代有关观点的影响，但更是他自己长期思索“诗味”问题的结果。所谓“象外之象，景外之景”，第一个“象”和“景”是指诗境中的描写的实象实景，是诗人心中审美“意象”的表现，是心物交融的产物，实象实景中包含了虚象虚景，虚象虚景就存在于实象实景之中。这种“实象实景”是多层次的，审美“意象”是复合共生的；而由此产生的“虚象虚景”审美“意象”也是多层次的，可以给读者留下无限的想象空间和体验的滋味，所以可以称之谓“二重境界”论。

第三，“味外之旨”、“韵外之致”与“象外之象，景外之景”的关系。前文曾

① （唐）释皎然《诗式·文章宗旨》，第29页，丁福保《历代诗话》本，同上。

② （唐）王昌龄《诗格》，据（清）顾龙振编辑《诗学指南》本，卷3，第86页，台湾广文书局，1960。又，参见（宋）陈应行编《吟窗杂录》本，其王昌龄《诗格》载该书卷4，第208-215页，王秀梅整理，中华书局影印，1997。

说，“味外之旨”与“韵外之致”具有一种逻辑对应的关系，就是说有“韵”才有“味”，有“韵外之致”，才有“味外之旨”。如果再与“象外之象，景外之景”的观点联系起来，其间也有一种逻辑对应关系，这不是说“象外”的“象”、“景外”的“景”与“味外”的“味”、“韵外”的“（韵）致”有逻辑对应关系，而是说“象外之象，景外之景”这种整体诗“境”与“味外之旨”、“韵外之致”有逻辑对应关系。诗中的“象”、“景”是“意象”（心和物交融的产物），构成诗的“境”——有“境”就有“格”，优秀的诗歌不仅有这种“境”，而且还能令欣赏主体（读者）在对这种“境”进行审美时，产生“境”外的“象”和“景”，有无限的体会和想象，这就能感受到“韵外之致”和品尝到“味外之旨（味）”，做到一点，就叫做“全美为工”。

（2）“味外之旨”、“韵外之致”说与诗“格”论——兼释“趣味”。这里讨论一下司空图的“味外之旨”、“韵外之致”说与“澄淡精致，格在其中”、“趣味澄敻”论的关系问题。“诗格”一词，最早见于《颜氏家训·文章》篇：“挽歌辞者，或云古者《虞殡》之歌，或云出自田横之客，皆为生者悼往告哀之意。陆平原多为死人自叹之言，诗格既无此例，又乖制作本意。凡诗人之作，刺箴美颂，各有源流，未尝混杂，善恶同篇也。”[①] 颜之推这里说的“诗格”的“格”主要指体例，而唐代诗论家非常重视诗“格”的研究，这种“格”主要有两种类别，一是侧重讲“境”所显现的“体格”、“品格”，一是侧重讲句法等，晚唐有不少这类著作。从理论上讲，这二者不能分开，因为诗“境”是用语言声律来表现的。

司空图主要是从诗“境”的创造角度讲诗“格”的，所以他说的“格”，实际就是诗的“品格”——诗歌境界品别或品类的审美特性和风格特征（其含义有相当于今天所说的“风格”的意思）。皎然论“辨体有一十九字”说：

> 夫诗人之思初发，取境偏高，则一首举体便高；取境偏逸，则一首举体便逸。才性（或作情性）等字亦然。体有所长，故各功归一字。偏高偏逸之例，直于诗体篇目风貌。不妨一字之下，风律外彰，体德内蕴，如车之有毂，众美归焉。其一十九字，括文章德体风味尽矣，如易之有彖辞焉。[②]（《诗式》卷一）

这明确说明了“取境”与“诗体”的关系，也就是说诗的“境”与“格”是一种前因后果的关系，有“境”就有“格”，有什么样的“境”，就有什么样的“格”。司空图《与李生论诗书》与之所论稍有不同——认为“境”当以“近而不

① （北齐）颜之推《颜氏家训》之《文章第九》，第22页，《诸子集成》第8册，同上。

② （唐）释皎然《诗式》第35页（引文标点有改动），丁福保《历代诗话》本，同上。

浮，远而不尽”为基本要求，而“澄淡精致”乃是诗歌的很高“境界”，却并不妨碍其具备“遒举”的格力，所谓“诗贯六义，则讽谕、抑扬、渟蓄、温雅，皆在其间矣。然直致所得，以格自奇。”接着说：“王右丞、韦苏州，澄淡精致，格在其中，岂妨于遒举哉？贾浪仙诚有警句，视其全篇，意思殊馁，大抵附于蹇涩，方可致才，亦为体之不备也”，再接着说：“近而不浮，远而不尽，然后可以言韵外之致耳。”这三层意思是前后密切联系的。

关于“诗贯六义”论，在一定程度上反映了司空图对儒家的“风雅”观念的继承。《毛诗序》曰：“故诗有六义焉：一曰风，二曰赋，三曰比，四曰兴，五曰雅，六曰颂。”唐代孔颖达的《毛诗正义》继承了汉代郑玄等人的“美刺”观点，其特别的创建在于提出“三体三用”说：

> 然则风、雅、颂者，《诗》篇之异体；赋、比、兴者，《诗》文之异辞耳，大小不同，而得并为六义者，赋、比、兴是《诗》之所用，风、雅、颂是《诗》之成形，用彼三事，成此三事，是故同称为义，非别有篇卷也。

孔颖达对“兴”的解释，特别值得重视。他说：“兴者，兴起志意赞扬之辞，故云‘见今之美以喻劝之。’”又说：“郑以‘赋’之言‘铺也’，铺陈善恶，则诗文直陈其事，不譬喻者，皆赋辞也。郑司农云：‘比者，比方于物。诸言如者，皆比辞也。’司农又云：‘兴者，托事于物，则兴者，起也。取譬引类，起发己心，诗文诸举草木鸟兽以见意者，皆兴辞也。’赋、比、兴如此次者，言事之道，直陈为正，故《诗经》多赋在比、兴之先。比之与兴，虽同是附托外物，比显而兴隐。当先显后隐，故比居兴先也。《毛传》特言兴也，为其理隐故也。”① 这些论述，已经与汉儒不完全相同，吸取了六朝人的观点。

六朝多强调“兴”的审美“起兴”、缘情的特点，钟嵘《诗品序》说：“文已尽而意有余，兴也。”其“直寻”说的理论基础实质就是“兴”。刘勰《文心雕龙·比兴》说：“诗文弘奥，包韫六义，毛公述传，独标兴体，岂不以风通而赋同，比显而兴隐哉！故比者，附也；兴者，起也。附理者，切类以指事；起情者，依微以拟议。起情故兴体以立，附理故比例以生。比则蓄愤以斥言，兴则环譬以托讽。盖随时之义不一，故诗人之志有二也。”② 总之，根据前人的解释可以说明：第一，“风雅颂”三体，都可以运用“赋比兴”，是一种“体用”关系；第二，“兴”起之情本质上可以具有“环譬以托讽”的功能，只是“附托外物，比显而兴隐”而已。

---

① 以上引文均见（唐）孔颖达等《毛诗正义》，引据（清）阮元校刻《十三经注疏》本，上册第271页，中华书局影印，1980。

② 范文澜《文心雕龙注》第601页，同上。

其实，刘勰论“隐秀”之“隐”，也是从“兴”的角度看问题的。就儒家“诗学”立场而言，通过“比兴”可以实现“温柔敦厚”的“诗教”（《礼记·经解》），通过“比兴”可以达到“主文而谲谏”，“发乎情，止乎礼义”（《毛诗序》）的要求。第三，诗的创作，关键在于“起兴”缘情，所以“兴”渐渐突破“用”的具体手法而成为“思与境偕”的思维方法的代名词，讲“直寻”，讲“直致所得”，其理论的根子就是能够“起情”的“兴”。所以刘禹锡《董氏武陵集记》曾说：“风雅体变而兴同，古今调殊而理冥，达于诗者能之。”[①] 弄明白上述问题，司空图所谓“诗贯六义，则讽谕、抑扬、渟蓄、温雅，皆在其间矣。然直致所得，以格自奇”这段论述，就很容易理解。这就是说，诗人起兴缘情，临景结构，“直致所得”，创造出完美的诗“境”、诗“格”，自然其间就有“讽谕、抑扬、渟蓄、温雅”，因此“澄淡精致”的诗同样贯注了“六义”的精神。

关于“直致所得”，前文已作分析，那么“以格自奇”是何意呢？这个“格”也就是诗“境”之“格”，能临景结构、自然而然地表现出诗的整体的“境”，就有雅淡的品格，就能做到“诗贯六义”，这正是从诗“境”的创造角度讲的。司空图认为王维、韦应物的诗讲究整体诗境的浑成，语言精致；而贾岛的诗歌“诚有警句，视其全篇，意思殊馁”，诗境不浑成，没有在整体的境界上做到“澄淡精致”，显出“蹇涩”之病，所以是“为体之不备”。其《与王驾评诗书》（《文集》卷一）说：

> 国初，上好文章，雅风特盛。沈、宋始兴之后[②]，杰出于江宁，宏肆于李杜，极矣。右丞、苏州趣味澄敻，若清沇之贯达。大历十数公，抑又其次。元白力勍而气孱，乃都市豪估耳。刘公梦得、杨公巨源，亦各有胜会。浪仙、无可[③]、刘得仁辈，时得佳致，亦足涤烦。厥后所闻，徒褊浅矣。

其中“雅风”的“雅”字，不是随意所用的，司空图在《与李生论诗书》中讲“诗贯六义”，在《诗赋赞》中讲“上有日星，下有风雅”，在《注〈愍征赋〉述》说“其雅调之清越也”等等，他还是崇尚儒家所谓“风雅”精神即所谓“风人之旨”的。——注重社会现实问题，强调文学的讽喻功能。这一方面说明司空图

---

① 引见（唐）刘禹锡《刘宾客文集》卷19，文渊阁《四库全书》本。按：刘克逊，字无竞，刘克庄之弟。

② 按：“沈、宋始兴之后”中的“始兴”作普通语词解可通。王运熙先生认为应标点为“沈、宋、始兴之后”，指出“始兴”乃是指封始兴伯的张九龄，这也很有道理。司空图《题柳柳州集后》有“张曲江五言沉郁”的评论观点。究竟“始兴”作何理解，还可以再作研究。王运熙、杨明《隋唐五代文学批评史》第678页，上海古籍出版社，1994。

③ 按：无可，《全唐文》录该文作东野（孟浩然），当属臆改，不从。

崇尚的“澄淡”、“趣味澄敻”，也是一种“雅淡”的审美观念，另一方面也可以说明，他批评“元白力勍而气孱，乃都市豪估耳”，主要是从艺术表现的“粗俗”而不雅淡的角度讲的，并不是要否认“诗贯六义”的，否认元白“新乐府”等诗作的讽喻精神的。

这里值得注意的是司空图提出了“趣味”的范畴，所谓“右丞、苏州趣味澄敻”云云。“趣”也是中国古代文艺理论批评中的一个重要范畴。《说文解字》曰：“趣：疾也。从走，取声。”段注曰：“《大雅》：‘来朝趣马’。笺云：‘言其辟恶早且疾也。’《玉篇》所引如是，独为不误。早，释来朝；疾，释趣马也。又‘济济辟王，左右趣之。’笺云：‘左右之诸臣皆促疾于事。’《周礼》：‘趣马’（引按：官名），大郑曰：‘趣马，趣养马者也。’按：趣养马，谓督促养马。古音七口反，音转乃有清须、七句二反。后人言归趣、旨趣者，乃引申之义，辄读为七句，以别于七苟，非古音古意也。”这就是说“趣”的本义是“急速”、“趋附”的意思，由此引申出“趋向”（趣向）、“意向”、“志向”的含义，进而就产生“旨趣”（意义之所在与所向）、“兴趣”的意思，又进而就产生用来表示这种“意义所向”、“意义表达”的特点（包括审美特点），可见“趣”与“味”的含义不同，而当“趣”用来表示这种“意义所向”、“意义表达”的特点时，又与“味”的含义较为接近，如郦道元《水经注·江水》：“清荣峻茂，良多趣味”[①]，这是指山水自然一种独特美感，所谓“清荣峻茂”。宋叶适《跋刘克逊诗》：“怪违伏平易之中，趣味在言语之外”[②]。总之，“趣”在表示“趣味”、“旨趣”、“理趣”、“意趣”、“情趣”的意思时，都是侧重指某种特殊的思想意蕴、思想情感等内涵，或指这种特殊的思想意蕴、思想情感等所体现出的独特的审美特征而言的（有时二者是合一的）。如最早大量使用“趣”作为批评范畴的是刘勰的《文心雕龙》，除把“趣”作为“趋附”的本义使用外，刘勰提出了一系列的具有审美意义的“趣”的概念，如“辞趣”（《明诗》批评玄言诗“辞趣一揆”），“旨趣”（《颂赞》：“不辨旨趣，徒张虚论”），“曲趣”（《檄移》：“若曲趣密巧，无所取材矣”），“风趣”（《体性》认为风格与个性密切相关，故曰“风趣刚柔，宁或改其气”），“情趣”（《章句》曰：“是以搜句忌于颠倒，裁章贵于顺序，斯固情趣之指归，文笔之同致也”）等。还有作单字使用的范畴，指“理趣”者，如《丽辞》曰：“反对者，理殊趣合者也”；指“旨趣”者，如《章表》认为“陈思之表，独冠群才”，其中一个特点就是“应物制巧，随变生趣”等。刘勰既使用“辞味”（《附会》）的概念，又使用“辞趣”的概念，“辞味”侧重于讲言辞的美感（如言辞的统序特点，言虽已尽，而其所指向的蕴涵

① （北魏）郦道元《水经注》卷34，文渊阁《四库全书》本。

② （宋）叶适《水心集》卷29，文渊阁《四库全书》本。按：刘克逊，字无竞，刘克庄之弟。

给人无穷的回味等），而“辞趣”侧重讲言辞的意旨的特点（既指“意义”的本身又指表达这种“意义”的特点）。所以司空图的“趣味”是“趣”和“味”的意思（是联合词组），总的特点是“澄夐”；而不是“趣之味”（不是偏正词组）的特点是“澄夐”。

司空图既崇尚王维、韦应物等诗歌境界的那种雅淡“澄夐”，也推崇李白、杜甫诗歌那种“宏肆”，而且他明确说自己尚“奇”，所以对韩愈的诗文十分推重。其《题柳柳州集后》（《文集》卷二）说：“愚常览韩吏部歌诗数百首，其驱驾气势，若掀雷抉电，奔腾于天地之间，物状奇怪，不得不鼓舞而狗其呼吸也。其次皇甫祠部文集外，所作亦为遒逸，非无意于渊密，盖或未遑耳。”表现了他对“奇”、“宏肆”风格的崇尚。另外，《与李生论诗书》说贾岛诗“诚有警句”，这也是赞美的话，只是他认为还不够而已，他认为诗歌的语言要“精致”，讲究锻炼之工。皎然《诗式·重意诗例》说：“两重意已上，皆文外之旨。若遇高手如康乐公，览而察之，但见情性，不覩文字，盖诗道之极也。”[①] 所谓“但见情性，不覩文字”（司空图《二十四诗品·含蓄》所谓“不著一字，尽得风流”[②]），就是指“直致所得”，诗境浑整，自然天成。皎然《诗议》说：“或曰：诗不要苦思，苦思则丧于天真。此甚不然。固须绎虑于险中，采奇于象外，状飞动之句，写冥奥之思。……但贵成章以后，有其易貌，若不思而得也。”[③] 司空图说王维、韦应物的诗歌境界“澄淡精致”，“以格自奇”而不妨于“遒举”，正是主要从这个角度说的。“但贵成章以后，有其易貌，若不思而得”（乃至司空图说的“澄淡”的境界品格），就是王安石所谓“看似寻常最奇崛，成如容易却艰辛”（《题张司业集》）的境界。司空图《题柳柳州集后》所谓“今于华下方得柳诗，味其深搜之致，亦深远矣”，这种“深搜之致”（“致”指“兴致”），体现在诗歌中就具有“深远”之境，其中就包括诗歌语言的锻炼精工的内涵。

五、结 语

司空图以“味外之旨”，“韵外之致”说对“诗性”精神进行揭示时，是以王维、韦应物等那些“趣味澄夐”的抒情写景律绝为主要分析对象的，并极力加以崇尚，提倡“澄淡”的品格；而司空图自己的创作也以绝句为主，明代胡震亨辑集的司空图散佚的诗作，有三百六十多首，录在《唐音戊签》七十四中，亦即《四部丛

① （唐）释皎然《诗式》，第31页，丁福保《历代诗话》本，同上。

② 引见郭绍虞《诗品集解·续诗品注》第21页，人民文学出版社，1963。

③ 引见王利器《文镜秘府论校注》（南卷），第326页，同上。

刊》本的《司空表圣诗集》，其中近百分之九十是绝句（二百四十多首七绝，七十多首五绝）。由于这些原因，我们容易将司空图的“味外之旨”说，仅仅看作“诗”中一格，是对某一类作品境界和美感的理论分析。

学术界不少论者，认为司空图“韵味”说的美学理想，是指向唐代王维、韦应物一派诗歌所追求的那种淡美的风格，是王孟诗派的诗歌创作在理论上的概括等，这样说也并非错误，只是不太全面。虽然司空图“诗味”论带有他自己崇尚“淡”美的独特审美偏好的倾向，不过，也不要因为过于强调这个方面（这只是一种“类”的把握），掩盖了我们对其理论观点的“深度”意义和具有一定的普遍意义的认识。而且如前所说，他自已也好“奇”，又赞颂韩愈的“奇”和李、杜的“宏肆”。其《与李生论诗书》开始就说：“文之难，而诗之难尤难。古今之喻多矣，愚以为辨于味而后可以言诗也。”说明他的“诗味”论，不是专指律绝之作，也不是专指王孟诗派的诗，他之所以要重点论述王维、韦应物一派诗歌，是因为这些诗歌更能反映他的“韵外之致”、“味外之旨”的观点，同样律诗绝句的体制特点的要求，也更须要以“韵外之致”、“味外之旨”为其“全美”的标准。司空图对王维、韦应物那种“澄淡精致”、“趣味澄敻”的偏好，对宋代的诗论乃至画论等崇尚“平淡”之味、“平淡之境”产生了重要影响，我们应该辩证地思考这些问题。

总之，司空图的“味外之旨”的诗味论，是与其诗的“境”、“格”论联系在一起的，他正是从“思与境偕”的诗歌创作论出发，从诗“境”具有“象外之象，景外之景”的分析把握中，获得诗具有“韵外之致”与“味外之旨”的深刻认识的。“味外之旨”说的理论意义远远逾越“诗论”的范围（例如在唐以后的画论中就影响十分重大），所以，斯论一出，回响至今。

读司空图《书屏记》书后*

——表圣论诗受《文心雕龙》之影响及相关问题之推论

司空图（字表圣）生于唐文宗开成二年（837），卒于梁太祖开平二年（908）。光化三年（900）庚申，表圣六十四岁，退居华阴。八月，表圣在华阴其婿姚顗家，

---

* 编按：《二十四诗品》今人多作论诗之诗看，其实不确。就中国古代文体而言，《二十四诗品》不是诗而是赞，是“赞体”。这一点，早已为前辈学者所指明。如黄侃先生《文心雕龙札记》之《颂赞第九》篇末特别说：“案四言之赞，大抵不过一韵数言而止，惟东方《画赞》稍长。《三国名臣序赞》及《汉书》偶一换韵。至崔子玉《草书势》，蔡伯喈《篆势》、《隶势》，则又似赋矣。唐世司空图《二十四诗品》，造语精警，亦赞之美者也。”（见该书第72页，中华书局上海编辑所，1962。）是书广为学界所征引，此一观点尤其对《文心雕龙》研究者来说当不陌生。从《二十四诗品》的具体内容侧重对诗境的描摹形容看，与《诗赋赞》一样，正符合“赞体”的本义。《文心雕龙·颂赞》篇云：“赞者，明也，助也。昔虞舜之祀，乐正重赞，盖唱发之辞也。及益赞于禹，伊陟赞于巫咸，并飏言以明事，嗟叹以助辞也。故汉置鸿胪，以唱拜（言）为赞，即古之遗语也。至相如属笔，始赞荆轲。及迁《史》固《书》，托赞褒贬，约文以总录，颂体以论辞；又纪传后评，亦同其名。而仲治《流别》，谬称为述，失之远矣。及景纯注《雅》，动植必赞，义兼美恶，亦犹颂之变耳。然本其为义，事生奖叹，所以古来篇体，促而不广，必结言于四字之句，盘桓乎数韵之辞；约举以尽情，昭灼以送文，此其体也。发源虽远，而致用盖寡，大抵所归，其颂家之细条乎！”（引据范文澜《文心雕龙注》第158-159页，人民文学出版社，1958。）可见，刘勰是明确认为赞与颂有相同的规则和功用，但也有所区别，所以把“颂赞”列为一篇，而赞之“大抵所归”，乃“颂家之细条”，故先论颂体而再述赞体，条理源流清楚。所以赞体也有颂体的“形容”之义法。黄侃先生说：“彦和兼举明、助二义，至为赅备。详赞字见经，始于《皋陶谟》。郑君注曰：明也。盖义有未明，赖赞以明之。故孔子赞《易》，而郑君复作《易赞》，由先有《易》而后赞有所施，《书赞》亦同此例。……后之为赞，则大都四言用韵为多。若施之于人事，若戴安道《闲游赞》之属；施之于技艺，若崔子玉《草书势》之属，皆赞之流类矣。赞之精整可法，以范蔚宗《后汉书赞》为最，自云：‘赞自是吾文之杰思，几无一字虚设。”（引见《文心雕龙札记》第71页，同上。）《二十四诗品》亦“崔子玉《草书势》之属”，是属于“施之于技艺”者，而其善于向上一路，形容以阐明诗之境界评格而兼明技巧原则，也十分类同《草书势》（表圣之前两汉六朝此类赞文不在少数）。所以《二十四诗品》也是一种“诗赋赞”，可以称为“二十四诗赞”或“二十四诗品赞”，此正可为表圣作《诗赋赞》而又作此“二十四诗品”赞文确立一旁证。《二十四诗品》每品赞文六联十二句，即四言六韵，一韵到底。已有学者考证，其用韵符合唐韵（参见张柏青《从〈二十四诗品〉用韵看它的产生时代与作者》一文，载《文学遗产》2001年第1期），或以为乃后人模仿唐韵而故意伪托，但历来伪托必有缘故，就此而言，可成伪托一说之推论缘由，无非是说伪托者是为了出名或使其作得以流传，然历史发展到唐代以后，“立言不朽”至少早在曹丕时代就已深入士人之心，《二十四诗品》又无任何“犯忌”之嫌，那么既能写出如此精论之作，岂能是无名之辈？又何必不直接昭示他人以“成名”而伪托表圣呢？可见此说有违常理常情。如果说唐代以后某大文人所作，偶因记载失名而后被无辜署上表圣之名，那么此大文人又为什么要采用唐韵来写此赞体文呢？可见作此推想，也同样有违常理常情。四库馆臣以为“真出图手”（《二十四诗品》之《四库全书总目提要》中语），当非虚论乎？表圣既可能读过彦和《文心雕龙》，又写过《诗赋赞》这种品评诗作之赞文，当熟悉赞体之义法，又其一生爱好品诗，且精解超人，确有写作《二十四诗品》之才能和动机。今坚持伪托说者，笔者亦认为有所理据，但就目前其所罗列之证据来看，没有一条可以谓之“铁证”，可令人完全折服。此一问题郁结于心久矣，今又重读黄侃先生《文心雕龙札记》，遂不再多虑，脱手写出，作为补充，亦可聊备一说乎。又，本文原载《安徽师大学报》2002年第5期，今又略作修订。

获览唐代著名书法理论家李嗣真的《书品》和书法家徐浩的有关书法的评论，撰《书屏记》一文①，追记其父（司空舆）获得徐浩书法真迹“书屏”四十二幅及毁于战乱的经过，本文也可视为表圣之书法理论文章，从中可以推知，表圣以“品”别论诗的方法，当受到前代画品、书品的影响，而关于风格、品类的划分，可能也受到刘勰《文心雕龙》有关风格诸如《体性》等篇的影响（此属推论）。据《宣和书谱》，可知表圣也可谓是书法家。

《书屏记》曰：“人之格状或峻，其心必劲；心之劲，则视其笔迹，亦足见其人矣。历代入《书品》者八十一人，贤杰多在其间，不可诬也。国初欧、虞之后，继有名公。”又曰：“今旅寓华下，于进士姚顗所居，获览《书品》及徐公评论，因感愤追述，贻信后学，且冀精于赏鉴者，必将继有诠次。”据此，其所阅《书品》乃指李嗣真的《书品》——或作《书品后》、《续书品》等，但据其序文，知原名《书品》，后人因梁代庾肩吾有《书品》（或作《书品论》），故题作《书品后》等名，以示区别。唐代张彦远《法书要录》，载有李嗣真《书品后》②。《书品后》计录“逸品五人”、“上上品二人”、“上中品七人”、“上下品十二人”、“中上品七人”、“中中品十二人”、“中下品七人”、“下上品十三人”、“下中品十人”、“下下品七人”，共八十二人，表圣谓“八十一人”，小有差讹，此或为版本错误，不赘。

所谓“徐公评论”，指徐浩论书之作，张彦远《法书要录》卷三载有徐浩《论书》、《古迹记》二篇。徐浩（703—802）是唐代著名书法家，《新唐书》等有其传，传曰：

> （徐浩）字季海，越州人。擢明经，有文辞。……肃宗立，由襄州刺史召授中书舍人。四方诏令，多出浩手，遣辞赡速，而书法至精，帝喜之。又参太上皇诰册，宠绝一时。授兼尚书右丞。……代宗复以中书舍人召，迁工部侍郎、会稽县公，出为岭南节度使。召拜吏部侍郎，与薛邕分典选。浩有妾弟冒优，托之邕，拟长安尉，御史大夫李栖筠劾之，帝怒，黜邕歙州刺史，浩明州别驾。德宗初，召授彭王傅，进郡公。卒，年八十，赠太子少师，谥曰定。始，浩父峤之善书，以法授浩，益工。尝书四十二幅屏，八体皆备，草隶尤工，世状其法曰‘怒猊抉石，渴骥奔泉’云。晚节治广及领选，颇嗜财，惑于所嬖，卒

① （唐）司空图《司空表圣文集》卷3《书屏记》（《四部丛刊》本，下同），文末署“光化三年八月三日，泗水司空图衔涕撰录，谨记。”而《全唐文》卷807（中华书局1983影印本）所录《书屏记》，文末署“光化二年”等字。《全唐文》所录表圣文多误字，故今以丛刊本为据。又宋蜀本《司空表圣文集》该文末亦作“光启三年”而不作“二年”，上海古籍出版社据北京图书馆藏本影印，1994。

② （唐）张彦远《法书要录》卷3，洪丕谟点校，上海书画出版社，1986。

以败。[①]

徐浩《论书》一文，直接受到刘勰《文心雕龙》的影响，由此可以推证表圣以“品”论诗，或当受到刘勰“八体”说之影响。《文心雕龙》在晚唐也颇流传，皎然《诗式》有引述《文心雕龙》语，陆龟蒙《袭美先辈以龟蒙所献五百言既蒙见和，复示荣唱至于千字，提奖之重，蔑有称实，再抒鄙怀，用伸酬谢》曰：

……刻鹄尚未已，《雕龙》奋而为。刘生吐英辩，上下穷高卑。下臻宋与齐，上指轩从羲。岂但标八索，殆将包两仪。人谣洞野老，骚怨明湘累。立本以致诘，驱宏来抵巇。清如朔雪严，缓如春烟羸，或欲开户牖，或将饰缨緌。虽非倚天剑，亦是囊中锥。皆由内史意，致得东莞词（下略）。[②]

在“《雕龙》奋而为”句下，作者原注曰：“刘勰有《文心雕龙》”。可见表圣读到刘勰《文心雕龙》，是不足奇怪的，而徐浩《书评》直接暗袭《文心雕龙·风骨》篇中语，此很少有人论及。

暂先将《二十四诗品》搁在一边，仅就表圣的一些有关诗文（指涉及其诗学理论的作品）来看，我们不难发现一个重要问题——即表圣论诗评文，较重文风的雄豪等品格，又重人格与文品的统一和风格品类的划分。从诗学思想和诗学理论本身来看，广明元年之后特别是光启三年之后，表圣时官时隐，总体上来看，隐逸有闲暇的日子居多，其论诗评文与其入世与出世、儒与道、释思想之冲突（这种冲突又是一种矛盾的统一）有关，其诗学理论也受到前人的影响——正如现在已有不少学者所论及的诸如钟嵘、皎然对其影响等，但似乎还没有明确论及刘勰对表圣的影响问题，盖直接的理论证据不足。今试就此问题提供一证，并就其相关问题略作推论。

《文心雕龙》对表圣诗学之影响，可就《书屏记》追究下去，而获得一间接有用之证据。《书屏记》作于“光化三年八月三日”，写作早于《与李生论诗书》[③]等。表圣《书屏记》云：“今旅寓华下，于进士姚顗所居，获览《书品》及徐公评论，因感愤追述，贻信后学。”说明表圣晚年有机缘细究过徐浩的书学论文，且表

---

① （宋）欧阳修、宋祁《新唐书》卷160，中华书局，1975。

② （清）彭定求等编《全唐诗》卷617，中华书局，1960。

③ 《司空表圣诗集》卷二《元日》五言绝句曰：“甲子今重数，生涯只自怜。殷勤元日日，欹午又明年。”（《四部丛刊》本）所谓“甲子今重数”，图八岁时为甲子年（唐武宗会昌四年），至天复四年（即天祐元年）亦为岁在甲子，故知该诗定作于本年元日。《与李生论诗书》（《司空表圣文集》卷二）其引述己作，有版本作二十四联、有作二十二联或二十六联者，但均有《元日》诗最后两联在，故《与李生论诗书》当作于天复四年或稍后，是今存图晚年论诗的最后一篇重要文章，提出“韵外之致”、“味外之旨”等重要诗学观点，要求诗歌的创作做到“近而不浮，远而不尽”，即既要描写具体、形象、鲜明，又要能含蓄不尽、意在言外。这些观点与其《与王驾评诗书》、《与极浦书》等诗论旨尚，有一脉相承之处。

圣既善书，必对书法学怀有超过常人的热诚。张彦远《法书要录》载有徐浩《论书》和《古迹记》二文。《古迹记》（写于建中四年）记载了汉魏以来（特别是唐代）著名书家的书法真迹鉴别与流传情况，具有重要的书学史的价值；《论书》则是一篇书学理论文章，着重探讨了书法的风骨问题。值得关注的是，徐浩《论书》一文，吸取了刘勰《文心雕龙》的“风骨”理论，并直接移录了数句《文心雕龙·风骨》篇中原话。《论书》云：

然人谓虞得其筋，褚得其肉，欧得其骨，当矣。‘夫鹰隼乏彩，而翰飞戾天，骨劲而气猛也；翚翟备色，而翱翔（引按：《文心·风骨》篇作‘翾翥’）百步，肉丰而力沉也。’‘若藻耀而高翔，书之凤凰矣’（引按：《文心·风骨》篇作：‘唯藻耀而高翔，固文笔之鸣凤也’。）欧、虞为鹰隼，褚、薛为翚翟也。①

其关于书法之“风骨”的论述，直接本于刘勰无疑。刘勰在《体性》篇中，分“文”为八体——典雅、远奥、精约、显附、繁缛、壮丽、新奇、轻靡。又畅论风格与人之品格个性的关系，有“沿隐以至显，因内而符外”等论②。表圣自云“好奇”、也重气，与刘勰尚奇重气的思想有一致处。特别是《书屏记》认为：“人之格状或竣，其心必劲；心之劲，则视其笔迹，亦足见其人矣。”这与刘勰论“体性”，所谓“沿隐以至显，因内而符外”的理论观点，实在是相通的，理论之承接性似较为清楚。现在有人认为《文心雕龙》在唐宋有隐晦的迹象，此论不确，刘知己、徐浩、皎然、陆龟蒙等均为唐人，都曾论及或引用过《文心雕龙》。

卢献卿（字著明）撰有《愍征赋》③，表圣与之为忘年交，其后曾亲自为《愍征赋》作注④，并作《注〈愍征赋〉述》，《注〈愍征赋〉后述》二文，这也是表圣的重要文学批评论文，《注〈愍征赋〉述》一文有曰：

观其才情之旖旎也，有若霞阵叠鲜，金缕晴天。鸳塘匣碧，芙蓉曙折。浓艳思芳，琼楼诧妆。烟霏晚媚，鲛绡拂翠。其雅调之清越也，有若缥缈鸾

① （唐）张彦远《法书要录》第92页，同上。

② 范文澜《文心雕龙注》第505页，人民文学出版社，1958。

③ （宋）欧阳修、宋祁《新唐书》卷60《艺文志四》载：“卢献卿《愍征赋》一卷”，同上。

④ （唐）孟棨《本事诗·征咎第六》载：“范阳卢献卿，大中中，举进士，词藻为同流所推。作《愍征赋》数千言，时人以为庾子山《哀江南》之亚。今谏议大夫司空图为注之。连不中第，薄游衡、湘，至郴而病，梦人赠诗曰：‘卜筑郊原古，青山唯四邻。扶疏绕台榭，寂寞独归人。’后旬日而殁，郴守为葬之近郊，果以夏初窆，皆符所梦。”表圣任谏议大夫在景福元年，注《愍征赋》大约即在其时。丁福保《历代诗话续编》本上册第20页，中华书局，1983。

(虹)[鸿],឵឵឵嚣嚣戛空。瑶簧凄戾,羽磬玲珑。幽人啸月,杂佩敲风。其遒逸之壮冠也,则若云鹏回举,势陷天宇。鳌抃沧溟,蓬瀛倒舞,百万交锋,雄棱一鼓。其寓词之哀怨也,复若血凝蜀魄,猿断巫峰。咽水警夜,冤[郁]霭空。日魂惨澹,鬼哭荒丛。其变态之无穷也,则若月吊边秋,旅恨悠悠。湘南地古,清辉处处。花映秦人,玉洞扃春。澄流练直,森然目极。斯盖缘情纷状,触兴冥搜,回景物之盛衰,制人臣之哀乐,穷微尽美,□古排今。①

所谓"观才情之旖旎也"、"其雅调之清越也"、"其遒逸之壮丽也、"其寓词之哀怨也"、"其变态之无穷也"等论述,既是"赋体"行文的一种写作技巧,另外这种论述必然受到《愍征赋》本文原有内容的限制(也是对原有内容的描述和评价),但这种论述也具有本身的理论价值,与表圣论诗评文的一贯"手眼身法"是一致的——即从不同侧面进行"品而类之"(对一篇作品是如此;对不同作品当然更可以品而类之)。对一篇作品进行"品而类之",为何有"其雅调之清越也"、"其遒逸之壮丽也"等相对的品性特征呢?这当是与《愍征赋》原文中具体对征战不同情景的描述有关的,但这只是问题的一个方面;问题的另一方面在于:当我们说"品类有别"时,就理论的逻辑和创作实际而言,并非就能说品与品之间全不相干,如"雄浑"可就整体的品格而言,而"雄浑"之作,其辞藻也可能是"藻丽",也可能是"素朴"的。

又,表圣《诗赋赞》,实也分"品类"来论述"诗赋"的不同品格的。《诗赋赞》云:

……神而不知,知而难状。挥之八垠,卷之万象。河浑沇清,放恣纵横。涛怒霆蹴,掀鳌倒鲸。镵空擢壁,峥冰掷戟。鼓煦呵春,霞溶露滴。邻女有嬉,补袖而舞。色丝屡空,续以麻絇。鼠革丁丁,焮之则穴。蚁聚汲汲,积而成垤。上有日星,下有风雅,历诋自是,非吾心也。②

这里值得注意的是:用四言体赞文来论诗;"……神而不知,知而难状"句,说明其论诗注意到"知而难状"的问题,故表圣用比喻来论诗境与品格;"挥之八垠,卷之万象"句,说明表圣论诗注重以"象"为中心论题,体现出崇尚老庄"自然之道"的精神;"上有日星,下有风雅,历诋自是,非吾心也"句,说明其不主一格的诗学论旨,且将"自然之文"与"风雅"人文联系起来,将儒、道思想融合起来;最后,也是最重要的一点,在中间几句"赞"论中,表圣实际上是将诗赋作

① (唐)司空图《注〈愍征赋〉述》,《司空表圣文集》卷10,方括号内为增补或改正文字。

② (唐)司空图《诗赋赞》,《司空表圣文集》卷8。

品分为几种“品类”来论述的（也是一种比喻性的描述式的论述方法）。试作分析如下：

第一，“河浑沇清，放恣纵横。”有的诗赋的品格有“清”（如沇水）有“浑”（如黄河之水），例如《憨征赋》，既有“其雅调之清越也”，也有“其遒逸之壮丽也”等相对的品性。如果将“河浑沇清，放恣纵横”一句理解为：诗赋作品之品格有“清”（如沇水）有“浑”（如黄河之水），各各“放恣纵横”，不拘一格。这样解说也很通达，而也不妨碍我们这里所论之主旨。

第二，“涛怒霆蹴，掀鳌倒鲸。”指“宏肆”、“雄浑”一类。

第三，“镵空擢壁，琤冰掷戟。”指与“宏肆”、“雄浑”相类的“劲健”之类。“涛怒霆蹴，掀鳌倒鲸”、“镵空擢壁，琤冰掷戟”，均属“遒举”之格，偏向于阳刚。

第四，“鼓煦呵春，霞溶露滴。”包括“澄澹精致”[①] 等格，偏向于阴柔。

第五，“邻女有嬉，补袖而舞。”当指“轻靡”而言，所谓“时有佳致，亦足涤繁”[②]

第六，“色丝屡空，续以麻絇。”当指才学不足之人的诗赋作品——品格特色在于用典或不雅正或不充足，也是贫弱之格。

第七，“鼠革丁丁，焮之则穴。”或当指“都市豪估”而言，特点在于“力勍而气孱”。[③]

第八，“蚁聚汲汲，积而成垤。”当指“蹇涩”一类，也是与“洗炼”相对的。

如果参以表圣论诗杂著等篇，还可以有更详尽的解释和诗歌“品格”的分析，如《与李生论诗书》、《与王驾评诗书》等均论及不同作家的不同的风格品貌。表圣论诗（赋）有“目击可图”、“象外之象，景外之景”[④]、“思与境偕”[⑤]、“韵外之致”[⑥]、“缘情纷状，触兴冥搜”等，不仅能在钟嵘《诗品》中找到有关相通之论，也能在刘勰《物色》、《隐秀》诸篇中找到相关观点。当然我们更可以从唐人刘禹锡、皎然等人那里找到观念上直接相通之处的论述，这里不再细论。

如专就“品类“问题而言，我们是否可以从《书屏记》出发，并联系上文所阐述的理由，来作几点大胆的推论呢？这几点推论是：其一，表圣以“品类”论诗，受到《书品》、《画品》等理论著作的影响；其二，表圣以“品类”论诗除受到

---

① 《与李生论诗书》，《司空表圣文集》卷2。
② 《与王驾评诗书》，《司空表圣文集》卷1。
③ 《与王驾评诗书》，《司空表圣文集》卷1。
④ 《与极浦书》，《司空表圣文集》卷3。
⑤ 《与王驾评诗书》，《司空表圣文集》卷1。
⑥ 《与李生论诗书》，《司空表圣文集》卷2。

“当代”（唐代）论诗者的影响外，极有可能受到刘勰的影响，特别是刘勰的《体性》、《风骨》等篇的影响，其中刘勰关于“八体”的分析，对表圣可能有非常大的潜在影响；其三，表圣论诗如此重视诗歌、辞赋的风格品类、诗境品格的研究，从其受到刘勰的“八体”说、皎然“论诗有一十九字”即“十九”种风格品类的影响来看，表圣撰写出《二十四诗品》这样的论诗作品，确是有可以取信的理由。对于古籍研究的考证而言，内证向来为学者所重。

《司空表圣诗集》辑佚考述*

《司空表圣诗集》（即《唐音戊签》七十四）乃明人胡震亨所辑集，原有对司空图的散佚诗句的辑录，附在“集”末，后人续有辑佚。现将胡震亨等及今人所辑，合并一处而作重新查考，凡属误辑或原诗今存而非散佚者，说明应予以删除；又检得其《华下社日寄乡中》诗一首及残句“四条”——双句二、单句二，说明应予以增补。本文对上述司空图诗（包括残句）之辑佚工作，分为几个方面，略作考述。

（一）《司空表圣诗集》（《唐音戊签》七十四）原辑录之散佚诗句。《四部丛刊》本《司空表圣诗集》末（《唐音戊签》七十四），原附录散佚诗句——单句一，双句十二（《全唐诗》附录同），其中，“骅骝思故第，鹦鹉失佳人”二句，全诗今存，见于《庚子岁腊月五日》，故应将胡震亨原辑该二句删除。《庚子岁腊月五日》见于《全唐诗》卷八八五《补遗四》司空图诗①，又见于宋人宋绶编、蒲积中续编的《古今岁时杂咏》（或称《岁时杂咏》）卷四十六②。又，“看师逸迹两相宜，高适歌行李白诗”，原注曰：“《赠謩光》，见《宣和书谱》。”该二句见于《赠謩光草书歌》（雪压千峰）中，全诗存，故亦应将胡震亨原辑该二句删除。

（二）《全唐诗补逸》所补一首、复出一首之问题。中华书局曾将王重民、孙望、童养年三位先生对《全唐诗》辑录的著作，汇为一书，题曰《全唐诗外编》③，后又出版陈尚君先生辑校《全唐诗补编》上、中、下三册④，上册为对《全唐诗外编》的校订本，中、下二册为辑校者新辑录的《全唐诗续拾》。《全唐诗外编》第三编为孙望《全唐诗补逸》，其卷之十三为司空图诗辑佚，补一首，复出一首，即《晚思》和《长安门》二诗。二诗实均非司空图诗。

---

* 编按：本文原为我应业师祖保泉先生之命，撰作《司空图年谱》（华文出版社 2002 年出版）和合撰《司空表圣诗文集笺校》（安徽大学 2002 年出版）的研究成果，曾作为单篇论文发表于《北京大学学报》2002 年第 3 期，又转载人民大学复印资料中心编辑《中国古代、近代文学研究》2002 年第 7 期。今略加修订，录于此集。

① （清）彭定求等编《全唐诗》，中华书局，1960，下同。

② （宋）蒲积中编《古今岁时杂咏》，见《四库全书》之集部八、总集类二，共 46 卷。

③ 《全唐诗外编》（上下册），中华书局，1982。

④ 《全唐诗补编》（上中下三册），中华书局，1992。

《晚思》诗曰："蛩余窗下月，草湿阶前露。晚景凄我衣，秋风入何树。"《全唐诗补逸》原注曰："此见《分门纂类唐歌诗》残本第一册天地山川类。"《全唐诗补编·附记》考曰："司空图《晚思》，《全唐诗》卷二九二收作司空曙诗。《万首唐人绝句》卷七、明铜活字本及席刻本《司空文明诗集》皆收作曙诗。作图诗疑误。"[①] 此说是，今不应再作为司空图佚诗辑录。

《长安门》诗曰："雁门山上雁初飞，马邑栏中马正肥。日旰山西逢驿使，殷勤南北送征衣。"《全唐诗补逸》者原注曰："见《永乐大典》卷三五二七，九真，门字，长安门条（五函四十九册）。按《全唐诗》卷三百一作王建诗，题曰《长门烛》，诗同。又按《大典》卷二六〇五，七皆，台字，三台词条收《突厥三台》一首，署司空图名。此诗郭茂倩《乐府诗集》卷七十一收之，不署作者姓名。《全唐诗》入'乐府'卷，亦未署作者姓名。附志于此，以俟考详。"校订者撰有《〈全唐诗外编〉校订说明》一文，其"第一部分《全唐诗补逸》中删去诸诗的说明"有考曰："司空图《长安门》，见《永乐大典》卷三五二七，《全唐诗》卷三〇一作王建诗，题作《长门烛》，按影宋书棚本《王建诗集》卷九、《万首唐人绝句》卷五八皆作王诗，可从。另附按云《永乐大典》卷二六〇五收《突厥三台》一首，署司空图名。《全唐诗》卷二十六据《乐府诗集》卷七一收之，不署名，是。《万首唐人绝句》卷十三谓为盖嘉运天宝中所进诗，《云溪友议》卷二谓大中间李纳曾闻盛小丛歌此诗，云为其父梨园供奉南不嫌所授。作司空图诗为误署。"[②] 此考基本属是。

今查《全唐诗》卷三〇一王建诗，并无《长安门》（雁门山上雁初飞）一诗，王建有《长门烛》诗，诗曰："秋夜床前蜡烛微，铜壶滴尽晓钟迟。残光（一作花）欲（一作吹）灭还吹著，年少宫人未（一作不）睡时。"此恐乃补逸者之误，而校订者续误。明嘉靖年间所刻"洪本"《万首唐人绝句》[③] 卷五十八（七言）录此诗于"盖嘉运进"下，诗题为《突厥三台》。《全唐诗》卷二十六《杂曲歌辞》录此诗（雁门山上雁初飞），亦题为《突厥三台》。《全唐诗》卷八〇二作盛小丛诗，仍题为《突厥三台》，小传曰："盛小丛，越妓，李纳为浙东廉使，夜登城楼，闻歌声激切，召至，乃盛小丛也。时崔侍御元范［在］（至）府幕，赴阙，李饯之。命小丛歌饯，在座各赋诗赠之。小丛有诗一首。"此诗非司空图所作无疑，今亦不应辑录。

（三）《全唐诗续补遗》卷十三辑录司空图佚诗（诗五首、残句二）之问题及

① 《全唐诗补编》，第1788页，同上。

② 《全唐诗补编·〈全唐诗外编〉校订说明》，第565页，同上。

③ 《万首唐人绝句》，文学古籍刊行社影印，1955。

“校订”问题。《全唐诗外编》第四编为童养年《全唐诗续补遗》，其卷十三辑录司空图佚诗五首、句二。残句诗题分别为《春晚》（双句）和《抚事寄同游》诗（单句）。《全唐诗续补遗》卷十三所补录司空图诗五首，其中第一、二首为《䛒光大师草书歌》及“又”一首，前一首未录全诗，注曰：“此一首（雪压千峰）《全唐诗》作贯休诗。”后一首录全诗，即“羸病爱师书劲逸”一首。今按：前一首为七言歌行，后一首乃七言律诗，标“又”字不妥。后一首原注曰：“《六艺之一录》二九〇引朱长文《墨池编》十三原书目作䛒光诗。”所补遗之第三首《恭州界》（山容地脉本清凉），原注曰：“《旧图经》及《寰宇记·九域志》皆曰渝州。《舆地广记》曰恭州。”又注明辑自“《舆地纪胜》一一五《重庆府》”。第四、五首为《铭秦坑》和《温州仙岩寺铭》，原注曰：“以上《唐文粹》六七，又《古今图书集成·山川典·大罗山部》题作《仙岩铭》。）今按：此二文非诗，已见于《司空表圣文集》，今不应辑录。

《全唐诗补编》上册校订童养年《全唐诗续补遗》所补司空图诗（重编在卷九），除删去《铭秦坑》、《温州仙岩寺铭》外，又删去《䛒（辩）光大师草书歌》诗（雪压千峰），而仍录“又”诗。在《䛒光大师草书歌》（即“又”诗）下，校订者注曰：“《四库全书》本《墨池编》卷四录此诗无作者，附司空图《书屏记》后。《宣和书谱》卷九《司空图》小传，录司空图赠䛒光诗云：‘看师逸迹两相宜，高适歌行李白诗’，此诗中无。是否图作，颇可疑。”《〈全唐诗外编〉校订说明》考曰：“司空图《赠䛒光草书歌》，录自《六艺之一录》卷二九〇引朱长文《墨池编》。按《全唐诗》卷八三七、《文苑英华》卷三三八、《书苑菁华》卷十七皆收此诗为贯休作，非司空图诗。”[①] 笔者以为此说非定论，恐不可从。

今按：“看师逸迹两相宜，高适歌行李白诗”二句，正见于《䛒光大师草书歌》（即《全唐诗》题为贯休所作者）[②]，据《宣和书谱》卷九“司空图”小传记载，图擅长行书，“妙知笔意”，“今（引按：北宋）御府所藏行书二：《赠䛒光草书歌》、《赠䛒光草书诗》。”[③] 䛒光或作䛒光、䛒光等（䛒、䛒、䛒，乃“辩”字的异体字）。又据《宣和书谱》卷十九《䛒光》小传载：“释䛒光，江南人也，潜心草字，名重一时。……司空图亦为之歌曰：‘看师逸迹两相宜，高适歌行李白诗’。当时称

① 《全唐诗补编·〈全唐诗外编〉校订说明》，第613页。

② 歌曰：“雪压千峰横枕上，穷困虽多还激壮。看师逸迹两相宜，高适歌行李白诗。海上惊驱山猛烧，（一作海上风惊驱猛烧），吹断狂烟著沙草。江楼曾见落星石，几回试发将军炮。别有寒雕掠绝壁，提上玄猿更生力。又见吴中磨角来，舞槊盘刀初触击。好文天子挥宸翰，御制本多推玉案。晨开水殿教题壁，题罢紫衣亲宠锡。僧家爱诗自拘束，僧家爱画亦局促。唯师草圣艺偏高，一掬山泉心便足。”录据《全唐诗》卷837（原录为贯休诗）。

③ 《宣和书谱》（二册），《丛书集成初编》本。

美著于篇籍者，不可胜数，苟非研精覃思，讵能至是耶?”而《宣和书谱》卷十九又有《贯休》小传，未载其有《赠詧光草书歌》墨宝。笔者以为《宣和书谱》可以信据，《全唐诗》卷八三七、《文苑英华》卷三三八等题作贯休诗，或误。故今仍应将《赠詧（辩）光草书歌》（雪压千峰）、《赠詧（辩）光草书诗》（羸病爱师书劲逸）同归为司空图名下。

（四）《全唐诗续拾》所拾录司空图诗仅一首，题为《岁尽日二首之二》（桂花穷北陆），但该诗实非司空图所作，乃刘绮庄《共佳人守岁》诗，应予以删除。《全唐诗续拾》所补录司空图诗一首，为《岁尽日二首之二》，该诗曰：“桂花穷北陆，荆艳下东邻。残妆送欲晓，薄衣已迎春。举袖争流雪，分歌竞绕尘。不应将共醉，年去远催人。”续拾者原注曰：“见上海图书馆藏明抄本《古今岁时杂咏》卷四一。”笔者虽未能复检上海图书馆藏明抄本《古今岁时杂咏》，但通过有关资料的考辨认为，此诗被“续拾”者辑为司空图作，并标为《岁尽日二首之二》，当为误录。

今检《四库全书》本《岁时杂咏》卷四十一，该诗乃刘绮庄诗，题为《共佳人守岁》，其中文字亦小有差异：“桂花”作“桂华”，“东邻”作“东邻”。该诗又见《全唐诗》卷八百八十四《补遗三》，亦作刘绮庄《共佳人守岁》诗，其中“荆艳作东邻”句，注明“作（一作下）”，“分歌竞绕尘”句，注明“绕（一作晓）”。又，新出点校本《古今岁时杂咏》①，以《四库全书》本为底本，校以北京图书馆善本部所藏明抄本（并作增补），仍以此为刘绮庄《共佳人守岁》诗。此诗中有“残妆送欲晓”、“举袖争流雪”等句，正与《共佳人守岁》题目相切应，并且是五言八句之律诗，而司空图《岁尽日二首》乃五言四句之绝句。司空图《岁尽日二首》，确见于《岁时杂咏》卷四十一，也已见于四部丛刊本《司空表圣诗集》卷二和《全唐诗》卷六三二中，标为《岁尽二首》②，另外，《岁时杂咏》将“莫话伤心事”排为第一首，而将“明日添一岁”排为第二首，与丛刊本小异。

又，其重录诗一首为《南至日》，亦抄录于《古今岁时杂咏》卷三九，并作“按语”曰：“《全唐诗》卷八八五收此诗首句缺二字，今重录。”今见《四库全书》本《岁时杂咏》，是（为《南至日四首》第一首）；所缺为“压压”二字，此有校勘价值。

（五）《全唐诗》卷八百八十五《补遗四》所录司空图诗十首诗之说明。《全唐诗》卷八八五“补遗四”录司空图诗十首，《司空表圣诗集》（《唐音戊签》七十

① 徐敏霞点校《古今岁时杂咏》（二册），辽宁教育出版社（《新世纪万有文库》第二辑），1998。参阅文渊阁《四库全书》本《岁时杂咏》（46卷，集部八，总集类）及目录提要。

② 其一曰：“明日添一岁，端忧奈尔何。冲寒出洞口，犹较夕阳多。”其二曰：“莫话伤心事，投春满鬓霜。殷勤共尊酒，今岁只残阳。”

四）失录。这十首诗的题目是：《丙午岁旦》（鸡报已判春）、《丁巳元日》（禀朔华夷会）、《光启三年人日逢鹿》（浮世仍逢乱）、《浙上重阳》（“登高唯北望”一首，按：“浙”当作“淅”）、《乙巳岁愚春秋四十九辞疾拜章将免左掖重阳独登上方》（雪鬓不禁镊）、《重阳山居》（此身逃难入乡关）、《旅中重阳》（乘时争路只危身）、《南至日》（年年山□□来频）、《五月九日》（金石皆销铄）、《庚子腊月五日》（复道朝延火）。这十首都与“岁时”有关，主要辑自宋人宋绶编、蒲积中续编的《岁时杂咏》。《唐音戊签》七十四既未录上述十首，说明胡震亨未见《岁时杂咏》一书。

（六）补辑司空图诗一首（《华下社日寄乡中》）和《过僧阁》诗残句（双句）、不详诗题之三诗三残句（双句一、单句二）及《古今岁时杂咏》所录司空图诗十五首之说明。《四库全书》本《岁时杂咏》，共录司空图诗十五首，即卷一《丙午岁旦》和《丁巳元日》、卷五《光启三年人日逢鹿》和《乙丑人日》、卷二十八《华下社日寄乡中》、卷三十五《九月八日》、卷三十九《南至日四首》、卷四十《岁尽日二首》、卷四十三《正月早朝》、卷四十四《五月九日》、卷四十六《庚子腊月五日》（其中“腊”作“臈”，乃异体字）。值得说明的有如下三点：

第一，其卷三十九《南至日四首》第一首（年年山压压来频），《司空表圣诗集》卷四和《全唐诗》卷六三三《南至四首》无此诗，而多出最后一首（一任喧阗绕四邻），其他三首同（今冬腊后无残日、花时不是偏愁我、年华乱后偏堪惜）。

第二，诗题或诗句文字小有差异，除《南至日四首》、《岁尽日二首》，与《司空表圣诗集》不同外，还有卷四十三《正月早朝》，而《司空表圣诗集》卷二作《早朝》。

第三，卷二十八《华下社日寄乡中》一首，不见于《司空表圣诗集》和《全唐诗》所录司空图诗中，也不见于《全唐诗补编》中，今可加以增补辑录之。《华下社日寄乡中》诗曰：“社会见乡情，邻家起未明。乐和丰岁久，笑认老人声。独恨门犹掩，仍无酒可倾。交亲谁可念，一水隔归程。”

另可增补辑录其残句四条，双句二，单句二。（1）《司空表圣文集》卷十《寿星述》序曰：“国史：司马先生辞归朝中，赠诗号为《白云集》，余天祐乙丑岁八月五日，过僧阁云：‘昨夜嘉祥西阁望，老人星见为时明’。”今即可以《过僧阁》为此二残句之诗题。（2）又，《文苑英华》本《与李生论诗书》在“远陂”一联前有“暖景鸡声美，微风蝶影繁”一联。此乃胡震亨所漏辑，今亦应加以辑录。（3）又，

（清）厉鹗从《王官谷集》[①] 中录北宋俞充（熙宁中虞乡令）《王官谷十咏》（存四）五言律诗，载入《宋诗纪事》卷二十七[②]，其中，俞充《司空氏旧居》诗第三句“犹闻溪鸟衙”下，注曰：“表圣诗云：溪鸟待排衙。”（4）又其《石砚》诗第六句“砚石苔平失”下，注曰：“表圣诗云：砚石苔平失。”经查核，“溪鸟待排衙”、“乱苔生复平”二句，不见于丛刊本《司空表圣诗集》和《全唐诗》司空图诗中，故今应作为残句予以辑录。

本文以上考述，或有谬误之处，敬请方家教正。

① 补按：关于《王官谷集》。笔者原文注明“不详何人编”，颇失于查考。今据湛庐等学者研究，是集编辑情况已很清楚。湛庐作《赵万里跋〈王官谷集〉》札记：《王官谷集》为明人丁守中所刻，是一部以诗歌为主的地方艺文总集，该集三卷两册，其中“卷三收录宋金元明人围绕司空图及其隐居的中条山王官谷所作诗歌150首左右，内容多歌咏司空图人品节操及王官谷风景之秀。”其述是书之编撰刊刻云：“据嘉靖五年吕柟所作序和丁守中所作跋可知：是集为潜江初公巡按山西时，命临晋知县丁守中收集王官谷壁间石上诸朝人题咏以便梓行，丁守中又委托临尹训导张玗负责录集，而由自己于嘉靖五年刊刻行世。按：‘潜江初公‘即初杲，字启昭，潜江人，正德进士；丁守中，字仲本，庆阳人；张玗，山阴人，成化二十二年丙午科举人。”又，《中国古籍善本书目·集部》（上海古籍出版社1998年版）已著录是书，有两种版本，上海图书馆和中国社会科学院文学研究所各保存一部。社科院文学所藏本有赵万里跋语，湛庐已在文中录下：“此书所辑宋金元人诗文，均自石刻录出，可补《宋诗纪事》、《金文最》之遗，至可宝也。丙戌夏日，启锐兄出以见示，因书数语以归之。海宁赵万里。”后钤“万里藏印”白文方印。湛庐该文，载《文学遗产》2006年第5期。

② （清）厉鹗编撰《宋诗纪事》，上海古籍出版社，1983。

王国维“境界”说的传统曲论资源*

——兼论《人间词话》的方法论问题

一、引　言

本文主要谈两个问题：一是关于王国维先生的“境界”说与中国传统戏曲理论批评“境界”说的关系问题，本文主要以明代吕天成、祁彪佳等人的“境界”论为主进行讨论；二是关于《人间词话》的方法论问题。王国维先生《人间词话》的研究论著众多，《人间词话》已经成为一部具有世界影响的文学批评著作，被学术界视为中西文学批评交融的典型、成功的范例。就此而言，这些评价都是不虚的。《人间词话》说：

> 严沧浪《诗话》谓：“盛唐诸人，唯在兴趣。羚羊挂角，无迹可求。故其妙处，透彻玲珑，不可凑泊。如空中之音、相中之色、水中之月、镜中之象，言有尽而意无穷。”余谓：北宋以前之词，亦复如是。然沧浪所谓兴趣，阮亭所谓神韵，犹不过道其面目，不若鄙人拈出“境界”二字，为探其本也。①

因为《人间词话》本就是以词论为主而兼及其他，“境界”（或“意境”）的理论命题和这个范畴本身也主要是从中国传统诗学（包括传统的诗论、词论）中来，其后才运用到戏曲、小说等理论批评中去，所以学术界探讨王国维先生的“境界”说的理论渊源，多从中国诗学的角度去探讨，可谓理所当然，但王国维先生撰写《人间词话》前后已经研究中国传统戏曲，精熟传统曲论，所以说传统曲论尤其是曲论中有关“境界”的论述，也是其“境界”说的理论批评资源。

而关于《人间词话》的方法论问题，也是学术界较为关注的热点。笔者研究思

---

* 编按：2008 年 11 月初由上海交通大学中文系、苏州大学文学院和浙江嘉兴学院联合举办“王国维与 21 世纪文论创新国际学术研讨会”，纪念《人间词话》发表 100 周年，本文初稿曾作为这次会议论文提交，后修订发表于《长江学术》2010 年第 2 期。

① 本文所引王国维《人间词话》语，均据滕咸惠《人间词话新注》修订本，不再一一加注，齐鲁书社，1986。

考认为：《人间词话》并非是王国维先生“保守恋旧”的体现，而是他对传统文论与西方文论相比较而客观存在“和而不同”精神的一种自觉固守。这种固守不是保守，而是作为其个人的一种理论成熟，一种精神自觉（当然这种“成熟”、“自觉”永远是相对而言的），是王国维本人作为当时的杰出学者的代表，在西方文化东渐的中国化过程中最终由“‘格义’传译”到“求异存真”，再到超越异同之争而力图走向真正的“融合创新”的体现。

二、王国维“境界”说与中国戏曲理论批评

《人间词话》云：“大家之作，其言情也必沁人心脾，其写景也必豁人耳目。其辞脱口而出，无矫揉妆束之态。以其所见者真，所知者深也。诗词皆然。持此以衡古今之作者，可无大误也。”此后王国维先生撰成《宋元戏曲史》，也认为元杂剧和南戏的文章佳处，就是“自然”，有“意境”，其论“元剧之文章”曰：

> 然元剧最佳之处，不在其思想结构，而在其文章。其文章之妙，亦一言以蔽之，曰：有意境而已矣。何以谓之有意境？曰：写情则沁人心脾，写景则在人耳目，述事则如其口出是也。古诗词之佳者，无不如是。元曲亦然。①

笔者以为王国维先生的“境界”说，是直接汲取了中国传统的戏曲理论批评中的“境界”说的，或者说，传统曲论“境界”说也是他创立他自己的“境界”说的理论资源。

明清的戏曲理论批评家就常常从戏曲的“意境”（“境界”）表现的总体角度，分析戏曲的独特美感趣味，这突出地体现在吕天成的《曲品》、祁彪佳的《远山堂曲品》和《远山堂剧品》以及清李渔的《闲情偶寄》等戏曲理论批评著作中②。李渔《闲情偶记》论戏曲“密针线”的问题说：“《琵琶》之可法者原多，请举所长以盖短：如《中秋赏月》一折，同一月也，出于牛氏之口者，言言欢悦；出于伯喈之口者，字字凄凉；一座两情，两情一事，此其针线之最密者。瑕不掩瑜，何妨并举其略。然传奇，一事也，其中义理，分为三项：曲也，白也，穿插联络之关目也。元人所长者，止居其一，曲是也；白与关目，皆其所短。吾于元人，但守其词中绳墨而已矣。”③ 其间观点可为王国维先生的论述作注脚。黄霖先生《近代文学批评

---

① 王国维《宋元戏曲史》第99页，上海古籍出版社，1998。

② 本小节主要内容，曾在拙作《戏曲理论批评之审美“趣味”论》（载《中国人民大学学报》2003年第5期）一文中论述过，这里进行了修正和补充，且所论角度完全不同，特此说明。

③ （清）李渔《闲情偶记》，杜书瀛评注本，第21页，中华书局，2007。

史》第十章专门讨论王国维的文学批评，在评价其《宋元戏曲史》时，特别说到：

> 在这里应当指出，"意境"一词本是历来批评诗词的术语。明代谢肇淛、祁彪佳，至清代的丁耀亢、黄图珌，特别是梁廷枏等都曾将"意境"论强调的情景交融、真切自然的精神引进戏曲批评中来，但他们都未曾正式拈出'意境'来加以标榜，王国维开始明确将它作为评价中国古代戏曲的主要艺术标准，是有胆识的。这是因为中国古代戏曲充分地继承了诗词的艺术传统，本质上是一种诗剧。①

笔者以为黄先生这一论断，可谓精当。戏曲是综合性艺术，从其要有故事情节的内容特点说，具有"叙事文学"的特点，这就使戏曲的"意境"与主要属于抒情诗、词乃至中国古代山水画的"意境"特征，有所不同。诗的"意境"要素主要是"情"和"景"，而戏曲的"意境"除"情"和"景"外，还有一个重要构成元素，王国维先生简称之为"事"——这主要是由各具个性的人物演绎出来的故事和故事发生、发展直至结局的"背景"（人物的环境和演绎故事的场景等）有关的。这种戏曲中的"事"，在中国古代戏曲中，主要就是通过人物口中的演唱和科介（动作）、宾白来表现的，其中通过人物演唱的歌词内容来表现矛盾冲突、塑造人物形象，是其主要方法。

王国维先生认为"述事则如其口出"，即要求叙事及其表演的场景不仅自然明白，而且生动形象，符合人物的个性同时也揭示人物的个性，这与"写情则沁人心脾"和"写景则在人耳目"三者结合起来，就是戏曲中的"意境"，当然这是就主要方面而言的。另外，前人所论戏曲的"意境"，不仅可以指戏剧作品中的某一曲词，更多的是其"整体"内容的。因此在明清戏曲埋论批评中，分析戏曲"意境"所产生的"趣味"美感，与诗词乃至绘画"意境"所产生的"味"的美感是不同的，如果说，对于诗词乃至绘画艺术等，古人追求的"味"，是由"象外之象"、"景外之景"的"意境"所产生的"味外之旨"、"韵外之致"②；那么，对于戏曲（乃至小说）的"味"美感要求，主要是由"情"、"景"、"事"三个方面结合而成的"意境"（或曰"境界"、"境"）所产生的一种观赏的"趣味"美。

王国维先生论词的"境界"（或曰"意境"），有他自己的理论创建，如《人间词话》提出的"有我之境"与"无我之境"、"隔"与"不隔"、"一切景语皆情

---

① 黄霖《近代文学批评史》（王运熙、顾易生主编《中国文学批评通史》之七）第862页，上海古籍出版社，1993。

② 参见拙作《艺味说》第五章第三节《"艺境"的构成与"艺味"的产生》，第366页，百花洲文艺出版社，2005。

语”等理论观点；其关于戏曲的“意境”论，也具有他的独创性。不过，从“情”、“景”、“事”三个方面结合起来，论戏曲的“意境”问题，明代后期的吕天成、祁彪佳等人就已经作过较为深入的论述。

吕天成《曲品》卷下“新传奇”仅列沈璟、汤显祖二人为“上上品”，其评沈璟《分钱》曰：“全效《琵琶》，神色逼似。第广文（按指剧中人物杨广文）不能有其妾，事情近酸，然苦境可玩。”又评沈璟《合衫》曰：“苦楚境界，大约杂摹古传奇。”如果说这两处引文中的“境”、“境界”，还偏向指戏曲人物的处境、情境的话，那么下面其所说的“局境”、“有境有情”等，较为明确地指整部作品所表现的艺术“境界”。如评沈璟《鸳鸯》曰：“闻有是事，局境颇新。”又，评汤显祖《还魂》（按：即《牡丹亭》）曰：“杜丽娘事，果奇。而着意发挥怀春慕色之情，惊心动魄。且巧妙叠出，无境不新，真堪千古矣。”又，《曲品》卷下“新传奇”“上中品”中，评陆采（天池）《明珠》曰：“抒写处有境有情”，又评陆采《祝发》：“境趣凄楚逼真”[①] 等。

晚明祁彪佳撰有《远山堂曲品》和《远山堂剧品》[②]。《远山堂曲品》是就吕天成《曲品》加以扩展的。体例大致同于吕书，而分为妙、雅、逸、艳、能、具六品，此外又有“杂调”一类，专收弋阳诸腔剧本。《远山堂剧品》，体例和《曲品》相同，共品录杂剧 242 种。《远山堂曲品》和《远山堂剧品》二书中，如吕天成《曲品》一样，也多用“意境”、“境”、“境界”、“趣味”概念评论“剧”、“曲”。综括吕天成、祁彪佳论戏曲（传奇与杂剧）的“意境”（“境界”）的内容，约略可以归为三点：

第一，戏曲的“意境”主要是“情”、“景”、“事”等方面的有机结合。如所谓“杜丽娘事，果奇。……且巧妙叠出，无境不新”（见上引吕天成语）。又如祁彪佳《远山堂剧品》云：“只是淡淡说去，自然情与景会，意与法合。盖情至之语，气贯其中，神行其际。肤浅者不能，镂刻者亦不能。”（《妙品》评周藩诚斋北四折《团圆梦》）[③] 这里所谓“情与景会，意与法合”云云，就是讲的戏剧的“意境（境界）”问题。

第二，吕、祁二人都认为，戏曲的整体“意境”要有“新”意，这种“新”意主要体现在人物个性、情境、环境乃至整体的故事情节、结构等多方面的艺术创新上，要“逼真”传神，抒情感人，给人新鲜的感受，不落俗套，所谓“无境不

① 引据吴树荫撰《曲品校注》第 205、226、232、236 页，中华书局，1990。

② 本文引（明）祁彪佳《远山堂曲品》、《远山堂剧品》，均据《中国古典戏曲论著集成》第 6 册，中国戏曲研究院编，中国戏剧出版社，1959。

③ 上引《远山堂剧品》语，见《中国古典戏曲论著集成》本，第 6 册第 140 页，同上。

新”、“局境颇新”（上引吕天成语）。如祁彪佳《远山堂曲品》云：“全是一片空明境界地，即眼前事、口头语，刻写入髓，决不留一寸余地，容别人生活。此老全是心苗里透出聪颖，真得曲中三昧者。”（《逸品》评单本《露绶》）又云：“能就寻常意境，层层掀翻，如一波未平，一波又起。词以淡为真，境以幻为实，《唾红》其一也。”（《能品》史盘《唾红》）[①] 所谓“能就寻常意境，层层掀翻”，就是吕天成说的“无境不新”的意思。

第三，强调表现这种戏曲“意境”的语言要有“趣味”。如祁彪佳《远山堂剧品》云：“本俗境而以雅调写之，字句皆独创者，故刻画之极，渐近自然。此与《风情》二剧，并可作词人谐谑之资。”（《逸品》评冯惟敏北四折《僧尼共犯》）又云：“谑语亦堪解颐。但曲本平实，便觉趣味不长。”（《能品》评无名氏南五折《小春秋》）[②] 就明确提出戏剧雅俗共赏的“趣味”的重要性。吕、祁二人都从“意境”角度，反复强调语言要有“趣”、有“味”。

关于戏曲理论批评中的“趣”之概念的内涵，有时也指“情节”的曲折生动之“趣”，实际上也可谓是戏曲整体“境界”（或曰“意境”）的所表现出来的一种独特美感趣味。清李渔《闲情偶寄》论戏曲“大收煞”曰：“全本收场，名为‘大收煞’。此折之难，在无包括之痕，而有团圆之趣。”[③] 情节的发展能够做到在情理之内，而出意料之外，一波三折而又非常自然，这就有“趣”“味”。而吕、祁二人运用的戏曲“意境”范畴，从其逻辑的内涵上讲，也就已经包括李渔所说的“无包括之痕”的理论内容，如祁彪佳《远山堂剧品》《妙品》评周藩诚斋北四折《烟花梦》云：“一剧中境界凡十余转，境本平常，词则珠圆玉润，咀之而味愈长。内多用异调，且有两楔子，皆元人所无也。”[④] 这些评论都充分说明了这一点。

在《宋元戏曲史》中，“关于‘述事’究竟如何与‘有意境’联系起来，王国维终究没有作出明白而令人满意的解释。”[⑤] 此种置疑和批评是符合事实的，然而我们不妨直接从传统曲论中为王国维的论述找到补充的说明，而且这也有助于我们更全面地理解《人间词话》的“境界”说的理论内涵。

三、《人间词话》的方法论问题

陈寅恪先生《王静安先生遗书序》指出，“其学术内容及治学方法”而言，有

---

① 上引《远山堂曲品》，《中国古典戏曲论著集成》本，第6册第13、30页，同上。
② 上引《远山堂曲品》，《中国古典戏曲论著集成》本，第6册第160、185页，同上。
③ （清）李渔《闲情偶记》，杜书瀛评注本，第94-95页，同上。
④ 见《中国古典戏曲论著集成》本《远山堂剧品》，第6册第160页，同上。
⑤ 黄霖《近代文学批评史》第863页，同上。

三个方面："一曰取地下之实物与纸上之遗文互相释证……"；"二曰取异族之故书与吾国之旧籍互相补正……"；"三曰取外来之观念与固有材料互相参证，凡属于文艺批评及小说戏曲之作，如《红楼梦评论》及《宋元戏曲考》、《唐宋大曲考》等是也。"① 这里陈先生已经指明了王国维先生的文艺批评方法论的特点。

叶嘉莹先生重要研究专著《王国维及其文学批评》，就专列"余论"一节，论《〈人间词话〉境界说与中国传统诗说之关系》，较为详细讨论了王国维先生的"境界"说与严羽的"兴趣"说、王渔洋的"神韵"说的关系，并在结尾部分论述"中西诗论之比较及今后所当开拓的途径"时指出：

> 《人间词话》所提出的境界说，虽然掌握到了中国诗论中重视感受作用这一项重要的质素，可是他所提出的各种说明及例证却仍嫌过于模糊笼统，过于唯心主观……，凡此种种，当然一方面由于静安先生这位评诗人，也同样受到了他所生之时代以及他自己之思想意识的局限；另一方面也由于他所采取的词话之体式，也原来就不适宜于做精密和广泛的探讨说明。……也显示了静安先生在当日中国的新旧文化激变之时代中，因为不能随时代以俱进，遂终于自探索求新而复归于保守恋旧的一种认同混乱之矛盾心理。这种心理在现实生活上，曾经成为导致他终于自沉身死的一项重要因素，而在文学批评方面，也成为了限制他更向前求新求变的一个重大障碍。②

叶先生此处分析，涉及《人间词话》研究一个重要问题，即方法论的问题，但笔者持论几乎与之相反，此在本文引言中已经简要表达，此处略述理由。

笔者也并非完全不同意叶先生的上述观点，但我们如果撇开"词话"的形式，从王国维先生的文艺思想发展看问题，就会觉得对《人间词话》乃至对其所有文艺批评论著的方法论问题仍有申说的余地。一种外来文化当它与本土文化成功的交融或者说被本土化的过程中，具体如佛教、如 20 世纪西学东渐我国的中国化过程中，大要必经过三个阶段：即"格义传译"（多所生硬地比附）、"求异存真"（逐步在比较研究中力求究明其同异）、再超越异同之争而走向真正的"融合创新"，这是一个逐步地"中国化"的过程，也是一个逐步使自己的民族文化"世界化"或曰"全球化"的过程。这期间的一些杰出的学者、思想家本人也会有这样一个过程。或者说后者是前者现象的具体体现。

王国维对中国文艺批评的研究，主要是在 20 世纪初的头 10 年间。据袁英光、

① 引据傅杰编校《王国维论学集》附录五，第 508 页，云南人民出版社，2008。

② 叶嘉莹《王国维及其文学批评》，第 303 页，河北教育出版社，1997。

刘寅生两位先生《王国维年谱长编》考述[1]：王国维先生1892年16岁为秀才；1893年曾应乡试未中；1894年，发生甲午中日之战，震于时局，又受变法维新思潮影响，乃绝意科举，“始知世上有所谓新学者”。1898年22岁，入黄遵宪、梁启超所办《时务报》任职，是年戊戌政变。其后（是年五月）入罗振玉所办东文学社主庶务并随班学习，攻读英语，开始接受西学；1903年27岁，任南通师范学院教习，攻读西方哲学，对康德、叔本华、尼采之学尤其喜好，以数年之力作细读深研；1904年28岁，由南通转苏州，任江苏师范教习兼《教育世界》主笔，著《〈红楼梦〉评论》、《叔本华与尼采》；1905—1907年，先后学词作词，发表《人间词》甲稿、乙稿；1907年发表《古雅在美学上之位置》；1908年32岁，发表《人间词话》，并研究戏曲，著《曲录》等；1911年35岁，著《古剧角色考》等，是年（二月）罗振玉创刊《国学丛刊》，王国维撰发刊词；1912年，36岁，完成《宋元戏曲史》（即《宋元戏曲考》）。

《人间词话》最初于光绪三十四年（1908）发表在《国粹学报》上，正式发表为64则。如果说王国维先生撰《〈红楼梦〉评论》时，还存在明显的比附“格义”的不足，那么到他撰《古雅在美学上之位置》论文时，已经开始摆脱这种较为生硬的比附研究，思想上也努力求中西美学观念之异同，以能得学问之“真知”为目的，而到了《人间词话》和《宋元戏曲史》的著述时，他已经能够达到超越“中西古今”异同论的狭隘争论，而致力于理论的普遍意义的追求，他用词话形式撰《人间词话》，关键是其内容既能很好地运用中国传统的文艺理论，同时也能够融会贯通西学的精神和有价值的观点，来理解文学，来研究中国的文学，尽管其中仍有早期的一些痕迹存在，也就是不够融惬之处（笔者上文所谓其理论的成熟和精神的自觉永远是相对而言的“相对”之义在此）。这里我们就可以用王国维先生自己在1911年（完成《宋元戏曲史》的次年初）撰写的《国学丛刊序》来证明。他说：

> 学之义，不明于天下久矣！今之言学者，有新旧之争，有中西之争，有有用之学与无用之学之争。余正告天下曰：学无新旧也，无中西也，无有用无用也。凡立此名者，均不学之徒，即学焉而未尝知学者也。”又说：“学之义广矣。古人所谓‘学’，兼知行言之。今专以知言，则学有三大类：曰科学也，史学也，文学也。……若夫文学，则有文学之学（如《文心雕龙》之类）焉，有文学之史（如各史《文苑传》）焉。[2]

① 袁英光、刘寅生《王国维年谱长编》，天津人民出版社，1996。

② 傅杰编校《王国维论学集》，第488页，同上。

王国维先生接着对无新旧、中西、有用无用之别，逐一展开论述和回答。王国维先生从“始知世上有所谓新学者”，到超越新学旧学、中学西学之限域，是有一个漫长的心路历程的。

我们赞同这样的研究结论：“《人间词话》是一部以词为主要批评对象（兼及诗与小说戏曲），用传统的‘词话’形式写成的文学批评著作。它所用的概念、术语及思维逻辑基本上也是传统的一套。然而，它较为自然地融进了一些新的观念和方法，所总结的理论问题又具有普遍意义，这就使它在当时新旧两代读者中产生了重大反响。这部著作一反《红楼梦评论》用西方思想‘硬扣’中国作品的做法，而立足于本民族的文化特质去接受外来影响，标志着王国维在中西文艺思想交融史上进入了一个新的阶段。”① 黄霖先生这段论述很好地概括了《人间词话》的方法论上的特点，学术界还有不少学者有类似的论断（此处不再一一引证），我们认为这是较为准确的。

综上所论，从王国维先生撰述《人间词话》看，他是以中国传统文论为根基来进行中西融会创新的。就《人间词话》乃至《宋元戏曲史》等文艺批评和研究论著而言，其间有王国维先生对传统文论与西方文论相比较而存在“和而不同”精神的固守，更有其追求传统文论与西方文论相贯通而防止走上庸俗的“同而和”的方法论上的自觉。所以笔者认为《人间词话》表现的不是王国维先生的“保守恋旧”，而是他个人的一种理论上的相对成熟和自觉。因为中西文化交融创生，如果完全泯灭差异的“同”就不是真正的“和”的理想境界；只有坚持“和而不同”才能真正迈上全球化的理想发展之途。对无比丰富的中国传统文论进行现代阐释，必要遵循“和而不同”的思想方法。所以说，从方法论意义上重新审视王国维先生的《人间词话》，对我们今天在全球化的理论视野和理论背景下的文艺理论批评建设，具有非常重要的启示价值。

---

① 黄霖《近代文学批评史》第835页，同上。

后 记

荀子《正名》篇云："以仁心说，以学心听，以公心辨。"作为教师、作为读者也作为研究者的我，平生最喜道这三句话。晚清王先谦解释说："以仁心说，谓务于开导，不骋辞辨也；以学心听，谓悚敬而听他人之说，不争辨也；以公心辨，谓以至公辨他人之说是非也。"可谓确解，可谓妙诠。

我总是喜欢把自己的研究论文，进行不断打磨修订，如果有机会发表就更好，这样可以获得批评的意见，可以使自己的思考更为缜密。对于理论研究"文本"，我认为应该持有这样的态度。因为没有生而知之者，只有学而知之者。不断修正自己，也是作为一个教师和研究者，应该坚持终身学习而不懈努力精进的过程。在这个过程中，悚敬而听他人之说，以至公辨他人之说是非，不亦乐乎；而作为教师，务于开导，不骋辞辨，也是职责。所谓"古之学者为己"，要坚持"为己"之学，因为只有把学问视为自我生命的圆满，学问才有生命，才有个性，才能不为时俗所动；同时学问又是天下之公器，不断修正自己，也才是应有的对待"公器"的谨慎态度。中国（古代）文论研究，既是传统的，又是现在的，无疑更应是世界的。接续传统，面向世界，力求创新，这是我们的使命。德国著名哲学解释学家伽达默尔认为，传统是人类真实的一部分，它并非是某种站在人的对立面并能与之相异化的东西。人们站在他们的传统之内，过去在这些传统中在场，而传统则在人们身上实现。作为中国古代文论的研究者，我们当然地站在中国文化传统之内，而每一篇有关中国文论研究的论文，都是"过去"的在场和"传统"的体现。我们都是理解的存在者和反思理解的存在者。说到伽达默尔，他在大学教授哲学、哲学解释学几十年，最终才于1960年出版他的《真理与方法》这部名著，他甚至把他自己书稿中的内容拿到课堂上与学生逐字逐句地仔细讨论。这种对待"文本"的态度，不得不让我们十分敬畏。

刘勰《文心雕龙》说，诗人需要"入兴贵闲"，作为学者，为学更需要"闲"，更渴望"闲"。去年客居韩国原州，寓所邻接市区蔷薇公园，曾填小词《闲中好》："闲中好，缁尘不粘衣。素壁图松影，书窗映日晖。"又有《摊破浣溪沙·雪后天晴感怀》："雪后山峦罩淡烟，林间鸟鹊复归园。修竹苍松枝叶翠，自鲜颜。 霰气侵窗思日暖，韶光流水近年残。一盏清茶书作伴，喜身闲。"其实，不过能偶尔

“偷得浮生半日闲”而已。现在学术体制下，总是无法使人静心向学，而光阴迅急，忽忽虚度五十之年，自己不禁猛然惊觉，回首来路，有不知今夕是何夕的茫茫之感。今年新正，居家读书，曾作《五十生日喜逢京城再雪》一诗：“似水流年春五十，喜逢生日雪纷扬。随风柳絮萦天际，冻树梨花映眼旁。宿雪未融寻故友，他生不改是今肠。知非伯玉方知命，还慕当年表圣狂。”录出这几首习作的诗词，是想表达一下我现在的心情，又是“韶光流水近年残”矣。最后，我要在此感谢多年来帮助我、给我无限温暖的所有师友和亲人，也特别向为本书出版付出许多辛劳的洪文雄兄表示衷心感谢，顺便也向为我拍摄小照的上海师范大学曹旭教授表示真诚的谢意。

昨晚熬夜通宵，黎明时分开始休息，沉睡三小时起床，才知道窗外小雪不知何时开始细细茫茫，潇潇洒洒起来，心头一阵快意，向来以为下雪乃是吉兆，尤其是对干旱的北方冬季来说。带着一身疲劳和心头的这一阵快意，开始坐下来为这本论文自选集写下这个简短的后记，既是照例，也是必要说出来的真诚的感谢。

辛卯冬月初八日上午写于京西花园村寓所